Patrice van  les journalistes fondateurs du magazine *Actuel*, dont les grands reportages à la recherche des « télescopages primitifs-futuristes » du monde contemporain — de l'Amérique à l'URSS en passant par l'Afrique — l'ont amené à consacrer une part croissante de son attention aux grands visionnaires de notre époque, particulièrement dans les domaines de la naissance et de la mort. Il a ainsi publié : *La Source noire*, *Le Cinquième Rêve*, *La Source blanche* et *Réapprivoiser la mort*. Il est également rédacteur en chef de *Nouvelles Clés* (« le magazine de l'écologie intérieure »).

Alain Grosrey est l'auteur d'ouvrages sur les cultures et spiritualités amérindiennes et orientales dans leurs rapports avec la culture occidentale.

Paru dans Le Livre de Poche :

**LA SOURCE NOIRE
LE CINQUIÈME RÊVE
LA SOURCE BLANCHE**

PATRICE VAN EERSEL
ALAIN GROSREY

Le Cercle des Anciens

Des hommes-médecine du monde entier
autour du Dalaï Lama

Postface du Lama Denys Teundroup

ALBIN MICHEL

© Editions Albin Michel S.A., 1998

AVANT-PROPOS

La vision
du Lama Denys Teundroup

Ancien disciple du grand Kalou Rinpoche et directeur spirituel de l'Institut Karma Ling, en Savoie, inspiré par l'expérience de sa tradition, Lama Denys Teundroup nourrissait depuis des années un vif intérêt pour les derniers survivants des cultures humaines les plus anciennes : chamanes de Sibérie, hommes-médecine d'Amérique et autres ultimes représentants de sagesses remontant en droite ligne à la préhistoire. Lui-même avait vécu de grands moments parmi les Shuars de l'Amazonie équatorienne, avec qui il s'était lié d'amitié.

D'une certaine manière, il n'est pas exagéré de dire que toute l'aventure collective que relate ce livre est partie de là : de la rencontre entre un lama français, responsable d'un centre de retraite et d'étude bouddhiste, et un petit peuple de la grande forêt d'Amazonie.

Plusieurs fois, Lama Denys Teundroup en avait parlé avec le Dalaï Lama. Le chef des bouddhistes tibétains s'intéressait lui-même beaucoup aux anciennes traditions, porteuses depuis des millénaires de différents arts de vivre en harmonie avec la nature. Aussi Sa Sainteté fut-elle d'accord avec Lama Denys quand celui-ci lui proposa d'élargir le « dialogue inter-religieux » — en pleine accélération depuis quinze ans — à l'ensemble des Traditions primordiales (c'est ainsi que Lama Denys propose d'appeler les cultures anciennes, pour éviter la connotation méprisante de « primitifs »).

Certes, le pape aussi avait invité des représentants des *anciens*, en octobre 1986, lors du grand rassemblement d'Assise — que tout le monde s'accorde à considérer comme une date historique dans le dialogue entre les grandes religions. Mais cette fois, il s'agissait de pousser nettement plus loin la reconnaissance des Anciens : en leur donnant en quelque sorte la préséance. Après tant de siècles de massacres et de mépris, ne le méritaient-ils pas ? Et n'avions-nous pas tous à y gagner ? L'idée de « guérison mutuelle » fait son chemin : « Tu as à m'enseigner, j'ai à t'apprendre, et dans cette responsabilité réciproque, quelque chose de neuf a une chance de germer, à travers l'espace et les siècles. »

L'occasion se présenta bientôt. Dans le cadre de ses enseignements réguliers, le Dalaï Lama devait venir en France en avril 1997, enseigner les Quatre Nobles Vérités, fondement du bouddhisme, et cette fois, c'était au tour de Karma Ling de l'accueillir. Pourquoi ne pas en profiter pour organiser, dans la foulée, une première Rencontre Inter-Traditions ?

Sa Sainteté accepta l'idée, tout en notant qu'une telle réunion devrait viser deux buts :
— demander aux Anciens leur avis sur l'état du monde ;
— s'organiser pour aider les petits peuples que ces Anciens représentent à échapper à l'horreur de l'extermination et de l'acculturation.

Aussitôt, Lama Denys lança une vaste enquête afin de savoir qui pourrait légitimement représenter les Anciens des cinq continents.

Le présent ouvrage raconte (par la plume de Patrice van Eersel), puis analyse et commente (par celle d'Alain Grosrey) la formidable aventure humaine et spirituelle qui vit le jour à partir de là.

PREMIÈRE PARTIE

LE FEU DE LA RENCONTRE

par Patrice van Eersel

« En pénétrant au cœur d'une religion, on pénètre au cœur de toutes les religions. »
                                    Mahatma Gandhi

PRÉAMBULE

Un soir de décembre à la gare de Lyon

Où trouver les derniers hommes-de-connaissance du néolithique ? / Perplexité du scribe qui tient la plume / L'énergie tranquille du Lama Denys / Notre grand souci sémantique.

Lorsque les auteurs du présent ouvrage entrent dans l'aventure proposée par Lama Denys Teundroup, le projet de Rencontre Inter-Traditions se trouve encore dans les limbes. On est pourtant déjà en décembre 1996, et le grand rassemblement est supposé se tenir en avril. Quatre mois pour tout préparer, c'est court. Le propos n'est-il pas de découvrir, dans les derniers refuges où ils survivent peut-être encore, les représentants spirituels de l'« aube de l'humanité » ? Ces gens-là, s'ils existent encore — derniers chamanes d'Asie centrale, derniers *medicine-men* d'Amérique, derniers vrais maîtres-tambours d'Afrique, derniers hommes-de-connaissance du bush australien —, vivent sans doute de façon très discrète, sinon complètement clandestine. Comment serait-il possible, en tout juste quelques semaines, non seulement de les identifier, mais de leur faire passer l'étonnant message et de les convaincre d'y répondre : un rassemblement de tous les sages de la terre doit se tenir, dans une montagne d'Europe, parrainé par le chef religieux du pays le plus haut du monde, et ils sont invités à y participer !

La rencontre se tient à la sortie du train, gare de Lyon, dans un salon du restaurant Le Train bleu. Quelqu'un évoque la grande rencontre inter-religieuse d'Assise, où le pape a pris, pour la première fois dans l'histoire, l'initiative de rassembler des représentants de tous les grands courants religieux de la planète. Le Dalaï Lama et les adeptes de sa philosophie se situent clairement dans la prolongation du mouvement alors impulsé par Jean-Paul II... tout en lui adjoignant cette petite suggestion supplémentaire : qu'au centre de ce rassemblement (devenu d'une urgence vitale, avec les guerres de religion en pleine recrudescence), siège le cercle des plus anciens : le collège de ces ancêtres longtemps maudits, que nous avons presque fini d'exterminer.

Il ne s'agit pas en tout cas de prôner un quelconque « retour au paganisme d'avant le judéo-christianisme », à la façon de certains extrémistes prétendument nietzschéens ! L'ambition du projet ne se situe pas dans cette fausse opposition. Il s'agit de faire dialoguer l'humanité en son entier avec elle-même, sur les questions les plus fondamentales, et à travers l'espace-temps, en essayant de respecter tous les courants de pensée, toutes les visions du monde, tous les âges.

Projet ambitieux, qui nous fait immédiatement nous poser quelques questions angoissées ! Qui va nous indiquer les vrais « sages des Traditions primordiales » ? Comment débusquer les probables impostures ? Les « mauvais sorciers », les *plastic medicine-men* ? Tant que l'œcuménisme se contente de réunir des représentants des grandes religions monothéistes classiques et des principaux courants philosophiques — religions du Livre, bouddhisme, etc. —, l'affaire est, somme toute, à peu près transparente : on sait *grosso modo* qui représente quoi. Mais là ! Qu'est-ce qu'un véritable chamane, représentant de dizaines de milliers d'années de (pré)-histoire humaine ? Qu'est-ce qu'une Tradition primordiale ? Comment être sûr que l'on ne va pas tomber sur des charlatans ? À l'inverse, comment savoir si l'on ne va pas inviter des personnalités tellement anachroniques que leur participation à un « colloque » sur la spiritualité, fût-il œcuménique, ne rimerait à rien ?

De toutes les questions s'en dégage une, qui les synthétise momentanément : en dehors des deux ou trois contacts déjà établis — à commencer par celui du Lama Denys avec Don Hilario Chiriap, de la tradition des Shuars d'Amazonie, cousins des Jivaros —, quels seront les intermédiaires qui nous serviront de guides en direction des dernières poches d'humanité détentrices d'une sagesse vraiment ancienne ?

Le plus simple est de mettre en alerte les contacts sûrs déjà établis. Ainsi, le journaliste et vidéaste Thomas Johnson fait-il précisément partie de la petite équipe rassemblée par Lama Denys et son assistant Sam Boutet, parce qu'il connaît quelque peu les aborigènes d'Australie et a fréquenté plusieurs chamanes d'Asie centrale. Sam lui-même a eu des contacts avec des habitants originels du Québec. D'autres noms sont ainsi cités, qui concernent l'Afrique, l'Amérique, l'Extrême-Orient, l'Océanie...

Nous sommes une dizaine autour du directeur de l'Institut Karma Ling et de son principal assistant pour la préparation de la Rencontre Inter-Traditions. Chacun à sa manière, nous nous sommes frottés aux cultures anciennes. Nous ne sommes pas tous bouddhistes tibétains (ni même simplement bouddhistes). Mais nous partageons une forte sympathie pour cette culture, cette philosophie, ce peuple qui ont su, en moins d'un demi-siècle, servir à plus d'un titre de référence au monde entier en suggérant des comportements de survie fondamentaux : donner un axe intérieur à sa vie, respecter l'autre, rechercher le dialogue, vénérer la nature, garder le sourire jusque dans les pires tourments, se contenter matériellement de très peu, persister dans la juste voie de la paix et de l'harmonie, oui, persister, encore et encore...

Bref, l'entreprise lancée par Lama Denys plaît à tous, mais les motifs de préoccupation abondent. Seul le lama lui-même affiche ce soir-là, à la gare de Lyon, un calme souriant, presque amusé : il sait que derrière l'apparence de la plus grande improvisation, il met en jeu une dynamique puissante, avec en proue la figure exemplaire de Sa Sainteté le Dalaï Lama — pour ne parler que de l'aspect visible des atouts que ce dernier l'a explicitement autorisé à jeter dans la balance.

Et de fait, trois mois plus tard, tout est prêt. Ou presque. Entre-temps, le cercle de la rencontre s'est élargi, ou plutôt : le cercle central des très anciens s'est doublé d'un cercle plus large. Si le bouddhisme tibétain présente une affinité naturelle avec les Traditions primordiales, voilà des années qu'il a entamé un dialogue avec les juifs, les chrétiens et les musulmans. Ne pourrait-il servir d'interface entre ces derniers et les Anciens ? La Rencontre Inter-Traditions rassemblera donc tout le monde, y compris des philosophes et des humanistes agnostiques ou athées.

Courant mars 1997, nous nous rendons à Karma Ling, pour voir où en sont les préparatifs et interroger les organisateurs sur la tournure des événements. Alain Grosrey est un habitué des lieux — voilà dix ans qu'il poursuit des entretiens avec Lama Denys Teundroup. Votre serviteur, en revanche, n'est jamais venu et n'a vu Karma Ling qu'en photo, ou à la télévision (notamment lors d'une remarquable soirée d'Arte, consacrée au « Retour du sacré », en 1992).

Passé la petite ville de La Rochette, à une demi-heure en voiture de Chambéry, la route remonte une vallée de plus en plus encaissée, jusqu'à Saint-Hugon, haut lieu que, depuis les lointains temps celtiques, les géomanciens disent situé sur la « ligne Saint-Michel ». Il ne s'agit pas du réseau ferroviaire, mais d'un alignement de hauts lieux remontant au néolithique ! Une artère de dragon, diraient les spécialistes du *feng shui* chinois.

Voici ce qu'a écrit de cette ligne mon ami et coauteur Alain Grosrey :

« Il existe une géographie sacrée des sanctuaires michaéliens. L'extraordinaire disposition rectiligne de ces sites détermine un axe, qui, si l'on poursuit son tracé au-delà de la France et de l'Italie, gagne à l'est le mont Carmel et à l'ouest le Skellig Michaël, un îlot rocheux qui abrite un sanctuaire dédiée à l'archange saint Michel, sur la côte sud-ouest de l'Irlande.

« Cette ligne, dont le réseau de lieux sacrés ponctue le parcours du soleil du levant au couchant, correspond toujours, au ponant, à la *rubedo*, autrement dit à la fin de l'œuvre dans l'alchimie. Ainsi, la fin appelle le renouveau, car l'archange saint Michel symbolise le passage de l'ombre à la lumière. Ces sites sacrés, parfaitement alignés et qui correspondent chacun à un emplacement géographique précis, soulignent l'adéquation formidable entre l'être humain, les forces de la Terre et du Ciel. Chaque emplacement est un lieu de respiration où se conjuguent harmonieusement le tellurique et le cosmique.

« Si, au cœur d'une civilisation dominée par le matérialisme, l'on peut être sceptique quant à la réalité de ces forces invisibles, on peut également admettre, et la physique contemporaine ne cesse d'ailleurs de le démontrer, qu'il existe de vastes niveaux de réalité qui nous échappent totalement. Il est fort probable que nos ancêtres, beaucoup plus proches de la nature et plus à l'écoute de ses voix, pouvaient accéder à certains de ces niveaux dont on perçoit difficilement aujourd'hui la signification et la valeur. Privilégiant l'intellect au détriment de l'intuitif et du "senti", que savons-nous exactement de la texture subtile dessinée par le mariage des forces telluriques et célestes que des hommes ont identifiée puis sublimée en dressant sanctuaires, temples puis églises pour rendre compte de la grande trame universelle qui unit la Terre et le cosmos, la partie et le Tout ? La grande majorité des édifices religieux chrétiens, érigés à l'emplacement exact d'anciens sites païens, signale que des hommes ont en quelque sorte reconnu l'extraordinaire valeur de ce riche savoir. »

C'est donc là, sur ce « lieu de pouvoir », que s'installèrent au XIIe siècle des chartreux, c'est-à-dire des moines chrétiens suivant la règle très stricte de saint Bruno. Ils y bâtirent une solide abbaye... dont il ne reste presque rien : tout a brûlé pendant la Révolution. D'après les plans et les traces au sol, un septième seulement des bâtiments est resté debout. Lorsque des bouddhistes français ont racheté les lieux, conduits par le Dr Jean-Pierre Schnetzler, en 1979, il leur a fallu un courage certain pour envisager de s'établir un jour dans cette ruine.

Aujourd'hui, l'Institut Karma Ling se porte bien et s'apprête bravement à accueillir l'un des plus étonnants rassemblements religieux de tous les temps.

Lama Denys Teundroup rayonne. Les divinités bienheureuses semblent avec lui. Tout marche à merveille ! Il faut dire que, sans se départir jamais de son flegme souriant, l'enseignant bouddhiste travaille sur trente-six fronts à la fois.

La délégation nord-américaine lui donne quelques soucis : on a invité une demi-douzaine de personnes (des *medicine-men* sioux, apaches, oglalas...), et voilà qu'ils s'annoncent à vingt ! Les Africains aussi posent de légers problèmes : contrairement à ce qu'elle avait prévu, l'envoyée spéciale, Jacqueline Roumeguère, n'a pu obtenir de ramener avec elle l'un des derniers grands rois du Sud, un sage du Zimbabwe ; elle a certes trouvé aussi bien — Monté Wambilé, grand-prêtre d'une ancienne peuplade de pasteurs nomades du Kenya —, mais il a fallu extraire ce dernier de son territoire avant la saison des pluies et donc le loger à Nairobi en attendant la Rencontre : du coup, la note a déjà dépassé de plusieurs fois la somme initialement prévue !

Ce ne sont pourtant là que broutilles. À peine a-t-il raccroché son téléphone que Lama Denys, reprenant son crayon bleu, se penche sur une vaste feuille de papier millimétré. C'est lui qui dessine le plan de l'immense chapiteau où le Dalaï Lama délivrera son enseignement sur les Quatre Nobles Vérités aux quelque cinq mille personnes déjà inscrites, en bas, à La Rochette. Mais comment placer Sa Sainteté le plus au centre possible de la foule ?

Et il y a tant de dossiers à régler, de personnes à recevoir, à rappeler, à encourager : les invités de marque, le syndicat des hôteliers, la mairie, la préfecture, les Affaires étrangères, l'évêché... Peter Brook est finalement d'accord pour mettre en scène une sorte de rituel collectif, le dernier jour de la rencontre — reste à savoir sur quel texte : il faudrait quelque chose de frappant... mais qui ne blesse surtout personne. Manque de chance, la Rencontre Inter-Traditions tombe en pleine Pâque juive et les rabbins prévus ne pourront pas venir — qui donc acceptera de représenter le judaïsme malgré tout ? Hélas, toujours pas le moindre contact assuré en Océanie — il s'agit tout de même d'un tiers de l'hémisphère terrestre ! Maintenant, reprenons la liste des journalistes à inviter... Surtout n'oublions pas de relire ce soir tous les textes destinés au numéro spécial de la revue

Dharma (entièrement rédigée et fabriquée sur place). Quel est donc le numéro de fax de la délégation des aborigènes d'Australie ?

Apparemment paisible, malgré toute cette fébrilité, Lama Denys Teundroup trouve plusieurs heures pour discuter avec nous de la question de fond : comment éviter les pièges de la séduction et obtenir que la Rencontre Inter-Traditions ne se transforme en éphémère foire *new age*, et porte des fruits durables ?

Au centre de la discussion : le langage. Si l'idée même d'une rencontre entre modernes, classiques et archaïques constitue un terrain piégé, c'est bien d'abord en raison des mots. Lesquels allons-nous employer pour proposer des passerelles entre les « traditions » ? Prenons un exemple : chamanisme. Depuis quelques années, ce mot, quasiment inconnu en 1951, quand Mircea Eliade publiait *Le Chamanisme et les Techniques archaïques de l'extase*, a vu son usage se répandre. Peu à peu, il a recouvert tout un archipel de sujets, depuis la pratique des chamanes originels de Sibérie et de Mongolie, jusqu'aux actuels « écothérapeutes » qui proposent à nos contemporains de renouer avec leurs racines perdues, au moyen notamment de la symbolique des « animaux intérieurs ». Au passage, toutes sortes de féticheurs, sorciers, hommes-médecine, hommes-de-la-nature et autres grands-prêtres animistes sont confondus pêle-mêle dans le même grand fourre-tout. Pour être plus sympathique que le méchant sac-poubelle utilisé par nos grands-parents — qui cherchaient avant tout à disqualifier les pratiques spirituelles antérieures aux grands systèmes philosophiques et religieux occidentaux —, notre fourre-tout n'en est pas moins le signe d'une réelle ignorance. Pensons-nous sérieusement qu'un même terme, emprunté à l'Asie centrale, puisse désigner avec justesse des pratiques spirituelles et religieuses s'étalant sur les cinq continents depuis des dizaines de milliers d'années ? C'est pourtant ce que nous faisons. Et ce mouvement linguistique semble inexorable.

Tout change quand on se met à la place du maître-tambour, ou de l'homme-médecine, ou du... chamane lui-même, chacun revendiquant sa spécificité, à l'intérieur d'un immense éventail de possibilités.

Ce livre entier ne suffirait pas à relater les discussions qui nous entraînent, Lama Denys, Alain Grosrey et moi-même, jusque tard dans la nuit, sur ces questions de langue. Il a même été question, initialement, de publier à la fin de cet ouvrage un « Lexique réformateur », indispensable pour qu'émerge une mentalité nouvelle. Ce travail verra le jour plus tard. Pour en donner un avant-goût au lecteur, en voici tout de même un extrait :

« Les Anciens nous ont appris que les langues traditionnelles, comparativement aux langues modernes qu'ils sont presque tous obligés d'utiliser, ont l'extraordinaire capacité de maintenir une adéquation très forte entre le nom et la chose désignée : autrement dit, le mot colle totalement à la chose. C'est une des raisons pour lesquelles ils ne parlent pas pour ne rien dire ! Ils savent aussi que la chose nommée porte en elle son essence.

« Ainsi, parler, nommer les choses n'est pas un simple jeu ou un artifice parmi d'autres. La langue est souvent symbolique et renvoie à des niveaux de réalité de plus en plus subtils à mesure que l'auditeur perçoit l'essence des choses et de leur relation. Nous, Occidentaux, nous nous marions souvent à un usage de la langue qui, disent-ils, laisse proliférer les dérivations entre concepts et notions.

« De dérivation en dérivation, on en arrive finalement à des déviations ! "Amérindien" ou "Indien" sont deux termes totalement impropres pour désigner les peuples primordiaux des deux Amériques. Quand Christophe Colomb débarqua aux Caraïbes, il croyait découvrir les Indes. Le raccourci était rapide et permettait d'élaborer un fourre-tout qui gommait la diversité des cultures, des langues et dialectes. Rappelons qu'au moment de la conquête, on comptait entre cinq et six cents langues, et que des peuples se côtoyaient sans se comprendre.

« Ces deux termes cachent à eux seuls un puissant processus de réduction qui fait écho aux efforts délibérés pour ranger l'*Autre* dans des catégories artificielles. Leur pérennité doit sans doute beaucoup à leur simplicité phonétique alliée à la propension occidentale à rêver ou à dénigrer les cultures et les êtres qu'ils représentent.

« Sans sombrer dans un radicalisme rigide et aveugle, on ne dira jamais assez à quel point des commodités de langage sont susceptibles de fixer durablement des représentations imaginaires. Qui n'a pas joué aux cowboys et aux Indiens ? Si l'emploi de termes génériques est plus aisé, il n'en est pas moins vrai qu'ils caractérisent souvent, dans le cas qui nous concerne, une méconnaissance des réalités profondes et diverses que ces termes recouvrent.

« Nous aurions pu employer l'expression "les hommes-de-la-nature" ou "les naturels", comme l'a fait Éric Navet, un ethnologue français. Mais nous avons choisi "enfants-de-la-nature" parce que les Anciens présents à Karma Ling ont estimé que cette expression était la moins homogénéisante, la moins réductrice et la plus opportune pour désigner l'unité sous-jacente de ces hommes et femmes appartenant à des traditions primordiales. D'ailleurs, lors de la remarquable Journée Inter-Traditions [1], Nadia Stepanova a affirmé avec vigueur : "Nous sommes les enfants d'une seule mère, la Mère-Nature." »

---

1. La semaine de rencontre culmina en une journée publique — la Journée Inter-Traditions — qui a réuni, en présence de sept mille personnes, les représentants des religions et traditions (voir p. 214).

Préambule 19

« Il fallait donc adopter une expression qui puisse rendre compte de l'alliance avec la nature si caractéristique de ces Traditions qui l'envisagent sur le mode du rapport reliant amoureusement la mère à ses enfants. La filiation génère dans l'esprit des enfants-de-la-nature une remarquable éthique du comportement à l'égard du monde naturel et nous aide à comprendre que l'union de l'homme et de la nature est le fondement de leur vision globale.

« Dans le cadre de la culture occidentale, c'est aussi un clin d'œil non seulement à Rousseau, lui qui savait vivre dans la société occidentale sans être de cette société, qui avait su dresser la figure d'un hypothétique "homme-de-la-nature" dont il louait l'état et les conditions de vie, mais également à Henry David Thoreau qui aspirait à "se naturaliser" et qui écrivait dans son *Journal*[1] : "Qu'il est rare de rencontrer un homme qui soit libre, même en pensée ! Nous vivons d'après des règles. [...] J'emmène dans les bois mon voisin qui est un homme cultivé et je l'invite à prendre dans l'absolu une vue nouvelle des choses, à vider sa pensée de tout ce qu'ont institué les hommes, en vue d'un nouveau départ. Impossible, il reste attaché à ses traditions, à ses préjugés. Il croit que les gouvernements, les universités, les journaux, vont d'une éternité à l'autre. [...] Je voudrais, de temps à autre, prendre conseil des oiseaux, corriger mes vues humaines en consultant leur chant."

« À l'époque où le clivage entre la nature et l'homme n'est plus tenable[2], il conviendrait de s'affranchir du dualisme culture/nature. Placer l'être culturel au-dessus de l'être naturel, comme on le fait généralement, conduit aux abus que nous connaissons aujourd'hui et au malheur qui frappe les sociétés qui

---

1. Extraits choisis et traduits par R. Michaud et S. David, présentation de Kenneth White, Denoël, 1986, p. 178.
2. Catherine et Raphaël Larrère soutiennent cette idée dans *Du bon usage de la Nature* (Aubier, 1997) en interrogeant le concept de la nature.

ont privilégié d'autres approches de la condition humaine. »

Un matin, un assistant de Lama Denys vient nous chercher pour nous faire visiter les différents sites où la Rencontre Inter-Traditions doit se dérouler.

Les installations, destinées à recevoir les milliers de personnes qui viendront écouter le Dalaï Lama à La Rochette, s'annoncent impressionnantes. Une petite ville en toile. Avec un parking géant et un chapiteau-restaurant qui fera, paraît-il, penser au cirque Barnum. Mais nous sommes bien plus impressionnés par l'idée de la « Tente des Rituels ».

Conçue pour accueillir deux cents personnes tout au plus, cette tente se dressera, non pas dans la vallée, mais à côté du monastère, en pleine montagne, à l'endroit où s'élevait jadis la chapelle des moines chartreux, c'est-à-dire là où, bien plus tôt encore, des « hommes-de-connaissance » préhistoriques avaient repéré un lieu de pouvoir et y avaient vraisemblablement bâti un tumulus, dédié aux forces de la nature. À la fin du second millénaire de l'ère chrétienne, en l'an de grâce 1997, des Français engagés dans la voie du bouddhisme s'engageront donc à bâtir en ce même endroit un « Temple des Traditions unies ». Auparavant, toutes sortes de rituels très anciens, venus du monde entier, y auront été célébrés. Avec la bénédiction de Sa Sainteté le Dalaï Lama.

LES RITUELS
DES TRADITIONS PRIMORDIALES

1

L'ouverture de la Tente des Rituels

*La Tente des Rituels de Karma Ling /
Des rumeurs contre le vaudou / Arrivée des Anciens / Douze délégations
primordiales / Consécration du site
par Sa Sainteté.*

Voilà notre époque : de Paris au fin fond des Cévennes, tous ceux à qui nous avons dit que nous allions passer dix jours avec des « chamanes » du monde entier, rassemblés autour du Dalaï Lama, nous ont aussitôt enviés. Plus d'un aurait payé cher pour pouvoir se faufiler dans nos valises. Des chamanes ! Quelle chance !

Enfin, nous prenons le train en direction de Saint-Hugon et de l'Institut Karma Ling. Et c'est indéniable : nous avons de la chance !

Imaginez le décor...

En bas, dans la vallée, les habitants de La Rochette ont déployé des centaines de petits drapeaux tibétains, pour accueillir le Dalaï Lama et les six à sept mille personnes qui vont débarquer d'ici la fin de la semaine pour recevoir l'enseignement des Quatre Nobles

Vérités, sous un immense chapiteau blanc, dressé à la sortie de la ville, au bord de l'Isère.

Pendant ce temps, dix kilomètres plus haut dans la montagne, le long d'un torrent qui dévale droit des neiges encore très visibles sur les sommets, au-delà de plusieurs barrages de police (qui vont devenir de plus en plus sévères à mesure que l'heure d'arrivée de Sa Sainteté se rapprochera), au milieu des sapins, se niche le monastère de Karma Ling. C'est là que ses appartements (repeints de frais) attendent le chef des bouddhistes tibétains. Là aussi que l'on s'apprête à accueillir douze délégations des Traditions primordiales venues du monde entier. Là enfin que quelques rares observateurs — l'« équipe du livre », c'est-à-dire nous, et l'« équipe du film », des documentalistes canadiens [1] — ont reçu la permission de s'installer discrètement, pour pouvoir ensuite témoigner à l'extérieur de ce qui se sera passé dans l'enceinte sacrée.

Enceinte sacrée ? Le mot n'est pas trop fort. Il définit bien la Tente des Rituels. Lorsque nous découvrons l'endroit la première fois, le soir du 23 avril, à la lueur des lampes-torches, nous ne pouvons retenir des cris d'admiration. Nous avons rarement vu un espace aussi harmonieux. À l'endroit précis où s'élevait jadis la chapelle des chartreux de Saint-Hugon, les bouddhistes ont fait construire une yourte en forme de coquille d'oursin. Le matériau est basique : une toile de coton blanc tendue sur des nervures de sapin rouge. À l'intérieur, sur une moquette de coco drue et rouge, un double cercle concentrique de *zafus* (coussins de méditation) et de tables de méditation, empruntés à l'un des

---

1. À la dernière minute, les télévisions françaises ayant toutes renoncé à couvrir l'ensemble de l'événement, j'ai eu la chance qu'un ange m'inspire d'appeler un ami irlandais, Michael O'Callaghan, chargé d'un gros programme vidéo mondial parrainé par l'UNESCO. Mike a appelé le cinéaste canadien David Tcherniak... qui s'est aussitôt montré intéressé à couvrir l'ensemble de la rencontre. J'espère que la vidéo sera vite disponible.

temples de Karma Ling, propose une hospitalité chaleureuse.

Au sommet de la yourte, à l'aplomb du centre, un cockpit transparent, qui laisse entrevoir des étoiles, peut s'ouvrir au grand air... au cas où les rituels nécessiteraient un feu important. Car il est bien question d'inviter les représentants des différentes délégations à célébrer ici de véritables rituels. Du moins à en ébaucher suffisamment les formes — la plupart des rituels originels ne s'exportent pas — pour laisser leur chance à de réelles et profondes résonances entre les hommes...

Qu'est-ce d'autre qu'un rituel, sinon la mise en résonance d'humains actuellement incarnés avec la longue suite de tous ceux qui les ont précédés, dans l'espace et dans le temps, en se coulant toujours dans les mêmes gestes ?

Lorsque nous nous retrouvons sous les voûtes du réfectoire de Karma Ling, ce soir du 23 avril, toutes sortes de murmures et de rumeurs agitent le petit monde des bénévoles, hommes et femmes, jeunes et vieux, venus des quatre coins de l'Europe pour prêter main-forte aux bouddhistes pendant la durée de la Rencontre Inter-Traditions. Tandis qu'ils prennent un peu de nourriture et de repos, nous faisons connaissance avec certains d'entre eux. Ils sont d'un abord plutôt chaleureux et rient très fort de tout ce qui se raconte. Les rumeurs les plus commentées concernent les délégations africaines. On aurait invité des sorciers vaudous à venir pratiquer des sacrifices animaux ! Dans une enceinte bouddhiste !

L'un des traits communs les plus frappants des différents courants bouddhistes est certainement leur très grand respect de toute forme de vie, que celle-ci soit humaine, animale ou végétale. Certes il existe davantage de respect pour l'animal dans le geste du chasseur-cueilleur priant l'esprit de la bête avant de la tuer, que dans celui du consommateur venant acheter son poulet de batterie au supermarché du coin ; et ce respect primordial, que l'on aimerait voir refleurir, s'étend sans nul doute à bien des sacrifices animaux — perpétrés combien de milliards de fois par nos ancêtres ? Seulement voilà : le Bouddha — tout comme Jésus — est justement venu inviter les humains à passer à un autre stade de l'éveil, à un autre genre de rapport avec les différentes formes de vie. Et la présence de sacrificateurs primordiaux dans la Tente des Rituels fait donc frémir plus d'un adepte.

Craintes très vaines : nous verrons avec quel humour et quelle lucidité les Africains concernés désarmeront ces rumeurs —, mais ces dernières en disent long sur la gravité de cette expérience collective. Il ne s'agit pas d'un énième colloque théorique sur la question du dialogue inter-religieux ou sur les nécessaires passerelles entre science et religion... La Rencontre Inter-Traditions promet d'emblée du nouveau et du concret. De l'incarné... (et donc aussi, bien sûr, de l'invisible : qui pourrait prétendre contrôler, saisir ou simplement connaître tous les effets d'une confédération de prières ? Or, n'est-ce pas de cela qu'il est question ?).

Tard dans la nuit, confortablement installés dans notre chalet savoyard, nous nous interrogeons. Qu'ont pu penser les « représentants des Traditions anciennes » quand ils ont reçu l'invitation inattendue du Lama Denys ? À quoi rime un tel rassemblement, considéré depuis le fond de la brousse, du désert... ou de la jungle urbaine — celle de Mexico, par exemple, où réémergent, de nos jours, les traditions toltèque et aztèque ? Quelles sont leurs urgences ? De quelles façons s'entremêlent, pour eux, les impératifs économiques, politiques, sociaux... et le besoin de spiritualité ? Ont-ils toujours accès à leurs anciens sites sacrés, ou ceux-ci ont-ils été confisqués par l'argent ou la guerre, ou effacés par l'urbanisation ? Peuvent-ils toujours transmettre leur tradition à leurs enfants ? Ces derniers y trouvent-ils de l'intérêt, ou sont-ils aspirés par les formes « mondiales » ? Et leurs médecines d'origine, ont-ils toujours les moyens de les pratiquer ? À l'inverse, que pensent-ils de nous, derniers descendants des forces qui les ont inexorablement éliminés ? Comment voient-ils l'évolution du monde ? Qu'en disent leurs prophéties ?

Le lendemain matin, en quelques heures, nous rédigeons un questionnaire type. Autant pour servir la noble cause que pour nous rassurer. Que font des chercheurs occidentaux, face à l'inconnu ? Ils mettent au point un questionnaire.

Pendant les deux jours qui suivent, les délégations débarquent les unes après les autres. Nous découvrons les premières dès le petit déjeuner du 24 avril.

Voici la forte délégation des Amérindiens... pardon, des « enfants-de-la-nature » d'Amérique. À vrai dire, pour être « sémantiquement correct » jusqu'au bout, il faudrait parler des « hommes-de-connaissance, héritiers des traditions de ce continent parfois appelé "île de la Tortue" et que les envahisseurs européens décidèrent d'appeler "Amérique", après l'avoir d'abord confondu avec l'Inde »... Mais, bon, acceptons les compromis. L'essentiel est de ne pas écraser la diversité des cultures et des expériences sous un seul et même laminage terminologique.

Donc, les Américains sont une vingtaine et ils rient volontiers. Ils ont visiblement l'habitude des symposiums et des colloques. Ce n'est pas comme les Africains du Kenya que tout le monde regarde avec commisération. À peine visibles sous des montagnes d'anoraks, ils semblent figés de peur et de froid ! Ceux-là sont les représentants de la tradition rendillé, des pasteurs nomades des hauts plateaux kenyans, cousins des Masaïs. Le chef de leur délégation, Monté Wambilé, détenteur du bâton sacré que jamais il ne quitte — car celui-ci relie la Terre au Ciel —, n'avait pas une seule fois, depuis sa naissance, quitté ses territoires de transhumance. Il ne connaissait même pas Nairobi, la capitale. En un mois, il a franchi des siècles et découvert coup sur coup, dans un monstrueux télescopage spatio-temporel : la vie urbaine moderne, l'avion, Paris, l'autoroute, les Alpes, et maintenant le froid... On entend des anglophones murmurer : « *Cultural choc.* » Et l'on se demande si le malheureux va pouvoir s'en tirer, s'adapter, en si peu de temps.

Eh ! Comment distinguer la sollicitude vraie de l'inacceptable paternalisme, faire la différence entre la compassion et la commisération ? Que le lecteur se rassure : dès le surlendemain, alors que certains d'entre nous en sont encore à s'apitoyer sur son sort, Monté Wambilé ouvrira soudain en grande pompe les rituels de l'après-midi, nous faisant participer à une bénédiction formidablement rythmée, et donnant à tous la preuve d'une étonnante capacité à se mouvoir dans l'espace-temps et à y entraîner les autres.

Ce sens que les maîtres d'arts martiaux japonais appellent le *ma*.

Un mot intraduisible en français : à la bataille, le guerrier qui a un bon *ma* peut éviter les coups de sabre et même danser entre les balles ; celui qui ne l'a pas est un homme mort. La notion de *ma* peut s'appliquer à tout. Selon Derrick de Kerckhove, directeur du programme McLuhan de l'université de Toronto, c'est l'irruption de la perspective, c'est-à-dire, en un sens, la dictature de l'œil et des points de vue qui, à la Renaissance, a commencé à faire perdre aux modernes leur sens du *ma*. Les peuples primordiaux, explique de Kerckhove, n'ont pas de points de vue, mais des *points d'être*. La différence ? Un moderne, égaré dans la forêt et ne trouvant plus le chemin du village, dit : « Nous sommes perdus. » Étonné, son guide iroquois lui répond : « Nous non, nous ne sommes pas perdus, puisque nous sommes là. C'est le village qui est perdu ! » Et le successeur de Marshall McLuhan de prophétiser : avec l'irruption de l'audiovisuel, du virtuel et d'Internet, bref de tous les outils de la postmodernité, nous retournons d'une certaine façon au *ma* archaïque des points d'être. Voire...

Le 24 avril au soir, Lama Denys Teundroup invite toutes les délégations à une petite cérémonie d'accueil dans l'un des temples bouddhistes installés au sein de l'ancienne chartreuse. Entourés de la beauté toujours surprenante du décorum tibétain — tellement plein et pourtant jamais lourd —, une quinzaine d'Anciens reçoivent un *kata*, une écharpe de soie blanche tibétaine, des mains du directeur de l'Institut Karma Ling qui, pour cette première manifestation de bienvenue, indique nettement dans quel esprit il a organisé la Rencontre Inter-Traditions : ouverture, tolérance et non-interventionnisme. Pas question, pour lui, de prendre d'autre initiative que de mettre à la disposition des différentes délégations un espace et un temps où elles pourront, si elles le désirent, se rencontrer et échanger. Il se refuse à intervenir davantage. À elles de jouer !

Tout se met véritablement en place le vendredi 25 avril, lorsque les délégués des différentes traditions spirituelles sont invités à se rassembler sous la Tente des Rituels, pour se présenter les uns aux autres. En fait, les différentes traditions quelles qu'elles soient (chrétienne, juive, cheyenne, hindoue) ont été conviées à ce premier *pow-wow* (mot lakota pour désigner un grand conseil). Mais, à l'exception, le second jour, d'un maître yogi arrivé de Bombay, seuls les « primordiaux » sont présents — les représentants des « grandes religions » n'apparaîtront que timidement, au fil des jours, et tous beaucoup plus dans une démarche d'observateurs que de participants actifs —, ce qui est peut-être inévitable.

Entre « primordiaux », l'ambiance est d'abord bienveillante et attentiste. La plupart des personnes assises sur les deux cercles concentriques ne se connaissent pas. Chacun observe les autres. Le cercle central est bien sûr occupé par les chefs : les chamanes, les hommes-médecine, les sages des temps anciens.

Deux délégations arrivent d'Afrique. Les plus visibles — en raison de leur corpulence, mais surtout de leurs parures — sont les quatre vaudontis du Bénin. Leur chef est habillé comme un roi. Daagbo Hounon Houna est le « chef officiel du vaudou mondial », titre que lui a conféré l'État béninois, faisant de lui le responsable de la plus élaborée des religions originelles de l'Afrique — et de sa célèbre diaspora dispersée dans les Caraïbes et en Amérique du Sud depuis cinq siècles. Mais la plupart des délégations sont également très voyantes : nos ancêtres aimaient visiblement les couleurs vives, les parures de plumes, les coiffures travaillées. Ainsi le chef des Rendillés du Kenya, Monté Wambilé, dont tout le monde apprendra vite à apprécier l'élégante austérité, est lui revêtu d'une sorte de cape écarlate. Tous les visages sont graves, forts, beaux...

Trois délégations arrivent d'Asie centrale :

— les böns sont les chamanes du Tibet prébouddhique... Mais leur représentant, Lopön Trinley Nyima Rinpoche, portant le même titre et le même vêtement qu'eux, ressemble aux lamas bouddhistes ;

— les célèbres chamanes de Touva (petite nation devenue république autonome après la chute de l'URSS) ont dépêché à Karma Ling le président de leur toute nouvelle « Fédération chamanique » autorisée (de très loin) par Moscou : Fallyk Kantchyyr-Ool (c'est son nom) est revêtu de la fameuse tenue rouge dont se sont inspirés les Européens modernes pour créer le personnage du père Noël ;

— la délégation de Bouriatie, autre nouvelle petite république (située au bord du lac Baïkal), également enracinée dans une très ancienne tradition, est dirigée par Nadia Stepanova, une femme chamane toute de bleu vêtue, au visage des plus énergiques.

Six délégations arrivent des Amériques :

— celle des Shuars d'Amazonie équatorienne est menée par Don Hilario Chiriap, un homme jeune, athlétique, aux longs cheveux noirs et à l'air grave, l'un des plus sobres de toute la noble assistance ;

— l'impressionnante reviviscence aztèque est représentée par le vieux moustachu Tlakaelel, doyen, avec Dick l'Aborigène, de la Rencontre ;

— la Confédération du Condor et de l'Aigle — une création récente destinée à jeter une passerelle entre les anciennes Traditions des Amériques du Centre, du Nord et du Sud — est animée par un grand gaillard au regard triste et doux, Aurelio Diaz, entouré par plusieurs très belles jeunes femmes ;

— quant aux Apaches, ils sont représentés par l'impressionnant Morgan Eaglebear, un géant qui a conservé de son passage chez les marines de grands tatouages et qui porte la tenue traditionnelle de sa nation ;

— la Cheyenne Mary Elizabeth Thunder, l'une des quatre *grandmothers* arrivées d'Amérique, est vêtue, elle aussi, comme dans les légendes « indiennes » de notre enfance, de façon éclatante... ;

— la représentante des Mohawks, Grandmother Sarah Smith, est pour le coup, elle, vêtue de manière plutôt gris souris et discrète.

Une délégation enfin arrive d'Australie, celle de la communauté de Papunya, bien connue pour son réseau d'artistes-peintres militants de la cause aborigène. Cette délégation présente ceci de particulier que son leader s'est « perdu en route », comme nous dirions en Occident, ou plutôt qu'il a laissé l'Europe se perdre à ses yeux, en ne se présentant pas à l'aéroport le jour du départ et en confiant ainsi *de facto* le soin de le représenter à son ami Dick Leichletner — lequel jouera d'emblée, non sans chaleur et humour, le rôle du rebelle, plutôt sceptique devant toute cette aventure...

Chaque délégation comptant entre deux et quatre membres, ce sont trente à quarante personnes qui siègent là, en rond, sous la Tente des Rituels, représentant les ancêtres spirituels de l'humanité. À leur côté, délégué par Lama Denys Teundroup — lui-même parti à la rencontre du Dalaï Lama —, le Blanc québécois Sam Boutet représente l'entité invitante.

Chacun son tour, les chefs se présentent. La parole tourne. Il y a dans l'air de la curiosité et, pourrait-on presque dire, du plaisir. Pourtant, malgré cette légère euphorie — et l'enthousiasme des dizaines de jeunes bouddhistes français bénévoles, qui viendront, par petits groupes discrets, assister aux rituels pendant toute la semaine —, il est clair qu'il ne faudrait pas creuser profond pour découvrir, au cœur des êtres sagement assis là, des gisements, des océans, des siècles... de souffrance.

Oui, dès le premier tour de parole, entre les mots pourtant cordiaux et reconnaissants qu'ils prononcent, cela s'impose : les Anciens que Lama Denys et ses amis ont invités ne sont pas des « faux ». Cela signifie, hélas, très concrètement, que ces gens-là ont souffert le martyre et qu'ils le souffrent encore pour une bonne part. Ils ne se lamentent pas. Ils ont, pour la plupart, depuis longtemps dépassé la haine — nous le découvrirons au fil des jours. Mais c'est ainsi, nul ne peut rien y changer : martyre des peuples primordiaux d'Amérique, que nos ancêtres ont exterminés ; martyre des aborigènes d'Australie, explicitement traités comme des « hommes-singes » jusque très récemment ; martyre plus récent, moins connu, des peuples d'Asie centrale, dont les communistes ont tenté pendant soixante-dix ans d'effacer la culture chamanique par le goulag, c'est-à-dire par le massacre, les camps et la police psychiatrique...

Paradoxalement, à l'heure où tant de nouvelles affolantes nous parviennent du continent noir, les Africains représentés dans le cercle — le chef rendillé du Kenya et le grand-prêtre vaudou du Bénin — sont les moins mal lotis, les seuls notamment à avoir pu conserver sans discontinuité leurs traditions et leurs territoires. Certes, rien n'est parfait : on sait que les esclavagistes ont frappé justement en tout premier les côtes du Nigeria et du Bénin...

Quel que soit l'angle d'approche, la souffrance est là, plus ou moins béante. Nous y reviendrons forcément...

Mais voilà que des cris lointains interrompent soudain la cérémonie d'ouverture en son beau milieu :

« Sa Sainteté ! Sa Sainteté ! »

Irruption d'un représentant de Karma Ling. Brusque interruption du *pow-wow*. Conciliabule. Puis déclaration de Sam Boutet (en anglais comme toutes les déclarations communes sous la Tente des Rituels) :

« Chers amis, désolé d'interrompre cette cérémonie, mais Sa Sainteté le Dalaï Lama est annoncée. Il devrait arriver à Karma Ling d'ici un quart d'heure maximum. Nous vous proposons d'aller l'accueillir de ce pas. »

Descendant la butte sur laquelle se dresse la Tente des Rituels, on entend quelques voix protester : « Interrompre ainsi la cérémonie d'ouverture, quasiment d'une seconde à l'autre et sans avertir... C'est un peu cavalier ! » Question de *ma*, encore une fois. Mais la majorité des représentants ne se formalise pas. Ils vont enfin approcher le grand homme. Sa Sainteté le Dalaï Lama !

L'importance du chef spirituel tibétain n'est évidemment pas la même pour tous. À l'extrême, les pasteurs nomades rendillés n'avaient jamais entendu parler de lui — ni d'ailleurs du bouddhisme, et peut-être pas non plus du Tibet. Mais la plupart savent bien sûr qui est cet homme et surtout ce qu'il représente. Comme nous le dira plus tard le sociologue Marco Diani, représentant de la communauté juive : « En quelques années, patiemment, le Dalaï Lama s'est imposé comme *le* modèle de référence, peut-être le seul au monde à pouvoir fédérer à la fois : le combat pour les droits de l'homme, la résistance des minorités ethniques, la lutte pour la préservation de la nature, une certaine idée spirituelle de l'homme... Bref, la synthèse de tout ce pour quoi il vaut la peine, aujourd'hui, de se tenir debout et de résister. »

Une demi-heure plus tard, deux Renault Safrane gris anthracite pénètrent dans l'enceinte du monastère. Sous les vivats, encadré par ses gardes du corps, le Dalaï Lama descend de voiture et, un à un, vient saluer en souriant les représentants des Traditions primordiales, qui lui font une haie d'honneur, tandis que Lama Denys Teundroup cite chacun des noms à Sa Sainteté.

Cela va très vite. Deux ou trois minutes, et le grand homme a déjà disparu.

Alors, lentement, les Anciens remontent vers la Tente des Rituels. Non pas pour s'y réinstaller tout de suite. Lama Denys les invite d'abord à partager un pique-nique sur l'herbe.

Un tableau surréaliste se met alors en place, que l'on eût aimé voir filmer par un Jean Renoir ou un Jacques Tati. Côte à côte, partageant force boissons et victuailles, des chamanes, de jeunes bouddhistes français, des hommes-médecine, des journalistes, des secouristes, des hommes-de-connaissance, des lamas tibétains... passent un bon moment à déjeuner ensemble au soleil.

Le départ officiel de la Rencontre Inter-Traditions est sonné, à coups de gong, le lendemain matin, samedi 26 avril 1997, à 9 heures, quand Sa Sainteté le quatorzième Dalaï Lama, entourée de tout un aréopage en tunique pourpre, entre en grande pompe dans la Tente des Rituels, acceptant ainsi — malgré d'inévitables critiques à attendre de la part des idéologues purs et durs du monde bouddhiste — de donner son aval à l'audacieuse initiative de Lama Denys Teundroup.

Aux côtés du chef spirituel, les habitués reconnaissent, au milieu de la bousculade, son ami de toujours, le grand lettré Dagpo Rinpoche, qui a longtemps enseigné le tibétain à l'École des langues orientales de Paris et s'occupe de la nourriture du Dalaï Lama lorsque celui-ci vient en France. Est également présent le *guéché*[1] Tengyé de l'Institut Vajrayogini, qui avait reçu Sa Sainteté en 1993. Sans oublier naturellement le célèbre Matthieu Ricard, ce moine bouddhiste français, fils de l'intellectuel Jean-François Revel, qui, pendant toute la semaine, va servir d'interprète à Sa Sainteté, lorsque celle-ci entreprendra d'enseigner les Quatre Nobles Vérités à La Rochette, en bas, dans la vallée.

L'heure n'est cependant ni aux discours ni aux interprètes, mais à l'action de grâces. Le Dalaï Lama va bénir la Tente des Rituels. La portée de l'événement se situe bien au-delà des mots. Ayant psalmodié une prière introductive, il descend de son siège et, avec cette décontraction et cet humour qui l'ont rendu sympathique au monde entier, vient se placer au centre de la tente, où les responsables de Karma Ling ont conservé un carré de terre nue. C'est donc là que, selon les plans anciens, s'enracinait l'autel de la chapelle chrétienne. À cet endroit précis, maniant à présent la truelle sous sa tunique aux manches relevées, le Dalaï Lama pose la première pierre d'un Temple des Tradi-

---

1. *Guéché* : équivalent bön du lama tibétain.

tions unies, qui devra commémorer plus tard la Rencontre.

Puis Sa Sainteté remonte sur son trône, d'où il consacre l'ensemble du site. Il entonne encore une courte prière de conclusion et, ayant éclaté de rire une dernière fois, il repart vers la vallée, entouré de sa cohorte de lamas, saluant au passage la foule hétérogène des anciens et des modernes, tous légèrement ébahis.

2

Le chamane de Touva célèbre le premier rituel

Comment le chamane de Touva lance le cycle des rituels / Premier dialogue entre Anciens / La transmission du grand-père / Le monde a besoin d'intermédiaires entre la terre et les esprits.

D'abord, le départ du Dalaï Lama laisse comme un vide. Une impression d'autant plus troublante que Sa Sainteté s'en est allée en riant. À l'agitation quelque peu fébrile qui a rempli la Tente des Rituels pendant un court mais très dense quart d'heure, succède un flottement vaguement mélancolique. En bas, dans la vallée, six à sept mille personnes s'apprêtent, elles, à plonger dans la sérénité contagieuse de quatre pleines journées d'enseignement et de méditation, orchestrées par le saint homme venu du Toit du monde. À Karma Ling, de façon beaucoup plus discrète, un petit personnage se met alors laborieusement au travail...

C'est le chamane de Touva, que les Anciens ont désigné pour célébrer son culte le premier dans cet espace inouï. En grande tenue, rouge et orangé, il s'affaire, dispose de petites bûches, y met le feu, jette des herbes dans un bol d'eau, en projette quelques gouttelettes sur le foyer, sort un tambourin d'un sac, en réchauffe la membrane à la flamme naissante...

Ce faisant, cet homme, qui est le président des chamanes de Touva — petite république officiellement considérée, depuis 1993, comme le berceau du chamanisme de toutes les Sibéries et Mongolies réunies —, se livre à un jeu qui, de prime abord, pourrait faire craindre une sorte de simulacre, un jeu didactique sinon folklorique : l'homme se décrit et commente ses propres gestes au fur et à mesure qu'il les effectue, un peu comme s'il s'était dédoublé et qu'une moitié de lui-même devenait la narratrice de l'autre. J'ignore encore qu'en réalité cette aptitude à se situer à deux niveaux de conscience simultanément est justement l'une des caractéristiques du chamane, dont la transe n'est pas une possession — le sujet ne se dissout à aucun moment, même quand il « s'envole vers le ciel des esprits ».

Que dit Fallyk Kantchyyr-Ool ? Le chamane parle russe, et Katia, une jeune et jolie Moscovite, traduit, tantôt en français, tantôt en anglais, des paroles imprévisibles :

« Par ses herbes et cette eau, le maître de ce feu va se trouver purifié. »

« Nourrissons le maître de ce feu de tant de foi qu'il deviendra aussi grand que la France ! »

« Imaginons, tous ensemble, que le torrent voisin devienne gros comme la rivière Isère, comme le fleuve Rhône, comme mille fleuves Rhône... et qu'il plonge dans un gouffre, au centre de ce feu ! »

Ce n'est que l'introduction. Aidé par son assistant, que par le plus grand des hasards l'un de nous connaît — c'est Albert Kuvezin, un musicien célèbre en république de Touva —, le chamane revêt à présent l'accoutrement complet de sa fonction : un gilet de cuir rouge, des bottes à bout recourbé, des sangles de cuir, des clochettes... et une grande coiffe de plumes qui, dit-il, vont le relier au ciel.

Les hommes et les femmes de connaissance des autres traditions le scrutent attentivement — surtout ceux d'Amérique latine, Mexicains et Shuars (qui, pour toutes les cérémonies, portent de grandes toques rouge et jaune sur la tête) : le chamane de Touva a tout du « grand sorcier indien » de nos légendes d'enfant — celles dont André Malraux disait qu'elles constituaient, avec la conquête de l'Ouest, l'*Iliade* et l'*Odyssée* des temps contemporains. Les Américains précolombiens ne peuvent pas ne pas voir en lui l'ancêtre de leurs propres hommes-médecine. L'atmosphère se densifie imperceptiblement. Un recueillement s'installe. La gravité nous prend.

L'ancien frappe sur son tambour. La membrane n'est pas encore assez tendue. À grands gestes circulaires, il la fait chauffer au-dessus du feu et l'essaie plusieurs fois. « Ce tambour, explique-t-il, s'appelle *tungur*. C'est la monture que chevauche le chamane. Sans lui, il ne pourrait aller nulle part. » Quand l'homme-de-connaissance asiatique part dans son voyage symbolique, pour descendre chez les ancêtres ou monter chez les esprits — et si possible en ramener un diagnostic et le moyen de soigner tel ou tel mal, pour lequel, généralement, on est venu le consulter —, il pourrait se perdre mille fois dans le labyrinthe des pensées-formes où son voyage l'a conduit, et ne plus jamais revenir à la raison des hommes, si le battement régulier du *tungur*, alors manié par un assistant, ne lui servait de fil d'Ariane, de cordon de vie, le reliant au consensus humain.

Mais, plus important encore, poursuit Fallyk Kantchyyr-Ool, est l'*orba*, c'est-à-dire la crécelle, dont il se sert d'abord comme d'un battoir, frappant à coups redoublés sur la peau de son tambour qui, enfin, semble maintenant suffisamment sèche et tendue pour que le rituel puisse vraiment commencer. Il frappe de façon plus rythmée et commence à danser et à chanter, invoquant les esprits — mais toujours dans ce dédoublement troublant qui lui fait se décrire lui-même à intervalles réguliers.

« J'invoque à présent, dit-il, les esprits non seulement des rivières, mais des montagnes voisines, l'esprit du Vercors, l'esprit de la Vanoise (il s'est bien renseigné !), les esprits de toutes les Alpes et je leur demande de nous accorder la paix dans ce pays et dans le monde entier, et du pain pour nos enfants. Et à vous, ici réunis, je demande ceci : imaginez que vous soyez cent mille fois plus jeunes que vous ne l'êtes aujourd'hui, et imaginez que l'esprit de ce feu soit cent mille fois moins vieux. C'est une question de foi : si vous parvenez réellement à y croire, alors tous nos vœux seront exaucés ! »

Peu à peu, les explications se font plus rares, les chants plus longs, le chamane danse en rond autour du feu. L'atmosphère devient de plus en plus grave. La crainte du simulacre s'éloigne de nous et s'évanouit. Le « grand sorcier indien » de notre enfance s'incarne dans la totalité de son archétype asiatique. Les cœurs battent plus vite. Les gorges se nouent.

Le chamane danse, danse...

Il danse depuis plus d'une heure déjà. Pourtant, quelque chose cloche. Il est couvert de sueur et donne l'impression de peiner. Comme si une très vieille machine refusait de se mettre en route, de démarrer. Sa respiration se fait haletante...

Un léger malaise. Les minutes s'écoulent. Le premier rituel menace de s'enliser.

Mais voilà que, tout d'un coup, le célébrant semble plus léger. Ses gestes se simplifient, s'amplifient, s'embellissent. On a bientôt l'impression qu'il pourrait danser et chanter des heures durant. L'assistance n'y serait d'ailleurs pas opposée. Une ondulation archaïque commence à nous remonter du fond du ventre.

Nous voilà tous emportés dans l'hors-temps. Pendant une durée difficile à mesurer, les pensées s'arrêtent...

Pourtant, le chamane garde la notion de l'heure. À

midi, tout doit être terminé, les organisateurs de la Rencontre Inter-Traditions le lui ont demandé. C'est évidemment très frustrant. Mais comment éviter pareille consigne, quand une bonne douzaine de délégations doivent pouvoir officier, chacune son tour, en quatre jours ?

Alors, le chamane ralentit le rythme. Bientôt, il passe à la phase suivante. Il lance sa crécelle en l'air.

En principe, il ne devrait effectuer ce geste qu'une fois. À la façon dont la crécelle retombe, à l'ordre dans lequel s'ordonnent, dans sa chute, les bouts de cuir colorés qui y sont accrochés, il devrait pouvoir nous lire l'oracle du rituel. Mais les choses ont été trop précipitées. Et puis, l'assistance n'est pas préparée à une pratique dont elle ignore tout. La crécelle retombe sur des personnes, qui, maladroites, ne parviennent à l'éviter, ce qui annule l'opération. Une fois, deux fois, dix fois, Fallyk Kantchyyr-Ool recommence. Une fois, deux fois, dix fois, quelqu'un reçoit l'*orba* sur le corps. Sur la tête. Sur les pieds. Chaque fois, le chamane récupère l'objet, bénit la personne et recommence. Mais ça ne marche pas. Quelque chose continue décidément à clocher. À la fin, n'en pouvant plus, Fallyk Kantchyyr-Ool sort de la tente et là, isolé de tous, ferme les yeux et lance la crécelle dans son dos.

L'*orba* tombe, par « hasard », la pointe tournée droit vers le centre de la Tente des Rituels. C'est frappant. Un attroupement se forme aussitôt autour du petit homme asiatique. Longuement, il observe son *orba*, avant de commenter le jeu des couleurs.

« Le Temple des Traditions unies verra bien le jour, dit-il, et sa fonction principale sera l'étude intellectuelle. » Puis il retourne, épuisé mais rayonnant, sous la tente, et demande : « Où est le maître de ce lieu, que je le bénisse ? »

Après quelques secondes d'interrogation, tous les regards se tournent à la recherche de Lama Denys Teundroup. En vain. Le directeur de l'Institut Karma Ling est en bas, à La Rochette, aux côtés du Dalaï

Lama. Évidemment ! Le visage du chamane se fige : « Qui peut remplacer Lama Denys ? » demande-t-il. Silence. Le petit homme hésite, finit par demander : « Qu'une personne habitant ce lieu se signale, s'il vous plaît. » Encore quelques secondes de suspense. Personne ne bouge. Encore ce fichu problème de manque de *ma* !

« Aucun d'entre vous n'habite donc ici ? » demande l'officiant, à la fois mal à l'aise et incrédule. Alors, timidement, une jeune femme lève la main. C'est Karine, la responsable de *Dharma* — la revue de l'institut. « Avance, lui dit doucement le chamane, je vais te bénir. »

À l'aide de sa crécelle, qu'il fait courir le long de son corps, le représentant de la primordiale tradition d'Asie centrale bénit la grande et belle jeune Européenne, avant de conclure par ces mots : « Le temple qui s'élèvera ici sera vraisemblablement dirigé... par une femme ! »

Éclats de rire. Applaudissements. Le premier rituel de la Rencontre Inter-Traditions vient de se terminer. Dans la liesse.

D'une certaine façon, le décollage est réussi. Et le chamane épuisé.

Parmi les autres Anciens, et notamment dans les délégations d'Amérique du Nord et du Sud — pour les raisons de filiation déjà évoquées, sur lesquelles nous reviendrons —, nous sentons une incontestable satisfaction...

Bribes de phrases, échangées cinq minutes après, sous les voûtes de la chartreuse :
Tlakaelel (tradition aztèque) : Nous nous sentons proches de vous.
Fallyk Kantchyyr-Ool : Que bénis soient vos enfants

et tous les vôtres ! Qu'ils puissent rencontrer les miens et être forts ensemble !
Aurelio Diaz (Fédération de l'Aigle et du Condor, Mexico) : Votre rituel nous a touchés dans le cœur.
Fallyk Kantchyyr-Ool : Une impureté a été dissoute, je vous le dis. Malgré quelques problèmes et grâce à votre présence. Et l'oracle final a été très positif ! Cet endroit sera blanc comme le lait.
Tlakaelel : Je voudrais vous bénir.
Fallyk Kantchyyr-Ool baisse la tête, le Mexicain lui touche le crâne avec une plume d'aigle en murmurant des mots que nous ne comprenons pas.
Fallyk Kantchyyr-Ool : Tous vos vœux seront exaucés !
Tlakaelel : Venez nous voir au Mexique !
Aurelio Diaz : Oui, nous vous attendons.
Fallyk Kantchyyr-Ool : Je dois me rendre aux États-Unis l'automne prochain...
Morgan Eaglebear (s'approchant) : Notre maison sera la vôtre !

Plus tard, nous interrogeons Fallyk Kantchyyr-Ool sur l'expérience qu'il vient de vivre. Le chamane commence par nous dire qu'il est très content de l'hospitalité française et remercie abondamment ses hôtes. Puis il avoue avoir rencontré quelques difficultés à célébrer le premier rituel de cette Rencontre Inter-Traditions, pour des raisons qu'il tente de nous expliquer :

« Pour faire partir le rituel, j'ai imploré l'aide, comme j'ai l'habitude de le faire, de tous les esprits importants des lieux avoisinants : ceux des montagnes, ceux des rivières, ceux des forêts, etc. Ce fut une épreuve étonnamment pénible. J'ai eu l'impression que ces esprits n'avaient pas été contactés depuis des siècles et que de grandes souffrances traînaient par ici, qui n'avaient pas été nettoyées depuis longtemps. De grands martyres, des persécutions... Il fallait absolument purifier cet endroit où va être construit un nouveau temple.

« Il fallait mobiliser l'esprit de ce lieu, mais j'étais entouré de beaucoup de personnes, soit incrédules, soit peu concentrées. D'autre part, le maître de céans n'était pas là — puisque Lama Denys avait dû, je le comprends fort bien, accompagner son propre maître, le Dalaï Lama, auprès des élèves qui attendaient son enseignement, ailleurs. Le problème, c'est qu'il n'y avait personne de prévu pour le remplacer. J'ai donc manqué d'un soutien, de ce côté-là, et je me suis senti assez mal, je l'avoue. C'est la raison pour laquelle, ensuite, mon *orba* tombait toujours si mal. Et comme les esprits des environs étaient devenus très vieux et avaient, je pense, beaucoup souffert, eh bien, le rituel piétinait.

« Heureusement, les autres Anciens ont fini par sentir mon problème et m'ont aidé en mobilisant leurs énergies vers moi. Grâce à eux, la force de ces lieux a rajeuni. Nous avons eu du mal, mais nous l'avons fait ! Et tout d'un coup, vers la fin, tout était bien. Cet endroit, très sain autrefois, a retrouvé sa pureté d'antan, vous pouvez me croire. Et finalement, mon *orba* est tombé comme il le fallait, sans toucher personne, et alors, vous avez tous pu constater que l'oracle était très positif : le côté blanc [il parle des petits bouts de cuir colorés accrochés à sa crécelle], qui représente la Terre, était face contre terre ; le côté rouge, qui représente le Ciel, face vers le haut ; le morceau vert, qui représente le cerveau, l'intelligence, pris entre les deux... Tout était positif. Quant à l'orientation générale de l'objet, elle nous a montré que l'aide viendrait de l'Orient, mais qu'il y aurait d'abord des conflits internes à régler. »

Nous remercions le chamane de Touva.

Contre toute attente, son rituel nous apparaît rétrospectivement beaucoup plus profond et authentique que nous ne l'aurions imaginé de prime abord. Et sa démarche à la fois honnête et puissante : célébrer une telle cérémonie hors de son cadre, entouré d'étrangers... beaucoup d'autres Anciens ne s'y seraient jamais prêtés — y compris, nous le verrons, parmi ceux qui sont assis en cercle sous la Tente des Rituels ! En revanche, ses remarques sur l'assistance « soit incrédule, soit peu concentrée » nous touchent de plein fouet : il ne faisait certainement pas allusion aux autres Anciens, mais bien aux Européens que nous sommes, observant la scène dans une attitude sympathisante mais vaguement attentiste. À quoi jouons-nous au juste ? À quoi croyons-nous, dans cette histoire ?

Le lendemain, nous retournons à la rencontre du chamane de Touva, pour qu'il nous dise un peu en quoi il croit, lui, et d'où il vient.

Fallyk Kantchyyr-Ool, ou la vénération faite homme. De tous les sages réunis à Karma Ling ce printemps-là, il est celui qui s'investit dans l'aventure avec le plus d'application. Dès que quelqu'un prend la parole, il est là, de tout son être, de tout son corps. Sa concentration est impressionnante. Quand c'est un Ancien qui parle, cet homme, qui fut chef mécanicien d'un sovkhoze soviétique et exerce aujourd'hui la triple profession de chauffeur de camion, de vétérinaire et de guérisseur-chamane, joint les mains, les maintient serrées l'une contre l'autre et, souvent les yeux fermés, boit littéralement le discours de l'autre (en partie *via* sa traductrice, qui se tient toujours très droite à côté de lui).

Au début, nous nous demandons d'ailleurs s'il est réellement sérieux, ou s'il joue une sorte de grand théâtre. Son attitude paraît tellement grandiloquente... Cyniques que nous sommes ! Quand nous l'aurons approché de plus près, nous saurons que les gestes de Fallyk Kantchyyr-Ool sont à prendre strictement au premier degré. Et que sa confiance à l'égard des « invités du Dalaï Lama », personnage qu'il vénère plus que tout, est sans borne.

Le père et le grand-père paternel de Fallyk Kantchyyr-Ool étaient tous deux chamanes, dans la république autonome de Touva, dans le bassin supérieur de l'Ienisseï. Fallyk est né sous une yourte, en mars 1947. Sa tribu campait alors sur une montagne appelée « le Lion jaune ». Son grand-père était encore en vie. Dès le premier jour, le vieil homme imposa si fortement sa main sur la tête de son petit-fils, que celui-ci en est resté marqué — se penchant en avant, Fallyk nous montre l'étrange empreinte qui, en effet, semble gravée dans son cuir chevelu.

Parlant de son père, il nous dit qu'il était « lié à la terre, aux grandes montagnes, au ciel, aux étoiles », qu'il priait les dieux et pouvait soigner les gens (notamment les aveugles et les sourds). Dans le peuple, on l'appelait « Celui qui connaît les choses ». Mais si quelqu'un a joué un rôle décisif dans la vie de Fallyk, c'est son grand-père. Celui-ci était chasseur, et possédait des « pierres magiques » offertes un jour par les « Maîtres des montagnes ». Amplifiant ses dons chamaniques, ces pierres lui permettaient de mieux soigner les humains et les animaux. En lui imposant les mains à la naissance, son grand-père a transmis ses dons à Fallyk. Logiquement, il lui destinait aussi tous ses instruments de chamanisme. Mais c'était l'époque de la grande persécution stalinienne, quand les chamanes étaient systématiquement pourchassés par le régime, envoyés au bagne, au goulag psychiatrique, ou tout simplement assassinés. Dans ces conditions, offrir une « panoplie de chamane » à un enfant revenait à le condamner. Tous les instruments du grand-père (dont le miroir magique qui permet de faire des prédictions) furent donc soigneusement cachés, sous un tas de pierres, au fond d'une grotte, dans la montagne.

« Pour accéder à cette grotte, raconte Fallyk, il ne fallait surtout pas laisser d'empreintes. On avait pris tant de précautions qu'à la fin, c'est un miracle si, bien des années plus tard, j'ai pu retrouver l'endroit ! »

Le chamane de Touva célèbre le premier rituel   47

Notre interlocuteur avait à peine trois mois quand son grand-père fut arrêté et déporté. La police fouilla toutes les yourtes des environs, à la recherche des instruments chamaniques. Ceux du grand-père ne furent pas découverts. La guerre froide commençait. Après le répit de 1941-1945 — quand Staline était allé jusqu'à invoquer le souvenir de la « Sainte Russie » pour convaincre les masses de se mobiliser contre les Allemands —, l'idéologie totalitaire et athée redevint vite omniprésente et bestiale. Les nomades des montagnes furent à nouveau déplacés, embrigadés, contraints de participer aux activités collectives socialistes, dans les kolkhozes. Les parents de Fallyk en étaient. Par chance, jamais aucun villageois ne les trahit, alors que tous savaient pourtant le rôle qu'avait joué le grand-père et que beaucoup connaissaient la fameuse grotte.

Enfant, Fallyk Kantchyyr-Ool grandit donc dans un petit kolkhoze, non loin des rives de l'immense Ienisseï (région dont il précise qu'elle a été « purifiée par les prières du Dalaï Lama » — Sa Sainteté s'est effectivement rendue à Touva).

Si tous refusaient de trahir leurs chamanes, certains villageois essayaient néanmoins de les voler. La fouille des grottes était d'ailleurs un sport connu. Dans certaines, les paysans avaient caché leurs biens les plus précieux : de l'or, de la soie, des plantes médicinales. Mais jamais les voleurs ne trouvèrent la cachette du grand-père chamane.

Ce dernier avait annoncé qu'un jour Fallyk Kantchyyr-Ool serait un grand chamane à son tour, mais seulement lorsqu'il aurait quarante-cinq ans. Il avait également prédit que, quand Fallyk aurait trois ans, il commencerait à chanter et à se comporter typiquement comme un chamane, et qu'alors ses parents devraient le protéger. Ce qui arriva. Haut comme trois pommes, Fallyk prit soudain la fâcheuse habitude de prendre un bâton et de frapper les arbres et certains objets en entonnant des chants chamaniques, que personne pourtant ne lui avait appris. Ses parents eurent toutes les peines du monde à l'empêcher d'agir de la sorte. Finalement, ils furent contraints de changer de région, pour que personne ne devine les dons de l'enfant. Ce ne fut pas sans peine : pour y parvenir, il fallut que son père pratique une sorte d'exorcisme, en utilisant le miroir du grand-père, que l'on se résolut donc à sortir de sa cachette malgré tous les dangers que cela représentait. Enfin, Fallyk se calma et cessa de manifester ses dons en public.

Il connut d'autres crises. À neuf ans, par exemple, se multiplièrent chez lui des rêves prémonitoires — et ses parents durent le supplier de ne pas en parler à l'école. À quinze ans, il se mit à entendre des sons que les autres ne percevaient pas. À vingt-quatre, il commença à « vomir les esprits »...

Nous demandons : « Quels esprits ? »

Il répond : « Le maître de la montagne, le maître du fleuve, toutes sortes d'esprits bénéfiques, mais aussi d'esprits mauvais, des esprits souterrains... Vous savez, cela pouvait être terriblement effrayant ! Mais on m'avait appris qu'il ne fallait surtout pas avoir peur de ces rencontres, sinon je risquais de tomber gravement malade. J'avais quinze ans, quand mon père me transmit ce message de mon grand-père : "Si tu vois les créatures de l'invisible, n'aie pas peur, prie-les, mais ne leur parle pas." J'ai eu la chance et la sagesse de suivre ces conseils...

« Dans son avertissement posthume, mon grand-père m'interdisait également de fumer, de me tenir à proximité de cadavres d'animaux, de manger de la nourriture peu fraîche. Mais, même en suivant ses consignes, il m'avait prédit que je devrais malgré tout subir la maladie et la calomnie. Et malheureusement, c'est ce qui s'est passé. »

Les familles de Touva ont habituellement entre dix et quinze enfants. Les parents de Fallyk ne lui ont donné qu'un frère — qui n'a pas ses dons — et lui-même n'a qu'un fils, ce qu'il considère comme une rude épreuve. Il y eut aussi des accidents, et des maladies. Vers trente ans, Fallyk Kantchyyr-Ool tomba si malade qu'il dut garder le lit pendant deux ans...

« Et votre père, n'était-il pas chamane, lui aussi ?

— Officiellement, mon père travaillait comme berger. Clandestinement, il accompagnait les morts. Selon les coutumes chamaniques, quand quelqu'un meurt, il faut lui dire au revoir deux fois : sept jours, puis quarante-neuf jours après le décès. Mon père se livrait à cette activité chamanique particulière, qui consiste à accompagner les esprits des défunts. Les communistes l'interdisaient formellement, vous pensez bien ! C'était donc toujours en grand secret que les gens l'invitaient pour qu'il se livre à ces rituels funéraires d'accompagnement. Par ailleurs, il avait aussi le don de purifier les yourtes, les maisons, les villages... »

La famille Kantchyyr-Ool a toujours entretenu des relations particulières avec le feu. Le grand-père de Fallyk pouvait toucher du fer chauffé au rouge sans se brûler. Son père pouvait éteindre un feu en le piétinant de ses pieds nus, marchant sur les braises sans rien sentir. Le grand-père avait annoncé que Fallyk à son tour pourrait toucher le fer rouge, mais seulement une fois qu'il aurait atteint la maturité. Dans la tradition chamanique de Touva, on est enfant jusqu'à quinze ans, jeune adolescent de quinze à trente ans, jeune adulte de trente à quarante-cinq ans, et adulte de quarante-cinq à soixante ans : c'est à cet âge que les gens ont l'esprit suffisamment formé pour pouvoir créer et entrer en contact avec l'invisible. De soixante à soixante-quinze ans, on est un adulte mûr, et de soixante-quinze à quatre-vingt-dix ans, un vieux. Au-delà de quatre-vingt-dix ans, on devient un ancien.

Bref, Fallyk ne pourra toucher le fer rouge qu'à partir de cinquante-cinq ans, c'est-à-dire vers l'an 2002. « Avant, dit-il, ce serait mauvais pour ma santé. »

Dans la vie civile, disions-nous, Fallyk Kantchyyr-

Ool est chauffeur de camion et vétérinaire. Il passe toute sa vie dans la nature, parmi les grands troupeaux en transhumance dans la taïga. Ses parents l'ont élevé dans le respect et l'amour de tout ce qui est vivant, jusqu'aux plus petites plantes et aux insectes. Ils lui ont appris à ne profiter des végétaux et des animaux que dans les strictes limites de ce dont il a besoin pour vivre.

La nature, il la connaît ! Et cela lui donne, affirme-t-il, d'étonnants pouvoirs. Son grand-père pouvait, quand des paysans ramassaient le foin sous la pluie, influencer les nuages pour dégager le ciel juste sur le périmètre nécessaire au travail. À l'inverse, quand le ciel était trop brûlant, il pouvait appeler la pluie. Aujourd'hui, Fallyk dit qu'il possède lui aussi ce don... Et il nous en a fait une démonstration que nous, esprits cartésiens, avons évidemment quelque difficulté à admettre. La voici. À chacun de juger.

Quand Fallyk Kantchyyr-Ool arriva à Karma Ling, plusieurs personnes parlèrent au chamane de Touva de la sécheresse qui sévissait en France et lui demandèrent, mi-hésitants mi-sérieux, de faire pleuvoir sur le pays. La météorologie nationale annonçait que, si la situation persistait, vu l'état des nappes phréatiques, nous subirions une année de sécheresse pire qu'en 1976. *Chamanic-fiction* ? Le lendemain de son arrivée, le 24 avril 1997, Fallyk Kantchyyr-Ool, récemment élu président de la Fédération des chamanes de la plus ancienne région chamanique d'Asie, célébra, en présence de quelques rares témoins, dans la forêt savoyarde, un rituel destiné à appeler la pluie sur notre pays. Coïncidence ? À partir du lendemain, à peu d'éclaircies près, il allait pleuvoir sur la France pendant des semaines — au point que plusieurs régions furent d'ailleurs dangereusement inondées ! Si bien qu'au bout de quarante-huit heures de déluge, plusieurs personnes allèrent demander au chamane d'avoir la gentillesse de procéder au rituel inverse — ce qu'il promit plusieurs fois, mais sans effet. Cela pourrait facilement se comprendre : on raconte que, pour parvenir à influer ainsi sur les éléments, un chamane se met littéralement « à leur place », par exemple à la place de la terre sèche qui a soif. Si donc Fallyk Kantchyyr-Ool s'est mis à la place de la terre de France qui avait soif, et s'il a réellement souffert avec elle, comment aurait-il pu vraiment vouloir stopper la pluie au bout de quarante-huit heures, simplement parce qu'un groupe de « touristes chamaniques » désiraient maintenant se faire bronzer ?

On entend ici rire les « grands esprits ». Les auteurs de ce livre se garderont bien de trancher.

Deux heures durant, nous continuons à converser avec le chamane de Touva. Celui-ci nous raconte de quelle façon tout a brusquement changé dans son pays, en 1991, quand, la tyrannie communiste une fois définitivement effondrée, le chamanisme a été officiellement réhabilité. Reconnu lui-même comme l'un des meilleurs chamanes de l'une des régions demeurées les plus vivantes à ce sujet, il s'est retrouvé élu président d'une toute nouvelle et plutôt surréaliste Fédération chamanique, regroupant les Traditions primordiales de toute l'ancienne URSS.

Sans doute faut-il savoir, pour comprendre comment une telle reconnaissance a été possible, que même aux pires moments du stalinisme, les peuples de l'Union soviétique ont toujours conservé, qu'ils soient de souche chrétienne, musulmane, bouddhiste ou... strictement chamanique, un contact vivant, c'est-à-dire opérationnel, avec les pratiques prémodernes. Une certaine fréquentation des hôpitaux et des maternités moscovites, du temps de Brejnev, d'Andropov et de Gorbatchev, nous avait étonnamment éclairés à ce sujet — des âges et des modes de pensée totalement anachroniques, depuis les guérisseurs du néolithique jusqu'aux savants de la résonance magnétique nucléaire, s'y côtoyaient, tout en s'ignorant, dans un désordre et un illogisme à rendre fou un esprit français. Le moins que l'on puisse dire est que le chauffeur de camion/vétérinaire moderne/chamane archaïque Fallyk Kantchyyr-Ool ne semble avoir aucun problème pour s'y retrouver. Mais qu'attend-il en fin de compte de la Rencontre Inter-Traditions parrainée par le Dalaï Lama (dont le chamane ne rate pas une occasion de bénir le nom) ?

« Selon moi, répond-il d'abord de manière générale, l'urgence est triple : 1) que toutes les traditions représentées ici soient consolidées ; 2) que la nature et les humains soient purifiés ; 3) que les désirs et les plus nobles rêves se réalisent. La planète est terriblement polluée. Les chamanes sont des intermédiaires entre la terre et les esprits. Même le monde moderne peut compter sur leurs efforts de purification de la nature et des personnes — sans se soucier des esprits invoqués !

— Mais alors chacun prie ses propres esprits dans son coin, dans sa montagne, ou sa plaine, sa ville... Peut-il y avoir mise en commun des rituels, des prières, des esprits ?

— S'il existe en effet, un peu partout, des esprits spécifiques attachés à des lieux spécifiques, plus haut, tous ces esprits dépendent d'un même Esprit Suprême, unique, vers lequel convergent tous les appels. Mais de cela, il est très difficile de parler. »

Parler. Ne pas parler.

Le chamane de Touva ne nous dit pratiquement rien de ce qu'il ressent réellement, à Karma Ling. Rien sur le fait que, depuis son rituel inaugural qui a impressionné tout le monde, des tas de gens viennent discrètement le voir, tous les jours, dans son bungalow, pour qu'il les conseille, ou les exorcise, ou les soigne, jusqu'à 3 heures du matin ! *A fortiori* ne mentionne-t-il pas que, très cavalièrement, aucun de ces visiteurs impromptus ne lui a fait le moindre don — alors que c'est une coutume spontanée et sacrée chez tous les peuples anciens. De tout cela, et de bien d'autres choses, nous ne prendrons connaissance que des mois plus tard, quand nos amis Thomas Johnson, Jean-François Bizot et Marielle Primois auront retrouvé le chamane, chez lui, à Touva, au centre géométrique de l'Asie[1].

---

1. Thomas Johnson a relaté ce voyage dans l'*Almanach d'Actuel* n° 3 (novembre 1997).

3

Afrique-Amérique : aux deux extrêmes du rituel

> *Le regard d'aigle du grand-prêtre kenyan / Une procession très scandée / La saine décontraction des Anciens d'Amérique / Offrandes aux quatre Orients.*

Après vingt-quatre heures de prostration, sous les nombreuses couches d'anoraks qui le protégeaient du froid — il n'en avait jamais connu de pareil —, nous avons découvert les yeux d'aigle de Monté Wambilé. Son regard de grand-prêtre du désert. Que l'on pouvait d'abord difficilement ne pas ressentir comme très dur, et qui allait pourtant finir, en quelques jours, par nous faire tous fondre d'une empathie confinant à la tendresse. Ce que nous prenions pour de la dureté était surtout de l'extrême vigilance. Entouré de ses deux assistants — ou plutôt de son élève, Hirkena Orogelo, futur grand-prêtre du bâton sacré comme lui, et d'un jeune interprète de la même ethnie qu'eux —, le représentant de la tradition des Rendillés observait tout, en silence.

Svelte et sec comme le sont généralement les habitants des hauts plateaux de l'Afrique orientale, il se tenait accroupi, à la manière des bergers, les mains nouées sur son fameux bâton. De cette position de grande patience, Monté Wambilé ne perdait pas une miette de l'étonnant ballet auquel il avait été convié. Les discours se succédaient dans toutes sortes de langues inconnues de lui, mais cela ne semblait pas le gêner outre mesure. Pendant que son jeune et souriant interprète traduisait, Monté Wambilé, sans paraître lui prêter la moindre attention, observait.

Et nous, sans trop nous l'avouer, nous l'observions aussi.

Deux jours se sont écoulés. L'Africain s'est adapté plus vite que prévu aux températures septentrionales. Mais nul ne l'a encore entendu prononcer un mot.

Cet après-midi qui suit la bénédiction du Dalaï Lama, le cercle des Anciens se reforme vers 15 heures. Il est prévu qu'après l'ouverture de l'espace-temps (du *ma*, comme diraient là encore les Japonais) de la Tente des Rituels par le chamane de Touva, trois représentants des traditions primordiales d'Amérique, Grandmother Sarah la Mohawk, Tlakaelel l'Aztèque et Morgan Eaglebear l'Apache, célébreront ensemble le second rituel. Les trois Anciens s'apprêtent donc à pénétrer dans le cercle central... quand une femme blonde demande à prendre la parole. Un personnage remarquable, dont il nous faut dire ici deux mots.

Imposante, tant par sa prestance physique que par l'autorité de son ton et de son regard, Jacqueline Roumeguère-Eberhardt est l'ethnologue-anthropologue franco-suisse que Lama Denys Teundroup et son équipe ont sollicitée pour rechercher en Afrique des représentants des Traditions primordiales noires dignes de ce nom. Depuis la fin des années 1950, Jacqueline Roumeguère-Eberhardt a tourné (d'abord avec son mari, Pierre Roumeguère, puis toute seule) de nombreux films et écrit de nombreux ouvrages sur l'Afrique — le document, écrit et filmé, le plus connu du grand public s'intitule *Quand le python se déroule*[1], où elle raconte comment, née sur les rives du fleuve Limpopo, dans ce qui était alors le Transvaal, elle a dansé le *deu*, ou « danse du python qui se déroule », avec les princesses Venda ; puis comment, du Zimbabwe, où les Magwombes — dits grands esprits cosmiques — sont devenus ses maîtres, elle a fini par aboutir chez les pasteurs masaïs du Kenya, avec lesquels elle a vécu vingt-deux ans, trois mille kilomètres plus au nord.

En tant qu'ethnologue, le plus grand mérite de Jacqueline Roumeguère-Eberhardt est sans doute d'avoir pris l'initiative, dans les années 1960, de lancer la cartographie totémique de l'ensemble de l'Afrique. Une opération considérable, qui prendra encore des années. Sous l'angle totémique, qui lie chaque personne à un animal particulier, l'Afrique noire présente une structure qui n'a rien à voir avec les découpages post-coloniaux. Il s'agit là d'une mosaïque vivante qui échappe à toute logique économique ou politique.

Jacqueline Roumeguère-Eberhardt a donc été initiée dans plusieurs cultes africains, depuis celui, très secret, que l'on appelle *domba* au Zimbabwe — pays où, depuis, elle porte le titre de « princesse » — jusqu'à celui beaucoup plus transparent du mariage célébré chez les pasteurs nomades masaïs. Elle est aussi l'épouse — très libre ! — d'un important guerrier de cette ethnie, qui a symboliquement adopté ses trois enfants, aujourd'hui adultes. Cette connaissance intime de l'Afrique explique la collaboration proposée par l'Institut Karma Ling.

Il était d'abord prévu que l'intrépide ethnologue revienne accompagnée d'un représentant du culte qu'elle connaît le mieux, au Zimbabwe. La chose a

---

1. Robert Laffont, 1988.

failli se faire, un « grand initié » du culte en question ayant expliqué à Jacqueline qu'une prophétie ancienne annonçait pour ces temps-ci un « grand cercle » assez semblable à la rencontre proposée par les bouddhistes tibétains de France, ce cercle devant jouer un rôle essentiel dans le destin planétaire...

Mais le sort en a décidé autrement. Pour toutes sortes de raisons, Jacqueline Roumeguère-Eberhardt est finalement revenue d'Afrique accompagnée d'une délégation du Kenya, non pas de Masaïs, mais de Rendillés — qui sont des « cousins » de ces derniers. Ces pasteurs nomades habitent le désert Kaïsut, au nord du Kenya. Ils possèdent de vastes troupeaux de chameaux, de moutons et de chèvres, et sont très attachés aux traditions ancestrales. Les autres peuples du Kenya viennent de loin chercher auprès d'eux une bénédiction, car on les dit « détenteurs du bâton de "Waak" (Dieu) reliant le Ciel et la Terre », lequel est blanc sur la moitié de sa longueur, noir sur l'autre moitié, et ne peut en aucun cas sortir du territoire des Rendillés — à titre exceptionnel, il a été confié à un homologue du grand-prêtre, et ce dernier a rejoint l'Europe avec un substitut de l'objet principal.

Et voilà donc que, à présent majestueusement assise en grande tenue africaine dans la Tente des Rituels de Karma Ling, la dame blonde intervient brusquement, en ce premier après-midi officiel de la Rencontre Inter-Traditions. Coupant en quelque sorte la route aux représentants des traditions précolombiennes qui s'apprêtaient à entrer « en scène », elle déclare en substance :

« Pardonnez-moi, cher amis, mais Monté Wambilé, le détenteur du bâton sacré des Rendillés, me fait dire qu'il doit absolument procéder à son rituel avant le vôtre. Telle est en effet la tradition, dans la partie de l'Afrique où il vit : quand ils rejoignent d'autres ethnies pour une célébration commune, les Rendillés ont toujours pour fonction d'ouvrir et de fermer les cérémonies. Ils ne peuvent pas faire autrement. Pour eux, il s'agit d'un impératif incontournable. Cela vous ennuierait-il donc de laisser Monté Wambilé rapidement bénir le lieu, où vous pourrez ensuite disposer de tout le temps dont vous avez besoin pour célébrer votre propre rituel ? »

Jacqueline prononce ces mots dans un anglais irréprochable. La Canadienne Sarah Smith, l'Américain Morgan Eaglebear et le Mexicain Tlakaelel n'ont guère besoin de se les faire traduire. Après un bref échange de regards et de sourires, les trois solides personnages acquiescent, regagnent leurs places et un groupe de trois longs et maigres Kenyans entre à leur place dans le cercle central de la Tente des Rituels.

« Que Dieu vous bénisse tous ! » commence par lancer Monté Wambilé dans sa langue des hauts plateaux.

Surprise de certains participants. Ces Africains, que l'on pensait ingénument « animistes » et étrangers aux « grandes religions du Livre », auraient-ils été « contaminés » par les croyances monothéistes venues du Moyen-Orient ? Certes non, mais l'idée d'un « Grand Esprit », ou « Grand-Mystère » règne dans ces régions de l'Afrique depuis bien avant l'ère chrétienne, et *a fortiori* bien avant l'islam. Faut-il y voir l'influence de l'Égypte d'Akhenaton (XIVe siècle av. J.-C.) ? Ou bien l'idée d'un principe supérieur unique serait-elle inhérente à toute culture élaborée ? En tout cas, quand ils traduisent leur principe supérieur en langue européenne, les Rendillés disent « *God* ». Et quand on leur demande de se définir eux-mêmes, ils répondent :

« Nous sommes monothéistes. Nous prions cinq fois par jour pour la paix. Chacun de nos villages dispose d'un site sacré dans lequel se regroupent pour prier tous les hommes mariés. La bénédiction rituelle est énoncée par deux personnes et scandée par tous les autres qui ouvrent et ferment leurs mains pour l'accueillir en prononçant "Hamin" ["Ainsi soit-il"]. »

En Occident, certains estiment que ces caractéristiques ne suffisent pas à qualifier les Rendillés de

Afrique-Amérique : aux deux extrêmes du rituel 59

monothéistes. Ainsi, dans son *Histoire générale de Dieu*, Gérald Messadié, l'un des responsables de la revue *Science & Vie*, libre-penseur fasciné par l'histoire des religions, écrit :

« Les croyances africaines constituent le ciment des tribus, entre les individus et entre les tribus et le cosmos. Leur grande diversité et la multiplicité de leurs pôles éliminent donc d'emblée tout monothéisme centralisateur à l'image de celui des religions révélées. La divinité en Afrique est répandue dans l'ensemble du monde et du cosmos ; elle est diversifiée à l'infini, dans des dieux différents. Elle ne peut pas être réduite à un sentiment diffus tel qu'un théisme, comme on l'a souvent supposé, elle est au contraire constamment présente : tout en Afrique est religieux, mais il n'existe pas de "religions" africaines au sens où une religion est un corps de croyances organisées et immuables [1]. »

Quoi qu'il en soit, toutes les interventions de Monté Wambilé sont explicitement dédiées à « Dieu », à commencer par son introduction. Le grand-prêtre du bâton sacré remercie Sa Sainteté le Dalaï Lama — dont il se dit ravi d'avoir appris l'existence à cette occasion — ainsi que Lama Denys Teundroup de l'avoir invité à ces rencontres. Il pense que le monde a grand besoin de paix et d'harmonie. « Or, dit-il, le meilleur moyen de faire cesser la guerre est de s'asseoir et de parler. C'est exactement ce que nous sommes venus faire ici. Puissent les jeunes gens des temps à venir prendre exemple sur nous et rencontrer le succès ! »

Dans un grand sourire, le jeune traducteur nous demande alors de nous lever tous, de placer nos mains devant nous, offertes au ciel, coudes au corps, puis de les fermer et de les rouvrir, toutes les trois ou quatre secondes, au même rythme que le grand-prêtre du

---

1. Robert Laffont, 1997.

bâton sacré, tout en scandant en chœur le même refrain que ses assistants...

Sur ce, Monté Wambilé — sortant de sa réserve pour la première fois depuis son arrivée d'Afrique — brandit son bâton et se met à invoquer les esprits avec véhémence et à les bénir. Comme le chamane de Touva, ce matin. Mais cette fois, c'est plutôt une litanie où il s'agit, dirait-on, de nommer le plus possible d'êtres et de situations :

« Bénies soient les sources d'eau vive de votre pays et du mien !

« Bénis soient nos troupeaux de vaches et les vôtres !

« Bénis soient les Anciens qui nous ont appris à distinguer le mal du bien ! » (ces mots sont simplement scandés en langue rendillé, nous nous les ferons traduire plus tard).

Chaque fois qu'il a ainsi béni quelque chose ou quelqu'un, Monté Wambilé et bientôt nous tous avec lui fermons vivement nos mains en psalmodiant : « *Hamin !* » Alors, nous sentant prêts à le suivre, Monté Wambilé sort à pas lents de la Tente de Rituels et entreprend d'en faire le tour dans le sens des aiguilles d'une montre, tandis que son élève entreprend de faire de même, mais à l'intérieur de la tente et en tournant dans le sens inverse. Chacun des deux hommes est suivi par une moitié de l'assistance — pas tout à fait, car l'on peut observer une sorte de gêne chez certaines personnes qui, restant à leur place, révèlent ainsi leur qualité de simples observateurs extérieurs.

Ce sont donc maintenant deux processions qui se croisent, l'une en dehors de la tente, l'autre en dedans. Tout en marchant, le grand-prêtre continue de lancer ses bénédictions d'une voix stridente.

Lui : Bénies soient les étoiles !
Nous : *Hamin !*
Lui : Bénies soient les plantes médicinales !
Nous : *Hamin !*

Afrique-Amérique : aux deux extrêmes du rituel 61

Lui : Bénis soient cet endroit et la maison qui y sera bâtie !
Nous : *Hamin !*
Monté Wambilé et son élève achèvent leurs tours de tente en même temps. Les dernières bénédictions sont lancées par l'élève. Puis le grand-prêtre lève son bâton une dernière fois vigoureusement vers le ciel, et va se rasseoir. La bénédiction est achevée — sans que l'Africain ne nous ait fourni la moindre explication de ces gestes et paroles. Le rituel conjoint des traditions mohawk, apache et aztèque peut maintenant commencer.

Les ancêtres d'Amérique se tiennent debout, côte à côte, au centre du cercle, le dos à l'entrée, face au petit autel que les lamas de Karma Ling ont installé au fond de la Tente des Rituels (et sur lequel ils ont posé cent huit « vases aux trésors » destinés aux différentes délégations).

Le représentant de la tradition apache prend la parole. C'est une figure que l'on n'oublie pas. Très grand et fort, les cheveux gris et longs, les bras tatoués, il a le visage calme. À son tour, il remercie les maîtres de céans, le Dalaï Lama et Lama Denys, puis, d'un ton propre aux Américains — toujours plus décontractés que tous les autres peuples de la terre, quels que soient la philosophie, la discipline ou le terrain de la rencontre —, il lance à la cantonade, d'une voix de baryton :

« Ah, qu'il serait bon de vivre toujours ainsi, chaleureusement, fraternellement, entre humains venant de toute la terre ! Cela ne durera hélas pas, mais imprégnons-nous bien de cette sensation, et rapportons-la avec nous, chacun chez soi. »

Un murmure d'approbation parcourt le double cercle. Morgan Eaglebear explique :

« Une partie des délégations d'Amérique n'est pas encore là. Quand tous seront arrivés, nous nous livrerons au véritable rituel de la pipe sacrée, la pipe à eau, la *genupa*. Nous ferons cela le soir, de manière à ne pas gêner les autres pratiques — car il s'agit d'un rituel très long. Un rituel de guerriers ! Car les chamanes étaient aussi des guerriers. Ce qui ne signifie pas qu'ils étaient misogynes, bien au contraire ! Je voudrais d'ailleurs saluer et bénir dès à présent les grand-mères qui nous ont accompagnés. Un grand merci à grand-mère Sarah et à grand-mère Mary Elizabeth qui, dans quelques instants, vont purifier cet endroit pour que nous puissions y célébrer notre rituel commun... »

Quelques personnes applaudissent. Nous remarquons que les rituels se suivent mais ne se confondent pas. Après l'ouverture du lieu par le Dalaï Lama, le chamane de Touva a béni la Tente des Rituels ; les Rendillés du Kenya l'ont bénie à leur tour ; et maintenant, les « Américains d'origine » (comment traduire *Native Americans* ?) doivent le purifier à nouveau. Mais cette succession était prévue dès le départ : une bénédiction collective aurait relevé d'un syncrétisme sans grande valeur. Nous nous interrogeons néanmoins sur les limites de l'échange.

Le grand Apache poursuit :

« Les anciennes voix, que l'on croyait éteintes, se font à nouveau entendre. Du coup, le monde moderne prend peur. Ces hommes-de-connaissance ne sont-ils pas des sorciers, des êtres néfastes, diaboliques ? Heureusement, les mentalités changent. Aux États-Unis, nous sentons une lente ouverture. Le devoir de tolérance doit être réciproque. Nous devons accepter tout le monde. Certains cercles de la Renaissance des Américains d'origine refusent les Blancs à leurs cérémonies. Il est cependant faux de dire qu'ils représentent la règle : c'est une petite minorité. Nous allons célébrer un rituel, et vous tous qui êtes là, vous n'appartenez pas à nos traditions, et nous en sommes ravis !

« Ce rituel utilise les vertus purificatrices du tabac, qui est pour nous une plante sacrée. Priez, et le tabac que vous fumerez à la fin du rituel de la pipe fera disparaître vos maladies. Puissent nos petits-enfants se retrouver tous ici un jour ! Quand cela se passera, puisse cet endroit être devenu entre-temps un haut lieu d'enseignement et de guérison ! »

Ayant ainsi parlé, Morgan Eaglebear rejoint le vieux Tlakaelel, déjà accroupi au centre du cercle, et l'aide à allumer un feu. Assises à côté d'eux, à même le sol, Grandmother Sarah Smith et Grandmother Mary Elizabeth Thunder, de la tradition cheyenne, qui l'a rejointe, font signe au chef apache et lui murmurent quelque chose à l'oreille. Le géant sourit, secoue la tête et, ayant soufflé encore une fois ou deux sur le feu, se relève et déclare, en dévisageant l'assistance à la ronde :

« Les grand-mères me demandent de vous délivrer un message important : vous avez le droit de rire ! Bon sang, si vous pouviez voir vos figures d'enterrement ! Vous êtes sérieux à mourir. Attention, il ne faut pas confondre : un rituel est à prendre au sérieux, ça oui. Mais Dieu a le sens de l'humour, vous ne saviez pas ? Nos grand-mères vous encouragent donc vivement à faire un effort de ce côté-là ! »

L'intervention ne rate pas son effet : éclat de rire général. Éclat d'autant plus vif que chacun sent, dans son corps, sur son visage et au-dedans de ses zygomatiques, à quel point, en effet, les Anciennes ont raison : une « figure d'enterrement », cela pèse tellement lourd de l'intérieur ! Morgan Eaglebear enfonce le clou :

« C'est là l'une des pires malédictions des Blancs. Les Blancs ont cru représenter la race humaine à eux tout seuls. Ils ont apporté à l'humanité deux fléaux : la honte et le conformisme. Nous travaillons avec acharnement à nous débarrasser de ces maladies mortelles. L'un des meilleurs moyens pour y parvenir est de chanter tous ensemble. Nous, Américains, chantons beaucoup tous ensemble. Le Dalaï Lama et ses fidèles ont entonné un chant, ce matin. C'était beau, mais nous ne pouvions pas y participer avec eux. Nous aimerions chanter tous ensemble ! Nous tâcherons de vous montrer cela quand aura lieu notre grand rituel de la pipe. En attendant, les grand-mères vont vous distribuer un peu de tabac. Prenez-en une pincée chacun et, avant de venir l'offrir au feu qui brûle ici, faites un vœu ! »

Deux par deux, les représentants des traditions précolombiennes font alors le tour des assistants et invitent chacun à puiser un peu de tabac dans un sachet de toile. Quel paradoxe que l'intense dévotion exprimée par ces Anciens vis-à-vis d'une plante qui fut sacrée pendant des millénaires, avant d'entraîner, dans les Temps modernes, l'aliénation tabagique aujourd'hui combattue par l'Amérique *new age*.

Après qu'à la queue leu leu chacun a offert sa pincée de tabac à l'esprit du feu, tout en formulant un vœu, c'est au tour de Tlakaelel de prendre brièvement la parole. Le vieil Aztèque moustachu, très émouvant derrière ses grosses lunettes, parlera davantage plus tard. Pour le moment, aidé par son compatriote (mexicain) Aurelio Diaz et par les trois accompagnatrices de celui-ci, il veut surtout faire des cadeaux. « Quatre cadeaux, dit-il, que nous dédions aux quatre directions. »

Il s'agit de quatre couvertures aux couleurs éclatantes — ces couleurs que l'on retrouve partout dans la famille précolombienne : maya, toltèque, inca, aztèque, etc., mais aussi chez tous les hommes-de-connaissance de la vaste Asie.

Une couverture est d'abord offerte au Nord, puissance invitante, représenté par le délégué de l'Institut Karma Ling, le Québécois Sam Boutet. Hilare, ce dernier manque d'exploser de contentement quand l'ancêtre aztèque lui recouvre les épaules avant de le serrer dans ses bras.

Puis une couverture est offerte à l'Ouest, représenté par Don Hilario Chiriap, le jeune et athlétique délégué de la tradition des Shuars d'Amazonie équatorienne, qui s'incline sobrement, sous sa longue chevelure sombre.

Vient ensuite le cadeau au Sud, représenté par Monté Wambilé, à qui une bonne couverture de laine plaît d'autant plus que le soir alpin est déjà en train de tomber dans la vallée et qu'il commence à faire frais.

La quatrième couverture, enfin, est offerte à l'Est, représenté par Fallyk Kantchyyr-Ool qui, mains jointes et tête inclinée, ne sait comment suffisamment remercier.

Avant de déclarer close la petite cérémonie, Morgan Eaglebear prend une dernière fois la parole pour lancer un vibrant anathème contre la propriété privée, autre malédiction apportée au monde par les Blancs. « La terre appartient à tout le monde, déclare-t-il, et le fait de l'avoir oublié nous a retiré toute joie ! »

L'assistance se lève et s'apprête à quitter la Tente des Rituels, mais auparavant Grandmother Sarah Smith remercie les parents — très rares, deux ou trois couples tout au plus — qui sont venus avec leurs enfants. Elle aimerait tant qu'il y en ait davantage, pour s'ébattre et jouer au milieu des rituels ! « Chez nous, dit-elle, il serait inconcevable qu'une cérémonie de bénédiction comme celle-ci ne soit pas ponctuée tout du long par des cris d'enfants. » Du coup, quelques personnes du cercle des observateurs, qui ont fait les gros yeux aux malheureux gamins présents, pendant l'après-midi, parce qu'ils faisaient un tout petit peu de bruit, se sentent prises en défaut...

4

Du rôle premier
des hommes-de-connaissance précolombiens

*L'Amérique précolombienne à l'à-pic
de nos besoins / Premier contact avec
le fils-de-la-nature Don Hilario Chiriap.*

Quand, dans les turbulences métaphysiques et morales engendrées par la modernité, il arriva que nos arrière ou arrière-arrière-grands-parents de la fin du XIXe siècle ressentissent le besoin de revenir boire à la source de toute vie intérieure, ils se tournèrent volontiers vers les « origines du christianisme », ou du judaïsme, ou du bouddhisme... Cela vaut pour tout le monde : joyau endormi de l'Empire britannique, l'Inde « éternelle » commença à se réveiller au nom d'un mouvement qui s'intitula de lui-même *Back to the Veda* — Gandhi devait en devenir le plus ardent militant. Ce faisant, nos aïeux avaient, je pense, l'impression de remonter extrêmement loin en arrière. Plus loin, menaçait la nuit plus que barbare : reptilienne, inaccessible.

Là-dessus, le XXe siècle a commencé à déverser ses avalanches de monstruosités. Et tout se passe comme si, poussées au-delà du dégoût, les générations nées après la Première Guerre mondiale, et plus encore après la Seconde, éprouvèrent le besoin d'un retour aux sources, non plus du christianisme, du judaïsme ou de l'hindouisme, mais aux sources de l'humanité tout court. Comme si, sous l'assaut des horreurs commises au nom de sociétés dites civilisées — directement ou indirectement inspirées par les grandes religions —, se rejouait notre essence même d'humain.

Les artistes des grottes de Lascaux ou de Chauvet étaient déjà des *Homo sapiens sapiens*, comme nous tous aujourd'hui. Nier que, d'eux à nous, il n'y ait eu un progrès mental ou spirituel serait évidemment ridicule, mais des liens très forts nous unissent aussi à eux. Comme si nous faisions partie du même chantier, de la même recherche, du même accomplissement. L'art africain de réguler nos vies par les rythmes ne date ni d'hier ni de demain : il est intemporel. On pourrait dire la même chose de l'art des rêves aborigènes d'Australie, des danses balinaises ou de l'art divinatoire chinois. Au-delà de son étymologie toungouse et sibérienne, le mot *chaman* ou *chamane* (plus juste quant à la prononciation) s'est mis à symboliser la base universelle de notre imaginaire animiste et de l'art de nous en servir.

Certes, les sciences humaines — notamment la neuropsychologie et la psychanalyse — nous avaient déjà appris que l'*Homo sapiens* moderne conservait au fond de lui toutes les caractéristiques pulsionnelles de ses ancêtres préhistoriques. De là à penser que les techniques magico-médicales mises au point par ces derniers pussent encore nous être utiles — à nous, hommes du Livre et des réseaux cybernétiques —, il y avait un fossé que nul ne songeait à franchir.

Et pourtant...

De par la grâce d'une de ces boucles rétroactives dont l'inconscient humain a le secret, voilà qu'en plein XXe siècle, au moment où se joue la survie des toutes dernières peuplades néo et paléolithiques, quelque chose d'elles semble nous être offert. Ce cadeau d'un âge humain à un autre est d'autant plus émouvant que les modernes sont, bien sûr, à l'origine de la disparition — ultraviolente — des derniers « primordiaux ». C'est ainsi. Nul ne peut stopper le vaste mouvement technique, économique, culturel qui, inexorablement, détruit — au minimum — le contexte naturel sans lequel les derniers hommes d'avant l'écriture ne pourront survivre tels quels. Américains précolombiens du Nord et du Sud, aborigènes d'Australie, nomades d'Asie centrale et de Sibérie... : en tant que représentantes directes des temps des chasseurs-cueilleurs chamaniques, ces cultures auront grand mal à subsister à la surface de la Terre — dans le meilleur des cas, ce qui subsistera d'elles sera un alliage, un métissage, un télescopage primitif-futuriste.

Tout se passe comme si les quelques cultures paléolithiques ayant jusqu'ici résisté à la dissolution lançaient vers nous, en de sublimes et ultimes passerelles, un condensé de ce que des millénaires de pratique leur ont appris de la nature et des hommes.

À partir des années 1930, guidées par quelques aînés comme Hermann Hesse, Aldous Huxley, Ernst Jünger, Albert Hoffman, Gordon Wasson, Antonin Artaud, Mircea Eliade ou Marcel Griaule, les nouvelles générations d'Occidentaux ont commencé à chercher leur chemin vers un supposé socle préhistorique commun. Et elles l'ont trouvé ! De façon pragmatique. Souvent avec maladresse. En testant notamment tous les « états modifiés de conscience » possibles, usant parfois de psychotropes redoutables, qui les jetaient dans des dimensions intérieures dont leurs parents ignoraient jusqu'à l'existence, et où leurs meilleurs médecins ne s'étaient jamais aventurés autrement qu'en théorie et par patients psychotiques interposés. Là, par contre, les attendaient ceux qu'aussitôt on appela les chamanes, et qui étaient en général des hommes-de-connaissance d'Amérique latine (Mexique, Équateur, Pérou...), en action depuis la préhistoire. Découverte fantastique : ces primitifs pouvaient nous enseigner des choses vitales à travers l'espace et le temps !

L'écroulement des idéologies étroitement matérialistes, dans les années 1970 et 1980, a accéléré cette recherche éperdue de nos racines anthropologiques. Il s'agit de redonner à notre vie un sens à la fois animal et sacré, de nous relier aux vivants, d'abord aux humains, en particulier à ceux du Sud, en pleine désillusion « post-décoloniale » et interrogation sur leurs cultures d'origine face à la modernité. Les culs-de-sac écologiques, agricoles et médicaux ont fini de nous convaincre de l'inanité de nos anciennes prétentions mécanicistes : oui, il est devenu vital de réveiller en nous ce sens spontané du respect et du sacré qu'éprouve à chaque instant l'homme primordial.

Et de nouveau, sous l'influence cette fois de chercheurs tels que Michael Harner ou Carlos Castaneda, l'Amérique précolombienne s'est retrouvée à l'à-pic de nos besoins. Don Hilario Chiriap, l'homme qui a accueilli Lama Denys en Amazonie équatorienne, et l'a encouragé à mettre en œuvre son idée de Rencontre Inter-Traditions, en témoigne dans les pages qui suivent.

Toujours accompagné par son ami et traducteur Alexis Naranjo, Hilario est un homme de trente-trois ans. De longs cheveux noirs tombent sur ses épaules d'athlète. Son visage, typiquement amazonien, est beau et grave. Voici son témoignage (recueilli par Alain Grosrey) :

« Je voudrais tout d'abord tous vous remercier et remercier toutes les formes de vie et toutes les directions de la terre qui nous ont permis d'être ici et de suivre la voie profonde qui nous permettra de voir ce qui va se passer avec les prochaines générations. Mon nom est Hilario Chiriap, mon nom spirituel dans la tradition de mes ancêtres est Tsunki Shiashia. Je viens de l'Amazonie, plus précisément de cette partie du monde qu'on appelle maintenant l'Équateur. J'appartiens à la nation shuar.

« Les Shuars vivent depuis des milliers d'années dans la jungle amazonienne de l'Équateur. Leur population était estimée à deux cent mille personnes à l'arrivée des Européens. Elle est tombée à trente mille au XVIIIe siècle et compte aujourd'hui quatre-vingt mille membres. Dans l'ensemble, nous nous sommes peu mélangés avec les colons espagnols.

« J'essaie de perpétuer la tradition, en respectant la manière dont on me l'avait apprise. J'ai été initié dans la connaissance traditionnelle d'abord par mes grands-parents, puis par mes parents. Je m'identifie comme homme-nature-univers. C'est ce que nos ancêtres nous ont transmis. Cela vaut durant le temps de nos cérémonies mais aussi tout au long de notre vécu quotidien.

« J'ai pu connaître d'assez près d'autres peuples qui vivent la même tradition que nous, par exemple les Ashuars, les Quichuas, les Siyonas, les Secoyas, les Cofanes, les Huaoranis, les Awajuns, les Kantuashs, les Kampas, les Wampis, les Chipiwos, les Ashaninkas et d'autres peuples encore, qui habitent cette partie de l'Amazonie. En fait, nous formons une seule vaste famille.

« Mes parents et grands-parents ont tous été des hommes-de-connaissance appelés *Uwishin*. Ce mot est composé de trois syllabes : *u* signifie "quelque chose d'illimité", *wi* pourrait vouloir dire "le grand Soi" et *shin* désigne "des gens heureux". Sont dits *Uwishin* des hommes et des femmes qui ont atteint l'état de conscience suprême, la réalisation totale, grâce à la pratique des médecines sacrées, qui se transmet exclusivement de manière directe et orale.

« Un jour, par malheur, mes aïeux ont été abattus. Mes parents ont fui vers le sud-ouest de l'Amazonie. Je suis né là. Nous y habitons encore. Mon père et ma mère m'ont instruit jusqu'à l'âge de sept ans. D'eux, j'ai appris différents rituels, les médecines fondées sur l'usage des plantes sacrées et de l'essence des animaux, j'ai appris aussi le pouvoir du feu, de l'eau, de l'air et de la Terre-Mère. Certaines cérémonies font usage du tabac, d'autres du breuvage que l'on nomme l'*ayahuasca* (en shuar : *natem*), ou du *guanto* (en shuar : *maikiua*), ou encore du *yahe* — autant de pratiques que l'on mène pas à pas, sous surveillance et avec beaucoup de soins, pour éviter que les gens en cours d'initiation ne risquent leur vie — et aussi pour qu'ils n'aient pas de problème avec le pouvoir.

« À sept ans, mes parents m'ont confié à des prêtres salésiens. Cela peut paraître étrange mais, en échange de mon éducation par ces Occidentaux, qu'ils se figuraient comme tout-puissants, mes parents acceptèrent d'abandonner leur tradition et d'"oublier" toutes leurs connaissances d'*Uwishin* ! Dès lors, ils nous interdirent, surtout mon père, toute pratique shuar. Ils se figuraient qu'en échange nous deviendrions nous-mêmes aussi instruits et puissants que les Occidentaux. Je dois dire que mon père, orphelin très jeune, avait lui-même grandi en partie de cette façon. Et beaucoup de parents avaient le souci que leurs enfants puissent entrer à l'école, pour y apprendre l'espagnol, avec l'espoir qu'ainsi nous pourrions nous défendre contre la confiscation de nos terres. Mon père était très bon avec tous les étrangers. Il était le chef de la communauté et dans toute la région il était reconnu et respecté. J'ai hérité du respect qu'il avait pour les autres. Il honorait ses ancêtres de la même façon.

« Je suis resté chez les salésiens jusqu'à l'âge de vingt ans. Puis je suis allé à l'université. Mais, au bout de deux ans, j'ai commencé à ressentir un besoin brûlant de retourner chez moi. Alors j'ai abandonné mes études. Mon père était déjà mort. J'ai reçu la suite de mon éducation traditionnelle de ma mère, telle qu'elle l'avait reçue de ses parents. Ensuite, j'ai été soutenu par des hommes-de-connaissance proches, mais pas assez puissants. J'ai alors renoncé à toute perspective universitaire et j'ai commencé à me chercher des maîtres. Quand je les ai trouvés, je suis resté avec eux pendant quatre ans, pour étudier la tradition dans la jungle. Là, j'ai commencé à comprendre la profondeur de ma tradition. J'ai compris que tous les chemins sont bons dans la mesure où l'intensité est juste et la forme correcte.

« Voilà douze ans que je suis cette voie. Certains hommes-de-connaissance m'ont beaucoup soutenu, qu'il s'agisse d'hommes ou de femmes. Mais je n'ai pas encore vécu toute la variété des cérémonies et des initiations, et je ne me considère pas encore totalement formé, ni capable de transmettre véritablement à la génération suivante. C'est pourquoi je continue à m'instruire auprès d'autres Anciens, dans une région nord qui s'appelle Macas et où j'habite en ce moment. J'ai l'appui de quelques-uns des maîtres les plus importants. Un jour, j'espère que je pourrai aider comme ils m'ont aidé et servir les humains d'Amazonie, mais aussi tous ceux qui ont envie de marcher sur cette voie. Parce que, aujourd'hui, je crois qu'au fond nous sommes tous identiques, doués des mêmes capacités. À ce moment-là, je serai reconnu comme un *Uwishin*. Ce mot ne désigne pas à proprement parler un individu, mais plutôt un état de conscience supérieur, un espace, une dimension, que connaissent les hommes-de-connaissance, ou hommes-de-sagesse.

« Cette voie est difficile et requiert beaucoup d'efforts, tant de la part de celui qui guide que de celui qui est guidé. Beaucoup de gens commencent à être initiés, mais très peu parviennent au bout du chemin. On peut dire qu'il n'y a ni temps ni espace préétablis pour cela. Tout dépend de la capacité, du dévouement... S'il fallait donner une moyenne, je dirais qu'il faut entre six et huit ans pour que quelqu'un devienne vraiment responsable dans les formes de notre tradition. Les Anciens souhaitent ardemment le succès de ceux qui s'engagent, parce que... c'est la victoire ou le risque suprême ! Je connais beaucoup de gens, âgés ou jeunes, qui en sont morts ou tombés très malades et qui souffrent beaucoup. Cette voie nécessite en effet d'être toujours en équilibre entre la vie et la mort. C'est donc une voie qui mène à la connaissance de la vie mais aussi à celle de la mort.

« Le problème est qu'il y a beaucoup de gens qui n'ont pas assez travaillé, dont les bases ne sont pas assez claires, et qui veulent pourtant tout de suite pousser l'expérience beaucoup plus loin — et d'autres qui se considèrent déjà eux-mêmes comme des maîtres, alors qu'ils sont incapables de transmettre des instructions correctes. Autrement dit, que cela vienne du maître ou du disciple, il y a des risques quand on n'est pas vigilant. Voilà notre compromis et notre responsabilité face à la vie. Personne n'est le propriétaire de la vie. On nous dit que nous sommes des gardiens, des hommes-médecine. Il est important de bien comprendre tous ces termes, c'est une grande responsabilité.

— Nous ne connaissons pas la tradition shuar. Il y a bien un livre en français sur les Ashuars écrit par un ethnologue [1], qui évoque les enseignements donnés dans la jungle. Il semble que, chez les Ashuars, la transmission commence très jeune et nécessite un contact constant avec la tradition.

— Je dois avouer qu'il a été très difficile pour moi d'arriver où j'en suis. Heureusement, ayant reçu les

---

1. Philippe Descola, *Les Lances du crépuscule*, Plon, coll. Terre humaine.

instructions originelles de mes parents, j'appartenais de façon... consistante à la tradition tribale de mes ancêtres. En fait, mes maîtres et instructeurs n'ont appris qui étaient mes ancêtres que par le truchement d'autres tribus. Parce que après l'extermination des Shuars, ce fut la diaspora, et les survivants s'éparpillèrent sur tout le territoire. Au début, quand j'ai abordé mes nouveaux maîtres pour qu'ils m'instruisent, ils ont refusé. J'ai dû gagner leur confiance de plusieurs façons : d'abord, j'ai passé beaucoup de temps auprès d'eux, en ne m'éloignant pas, même quand ils m'ordonnaient de partir. Beaucoup de gens de la région étaient contre moi. Pourtant, j'ai eu la chance de trouver un bon maître — peut-être avait-il vu quelque chose de bon en moi aussi ? Je lui dois beaucoup. Avec son soutien, il m'est devenu possible d'aller dans n'importe quelle région. Normalement, si vous allez par exemple dans la région des Ashuars et que ceux-ci ne connaissent pas la réputation de votre famille, non seulement ils ne vous reçoivent pas mais ils peuvent aller jusqu'à vous tuer.

— Cela veut-il dire que la géographie des lieux, la géographie physique, est liée à une géographie subtile dans l'enseignement ?

— Oui, et c'est très profond. Pour commencer, lors d'une première initiation, le postulant est mis en réserve du monde. Il ne peut avoir aucun contact d'aucune sorte, ni voir, ni parler à quiconque, ni partager quoi que ce soit. Sept jours se passent dans cet état : on jeûne, on ne boit même pas d'eau et on se tait. Seul le maître a le droit de parler quand il donne des instructions. Après ces sept jours d'initiation, où le postulant absorbe de l'*ayahuasca*, du tabac et d'autres médecines sacrées, vient un moment où le maître estime que l'initiation est achevée. Il vous laisse alors vous reposer un peu et vous fait apporter une boisson légèrement alcoolisée, à base de manioc, qui s'appelle *chicha* (en shuar : *nijiamanch*). Le lendemain, au septième jour donc, le maître vous amène à la rivière, vers 4 ou 5 heures du matin, pour vous mettre un peu d'eau sur la tête. C'est le signe de votre naissance, parce que avant vous étiez comme mort : il faut mourir pour tout recevoir. »

Don Hilario Chiriap n'évoque pas les expériences que ces initiations recouvrent, mais poursuit la présentation de sa tradition :

« Peu à peu, au travers d'enseignements qui vont durer des années, tu peux parvenir à comprendre, sans explication. Si tu n'y arrives pas, ou si tu désires une confirmation, tu peux toujours demander au maître. Mais il faut faire en sorte que la question soit nécessaire et non de pure curiosité. Alors la réponse du maître devient une bénédiction. Il m'aura fallu beaucoup de leçons d'humilité pour le comprendre. La plupart des gens croient très vite "savoir". Cela signifie en fait qu'ils sont malades ou en voie de l'être. À l'intérieur même de la vérité, il y a certes des nuances entre la vision du maître et celle de l'élève. Il est important que le second voie les choses du point de vue du premier, tout en sachant qu'en fin de compte toutes les choses seront égales. On appelle cela être 100 % au côté de son allié, si bien qu'à la fin c'est lui qui sera à 100 % à notre côté. Ce grand pacte, notre peuple le passe au nom de la vie réelle, pas de la vie imaginaire.

« Pendant l'année qui suit sa première initiation, l'apprenti ne doit pas travailler, mais apprendre. Le maître lui donne peu à peu le pouvoir par le souffle, par les chants, par l'ayahuasca et par d'autres médecines. Ce pouvoir, nous l'appelons *tsentsak*. Il peut se présenter sous la forme de flèches magiques, mais des flèches que vous ne pourrez voir que sous l'empire de l'ayahuasca.

— Revenons à la Rencontre. Comment la ressentez-vous ?

— J'en suis fort content. On pourrait bien sûr établir

des nuances, mais ce qui va rester, c'est l'idée que nous sommes tous engagés dans un processus de transformation. Au cours des rituels auxquels j'ai assisté, j'ai ressenti que beaucoup de gens souhaitaient des rencontres comme celle-là. Beaucoup voudraient enseigner, transmettre, offrir des choses vraiment bonnes. Mais rare est l'opportunité que nous avons ici. Personnellement, j'avais depuis longtemps un vif désir de participer à un tel événement. Il a demandé, de la part de ceux qui l'ont organisé, beaucoup d'efforts et une pensée puissante. Seuls des gens ayant une approche claire de la tradition pouvaient y parvenir. Pour moi, ceux qui sont à l'origine de ces rencontres sont non seulement honnêtes, mais agissent dans les meilleures conditions psychiques, mentales et spirituelles. Il est très important qu'ils aient rencontré beaucoup de situations différentes, et qu'ils connaissent donc la vie. Leurs visions vont loin.

« Fondamentalement, nous en sommes là, car nous avons reçu les rêves et les désirs de nos ancêtres. Nous sommes, pourrait-on dire, la prophétie de nos ancêtres. À notre tour, nous voulons transmettre le meilleur aux générations à venir. Je crois que beaucoup de gens partagent ce rêve, aujourd'hui, et qu'il peut transformer le monde. Nombreux sont ceux qui recherchent la paix, la tranquillité, un meilleur quotidien... Mais, souvent, ils ne savent pas comment s'y prendre. Certains diront que la Rencontre est une gouttelette de paix, loin d'un monde secoué par les guerres. On trouve des gouttelettes de paix un peu partout. Mais qu'il est long d'arriver à la longue et grande paix ! On voudrait aller au-delà, plus vite, plus loin. C'est très difficile. Mais essayer vaut la peine. Considérant par exemple l'histoire de l'Amérique et des souffrances qui y ont été vécues par nos ancêtres depuis l'arrivée des Européens, nous pourrions vite nous trouver engloutis... Il est très important de placer le but beaucoup plus haut que tout ce qui nous limite maintenant.

« Il n'y a que nous, humains, qui avons cette capacité de vouloir nous unir dans un dessein commun. On n'a jamais vu de congrès de sapins, d'herbes, de tigres, de jaguars, d'anacondas ou d'insectes ! Certes, on peut dire que les oiseaux se joignent, mais pas dans le sens où je parle. L'homme a la capacité d'aller beaucoup plus loin et profond que tout ce qui s'est déjà vu. J'ai confiance. Cela existera un jour. Même si ceux qui le désirent représentent une petite minorité des habitants de la Terre, l'important est que nous joignions nos forces. Je suis sûr qu'il y aura quelque chose de grand et de noble à la suite de ce qui s'est passé ici. »

Ici, Alexis Naranjo intervient :

« Au départ, Lama Denys était venu en Équateur sur l'invitation d'une femme qui s'appelle Geneviève Lamoine et qui est bouddhiste. Geneviève m'a présenté Lama Denys, que j'ai été très content de rencontrer. Ensemble, nous avons fait toutes sortes de choses, dont des retraites de méditation. À cette époque, il m'a parlé de ce projet qui lui semblait important. Puisque je connaissais Hilario, j'ai fait en sorte qu'ils se rencontrent. Lama Denys a participé avec Hilario à différentes cérémonies, en compagnie d'autres hommes-de-connaissance. Ma relation avec Hilario est une histoire ancienne et riche. Mon père étudie déjà depuis longtemps les plantes sacrées de l'Équateur. J'entends parler des traditions d'Amazonie depuis mon enfance et j'ai toujours ressenti un besoin pressant de connaître ces traditions par moi-même. J'ai un ami médecin homéopathe (il vient d'ailleurs d'arriver à Karma Ling), qui a fait ses études avec moi, au collège américain. Il connaissait déjà Hilario et me l'a présenté. Je fréquente d'autres hommes-de-connaissance, mais j'ai vite pensé qu'il était le plus apte à nous représenter dans ce grand cercle international.

— Aujourd'hui, Hilario vit-il en ville ou dans la forêt ?

— Il passe une partie de l'année à Macas, une petite

ville à l'orée de la jungle. Mais il voyage énormément dans toute l'Amazonie, afin de rencontrer des hommes-de-connaissance avec lesquels il essaie de mettre en place une fondation destinée à sauvegarder les traditions et à former d'autres gens.

— Hilario consacre-t-il tout son temps à ce type d'action ? »

L'intéressé répond lui-même :

« Une bonne partie de mes activités concerne ma fonction d'homme-médecine. Pour subsister, il me faut aussi, parfois, servir de guide ou accomplir différentes tâches dans le domaine de la musique et des danses traditionnelles. Mais tout cela vise le même but. Autrefois j'étais enseignant dans différentes écoles et instituts. J'ai laissé tombé tout cela pour me dédier entièrement à la connaissance traditionnelle. Si je me rends à Quito ou dans d'autres villes d'Équateur, c'est toujours pour rendre des services concernant la tradition. Mais, chez moi, je m'occupe surtout de soigner les gens qui viennent me chercher. Je prépare des médecines traditionnelles et les gens me donnent un peu d'argent.

— Il arrive que l'on rencontre un homme-de-connaissance vivant dans le "caché du caché". Ces gens-là ne cherchent pas du tout à se faire connaître, bien au contraire. À les entendre, il y aurait des réseaux de communication invisibles, dans une sorte d'espace transculturel et transspirituel. Peut-être existe-t-il une identité commune à toutes les médecines sacrées, qui nous relierait par-delà les océans... En dehors de ces réseaux, comment envisagez-vous la transmission de l'enseignement ?

— Vous savez bien que, lorsque l'on suit un enseignement, il y a des choses que l'on ne peut expliquer qu'à des personnes qui suivent elles-mêmes un enseignement. On ne peut rien dire aux autres... Il y a des choses que l'on vit à un niveau tellement profond que, lorsqu'on essaie de les expliquer, on risque d'être pris pour un fou. Les gens ne sont pas préparés à les comprendre. Pour beaucoup, cela ne signifierait strictement rien. Je me pose sans cesse la question de savoir avec qui, où, quand et comment les enseignements doivent être partagés. Il ne s'agit pas de faire n'importe quoi avec n'importe qui. Il est important d'avoir clairement à l'esprit dans quel terrain on peut semer les graines. C'est fondamental. Sinon, une fuite d'énergie se produit.

« Quand vous partez sur une voie, vos ancêtres vous mettent en garde contre la prétention de connaître et de jouer les sages. Il vaut mieux être humble et demander à l'autre ce dont il a besoin. Si vous ne pouvez le faire vous-même, il est bon de le mettre en rapport avec quelqu'un d'approprié. La beauté émane de ces rapports. C'est tout le contraire de l'attitude de celui qui aide parce qu'il en sait systématiquement plus. Quand une connexion s'établit de cœur à cœur, d'esprit à esprit, le rapport est toujours puissant et juste. Le désir de s'accepter chacun tel que l'on est en constitue le fondement.

— Jusqu'où peut aller le dialogue entre les traditions ? La fusion des rituels, par exemple, en proposant un syncrétisme risque fort de se révéler désastreuse pour tout le monde en aboutissant à une forme monstrueuse. C'est une tendance très *new age*. N'est-il pas dangereux de tout mélanger ?

— Ce que vous appelez le syncrétisme peut certainement apporter la confusion. Mais comment nier que, d'une manière ou d'une autre, nous faisons effectivement du syncrétisme ? En Amérique, cela procède d'abord d'un pur instinct de survie. La peur d'être tout simplement tué comme tant de gens avant nous, la peur aussi de perdre toutes nos connaissances ont forcé beaucoup d'entre nous à combiner les connaissances traditionnelles avec le catholicisme ou avec les rites évangéliques... Prenez même les noms que l'on nous donne ! Beaucoup de gens, en Amérique du Sud, nous appellent des chamanes — d'ailleurs des hommes-de-connaissance se nomment eux-mêmes ainsi. J'y ai réfléchi et suis allé un peu partout, pour voir à quoi correspondaient les mots. Qu'est-ce qu'un sorcier ? Qu'est-ce qu'un homme qui connaît le pouvoir des plantes ? À quoi se sont ajoutés les noms de voyant, devin, astrologue, etc. Grande est la confusion.

« Le paradoxe est que chez nous, d'après ce que l'on sait, le syncrétisme a été essentiel pour préserver, en dessous, la vraie connaissance. Dans certaines cérémonies où l'on prend de l'ayahuasca, j'ai vu des gens utiliser la croix ou des images de la Vierge Marie. En réalité, cela ne nuit pas forcément et peut jouer un rôle d'écran. Certaines connaissances ont pu ainsi se transmettre de siècle en siècle. Bien sûr, au bout de trois ou quatre cents ans, le mélange se cristallise. Mais le premier obstacle est la langue. À mesure que se perd l'usage des langues anciennes, des erreurs se glissent irrémédiablement dans les traductions. Les traducteurs ne sont pas liés d'assez près aux connaissances traditionnelles, qui se transmettaient de manière strictement orale. Transmettre de façon 100 % fidèle s'avère donc impossible.

« Nous, quand nous donnons quelque chose de précieux, nous faisons des prières, beaucoup de prières, de façon à ce que si un tel objet arrive dans des mains inappropriées, il parvienne finalement quand même à la personne initialement prévue. Mais le fait de recevoir un don sacré ne doit pas non plus nous pétrifier de peur. On nous a fait devenir humains pour améliorer en quelque sorte le monde que nous passerons un jour à la génération suivante ! Si nous n'avons pas le pouvoir et le talent d'ajouter du mieux, qu'au moins nous ne transmettions pas un monde pire que celui que nous avons reçu !

« Ici, à Karma Ling, nous travaillons à voir ensemble quelles sont les choses que nous pourrions transmettre telles quelles et quelles sont celles qui nécessiteraient quelques ajouts. Mais en agissant ainsi, il faut savoir précisément comment procéder.

« Nous voudrions passer des alliances avec d'autres peuples, mais dans la clarté totale. Quand je m'allie à quelqu'un, il doit être là à 100 %, et moi, je dois être à 100 % à côté de lui — pourtant, nos deux personnes ne sont pas mélangées. La diversité demeure intacte. J'espère qu'un jour l'humanité entière se comportera de la sorte et pourra vivre ainsi sous la forme d'une véritable communauté spirituelle. Il est possible de marcher tous ensemble, dans le respect de la diversité, sans que personne soit supérieur, ni meilleur que les autres. Ce serait très beau. Voyez plutôt : [Hilario nous montre son bracelet de perles de couleurs] cet arc-en-ciel a beaucoup de couleurs. Toutes sont fondamentales. La beauté provient de l'ensemble. Voilà le pouvoir, la connaissance ou la sagesse. Voilà ce que nous devons essayer de rêver pour le monde !

« Donc, oui, il existe des mélanges. Mais parfois, sous prétexte de passer des alliances, les gens font n'importe quoi. Parvenir à analyser ce qui se passe, en profondeur, serait déjà bien. Cela dit, voyez-vous, si ce que vous appelez syncrétisme n'engendre pas de souffrance, ni de malaise, je pense que ce qui restera sera la dimension vécue : si celle-ci est claire et profonde, le résultat sera finalement positif. À ce titre, le *new age* est assez significatif. Certains seront toujours enchantés de porter des plumes, de se promener avec des peaux de bête, de devenir "chefs de cérémonie", de se comporter comme s'ils étaient de grands Bouddhas ou s'ils descendaient d'une ancienne tradition, parfois simplement pour impressionner les autres. Je ne pense pas que ces formes extérieures puissent gêner ceux dont l'esprit est clair. Le risque d'illusion ne concerne pas tant ceux qui regardent ce *new age*, que ceux qui le pratiquent. Quand je vois ce genre de choses, je conseille de respecter les convictions les plus intimes de chacun. Pour beaucoup, cela peut constituer un début de cheminement.

« Trouver un lieu approprié est également fondamental. Il faut parvenir à sentir si l'on habite vraiment un espace. De ce point de vue, celui qui est ouvert à toutes les directions n'aura pas de problèmes. Tel est mon point de vue. Mon maître me disait : "Allez vous asseoir, je vous ai préparé quelque chose" ; il faisait s'asseoir aussi des enfants et des femmes, et moi je disais : "Je suis votre serviteur à tous." Où que l'on se trouve, il faut apprendre ou enseigner, sans mépriser personne. L'important est de se sentir à l'aise et content là où l'on se trouve. Il serait vain de vouloir tenter ce que l'on ne peut pas réaliser. Aussi vain que de prétendre se trouver où l'on ne peut être. Si tu es à ta place, tu es toujours bien.

« C'est en quelque sorte la capacité même du pouvoir. Quand on a vu le pouvoir et que le pouvoir est venu à vous, on n'a vraiment pas besoin de quoi que ce soit, ni d'autel, ni de cérémonies, ni de rituels, ni d'idoles... Moi, je ne souhaite pas devenir un bouddha même si j'aime le Bouddha, ou même si je suis ses enseignements, et même si je viens à Karma Ling pendant dix ans. C'est vrai qu'en pareil cas, je servirais dans la direction qui fut celle du Bouddha, que je montrerais mon respect pour cette voie, mais il n'empêche que je continuerais néanmoins à être le même, c'est-à-dire un Shuar venant d'Amazonie. Pareil pour Lama Denys : même s'il vient chez nous en Amazonie, s'il boit de l'ayahuasca et s'il suit notre enseignement, il ne s'identifiera pas pour autant à tout ça.

« Pour reprendre vos propos, il est important que les cérémonies soient claires. Si nous avons décidé avec Aurelio Diaz de faire une seule cérémonie commune, bien que je vienne d'Amazonie et lui du nord du Mexique, c'est qu'il y a un lien étroit entre nos spiritualités. Certes, Aurelio voyage dans le monde entier, il reçoit et donne des enseignements un peu partout.

Certaines "petites choses" s'incorporent à sa pratique — par exemple ce mantra indien issu du *Gāyatrī*. J'espère que cela se fait dans la clarté. Peut-être devrions-nous simplement introduire plus d'explications avant et pendant la cérémonie.

« Par ailleurs, nous mettons sur pied une fondation, à Macas, pour tenter de rassembler divers types de connaissances amazoniennes. Elle pourrait prendre la forme d'un centre culturel dont la finalité serait de promouvoir la vie à tous les niveaux : technique, économique, socioculturel, spirituel... Mais nous voulons éviter les oukases et les interdits. Si je vois un enfant en train de se salir, je peux lui dire avec douceur : "Tu pourrais être beau, fais attention quand tu marches..." Je peux aussi lui dire avec colère : "Ne sois pas sale ! Ne sois pas bête ! Ne sois pas ignorant !" Dans le second cas, il va peut-être se comparer à un porc et se sentir dégradé. Par contre, dans le premier cas, il sera peut-être encouragé à suivre l'exemple de son père, de sa mère ou de son instructeur. Dans cette perspective, l'organisation à laquelle nous songeons, à Macas, pourrait convaincre les gens qui sont en train de profaner certaines traditions sacrées, en se prenant pour des maîtres, des guérisseurs, des chamanes, etc., qu'au fond ils ne savent pas grand-chose et qu'ils pourraient suivre une autre voie.

« Je connais beaucoup de faux chamanes, faux hommes-médecine, faux hommes-feux, en Équateur. Ils nous posent toutes sortes de problèmes avec les autorités, parce que certains pensent que nous leur sommes associés. D'autre part, je me suis déjà retrouvé en prison pour avoir porté sur moi des plantes sacrées. Quand on travaille avec son cœur, le contact avec l'extérieur est souvent difficile. Le cœur des hommes est devenu dur à cause de la complexité du monde. Il est certain que je ne peux pas me mettre debout, à Paris, et dire aux gens que l'ayahuasca est une médecine sacrée, parce que, pour les autorités, c'est un hallucinogène, une drogue, un psychotrope... Je suis devenu très prudent. Je fais très attention à qui je m'adresse.

« Je ne suis qu'une aide. Une aide qui apparaît là où l'on a vraiment besoin d'elle. Je ne crois pas non plus que l'on doive forcément devenir un maître entouré de disciples. Que certaines personnes aient des besoins de ce type de relation, pourquoi pas ? Mais fondamentalement, nous sommes tous de simples coparticipants.

— Comment réagissez-vous à la montée du "tourisme chamanique" ?

— Nos sites sacrés (cascades, lacs, grottes) ont été largement profanés par la pollution touristique. Beaucoup d'animaux, en particulier des oiseaux, en sont morts. De plus, notre peuple n'est plus formé aux pratiques ancestrales et ainsi, il n'est pas préparé à se défendre. Tous ces touristes chamaniques se rendent évidemment sur place grâce à des guides de chez nous ! Pour la plupart de ces derniers, seule compte la survie matérielle. Je les jugerai d'autant moins qu'il m'arrive moi-même de guider des groupes d'étrangers. Là aussi, tout dépend de la façon dont on fait les choses. Je vois parfois des annonces publicitaires où il est marqué : "Visitez nos cascades sacrées" ou "Participez à une cérémonie chamanique", parfois même avec prise d'ayahuasca ! Il y a des guides prêts à tout.

— Vous semble-t-il possible qu'un étranger boive de l'ayahuasca au cours d'un rituel ?

— Bien sûr, mais pour que cela soit vrai, authentique, il n'est pas possible que les gens qui se livrent à de telles activités le fassent comme une petite expérience de vacances. Quiconque s'intéresse à ces pratiques devrait d'abord suivre un minimum d'apprentissage réel. Je sais que moi-même, en tant que guide occasionnel, même plus vigilant que beaucoup, je participe en fait à tout cela. Cependant, j'essaie de présenter les choses avec la même profondeur que dans les instructions que j'ai reçues. Je n'amène d'étrangers aux cascades que si je les sens prêts. Il est

Du rôle premier des hommes-de-connaissance... 85

essentiel, par exemple, de leur apprendre à marcher dans la forêt avec beaucoup de vigilance et de respect. Je leur présente aussi certaines cérémonies, mais dans ce cas j'essaie d'y faire participer des Anciens, pour éviter trop de confusion. J'ai accepté un jour d'emmener aux grottes de Tayos un groupe de scientifiques dont la démarche était sincère et finalement de nature spirituelle. Avec eux, j'ai pu véritablement échanger : notre savoir contre le leur.

— La pression du tourisme s'exerce de l'extérieur, mais ne révèle-t-elle pas aussi un amoindrissement de l'intérêt de votre peuple pour les valeurs traditionnelles ?

— Si, hélas. Je vous ai déjà parlé de cette grande entreprise américaine qui est venue en territoire ashuar et a proposé 200 000 dollars pour s'installer dans la région afin de mener à bien sa politique de tourisme. Les chefs ashuars ont accepté cet argent. Pour nous, bien sûr, 200 000 dollars, c'est énorme ! Maintenant, ils en vivent. Le même phénomène se produit dans plusieurs autres régions. Et moi, qui suis-je pour oser prendre la parole ? Ce qui est terrible, c'est que, sitôt l'argent accepté, la situation s'aggrave immédiatement : ils commencent à se lancer dans de petits business, acquièrent l'esprit marchand et alors l'égoïsme se développe à toute vitesse.

« Parfois, pourtant, la fatalité est repoussée. Je voudrais vous parler d'une terre de deux mille hectares, qui fut celle des ancêtres tant des Shuars que des Ashuars. On y trouve des grottes, des cascades, des lacs, la nature telle qu'elle était avant. Rien n'a été touché. Ils ont pris soin de ce territoire et l'ont défendu pendant des années. Moi-même, j'ai eu la chance d'aller les aider, quand de grandes entreprises forestières, mais aussi pétrolières et agricoles, ont voulu s'installer ici. Notre peuple s'était vite rangé du côté des envahisseurs, rien que pour l'argent. Alors des Anciens m'ont averti de la situation. Nous avons dû nous battre. Avec des armes. Trois des nôtres sont morts, natifs des deux communautés. Mais, jusqu'à présent, nous avons pu préserver ce site. Les Anciens dont je vous parle sont très âgés ; ils ont donc décidé de me laisser la responsabilité de cette terre. En retournant en Équateur, je dois m'occuper de tout cela. Considérant qu'il faut absolument conserver intact ce territoire dédié non seulement à la mémoire de nos ancêtres, mais à celle des cérémonies et des connaissances telles qu'elles étaient jadis. Ils croient que je pourrai garder ce terrain tel qu'il est, et je leur ai fait le serment de tout mettre en œuvre pour y parvenir.

« Plus au sud, coulent aussi des cascades où les anciens guerriers ont été formés. Maintenant, nous en avons interdit l'accès parce que d'autres communautés venaient y chasser de grands animaux sacrés, tels que les sangliers, les panthères, les ours, etc. Or, il s'agit d'une chasse purement commerciale — l'un des gros acheteurs est l'armée. Nous, avec nos familles, nous avons refusé : on peut très bien survivre en chassant juste ce qui est nécessaire et sans tout détruire. Eux me répondent que ce type de chasse est indispensable à leur survie. Leurs besoins vont grandissant ! Cela me préoccupe beaucoup. Je ne sais pas combien de temps nous réussirons à tenir.

« La fondation amazonienne qu'Aurelio a évoquée tout à l'heure aurait pour fonction de réfléchir à la manière d'enseigner et d'informer les gens pour que l'on puisse faire face à ces problèmes. »

Ainsi nous a parlé Don Hilario Chiriap, l'homme-de-connaissance shuar. Le projet d'un « Institut Uwishin » pourrait constituer l'une des possibilités d'application pratique du Cercle des Anciens.

À nouveau, par une sorte de compatissant retour de flamme, un homme-de-connaissance de l'Amérique précolombienne nous incite, nous humains modernes, à nous interroger sur notre manière de vivre et de nous comporter, tant vis-à-vis de nos congénères que de la nature, de la tradition que de la modernité. Ce n'est pas la première fois, disions-nous en début de chapitre, que des primordiaux d'Amérique centrale et du Sud jouent le rôle d'ébranleurs, sinon d'éveilleurs, dans le monde actuel.

C'est ainsi : le monde et la vie évoluent en débordant systématiquement des beaux cadres bien carrés où notre intelligence rationnelle aimerait les canaliser. Il arrive que le débordement prenne un nom mal aimé : syncrétisme.

5

Le syncrétisme des néo-chamanes est-il inéluctable ?

Tentative de classification / Aurelio le néo-Aztèque et Hilario l'Amazonien officient ensemble / Marathon Alaska-Terre de Feu / Grands éveillés du Mexique / De la misère des « réserves indiennes » / Un grand Apache en colère.

Dans le petit matin savoyard, prenant garde de ne pas glisser sur le sentier détrempé, nous croisons le chamane sibéro-altaïque Fallyk Kantchyyr-Ool qui, fièrement chaussé de ses nouveaux après-ski, se dépêche pour arriver à temps à son rendez-vous avec Don Hilario Chiriap, le fils de la forêt amazonienne, logé un peu plus haut dans les bois. Il nous salue d'un franc sourire mais n'a guère le temps de s'arrêter. Nous aimerions le suivre, mais nous devons nous presser dans une autre direction, pour avoir une chance d'obtenir quelques précieux rendez-vous avec les représentants des Traditions primordiales que nous n'avons pas encore rencontrés, et qui doivent être en train de petit-déjeuner sous les voûtes de la grande salle à manger de l'ancienne chartreuse.

En chemin, nous faisons la connaissance d'un maître de yoga, tout juste arrivé d'Inde, qui erre quelque peu et s'interroge sur la présence en ces lieux de personnages « pittoresques et emplumés » (*dixit*), dont il voit mal ce qu'ils viennent faire dans un « colloque sérieux sur le dialogue inter-religieux ». Nous l'informons en deux mots de ce qui s'est déjà passé pendant les premiers jours sous la Tente des Rituels. « Une Tente des Rituels ? » Il tombe des nues.

À table, nous nous retrouvons face à Lopön Trinley Nyima Rinpoche, grand instructeur de la tradition tibétaine prébouddhique qui, fort préoccupé, cherche à nous convaincre de ne *surtout pas* le confondre avec un chamane. Et voilà Dick Leichletner, le représentant de l'Australie primordiale : lui, ne veut toujours rien dire et se contente de nous faire un petit signe, en effleurant le bord de son chapeau du bout du doigt, à la façon des cow-boys. À l'entrée du réfectoire, entouré de ses trois assistants, Daagbo Hounon Houna, « prêtre suprême de la religion vaudoue », trône avec une dignité très naturelle. Daagbo lui-même ne parle pas directement au public — ni aux journalistes. Mais ses assistants sont prolixes et font rire tout le monde, notamment en envoyant des compliments à toutes les femmes qui passent à leur portée. Un peu plus loin, dans leurs tenues noires quasiment identiques, un moine zen et un prêtre catholique conversent gravement.

Quel mélange ! À certains moments, la tête nous tourne, et nous nous posons de plus en plus de questions. Par-delà la bonne volonté manifeste de chacun, comment articuler tant de traditions différentes dans un mouvement qui sache à la fois coordonner et distinguer ? Pour tenter de nous y retrouver, nous cherchons à toute force à élaborer des classifications, tantôt dans le bureau de Lama Denys — qui nous écoute avec curiosité et une appréciable souplesse d'esprit —, tantôt entre nous.

Ainsi, les Américains nous paraissent à part. Leur forte délégation — ils sont maintenant au complet, soit une bonne vingtaine de personnes — occupe fréquemment tout le fond du réfectoire, qui résonne de rires et d'interjections clairement yankees. Même si ce sont des bouches d'origines cheyenne, apache ou mohawk qui parlent et rient, leur langage sonne moderne — et même post-moderne, c'est-à-dire au-delà de la fascination technologique, ayant intégré à la fois l'exil spirituel provoqué par l'invasion blanche, et les retrouvailles récentes avec les racines précolombiennes et avec la Mère-Nature. Mais ce qui les rend *a priori* si différents, c'est en premier lieu le caractère immédiatement universaliste et mondialisant de leur discours. Autant le délégué australien n'a pour l'instant évoqué que les sites sacrés aborigènes confisqués par les Blancs, le délégué équatorien les racines avant tout amazoniennes de sa culture et le délégué bön son besoin, apparemment urgent, de faire entendre au monde qu'il existe une culture tibétaine prébouddhique toujours vivante..., autant les Américains, eux, se plaisent à parler d'une « nouvelle ère » dans laquelle l'humanité et le monde entier seraient invités à entrer. Et ce n'est certes pas par ignorance des questions territoriales ou de survie matérielle ! Ces hommes et ces femmes ont en effet, pour la plupart, largement plus de cinquante ans et ont souvent participé aux luttes pour les droits civiques et pour les minorités, dans les années 1970 et 1980, aux États-Unis. Mais ils semblent se situer aujourd'hui au-delà des limites de leurs cultures ancestrales : s'ils se réfèrent à leurs racines, c'est pour mieux étayer immédiatement un discours sur le « Vaisseau spatial Terre » (*Spaceship Earth*, expression que popularisa l'architecte Buckminster Fuller) : toute l'humanité, disent-ils, se trouve aujourd'hui embarquée dans une aventure commune, pour le meilleur et pour le pire ; si nous voulons que nos petits-enfants aient la moindre chance de survie, il nous faut au plus vite prendre conscience des menaces très graves que les sociétés actuelles font peser sur l'ensemble de la biosphère, et changer radicalement de mode de vie. En

Le syncrétisme des néo-chamanes est-il inéluctable ? 91

d'autres termes — et sans craindre les éventuels amalgames avec certaines modes dérisoires —, les délégués américains du Nord pourraient être rapprochés des adeptes d'un certain mouvement *new age*.

Mais une telle distinction ne résiste pas longtemps à l'analyse. Car derrière des formes d'expression différentes, qu'elles soient modernes ou archaïques, toutes les délégations expriment en fin de compte les mêmes inquiétudes et les mêmes souhaits. S'impose par contre avec force une autre spécificité : la filiation historique, ou plutôt préhistorique, entre les cultures chamaniques d'Asie et toutes les Traditions primordiales d'Amérique. Voici donc avec une seconde possibilité de classement : d'un côté les Américano-Asiates, de l'autre, les Afro-Océaniens.

C'est vrai que le rituel du chamane de Touva a visiblement donné des frissons aux Américains, qui ont reconnu en lui l'ancêtre de leurs ancêtres, le chamane primordial, en amont de tous les hommes-de-connaissance, de tous les *medicine-men* d'Amérique... C'est vrai aussi que le chamane de Touva s'est montré tout à fait d'accord pour accueillir des délégations de « touristes spirituels », *new age* ou pas, américains ou européens, qui seraient curieux d'en savoir plus sur le berceau du chamanisme. Et là, c'est le Sibérien, l'ancêtre de tous les chamanes, qui considère les Américains comme des ouvreurs de voie.

Du coup, nous nous retrouvons face à la question de ce que l'on pourrait appeler le « néo-chamanisme ». Seraient considérés comme *néo* tous ceux qui, coupés d'une manière ou d'une autre de leurs traditions pendant un temps plus ou moins long, ont dû faire la démarche, souvent difficile et parfois mortellement dangereuse, de retrouver leurs racines à partir d'une culture — ou malheureusement plus souvent d'une sous-culture — moderne. Ce faisant, s'ils ont ainsi réveillé et assumé leurs qualités humaines fondamentales, et souvent retrouvé identité et dignité, ils ne sont pas pour autant revenus en arrière au sens strict. De renouer avec la Tradition primordiale de leurs ancêtres les a plutôt amenés à créer une culture, certes mieux ancrée dans la nature (biosphérique et humaine), mais aussi radicalement nouvelle.

Qu'il s'agisse des délégués mexicains, équatoriens, sibériens, ou même australiens, ces hommes et ces femmes ont tous été conduits, à un moment ou à un autre, à retrouver leurs racines — généralement au prix d'un immense effort, individuel et collectif — et sont aujourd'hui confrontés à la nécessité de mettre en adéquation leurs retrouvailles avec la survie économique sous la loi d'airain du marché. Le retour aux traditions fait en effet l'objet d'innombrables pressions : si les convictions des représentants des Traditions primordiales sont souvent très fortes, la survie de leurs cultures dépend en grande partie d'un facteur économique terriblement impérieux. Immense, et même inexorable, est alors la tentation de suivre l'exemple nord-américain, qui consiste à passer des compromis avec la partie la moins néfaste du marché capitaliste. Il s'agit en gros, pour se protéger des compagnies minières, forestières ou agro-alimentaires, qui exterminent purement et simplement, de s'allier à des secteurs « amis » comme le tourisme spirituel et religieux, les médecines alternatives ou l'artisanat. En d'autres termes, à long terme : le syncrétisme *new age*.

À l'inverse, il pourrait sembler que, malgré la colonisation européenne, les Africains soient nés, aient grandi et vivent toujours en continuité avec la tradition de leurs lointains ancêtres. Lorsque, à Karma Ling, les Rendillés et les adeptes du vaudou nous parlent de leurs pratiques et de leurs rituels, c'est avec une légitimité tranquille, que nous ne retrouvons dans aucune des autres traditions.

Pourtant, cette distinction entre les *néo* et ceux que l'on pourrait qualifier d'*archéo*, à son tour, ne résiste pas à une observation critique. À très peu d'exceptions près (peut-être pygmées...), les traditions africaines ne remontent pas aussi loin dans le temps que les traditions amazoniennes, sibériennes ou australiennes. Le vaudou, par exemple, n'a que quelques siècles d'âge et a donc subi, dès son origine, des influences culturelles historiques. Par ailleurs, les Africains, loin de s'enfermer dans des systèmes de croyances clos, s'avèrent au contraire extraordinairement souples, adaptables, ouverts à toutes sortes de syncrétismes, ce qui est justement une caractéristique importante des *néo*.

Bref, les unes après les autres, nos tentatives de classification échouent.

Selon certains experts (par exemple Christopher Schipper, Occidental initié au taoïsme en Chine, nous en apporte une démonstration forte [1]), la seule grande tradition que l'on serait en droit de prétendre réellement en continuité avec la préhistoire « primordiale » (en dehors de quelques petites poches demeurées telles quelles depuis la préhistoire, hélas terriblement menacées d'extinction, en Nouvelle-Guinée et en Amazonie notamment) serait le taoïsme chinois. Les racines chamaniques du taoïsme sont indéniables. Mais deux mille cinq cents ans de coexistence avec le confucianisme puis avec le bouddhisme ont rendu ce chamanisme extrêmement... urbain — c'est le moins que l'on puisse dire. Et même si certains sinologues proposent une lecture taoïste de la Révolution culturelle (Cyril Javary, par exemple, de l'association Djohi [2]), on assiste bien, aujourd'hui, en Chine, à des *re-trouvailles* avec la tradition primordiale du culte des ancêtres, depuis une base moderne. Ce qui, associé à la fièvre capitaliste qui s'est emparée de l'Empire du Milieu, fait de ce dernier un concurrent virtuel des États-Unis dans l'inspiration *néo* ou *new age* du siècle prochain — les imaginez-vous, ces stages d'acupuncture et de lecture du

---

[1]. Cf. *Nouvelles Clés*, n° 27, première série, hiver 1993.
[2]. *Ibid.*

Yi-King sur carapace de tortue, dans le cadre magnifique de Shaolin, temple des arts martiaux ? C'est en tout cas une thèse que la Rencontre Inter-Traditions nous oblige à prendre en considération (même si l'organisation de cette Rencontre n'a malheureusement pas permis que le taoïsme y soit représenté).

Cette thèse s'étend en réalité à toutes les traditions primordiales : le néo-chamanisme a de l'avenir ! La renaissance des pratiques précolombiennes dans toute l'Amérique du Centre et du Sud, tout comme la réémergence du chamanisme dans l'ensemble de l'Asie ex-soviétique, ou encore la remontée de la culture « d'avant les Blancs » en Australie, s'effectuent, qu'on le veuille ou non, dans une ambiance spirituelle (quelque part entre la vraie quête et l'hystérie) et suivant des règles socio-économiques (inéluctablement marchandes) qui semblent, grosso modo, celles du néo-chamanisme nord-américain, lui-même souvent difficile à distinguer de ce que l'on appelle vulgairement le *new age*. Pour le meilleur et pour le pire.

Souhaitons que ce soit plutôt pour le meilleur. Quant au pire, il réside certes dans une certaine dérive vénale ou capitaliste où le *new age* entraîne les Traditions primordiales encore « monétairement vierges », mais aussi — et nous avons facilement tendance à l'oublier, voire à l'ignorer — dans l'obligation culturelle où il met les Anciens de s'exprimer à travers des grilles de représentation anachroniques, notamment à travers l'écriture, alors qu'il s'agit de cultures fondamentalement orales. En cela le mouvement *néo* constitue tout simplement le dernier avatar de la machine intégratrice occidentale en marche[1].

Voilà près d'un siècle que de grands auteurs ont brillamment commenté le drame de la perte de l'oralité

---

1. À ce sujet, le projet d'Institut shuar de Don Hilario Chiriap, qui permettrait une transition authentique car évitant le risque de dénaturation, semble particulièrement intéressant (cf. p. 83).

des cultures anciennes — par exemple Victor Segalen dans *Les Immémoriaux*. Drame et même tragédie, car l'alternative ressemble à un couperet, ou plutôt à une *double contrainte* perverse : l'abandon de l'oralité ou la mort. Or, le passage à l'écriture constitue de toute façon, pour la plupart des Traditions primordiales, une transition difficile, sinon la mort, derechef. Jean Markale a bien montré comment la civilisation celte avait disparu corps et âme parce qu'elle refusait de passer à un mode écrit qui aurait signifié, pour elle, la perte de la mémoire.

Au milieu de ces turbulences à peu près incontrôlables, il semblerait que les Tibétains aient opté pour une forme de troisième voie qui pourrait intéresser toutes les Traditions primordiales. Une combinaison originale entre l'écrit et l'oral, qui permettrait à la culture du Toit du monde de survivre dans l'univers moderne, tout en conservant *humainement* sa mémoire. Une voie intermédiaire entre les Traditions du Livre, où l'écrit est véritablement sacré — comme un absolu —, et une très forte tradition orale pour éclairer l'écrit.

Finalement, la Rencontre Inter-Traditions de Karma Ling serait-elle néo-chamanique ?

Les « néo-chamanes » sont souvent, au départ, des descendants d'authentiques chamanes ou hommes-de-connaissance de sociétés en voie de disparition. S'ils essaient de retrouver les pratiques de leurs ancêtres, c'est autant par besoin personnel que parce que leurs contemporains ont une considérable demande dans ce sens. Le Mexique a joué un rôle d'avant-garde dans l'émergence de ce néo-chamanisme. Peut-être est-ce dû au fait que ce pays constitue l'interface la plus contrastée entre le monde ancien — celui des Huitchols, par exemple —, et le monde le plus jeune et le plus naïvement moderne — les États-Unis. Du banquier Gordon Wasson accompagné de son épouse russe, rencontrant la *curandera* Maria Sabina au début des années 1950, à l'anthropologue Carlos Castaneda rencontrant le sorcier yaqui Don Juan dans les années 1960 et 1970, prépondérante est en tout cas la place du Mexique dans cette communication directe entre la plus ancienne sagesse humaine et nous, qui débouche sur l'émergence du néo-chamanisme.

Exemple.

Dans l'après-midi du 27 avril 1997, le Mexicain Aurelio Diaz Tekpankali, chef spirituel de l'Église primordiale américaine d'Itzachilatlan, qui se voudrait en continuité avec une certaine tradition toltèque, et président de la Confédération du Condor et de l'Aigle, pénètre à son tour dans le cercle central de la Tente des Rituels de Karma Ling. D'une voix naturellement nonchalante, très douce, il annonce qu'il ne célébrera pas de rituel classique — le moindre d'entre eux durant au minimum une pleine nuit, ce que l'emploi du temps de la Rencontre rend impossible — mais qu'à son tour il va offrir aux Anciens venus de toute la terre une cérémonie de bénédiction.

À son côté se tient Don Hilario Chiriap, l'homme-de-connaissance de la tribu amazonienne des Shuars. Tous deux portent des couronnes de petites plumes duveteuses rouges et jaunes. Ensemble, pendant une bonne demi-heure, très concentrés, ils préparent un feu, en silence. Leur présence simultanée dans un même rituel choquerait sans doute un puriste. Comment ces deux hommes, dont les traditions sont aussi éloignées l'une de l'autre que les montagnes mexicaines sont différentes de la jungle amazonienne, pourraient-ils prétendre relever de mêmes lignées et se couler dans les mêmes formes rituelles ? Mais personne ici ne se formalise. Tous acceptent la fraternité des « enfants-de-la-nature » d'Amérique, jusque dans leur célébration.

Un bourrelet de terre parfaitement circulaire, sur un

diamètre d'un mètre environ, est piqué, sur son quart nord, de sept grandes flèches pointées vers le ciel. Au pied de six des flèches, de petites fleurs, délicatement disposées. Au sud du cercle, le foyer : une douzaine de bûchettes, disposées en demi-lune. Que Don Hilario Chiriap allume.

Aurelio Diaz : « Nous allons offrir toutes nos herbes sacrées à ce feu, grâce auquel nous allons pouvoir émettre un grand nombre de bénédictions — pour bénir ce lieu et nous tous qui sommes autour. Le feu est essentiel à tous nos rituels. D'habitude, quand nous célébrons une cérémonie, nous faisons un feu immense. Le feu d'aujourd'hui s'appelle le Feu des générations. Il est très important pour bénir tous nos enfants, tout ce qui viendra après nous. C'est aussi le Feu d'Itzatchilatlan — le nom que nos ancêtres donnaient au continent que les Blancs ont ensuite appelé Amérique. Puisse-t-il unir nos efforts jusque-là dispersés ! Mais sachez que tout ce qui nous sépare est une idée dans notre tête. »

Puis il se tait, plongé dans ses pensées. La concentration des deux officiants se fait grande. Leurs gestes sont très lents.

Quand les flammes sont suffisamment hautes, la première chose qu'Aurelio et Hilario leur offrent sont quelques pincées de tabac. « Le feu purifie, dit Hilario, le tabac apaise les hommes et les dieux, il crée l'unité. » Puis ils offrent au feu des grains de blé, de petits bouts de viande, des noisettes, des mûres...

Aurelio reprend la parole : « Le peyotl à qui ce feu est dédié n'est ici aujourd'hui qu'à titre symbolique, puisque nous n'en consommerons pas. Ce que ce rituel symbolise est la transsubstantation de l'esprit en matière et de la matière en esprit. Ce feu s'élève jusque chez nos ancêtres. »

Puis il s'assoit, comme au ralenti, et commence à préparer la pipe sacrée, que les Traditions primordiales du Mexique utilisent depuis des millénaires. Hilario se saisit d'une flûte et se met à jouer un air à consonance andine. Certaines de ses notes atteignent une octave suraiguë. C'est très beau, très pur.

Tandis qu'Hilario continue à jouer, Aurelio se met à chanter. Son chant ressemble à une plainte. Il implore la Terre-Mère et, comme sa langue est l'espagnol, on jurerait qu'il s'adresse à la Madone — y a-t-il d'ailleurs contradiction ? Sa voix se fait errante, tremblante. De temps en temps, son intensité baisse à un point tel que l'on jurerait que le chanteur s'endort. Puis il allume la pipe et la passe à son compagnon.

Hilario tire sur la pipe. Il intervient brièvement : « Nos ancêtres nous ont dit que nous étions les gardiens et non les propriétaires de la terre. Nous sommes les serviteurs du feu, de la terre, de l'air et de l'eau. »

Il se tait ensuite longuement, tout occupé à maintenir le feu bien vivant et à le nourrir de diverses herbes et aliments consacrés, tandis que le chant de supplication d'Aurelio se poursuit.

Trois jeunes femmes se lèvent alors. Ce sont les assistantes d'Aurelio Diaz. Une Mexicaine, une Espagnole et une Française. Tout en murmurant à leur tour une mélopée très douce, mais plus rythmée que celle d'Aurelio, plus active, elles viennent recueillir des braises du foyer, dans un petit brasero qu'elles recouvrent de feuilles de sauge, ce qui génère aussitôt une épaisse fumée parfumée. Usant du brasero comme d'un encensoir, elles font ensuite très lentement le tour de la Tente des Rituels, sans cesser de chanter — à présent, on dirait une berceuse à plusieurs voix — et, à l'aide d'immenses plumes d'aigle qu'elles agitent comme des éventails géants, elles envoient la fumée tour à tour sur chacun d'entre nous, nous enveloppant de la tête aux pieds d'un brouillard enchanté et troublant.

De quel rituel s'agit-il ? Nous sommes stupéfaits d'entendre soudain l'une des femmes fredonner des versets d'un chant que, par hasard, nous reconnaissons : il fait partie du *Gāyatrī mantra*, un chant

Le syncrétisme des néo-chamanes est-il inéluctable ? 99

védique de l'Inde ancienne ! Dans le rituel de l'Amérique précolombienne !

Comme les trois fées passent devant nous et nous bénissent, nous réalisons que cette cérémonie, très belle, est pour une bonne part une création. Un rituel nouveau. Inspiré de plusieurs rituels anciens venus de différentes parties de l'Amérique. Et d'ailleurs.

C'est beau. Et clairement syncrétique. Aucun jugement de valeur. Pourquoi n'y aurait-il pas une créativité fondamentale dans l'ordre du rituel ? Et pourquoi faudrait-il forcément se plier au rituel de l'ordre ancien ?

Le syncrétisme a toujours été décrié, tant par les ecclésiastiques que par les scientifiques, les thérapeutes, les philosophes ou les sages — et notamment par les bouddhistes tibétains. Pourquoi ?

Vaste débat. Mais il y a de premières réponses, simples. « Qu'est-ce d'autre qu'un rituel, nous demandions-nous en arrivant à Karma Ling, sinon la mise en résonance d'humains incarnés avec la longue suite de tous ceux qui — Éveillés en tête — les ont précédés, dans l'espace et dans le temps, en se coulant toujours dans les mêmes gestes ? » Question importante : avec quoi *résonne* un nouveau rituel, avec quoi se met-il en présence à travers l'espace-temps ? Le risque est évidemment qu'il ne résonne avec rien du tout et que la seule présence soit celle de sa solitude.

Et pourtant...

Quelque chose se cherche, avec obstination, qui est à la fois ancien, ou primordial, et radicalement neuf. Ainsi évolue le monde depuis le commencement des temps.

D'après la jeune et brillante paléoanthropologue Anne Dambricourt-Malassé, le ressort intime de l'évolution (que le darwinisme a totalement ignoré) est un processus de « récapitulation-mémorisation-innovation ». Tout se passe comme si, à chaque grand saut de l'évolution, la vie avait procédé à un formidable mouvement en boucle de remémorisation et d'intégration du passé, pour mieux pouvoir se jeter en avant, dans l'inconnu [1].

Que tentent d'autre nos néo-chamanes ?

Un Aurelio Diaz Tekpankali aimerait clairement intégrer le plus fidèlement possible les enseignements qui lui ont été transmis, puis les réinterpréter pour mieux se jeter en avant. Y arrivera-t-il ? Se jeter dans l'inconnu est un acte à haut risque.

Mais c'est le passage obligé de toute évolution.

L'erreur serait sans doute de croire que l'on peut *créer* une nouvelle forme, rituelle par exemple, c'est-à-dire l'inventer à partir de rien — ou d'une pseudo et fausse connaissance de la tradition ancienne [2]. En revanche, pour celui qui a réellement procédé à une « récapitulation réalisée », c'est-à-dire qui a réussi à comprendre et à intégrer la tradition, à la vivre et à la mémoriser, grande peut être — et même *doit* être — l'audace du saut dans l'inconnu.

Le marathon Alaska-Mexico-Terre de Feu impulsé par Aurelio Diaz Tekpankali procédait-il de cette logique très exigeante ?

Cet événement a rassemblé des milliers de personnes, issues de toutes les Traditions primordiales d'Amérique.

---

1. Cf. *La Recherche* (principale revue scientifique française) d'avril 1996 et de décembre 1997.
2. C'est ainsi que le biologiste britannique Rupert Sheldrake, l'un des spécialistes contemporains de la question des résonances de formes, pense que la meilleure façon de retrouver nos racines « païennes » d'avant le christianisme est d'aller les chercher... à l'intérieur de l'Église, et non pas au-dehors. En effet, pour réussir à s'imposer, celle-ci a forcément dû procéder à un mouvement de « récapitulation-mémorisation » avant de procéder à son saut en avant. C'est donc en son sein même que l'on devrait, selon lui, pouvoir retrouver les traces de ce qui fut l'« essentiel » des sociétés qui la précédèrent.

Le syncrétisme des néo-chamanes est-il inéluctable ? 101

Un premier groupe de marcheurs avait quitté l'Alaska, un second la Terre de Feu... et ils avancèrent l'un vers l'autre, avec un point de rendez-vous central : Mexico. Tout le long de ce formidable parcours de plus de quinze mille kilomètres, les différentes tribus et ethnies prenaient le relais à mesure que les deux « marches indiennes » les atteignaient. La course s'est étalée sur plusieurs années, de 1992 à 1994. Hilario, qui travaille depuis 1993 en correspondance avec Aurelio, a participé à une grande partie de la marche, du Paraguay jusqu'au Mexique. Cette aventure lui a pris six mois. Ce marathon a bien sûr été suivi par les médias, tout au long du chemin, et a permis de faire connaître la Confédération du Condor et de l'Aigle, tout juste fondée par Aurelio Diaz Tekpankali, pour fédérer les Traditions primordiales d'Amérique, tant sur le plan spirituel que matériel. Mais, au sein même de cette invention typiquement moderne, pour Hilario, comme pour Aurelio, se trouvait intégrée une forme rituelle très ancienne. Pour eux, cette course ne correspondait pas seulement à un gigantesque besoin de reconnaissance publique et de solidarité dans le monde contemporain, elle s'inscrivait à l'intérieur du rituel de la Danse du Soleil, commun à la plupart des traditions précolombiennes d'Amérique.

Aujourd'hui, Aurelio Diaz Tekpankali célèbre ses rituels partout où on le lui demande, de Mexico à Chicago, de Seattle à Madrid. Le premier jour de la Rencontre Inter-Traditions, il nous a expliqué le sens de sa démarche...

« Ce que nous respirons d'essentiel, c'est notre mémoire. Le cadeau de nos ancêtres. Mes ancêtres m'ont donné leur bénédiction, d'abord au travers du lait de ma mère. Puis ils m'ont mis sur le sol pour que je marche et m'ont souhaité bonne vie. Puis ils m'ont fait connaître le pouvoir du Feu sacré. Puis ils m'ont dit de reconnaître la relation entre tous les êtres. Pourquoi nous sommes-nous rassemblés ici, à Karma

Ling ? Pouvons-nous entrer en relation les uns avec les autres, pour inventer quelque chose de positif et de nouveau ?

« Nous sommes ici pour planter des graines. Nous voudrions que nos visions deviennent réalité. Voilà notre mission : réaliser le rêve de nos ancêtres. Nous pouvons rendre nos ancêtres heureux ! Nous pouvons voir... [il se met à pleurer], nous pouvons comprendre que nous avons là une mission essentielle... Aujourd'hui peut devenir un jour de gloire. Nous pourrions voir l'humanité devenir différente. Pourquoi, sinon, voudrions-nous en être ? Pourquoi serions-nous prêts à y consacrer du temps ? Cela concerne nos ancêtres et cela concerne nos enfants. Considérons-nous nous-mêmes comme des médecins. Nous pouvons soigner le monde. Nous ne devons pas avoir peur de qui nous sommes vraiment.

« Personnellement, si j'ai pris la tête de l'Église d'Itzachilatlan et si j'ai fondé la Confédération du Condor et de l'Aigle, c'est parce que je crois à la prophétie qui dit que l'humanité, un jour, volera comme un seul être. Nous avons le devoir impérieux d'unir nos peuples et nos traditions en un seul Feu universel. Il n'existe aucune différence essentielle entre nous. Tandis qu'approche la date symbolique de l'an 2000, il est vital de faire comprendre cela à nos peuples. Et pour pouvoir nous unir, il nous faut en même temps repartir en arrière, nous appuyer sur nos traditions respectives pour mieux nous mobiliser ensemble. L'espoir est dans nos mains. L'Esprit nous a donné ce pouvoir. Nous n'avons pas le droit de le refuser. Nous ne pouvons tourner le dos aux cadeaux de l'Esprit.

« Frères et sœurs, je vous invite à nous joindre en une seule intelligence [*mind*], un seul corps, un seul esprit [*spirit*]. Je pose ma main droite sur mon cœur, je lève ma main gauche et je vous dis : "Je vous aime !" »

Étonnant mélange.

L'éveil de l'humanité passe de toute façon par des mélanges, mais lesquels ? Comment distinguer l'indispensable audace de l'illusion mégalomane, et la modestie servile de l'humilité véritable ? « Il y a deux façons de s'incliner, dit une prophétie inspirée à la juive hongroise Hanna Dallos pendant la guerre nazie : l'une nous élève, l'autre nous abaisse. Les religions et les sciences ont pour mission de nous apprendre la première, mais conduisent souvent à la seconde[1]. »

De la différence entre l'humilité et la dévalorisation. Dans l'introduction de son livre *Rencontres avec des chamans du Mexique* (étude que nous estimons de qualité, en dépit de l'usage systématique du mot de chaman, utilisé, encore une fois, de manière impropre), le Pr Jacobo Grinberg-Zylberbaum, docteur en sciences physiologiques de la faculté de médecine de Mexico, enseignant à la faculté de psychologie de l'UNAM et directeur de l'Institut national pour l'étude de la conscience de Mexico, écrit : « L'une des attitudes les plus tristes et inquiétantes du Mexicain d'aujourd'hui est sa tendance à l'autodévalorisation. Résultat d'une conquête brutale, cette attitude, qui se traduit par un manque total de respect à l'égard des traditions autochtones, consiste à leur nier toute importance et à en accorder une toute-puissante aux valeurs venant de l'extérieur.

« Il suffit d'observer les gigantesques files d'attente qui se forment devant les nouveaux "MacDonalds", ou bien encore la préférence marquée qu'affiche notre pays pour l'épargne en dollars dans des banques nord-américaines, pour se rendre compte à quel point le Mexicain a peu confiance en sa propre nation et continue à se laisser conquérir par l'étranger.

« Le plus extraordinaire, c'est qu'une telle attitude

---

[1]. *Dialogues avec l'Ange*, transcrits par Gita Mallasz, Aubier, et commentés dans *La Source blanche*, Patrice van Eersel, Grasset.

de soumission puisse exister dans un pays où vivent quelques-unes des personnes les plus évoluées du monde, je veux parler des hommes-de-connaissance, chamans et psychologues autochtones [1]. »

Après avoir pris beaucoup de précautions pour prévenir son lecteur du caractère forcément arbitraire et provisoire de tout découpage, surtout dans des matières aussi subtiles, le savant procède ensuite à une classification sommaire des hommes et femmes-de-connaissance mexicains — dont les plus importants, véritables *bodhisattvas*, diraient des bouddhistes, ou saints, diraient des chrétiens, sont généralement des gens extrêmement simples, vivant pauvrement au milieu du peuple.

Enfin, le savant cite la catégorie des apprentis, fort nombreux et pas toujours assez motivés et courageux pour mener leur initiation jusqu'au bout. C'est que, dit-il, « le développement personnel [au sein d'une Tradition primordiale] est le résultat d'un travail difficile et incessant, qui implique un dévouement total ainsi qu'une obligation absolue envers les forces menant à la connaissance ». À mesure que la modernité avance et que le discrédit est jeté sur les pratiques traditionnelles, le nombre des apprentis sérieux diminue. Selon le Pr Grinberg-Zylberbaum, un très grand *chamannahual* (homme-de-connaissance du plus haut niveau d'éveil) comme Don Panchito, qui dispose d'un nombre considérable d'apprentis et d'assistants, ne laissera vraisemblablement aucun véritable successeur.

Cette tendance à la baisse (supposée et probable) de la transmission d'une grande Tradition primordiale peut-elle se renverser à mesure que renaît la fierté des racines ?

Un autre Mexicain, Victor Sanchez, a écrit un livre remarquable intitulé *Les Toltèques du nouveau millénaire* (sous-titré *Voyage au cœur du chamanisme*

---

1. Jacobo Grinberg-Zylberbaum, *Rencontres avec des chamans du Mexique*, Le Mail, 1990-1994.

Le syncrétisme des néo-chamanes est-il inéluctable ? 105

mexicain[1]), où il s'élève avec véhémence contre l'idée que l'homme moderne pourrait facilement accéder aux différents niveaux de la sagesse primordiale, alors que la tradition y a généralement mis une condition drastique : y consacrer sa vie entière, dans un esprit de grande concentration et de grand dépouillement. Attaché à tester sur lui-même les enseignements des Toltèques, terme par lequel, selon lui, les Aztèques désignent les hommes-de-connaissance, il a réussi, au fil des ans, à faire la connaissance des Wirrarikas. La plupart des hommes et des femmes de ce peuple, qui vit dans des montagnes perdues, en bordure de notre monde, ont, selon lui, des pouvoirs réels sur la matière et sur l'espace-temps. La condition première pour tenter de les rejoindre, écrit-il, est de respecter et d'écouter la nature avec une subtilité que nous avons perdue, et qu'il n'est pas facile du tout de retrouver : il faudrait au minimum commencer par nous débarrasser de tout notre confort moderne, et pas seulement le temps d'un voyage, d'un stage, voire d'une retraite.

Sanchez est extrêmement sévère vis-à-vis du *new age* et de toutes les illusions qui s'y rattachent. Il a pourtant écrit son livre, dit-il, malgré lui, sous l'empire d'une impérieuse nécessité... pour apprendre au monde que de « nouveaux Toltèques » étaient en passe de prendre le relais des anciens, en voie de disparition.

Mais, alors, comment les différencier des « faux chamanes » ?

Une chose est certaine : en Amérique latine, le néochamanisme est en pleine expansion. Après une étude, non pas au Mexique, mais au Brésil, en Équateur, en Colombie et au Pérou, l'ethnologue français Jean-Pierre Chaumeil, du CNRS, conclut à un formidable regain de la vitalité de ce qu'il appelle — lui aussi —

---

1. Victor Sanchez, *Les Toltèques du nouveau millénaire*, Le Rocher, 1997.

le « chamanisme », et qui provoque un impressionnant bouillonnement dans les villes latino-américaines.

Ce mouvement, dont l'ethnologue a étudié plusieurs des multiples méandres, peut inquiéter. En Amérique, il est sans doute possible de le considérer parfois comme un signe positif, comme générateur d'un terreau dans lequel sont appelées à germer et à pousser les attitudes nouvelles des temps à venir.

On peut citer Michael Harner, l'un des tout premiers ethnologues blancs à devenir chamane lui-même, ou plutôt néo-chamane. Aux États-Unis, il a ouvert une voie nouvelle en proclamant que de nombreuses techniques primordiales pouvaient, même hors de leur contexte d'origine, aider au développement personnel — et peut-être spirituel — des humains modernes. Quête de vision, *sweat lodge*, animaux de pouvoir..., ces termes entrent peu à peu dans le langage des Occidentaux — en particulier chez les psychothérapeutes, qui y trouvent des outils opérants [1] — et l'on voit se multiplier les stages de développement personnel avec ou inspirés par les « Amérindiens ». Ce néo-chamanisme nord-américain — qui se développe fortement en Europe depuis quelques années — doit sans doute beaucoup au renouveau lakota des années 1970. La puissance visionnaire et le charisme d'un personnage comme le Sioux Fool Crow sont réputés tels que certains vont jusqu'à le comparer aux plus grands sages.

Pour jeter un regard expert et critique sur tous ces points, la Rencontre Inter-Traditions de Karma Ling nous offrait plusieurs contacts de choix, parmi les nombreux représentants venus des États-Unis et du Canada.

---

[1]. « Psychothérapie et chamanisme », revue *Question de*, n° 108, et aussi Maud Séjournant, *Le Cercle de vie*, Albin Michel.

Le syncrétisme des néo-chamanes est-il inéluctable ? 107

À vrai dire, les choses avaient plutôt mal commencé...

Les représentants des Traditions primordiales des États-Unis et du Canada nous avaient en effet promis un grand rituel vivant, convivial et drôle qui, « pour ne pas gêner les autres traditions », se déroulerait un soir, à la bonne franquette.

Pour beaucoup de participants, la cérémonie fut décevante. Certains furent même sévères : « Le *new age* sous son aspect le plus nul ! » Oh, certes, pour un certain nombre de gens, la soirée fut conviviale et drôle... avec force boissons et chants folkloriques. Mais quand le cercle central de la Tente des Rituels fut définitivement et totalement encombré de chaises de plastique et de corps débonnairement avachis, beaucoup se sentirent assez peinés — sans que les acteurs du naufrage ne se rendent réellement compte de ce qui se passait.

Un grave manque de *ma*, diraient les Japonais.

Certains Anciens non américains restèrent courageusement jusqu'au bout. Le chamane de Touva, par exemple. Mais, tandis que les célébrants l'invitaient à s'incliner devant un crâne humain en matière plastique verte, on pouvait lire dans ses yeux une immense interrogation.

Et pourtant...

Sortis de ce contexte festif bon marché, plusieurs de ces Nord-Américains représentaient très légitimement de grandes et véritables traditions...

Avant l'arrivée des Européens, la population autochtone des États-Unis était évaluée à environ dix millions d'habitants. Selon Black Eagle, ils représentaient cinq cents tribus parlant plus de deux mille langues et dialectes. Chaque natif en connaissait deux ou trois et communiquait avec les autres par signes. À partir du xviie siècle, les autochtones de l'Amérique du Nord se constituèrent en confédérations pour pouvoir traiter avec les Blancs. Aujourd'hui, les nations sont surtout localisées dans les États de l'Alaska, du Dakota, du

Montana nord et sud, du Wyoming, de l'Arizona et du Nouveau-Mexique. La population actuelle compte environ un million et demi de personnes, fortement métissées et occidentalisées.

Ceux qui vivent dans des réserves « traditionnelles » connaissent surtout une immense misère, matérielle, morale, culturelle. La déception de tous ceux qui espéraient, ce fameux soir, à Karma Ling, un grand rituel authentique, « réellement relié aux Traditions primordiales d'Amérique du Nord », ne tenait pas assez compte de la misère socioculturelle des réserves, où sévissent souvent, on le sait bien, la pauvreté, l'alcoolisme et de manière générale un arrachement dramatique à toute forme de vie digne, traditionnelle ou pas. Replacée dans le contexte de cette misère, la cérémonie dont nous parlons change de visage. De *new age* et décevante, elle pourrait même, paradoxalement, apparaître comme sociale, rédemptrice et remobilisatrice ! D'ailleurs, Marie Thunder, la principale organisatrice de la soirée, est une infatigable travailleuse sociale, qui passe sa vie à aider les SDF de toutes sortes...

Quelque temps plus tard, Alain Grosrey put rencontrer Morgan Eaglebear en tête à tête. Après une demi-heure de palabre plutôt sereine, la colère de ce dernier finit par resurgir, et un dialogue s'instaura, révélateur d'une authentique sagesse.

Ce matin-là, le 1er mai 1997, le représentant de la nation apache, très enrhumé, préfère rester sur son lit, au milieu d'un grand fatras de sacs et d'objets divers. Ce géant aux longs cheveux gris, Morgan Eaglebear, donne l'impression de faire du camping dans sa chambre. Qui est cet homme ? Notre interlocuteur commence par se présenter, d'une voix que la fatigue et la fièvre rendent encore plus grave que d'ordinaire :

« Je m'appelle Eaglebear. Je suis apache, "homme-médecine" et guérisseur. Je suis né avec le don de divination. Je regarde les gens et je sais ce qui va leur arriver. J'avais trois ans quand ma famille m'a reconnu comme ayant la capacité d'écarter la souffrance et de guérir. J'ai grandi ainsi, observé par les miens. Nous vivions dans une réserve. Il fallait que j'apprenne à utiliser ce don que j'avais reçu. Les Anciens m'ont donc formé pour que je sache méditer, utiliser les plantes, soigner les autres. Et je suis effectivement devenu guérisseur.

« Ma grand-mère était une personne très spirituelle. Une aînée, parmi les femmes de la communauté apache. Elle m'a pris sous son aile et élevé dans sa voie, m'enseignant comment guérir et prier. Elle avait l'esprit très ouvert et m'a sorti de notre réserve, pour que j'entre en contact avec d'autres nations indiennes [comme la plupart des Américains, Eaglebear utilise l'expression *Indian people*], en particulier avec les Shoshones, les Utes et les Paiutes. À leur contact, j'ai appris d'autres manières de prier et de soigner. Mais j'ai surtout pu constater que, malgré les différences, nos traditions respectives se ressemblaient beaucoup : la famille, les Anciens, les aînés, la dévotion au Grand Esprit, à notre Mère la Terre, une vie harmonieuse, équilibrée... J'ai retrouvé ces notions de base dans toutes les nations indiennes, ce qui les a renforcées en moi.

« Ensuite, je suis allé vers le monde extérieur, le monde des Blancs. Et j'ai vu : il ne fallait pas être grand sorcier pour se rendre compte que c'était un monde déséquilibré. Ces gens-là n'avaient visiblement pas de véritable notion de Dieu. Oh bien sûr, ils en parlaient toutes les deux phrases et vous disaient qu'il fallait absolument croire en Lui ! Mais personne ne vous donnait de véritable preuve vécue de son existence. Il fallait juste "faire confiance". Pour nous, cela sonne bizarrement. Dans nos voies traditionnelles, vous pouvez parler avec le Grand Esprit, très concrètement, et vous voyez Dieu partout : dans les arbres, dans les fleurs, dans le vent...

« Ainsi, j'ai essayé de fréquenter les écoles des Blancs. Pour apprendre leurs disciplines, avec l'idée naïve que j'allais peut-être, moi, pouvoir leur expliquer comment nous nous y prenons pour soigner, pour soulager la souffrance, pour parler aux animaux, ou même, quand vous en avez besoin, pour faire tomber la pluie, faire briller le soleil ou pour faire se lever le vent. Mais plus j'essayais d'expliquer, plus je les sentais incrédules, et plus cela devenait difficile. Je m'étais cru capable d'aider ces gens à *comprendre* certaines choses merveilleuses, plutôt que de *croire*, comme ça, abstraitement. Mais cela ne s'est jamais produit. J'ai échoué.

« Alors, j'ai décidé d'étudier d'autres voies, d'autres religions comme le bouddhisme — le zen en particulier. Toutes les grandes religions ont leurs propres cérémonies, leur propre cheminement... Mais personne ne peut expliquer ce que, dans mon innocence, j'avais cherché à expliquer.

« Pendant ce temps, je continuais à soigner et à travailler avec les gens de notre tribu. Je les remercie énormément, parce qu'ils m'ont aidé à apprendre et à soigner, ils m'ont aidé à aider ! En vieillissant, j'ai commencé à être reconnu par de plus en plus de gens, dans plusieurs tribus, qui m'ont en quelque sorte adopté, me permettant même, à la fin, de partager leur culture et leurs enseignements avec des personnes extérieures. Je suis donc devenu un "enseignant" et j'ai commencé à partager ce que je savais.

« De nos jours, beaucoup de gens pensent utiliser nos voies traditionnelles, mais ils ne savent pas le faire d'une manière respectueuse. Ils prennent juste la petite partie de l'enseignement qui les intéresse et qu'ils transforment à leur gré... Cela ne mène pas loin. Que faire ? Vous ne pouvez pas les arrêter dans leur démarche, mais vous pouvez essayer de faire en sorte qu'ils agissent de la façon la moins incorrecte possible, et qu'ils présentent l'enseignement de façon juste. C'est ce que je tente aujourd'hui : faire comprendre aux gens comment utiliser leur propre don. En naissant, chacun de nous a reçu un don, un don de guérisseur en particulier. Il ne s'agit pas de *transmettre* notre don à d'autres, mais d'aider les gens à trouver celui qui est déjà en eux, endormi. S'ils y parviennent, ils vont découvrir la paix. Dans la paix, ils vont trouver la joie. Et dans la joie, ils feront l'expérience de l'équilibre et de l'harmonie, qui les rendront aptes à aider un peu plus les autres.

— Comment ressentez-vous cette Rencontre Inter-Traditions ?

— Très positive ! Au début, bien sûr, il y avait un peu d'inquiétude. Les délégations s'observaient du coin de l'œil. Mais dès que nous nous sommes retrouvés dans le cercle et que nous avons commencé à partager, chacun a pu réaliser que nous étions tous très semblables, quels que soient nos continents d'origine. Les rituels et les bénédictions aussi, nous avons été heureux de pouvoir les partager. Ensuite, chacun a commencé à dire quels étaient ses besoins pour pouvoir réellement être ce qu'il est. Ainsi, peu à peu, nous avons commencé à nous unir les uns aux autres.

« Cela dit, il y a un problème. Que les indigènes se retrouvent ensemble est une très bonne chose. Mais il faudrait que cela serve aussi à nous rapprocher des traditions plus récentes, de ce qu'on appelle les "grandes religions", celles qui dominent notre planète depuis des siècles. Or, je n'ai quasiment pas vu un seul représentant de ces "grandes religions". On m'a bien dit qu'il y en avait un certain nombre en bas, dans la vallée, à la tribune des invités du Dalaï Lama. Mais ici, à Karma Ling, sur le site de la rencontre, pratiquement personne.

— À vrai dire, les choses semblent avoir été plutôt organisées de telle sorte que vous puissiez, vous les Anciens des Traditions primordiales, vous retrouver entre vous. Les représentants des "grandes religions", du moins certains d'entre eux, auraient presque eu l'impression d'abuser, d'être des intrus, en faisant autre chose que de vous observer discrètement et de loin !

— Eh bien, c'est une erreur ! Nous sommes venus ensemble, pourquoi ne pas pratiquer ensemble ? C'est notamment l'erreur des chrétiens. Mais ils ne l'admettent pas volontiers.

« Les peuples indigènes se sont réunis avec les Tibétains pour lutter contre l'oppression. Quel genre d'union, de partage ou d'entraide pourrions-nous proposer aux "grandes religions" ? Je l'ignore. J'ai déjà participé à des réunions un peu similaires à celle-ci et j'ai malheureusement souvent constaté que les représentants des "grandes religions" choisissaient comme partenaires des chamanes, des hommes-médecines ou des chefs spirituels traditionnels fortement compromis dans ce que j'appellerais la "falsification".

— Que voulez-vous dire ?

— Les délégations invitées ici, à Karma Ling, me semblent toutes authentiques. Les gens qui sont venus ne l'ont pas fait pour bénéficier d'une publicité. Nous sommes là pour travailler pour les autres, pas pour faire plaisir à la presse, ni pour répondre aux souhaits des Églises, ou pour réussir je ne sais quel coup stratégique vis-à-vis des États, des Églises ou de l'opinion publique. À l'évidence, les représentants présents à cette rencontre ne sont pas du tout enclins à ce genre de comportement.

— La situation des réserves, en cette fin de XXe siècle, est-elle toujours la même depuis cinquante ans, ou les choses ont-elles évolué ?

— Comment voulez-vous que ça change ? Ils nous ont donné les terres les plus pauvres. Il faut bien comprendre que le gouvernement cherche à nous intégrer, d'une manière ou d'une autre, au système du marché. Il veut que nous rejoignions les villes et que nous nous assimilions. Mais cela ne marche pas vraiment. Dans les villes, les jeunes sont attirés par les biens matériels : nouvelles voitures, jeux vidéo, etc.

Le syncrétisme des néo-chamanes est-il inéluctable ?

Les plus sensés reviennent souvent moroses à la réserve. Au moins, de leur expérience citadine, essaient-ils de tirer le minimum de savoir qui nous permettrait de créer nos propres "industries", afin de trouver l'argent nécessaire à notre peuple. Il faut savoir que pendant des décennies, beaucoup d'enfants mouraient, dans les réserves. L'âge moyen y est parfois encore de vingt-trois ans ! Et quand vous avez dépassé cet âge-là, vous êtes presque un vieillard, à cause de la drogue, de l'alcool et des maladies.

— Pouvez-vous préserver vos rituels ? On entend souvent dire qu'il existe de grandes difficultés à les maintenir tels qu'ils étaient par le passé et que des assimilations sont faites avec le *new age* ?

— Non ! Nous maintenons nos rituels. Comme je le disais un peu plus tôt, je suis souvent allé rencontrer des gens de toutes origines, qui souhaitaient recevoir mes enseignements, un peu partout dans le pays. Certains étaient des adeptes du *new age*. Ils utilisaient déjà certaines parties de nos rituels. Je leur ai dit : "OK, vous faites certaines choses qui viennent de nos traditions, mais attention, vous ne les pratiquez pas de façon vraiment correcte. Si vous voulez continuer, voilà la façon juste de faire." Vous savez, beaucoup de ceux que l'on appelle les adeptes du *new age* veulent vraiment suivre notre voie. Bien sûr, tous ne voient pas la nécessité de suivre avec rigueur les procédures traditionnelles, parce qu'ils sont naïfs et ignorants. Il faut qu'ils apprennent. Mais tant que les représentants des Traditions primordiales seront actifs dans la sauvegarde de leur patrimoine spirituel, nous saurons préserver nos traditions.

— On parle de plus en plus de "marchands du temple". Est-il vrai que derrière beaucoup de soi-disant "vocations spirituelles" se cachent aujourd'hui de véritables affaires commerciales ?

— Il est certain que dans le contexte moderne, nous avons tous besoin d'un apport financier, mais il ne s'agit pas de vendre la religion. Je puis vous assurer que plus de 80 % de l'argent que j'ai gagné l'année dernière, je l'ai donné à la réserve. Certaines personnes me donnent des vêtements, de la nourriture et d'autres choses encore que je redistribue à la réserve. D'autres me disent : "C'est étrange de vous voir avec tous ces bijoux, ces bagues, ces bracelets." Je leur réponds que ce sont des cadeaux que l'on m'a faits. Je possède une voiture, les vêtements qui sont sur mon dos, deux chiens, sept perroquets, deux iguanes, un alligator, et c'est tout. Je n'ai pas de maison — actuellement, je suis hébergé par un ami. »

Eaglebear nous montre, en détail, les bijoux qu'il porte. Ce sont tous des cadeaux, mis à part une bague qu'il a façonnée à l'âge de quatorze ans, avec l'aide de son grand-père. Puis il dit :

« Ce qui compte ? Aider un enfant. Stopper une souffrance. Donner sa vie aux autres. Ceci, on vous l'apprend quand vous empruntez les voies spirituelles qui sont les nôtres. Certains jeunes Amérindiens d'aujourd'hui réalisent que nous possédons une saveur qui n'existe plus dans le monde moderne inventé par les Blancs. Ils reviennent nous voir, parce qu'ils savent que chez nous, ils pourront appartenir à une vraie famille. Une fois dans la famille, ils réalisent que tous sont égaux et dans le fond très semblables, mais qu'en même temps le sentiment d'union naît du fait que chaque personne est bien distincte. Les deux ne sont pas incompatibles, au contraire.

« Pour en revenir à notre rencontre de Karma Ling, je dirais que les peuples autochtones peuvent devenir beaucoup plus forts en s'entraidant, en partageant de plus en plus, en se connaissant mieux. Ce processus est en cours, là, sous nos yeux. Pour ma part, j'ai été invité par plusieurs des délégations ici présentes, pour aller donner des enseignements chez eux. Certaines initiatives de partage vont déboucher sur des résultats bien réels. »

Lorsque nous quittons Eaglebear, une sorte de gravité s'est installée en nous, presque douloureuse. Contrairement à ce que s'imaginent les esprits critiques dès que l'on parle du renouveau des Traditions primordiales (traduit par « néo-chamanisme »), nous sommes bien loin du fameux hédonisme californien ! Non, ces néo-hommes-de-connaissance ne sont pas des enfants gâtés. Ils ont généralement souffert comme des damnés et se trouvent même parfois engagés dans l'aventure contre leur gré, poussés par une nécessité existentielle et viscérale, dont nous aimerions maintenant dire deux mots. Elle constitue sans doute une constante d'un bout à l'autre de la planète.

6

Un grand feu, de l'autre côté d'un océan de souffrance*

Trois cent cinquante millions de martyrs ? / Nadia Stepanova : on naît chamane / La terrible traversée de l'Aztèque Tlakaelel / Grandmother Sarah, déléguée de la prophétie iroquoise.

Il n'est pas difficile de sentir, derrière le mélange de joie, de fierté, d'espoir, que la plupart des Anciens semblent éprouver à se trouver ainsi réunis, beaucoup de souffrance. Ce cercle représente les derniers survivants d'une humanité ancienne, que les tenants des grands systèmes religieux, économiques, politiques, scientifiques mondiaux ont broyée, de façon fulgurante, en à peine quelques siècles.

Les derniers survivants ?

On dit qu'environ trois cent cinquante millions d'humains vivent aujourd'hui encore dans des sociétés où ce que l'on peut appeler la « Tradition primordiale » demeure importante, sinon dominante. Trois cent cin-

---

* Avec la collaboration de Marie-Thérèse de Brosses et de Claire Médaisko.

Un grand feu, de l'autre côté d'un océan de souffrance 117

quante millions, c'est peu, en regard des six milliards d'êtres que compte l'humanité. C'est beaucoup, si l'on se figure qu'il s'agit des ultimes « poches de résistance » d'un temps préhistorique. En réalité, ce chiffre ne donne aucune idée du mouvement en cours. S'agit-il de trois cent cinquante millions d'humains atomisés, déboussolés, exploités, humiliés, aliénés, martyrisés et, d'une manière ou d'une autre, voués à une rapide extermination ? Ou bien avons-nous affaire à une humanité « primitive-futuriste », encore partiellement dans les limbes, mais porteuse de germes dont nul ne peut prévoir l'épanouissement dans les temps à venir, à l'instar de ce qui se passe déjà dans certaines grandes villes d'Amérique latine ? Qu'est-ce qui est donc resté d'essentiel dans ces peuples et ces traditions, après que les ruses des conquistadors, des négriers et des capitaines d'industrie les ont rabotés pendant cinq siècles ? Au chapitre suivant, nous trouverons une réponse : la musique africaine. Mais ailleurs ?

La plupart des anthropologues, sociologues et autres spécialistes des sciences humaines optent généralement, la mort dans l'âme, pour une réponse pessimiste : de ces peuples, il ne restera rien. Certains de leurs confrères plus jeunes, et beaucoup de non-spécialistes, jeunes pour la plupart également, en Occident mais aussi dans le « Sud » du monde, mettent tout leur enthousiasme dans une autre réponse. En nous-mêmes, Occidentaux ex-gaulois, ex-latins, ex-ostrogoths, ex-mongols... est emprisonné un « homme préhistorique » que la modernité masque d'électronique et de métal, mais qui meurt aussi, exterminé du dedans. Dans un suprême essai de vivre, les écrabouillés du dehors et les écrabouillés du dedans pourraient se donner la main, former un cercle et freiner la course de mort.

Les deux visions recouvrent du vrai. Les Anciens réunis à Karma Ling donnaient tous l'impression d'avoir réussi à traverser l'enfer, pour déboucher, non pas sur le paradis, ni même peut-être sur une promesse de paradis, mais plutôt sur une façon d'être présent au-delà de la souffrance et au-delà de l'espoir. Ce point de vue entre partiellement en contradiction avec l'enthousiasme des jeunes adeptes d'une nouvelle ère... que soutiennent pourtant avec indulgence ces mêmes Anciens saluant leur irremplaçable vivacité et soif de vérité. Mais indulgence ne signifie pas complaisance, on va le voir.

À mesure qu'elle s'ouvre au monde, la nouvelle Russie nous apporte toutes sortes de révélations sur le destin de ceux-là mêmes qui sont à l'origine du mot *chaman*. Il règne aujourd'hui à Moscou, et dans toutes les villes de l'immense empire déstabilisé, un retour en grâce général de pratiques que soixante-dix ans de dictature marxiste-léniniste n'ont pas davantage pu éradiquer que dix siècles de tsarisme orthodoxe.

Nous avons déjà fait connaissance avec un grand chamane de Touva. Voici maintenant la « présidente des chamanes » de Bouriatie.

Parmi tous ceux qui interviennent sous la Tente des Rituels, Nadia Stepanova, une femme à la beauté toute mongole, nous paraît d'emblée la plus énergique et la plus déterminée des Anciens. Chaque fois qu'elle prend la parole, sa voix vibre comme à un meeting. Il est clair que nous avons affaire à une femme d'action, plus convaincue que quiconque de la nécessité de s'organiser pour passer au plus vite à la phase pratique des opérations. Physiquement et moralement, elle semble aussi solide que tous les rocs d'Asie centrale. Qui soupçonnerait la formidable chaîne de doutes, de maladies et de souffrances qu'il lui a fallu traverser pour en arriver là ?

À quarante-neuf ans, Nadia Stepanova sait enfin qui elle est et ce qu'elle veut accomplir. Elle croit en l'avenir et pense, par exemple, que la Rencontre de Karma

Ling portera, malgré d'inévitables obstacles, de beaux fruits. Pourtant, sous son regard, beaucoup de nos illusions vont chanceler — à commencer par celle-ci : « On ne *devient* pas chamane, dit-elle, c'est impossible : on l'est dès le ventre de sa mère. Ou jamais. »

Car si, aujourd'hui, Nadia Stepanova se définit comme chamane, descendante de chamanes, appartenant par transmission directe à une lignée de plus de dix générations, le moins que l'on puisse dire est que le chamanisme lui est d'abord tombé dessus contre son gré. Comme un drame affreux. Un cauchemar.

Elle fut une enfant tardive et non désirée, la septième d'une pauvre famille bouriate, au fin fond des montagnes de l'Asie soviétique, entre le lac Baïkal et la Mongolie. Avant elle, cinq garçons étaient déjà morts, de maladies et de malnutrition. En naissant, Nadia n'avait plus qu'une sœur.

Elle a tout juste onze jours quand un chamane de son clan visite sa famille et, la voyant dans son berceau, dit à son grand-père : « Tu rêvais *dans* cette petite fille. Tu vas donc mourir bientôt. » Onze mois plus tard, le grand-père est parti. Puis c'est le tour de la grande sœur. Nadia reste seule avec ses parents.

À son tour, elle tombe malade, souffrant de céphalées effroyables. Tout le monde s'attend à ce qu'elle meure à son tour. Pourquoi ferait-elle, seule, exception ? Ses parents doivent partir travailler tous les jours, et l'état de Nadia ne lui permettant pas d'aller dans une quelconque crèche, elle passe d'interminables heures seule à la maison. Sur les murs, elle voit alors toutes les photographies de ses aïeux prendre vie. Terrorisée, elle se cache sous le lit.

À cinq ans, Nadia voit toutes sortes de présences autour d'elle. Aujourd'hui, elle dit : « Je n'ai jamais connu la solitude, jamais été seule. » Très tôt, elle a le pressentiment des événements à venir : « C'était hélas toujours des malheurs que j'annonçais : aussi bien les décès que les mauvaises notes, les miennes autant que celles de mes camarades. »

L'un de ses rares plaisirs d'enfance est de se renverser sur l'herbe pour regarder les nuages où elle découvre un autre monde. Toutes sortes de visions la visitent, qui ne l'étonnent guère : elle pense que c'est le lot de chacun. Malheureusement, les céphalées reviennent régulièrement et rien ne parvient à la soulager. Quand ses crises la prennent, elle a l'impression de lutter contre un immense rocher qui voudrait l'écraser. Passé un certain seuil de douleur, elle essaie de grimper aux murs, de s'y fondre, d'y trouver refuge. Consultés, les médecins ne parviennent à poser aucun diagnostic : le mal n'a rien d'organique. Sa température est souvent élevée. Un cas inexplicable.

Appeler les chamanes à la rescousse ? Un tel sujet était devenu tabou. À la fin des années 1940, Staline entrait dans sa période de paranoïa aiguë. La police politique envoyait les gens au goulag pour un rien. « À l'époque, raconte Nadia Stepanova, le credo obligatoire était l'athéisme. Le parti avait ordre d'apprendre au peuple que Dieu n'existe pas ! Je me souviens m'être dit, très jeune, que cela sentait le faux. J'étais terriblement perturbée par le fait que les adultes, mes parents, puissent mentir sur une chose aussi grave. »

Nadia a dix ans quand elle commence à découvrir l'activité très secrète des chamanes, qui célèbrent d'étranges rituels dans les étables. Pour limiter les risques de dénonciation, on ne dit plus « chamane », mais « grand-père » ou « grand-mère ». Le mensonge des adultes commence à s'expliquer. Nadia entre dans l'adolescence avec une lueur d'espoir de comprendre et de guérir.

Vers quinze-seize ans, de grands esprits commencent à se manifester à elle. L'un d'eux vient la tourmenter chaque nuit, au cours de cauchemars où elle doit lutter avec acharnement. C'est un grand homme noir aux bras velus, qui soulève son lit et cherche à l'étrangler. Bien plus tard, elle comprendra que cette apparition la préparait à affronter la peur, à savoir lutter — et à résonner avec autrui. Elle nous dit : « La personne qui n'a pas souffert ne peut pas connaître de réelle compassion. C'est parce que j'ai beaucoup enduré que je peux comprendre ce que me racontent aujourd'hui les gens, et aider les jeunes chamanes à soigner. »

Mais, à l'époque, la compassion n'est pas son problème. Elle veut partir à Novossibirsk, à des milliers de kilomètres de la Bouriatie, poursuivre ses études dans un institut pédagogique, avec l'espoir sublime que les esprits ne l'y suivront pas. Pourtant, contre toute attente, elle rate l'examen d'entrée ! « Les esprits ne voulaient pas que je m'éloigne de ma patrie. J'étais encore jeune. Quand on est jeune, il faut rester proche de ses racines. » Elle travaille donc dans une crèche, en Bouriatie, et continue à vivre des expériences incompréhensibles, généralement épouvantables.

« En fait, je passais par toutes les souffrances chamaniques, sans savoir que c'était de cela qu'il s'agissait. Les médecins ne comprenaient toujours rien à mon cas. C'est alors que, vers vingt ans, malgré l'interdit et les risques mortels que cela représentait pour eux, des chamanes et des lamas, de Bouriatie et de Mongolie, ont commencé à m'aider. Je sais que je leur dois la vie. »

Nouvel espoir de libération quand elle se marie et suit son époux en Mongolie, où le couple s'en va vivre. Mais rien n'y change. Elle a vingt-cinq ans quand une chamane mongol lui déclare qu'elle sera elle-même une grande chamane. Nadia est épouvantée. Avertie, sa mère restée en Bouriatie est elle-même tellement paniquée — être reconnu chamane est le plus court chemin vers la prison, l'hôpital psychiatrique et les camps du goulag — qu'elle prend le premier train pour les bords du lac Baïkal. Elle court demander à des chamanes qu'elle connaît de dévier le destin de sa fille. Ils acceptent de célébrer un rituel. Peu de temps après,

Nadia est victime d'une dramatique hémorragie qui dure dix jours et manque la tuer. Mais elle s'en sort. Quand elle apprend la nouvelle, la mère de Nadia prend cela comme un signe : le rituel a réussi ! Elle se réjouit.

« Hélas, poursuit Nadia, ma mère se trompait lourdement. Cinq ans plus tard, elle-même s'est retrouvée totalement paralysée, de la tête aux pieds — encore une fois sans que les médecins y comprennent rien. Cette fois, j'ai moi-même consulté un "grand-père" (le célèbre chamane Xamnayev). Les esprits lui ont alors parlé et il a pu me faire voir une scène. J'ai vu la chamane mongole (celle qui m'avait annoncé que je serais chamane à mon tour) ; elle avait deux puissants esprits derrière elle. J'ai compris que j'aurais dû en principe recevoir mon initiation de cette femme, mais que tout avait été contrarié par l'intervention de ma mère. Sa paralysie était donc une punition : on ne s'oppose pas à la volonté des esprits. Ils savent mieux que nous à travers quels êtres ils doivent s'exprimer. »

Nadia est sévèrement secouée. Pour sauver sa mère, oubliant tout des interdits et des risques qu'elle encourt — en République « autonome » de Mongolie, c'est tout de même plus facile qu'en URSS —, elle consulte chamane sur chamane, lama sur lama, fait célébrer toutes sortes de rituels, sacrifie des moutons... Mais, deux ans plus tard, sa mère, toujours paralysée, meurt malgré tout.

Nadia tombe gravement malade. On doit l'hospitaliser. Ses cauchemars reviennent en masse. Elle recommence à vouloir se réfugier à l'intérieur des murs. Sa tension est très élevée (26-18). Elle a la sensation qu'elle va mourir. Paradoxalement, elle trouve un relatif réconfort à cette idée : l'horreur va enfin cesser ! « Je ne voulais plus vivre, dit-elle. J'avais tort. On n'a pas le droit de tourner le dos à sa vocation. Mais je ne voulais toujours pas comprendre. Autour de mon lit d'hôpital, toutes sortes de gens ont défilé, dont un

Un grand feu, de l'autre côté d'un océan de souffrance 123

"chamane extra-sensoriel" [on désigne ainsi une personne douée de certaines capacités de perception inhabituelles, mais qui n'est pas forcément initiée, ni même éclairée]. Il m'a dit que je devais absolument accepter mon rôle, que j'allais guérir des gens, que j'avais une énergie insoupçonnée. Mais je ne le croyais pas, j'étais toujours aussi épouvantée. »

Il faut dire qu'à l'époque, rien dans la littérature ne peut lui permettre de comprendre ce qui lui arrive. Or, Nadia Stepanova en aurait besoin. C'est une moderne. Elle a fait des études. Elle croit dans la science, dans les livres. Avec les années, elle est devenue une pédagogue diplômée. La seule « énergie » qu'elle connaît, c'est l'électricité.

Les années passent. À trente-sept ans, elle revoit le « chamane *extra-sense* », qui lui déclare avec autorité qu'elle ne peut plus reculer, qu'à présent, elle *doit* devenir chamane. Elle refuse pourtant toujours, et demande même à un autre clairvoyant, un certain Mikhaïl Sergueïevitch, de bien vouloir lui « retirer son don », et de le donner à quelqu'un d'autre... « C'est impossible, soupire le clairvoyant, ce don, c'est Dieu qui te l'a donné ! Cela ne peut pas se refuser. »

Elle est têtue. Mais elle a beau résister, ses dons ne cessent de s'amplifier. À présent, elle voit à travers les personnes : « Je ne voyais pas seulement leurs organes, comme une machine à rayons X, j'ai commencé à les entendre penser. Ma vie est devenue impossible. Une torture. Je ne pouvais plus prendre le tram ou le bus : j'entendais tout le monde penser à voix haute, c'était comme si l'on avait allumé cinquante postes de radio en même temps ! Du coup, je préférais marcher des kilomètres à pied, même en hiver, pour me rendre à mon travail. »

Tout autour, même si le stalinisme a peu à peu fondu, pour finalement déboucher sur la perestroïka de Gorbatchev, beaucoup de gens restent sur la défensive, ou franchement hostiles. En 1989, bien que petit-fils de chamane lui-même, le mari de Nadia Stepanova ne veut toujours pas croire que l'aventure de son épouse puisse être autre chose qu'une fantaisie à composante largement pathologique.

Mais finalement, un beau jour, après avoir reçu des visions particulièrement fortes — qu'elle ne nous détaillera pas —, Nadia Stepanova cède et accepte son destin.

Sans savoir exactement ce qui va se passer, elle commence à dire ce qu'elle *voit* aux gens dont elle sent qu'elle peut les aider. Après bien des péripéties, elle a accepté enfin ses dons. D'abord d'instinct, sans initiation organisée. Elle pose des diagnostics, se met à soigner comme elle le peut. La nouvelle se répand.

Nadia nous dit avoir été la première à pratiquer à nouveau ouvertement le travail de chamane en Bouriatie libérée.

Bientôt elle rencontre un maître, Mikhaïl Barboïev, qui entreprend de lui enseigner différents rituels et techniques de guérison. Pour saluer l'entrée de Nadia dans la Tradition primordiale de ses ancêtres, il célèbre un rituel de consécration particulier, au cours duquel une chèvre est sacrifiée en offrande. Ce rituel marque un tournant décisif. Nadia et son maître y reçoivent des visions célestes qui ne leur laissent aucun doute : ils sont sur la bonne voie.

D'après la tradition, plus un chamane a souffert, plus ses dons sont puissants. Nadia devient une grande chamane. En un rien de temps, on pourrait dire qu'elle prend la tête de la renaissance chamanique de son pays. Elle qui a si longtemps refusé son destin se retrouve brusquement catapultée en avant, avec une énergie et une détermination qui l'étonnent elle-même.

Depuis près de cent ans, plus la moindre prière collective n'avait été célébrée en Bouriatie. En 1992, à Oulan-Oude, capitale de ce pays, au nom de tout son peuple, Nadia Stepanova organise un grand rituel officiel, dédié aux treize dieux septentrionaux.

Renaissance ?

Rien n'est simple. Si les chamanes ne sont plus poursuivis par le pouvoir, les dirigeants qui ont remplacé les communistes propulsent maintenant toutes sortes d'imposteurs. Le pays, trop longtemps en manque de spiritualité, s'ouvre tout d'un coup à n'importe quoi. Il suffit qu'une pratique semble un peu étrange, merveilleuse ou exotique, pour faire fureur. La Russie blanche elle-même connaît un brutal engouement pour les sectes. Du jour au lendemain, rituels et charlatans pullulent dans tout l'empire.

Nadia Stepanova est très étonnée de constater que le même phénomène existe chez nous, en Occident. C'est pourquoi elle fait parfois des conférences — dans toute l'ancienne URSS mais aussi en Italie, où un documentaire télévisé l'a fait connaître, et aussi en France, depuis la fin 1997, dans le sillage de la Rencontre Inter-Traditions —, pour expliquer qu'on ne peut pas retrouver l'essentiel du chamanisme n'importe comment, que le chamanisme ne s'enseigne pas avec des cours ou des stages de développement personnel. Qu'il faut des dons, des épreuves très dures à surmonter, l'obéissance à des formes précises qui, modelées par des centaines de générations, ont peu à peu acquis une véritable force, facilitant le contact avec les esprits.

« Aujourd'hui, dit-elle, on voit partout des gens prétendre qu'ils sont chamanes et vendre des séminaires de chamanisme. Dans le meilleur des cas, ces faux chamanes sont des *extra-senses*, des voyants, rien de plus. La tradition est encore respectée chez les vieux. Mais les jeunes ne savent plus du tout où ils en sont, et beaucoup, surtout en milieu urbain, sont prêts à accepter n'importe quoi.

« Mon rôle est de dire la vérité. Généralement, en Occident, vous pensez que les esprits n'existent plus. Or ils sont toujours là. Ils l'ont toujours été et seront là jusqu'à la fin du monde. Mais attention de ne pas basculer dans la crédulité inverse. Dans votre livre, je vous en prie, dites qu'on ne peut pas *devenir* chamane. On *naît* chamane. En Europe, vous parlez de "néo-chamanes", ou de "chamanes urbains". Quelle sottise ! La plupart de ces gens n'ont pas reçu ce don divin. C'est un don précis. Ils peuvent certainement avoir des dons *psi*, ça oui, et les utiliser en thérapie, et épanouir en eux toutes sortes de potentialités très intéressantes, mais ce n'est pas pareil. »

Si Nadia Stepanova donne aujourd'hui des cours, ce n'est pas, dit-elle, pour « enseigner le chamanisme », mais d'abord pour que les gens sachent que les esprits sont toujours là...

Nous l'interrogeons sur la Rencontre Inter-Traditions :

« Comment êtes-vous arrivée à Karma Ling ? Avec quelle idée ?

— Lorsque le cinéaste italien Constanzo Allione a entendu parler de cette rencontre, il a envoyé à Lama Denys une cassette qu'il avait faite sur mon travail, et ce dernier m'a invitée. Sans rien me demander de précis. Je suis venue parce que j'ai besoin de dialoguer. Je sens un besoin urgent de créer des ponts d'amitié entre les différentes traditions. Nous sommes arrivés à la fin du temps des guerres et notamment des guerres de religions. Il est urgent que nous nous comprenions et que nous nous respections les uns les autres, tout en restant chacun dans sa tradition ancestrale. Nous comprendre ne signifie pas nous mélanger. Il faut être intelligent : l'homme a besoin de religion. Toutes les religions peuvent survivre, mais il leur faut se comprendre les unes les autres et se respecter.

« Cette Rencontre est donc une bonne chose. Mais il ne faudrait pas en rester au stade de la parlote. Certes, tout le monde veut la paix, le bonheur, la santé, tout le monde en a assez des guerres, etc. Mais croyez-vous qu'il suffise de le dire ? Les mots ne suffisent jamais !

« Ma tradition a le plus grand respect pour la vie : nous prions pour qu'il y ait des foyers et une descendance dans chaque foyer. Nous, chamanes bouriates, nous célébrons nos rituels en demandant cela. Les dieux nous écoutent. Nous pouvons vous aider à vous ouvrir. Je me sens proche de beaucoup des traditions représentées à cette Rencontre, même si elles sont différentes de la mienne. Mais il ne faut pas que les rituels soient présentés comme un spectacle. Un rituel est une prière. On n'y assiste pas passivement. Je vois bien, vous savez, comment les gens ressentent les choses. Un chamane sait si un rituel est trahi ou s'il est reçu par les esprits. Pendant le rituel aztèque, par exemple, je peux vous dire que lorsque Tlakaelel a fait son offrande en direction de l'Est et de l'Asie, j'ai vu le feu. Pour l'Afrique, j'ai vu un homme très grand, debout. Pour l'Amérique, un animal à cornes, un genre de buffle. Pour l'Europe : des yeux très attentifs. Puis tout a été pris dans une spirale ascendante. »

Quand une question travaille Nadia Stepanova, elle ferme un peu les yeux, une minute à peine, et les dieux lui font « voir ». Nous lui demandons comment elle « voit » les retombées de la Rencontre de Karma Ling. Elle répond :

« Je sais qu'on en parlera beaucoup. Mais c'est une étape. Il y en aura d'autres. Ça ne sera pas facile...

— D'après vous, quelles sont nos urgences ?

— [Éclat de rire.] C'est à vous de savoir ce que vous devez changer ! Nous, nous sommes toujours prêts à donner, à dire la vérité, à vous rapprocher des dieux. Pas à vivre à votre place !

— Alors, quelles sont *vos* urgences ?

— Notre pays se trouve dans une situation dramatique. Vous devez chercher à nous aider, chercher à nous comprendre, sans vouloir nous plier dans votre moule. Notre tradition qui semble simple est très profonde. Quand je fais une offrande avec du lait, il ne faut pas s'arrêter aux apparences extérieures. C'est bien pourquoi on n'*assiste* pas à un rituel, on y *participe*, parce qu'on le comprend, qu'on le connaît. Derrière le geste, il y a une signification très grande, très élevée, pas seulement la répétition d'un geste. Avec les yeux extérieurs, on ne voit pas le mouvement de l'âme. Nous, nous vivons cette vie à l'écoute permanente de l'invisible. Et je vous ai offert ce rituel avec toute ma compassion. Avec tout mon cœur. Le froid ne peut pas faire naître la chaleur. C'est nous, qui n'avons rien, qui pourrons vous apprendre la compassion.

— Qu'en est-il de vos lieux de pouvoir ?

— C'est un problème essentiel. Chaque chamane comprend que si l'on ne sauvegarde pas certains lieux (les montagnes, les lacs, certains points de jonction des forces des eaux et de la terre), ils ne pourront plus être chamanes. Nous allons à certains endroits précis, pour invoquer les dieux qui sont là et qui nous donnent la force. Ces endroits sont menacés par, selon les cas, les pétroliers, l'industrie, le tourisme, l'ignorance... ou les mauvaises pensées. La protection de ces lieux m'importe tant que je fais des interventions à la radio, à la télévision, pour expliquer à notre peuple comment se comporter dans ces lieux. Heureusement, les lieux de pouvoir ne perdent pas leur énergie, quoi qu'ils subissent (seules les personnes qui n'y ont plus librement accès perdent l'énergie) : les esprits y sont toujours, comme sous nos pieds la Terre-Mère. Mais la connaissance, elle, se perd...

« Depuis trois ans, j'ai un projet qui m'est cher : cartographier tous les lieux de pouvoir de mon pays. Il faudrait que tous les autres chamanes en fassent autant, partout dans le monde. Mais nous n'avons pas de budget. Quand je voyage, je reconnais parfois des lieux sacrés : je les sens, ils me parlent. Ici, à Karma Ling, c'en est un. »

Après la chamane de Bouriatie, nous retrouvons les hommes-de-connaissance du Mexique.

Le sage Tlakaelel symbolise la victime épargnée du plus grand génocide de tous les temps. Cette invasion et cette destruction sont encore en cours. Ce qu'il reste de précolombien dans les cultures traditionnelles américaines continue, quoi que prétendent les modes, à être placé au plus bas de la plupart des échelles en vigueur outre-Atlantique. Tlakaelel a vu les siens massacrés plusieurs fois, et il a lui-même failli être tué. Pourtant, quand ce grand-père de soixante-dix-sept ans nous dit qu'il a surmonté les horreurs et qu'il peut nous parler sans haine, à nous, Européens, enfants d'Européens, nous le croyons.

Tlakaelel se définit avant tout comme homme-médecine. Fondateur et directeur de Kalipulli Koalko, une organisation qui renouvelle la tradition aztèque, il est l'un des principaux responsables du grand mouvement de reconnaissance des « Indiens » (c'est lui qui utilise ce mot), qui s'est levé à travers le Mexique durant ce dernier demi-siècle. Sans un centime en poche, cet homme a su organiser des marches de milliers de personnes à travers toute l'Amérique latine, réussissant à motiver des gens qui ne soupçonnaient même pas que les grandes traditions précolombiennes puissent encore être vivantes. Souvent, les participants à ces marches étaient eux-mêmes si pauvres qu'ils allaient nu-pieds. En 1992, Tlakaelel a obtenu la reconnaissance de l'existence officielle des cinquante-six groupes ethniques par le gouvernement mexicain, parmi lesquels les Nahuas, les Tzotziles, les Tzeltales, les Mazatèques, les Matlatzincas, les Wirrarikas, les Mixtèques, les Zapotèques, les Totonaques...

De la Rencontre Inter-Traditions de Karma Ling, il dit qu'il n'attend rien. Il a déjà participé à bon nombre de réunions de ce genre — dont une récemment en Suisse, au congrès de l'Alliance mondiale des religions (où on lui a fait remarquer qu'il était le seul à ne rien demander). Écoutons-le...

« Je ne suis pas venu ici pour demander quoi que ce soit, commence-t-il avec un sourire tranquille, ni à vous, ni au Dalaï Lama, ni à quiconque. Je suis venu ici pour semer ! C'est un honneur pour moi que de porter à votre connaissance le message de la religion de nos ancêtres. Nous n'avons pas de haine pour le mal que nous ont fait l'Église et la civilisation de l'homme occidental. Ce n'est pas par la haine que la justice parviendra à régner sur le monde.

« Pourtant, lorsque j'ai été reçu par le gouvernement du Mexique, après les émeutes, en 1992, les autorités avaient fait jeter devant le palais des dizaines de cadavres de mes frères indigènes... Massacrés, puis abandonnés sur le sol comme on ne le ferait pas avec des carcasses d'animaux ! Cette tuerie a commencé il y a cinq cent trois ans et n'est pas encore tout à fait terminée. Mais moi, ce jour-là, malgré les corps de mes pauvres frères, j'ai persisté à dire que je venais parler de PAIX, et de rien d'autre.

« Ainsi, après cinq siècles d'indifférence et de déni, notre existence, c'est-à-dire celle de notre religion, a été reconnue. Le ministre mexicain qui a signé le document m'a dit : "C'est un honneur pour moi de vous remettre ce certificat de reconnaissance de la religion de nos grands-parents." Depuis la signature de cet acte de reconnaissance, nous avons le droit, à nouveau — pour la première fois depuis cinq siècles ! —, de nous servir des pyramides de nos ancêtres pour célébrer nos rituels. Jusque-là, cela nous était interdit. La vague de terreur initiée par l'Inquisition n'était pas parvenue au bout de sa course. Aujourd'hui, à Mexico, il existe un musée où sont exposés les instruments de torture avec lesquels les catholiques "convertissaient" les gens : ils les brûlaient vifs, leur faisaient exploser le crâne à tour de vis...

« Nous n'avons rien contre la doctrine du Christ.

C'est un message splendide, qui n'a rien à voir avec les interprétations paganistes qu'en firent les hommes de l'Inquisition. De toute façon, aujourd'hui, la plupart des habitants du Mexique sont catholiques ; si nous nous prononcions contre eux [il fait trembler sa moustache de rire], nous ne vivrions pas longtemps ! Vous connaissez notre histoire. Ils nous ont massacrés, ont détruit la plupart de nos pyramides, brûlé nos maisons... et pris l'ascendant sur l'esprit de beaucoup des nôtres, qui se dénigrent eux-mêmes. Nous devons demeurer prudents. Mais, sur le fond, ce que je vous dis est vrai : nous sommes réellement d'accord avec les Évangiles qui, en fait, contiennent tout bonnement notre religion. Le Christ parle d'un Esprit. Il dit qu'au-dessus est le Père. Et que nous sommes tous frères. Nous ne disons pas autre chose.

« Ce n'est pas une métaphore, nous *sommes* tous frères. Même celui qui me fait du mal est mon frère. Je dois en être doublement conscient, puisque lui semble l'oublier. Dans notre religion, les principes du bien et du mal existent comme des choses nécessaires. Sans le mal, le bien ne pourrait pas exister, ni le mal sans le bien. Ce monde est fait de dualité. Il y a le froid et il y a le chaud. La lumière et l'obscurité. La tristesse et la joie. L'homme et la femme. Quand les contraires se rencontrent, ils peuvent s'anéantir. Mais s'ils s'unissent de manière correcte, ils deviennent la force motrice, la force créatrice. Prenez le chaud et le froid : au milieu, il y a un niveau de température idéal, où il fait bon vivre. L'homme et la femme s'unissent et créent la vie. Nous devons apprendre cela : le bien et le mal n'existent pas en soi. Ce qui existe, c'est la création. Voilà notre message.

« Depuis des milliers d'années, l'histoire du monde est une histoire de guerre et de mort : nous assistons à une permanente danse des frontières, car les peuples ne cessent de s'envahir. Les alliances changent, les frontières bougent. Et pendant ces danses de mort, tous les peuples de la planète souffrent. Face à ce gigantesque tourbillon générateur de chaos, nos traditions constituent un axe. Elles sont une réserve pour le futur. Les milliers d'expériences de milliers de générations passées peuvent finir par créer un monde viable. Dans notre tradition, le respect est fondamental : respect de la vie, des éléments, de la végétation, des animaux, des couleurs de peau, des personnes. Nous vivons selon cette tradition. Mais ceux qui se dédient à la préserver sont confrontés à d'énormes difficultés. Ils ont dû se mélanger, se métisser, s'adapter aux autres cultures, aux religions de leurs envahisseurs, leurs chemins se sont embrouillés. Il est donc utile que nous retrouvions les bases élémentaires de nos traditions.

« L'une des pratiques humaines essentielles, que l'on appelle médecine, consiste à prendre de l'énergie là où elle est en abondance, pour aller la mettre là où il n'y en a pas assez. Nos hommes-médecine savent demander l'énergie aux éléments et surtout aux plantes. Cela exige un grand respect et une connaissance subtile de ces plantes. Par exemple, l'énergie d'une plante n'est pas la même le matin, à midi, le soir ou la nuit. L'énergie de ses feuilles n'est pas la même que celle de ses fleurs. Et ses racines ont des vertus propres. Parfois, l'homme-médecine doit donner sa propre énergie, mais généralement, il vous aide surtout à retrouver la vôtre. Pour cela il peut demander leur aide au soleil, à la lune, aux étoiles, au feu, à l'eau, au vent ! Notez, je ne dis pas homme *de* médecine, mais homme-médecine : *il est lui-même* la médecine. Il l'incarne. Certains, chez nous, l'appellent *curandero*, ou *brujo* [guérisseur et sorcier en français].

« Avons-nous un ou plusieurs dieux ? Je vous dirais : un seul bien sûr. Il y a une seule Volonté supérieure, un seul Grand Esprit, un seul Grand-Mystère créateur. Ce que nous avons, ce sont plusieurs symboles pour désigner les grandes forces cosmiques, les principaux éléments de la nature et les différentes capacités humaines. Nous utilisons tout cela dans notre médecine. Mais au centre, il y a une seule grande énergie, qui nous traverse tous. Il est indispensable d'apprendre à l'employer. Beaucoup de gens fréquentent les écoles de médecine pendant des années et en ressortent sans rien savoir de tout cela. Les médecins occidentaux ont découvert des choses merveilleuses. Il faut cependant qu'ils comprennent qu'ils ne savent pas tout. Il existe une autre médecine, qui provient de cultures différentes de la leur.

« Nous avons, quant à nous, une petite idée de la raison pour laquelle l'homme existe. Nous pensons qu'il y a un but humain, un projet, un plan qui doit s'accomplir, s'atteindre. Cette perfection surviendra lorsque l'homme sera capable de créer tout ce qu'il est capable de penser. Parfois, les gens rient : "Allons, c'est de l'utopie, nous serions des dieux !" Mais aujourd'hui, nous savons bien que l'humain n'utilise que 10 % de ses capacités psychiques et physiques. Les 90 % restants dorment. »

Nous demandons à Tlakaelel comment il a été formé.

« Je suis né dans la ville de Mexico, mais j'ai passé ma jeunesse dans différents États de la république, auprès de différents maîtres spirituels issus de différentes traditions. J'ai appris la langue des Aztèques. Je ne la parle pas comme le peuple aujourd'hui, mais j'ai appris ce qu'il y avait derrière les mots, l'esprit des mots. C'est ce que l'on appelle l'herméneutique. J'avais déjà appris de nombreuses disciplines traditionnelles — la médecine, les mathématiques, l'astronomie, la cosmologie, la cosmogonie, la maïeutique, la symbolique... — mais l'herméneutique a été mon principal travail. Grâce à cette connaissance de l'aspect occulte de la langue de nos ancêtres, nous avons pu faire de nombreuses découvertes. Un exemple : par le nom d'un lieu en langue nahuatl, je peux savoir ce qu'on y trouve, aussi sûrement que si je disposais d'une photographie. Car nos langues sont descriptives. C'est ainsi que j'ai découvert la route de Chaco Canyon, en Arizona, uniquement en décryptant le terme *Chaco*. Une route de quatre-vingts kilomètres de long sur huit mètres de large ! Elle était enfouie sous le sable depuis des siècles.

— Quand et comment a démarré la reconquête de votre souveraineté ?

— Au début des années 1970, avec un groupe de jeunes indigènes, nous avons commencé à pratiquer la cérémonie des Quatre Directions. Un peu partout, car nous voyagions beaucoup, à travers toute l'Amérique Centrale, à bord d'un vieux camion. Nous étions treize. Complètement autonomes. Aucun gouvernement ni personne ne nous soutenait. Nous faisions de l'artisanat et plusieurs d'entre nous avaient monté un groupe de danse. Moi, je donnais des conférences. Nous empruntions autant que possible les trajets des Anciens, indiqués en langue nahuatl sur de rares cartes. Tout le long du chemin, nous récoltions les plantes médicinales. À partir du Nicaragua, où nous sommes arrivés en 1974, nous avons suivi une ancienne route toltèque, qui allait nous mener à d'importants sanctuaires souterrains où nous avons découvert toutes sortes d'offrandes jadis offertes aux esprits, des symboles des quatre Orients et le début de la spirale de Quetzalcoatl : tous les 21 mars, le soleil en se levant tranche de son premier rayon le centre d'une fresque...

« Sur le chemin du retour, nous avons rencontré un groupe appelé Les Racines blanches de la Paix, constitué par les cinq nations de la Confédération iroquoise — dont les Mohawks, que Grandmother Sarah Smith représente, ici, à Karma Ling. C'était au Guatemala, où un terrible tremblement de terre venait de faire des milliers de victimes. Ils étaient venus prêter main-forte. Nous sommes devenus amis et ils nous ont aidés à préparer notre voyage vers le nord. Puis, nous sommes repartis, avec notre groupe de danse et notre artisanat, toujours en suivant la spirale, qui est gigantesque. Nous sommes passés par la Californie et avons remonté la côte Ouest jusqu'au Saskatchewan, au Canada.

« Tout le long, nous retrouvions des spirales, gravées dans la roche depuis des millénaires. Par exemple, chez les Hopis, qui sont sans doute le peuple le plus libre des États-Unis — le seul qui n'ait jamais signé de traité avec le gouvernement américain. Lorsque nous avons rencontrés leurs Anciens et que nous les avons interrogés sur leur mission, l'un des plus vieux nous a dit : "Nous sommes ici pour attendre le retour du Créateur[1]." Ils ont des tablettes couvertes de toutes sortes de prophéties. J'ai répondu : "Mais c'est fait, il est déjà revenu : le sauveur revient tous les cinquante-deux ans ! La dernière fois, c'était en 1974." Ils étaient étonnés et intéressés. Nous nous sommes aperçus qu'un certain jour de mars, cette année-là, le soleil levant tombait pile au centre de plusieurs serpents en spirale, au Mexique aussi bien que dans l'Ohio... Il y avait donc un fondement commun à toutes les traditions d'Amérique, de la Terre de Feu à l'Alaska ! Mais plus tard, nous avons retrouvé la même figure ailleurs, en Angleterre, en Égypte... Peu à peu, nous avons découvert une identité planétaire des cadrans solaires, c'est-à-dire des liturgies solaires. Je pense que tous les Anciens de la planète avaient la même religion. En liaison avec ce qu'est l'humain au fond de lui-même.

« Peut-être même que ce fonds commun s'est d'abord exprimé dans la même langue primordiale, mère de toutes les langues[2]. Ne trouvez-vous pas troublant, par exemple, que le Grand Créateur se dise *Teotl* dans ma langue, *Theos* en grec et *Tao* en chinois ? Au

---

[1]. Le Créateur peut prendre les noms de Pahana ou de Quetzalcoatl.
[2]. Concernant l'éventuelle protolangue que tous les humains auraient parlée, voir *Le Verbe créateur*, de Marcel Locquin, Albin Michel, coll. Essais-Clés.

début, nous nous disions donc : "Un continent, une culture." Mais progressivement, c'est devenu : "Un monde, une culture." Nous sommes réellement de la même origine et c'est pour cela que nous pouvons à nouveau être unis. Beaucoup de gens ici présents savent déjà fort bien tout cela.

« Bien sûr, une même vérité, une même pratique — par exemple celle des quatre Orients — peut prendre des formes extrêmement variées. Ma tradition enseigne la tolérance et le respect de toutes les formes, de toutes les religions. Pour marquer ce respect mutuel, il existe une institution très ancienne, que l'on retrouve dans toutes les cultures de la planète : la pipe sacrée, présente aussi bien en Sibérie qu'en Afrique ou chez les indigènes d'Amérique. Pour nous, c'est le moyen de communiquer avec notre Créateur, avec la Force qui nous aide dans les moments difficiles. Ainsi nous avons-vous fait partager notre pipe sacrée. Et le rituel des quatre Orients.

« Nous savons qu'il y a quatre Orients, quatre couleurs, quatre peuples, mais chaque fois que les couleurs et les sangs se mélangent, le produit qui naît est plus fort. Prenons le meilleur de chaque couleur et faisons apparaître un homme nouveau, différent. Il ne s'agit pas de tout mélanger n'importe comment. Le Créateur a placé les quatre couleurs pour que les humains puissent se régénérer. Nous devons donc voir dans ces quatre couleurs une bénédiction.

« Les temps avancent. Avec nos cérémonies retrouvées, nous nous ancrons plus profondément dans la foi en notre planète, en notre amour pour notre Terre-Mère. Nous ne savons pas précisément comment agir, mais chacun trouvera sa voie : c'est le travail que chacun d'entre nous doit accomplir à son échelle. »

Un grand feu, de l'autre côté d'un océan de souffrance 137

Et maintenant, remontons vers le nord.

De toutes les femmes venues des États-Unis et du Canada, on nous fait comprendre que Grandmother Sarah Smith est la plus autorisée à parler. Grandmother Sarah Smith représente les Mohawks, qui forment, avec les Onondagas, les Oneidas, les Cayugas et les Senecas, la Confédération iroquoise ou Confédération des Cinq Nations, plus connue en Europe sous le nom des Cinq Nations iroquoises. Ces peuples se nomment eux-mêmes les *Hau-de-no-sau-nee*, ou Peuple de la Longue Maison (*Longhouse*). Pour les Américains blancs, les Hau-de-no-sau-nee ont cessé d'exister en tant que peuple organisé à partir de septembre 1784, quand les fédérations insurgées contre l'Angleterre sous la bannière « États-Unis d'Amérique » ont fait signer les représentants des habitants originels de cette partie du monde. Ce jour-là, les guerriers iroquois qui participaient à la rencontre ont signé un traité qui imposait d'énormes cessions de terre. Ils n'étaient pas autorisés à le faire et auraient dû consulter au préalable les peuples concernés. Mais les États-Unis n'avaient pas dévoilé tous les termes de l'accord avant sa ratification. En conséquence, si, à Washington, le Congrès ratifia le traité, le congrès législatif des Hau-de-no-sau-nee, lui, le répudia. Cela n'a pas empêché les États-Unis de considérer le traité comme toujours valide. Suivirent un encerclement et une résistance. Malgré l'expansion des États-Unis vers l'ouest, la confiscation des terres autochtones et les tentatives pour faire disparaître les peuples de la Confédération, celle-ci a continué, avec un grand courage et toutes sortes de déboires, à fonctionner et à se perpétuer. Elle reste un exemple de la force que peut représenter l'union de nations traditionnelles.

À Karma Ling, l'entretien est mené en début de soirée du 1er mai, dans la chambre de la « grand-mère », au milieu d'une aile de l'hôtellerie que les habitants de Karma Ling appellent *Dewatchen*. Grandmother Sarah Smith est assez fatiguée ; elle se remet à peine d'une opération qui a failli compromettre sa venue. Et, en fait, l'entretien démarre sur une fausse note. Quelques heures plus tôt, nous lui avons demandé de nous relater « une prophétie de la Confédération iroquoise ». Cette demande la gêne fortement et Sparky Shooting Star, de la nation cherokee, semble offusquée que nous ne sachions pas qu'il est impossible de présenter ainsi une prophétie sous la forme d'un petit texte dont le sens deviendrait totalement abstrait parce que coupé du contexte de la tradition orale. Mais quand, le soir venu, nous expliquons à Grandmother Sarah Smith que nous souhaitons sincèrement les aider sans faire d'erreur, la grande dame devient moins sévère. Elle explique que la prophétie imprègne tous les enseignements, que ce n'est pas quelque chose d'à part, mais bien une source d'inspiration perpétuelle qui se développe au fur et à mesure des transmissions. Sur ce, elle se met à raconter son histoire...

« Je suis arrivée sur terre en entrant chez les Mohawks. Mon clan est celui de la tortue, c'est pourquoi je prends beaucoup de temps [elle rit]. Mes parents m'ont placée sur ce chemin en 1940. J'ai eu la chance de recevoir de nombreux enseignements. Je remercie ma famille et mon mari de m'avoir permis de voyager et de me rendre là où je devais aller. Être sur ce chemin a été pour moi une expérience extraordinaire. Quand j'étais enfant et que j'écoutais mon grand-père et ma grand-mère me parler des temps lointains, je ne souhaitais pas connaître l'époque si difficile que nous connaissons aujourd'hui. Je savais cependant que j'étais assez jeune pour voir venir autre chose. Mon grand-père me disait : "Je ne pense pas que j'entrerai dans cette époque. Mais toi, tu risques de la voir !"

« En réalité, autant que je puisse comprendre, les prophéties appartiennent essentiellement au passé — il semblerait qu'elles aient presque toutes été réalisées. Ce que j'en sais aujourd'hui, c'est que doit encore venir le temps où il faudra "écouter les gens qui ont le soleil derrière les yeux et des voix gelées".

« Il y a plusieurs années de cela, nous étions assis dans ma cuisine autour de la table. Il y avait là un ancêtre et une sœur d'une autre tribu, et nous discutions de la prophétie. Elle s'est mise alors à pleurer, à pleurer... Elle a dit que cela touchait directement son peuple, dont nous connaissions hélas si peu de chose. Bien sûr, il aurait été extraordinaire que tous les peuples soient présents à cette Rencontre. Nous ne devons pas les oublier !

— Qui êtes-vous ?

— J'ai cinquante-sept ans et je crois que je suis née pour servir, même de façon minime. Si je pouvais, par exemple, vraiment venir en aide à une seule personne, j'estimerais avoir accompli ma mission dans ce monde. J'ai eu un grand-père qui a pris le temps de partager avec moi les enseignements issus de la tradition orale et cela a été pour moi une bénédiction. Il y a six mois, j'ai subi une grave opération. Tout s'est très bien passé mais cela a accru en moi ce sentiment que nous vivons vraiment à une période critique de l'histoire humaine. Depuis cette opération, chaque nouvelle journée est pour moi un véritable miracle. Chaque jour devrait nous apporter un peu plus de lumière, nous enrichir intérieurement un peu plus pour que nous puissions vivre en paix avec l'ensemble des éléments qui composent cette vie terrestre. Nous ne devons jamais abandonner nos frères et nos sœurs, et nous devons vivre en harmonie avec les plantes, avec notre Mère la Terre, avec l'eau, les arbres, le vent qui sont liés avec notre Père le Ciel. Ce sont des choses que nous connaissons un petit peu. Quant à moi, une partie de ma mission est d'éclairer les gens sur cette attention que nous devons porter à notre Père le Ciel. Depuis bien des lunes, nous n'avons cessé d'abuser de notre Mère la

Terre. À l'origine de ce forfait, réside à mon sens le même comportement que chez ceux qui abusent des enfants et des femmes. Je pense que le moment est venu de rendre les larmes aux hommes, et de les laisser former leur propre cercle afin qu'ils puissent s'embrasser les uns les autres. Pour cela, le respect et l'amour que l'on doit porter à chaque être est essentiel. Mon grand-père m'a appris qu'il y avait deux mots fondamentaux dans la vie : le respect et l'amour. C'est simple, finalement !

« Maintenant, tout est une question de temps. Le rythme imposé par l'homme est devenu une valeur absolue et nous traversons la vie beaucoup trop rapidement. En l'espace d'un siècle, nous avons connu des évolutions technologiques majeures : nous possédons des avions, des trains, des voitures, le téléphone, la vidéo et maintenant le Web, etc. Tout est centré désormais sur la communication ultrarapide. Nous allons si vite ; tout s'accélère ! C'est incroyable ! Et selon la prophétie, tout cela devait arriver.

« Ainsi, nous devons nous préparer au peu de temps qu'il nous reste et prêter un peu plus attention aux cycles naturels et au Cercle de la Vie. Ces dix dernières années, nous nous sommes mis à fonctionner dans un cycle nouveau, trop rapide pour que nous puissions boucler le cercle au moment d'entrer dans le nouveau millénaire. Avec un rythme aussi effréné, que va-t-il se produire ? Je crois que nous allons découvrir un tempo qui sera ni vraiment solaire ni vraiment lunaire, mais les deux à la fois. Les miens ont prophétisé que le monde tel que nous le connaissons allait beaucoup changer. Je ne parle pas de la vibration négative, qui va imprégner de plus en plus le monde. Nous, humains, devons nous préparer. Tout ce qui n'est pas fermement établi va s'effondrer autour de nous. Il est dit qu'il y aura deux chemins à l'image de deux doigts placés côte à côte. Nombreux seront ceux qui se bousculeront sur l'un des chemins, et peu nombreux se trouveront ceux sur l'autre. La multiplication des avortements et l'augmentation des suicides nous montrent que les empreintes laissées sur le premier chemin sont de plus en plus fréquentes et nous le déplorons.

« Il y a une donnée importante sur le sentier que la vie m'a amenée à suivre, et que nous ont aussi annoncée les ancêtres : les choses qui vont arriver seront à l'exact opposé de ce que nous avons initialement prévu. À quoi accordons-nous de l'importance aujourd'hui ? Que cherchons-nous ? Certains signes dans les enseignements de la tradition nous montrent que nous sommes à la moitié du chemin. La justice est au cœur du problème crucial de notre reconnaissance au niveau international. Nous la recherchons, mais rien ne montre sa présence ici-bas. Le temps viendra où nous serons réunis sans pouvoir reconnaître le visage de celui ou celle qui sera en face de nous. Nous serons étrangers les uns aux autres. C'est très triste ! La mère ne reconnaît pas sa fille, cette fille ne reconnaît pas son père et ce père ne reconnaît pas son fils, nous ne reconnaissons pas nos grands-parents et les grands-parents ne reconnaissent pas leurs enfants. Désormais, nous ne sommes plus un cercle, une famille unie, une expression de l'unité. Mais c'est une autre prophétie : le temps viendra où nous serons tellement pressés, bousculés, écrasés que nous ressentirons le besoin de nous guérir.

« Depuis des dizaines, des centaines de milliers d'années, les plantes médicinales ont toujours rempli leur rôle auprès des humains et assumé leur responsabilité. Aujourd'hui, tout est apparent, épanoui... Le problème, c'est que les êtres sur deux jambes n'ont plus du tout de grandeur. Voilà pourquoi la période actuelle est cruciale pour nous.

« Beaucoup de nos prophéties nous mettent en garde. Notre oiseau-gardien, l'aigle, est perché au sommet de l'arbre de paix. Il nous rapproche du soleil et nous avertit du danger qui approche. Depuis combien de temps recevons-nous le cri de l'aigle sans réagir ?

Nos territoires sont devenus le symbole des États-Unis et l'aigle nous interpelle et nous alerte sans relâche.

« Un autre message de la prophétie dit qu'un jour il y aura du sang sur notre grand-mère la lune. C'est la lune qui peut nous apprendre les cycles de vie ! Quand le module lunaire s'est posé sur la lune, notre peuple a compris d'où pourrait venir le sang dont parlait la prophétie. Ce fut un autre avertissement.

« Nous avons oublié toutes les langues qui nous relient à l'ensemble du vivant. Nous ne faisons plus attention aux couleurs, à la vie des plantes et à celle des animaux à quatre pattes. Nous ne prenons pas le temps d'écouter le chant du vent. Il y aurait tellement d'autres signes des prophéties que l'on pourrait retrouver dans le monde que nous connaissons aujourd'hui.

« Les peuples autochtones d'Amérique du Sud, eux, ont une prophétie qui parle du temps où "le condor volera avec l'aigle" [nous pensons à la Confédération du Condor et de l'Aigle d'Aurelio Diaz]. Le condor est leur symbole et le lien entre ce dernier et l'aigle montre bien que nous sommes en relation avec les peuples d'Amérique du Sud et d'Amérique Centrale. Il nous faut nous unir à nouveau comme par le passé. Malheureusement, le temps viendra aussi où nous oublierons que nous sommes faits pour nous remémorer. Je me réjouis de constater aujourd'hui et grâce à la Rencontre que les peuples d'Amérique du Sud et d'Amérique du Nord se sentent si proches les uns des autres. »

Nous marquons une légère pause. Grandmother Sarah Smith semble éprouvée par le fait de devoir parler de tout cela. Son regard est toujours très déterminé et perçant, mais elle donne l'impression d'être lasse. Elle laisse par moments transparaître un certain espoir ; à d'autres, elle semble porter sur son dos toute la tragédie des peuples indigènes d'Amérique du Nord. Un peu plus tard, nous reprenons :

Un grand feu, de l'autre côté d'un océan de souffrance 143

« En quoi cette Rencontre peut-elle répondre à vos urgences tant au niveau concret qu'à des niveaux moins visibles à l'œil ? Pendant toute la Rencontre, vous sembliez très heureuse...

— C'est sûr ! On nous a offert la possibilité d'être réunis entre frères dans le Cercle de Vie et cela m'a emplie de joie. Cela aussi, c'est une réalisation des prophéties ! Les ancêtres parlent d'un conseil secret autour du feu sacré. Un feu énorme et flamboyant de braises ! Mais ils ont été informés que le temps viendrait où le feu diminuerait. C'est pourquoi des messagers sont envoyés dans chaque nation avec des braises venues du feu qui a éclairé le conseil. Ils ont dit qu'en entretenant ces braises, un jour, nous pourrions à nouveau les réunir pour reformer le grand feu d'antan. Je regarde ce que nous avons vécu ici et je vois se réaliser cette prophétie, je vois que chaque nation présente est venue avec sa petite braise et que nous allons pouvoir rallumer le feu sacré encore une fois. C'est pourquoi je suis si satisfaite, si contente. Être présente ici, c'est pour moi un événement miraculeux. Quand j'étais enfant, j'étais effrayée, mais aujourd'hui je vois quelque chose de très significatif pour nous tous. Je sens qu'une énergie considérable se manifeste dans le sens de l'harmonie.

« Nous, représentants des cinq continents, sommes assis dans le cercle avec la bénédiction du Dalaï Lama ! Cela nous a permis de mettre en évidence nos points communs et nous avons pu constater qu'il en existait beaucoup. Nous sommes des gens simples, vraiment très simples. Il n'y a rien de dur en nous qui puisse engendrer la confusion dans nos relations.

« Ce que je peux dire vient de la tradition orale, de ces mots qui ont pu traverser le temps et ont été prononcés par des personnes qui acceptent la Grande Paix. Je veux parler de la nation iroquoise.

« Il y a aussi cet arbre dont je parlais un peu plus tôt, qui nous révèle sans cesse à quel point nous sommes unis à la nature, qui est la vie. Nous l'honorons et la respectons.

« Nous avons été considérés comme des *adorateurs du soleil* ou des *païens*... ce qui ne correspond pas du tout à la réalité. Nous avons toujours remercié la Source de la Vie qui est au-delà du soleil. Nos pratiques sont une forme ou un ensemble de symboles qui consistent en effet à faire face au soleil et à exprimer notre gratitude. Ceux qui, pour cette raison, nous ont jugés "adorateurs du soleil" ont fait une grave erreur. En réalité, on ne nous a jamais vraiment demandé ce que nous pensions ! Or, l'une des réalisations de la prophétie est de souligner qu'un jour nous pourrons nous expliquer. À ce moment-là, nous nous réunirons et partagerons, tous ensemble.

— Vous êtes venue en Europe, et beaucoup de gens sont intéressés par vos enseignements...

— Même aux États-Unis aujourd'hui ! On peut lire dans le regard des gens une demande, une soif, un manque incroyables. Ils demandent incontestablement de l'aide. À quoi cela correspond-il ? Je crois qu'une telle expérience de désarroi est en train de nous rappeler que nous sommes liés à l'ensemble de la vie. Nous ne remercions plus les plantes qui permettent de soigner l'homme. Nous ne remercions plus le vent. C'est une chose simple ! Pourquoi donc sommes-nous incapables de dire merci à tous ces éléments de la vie. Remercier est l'une de nos pratiques fondamentales. Avant de commencer une réunion, nous remercions. Il s'agit en fait de se montrer reconnaissant à l'égard de la vie dans sa globalité : depuis notre Mère la Terre jusqu'à notre Père le Ciel et, au-delà, le Créateur, Dieu, Bouddha, Celui qui a tant de noms, Celui qui donne la vie...

« Ainsi nous faut-il garder en tête ce facteur essentiel et nous sentons aujourd'hui que ce lien avec l'unité de la vie a été rompu. Dans l'état de séparation, les gens oublient. C'est pourquoi ils ont soif. Ils aspirent à retrouver ce lien qui était si vivant dans les temps anciens. Il est temps d'apprécier la vie et de vivre dans la joie, et surtout d'arrêter de dévaster et de détruire tout ce que la vie a offert. Je pense aux forêts et en particulier à la jungle d'Amazonie. Il est tellement insupportable de voir tout ce carnage, alors qu'il n'est pas nécessaire. La situation actuelle des bisons me fait mal au cœur. Ils continuent à abattre des bisons en 1997 ! Pour nous, les bisons représentent, quand ils sont en masse et lancés en pleine course, un tremblement de terre naturel. Quand vous les voyez se déplacer en horde, cela se passe vraiment comme dans le reportage de Kevin Costner. Personne ne peut contester la puissance qu'ils développent et qu'ils représentent. Après les grands massacres, leur nombre a diminué à tel point qu'ils sont devenus une espèce en voie d'extinction [1]. Pourtant, je suis certaine que tous nos frères des Amériques aimeraient que leurs voix soient à nouveau sous la protection du bison. Cette remarque nous ramène à une partie de nos prophéties et plus particulièrement celles de nos frères lakotas, dont une grande part de l'enseignement est centrée autour du bison blanc [2].

« Aller dans le sens de la simplicité et de l'humilité permettrait, je crois, de voir refleurir le monde. Tous les lieux sacrés, les hauts lieux liés aux pratiques de guérison ont été pris et dépréciés. Je pense que si nous pouvions cheminer dans la vie avec compassion, solli-

---

1. Il faut rappeler que le bison est encore un symbole d'abondance et de prospérité. Il l'était sans doute plus quand le gouvernement américain comprit qu'en autorisant le massacre des bisons dès 1869, il parviendrait à soumettre l'homme-de-la-nature à son bon vouloir. En 1890, il ne reste plus qu'un millier de bisons alors qu'on en dénombrait environ 6 millions vingt ans plutôt. Cela donne une idée de l'ampleur du massacre.
2. Sans doute Grandmother Sarah Smith veut-elle parler ici de la Femme Bisonne blanche, qui donna la pipe sacrée aux chefs, il y a de cela trois mille ans. Ce mythe fondateur véhiculait tous les enseignements spirituels liés à la pipe sacrée. La Femme Bisonne blanche se manifesta au moment où le pouvoir des chefs était corrompu par leur égoïsme et par la tyrannie exercée sur les tribus.

citude, respect et l'esprit pur, en exprimant notre gratitude, ces sites nous reviendraient.

— Nous avons pu voir en France *500 Nations*, les huit émissions concernant vos peuples, que Kevin Costner a produites. Il s'est focalisé principalement sur le génocide, sur l'ensemble du drame qui a frappé les peuples natifs des trois Amériques, mais pas un seul commentaire sur la situation actuelle dans les réserves. Compte tenu de la violence dont les peuples natifs ont fait l'objet, on se demande comment nous pourrions effacer tout cela, comment nous pourrions encore saisir le sens profond de la non-violence, de la paix et du respect.

— Je crois que nous, qui sommes appelés "le peuple rouge", avons les clés de la paix, parce que nous avons accepté une bonne fois la paix pour que les membres de nos tribus soient bien "gouvernés". C'est pourquoi nous sommes les gens de la Longue Maison. Je ne crois pas qu'il soit si difficile d'atteindre cet état de paix. C'est quelque chose de fondamentalement simple à réaliser. Vous connaissez les quatre plantes médicinales sacrées dont nous nous servons : le tabac, la sauge, la flouve odorante (*sweet grass*) et le cèdre. Des médecines très aromatiques ! Elles constituent en elles-mêmes notre lien direct avec le Créateur... Dieu si vous voulez. [Silence... puis sourire.]

« Excusez-moi, je m'écarte un peu de la question que vous me posiez. Vous savez, nous ne pouvons pas passer notre temps à nous blâmer les uns et les autres. Si nous, peuple rouge, sommes suffisamment forts pour assumer la responsabilité de reconnaître que nous avons, nous aussi, délaissé nos voies traditionnelles, notre âme s'en trouvera purifiée, nettoyée. C'est ce que je crois.

— Qu'est-ce qui, dans vos enseignements, pourrait aider la société moderne à guérir ?

— Ce qui compte, c'est de revenir à des modes de vie naturels. Nous rappeler tout ce que nous avons oublié. Je crois que cela reste possible. Avons-nous vraiment besoin de toutes ces lumières artificielles qui nécessitent une si énorme consommation d'énergie ? Nous ne cessons de vouloir "progresser", "améliorer", faire plus, plus, plus... Mais tout cela coûte de plus en plus d'argent. Et songez aux gigantesques barrages qu'il faut mettre en place pour fournir autant d'énergie alors qu'il y a derrière tout cela une loi naturelle. C'était, en un certain sens, le rôle et la responsabilité des castors. L'être humain, soutenu par la puissance de sa technologie, contrôle toute la région des Grands Lacs. Les castors ont disparu de nos territoires, ils ont été sacrifiés au nom du confort et du progrès technologique.

« Je crois que l'on pourrait recommencer à honorer le rôle et la responsabilité de tout ce qui vit. Chaque plante, chaque être de ce monde a un cadeau à offrir et nous autres, les êtres sur deux jambes, nous n'arrivons pas à comprendre que tous les éléments non humains qui nous entourent continuent, vaille que vaille, à remplir leurs tâches et à assumer leurs responsabilités. Et nous, nous ne sommes même pas capables d'exprimer nos remerciements. Beaucoup de personnes pensent que si vous voyez un oiseau voler et que vous dites subitement : "Merci frère !", vous êtes dérangé. Mais dans le fond, est-ce incorrect ? Que ressent un être individuel quand il n'est jamais reconnu ? On devrait déjà s'honorer les uns les autres, chose que nous ne faisons même pas. Je crois que le désespoir des adolescents aujourd'hui repose en partie sur cette absence. Je pense que l'avenir peut être beau et harmonieux si nous pouvons associer nos actions, en assumant chacun notre rôle et nos responsabilités. Pour cela, il faut notamment que les femmes soient des femmes et les hommes des hommes. Il leur faudra aimer profondément leurs enfants, en leur enseignant les principes et les valeurs de la vie : les valeurs simples et faciles qu'ils peuvent aisément sentir et vivre réellement.

« Nous devons agir en tenant compte des sept générations à venir ! Cela revient à prendre en considération la vie sur terre après notre propre passage. Que vont faire les grandes cités, les mégalopoles dans les dix ans qui viennent ? Où sont les ressources qui garantiront la vie ? Non, nous ne faisons pas preuve de respect à l'égard des dons de la Nature. Ne serait-ce que prêter attention aux couleurs ! Nous ne faisons aucunement attention à la richesse de sens que peut nous offrir chaque couleur. Ce sont des dons que nous avons négligés puis oubliés. Nous ne parlons plus désormais le langage des pierres, le langage des plantes, nous ne pouvons même plus comprendre le langage humain ! Certes, les hommes ne cessent de s'exprimer, de se faire entendre... mais pas par le langage de l'amour. C'est cela qu'il nous faut réapprendre. Notre langage actuel nous a, dans une certaine mesure, divisés. Cependant, les peuples traditionnels ont conservé leur base, se sont accrochés à leur fondement et à la vérité qui émanait de leur rapport avec le vivant et tout cela d'une façon sacrée.

— On dit que votre peuple, les Hau-de-no-sau-nee, le Peuple de la Longue Maison, a fondé la première démocratie, la première vraie démocratie...

— C'est exact ! Fondée sur des valeurs de paix. Ce que j'en comprends, c'est qu'elle a émergé à un moment où les peuples concernés ressentaient un réel besoin d'unité. Le symbole des États-Unis est un aigle tenant cinq flèches dans ses serres. Le symbole de l'organisation qui est en train de naître de ces rencontres de Karma Ling, l'Organisation des Traditions unies (OTU), est une main qui est aussi un rappel du chiffre 5.

— Ce sont les cinq continents...

— Et les cinq doigts de la main. Quand on porte son attention sur la signification de la main et de son

Un grand feu, de l'autre côté d'un océan de souffrance 149

empreinte, on comprend que nous pouvons être forts et que nous pouvons agir. Nous pouvons devenir *un* comme les doigts de la main. Ce symbole, les États-Unis d'Amérique l'ont bien compris. Mais avec aussi de graves déviations, dans toutes sortes de domaines. Prenez le tabac. Pour nos ancêtres, il n'avait jamais été question d'en avaler la fumée !

— Comment corriger le tir ?

— Le site Web que nous projetons de mettre au point est un outil de communication qui nous rapproche les uns les autres et le tabac est aussi un "outil" de communication : de communication entre nous et le Créateur ! La force créatrice nous écoutait quand on s'adressait à elle. Offrir le tabac sans jamais avaler sa fumée, c'était notre manière de prier. Dans le tabac fumé aujourd'hui, où se trouve la prière ? À quel niveau se situent les pensées des gens qui fument ? Je ne veux pas émettre un jugement mais je voudrais partager la vérité du tabac. »

La soirée s'écoule, de plus en plus paisible. Dans un moment, sous la Tente des Rituels, doit commencer le concert de chant harmonique d'Albert Kuvezin, l'assistant du grand chamane de Touva. Mais la chaleur de Grandmother Sarah Smith est telle que la conversation pourrait durer des heures. Ou le silence.

« Il est important, dit-elle finalement, que nous ayons la possibilité de partager tout cela par la voie des mots. Nous appartenons à la tradition orale. On a vraiment beaucoup écrit dans le monde, mais nous n'agissons guère dans ce que j'appellerais la "troisième dimension", la communication de cœur à cœur. Depuis fort longtemps, elle s'éteint peu à peu. Nous avons besoin pourtant d'entendre ! Si nous parvenons à ouvrir nos oreilles et notre cœur, quelque chose se met en action, qui est de l'ordre de la réciprocité. Telle est la force de l'oralité. Nous parlons à partir du cœur et celui qui écoute prête alors une oreille attentive à ce que nous pouvons dire. Nous n'écrivons jamais rien. De ce fait, vous ne recueillez des enseignements que ce que vous souhaitez prendre. Si vous êtes occupé à prendre des notes, à mettre par écrit l'enseignement, il se peut que vous manquiez la chose que vous êtes venu découvrir ou partager. C'est pourquoi j'ai demandé d'avoir la possibilité de *parler* aux gens. Comprenez bien que, pour nous, il est très difficile d'entrer dans la dimension "boîte de conserve" propre à la vidéo, aux films et aux livres. Le message que j'essaie de vous communiquer, lui, s'effectue de cœur à cœur. Demain, la situation risque de changer, et elle ne sera pas forcément conforme à ce qui aura été exposé par écrit. Demain s'ouvre sur une nouvelle expérience. Les mots que j'ai prononcés ce soir sont venus de mon cœur et ont été accompagnés de gratitude et de remerciements à l'égard des ancêtres.

— Quel lien établissez-vous entre les sept générations à venir et les sept générations antérieures ?

— Je sais de quelle façon je suis reliée à mon arrière-arrière-grand-mère. Mes ancêtres marchent devant moi. Je ne suis pas reliée uniquement à des femmes. L'homme et la femme complètent le cercle. Aucun individu, aucune tribune ne porte en lui ou en elle la réponse totale. Chacun est un fragment de la réponse. Voilà pourquoi notre responsabilité est engagée dans la réanimation du feu sacré qui permettra de faire briller à nouveau chacun de nos feux. »

Tour à tour, chacune des Traditions primordiales nous a confié un océan de souffrance. Sans complaisance. Sans mortification. Avec une réelle générosité — et une capacité à métamorphoser les pires calvaires, à les sublimer, à les transfigurer..., sans jamais perdre le nord.

Un grand feu, de l'autre côté d'un océan de souffrance 151

Chez certains cependant, la souffrance se traduisait, à la Rencontre de Karma Ling, par une forme de rébellion, un refus de participer pleinement au cercle. Venons-en à ceux-là.

7

Tibet ancien, Australie primordiale : aux deux extrêmes de la réticence*

Le délicat dossier bön / Les Rêves des ancêtres primordiaux / Jésus a créé le monde.

Le propos de ce livre n'est certainement pas d'attiser de vaines polémiques. Il n'est pas non plus de tenir des propos dogmatiques ou lénifiants. Demeurer justes et transparents nous semble indispensable pour faire avancer les choses. Dans cet état d'esprit, tout obstacle doit être éclairé et observé calmement.

Deux obstacles rencontrés au cours de la Rencontre Inter-Traditions de Karma Ling nous semblent devoir retenir l'attention. Très différents l'un de l'autre, tous deux ont conduit les Anciens concernés à se montrer réticents vis-à-vis des différents rituels et parfois même à refuser de participer au « Cercle », celui-ci étant jugé soit incomplet — c'est ce que pensait le représentant des bönpos du Tibet —, soit incongru et inopérant — telle était la pensée du représentant des aborigènes d'Australie. Chacune à sa façon, les réticences de ces

---

* Avec la collaboration de Thomas Johnson.

deux Anciens soulèvent des questions qui nous concernent tous.

Quiconque a voyagé dans le nord de l'Inde, ou au Népal, et bien sûr au Tibet, a entendu parler un jour de la tradition *bön*, dont les responsables sont appelés *bönpos*. Ce sont les tenants de la tradition qui prévalait au Tibet avant l'arrivée du bouddhisme au VIIe siècle. Les noms de *bön* et de *bönpo* sont généralement associés à l'idée d'une survivance d'un lointain âge chamanique tibéto-mongol. Aussi est-ce sans surprise que nous avons appris la présence d'une délégation bön à la Rencontre de Karma Ling. Sans surprise, mais non sans une vive curiosité.

Or, ce qui nous frappe dès la première séance de présentation, c'est que le représentant des « Tibétains pré-bouddhiques » ressemble à s'y méprendre à un lama : on l'appelle Rinpoche ; il a le crâne rasé ; il porte une robe rouge bordeaux ; tout ce qu'il nous dit de sa pratique — la nécessité de se libérer de la souffrance, racine de tous les maux, le masque des illusions, l'indispensable arrachement au *samsara* pour rejoindre la Grande Vacuité, etc. — semble droit sorti d'un enseignement bouddhique classique... Pourquoi ? Comment ? « C'est que nous sommes à l'origine de tout cela ! » va nous dire, à peu de chose près, Lopön Trinley Nyima Rinpoche.

Dossier complexe.

Tout le monde semble admettre que la tradition bön constitue une composante indéniable du bouddhisme tibétain. Deux voies böns coexistent, dit-il : la voie ancienne et la voie réformée. La voie ancienne, populaire et chamanique, aurait dégénéré en simples superstitions populaires. Alors que lui, Lopön Trinley Nyima Rinpoche, représente la voie réformée — c'est-à-dire intellectuelle et « modernisée » — de l'antique culture tibétaine.

Sur un point, au moins, la voie « populaire et superstitieuse » et la voie « intellectuelle et moderne » présentent une forte similarité... qui est en fait à l'origine de tout le problème : violemment combattus par les bouddhistes il y a un millénaire, les bönpos n'ont pu subsister jusqu'à nos jours qu'au prix d'une ségrégation qu'ils ne sont pas près d'oublier et qui continue partiellement. « Sachez par exemple, nous dit-il, que, lorsque les organisations humanitaires envoient des fonds au secours des enfants tibétains, les nôtres, c'est-à-dire les enfants non bouddhistes, ne reçoivent pas un centime ! »

Sur le coup, avouons-le, les déclarations de Lopön Trinley Nyima Rinpoche et de son assistant, Guéché Namgyal Nyima Rinpoche (ainsi que celles de leurs amis français Bernard Fréon et son épouse) nous font l'effet d'une douche glacée. Heureusement, Lopön Trinley Nyima Rinpoche souligne aussitôt l'attitude extrêmement conciliatrice et éclairée de l'actuel Dalaï Lama. Sa Sainteté ne s'est pas contentée de rendre visite aux bönpos dans leurs monastères et de coiffer leur bonnet blanc : il les a tout simplement reconnus en tant que « cinquième école tibétaine [1] ». Le représentant du bön a un petit sourire contrit : être la cinquième école, après les quatre premières, qui sont bouddhistes, c'est certainement mieux que rien, mais il faut bien comprendre que lui et les siens se considèrent en fait comme la première. La plus ancienne.

Par ailleurs, si la tradition bön constitue la souche spirituelle et religieuse sur laquelle a poussé, à partir du VIIe siècle, le bouddhisme spécifique au Tibet, il semble évident qu'en retour, la branche réformée de cette « Tradition primordiale » s'est littéralement imbi-

---

1. Les quatre écoles tibétaines bouddhistes sont les Kadampa, les Sakyapa, les Gelougpa et les Nyingmapa.

bée au fil des siècles, par osmose, de l'essentiel de la philosophie et des pratiques du bouddhisme tibétain.

Mais écoutons Lopön Trinley Nyima Rinpoche nous en parler.

« Je suis né en exil, au Népal, en 1963, dans un lieu nommé Tsaka. De un à neuf ans, j'ai mené une vie tout à fait normale. De douze à quinze ans, j'ai fait une retraite de trois ans. À Tsaka, la tradition bön était très active et j'en ai donc été imprégné très tôt. Ensuite, avec quelques compagnons, nous sommes allés en Inde, au Madhyapradesh, dans un monastère proche de la grande ville de Sinla. C'est l'un des principaux centres böns en Inde. J'y suis resté durant dix ans, afin d'y étudier les différents aspects de ce que nous appelons les Neuf Véhicules. J'y ai finalement obtenu, en 1989, le titre de guéché : docteur en philosophie et en dialectique bön. En 1992, ma communauté m'a confié un poste d'enseignant dans une école de dialectique. Aujourd'hui, je suis responsable du plus grand des monastères böns du Tibet, le Menri, hélas abandonné et en ruine depuis l'invasion chinoise. Les Tibétains m'appellent donc *Mendry Poenlo*, c'est-à-dire "enseignant du monastère Menri".

— Que signifie le mot *bön* ? »

C'est Bernard Fréon, pilier de la cause bön en France, qui répond :

« Ce mot tibétain exprime l'idée de "prier" et aussi de "murmurer". Il peut être mis en relation avec le nom du Tibet : *Bod* (en tibétain *n* et *d* sont souvent intervertis). Quant à *Yung-Drung*, qui est le nom de la lignée à laquelle appartient Lopön Trinley Nyima Rinpoche, il s'agit d'une expression qui veut dire "prière permanente", ou "prière éternelle du Tibet". Elle met en évidence la capacité qu'a eue cette tradition à traverser les vicissitudes du temps et de l'histoire, et à préserver l'essence de ce qui constitue l'antique culture tibétaine. La tradition bön remonte à une période bien antérieure au premier roi tibétain. Sa source première, il y a environ trois mille ans, aurait été le pays d'Olmo Lungring, situé à l'ouest du Tibet, qui correspond, pour les bönpos, à une réalité suprasensible, dont la projection physique se situerait dans l'ancienne Perse. Ce pays mi-réel, mi-imaginaire est décrit comme un "lotus à huit pétales sous un ciel disposé comme une roue à huit rayons". C'est une région entourée de montagnes enneigées et dont le seul moyen d'accès est le "Passage de la Flèche" — allusion à la flèche légendaire que décocha l'arc du seigneur Tonpa Shenrab, fondateur de la religion bön, quand il descendit du Ciel pour, selon le mythe d'origine, "aider les êtres humains submergés par la misère et la souffrance".

« Sa vie durant, Tonpa Shenrab s'efforça de propager la religion bön. Mais celle-ci ne se développa que plus tard, grâce à ses disciples, émigrés au Tibet. Elle serait parvenue au Pays des Neiges peu avant l'avènement du premier roi tibétain de la première dynastie, celle des Nam-la-Khri, vers le IIIe siècle. Elle devint la religion officielle de tout le Tibet avec Dri Gum, le fondateur de la seconde dynastie royale tibétaine — celle qui sut apporter les différentes métallurgies sur le Toit du monde. Les bönpos ont ensuite régné en maîtres exclusifs jusqu'au VIIe siècle. Ensuite a commencé le règne des hommes de la règle — c'est ainsi qu'on appelle parfois les bouddhistes au Tibet.

— Si l'on en croit nos livres d'histoire, commence alors une époque où le Tibet se taille un véritable empire, bataillant sans cesse contre la Chine. À la fin du VIIIe siècle, le roi bouddhiste Khri-song-lde-btsang fait venir d'Inde un savant bouddhiste, Padma Sambhava, qui crée l'école des Nyingmapa. En 822, le roi Ralpa-chan signe la paix avec la Chine et propage le bouddhisme du Madhyamika ("la voie du milieu"). Et puis, à partir du milieu du IXe siècle, la monarchie tibétaine décline. Des luttes incessantes opposent les bouddhistes (surtout nombreux à la cour) et les tenants des croyances böns (grosso modo, le peuple). À partir du XIe siècle, le pouvoir passe aux mains des grandes écoles bouddhiques "lamaïques", Kadampa, Sakyapa, Gelougpa, Nyingmapa, etc., qui proposent finalement une synthèse originale entre les voies bouddhistes du Mahâyâna et du Vajrayâna, tout en intégrant certaines pratiques et croyances des bönpos. Et commence alors la longue lignée des Dalaï Lamas...

— Oui mais, pendant tout ce temps, la tradition bön de la lignée Yung-Drung a subsisté vaillamment. Au départ, elle avait une fonction essentielle : les détenteurs de cette lignée étaient les prêtres des rois. Ils avaient mis au point des pratiques avancées de méditation, regroupées sous le nom de *rDzogs-chen* ou Neuvième Véhicule de la tradition bön.

— Quel rapport avec les pratiques du bouddhisme tibétain ? »

Cette fois, c'est Lopön Trinley Nyima Rinpoche qui répond :

« Tout ce que je suis en mesure de vous dire, c'est que la mise au point du rDzogs-chen date de bien avant l'arrivée des bouddhistes au Tibet. Vingt-quatre de nos grands maîtres bönpos ont atteint "le fruit du rDzogs-chen", comme nous disons, ce qui signifie qu'ils ont réalisé le "corps d'arc-en-ciel". De ce fait, la lignée Yung-Drung a joué un rôle central, par la suite, au cœur même des croyances et des pratiques de toutes les lignées de lamas tibétains.

— Dans les pays occidentaux, nous connaissons très peu de choses sur le bön. Les rares Occidentaux qui en ont entendu parler pensent que les bönpos sont des chamanes... [grand rire de la délégation bön]. Quel est votre lien exact avec le chamanisme ?

— Je sais très peu de chose sur ce qu'on appelle un "chamane" et sur la religion qui lui est associée. De ce que nous en avons vu depuis quelques jours, à Karma Ling, je dirais que le bön est fondamentalement différent. Je ne porte aucun jugement négatif sur le chamanisme, mais le bön dispose d'un système de connaissance infiniment plus élaboré. Cela n'a rien à voir. Il s'agit d'une autre étape de l'éveil de la conscience. Ce qui caractérise selon moi le chamanisme, c'est l'absence d'un système d'enseignement, de connaissances et de compréhension sophistiqué. Dans le bön, nous avons neuf Véhicules qui correspondent à neuf niveaux particuliers de la conscience et de la compréhension !

— En quoi consistent ces neuf Véhicules ?

— Les quatre premiers constituent la Voie des causes, les cinq suivants la Voie des résultats. La Voie des causes comprend : le Véhicule du pratiquant de prédiction, qui enseigne la divination, ainsi que les astrologies blanche et noire (cette dernière est destinée à comprendre les malades, les mourants, les morts... mais aussi, par exemple, les futurs mariés) ; le Véhicule du pratiquant du monde visuel, qui explique la nature et l'origine des dieux et démons et les méthodes d'exorcisme et de rachat ; le Véhicule du pratiquant des miracles, qui enseigne comment disposer des pouvoirs adverses, et explique notamment pourquoi tuer les démons (donc réduire les souffrances) exige une motivation très pure ; et le Véhicule du pratiquant de l'existence, qui fait découvrir que de nombreuses maladies proviennent d'esprits que nous avons perturbés.

— Les esprits comptent-ils beaucoup, dans la tradition bön ?

— Bien sûr. Les principaux vivent sur la Terre : dieux, *nagas*, esprits sont les propriétaires de la terre. Quand les bönpos pratiquent un rituel, ils commencent toujours par tracer un mandala sur le sol, en signe de vénération de la Terre. Mais, pour cela, il est indispensable de connaître les lieux où vivent les "propriétaires de la terre". Sinon, il est vain de vouloir se concilier les esprits, et ceux-ci risquent de nous rendre malades. C'est pourquoi on essaie au maximum de ne pas couper d'arbre, de ne pas mettre de poison dans l'eau, de ne pas allumer de feu dans la forêt... De nombreux esprits habitent ces éléments. Il faut donc vivre dans un immense respect de la nature. Si vous devez absolument couper un arbre, surtout demandez d'abord la permission aux esprits qui l'habitent ! Beaucoup de gens ne le font pas et, en conséquence, attrapent de nombreuses maladies, qui proviennent de ces esprits qu'ils ont ignorés. Il ne s'agira pas de maladies d'origine organique ; les esprits n'ont aucune apparence dans le monde des formes que nous connaissons. Ils nous affectent par des voies qui ne sont pas physiques. Je constate, à partir de mon expérience, que les rituels sont efficaces pour combattre les maladies de cette origine. La tradition bön nous a transmis cinq forts volumes consacrés aux cultes à rendre aux nagas. Ces textes continuent d'ailleurs à être publiés aussi par les bouddhistes. Dans cette même voie, sont également développées toutes les pratiques qui visent à aider l'esprit du mort à se transférer dans la Terre pure.

« Les quatre premiers Véhicules ont une valeur universelle. Le Seigneur Shenrab, leur fondateur, a mis l'accent sur la formule "donnez mais ne prenez pas" qui s'applique à une pratique de non-violence étendue à tous les êtres. Ainsi, dans la tradition bön, nous prônons un respect total des animaux. Nous sommes donc végétaliens. Les humains d'aujourd'hui se sentent très concernés par les droits de l'homme, mais selon notre expérience et en accord avec les principes böns, ce sont tous les êtres qui méritent des droits, pas seulement l'homme ! Il est arrivé que l'on m'offre des animaux : je les ai toujours remis immédiatement en liberté. Nous poussons cette idée très loin : pour nous, il est hors de question de faire souffrir les animaux de quelque manière que ce soit, même en leur faisant porter des charges ! Seule la prise du lait et de la laine est à la rigueur tolérée, mais tout le reste est exclu. Inutile de vous dire que le spectacle qu'offre l'Occident dans le traitement qu'il inflige aux animaux nous est strictement impensable, insoutenable.

— Et les cinq Véhicules de la Voie des résultats ?

— Après les quatre premiers Véhicules que je viens de présenter brièvement, le cinquième est le Véhicule des vertus : c'est celui qui conduit à adopter les dix vertus et les dix perfections. [Lopön Trinley Nyima Rinpoche ne donne pas de détails, mais le peu que nous comprenons nous fait penser aux premières étapes du bouddhisme.]

« Le sixième Véhicule est la Voie monastique, qui repose sur quatre vœux-racines : ne pas tuer, ne pas voler, ne pas avoir de relations sexuelles, ne pas mentir... Les bönpos ont beaucoup souffert au cours de leur histoire, mais je ne veux pas évoquer tout cela ici. En tout cas, sachez que, même lors des périodes difficiles, ils ont su préserver leur culture et leur tradition, en particulier cette dimension monastique propre. Nos textes canoniques représentent en tout cent soixante-quinze volumes — je ne vais pas vous les résumer ici [rire] ! Pour préserver ces textes, beaucoup des nôtres ont perdu la vie.

« Le septième Véhicule est celui de la Voie du son pur : elle expose les pratiques tantriques, la théorie de la réalisation à travers le cercle mystique et les rituels qui accompagnent ces pratiques. Dans cette voie, les gens qui pratiquent les mantras les récitent dans la langue appelée *zhang-zhung*. La pratique tantrique bön est très riche. Beaucoup de gens pensent que les bönpos ont copié leurs mantras et le rDzogs-chen sur une autre tradition, alors que c'est souvent l'inverse. Nos sources sont authentiques et très anciennes.

« Le huitième Véhicule est appelé la Voie du pratiquant primordial : à ce niveau, les pratiques tantriques et le tracé du cercle mystique sont guidés par des méditations sur des déités particulières.

« Enfin, le neuvième Véhicule constitue la Voie suprême ou rDzogs-chen. Notre tradition dit qu'avant le VIIe siècle, vingt-quatre pratiquants du rDzogs-chen ont atteint les fruits de cette voie. Depuis, la lignée est demeurée ininterrompue.

— Utilisez-vous le terme "tantra" en langue zhang-zhung ?

— Oui, car nous n'avons pas d'équivalent véritable. Mais l'ensemble des enseignements et les pratiques du tantra sont maintenus secrets.

— Aujourd'hui, les pratiques böns parviennent-elles à se maintenir malgré le gouvernement chinois ? »

Bernard Fréon reprend la parole :

« Lors de l'invasion chinoise de 1959, beaucoup de monastères böns ont été détruits, tout comme les lieux de culte bouddhistes. Beaucoup de moines bönpos ont dû s'exiler en Inde, seule façon de pouvoir perpétuer la tradition. Sur place cependant, les laïcs ont continué à pratiquer et, aujourd'hui, plusieurs monastères böns ont commencé à être reconstruits. »

Lopön Trinley Nyima Rinpoche : « La Chine ne nous rejette pas totalement, bien que nous rencontrions parfois les mêmes problèmes que les bouddhistes. Mais, voyez-vous... »

Ici, nous abordons des questions glissantes. Visiblement, nos interlocuteurs ne tiennent pas à ce que notre conversation prenne un tour politique. À notre connaissance, la situation est aussi tragique chez les bönpos que chez les bouddhistes. Mais Lopön Trinley Nyima Rinpoche préfère largement nous parler de la pratique spirituelle des bönpos, par exemple des exercices d'hygiène corporelle :

« Nous utilisons certains exercices physiques pour combattre les maladies. Il existe aussi des pratiques corporelles pour développer les pouvoirs de l'esprit, les pouvoirs de la méditation. Ces exercices-ci proviennent du rDzogs-chen et du tantra. Ainsi, je pourrais par exemple vous parler des syllabes. De nombreuses syllabes contrôlent l'entrée des canaux subtils, qui sont les "graines des dieux". Si vous savez évoquer une déité à partir de ces syllabes particulières, vous découvrez du même coup le pouvoir de modifier votre corps en celui d'une déité. Dans les canaux subtils se cache une lumière. La pratique d'un certain yoga rDzogs-chen vous aide à répandre votre lumière intérieure vers l'extérieur ; sous l'effet de cette lumière, vous pouvez alors transformer votre corps en un arc-en-ciel ! Au Tibet, tous les adeptes de la religion bön savent que le dernier pratiquant à avoir atteint cet état l'a fait en 1934.

« Il existe aussi un exercice qui non seulement vous prémunit contre les maladies, mais qui, pratiqué tous les jours, développe des capacités extraordinaires, en particulier une forme de marche rapide qui permet de parcourir de très nombreux kilomètres en sautant pratiquement d'une montagne à l'autre ! Ce sont des exercices puissants et dynamiques, qui ne ressemblent pas au hatha-yoga. Il ne s'agit pas de rechercher le développement de pouvoirs. Ceux-ci sont une conséquence des pratiques vouées à l'éveil, à la réalisation de la véritable nature de l'esprit. »

Bernard Fréon : « On appelle "corps d'arc-en-ciel" la résorption intégrale des éléments du corps habituel, qui retournent à l'état d'énergie pure, en lumière. La technique reste inexpliquée. C'est par des exercices physiques et contemplatifs que les êtres d'un très haut niveau de conscience font sortir la lumière de leurs canaux subtils. Tel est le fruit final du rDzogs-chen, le résultat des pratiques de Tögyal, le signe de l'éveil absolu. On dit traditionnellement qu'il ne reste alors plus dans la cellule du méditant que ses cheveux et ses ongles. »

Ici, le discours s'épuise... Forcément... Comment aller plus loin, dans notre humble entendement des choses, que la dissolution du corps dans une lumière d'arc-en-ciel ! Lopön Trinley Nyima Rinpoche nous invite à revenir sans tarder à notre condition humaine de base : « Nous parlons couramment de l'homme et de sa maison, dit-il, l'homme est le contenu, sa maison le contenant. Dans ce que nous appelons "la philosophie des trésors", vous trouverez nombre de réflexions sur l'interaction entre ces deux réalités. C'est un sujet très vaste. Nous dépendons de cinq éléments : la chair est liée à la terre, l'esprit à l'espace, le sang à l'eau, la chaleur du corps au feu et le souffle au vent. Les cinq éléments internes dépendent des cinq éléments externes. Que ce soit le contenant ou le contenu, tout dans l'univers phénoménal dépend de ces cinq éléments et cette dépendance souligne justement le caractère interdépendant de tout ce qui existe dans le monde. Quand les cinq éléments ne sont pas équilibrés en nous, nous tombons malades.

« Les cinq éléments correspondent aussi à cinq couleurs. L'espace est blanc, la terre jaune, l'eau bleue, le vent vert, le feu rouge. Il faut vivre en toute conscience sa propre agonie et savoir suivre le processus de dissolution des cinq éléments en nous pour réellement comprendre le sens de ces couleurs. Dans notre tradition, un lama accompagne le mourant et l'aide en l'introduisant à ces différentes visions. Quand l'énergie du feu se dissout, la langue s'assèche et le mourant a alors très soif. Quand l'énergie du vent disparaît, la personne ne peut plus inhaler. Quand l'énergie de la terre disparaît, le mourant a l'impression de tomber dans le vide. Quand l'énergie de l'eau se dissout, il ne peut plus contrôler aucun fluide. Quand l'élément espace décroît, il a le sentiment que tout se vide et ses yeux se retournent dans les globes oculaires. C'est alors que l'être agonisant peut voir les cinq couleurs. À chaque couleur et élément est associée une déité. Le lama donne des instructions pour que la personne n'ait pas peur et qu'elle réalise que tout ce qu'elle voit n'est qu'illusion. On peut alors méditer sur chaque déité afin qu'elle nous protège.

« Après la mort, la personne peut être suivie pendant quarante-neuf jours par les moines, si la demande en a été faite. Un lama peut venir prodiguer des enseignements sur la pratique de *Powa* : il s'agit de transférer mentalement la conscience dans la "Terre pure"...

— Qu'est-ce qui vous a poussé à venir à la Rencontre de Karma Ling ?

— La perspective d'une bonne communication, d'une relation amicale entre toutes les traditions. Nous avions déjà rencontré des gens d'autres religions, mais ici leur nombre est plus grand et ils viennent d'horizons très divers. Dans notre monde, il y a une quantité de problèmes. Nous pensons que des solutions peuvent être apportées par les religieux. Cette Rencontre représente une excellente opportunité de mise en commun de nos forces. C'est aussi pour nous un bon moyen de faire connaître la tradition bön. »

Bernard Fréon :

« Ce n'est certes pas une tradition prosélyte. Il s'agit surtout de donner une information plus objective...

— Vous sentez-vous en relation avec ce concept de Cercle des Anciens ? On ne vous a vus pratiquer aucun rituel. »

Lopön Trinley Nyima Rinpoche :

« Chaque représentation parle de la paix pour chacun et pour tous. C'est très bien. Mais nous ne nous sentons pas vraiment à notre place parmi tous ces "chamanes".

— Parlons clair : considérez-vous comme négative la filiation historique de la tradition bön en bouddhisme tibétain ?

— Historiquement, ce fut bien longtemps une guerre sans merci entre eux et nous. Cependant, nous ne pouvons pas dire que la conversion ait été, en soi, un mal. Les chrétiens, les musulmans aussi ont converti beaucoup de gens, qui ne s'en portent apparemment pas mal. Du VIIe au XXe siècle, plus des quatre cinquièmes du Tibet sont devenus bouddhistes. Parfois de force : dans les régions frontières de la Chine, longtemps fortement peuplées par les böns, les Gelougpa ("bonnets jaunes", issus d'une réforme au XVe siècle), aidés par les Chinois, ont procédé à des conversions en masse au bouddhisme, au XVIIIe siècle. Heureusement, il s'agit un peu du passé. L'actuel Dalaï Lama nous a même offert deux sièges au parlement tibétain. C'est un grand progrès, même si l'on continue à nous considérer comme une toute petite minorité ! Les toutes petites minorités ont évidemment de grandes difficultés à faire entendre leurs revendications.

« Cependant, la situation évolue. Sa Sainteté reconnaît que la culture originelle du Tibet est le bön et que le bouddhisme a été importé d'Inde. La Chine tolère aujourd'hui le bön comme une religion parmi d'autres. Les bönpos sont peu nombreux dans le Tibet central, mais dans un monastère de l'est du Tibet, vivent encore plus de mille moines bönpos.

— Qu'est-ce qui est urgent pour vous ? »

Le traducteur :

« J'ai remarqué que dans les milieux universitaires, l'information sur le monde bön était à peu près entièrement entre les mains de bouddhistes responsables des postes traitant de la culture ou des religions du Tibet. »

Lopön Trinley Nyima Rinpoche :

« Sur place, au Tibet, les bönpos sont une minorité qui compte beaucoup d'illettrés. Nous avons d'énormes difficultés financières. L'ONU clame qu'elle aide les minorités et leurs cultures menacées, mais nous n'avons jamais reçu le moindre soutien effectif. »

Bernard Fréon :

« Nous avons appris qu'il y avait un représentant de la tradition vaudoue à l'UNESCO. Pourquoi pas un représentant du bön ? »...

Ces questions que le dossier bön soulève éclairent d'ailleurs bien plus que le seul Tibet. Mais elles sortent du cadre de la Rencontre et de l'objectif du présent ouvrage. Lors de la Journée Inter-Traditions, le 30 avril 1997, six mille personnes verront Lopön Trinley Nyima Rinpoche fièrement assis à la droite du Dalaï Lama, au centre de l'immense scène installée à La

Rochette pour accueillir les traditions et religions du monde entier. Nous verrons aussi, un peu plus loin, que les bönpos envisagent aujourd'hui sérieusement de créer un institut bön en France, et que les bouddhistes sont prêts à les aider dans cette démarche.

Dans un sens, le second Ancien qui se révèle réticent à participer au Cercle des Traditions unies se situe à l'extrême opposé du premier. Autant les bönpos tibétains se réclament d'une culture intellectuellement sophistiquée, qui les placerait à égalité avec les plus grands systèmes religieux du monde, autant le représentant des aborigènes d'Australie revendique d'emblée une spécificité, qu'il trouve vain de vouloir essayer de transmettre à des gens qui ignorent jusqu'à l'existence de sa langue et dont les propres systèmes de croyance, dit-il, ne l'intéressent pas. Les bönpos se rêvent siégeant au Parlement mondial des philosophies et des religions. L'aborigène, lui, se demande ce qu'il fait parmi nous et pourquoi il a quitté son désert d'ocre rouge.

En même temps, les deux rebelles de la Rencontre présentent un important trait commun : face à l'injustice dont ils sont victimes, ils ont une soif presque désespérée de reconnaissance. S'ils ont accepté l'invitation de Lama Denys, c'est essentiellement parce qu'ils espèrent pouvoir, grâce à la Rencontre, faire connaître au monde leur juste lutte.

La lutte de Dick Leichletner est la plus simple que l'on puisse imaginer : lui et les siens voudraient qu'on leur rende, sinon toutes leurs terres, du moins leurs principaux sites sacrés — ce qui, dans la culture aborigène d'Australie, signifie certes un bel ensemble de montagnes, de rivières, de forêts et de rochers.

Voilà à peine une vingtaine d'années que la majorité

des Occidentaux a commencé à prendre connaissance du monde archi-ancien des premiers habitants du continent austral. À l'arrivée des Blancs, à la fin du XVIIIe siècle, le nombre des aborigènes était estimé à trois cent cinquante mille, constitués en tribus et clans associés à différents territoires de chasse et de cueillette. Aujourd'hui, sur les quelque deux cent mille aborigènes recensés, seule une petite minorité habite encore dans le désert de façon relativement traditionnelle. Dans les années 1970, inspirés partiellement par différents mouvements, notamment d'Amérique du Nord, ces derniers survivants de l'Australie primordiale ont connu une prise de conscience identitaire qui les a conduits à revendiquer la restitution de leurs territoires ancestraux. En 1976, le gouvernement australien leur a reconnu certains droits à la terre — d'une manière malheureusement partielle et instable, toujours susceptible de retours en arrière. En revanche, ces deux décennies ont suffi pour que naisse, dans la culture occidentale, un véritable intérêt pour les visions du *dreamland* et des *songlines* aborigènes.

Les plus anciennes peintures rupestres connues, découvertes en 1996 en Australie, auraient environ cent vingt mille ans d'âge. Cent vingt mille ans ! Six fois plus anciennes que les peintures de Lascaux. On attend encore les explications et analyses des paléo-anthropologues, dont les schémas se trouvent une fois de plus jetés cul par-dessus tête. À cette époque-là, en principe, l'*Homo sapiens* que nous connaissons, le Cro-Magnon (le seul humain qui soit présent sur la planète aujourd'hui) n'existait pas. Or, les aborigènes d'Australie sont bien des fils de Cro-Magnon, comme nous...

Dans quel temps vivons-nous réellement ?

« Pour les cinq cents tribus des déserts australiens, la réalité temporelle linéaire n'existe pas. C'est un rêve [1].

---

1. Cf. *Les Rêveurs du désert*, Barbara Glowczevski, Plon.

Nous ne sommes que les rêves de nos ancêtres mythiques. Ceux-ci, hommes, animaux, végétaux ou minéraux — énergies pouvant transmuter les unes dans les autres — ne vivent pas dans notre espace-temps, mais dans celui qu'ils appellent le Rêve. La réalité fondamentale, ce serait cela. On pourrait penser : "Quelle idée farfelue ! De grâce, restons concrets." Eh bien non : les farfelus irresponsables, ce sont les modernes qui, coupés de leurs rêves, ont lentement transformé des pans de plus en plus grands de la biosphère en enfer... en moins de cinq siècles. Alors que, pendant des centaines de milliers d'années, les aborigènes ont réglé toute leur vie terrestre (manger, boire, résoudre les conflits) en s'inspirant de leurs rêves, tous les jours. Et leurs leaders étaient forcément de "grands rêveurs" qui inventèrent d'incroyables cosmogonies.

« Selon les aborigènes d'Australie, nos ancêtres, sous leurs différentes formes, ont chacun rêvé un voyage, et l'espace tel que nous le connaissons n'est que l'ensemble des traces laissées par ces ancêtres. Nous pouvons rejoindre nos ancêtres après la mort. Mais nous pouvons aussi communiquer avec eux dès à présent. Il suffit de nous endormir et de rêver à notre tour[1]. »

Pour Dick Leichletner, qui représente à Karma Ling la tradition aborigène d'Australie, il ne saurait être question, pendant cette semaine, d'initier quiconque, de quelque manière que ce soit, ne serait-ce qu'à une première approche approximative de sa culture. Le minimum, pour ce faire, serait en effet d'aller vivre dans le bush pendant une année et d'apprendre une langue aborigène. En deçà de ce minimum, toute pré-

---

1. Tiré du *Cinquième Rêve*, Patrice van Eersel, Grasset.

tendue « initiation », voire toute participation amicale à un « rituel », ne sauraient être que pauvres plaisanteries.

L'entretien avec Dick et son accompagnateur-traducteur Tim Johnson a lieu dans le chalet qu'ils occupent. Le premier, sexagénaire robuste, toujours vêtu de sa grosse veste à carreaux et de son chapeau de cuir — qui lui donnent un air de cow-boy très brun — reste allongé en permanence sur son lit. Le second — un Australien blanc, artiste peintre comme Dick qu'il connaît depuis des années — nous a longuement préparés la veille au soir, demandant que nos premières questions obéissent à une sorte de rituel de présentation, auquel nous nous soumettons de bon gré. Nous sommes trois : l'ethnologue Delphine Dupont, Thomas Johnson, notre ami reporter cinéaste grâce à qui la délégation d'Australie a pu être invitée à Karma Ling, et moi.

La restitution quasi intégrale de cet entretien, quelque peu surréaliste, donne une vague idée : 1) du système de représentation des aborigènes d'Australie ; 2) de l'extrême difficulté du dialogue inter-traditions, notamment pour un Occidental moderne.

Question : Puis-je vous demander votre nom de peau ?
Dick Leichletner : Je m'appelle Dick Djapananga.
Q : À quel groupe tribal appartenez-vous ?
Dick : À Maïdira.
Q : Qu'est-ce que cela veut dire ?
Dick : Que c'est ma langue.
Q : Puis-je vous demander quels sont vos Rêves ?
Dick : Je suis né au sommet du Rêve de l'Ému.
Q : Comment faire comprendre à un étranger ce que vous appelez Rêve ?
Dick : Hum...
Tim Johnson [qui s'avance toujours « en biais », proposant à son ami Dick des réponses sous forme de questions, d'une voix très douce] : Ne serait-ce pas le

voyage d'un ancêtre ? De l'ancêtre Ému dans ton cas ? Ne pourrait-on pas dire que tu es né à un endroit où l'ancêtre Ému a voyagé ?

Dick : Exact. À vous maintenant [il s'adresse au journaliste] de me dire votre Rêve !

Q : Ah ? Eh bien voyons, si je vous comprends bien... dans mon langage, euh...

Dick : Ha ha ha, il n'y arrivera pas !

Q [le journaliste tente une impossible improvisation] : Je dirais que c'est... un rêve latin et clandestinement juif, qui croise soudain une terre germanique.

Dick : Hmmm...

Tim : Comprends-tu ce qu'il veut dire ?

Dick : Oui, bon, ça va, on peut continuer.

Q [soulagement] : Le fait d'appartenir au Rêve de l'Ému implique-t-il des responsabilités particulières ?

Dick : Oh oui ! C'est toute ma vie ! Et moi, ma vie, c'est de peindre. J'appartiens en effet à cette tradition, du fait même de l'endroit où je suis né. Tout comme les Hitagart et les Tchacamara, je suis un Cundonhulon.

Q [passablement égaré] : Ce qui signifie... ?

Dick : Mais je viens de vous le dire !

Tim : Dick vous dit que son Rêve, qui est lié à l'endroit où il est né et détermine son nom de peau, lui donne la responsabilité de raconter ce Rêve — par exemple de le peindre. Mais d'autres Rêves sont également liés à l'endroit où il est né, ce qui détermine d'autres responsabilités, également liées à ce lieu, par exemple les Jacamara...

Dick : Oui, tu parles des « traditionnels ».

Tim : Tu veux dire les « propriétaires traditionnels » du Rêve ?

Dick : C'est ça.

Q [le journaliste, perplexe, reprend la liste des questions préparées la veille par Tim] : Comment se présente le Rêve de l'Ému ?

Dick : C'est un Rêve qui est parti vers l'ouest. Une route sacrément longue, ça, vous pouvez me croire !

Tim : Un rêve qui fait partie d'une carte beaucoup plus grande ?
Dick : Ouais. [Silence.] Autre question ?
Tim : Un peu plus tôt, Dick, tu nous expliquais que, par ton nom de peau, tu étais forcément le *policier* de ton Rêve, est-ce exact ?
Dick : Oui.
Tim : Quand un lieu correspond à un Rêve et qu'une cérémonie y est célébrée, les différentes personnes qui sont concernées par ce Rêve peuvent en être soit les *propriétaires*, soit les *policiers*, c'est-à-dire les gardiens, ai-je raison ?
Dick : Oui.
Tim : Les policiers doivent veiller à ce que la loi du Rêve soit respectée ?
Dick : Exact.
Tim : Et donc, ce que Dick nous explique, c'est que sa relation à l'ancêtre Ému fait de lui un policier de ce Rêve, mais pas un propriétaire. Es-tu aussi le propriétaire d'un Rêve, d'un autre Rêve, Dick ?
Dick : Oui. Mon Rêve... [mais il se tait].
Tim : Tu avais mentionné Witchidida !
Dick : C'est vrai. [S'adressant au journaliste :] Connaissez-vous le sucre de Witchidida ?
Q : Non.
Dick [grand sourire] : Il ne sait décidément rien !
Tim : Oh ! c'est une petite chenille [grands rires]. Une friandise recherchée.
Q [le journaliste essaie de faire bonne figure] : On dit que la nourriture à base d'insectes a fait vivre l'humanité pendant des millénaires et que c'est la solution idéale pour sauver nos descendants de la famine, puisque ce sont des protéines bien plus intéressantes que celles des mammifères. Il paraît que les chenilles sont les plus délicieuses — meilleures même que les sauterelles, que j'apprécie tout à fait !
Tim : Oui, toutes les larves sont délicieuses.
Dick : C'est incontestable.
Q : Les gros vers à bois...

Dick : Miam ! Délicieux.
Q : Donc, vous êtes peintre. C'est votre activité principale ?
Dick : Oui.
Tim : Dick est aussi guide. Il emmène les visiteurs à travers le bush. Il leur montre certains sites sacrés. Et leur fait faire le tour des terres dont lui et les siens réclament la restitution au gouvernement. Dick est aussi président du Conseil de Papunya. C'est une sorte d'association d'artistes, articulée sur un vaste lotissement, où les personnes vivant selon la règle traditionnelle ont été regroupées.
Q : Où ?
Tim : Dans la région du Centre. À l'ouest d'Alice Springs. Dans les années 1950 et 1960, le gouvernement a fait rassembler là des aborigènes venant de toutes les régions. Beaucoup sont repartis, soit pour aller récupérer leurs terres d'origine, soit pour travailler dans les ranchs. Le Papunya Council, lui, est différent : cette organisation regroupe des aborigènes originaires de la région. Et ceux-là ont leur sort bien en main — même si ça dépend toujours, bien sûr, des lois, du gouvernement, etc. Dick est le président de cette organisation, qui regroupe plusieurs grands peintres aborigènes.
Q : J'ai cru comprendre qu'en réalité ce n'était pas les humains qui étaient propriétaires des Rêves, mais plutôt les Rêves qui possédaient les humains. Est-ce exact ?
Dick : Holà ! Ça dépend de qui vous parlez !
Tim : La société aborigène se présente comme une famille extrêmement étendue. Une seule immense communauté. Par les noms de peau, vous avez des dizaines, des centaines de frères, de sœurs, d'oncles, de tantes... Par exemple, si je suis un Djepodjari et toi un Djapananga, quelle est notre relation ?
Dick : Ben, tu es comme mon oncle, bien sûr ! Et mon beau-père sera un Djapaldjari.

Q : Et comment se situent les étrangers dans cette histoire ?
Tim : S'ils parviennent à se faire accepter, ils peuvent très bien recevoir un nom de peau, eux aussi.
Dick : Nous avions des lieux sacrés, des chants appropriés, tout un réseau de Rêves... Sachant bien que nous ne les vendrions jamais, même pour des fortunes, les Australiens [blancs] nous les ont tout simplement volés ! Aujourd'hui, ce sont eux qui possèdent bon nombre de nos Rêves !
Q : Mais on dit que grâce à leur détermination, les aborigènes ont réussi à récupérer pas mal de territoires, dans les années 1980 et 1990... ?
Dick : Nous n'en avons obtenu que très peu. Quelques titres, quelques ranchs — certains d'entre nous sont d'ailleurs devenus des propriétaires terriens à l'occidentale, qui s'enrichissent —, mais beaucoup de sites sacrés ne nous ont pas été rendus. Dites-moi un peu quoi faire maintenant, en avez-vous la moindre idée ?
Tim : Tout de même, la situation a énormément évolué, tu ne penses pas ? Vos luttes ont été partiellement récompensées et vous demeurez très déterminés, non ?
Dick : La plupart d'entre nous sommes toujours misérables et écrasés.
Q : De quelle façon la peinture est-elle liée à tout cela ?
Dick : Nous sommes au service. Le peintre n'invente rien. Il montre ce qui est déjà là.
Tim : Les peintures aborigènes sont un peu comme des titres de propriété. En montrant qui possède quel Rêve, elles désignent implicitement les responsables, les gardiens et les propriétaires des sites, et donc des terres. En fait, les peintures aborigènes sont des cartes. Elles montrent des Paysages et des Rêves. Après des années de luttes, le gouvernement a admis que ces peintures pouvaient être utilisées pour indiquer toutes sortes de correspondances entre les terres et les hommes. Pour établir les titres officiels de propriété, les tribunaux ont donc dû apprendre à lire ces peintures, dont la logique

multimillénaire n'a strictement rien à voir avec la logique occidentale.

Dick : C'est notre vie !

Tim : Oui, mais du coup, il a fallu être très attentifs à l'exactitude des peintures ! Pas question de faire des erreurs.

Dick : Oh non !

Q : Le premier jour, sous la Tente des Rituels, vous avez parlé d'une « Loi » immuable qu'il fallait absolument respecter. Laquelle ?

Dick : Voyez vous-même. Qu'est-ce qui est stable ? Si, avec votre loi, vous me jetez hors de ma terre, est-ce une bonne loi ? Non.

Tim : Ah mais aujourd'hui, attention à celui qui s'amuserait à aller dans les Territoires du Centre pour en chasser les aborigènes ! Celui-là risquerait quelques petits ennuis...

Dick : Ouais ! [Rire.]

Q : Le premier jour, vous disiez également : « Les hommes blancs changent de loi tout le temps. »

Dick : Les lois des Blancs dépendent de bouts de papiers. C'est pas difficile à changer ! Notre loi, elle, ne change pas.

Q : Parce qu'elle est liée à la terre ?

Dick : Oui. En fait, elle a un peu changé, dans les temps récents. Mais juste un peu. C'est qu'elle vient du centre. Elle date d'il y a très, très longtemps, de bien avant qu'on ne voie d'homme blanc. A l'époque, nos ancêtres vivaient dans des grottes. Voilà les guides qu'il vous faudrait écouter !

Q : Et eux, pouvaient-ils changer la loi ?

Dick : Oui ! Mais, vous savez, ils sont toujours là. Les papiers des Blancs n'y feront rien...

Tim : Car ces temps anciens sont « enregistrés » dans certains objets de votre culture, des objets cachés, est-ce exact ?

Dick : Exact.

Tim : Dans des pierres aussi, n'est-ce pas ?

Dick : Oui.

Tim : La plupart des cultures ont des objets sacrés. Dans la culture aborigène, ils sont cachés sur certains sites. Malheureusement, beaucoup d'entre eux ont été découverts et volés. C'est une question grave. Les objets sacrés, pierres gravées, arbres sculptés, doivent être rendus. Une bonne partie d'entre eux sont tout simplement enfermés dans les musées des Blancs ! Or, ils sont porteurs de messages essentiels pour les aborigènes ! Nous espérons que le Dalaï Lama et les autres représentants des traditions nous aideront à convaincre le gouvernement australien de faire en sorte que ces objets sacrés soient rendus.

Q : Pouvez-vous nous dire pourquoi vous n'avez pas célébré de rituel à Karma Ling, alors que les représentants des autres traditions, dont certaines très anciennes, l'ont tous fait ?

Dick [regard au ciel — les Occidentaux ne comprennent donc rien ?] : Ça n'est pas possible.

Q : Est-ce parce que vous ne connaissez pas les Rêves et les ancêtres qui correspondent aux Alpes, à la France, au pays où nous nous trouvons ?

Dick : Vous pouvez dire ça.

Q : Mais le chamane de Touva, par exemple, lorsqu'il a célébré son rituel, nous a expliqué que, même s'il ne les connaissait pas, il pouvait toujours prier les esprits des montagnes, des rivières, des forêts d'un endroit... les prier de l'aider. Parce que les éléments, eux, l'eau, la terre, l'air, le feu, le bois, la pierre... sont les mêmes partout, non ?

Dick : Je suis un étranger ici. Comment pourriez-vous m'accepter si je ne me comporte pas comme il convient ?

Tim : Dick dit qu'une personne aborigène ne peut pas parler aux esprits d'un endroit qu'il ne connaît pas.

Dick : C'est un business impossible !

Tim : Pour les aborigènes, « business » veut dire cérémonie.

Dick : Voilà. Autre question ?

Q : Dick, pourriez-vous nous parler de la façon dont on dit chez vous que le monde a commencé ?
Dick : Je l'ai dit, l'autre jour sous la tente ! C'est Jésus qui, d'un seul coup, a créé le monde dans lequel nous vivons désormais.
Q : Vous parlez sérieusement ? [À Tim :] Dick parle-t-il sérieusement ? [Tim fait oui de la tête.]
Dick : Jésus-Christ ! Vous ne comprenez donc pas ce que je vous dis ? C'est lui qui a créé ce monde !
Q : Quand vous avez dit ça, l'autre jour, beaucoup de gens se sont interrogés et ont cru que vous plaisantiez. Jésus-Christ ne fait pas partie du monde aborigène d'origine. Ce n'est pas un « Rêve »... Si ?
Dick : Et pourtant si, c'est comme ça : Jésus nous a créés. Il a créé les paysages ! L'eau ! Tous les êtres vivants ! Nous tous ! Les fourmis ! Le bâton à miel ! Tous les animaux ! Tout ! Et vous aussi ! Il a fait tout ça avec de la boue. Hommes de boue. Femmes de boue. Mais vous, à quelle Église appartenez-vous donc ?
Q : J'ai grandi, enfant, dans l'Église catholique...
Dick [rire] : Ah bon ? Alors, c'est vous qui vous moquez de moi : vous devez savoir tout ça par cœur !
Q : J'essaie de comprendre : vous voulez dire que Jésus, maintenant, fait aussi partie de la culture aborigène ?
Dick : Les Blancs sont venus avec cette histoire de Créateur, non ? Ils nous ont volé beaucoup et nous ont apporté cette histoire, cette loi qu'ils sont censés suivre. Le problème, c'est que vous ne la suivez pas ! Comment un peuple peut-il avoir une loi et ne pas la suivre ? Voilà ce qui ne nous convient pas.
Tim : Parle-nous de ce à quoi croyaient les aborigènes avant que les hommes blancs n'arrivent avec l'histoire de Jésus-Christ...
Dick : Bah ! (Silence.)
Tim : Tes ancêtres ont beaucoup voyagé ?
Dick : Hu hu !
Tim : Ils ont donné les lois aux hommes puis ils se sont enfoncés sous le sol ?
Dick : Hmmm...

Q : Qu'y avait-il au premier commencement ?
Dick : L'ordre de Jésus ! Mais je ne connais pas l'endroit où cela s'est passé, ça non. Je ne connais pas son site. Des gens ont dû naître là, dans ce pays, là... à qui vous pourriez demander.
Tim : Tu veux parler d'Israël ?
Dick : Voilà : Israël ! C'est là, rappelez-vous : ils l'ont mis sur une croix, il est mort et au bout de trois jours, il s'est levé du pays des morts et... Mais vous devriez savoir cela mieux que moi ! Vous lisez des livres. Moi non.
Q : Vous pensez que la solution se trouve dans les livres ?
Dick : Oui, dans l'écriture. Je voudrais savoir lire et écrire.
Q : Pensez-vous que ce soit comme, pour vous, de peindre ?
Dick : Nous peignons et nous chantons. Ce sont les langues des pauvres. Mais sous leur Tente, là, personne ne se comprend. [Rire.]
Q : Quand vous avez accepté de répondre à l'invitation de venir ici, était-ce pour rencontrer d'autres cultures traditionnelles ?
Dick : Je me demande en fait si c'est vraiment le Dalaï Lama qui nous a invités...
Tim : D'une certaine façon oui, par l'intermédiaire de Lama Denys. Et ils sont tous intéressés à ce que tu leur parles de la culture aborigène. Elle est différente. Ils pensent que ça pourrait leur apporter quelque chose.
Dick : Tu parles ! Pour nous, ça va mal. Nous ne pouvons rien leur apporter !
Tim : Si, si ! Ils ne disent pas qu'ils vont devenir comme les aborigènes, ni que les aborigènes vont devenir comme eux, mais ils pensent que vous avez des choses à échanger. Des choses à apprendre de part et d'autre. Tu peux leur expliquer les peintures, par exemple. Et eux, ils peuvent t'expliquer d'autres choses... Mais peut-être ne veux-tu pas ?
Dick : Ça ne servirait à rien.

Q : Vous voulez dire que...
Dick : Écoutez : vous connaissez votre culture, je connais ma culture. Bien sûr que vous pourriez faire usage de ma culture. Je pourrais vous l'enseigner. Venez passer un an chez nous dans le désert. Ça fera un petit début. C'est le strict minimum. Tout le reste ne vaut rien.
Q : Personne n'est naïf au point de penser que des rencontres comme celles-ci suffiraient à changer l'essentiel, comme ça, d'un coup. Mais on peut considérer ce que nous faisons ici comme un germe, une graine...
Dick : Pour qu'il y ait une chance qu'il se passe quelque chose, il faudrait au moins que vous sachiez la langue de l'autre. Il vous faudra un an, peut-être beaucoup plus, pour apprendre la mienne ! Il vous faudra apprendre à chanter et aussi d'autres choses...
Tim : Ça prend des années, chez lui. Pour vivre dans la société aborigène, il faut s'être constitué tout le réseau des frères, des sœurs, des oncles, des tantes, des beaux-pères, des belles-mères, etc. Et toutes sortes de règles, par exemple sur la façon de donner et de recevoir correctement.
Dick : Quant à moi, qu'est-ce que vous voulez me donner de plus que vous ne m'ayez déjà obligé à prendre ? Mes enfants parlent votre langue, non ? Ils l'étudient à l'école ! Comprenez-vous de quoi je vous parle ?
Q : Oui, très bien. Mais si cette rencontre a certes été organisée par des Blancs, je peux vous assurer que c'est uniquement dans l'idée que des cultures anciennes puissent s'y rencontrer entre elles. Éventuellement sans la présence de Blancs. Vous ne pensez pas que vous pourriez profiter de votre séjour ici pour établir des connexions avec les autres Anciens, sans vous préoccuper des Blancs, qui sont juste là pour faciliter le contact ?
Dick : Nous pouvons organiser ce genre de meeting nous-mêmes. Nous n'avons pas besoin des hommes blancs pour ça.
Q : Il faut ajouter que ces hommes blancs sont un peu

particuliers... Il s'agit tout de même de bouddhistes tibétains, de disciples du Dalaï Lama...

Dick : Cela ne change rien à ce que j'ai dit : il faut un minimum d'un an, sur le terrain, pour commencer à connaître une autre culture. Le reste, je n'y crois pas.

Q : Mais si un Ancien, un sage, rencontre un autre Ancien, également sage : même s'ils ne connaissent pas leurs cultures respectives, même si cela se passe dans un endroit comme celui-ci, un peu artificiel, ils devraient pouvoir entrer en contact instantanément, non ?

Dick : Peut-être, mais ce n'est pas mon cas. Je suis dur comme du roc. Je peux écouter... Mais je ne sais pas de quoi ils parlent, ici. La plupart, d'ailleurs, ne savent même pas l'anglais.

Q : Qu'avez-vous pensé par exemple des Africains rendillés, qui ont célébré tout un rituel en versant du lait autour de la Tente ?

Dick : C'est une autre culture que la mienne. Nous, le lait, nous nous contentons de le boire. Nous élevons des vaches dans les ranchs désormais. Mais je ne connais pas de cérémonie qui utilise le lait. Eux oui. C'est différent. Je ne peux rien vous dire de plus.

Tim : Une chose en quoi vous, gens aborigènes, croyez beaucoup, ce sont les paysages, que l'on retrouve dans vos peintures. Dans votre culture, ils sont essentiels, car c'est souvent par le paysage que s'expriment les ancêtres, vrai ?

Dick : Exact. Nous célébrons des cérémonies hebdomadaires sur les sites du Rêve du Kangourou ou du Lézard, ou du Dingo, ou du Serpent... Mais il n'y a pas de Rêve de la Vache ou du Cheval, animaux récents, arrivés avec les Blancs. Ce sont leurs Rêves à eux !

Tim : Dans les temps anciens, les ancêtres animaux étaient géants, n'est-ce pas ?

Dick : Ouais !

Q : Les géants sont-ils toujours là ?

Dick : Certains, oui. Il y a des grottes où vous rencontrez encore de drôles de personnages ! Ils n'avancent pas comme nous, mais sautent sans cesse de haut en bas.

Tim : Et vos cérémonies, à quoi servent-elles, fondamentalement ? À vous assurer à manger et à boire ? Par exemple toi, tu es donc policier du Rêve de l'Ému...
Dick : Oui, et il y a des chants qu'il faut savoir chanter, pour rappeler ce Rêve à la mémoire des gens.
Tim : Et il faut chanter aussi pour que les ancêtres soient heureux ?
Dick : Oui.
Tim : Et pour que le pays aille bien ?
Dick : Exactement !
Tim : Et vous appelez cela « chanter le pays ».
Dick : Tu l'as dit.
Tim : Et si le chant est bien chanté, si les ancêtres et le pays sont heureux, alors l'avenir s'illumine ?
Dick : Voilà.
Tim : Ce qui signifie que la nature est prospère et que les humains respectent la loi. Et sans doute est-ce de savoir cela qui a permis aux aborigènes de survivre si longtemps, tout au long des *songlines* [correspondance entre les tracés des Rêves des Ancêtres et leurs chants] ?
Dick : Hu hu hu !
Tim : Peut-être que la loi immuable fonctionne toujours ?
Dick : Mais l'homme blanc essaie à toute force de la modifier.
Q : Pour les douze Traditions primordiales rassemblées à l'occasion de ces rencontres, la nature est sacrée. Est-ce cela, la loi que l'homme blanc essaie de modifier ?
Dick : Hmmm.
Q : Jadis, pour l'homme blanc aussi, la nature était sacrée. Aujourd'hui, devant la destruction de la biosphère, nous sommes obligés d'inventer une nouvelle science de la nature : l'écologie. Mais l'écologie n'enseigne pas — ou pas encore — que la nature est sacrée. Est-ce cela la loi qu'il faudrait retrouver et respecter ?
Tim : Je ne sais pas si le mot « sacré » convient à la vision aborigène des choses. Parce que, dans la nature vue par eux, il y a des endroits très dangereux...
Q : Mais le sacré *est* dangereux, non ?

Dick : Et comment ! Autrefois, si quelqu'un pénétrait dans le site sacré de quelqu'un d'autre, il était tué !
Tim : Chez les bouddhistes, ils n'ont pas cette conception du sacré. Pour eux, sacré veut dire non-violent.
Q : En principe, chez les chrétiens aussi.
Tim : Dans la société aborigène traditionnelle, non. La loi devait être préservée et respectée, même au prix du sang. Si quelqu'un livrait un secret, il était mis à mort — et il y avait beaucoup de secrets.
Dick : Exact. Il leur suffisait de chanter une chanson qui tue.
Tim : Vous connaissez aussi des chansons qui guérissent, non ?
Dick : Oui. Nous avons toute une médecine. À base de chants, de plantes, d'insectes, de terres, de pierres... Mais arrêtons là. Assez.
Tim : Tu es fatigué ?
Dick : Ces interrogatoires me tuent !
Q : Merci beaucoup ! Viendrez-vous au rituel de cet après-midi ?
Dick : Peut-être, je ne sais pas.
Tim : Tu devrais leur montrer une danse aborigène.
Dick : C'est ça... pour que mes frères, là-bas, me punissent sur-le-champ ! [Grand rire.]

Il y eut d'autres rencontres avec Dick et Tim. Un après-midi Dick s'installa sous la Tente des Rituels avec plusieurs de ses peintures, qu'il commenta devant tous les Anciens. L'une des peintures représentait le Rêve de Djampidjina et de Djangala, deux fourmis à miel dont les noms de peau nous disaient qu'elles se trouvaient dans la relation père-fils. Une autre représentait le rêve de deux Serpents Arc-en Ciel — qui lie, d'un bout à l'autre de l'Australie primordiale, des ancêtres de création au cycle de l'eau et à la fabrication des paysages. Aidé par Tim et par l'ethnologue Delphine Dupont, Dick fit de son mieux pour présenter l'archi-ancienne tradition aborigène. Deux fois, à la demande de Tim, il accepta même de chanter le chant d'un rêve : dix à quinze secondes de mélopée, accompagnée du claquement de castagnettes de deux boomerangs serrés l'un contre l'autre.

Comme si la plus ancienne des Traditions primordiales encore vivantes sur cette planète nous envoyait un message. Nous mettant en garde contre l'illusion de croire qu'il suffirait de se réunir pendant quelques jours et de célébrer quelques bribes de bénédictions pour que les grands problèmes des hommes soient levés. Aucun des Anciens ne se jouait évidemment ce genre de « cinéma »...

À l'inverse, il ne faudrait pas conclure de l'attitude de Dick Leichletner que les aborigènes d'Australie sont fermés au dialogue, que celui-ci soit interculturel ou inter-religieux. Bien au contraire. Quelques mois après la Rencontre Inter-Traditions, Thomas Johnson publia un article intitulé « Sous les petits points : les Rêves nus », où l'on apprenait qu'une véritable révolution était en train de se déployer dans le monde des peintres aborigènes, dont certains venaient de décider d'ouvrir au monde certaines de leurs « cartographies » secrètes [1].

Une chose semble sûre : que ce soit du côté des Tibétains bönpos ou de celui des aborigènes d'Australie, la souffrance constitue décidément un indéniable dénominateur commun entre les Traditions primordiales...

---

1. *Nouvelles Clés*, n° 16, hiver 1997-98. Pour une présentation classique des peintures aborigènes, lire le très précieux *Yapa, Peintres aborigènes de Balgo et Lajamanu*, où les peintures sont commentées par différents textes réunis par Barbara Glowczevski, Baudoin Lebon éditeur.

... à de paradoxales exceptions près. Ainsi, à la Rencontre Inter-Traditions, ceux qui portaient le moins les marques de la souffrance, alors qu'il arrivaient d'un continent martyrisé, étaient sans conteste les Africains.

8

L'Afrique est-elle l'« acteur invisible » de l'humanité ?

> *Rumeurs, parures et humour vaudous / L'oracle du Fa / Du rôle invisible de la roue rythmique africaine sur le monde.*

L'Afrique offrait à la Rencontre Inter-Traditions de Karma Ling un double visage : austérité des bergers rendillés, opulence des prêtres vaudous. C'est par ces derniers que commence ce chapitre — eux dont l'annonce de la simple présence avait fait frémir plus d'un bouddhiste : non pas du fait qu'il s'agisse d'une tradition pratiquant des sacrifices d'animaux — la plupart des Traditions primordiales entretiennent avec le monde animal des relations sacrificielles et sacrées —, mais parce que terribles sont les rumeurs qui courent sur le vaudou. Envoûtement. Possession. Sorcellerie. Forces les plus obscures de la magie. Chacun sait les images effrayantes que traîne derrière lui ce petit mot que les premiers ethnologues qui s'y intéressèrent, à la fin du XIXe siècle, écrivaient en quatre lettres : *vodu*.

Notre ignorance à son sujet est en fait absolue. Beaucoup d'Occidentaux s'imaginent par exemple qu'il s'agit d'une invention des Caraïbes ou du Brésil, alors que c'est l'une des formes religieuses les plus élaborées d'Afrique, associée notamment à une géomancie, le Fa, que certains connaisseurs n'ont pas hésité à comparer au Yi-King chinois. Honte aux dictionnaires Larousse et Robert qui au mot Vaudou, donnent *grosso modo* la même définition : « Se dit du culte des Noirs antillais, d'origine animiste, et qui emprunte certains éléments au rituel catholique » !

Certes, comme la plupart des cultes traditionnels, le vaudou a subi le contrecoup de la colonisation : le christianisme l'a fait régresser, au sens territorial et symbolique, au fond de la brousse et dans des pratiques de cour des miracles. Et pourtant, cinq siècles après les premières razzias des négriers blancs — précédés ou suivis des missionnaires chrétiens —, ce culte et ses adeptes se tiennent toujours debout.

Daagbo Hounon Houna, représentant du vaudou, est sans conteste l'Ancien le plus remarqué de toute la semaine des Traditions unies, pourtant riche en personnalités hautes en couleur. Grand, la soixantaine solidement campée, Daagbo est chaque jour revêtu d'étoffes plus chatoyantes et de chapeaux plus voyants. Avec sa canne à pommeau d'argent, entouré de trois assistants aussi chamarrés que lui — un représentant du Bénin à l'Unesco, Eugène Djedje ; une « descendante des Amazones du royaume du Dahomey », Flora Freitas ; et un traducteur, Sylvain Lahami —, le « chef suprême du Vaudou » a en toutes occasions l'allure et le sourire d'un homme conscient de représenter la plus célèbre des Traditions primordiales d'Afrique. Il a d'ailleurs été officiellement nommé par le gouvernement de Cotonou pour « représenter le vaudou mondial » — ce qui revêt une importance toute particulière au Bénin même, notamment lors des cérémonies que l'État organise désormais le 10 janvier, en grande pompe, au temple du Python de Ouidah, à l'occasion de la Fête nationale de la religion vodoun, « première religion de la terre », dit-on là-bas, dédiée à « toute la diaspora noire de la planète ».

Voici quelques slogans proposés par le Grand Conseil de la religion Vodoun Houindo :

« La religion Vodoun Houindo est la religion d'une tolérance qu'avec calme et pondération, elle affirme au jour le jour. »

« Accepter la religion Vodoun Houindo, c'est acquérir une grande valeur : l'altruisme, la droiture, l'équité, la bonté, le dévouement, la tolérance, la patience, la vaillance, la sincérité. »

« Nos ancêtres mythiques ont pour zones de prédilection notre environnement tout entier, témoin de nos identités sociales. Alors, protégeons et sauvegardons notre environnement pour une vie décente. »

Tentatives légitimes et touchantes de se réapproprier un passé et des racines que la mondialisation (pour employer un mot à la mode, mais le phénomène ne date pas d'hier) a littéralement saccagés.

Daagbo Hounon parle le français, mais il préfère voir ses propos traduits par un homme le maîtrisant parfaitement — approximativement du même âge que lui : le truculent Sylvain Lahami. Dès la veille du rituel célébré par Daagbo Hounon, l'après-midi du 28 avril, Lahami, très pince-sans-rire, a évoqué les rumeurs plus ou moins macabres qui courent sur le vaudou : « Venez nombreux à notre rituel de demain, a-t-il suggéré, l'œil malicieux, au Cercle des Anciens : nous y sacrifierons... des noix de kola ! » Éclat de rire général. La première manche est emportée par l'humour. Un outil dont les Béninois vont faire grand usage.

Quand l'heure du rituel arrive, le 29 avril, Daagbo Hounon Houna, calme, simple et fier, la tête couverte d'un foulard et des boucles d'or aux oreilles, commence par s'extasier : « C'est, on peut le dire, du jamais vu : réunir aujourd'hui, dans une petite commune de France, toutes les religions du monde ! Quel cadeau du Ciel et de la Terre ! Nous voilà ensemble depuis quatre jours. L'important est la foi — et qu'aucune religion ne dise aux autres : "Je suis en tête !" Nous commençons à voir le fond des cœurs : tous veulent clairement le bien. Je m'en réjouis et je vous souhaite un bon séjour ici et un bon retour dans vos pays. Puissent tous vos souhaits être exaucés ! Je m'en vais d'ailleurs vous donner un conseil : tout ce que vous souhaitez, laissez-le s'envoler avec la prière que je vais dire maintenant. »

Il observe un moment de silence, puis reprend (toujours en langue fon, traduite par Sylvain Lahami) : « À vrai dire, cette cérémonie ne sera pas un véritable rituel vaudou. Un tel rituel, voyez-vous, prendrait trop de temps, et aurait exigé de ma part plusieurs semaines, voire plusieurs mois de préparation, que j'aurais dû passer enfermé dans un couvent de brousse où personne ne m'aurait vu... Et puis j'aurais dû partir en mer, pour rencontrer la divinité des eaux — il m'arrive d'y rester trois jours et trois nuits ! Il s'agira donc plutôt d'une cérémonie de bénédiction, sans sacrifice. Car bien sûr, dans un véritable rituel vaudou, j'aurais certainement offert à nos ancêtres plusieurs poulets, des moutons, des chevreaux, oui, certainement, plusieurs... »

Les autres Anciens demeurent impassibles, comme indifférents. Cela semble sonner normalement à leurs oreilles. En revanche, quelques Occidentaux échangent des airs ambigus. Pensent-ils au matin de l'inauguration de la Tente des Rituels par le Dalaï Lama ? Ce jour-là en effet, malgré tous les avertissements, les Béninois, plaçant leur souci de l'efficacité des rituels au-dessus de leur réputation, ont tout de même apporté quelques offrandes animales, qu'ils ont placées par terre, au pied de la table supportant les petites jarres — les « vases au trésor » — destinées aux invités de la cérémonie de clôture. Les responsables de Karma Ling s'en sont rendu compte à la dernière minute, juste avant l'arrivée de Sa Sainteté, et ont discrètement, mais vivement, retiré du lieu les compromettantes offrandes carnées. Conscient sans doute que ces quelques pensées traversent les esprits, Daagbo Hounon Houna reprend :

« Qu'est-ce qu'un sacrifice ? Le savez-vous ? Cela ne consiste pas, en tout cas, à tuer des animaux de façon sanguinaire, ou pour le plaisir, comme se l'imaginent beaucoup de gens. Entre les animaux et les humains qui les mangent, il y a aussi de l'amour — ou il devrait y en avoir ! Et même le vaudou parle d'amour ! Pour nous, voyez-vous, il s'agit simplement de nourrir nos ancêtres. Mais aujourd'hui, je le répète, les amateurs de sensations fortes vont être déçus : pas de sacrifice ! »

Il ferme les yeux et offre ses mains au Ciel. Ici, le traducteur du prêtre vaudou, visiblement en accord avec celui-ci, fait ce commentaire, d'une voix extrêmement solennelle :

« Si elle n'est pas à proprement parler vaudoue, la cérémonie de bénédiction à laquelle vous allez participer n'en est pas moins importante. Chez nous, Daagbo Hounon Houna ne la célèbre qu'une fois par an. À titre tout à fait exceptionnel et parce que lui, chef suprême du vaudou, se trouve aujourd'hui face au monde, elle va être célébrée à nouveau. À titre purement personnel, je vous prie de croire que c'est la toute première fois que je vais voir Daagbo Hounon officier en personne. C'est pour moi un immense honneur. Et j'en ai même la chair de poule ! »

Avant de commencer, Daagbo Hounon rouvre les yeux et dit :

« Nous ne nous connaissons pas, mais je peux vous dire une chose : ce que vous avez apporté ici, c'est ce que vos aïeux ont fait. Telle est la loi, simple et innée : on n'ajoute rien, on n'enlève rien. Si tu as l'habitude, avant de commencer quoi que ce soit, d'appeler par leurs noms tes ancêtres, en prononçant leurs noms et en prenant à témoin la Terre et le Ciel, qui pourrait craindre de mauvaises choses venant de toi ? Personne ! Parce qu'à ce moment-là, tout part du cœur et va au cœur. Pour commencer, c'est donc ce que je vais faire : appeler nos ancêtres. Sans doute ne pourrez-vous rien comprendre. Peut-être ne ressentirez-vous rien du tout. Et pourtant, ils seront là. Cela ne s'explique pas. Écoutez, vous entendrez. »

Alors les yeux de Daagbo Hounon Houna regardent dans le lointain et, d'une voix forte, il se met à chanter une lente mélopée, tout en frappant en rythme sur une sorte de timbale. Ses trois assistants reprennent le refrain avec lui, en tapant dans leurs mains. Presque aussitôt, Flora Freitas se met à danser, traversant le centre du cercle d'un lourd et somptueux balancement de hanches. D'un grand sourire, elle invite l'assistance à taper dans ses mains également. Personne ne se fait prier. En une seconde, l'atmosphère de la Tente des Rituels se métamorphose. Bientôt, tout le monde se balance dans le *groove* de base du continent-mère.

« Dans la joie ! s'écrie Sylvain Lahami. Dans la joie ! »

Rythmes collectifs.

Rythmes nourriciers.

Dans une bonne partie de l'Afrique, chaque village dispose de sa propre figure rythmique, reconnaissable entre toutes, des lieues à la ronde. Selon le musicien Ray Lema, fondateur du Ballet national de l'ex-Zaïre, chacune de ces figures est constituée, à la base, par l'interférence de deux rythmes — généralement joués par les jeunes gens, qui ont besoin de se muscler en frappant sur leurs instruments à percussion. Cette interférence crée un battement, que l'on peut se figurer comme une corde, en train de tourner entre les deux percussionnistes de base : chaque villageois ou villageoise « saute » ensuite comme il le peut à l'intérieur de cette corde interférentielle, en tapant sur un tambour, ou sur une boîte de conserve, ou en chantant, ou en faisant claquer sa langue... Ainsi chacun est-il *connu* de tous, de près comme de loin — car on ne triche pas avec les rythmes du corps, c'est impossible. Ainsi s'établit une forme de hiérarchie rythmique. Les maîtres-tambours savent imiter n'importe lequel des villageois, et peuvent de la sorte corriger leurs congénères, physiquement et mentalement, ou les encourager, ou les soigner, ou les envoûter... L'Afrique traditionnelle possède, jusqu'au fin fond de la brousse, cet art consommé de réguler toute sa vie sociale, médicale, spirituelle, en se fondant sur la pratique des rythmes.

À la fin de cette première invocation, Daagbo Hounon annonce qu'il lui faut maintenant sortir de la tente, pour bénir les lieux. Dehors, il s'est mis à pleuvoir des trombes. Cela ne le gêne nullement : « Au contraire, dit-il, voilà la divinité de l'eau qui nous montre qu'elle est avec nous ! Rien ne se fait par hasard et si nous chantons, ce n'est pas non plus pour nous amuser, savez-vous ? »

À l'extérieur, suivi par une demi-douzaine de personnes — les autres craignent trop de se retrouver trempées —, le chef vaudou et ses assistants se mettent à danser et à chanter sous la pluie pendant quelques minutes, avant de revenir à l'abri. Là, de nouveau, Daagbo Hounon éprouve le besoin de s'expliquer :

« Je vous demande un peu : quelqu'un qui vous voudrait du mal trouverait-il le temps de chanter et de danser comme nous le faisons ? Dites-le-moi : oui ou non ? Et comment pourrais-je imaginer qu'il y ait parmi vous quelqu'un qui me veuille du mal, à moi, Daagbo Hounon Houna ? Non. C'est impossible. Je vous regarde, et je vois des frères et des sœurs. Je vois tout le monde noir. Je vois tout le monde blanc. Je vois tout le monde jaune. Je vois tout le monde rouge. Alors pourquoi ne pas danser et chanter ensemble ? »

Ces paroles sont accueillies avec bonne humeur. Maintenant tout le monde est debout et quand les Béninois entament leur troisième chant, en tapant sur de petits *djumbés*, soixante personnes commencent à se dandiner dans tous les sens. Les Anciens d'Amérique ont réclamé, deux jours plus tôt, que l'on se prenne un peu moins au sérieux et que l'on célèbre les différents rituels dans le rire et la joie. On est servi ! Quand le chant s'arrête, Flora Freitas, euphorique, s'écrie : « Solidarité ! » Et tout le monde l'applaudit.

Une fois le calme revenu, chacun reprend sa place, en sueur. La délégation vaudoue a retourné la situation. Comment peut-on une seule seconde les trouver « inquiétants » ou « bizarres » ces formidables Africains ?

Daagbo Hounon Houna se met alors au centre du cercle et fait signe à Flora Freitas de s'approcher, portant sur un plateau des sortes de petites châtaignes : des noix de kola. Le chef vaudou annonce :

« Je vais maintenant lancer les noix, pour consulter l'oracle. »

L'oracle du Fa.
Qu'est-ce que le Fa ?
Quand nous l'interrogerons sur la question, un peu plus tard, Daagbo Hounon demeurera évasif. Mais l'un des premiers ethnologues français à s'être interrogé sur le Fa et sur la religion vaudoue, Bernard Maupoil, ancien élève de Marcel Mauss à l'Institut d'ethnologie de Paris et administrateur colonial du Dahomey (nom du Bénin jusqu'en 1975) de 1934 à 1936, a écrit un livre très documenté sur la question, *La Géomancie sur l'ancienne Côte des esclaves*[1].

« Les prêtres de Fa, écrit-il, que la langue fon nomme *Bokuno*, portent en langue yorouba le nom de *Babalawo*, ce qui signifie pères du secret. Le premier Babalawo qui consulta Fa à Ifé [la plus grande ville

---

1. *La Géomancie sur l'ancienne Côte des esclaves*, Bernard Maupoil, éd. Institut d'ethnologie, Paris, 1936-1938.

sacrée du Nigeria et peut-être d'Afrique] se nommait, dit-on, Alaba ou Araba. La légende ajoute qu'il reçut de Mawu (dieu suprême) la connaissance de Fa. Mawu l'installa donc à Ifé, dont il fut le premier habitant, puis fit croître, dans la bonne terre de ce pays, un palmier à huile à seize branches. Tout autour du tronc, seize trous étaient disposés, où les noix du palmier tombèrent, à raison de seize dans chaque trou. Ce qui donne un chiffre de deux cent cinquante-six (carré de seize), correspondant à celui des signes de Fa, dont chacun des seize principaux engendre quinze secondaires...

« Le point de vue de la masse et celui d'une élite de devins déterminent deux définitions du Fa. Selon la masse, il est considéré comme un dieu en soi, et comme un ensemble de dieux : les signes. Doué d'omniscience et d'ubiquité, Fa est infaillible et ne dit que le vrai. Bienfaiteur des hommes, à qui il révèle en consultation la source de leurs ennuis et, dans la forêt sacrée, leur destin [lors des initiations], il est le soutien de ceux qui désespèrent : il rend confiance en la vie.

« Selon les rares informateurs qu'une certaine austérité de pensée n'effraie pas, Fa est le message même du plus haut principe divin, de Mawu [...] Par-dessus tout, il ouvre à chaque homme la possibilité d'entendre de quel destin Mawu a marqué son âme, avant de l'incarner sur terre, et de rendre un culte à cette âme. Il ne s'agit plus ici de divinité secourable. Fa est la voix de Dieu. Il n'est pas secourable ; il enferme l'homme dans son déterminisme [...]

« Fa est-il un *vodu*[1] ? Cette question pose celle de

---

1. Dans le même livre de Bernard Maupoil, on trouve cette définition du « vodu » : « Dans le Bas-Dahomey, le mot *vodu* — qui provient selon toute vraisemblance de la langue fon et émigra vers certaines parties de l'Amérique — désigne ce qui est mystérieux pour tous, indépendamment du moment et du lieu, donc ce qui relève du divin. On dira, par exemple, que celui qui meurt devient *vodu* : cela ne signifie pas que tout le monde l'adorera, mais simplement qu'il est parti vers un monde inconnu et sans doute divin. Traduire *vodu* par divinité n'est donc pas inexact, mais ne donne qu'un des sens du mot, celui qui

la dualité du rôle de Fa. Fa est ouvert à tous ceux qui sont inquiets de leur sort ; ils vont aussi souvent qu'ils peuvent chez le devin, qui consulte pour eux et transmet la réponse de l'inconnaissable. Fa donne aussi à l'homme la révélation unique du destin de son existence tel que le dieu créateur le conçut en l'envoyant sur terre ; cette révélation capitale a lieu au cours d'une cérémonie nocturne, dans le bois consacré à Fa, et l'initié est alors admis à se constituer un Fa personnel qui n'est autre qu'une âme extérieure.

« La plupart des devins *Bokuno* déclarent que Fa est "comme un *vodu*". Il leur est aussi difficile d'affirmer qu'il n'en est pas un que de démontrer le contraire. Il est *vodu* dans la mesure où il est inconnaissable ; mais il n'a pas certaines propriétés des *vodu*, celle surtout de *posséder*, de faire entrer en transe, d'affoler momentanément ses adeptes [1]. Fa n'a jamais rien accompli de semblable [à la transe de possession] et son culte ne comporte ni érection de séminaires ou de temples, ni cérémonies en des lieux publics... »

Nous voilà un peu mieux à même de comprendre ce qui se passe sous la Tente des Rituels, où le *Bokuno* Daagbo Hounon Hanou s'apprête à consulter le Fa à l'aide, non pas de noix de palme, mais de noix de kola. Les choses se passent très vite. Il jette les noix sur une natte. Sylvain Lahami commente aussitôt — au point que l'on se demande s'il traduit des propos murmurés par Daagbo Hounon à côté de lui, ou s'il interprète l'oracle de son propre chef. De toute manière, la consultation, qui dans la réalité béninoise prendrait un long moment et s'effectuerait forcément dans le calme

---

semble le moins imprécis et se rapproche le plus de la mentalité occidentale. »

[1]. On dit certes que, dans certaines circonstances exceptionnelles, les prêtres de Fa sont possédés, mais il s'agit en réalité des rêves faits par certains d'entre eux, surtout à l'époque où ils sont élèves ; obsédés par l'étude, ils reçoivent en rêve des instructions spéciales.

et la gravité, n'est ici qu'effleurée. Le Béninois se contente de s'écrier en riant : « Match nul ! C'est donc un match nul ! Il y a autant de noix fermées que d'ouvertes ! Mais... ah mais non, que voyons-nous ? Ah là là, l'une d'entre elles est restée debout, en équilibre instable ! Voilà qui est intéressant, chers amis. Cela signifie, je vous l'annonce, que le vaudou approuve et soutient tout ce qui s'est dit sous cette tente depuis le commencement ! Chez nous, en effet, quand une noix reste debout et joue ainsi les équilibristes, il faut absolument que le chef du territoire où l'on se trouve vienne lui-même la saisir ! »

Daagbo Hounon, apparemment content, se tourne alors vers l'un des quatre ou cinq invités français assis dans le Cercle des Anciens et lui dit (Lahami traduit) : « Le territoire où nous nous trouvons est la municipalité de La Rochette, n'est-ce pas ? Qui est son chef ? Vous voyez de qui je veux parler ? C'est M. le maire ! Monsieur le maire, auriez-vous la gentillesse de venir avec nous au centre de ce cercle ? »

Le maire de La Rochette, Me David, s'exécute en souriant. Les Béninois le font s'agenouiller devant la natte du Fa, puis, lui retenant les mains dans le dos, l'aident à se pencher en avant, pour qu'il aille prendre la noix restée en équilibre... avec les dents ! Ce qu'il réussit du premier coup, sans laisser tomber la noix ! Certains participants se demandent sans doute s'ils assistent vraiment à un rituel sacré, mais tout le monde rit et applaudit. L'« exploit » du maire est considéré par Daagbo Hounon Houna comme un signe « extrêmement positif » pour l'avenir du Cercle des Anciens.

Commentaire de son traducteur :

« Daagbo Hounon me dit que, depuis son arrivée en France, il n'était pas si content que ça. Son humeur était morose. Mais maintenant, il a envie de rire et de danser ! Cela signifie que l'oracle a été excellent. La seule chose qui compte à présent, c'est notre unité, l'unité de nos âmes. Personne ne fera l'union à notre place. Chez nous, on raconte l'histoire d'une jarre percée. C'était le seul moyen de rapporter de l'eau de la rivière, mais elle était percée de mille petits trous et le village allait mourir de soif. Alors, mille enfants sont venus, et chacun a mis son doigt sur un trou. Ainsi, l'eau est restée dans la jarre, et les villageois et leurs troupeaux ont pu boire. Eh bien, de la même façon, nous devons unir nos forces. On ne sauvera pas le monde tout seul dans son coin. Il faut beaucoup de mains unies et c'est pourquoi nous sommes réunis ici. Quand nous serons rentrés chez nous, que chacun y réfléchisse sérieusement ! »

Puis Daagbo Hounon Hanou récite la plus importante prière : la bénédiction proprement dite, où il demande à ses ancêtres et à ceux de sa tribu de passer alliance avec les ancêtres de tous les humains réunis sous la tente afin qu'ensemble ils demandent la clémence des divinités de la Nature et du Ciel. Il entonne la première strophe seul, dans un mode incantatoire sobre. Puis ses assistants le rejoignent et c'est à nouveau un chœur chanté qui part en procession. Mais cette fois, les représentants du vaudou restent sous la tente et, sans cesser de chanter, font le tour de tous les participants et leur proposent de grignoter de petits bouts de noix de kola disposés sur une assiette, et de boire à un même et grand verre de vin de palme. La noix de kola est énergétisante mais très amère. Le vin de palme sucré, mais extrêmement alcoolisé. Pris au dépourvu, plusieurs représentants des Traditions primordiales — notamment l'autre prêtre africain, le Rendillé qui, dit-on, boit le sang de ses troupeaux pour se soigner, comme tous les pasteurs nomades de cette région, mais jamais une goutte d'alcool — font d'horribles grimaces. Mais le vin de palme n'a pas son pareil pour dérider les plus tristes en un clin d'œil, et l'euphorie s'étend.

Daagbo Hounon fait un dernier commentaire :

« Ces bouts de noix de kola ont été bénis dans un

couvent de brousse. Vous pouvez les garder avec vous pendant un an. Qu'il vous suffise de les toucher du bout de la langue, en formulant un vœu dans le secret de votre cœur, et vous serez exaucé. Mais attention : je parle d'un vœu du cœur. Pas de l'estomac ! Si vous pensez : "Je veux un avion pour moi tout seul", ça ne marchera pas. »

Explosion d'hilarité générale.

Danse redoublée.

Fin du rituel béninois.

Opération réussie, nous disons-nous, qui nous montre une Afrique heureusement aussi vivace que ses enfants jadis livrés aux Amériques : traités comme on ne traite pas du bétail et pourtant encore capables, après le hachoir terrifiant de la mise en esclavage, d'offrir à l'humanité le tempo de sa musique planétaire, la base rythmique qui fait désormais danser tous les humains.

Rythmes collectifs, disions-nous plus haut, évoquant l'aspect le plus universel des Traditions primordiales d'Afrique. Rythmes instituant de véritables régulations sociales. Il faudrait préciser : rythmes aquatiques, sensoriels, nourriciers...

Lors d'une seconde cérémonie, destinée à garantir l'avenir matériel de tous les participants de la Rencontre Inter-Traditions, le grand-prêtre kenyan Monté Wambilé et son élève partiront de nouveau en psalmodiant, traçant deux cercles en sens inverse l'un de l'autre : l'un à l'intérieur de la Tente des Rituels, l'autre à l'extérieur, et cette fois en versant un mince filet de lait tout au long de leurs parcours — pratique destinée à assurer la santé à tous les enfants des participants. Et de nouveau tous les Anciens seront conviés à scander et à psalmodier un chant très simple, en phase avec les officiants...

Comme si accepter et intégrer l'offrande et le message des hommes-de-connaissance africains présents à la Rencontre revenait à retrouver la rythmique fondamentale d'une gestuelle quotidienne perdue. Écoutez ce qu'en dit le musicien Mickey Hart, batteur de jazz et ethnomusicologue formé par le célèbre mythologiste Joseph Campbell :

« La conscience et l'appréciation d'un rythme constituent le fondement de la culture africaine. En Afrique, le rythme juste accompagne la vie juste ; une personne bonne est celle qui est habitée par le rythme juste. Être en rythme avec les cycles de la nature, avec son corps, avec les autres, voilà l'idéal de l'Afrique, et cet idéal ne peut se passer du tambour. Il y a un rythme pour chaque activité. Lorsque les fermiers Minianka d'Afrique de l'Ouest labourent leurs champs à la *daba* (pioche), les tam-tams accompagnent en rythme leur cadence. Pour semer, il y aura un autre rythme. Un autre pour honorer les esprits. Inévitablement, certains de ces rythmes se voient dotés de paroles et deviennent des chansons, lesquelles incitent le corps à bouger, et ainsi naissent les danses.

« En Afrique, jouer de la musique est aussi important que de cuisiner ou de discuter. La musique donne une signification particulière à toutes les étapes importantes de la vie, depuis la naissance jusqu'aux rites d'initiation à la mort. On peut l'entendre aux champs, sur la place du marché, la nuit, lorsque la lune brille. Et lorsqu'elle ne brille pas. Il y a des chants pour accompagner les premières dents de bébé, des chants pour l'empêcher de mouiller sa couche. Il y a des chants pour ramer, d'autres pour bêcher. Les Africains ont pratiquement une danse et un chant pour chaque activité. "Un village sans musique, dit un proverbe africain, est un endroit mort[1]." »

Il est étrange de constater que ces remarques sont,

---

1. *Voyage dans la magie des rythmes*, Mickey Hart, Robert Laffont.

d'une certaine façon, évidentes, mais qu'elles ne débouchent jamais sur la moindre conclusion politique ou spirituelle de fond. Comme si la rythmique gestuelle des humains était un jeu sans importance — alors que l'on pourrait presque dire, réinterprétant la Bible de manière terrestre et physique : « Au commencement était le geste, le rythme. »

Réfléchissant au rôle qu'elles jouaient vis-à-vis du reste du monde, Leo Frobenius — célèbre universitaire allemand qui mena de nombreuses expéditions sur le continent noir au début de ce siècle — baptisa les Traditions primordiales africaines les « contre-acteurs invisibles ». Comme si, oubliées par l'histoire, les cultures noires avaient eu en réalité une influence décisive sur le monde, mais de manière imperceptible, à l'insu de tous. Pourquoi « invisibles » ? Parce que uniquement sonores ?

Une chose est sûre : on pourrait prendre le rythme du tambour, comme trait commun à toute l'humanité. Aucun chamane, homme-de-connaissance ou homme-médecine ne nous démentirait. Se pose alors une question précise : comment faire « tourner » la roue rythmique de l'ensemble des Traditions primordiales de la terre ?

Un magistral début de réponse va nous arriver du cœur même de Karma Ling, quand, après avoir laissé les différents Anciens s'exprimer, nos hôtes bouddhistes vont à leur tour entrer dans le Cercle, en célébrant un rituel très ancien, ancré dans la tradition chamanique et... formidablement rythmé.

LA JOURNÉE INTER-TRADITIONS ET LES RENCONTRES DU DALAÏ LAMA

9

« Les problèmes sont notre propre création »
S.S. le Dalaï Lama

Le dimanche où tout le Cercle s'est mis à tourner / Entretien exclusif avec le Dalaï Lama.

Deux petits fortins en rondins de bois dans la forêt. Les enfants apprécieraient beaucoup : c'est Fort Apache ! L'un des fortins est ouvert. Ses cellules monacales abritent quelques-uns des participants à la Rencontre Inter-Traditions. L'autre est fermé. Son portail clos protège une vie silencieuse et cachée. Pour les profanes, la retraite bouddhiste des « trois ans, trois mois, trois jours » dégage une aura impressionnante. Que des êtres aient le cran d'affronter une telle durée de silence, d'isolement et de méditation, en continu, donne immédiatement la mesure de leur engagement. L'activisme moderne s'en trouve pris à rebours, sans baratin. Seul et silencieux, dans une cellule où il reste assis la plupart du temps, même en dormant, pendant plus de trois pleines années, le retraitant se plie à une discipline exigeante...

Bien sûr, carmélites ou trappistes chrétiens, moines et ermites de toutes les traditions s'osent à de telles pratiques depuis fort longtemps. Mais la forme simple, presque lapidaire, dans laquelle cela s'exprime chez les bouddhistes tibétains, et le fait qu'il ne faille pas nécessairement prononcer des vœux *ad vitam* — ce qui ouvre l'expérience aux laïcs —, frappe les imaginations de manière efficace.

Je transcris les notes que me donne Alain Grosrey :

« Une telle retraite de méditation est un élément essentiel dans le cheminement spirituel. Elle offre le cadre, la discipline et la direction spirituelle favorables à l'expérience profonde des enseignements. Parmi tous les types de retraite possibles dans le cadre bouddhiste, la retraite de trois ans permet aux personnes qui en ont l'aspiration, les aptitudes et la possibilité de recevoir et de pratiquer l'ensemble cohérent des pratiques des trois véhicules du Dharma. La retraite, telle qu'elle est pratiquée à Karma Ling, a été introduite en Occident par Kyabdjé Kalou Rinpoche suivant la progression d'anciens modèles traditionnels. Une retraite n'est pas une fin en soi, mais l'occasion de développer la capacité de mieux servir les autres. »

En ce pluvieux mais joyeux dimanche d'avril, une petite foule se presse, de bon matin, le long d'un chemin en pente, sous les sapins, aux portes du « fortin » nord-est de Karma Ling. Ce sont les parents et amis des retraitants. Aujourd'hui est un grand jour : les trois ans, trois mois, trois jours s'achèvent. C'est une foule européenne, en anorak et gabardine, sous des parapluies colorés. Seul un petit groupe sort de la norme et accroche immédiatement les regards, somptueux et irréel : au tout premier rang, à deux pas du portail du centre de retraite encore fermé, les quatre Béninois représentant la religion vaudoue ont tenu à être présents, revêtus de leurs plus belles tenues. Ce sont eux que les retraitants verront en premier quand, remontant de leur fantastique plongée, ils rejoindront le monde des hommes.

Les portes s'ouvrent. Précédés de plusieurs lamas, les retraitants sortent à pas lents. Ils sont huit. Sept

« Les problèmes sont notre propre création » 203

hommes et une femme. Voient-ils les prêtres vaudous ? On dirait bien que non. Leurs sourires totalement désarmés et leurs yeux calmes, leur teint disent assez que ces gens-là reviennent d'ailleurs.

Notes d'Alain Grosrey : « Au son des *gyalings* — sorte de hautbois tibétain —, les portes du centre de retraite s'ouvrent pour laisser passer les nouveaux *neldjorpas* et *neldjormas* [équivalents tibétains de *yogis* et *yoginis*, noms désignant d'anciens pratiquants]. La procession est conduite par Lama Denys, le *Vajracarya*, source de la transmission et de l'inspiration, suivi de Lama Seunam, le *Droupeun* (maître de retraite), qui assura la continuité de l'enseignement et des pratiques pendant les trois années, et de Lama Palmo, ancienne abbesse du monastère de Tilokpur, en Inde — après avoir vécu pendant de nombreuses années comme yogini, elle enseigne maintenant dans les centres de retraite.

« Les familles font de petits signes. Des enfants courent. La joie est grande, mais demeure discrète, respectueuse de l'espace-temps particulier où se trouvent encore les retraitants. Lentement, la procession descend à travers la forêt vers le temple où le Dalaï Lama va accueillir les "explorateurs de l'intérieur", et les bénir avant que ne soit célébré un bref rituel de fin de retraite. Après trois circumambulations autour du *tcheutèn*, qui symbolise tout l'itinéraire spirituel jusqu'à l'éveil et qui contient une *roue de prières*, ils reçoivent la bénédiction et quelques conseils de Sa Sainteté. Ensuite, ils se réunissent dans le temple, avec leurs familles et amis, pour les traditionnelles pratiques de prières, de souhaits de bienvenue et offrandes de *katas* [écharpes blanches].

« Chacun est ensuite libre de son temps, avec la consigne de reprendre contact en douceur avec la vie extérieure. Les plus téméraires se fondent directement dans la foule des quelque sept mille personnes venues écouter les enseignements que donne Sa Sainteté, dans la vallée ; d'autres assistent aux rituels des Rencontres Inter-Traditions ; d'autres enfin font une transition plus méditative en retournant passer quelques heures encore dans le centre de retraite. Nous apprenons que l'élaboration des cent huit "vases aux trésors" [dédiés à être consacrés par Sa Sainteté et les représentants des différentes traditions réunies pour la clôture de la Rencontre] avait été confiée aux retraitants : ce fut pour eux l'occasion de préparer leur sortie. »

Le *timing* est parfait. Autant un certain flottement avait pu être ressenti les premiers jours, dans l'accueil — inédit, il est vrai — des représentants des autres traditions, parfois abruptement bousculés par l'événement « supérieur » que constituait l'arrivée du Dalaï Lama, autant maintenant, l'ordre du rituel bouddhiste tombe-t-il parfaitement juste, en résonance harmonieuse avec la durée des ans, avec les êtres, avec la nature — la pluie s'est remise à tomber doucement. Un très bon *ma*, diraient les samouraïs japonais, qui ne demeure pas réservé aux bouddhistes. Il déteint sur tout l'environnement et, en quelques heures, va rassembler la Rencontre Inter-Traditions, encore un peu floue jusque-là, en un véritable cercle de solidarité sacrée, énergétique et continu. Le Cercle des Anciens va véritablement pouvoir naître.

Comme s'il avait fallu attendre ce dimanche, et cette sortie de retraite, pour qu'enfin s'affirment pleinement la légitimité et l'efficacité des bouddhistes tibétains dans le rôle, sinon de fédérateurs (ils ont la prudence de le refuser), du moins de catalyseurs de la Rencontre.

La nuit est tombée quand le Cercle prend place dans la Tente des Rituels. Un double cercle concentrique, en fait : à l'intérieur, dans le premier cercle, s'asseyent les lamas — dont les huit retraitants —, plus trois représentants des Traditions primordiales, dont le géant apache Eaglebear. Derrière eux, le second cercle rassemble tous les autres Anciens.

Le rituel, présidé par Lama Denys Teundroup, démarre presque sans préambule. Comme un seul souffle, la vingtaine de lamas présents entonne un chant très lent, au balancement lourd. Un chant audiblement enraciné dans une forme très ancienne, faisant penser à une danse préhistorique autour d'un feu, à une marche dans la forêt, à une procession parmi les rochers...

À la main gauche, chaque lama tient le manche d'un *damaru* — tambourin que deux petites billes en bois, suspendues au bout d'un fil, viennent frapper en cadence quand on imprime à l'ensemble un mouvement de rotation. Martellement sourd, presque martial, jusqu'au moment où le battement s'accélère soudain à la façon d'une chute de grêle qui vient jeter le chaos dans le balancement régulier établi jusque-là, éteignant les percussions pour laisser la place à une prière purement vocale, à l'effet plus berçant. Puis les percussions se remettent lentement en branle, telle une caravane reprenant la route vers les plus hauts sommets, accompagnée parfois du mugissement des *kanglings*, petites trompettes au son volontairement lugubre.

À la main droite, dans une position des doigts qui rappelle un *mudra* indien, les officiants agitent une clochette au joyeux son de fête.

Quant aux voix, elles sont extrêmement graves — on sait le talent des Tibétains pour développer les basses de l'appareil phonatoire.

L'ensemble est d'une grande beauté. Les Anciens sont visiblement impressionnés et émus. Pour la première fois depuis le début de la Rencontre, leurs hôtes bouddhistes entrent véritablement dans la danse et dans le cercle, en offrant leur propre célébration. C'est d'autant plus fort qu'il s'agit d'un rituel bouddhiste tibétain d'origine très ancienne : le rituel de *tcheu* — ou plutôt sa version succincte, appelée *ludjin*[1].

C'est un rituel de mort-renaissance.

Les participants de tcheu vivent d'abord la plus terrible et pourtant la plus simple des épreuves humaines : la mortelle finitude de notre corps et de notre ego — c'est-à-dire la fin absolue de ce que pour la plupart nous entendons lorsque nous disons « moi ». La mort. Et quand il est question d'affronter une difficulté sur le chemin de l'éveil, les Tibétains prennent souvent le chemin le plus court : ainsi les tambourins damarus traditionnels sont-ils faits d'une peau de bête tendue sur un crâne humain, et les trompettes kanglings sont-elles taillées dans des fémurs ayant également appartenu à l'un de nos ancêtres. Il ne s'agit pas de se contenter de *parler* de la mort, mais de la vivre, de la sentir, de la toucher, de la renifler...

Même présenté sous l'aspect réduit que constitue ludjin (une demi-heure au total), le très ancien rituel tibétain de tcheu produit sur nous un effet extraordinaire. Cette fois, il est clair, même aux yeux d'un profane, que tous les Anciens présents participent à la même roue rythmique et que celle-ci « tourne », comme diraient les maîtres-tambours de la forêt africaine. Vision plus qu'étonnante : entraînés par les chants et les percussions des Tibétains, nous voilà tous en train de « tourner » avec les chamanes d'Asie centrale, les grands-prêtres africains, les hommes-de-connaissance d'Amérique, d'Australie... Or, détail essentiel : les « Tibétains » en question sont, ici, ce soir, à 90 %, des Européens.

Stupéfiant retournement de situation. Qui l'eût prédit, il y a ne serait-ce qu'un demi-siècle ?

Il y a quelque chose d'extrêmement émouvant et une véritable grandeur dans la démarche de ces hommes et de ces femmes originaires d'Occident, qui ont

---

1. Alain Grosrey en parle de façon intéressante p. 362.

embrassé avec tant de rigueur et de détermination la pratique spirituelle d'un petit peuple de l'Himalaya — s'autorisant ainsi à recevoir, ce soir, en toute transparence et toute humilité, les survivants des autres mondes, jadis exterminés par nos ancêtres...

Moment décisif où, d'une certaine façon, le paysage humain se trouve entièrement recadré. Moment où l'on se rend compte qu'il n'y a pas de fatalité du malheur, et que tout pourrait basculer dans le sens de l'entente et de la fraternité. Moment qu'il convient de recevoir et de comprendre sans complaisance ni délire.

Le mieux placé pour en parler était naturellement le Dalaï Lama lui-même.

L'enseignement des Quatre Nobles Vérités s'est étendu sur quatre pleines journées. Et le cinquième jour est arrivé. On est le 30 avril. De bon matin, le soleil rayonnant à nouveau pour quelques heures au-dessus des Alpes, les Anciens se rendent à l'entrée du temple vajra de Karma Ling, où les attendent déjà des représentants de toutes les grandes religions du monde.

Un tableau saisissant. Un pope tout en noir, deux imams dans leurs djellabahs claires, des bouddhistes sri-lankais vêtus en orange, des pasteurs plus civils, un émissaire épiscopal à col amidonné et quelques autres... se mêlent aux délégués des Traditions primordiales vêtus de leurs plus belles tenues rituelles. Un ensemble d'une transtemporalité surréaliste, mais fort harmonieux, qui pénètre lentement dans le temple, où le Dalaï Lama ne tarde pas à arriver à son tour.

Toujours aussi souriant qu'au premier jour, Sa Sainteté serre les mains de chacun des représentants. L'heure n'est pas encore aux discours, mais à l'échange de cadeaux symboliques et de petites phrases très simples, où le mot qui revient le plus souvent est sans conteste celui de « paix » — disant clairement le principal manque des humains... depuis toujours. Chacun des délégués voudrait pouvoir s'entretenir un instant avec le chef tibétain. Mais le temps manque. Les plus audacieux — la chamane bouriate, par exemple — sont sur lui d'un bond, pour lui serrer la main. Daagbo, le représentant du vaudou, prend le Dalaï Lama dans ses bras, tandis que son assistant les photographie — de retour en Afrique, le cliché aura sans nul doute une valeur symbolique énorme. Sa Sainteté se laisse faire avec bonhomie.

Puis tout le monde est invité par les responsables du protocole à rejoindre les autocars qui ronronnent devant le portail de l'ancienne chartreuse. Quasiment bras dessus bras dessous, les tenants des principales traditions religieuses et spirituelles du monde (dont deux représentants de la tradition « scientifique, laïque et agnostique ») descendent ainsi dans la vallée, en une coulée de ferveur multicolore que vont bientôt accueillir avec enthousiasme les cinq à six mille personnes massées sous le grand chapiteau dressé sur les pelouses de La Rochette.

Avant de les rejoindre, profitant de sa dernière journée de présence en Savoie, nous allons interviewer le Dalaï Lama. Voilà des années que le chef spirituel du Tibet multiplie les ouvertures en direction des chrétiens, des juifs, des musulmans... Nous sommes curieux de savoir ce qu'il pense des Traditions primordiales.

L'entretien se déroule dans le temple vajra. Pendant un quart d'heure, les questions sont posées par l'équipe de cinéastes canadiens qui a filmé toute la Rencontre. Pendant un temps équivalent, c'est à nous, « équipe du livre », de poser les nôtres. Quand une question lui semble obscure, le Dalaï Lama interroge en tibétain Matthieu Ricard, qui se tient à ses côtés.

« Votre Sainteté, quelles qualités toutes les traditions religieuses ont-elles en commun ?

— Je pense que nous pouvons distinguer deux catégories parmi les traditions religieuses : d'une part, celles qui sont liées à une communauté ou à une tribu ; d'autre part, les grandes religions. Cela dit, je pense que toutes, dans une certaine mesure, donnent à leurs adeptes quelque sens et explication sur le monde et la vie. Mais je pense que les religions majeures se distinguent du fait d'une idée commune : le message d'amour, de compassion, de pardon.

— Les différentes approches spirituelles sont-elles comme différentes routes grimpant vers le même sommet ?

— Les religions principales, dotées de structures philosophiques, ont comme but commun de répandre les valeurs humaines de base : le sens de la compassion, de la sollicitude, etc. Qu'en est-il à un niveau plus élevé, concernant le but ultime, que les bouddhistes appellent *nirvana*, les hindous *samadhi*, les chrétiens *paradis* ? Sans doute avons-nous là différents états du même fond. Chaque croyance, chaque tradition tente d'atteindre cette vérité ultime, d'en accomplir la substance. Mais ensuite, dès qu'on essaie de préciser... Rien que chez les bouddhistes vous trouvez tellement de conceptions différentes ! C'est une question difficile ! [Éclat de rire.]

— Quel rôle les traditions anciennes comme le chamanisme peuvent-elles jouer dans le monde moderne ?

— Leur respect et leur vénération de la nature est une excellente chose. Nous pouvons beaucoup apprendre des Anciens. Bien sûr leur mode de vie est fonction du fait qu'ils vivent effectivement dans la nature. Ce qui n'est plus du tout notre cas, à nous qui avons souvent l'idée fausse que nous pourrions "contrôler la nature" [rire] ! Dans une certaine mesure, cela n'est pas totalement faux [rire accentué]. Mais je pense que l'attitude de ces Traditions très anciennes devrait rappeler des principes essentiels aux hommes modernes qui s'imaginent que nous pourrions réellement maîtriser le monde — alors qu'il faut le respecter comme un être sacré et en prendre soin.

— Nous autres, Occidentaux, ressentons le besoin de guérir notre lien avec la Terre-Mère. Certains envisagent même de retrouver une économie sacrée. De leur côté, les Traditions primordiales ont besoin, elles, de renforcer, de se protéger et de restaurer leurs identités propres. Ces deux besoins ne sont-ils pas interdépendants ?

— Bien sûr ! Toutes les Traditions considèrent la Terre comme un être extrêmement sacré, qu'il faut protéger. À l'époque moderne, nous avons trop peu de contacts avec la Terre-Mère. Et nous oublions que nous sommes nous-mêmes une partie de la nature ! Nous sommes des enfants de la Nature, de la Terre-Mère. Et cette planète est, de fait, notre seule maison. Si nous nous comportons de manière négligente, il pourrait advenir des changements graves, auxquels nous ne survivrions pas. Ainsi, prendre soin de notre planète, c'est prendre soin de notre propre sort. Nous avons besoin de plus de conscience, de plus d'attention vis-à-vis de notre Terre-Mère.

— Beaucoup d'historiens du bouddhisme tibétain pensent qu'il fut d'abord chamanique — à cause des oracles, des rituels, des chants, des costumes...

— Au temps où le bouddhisme arriva au Tibet, la vénération des esprits locaux était très importante. Elle a été réduite à presque rien. Maintenant, dans la société tibétaine, certaines de ces pratiques sont restées. Cela n'est pas contradictoire dans la mesure où le bouddhisme cherche à aider tous les êtres sensibles. C'est pourquoi on a inclus certaines déités locales, que nous appelons les *nagas*, à qui les gens font certaines offrandes, pour obtenir en échange certaines grâces, certaines guérisons. On marchande avec les déités [rire] ! Cela est vrai dans toutes les traditions. D'autre part, nous devons aussi au Tibet ancien toutes sortes d'instruments, notamment nos tambours et nos trompes qui, parfois, remontent à bien avant le bouddhisme. Quant aux anciennes croyances, sur le fond, certaines ont subsisté, mais elles ont énormément évolué : les bönpos du Tibet actuel professent des idées très proches du bouddhisme.

— Comment définiriez-vous le mot "Tradition" dans Tradition primordiale ?

— L'esprit [*spirit*].

— Le fait de mêler des rituels de traditions différentes, comme cela fut le cas pendant toute cette Rencontre Inter-Traditions, peut-il donner un rituel collectif efficace ?

— Oui et non. Oui, dans le sens où, pour promouvoir l'harmonie, propager le pluralisme spirituel, il peut être bon de pratiquer et de méditer ensemble. Non, dans ce sens que, pour atteindre son propre but, par exemple pour un bouddhiste le nirvana ou pour un chrétien le paradis, la voie est beaucoup trop raide ! [Rire.]

— L'intolérance semble, dans une certaine mesure, inséparable du monde religieux. Beaucoup en sont morts. Comment s'en garder ?

— Réfléchissons à ce qui fait la force de l'intolérance. D'abord, il y a des individus, ou des groupes, dont l'intérêt principal n'est pas la religion, mais qui l'utilisent comme instrument de pouvoir et de manipulation. Ce fut fréquemment le cas jadis et cela existe encore aujourd'hui. Ensuite, vous avez la catégorie des croyants sincères, qui pensent que leur croyance est vraiment la meilleure et qui, par sollicitude, veulent l'imposer à autrui. Si cette attitude était acceptable autrefois, elle ne l'est plus aujourd'hui. Néanmoins, je pense que même ceux-là, s'ils peuvent entrer en contact avec d'autres traditions, sont à même de les comprendre. D'incessantes rencontres avec les autres, voilà ce qu'il leur faut !

« Maintenant, il y a aussi une articulation délicate, voire une contradiction, entre le fait que nous ayons besoin de pluralisme et de dialogue, mais que, dans le même temps, chaque tradition, chaque religion doive forcément se centrer autour d'une croyance, d'une pensée. Personnellement, j'essaie de réduire cette contradiction comme ceci : lorsque nous parlons de l'humanité, nous devons œuvrer dans le sens du pluralisme ; lorsque nous passons à l'échelle individuelle, un véritable approfondissement ne peut se faire qu'en choisissant une voie d'éveil spécifique. Pour moi, le bouddhisme est ce qu'il y a de mieux, mais cela ne signifie certainement pas que le bouddhisme soit ce qu'il y a de mieux pour chaque cas particulier et pour le monde entier. Non. Le monde a besoin de pluralisme.

— Les rituels chrétiens concernent surtout l'au-delà. Les rituels chamaniques servent surtout à améliorer la vie quotidienne. Comment se situent les rituels bouddhistes tibétains, par rapport à ces deux extrêmes ?

— Je pense que les rituels principaux visent le nirvana. Mais pas nécessairement après la mort ! Bien sûr, certains grands rituels concernent la mort, aussi. Et puis, d'autres rituels prolongent la vie, réduisent la maladie, accélèrent la guérison, etc. Ensuite, il y a des rituels sans attente spéciale, des rituels vides ! [Rire.] Nous croyons que la question principale, vous savez, est centrée autour du *karma*. De ce point de vue, certains rituels peuvent aider. Donc, tous les rituels peuvent apporter de bonnes choses. Il arrive aussi que, même après des années de pratique, un rituel n'aboutisse à rien [grand rire], si bien que les gens perdent la foi. Mais c'est simplement parce que leur potentiel principal n'est pas présent.

— Certains disent que tout espoir est vain et qu'il ne sert à rien désormais de prier ni de prendre conscience...

— Je pense que l'humanité a les potentiels nécessaires pour affronter et surmonter les grandes difficultés actuelles. Puisque la plupart de ces problèmes sont notre propre création, logiquement, nous devrions avoir la capacité de les résoudre ! [Rire.] Avec la confiance en soi et la détermination, nous pouvons surmonter l'épreuve. Mais il faut être extrêmement déterminé. Essayer un jour, réessayer le lendemain, recommencer le surlendemain, et le jour d'après, et ainsi de suite... Un jour ou l'autre, on finit par surmonter le problème. »

Les Anciens ne se font pas d'illusions : ce n'est pas un symposium, ni une Rencontre Inter-Traditions qui changera la donne. Mais, comme dit Tlakaelel, le vieux Toltèque moustachu : « Je n'attends rien. Je sème des graines. » Des graines d'amour. Ils l'ont tous dit à un moment ou à un autre. Même dans le désert, les graines finissent par germer un jour. Il suffit qu'il pleuve quelques heures. Et comme vient de nous le dire Sa Sainteté : si ça n'est pas aujourd'hui, ce sera demain ; si ça n'est pas demain, ce sera le jour suivant ! Une leçon d'espoir et de bravoure, d'un homme dont jamais nos ancêtres — à supposer qu'ils aient su son existence — n'auraient parié qu'il influencerait le destin du monde du début du troisième millénaire.

10

Entre la grande célébration et la prière collective

Toutes les religions de la Terre autour du Dalaï Lama / La présence virtuelle de Rigoberta Menchu / La légende du Simorg.

Onze ans après la réunion d'Assise autour du pape Jean-Paul II, la Rencontre Inter-Traditions de Karma Ling ouvre sa Journée officielle autour du Dalaï Lama. Pendant une petite semaine, les représentants des plus anciennes traditions du monde ont été invités à s'« acclimater », tout en préparant l'événement par leurs rituels. Maintenant l'heure a sonné. Les représentants des traditions majoritaires, plus récentes, ont rejoint les Anciens. La grande célébration collective peut commencer.

Une fresque impressionnante.

Sur une vaste scène, flanquée d'un écran vidéo géant de chaque côté, le Dalaï Lama préside. À sa droite, les Anciens des Traditions primordiales. À sa gauche, les religieux classiques, ainsi que des représentants de la philosophie et de la science. Tout le monde est en tenue d'apparat. Ce qui signifie que les Anciens éblouissent toute la salle. Le contraste est en effet saisissant entre leurs costumes extraordinairement imaginatifs et colorés et ceux des « religieux et philosophes » qui, en dehors du pope en noir, des bouddhistes sri-lankais en orange et des musulmans en blanc, sont systématiquement revêtus du costume-cravate un peu triste que l'Occident voudrait imposer à la planète. Le public, comme rendu hypersensible par les quatre jours d'enseignement du Dalaï Lama, applaudit avec jubilation chaque fois qu'une nouvelle délégation fait son apparition à la tribune.

Au centre de la scène, aux côtés du Dalaï Lama, sont assis : Lama Denys Teundroup, l'initiateur de la Rencontre ; Matthieu Ricard, qui s'apprête à traduire tous les discours en tibétain à l'oreille de Sa Sainteté ; et l'écrivain-scénariste Jean-Claude Carrière, animateur de la journée. Notons au passage, placé du côté des Anciens, mais suffisamment proche du Dalaï Lama pour qu'on puisse le confondre avec les lamas bouddhistes, le rinpoche de la tradition bön, apparemment satisfait : le protocole a fait preuve de tact à son égard...

Après une brève présentation de la genèse de la Rencontre et du projet de constitution d'une Organisation des Traditions unies (OTU), Lama Denys Teundroup cède la parole à Jean-Claude Carrière, qui se lance :

« Une tradition est quelque chose qui se transmet et en même temps qui dure. Je crois que ces deux fonctions sont inséparables : pour transmettre, il faut durer et pour durer, il faut transmettre. Nous sommes ici aujourd'hui au milieu d'une Rencontre assez exceptionnelle entre des traditions, comme vous le voyez, venues du monde entier. Qu'attendons-nous de cette journée ? À la fois peu, car nous savons très bien que nous n'allons pas changer le monde aujourd'hui, et beaucoup, car chacun d'entre nous va repartir, espérons-le, avec un sentiment nouveau et différent. Ce sentiment est personnel et intime, mais il repose sur une idée commune : pour faire naître du nouveau, il faut s'inspirer d'une tradition, se rattacher à une ancienne communauté de pensée, d'idées, de travail et de recherche — quelle que soit cette tradition.

« Mais avant de commencer, je voudrais que tous ensemble, nous observions quelques instants de silence, en pensant à toutes les traditions qui, pour telle ou telle raison, n'ont pu venir nous rejoindre... Pensons un moment à elles... [Silence.]

« Merci ! Espérons qu'elles nous auront rejoints par la pensée. Pour nous, elles seront en notre compagnie, aujourd'hui. »

Puis le Dalaï Lama ouvre officiellement la cérémonie, en prononçant un discours dont voici l'essentiel :

« Je voudrais d'abord exprimer ma joie à la vue de cette réunion, de tous ces frères et sœurs ici rassemblés. Je suis particulièrement heureux que toutes les religions majeures du monde soient réunies avec des traditions de toutes sortes, venues des cinq continents. C'est une Rencontre assez unique en son genre et je suis fort heureux d'y participer.

« Le pluralisme des races, des cultures, des coutumes et des religions doit être une source de richesse pour le monde et non une cause de division. Bien souvent, en accentuant les différences entre les nations, les races et les croyances, nous créons des fossés qui deviennent sources de conflits, sans que l'on se rende compte que chaque particularité a quelque chose à apporter au bien de l'humanité. C'est la raison pour laquelle nous devons respecter ces différences et parvenir à une compréhension mutuelle.

« La finalité de toutes les grandes religions et traditions est de répondre aux aspirations des êtres en leur apportant plénitude et paix. Une paix extérieure authentique ne peut exister sans une paix intérieure préalable. Ainsi est-il du devoir de ceux qui pratiquent une religion ou une tradition d'acquérir cette paix intérieure et de la faire rayonner, d'abord dans leur famille, puis dans leur entourage et dans la société tout entière. Là se trouve notre grande responsabilité.

« Les Traditions ancestrales jouent le même rôle que les grandes religions au sein de leur culture locale et de leur région. Leur but est également de promouvoir l'harmonie dans leur communauté et d'apporter le bien aux êtres. En ce sens, leur survie est très importante. Même au sein du bouddhisme, par exemple, on trouve, dans différents pays ou régions, des communautés qui ont leurs particularités, nourrissant le peuple au sein duquel elles se sont développées.

« Je suis particulièrement heureux de la présence parmi nous de philosophes, de savants et d'artistes. Tous concourent aussi au bien d'autrui, mais bien souvent leurs efforts ne sont pas unis aux nôtres. Aujourd'hui, je ne sais pas si nous aurons le temps de parler et d'échanger en profondeur, mais la simple présence de toutes ces personnes me réjouit. »

En cinq paragraphes, le Dalaï Lama a tout dit : caractère vital de la diversité des cultures et des croyances ; nécessité d'une paix intérieure pouvant, seule, engendrer une paix extérieure ; respect dû aux Traditions primordiales dont nous sommes issus (aussi importantes que les « grandes religions », elles survivent avec un immense courage et sont heureusement toujours vaillantes, car nous avons besoin d'elles) ; salut enfin aux philosophies, aux sciences et aux arts, encouragés à faire passer à leurs bonnes intentions le cap difficile de la mise en actes.

Puis la parole est donnée à ceux qui se tiennent à la gauche du Dalaï Lama : les représentants des « grandes religions » et des systèmes philosophiques et scientifiques.

Jean-Claude Carrière : « Je vais maintenant tâcher de vous présenter, l'un après l'autre, les représentants et représentantes des traditions qui se trouvent ici. Vous savez que cet après-midi nous essaierons d'établir un échange de rituels et j'espère que nous pourrons parvenir à quelques beaux moments de sentiments communs. Ce matin, nous allons commencer par la tradition judaïque. J'en suis particulièrement touché, parce que le peuple juif a donné l'exemple, plus que tout autre, du maintien d'une identité à travers les siècles, en dépit de l'absence d'un territoire. À tous les peuples, il a donné l'exemple d'une survie par cohésion culturelle intense — sans doute est-il inutile que je vous cite d'autres peuples qui, aujourd'hui, n'ont pas d'autres armes que culturelles pour maintenir leur identité. Le monde étant ce qu'il est, le rabbin Philippe Haddad, qui devait être des nôtres ce matin, a été victime d'une grève d'avion. Heureusement, il a un remplaçant en la personne de Marco Diani, à qui je passe maintenant le micro. »

Marco Diani est sociologue, il dirige le Centre d'études et de recherches avancées de Chambéry (CNRS). La parole est à lui :

« Il y a deux ou trois choses qu'il paraît important de souligner dans ces journées et dans une réunion comme celle d'aujourd'hui. Ce que nous avons d'abord tous prouvé ici, dans les pratiques quotidiennes et dans les différentes réunions qui ont eu lieu, c'est qu'à la base de tout sentiment et de toute croyance religieuse, il y a essentiellement et fondamentalement la rencontre de l'Autre. Cette rencontre de l'altérité est à la fois la façon dont chaque religion ou tradition se confronte avec la lumière de Dieu et la manière selon laquelle, je pense, nous devrions nous confronter à cette lumière tout aussi fondamentale qui est, dans le monde d'aujourd'hui, la lumière des autres êtres humains. La portée d'une telle rencontre tient à cela : reconnaître l'Autre et le valoriser comme élément de ce message des religions qui existent dans le monde.

« En même temps, il est important de valoriser les traditions qui, par les accidents et les volontés de l'histoire, ont été mises de côté, écartées, éliminées, diasporisées, déportées et massacrées. Il faut penser que, s'il y a effectivement dans la tradition judaïque cette expérience de l'éloignement, de la distance, de l'apatridie et de la diaspora, malheureusement cette expérience se reproduit pour nombre de peuples et de traditions. Je pense qu'il nous faut de plus en plus de rencontres de ce type, car le dialogue avec l'Autre et avec les autres traditions se fait uniquement de cette manière. Bien plus qu'une rencontre à réaliser, nous avons à construire ensemble quelque chose qui préserve, valorise et diffuse ce patrimoine de l'humanité tout entière, qui est à la fois la richesse des religions, la richesse des traditions et l'extraordinaire qualité de la lumière qui est apportée par la croyance. Merci beaucoup. »

Jean-Claude Carrière : « Je m'adresse maintenant au représentant de la tradition catholique, qui nous est évidemment très familière, au père Baudin, moine bénédictin qui représente ici Mgr Pillet, président de la Conférence épiscopale des évêques français. »

Père Baudin : « Dans trois ans, les peuples du monde entier vont fêter l'avènement du nouveau millénaire. Pour les chrétiens, le grand jubilé de l'an 2000 va commémorer la naissance de Jésus-Christ. Pour nous, chrétiens, a déclaré Jean-Paul II, l'attente de ce jubilé se veut réflexion et recueillement pour mesurer le chemin accompli par l'humanité sous le regard de Dieu, seigneur de l'histoire. En écho à cet appel du pape et dans cette perspective, les catholiques se sentent appelés à cheminer avec vous tous, éminents représentants des religions du monde, en un véritable pèlerinage de la paix. Cette Rencontre est importante, elle prolonge la journée d'Assise. Cette journée réjouit les catholiques, car elle contribue à faire de nous, tous ensemble, des artisans de la paix en devenant des hommes et des femmes de compassion et de pardon.

« En qualité de secrétaire général de la Conférence des évêques de France, je me permets d'ajouter que si le monde manque aujourd'hui de justice, s'il manque d'amour, il manque peut-être encore davantage de sens. On donne beaucoup de sens à la vie, mais toujours de façon partielle, jamais le sens du sens, ce sens ultime qui naît de nos mémoires et, pour nous chrétiens, de la révélation qui fait que notre cœur est habité par la paix. C'est la raison pour laquelle, à la suite de la journée d'Assise, nous pensons que le dialogue interreligieux est un chemin incontournable si nous voulons être fidèles à nos propres croyances pour retrouver ce qui fait vivre l'Autre, mon frère différent par ses origines, sa culture, sa mémoire et ses croyances. C'est avec lui qu'il nous faut inventer les chemins de l'avenir. »

Jean-Claude Carrière : « Je donne à présent la parole au révérend archimandrite Chatzopoulos, représentant de la tradition orthodoxe. »

Révérend archimandrite Chatzopoulos (membre de l'Institut œcuménique orthodoxe) : « Je suis venu en tant que représentant de Son Éminence le métropolite de la Suisse, Mgr Damaskinos, qui œuvre depuis plusieurs décennies à trouver des réponses aux problèmes qui se posent dans le monde d'aujourd'hui. Nous sommes ici presque huit mille personnes à nous être rassemblées pour affirmer notre conviction que la paix entre les religions et les peuples est possible quand on croit à la vie. C'est la conviction de ma tradition. Je suis grec orthodoxe et suis persuadé que Notre-Seigneur Jésus-Christ et toute la tradition des Pères qui forment la tradition de l'enseignement chrétien nous enseignent qu'il faut respecter la vie. Voilà ce que parfois les chrétiens ont oublié à cause d'intérêts séculiers qui détruisent la paix et la société humaine. Je voudrais vous inviter à considérer ce moment de réunion comme un moment de prière pour la paix et la foi en la vie, de façon à ce que nous puissions nous dédier, tous et toutes, à la cause de la vie qui est la cause de la paix. Merci. »

Le micro est ensuite donné au représentant de la tradition protestante, le pasteur Ucko, du Conseil mondial des Églises :

« Le Conseil œcuménique des Églises est une organisation fondée sur une vision de l'unité des chrétiens. En travaillant ainsi, nous avons découvert que l'œcuménisme dépasse largement le monde chrétien et que les autres religions nous invitent à approfondir notre propre foi. En rencontrant l'Autre, je deviens de plus en plus moi-même. Quand je rencontre quelqu'un qui n'est pas comme moi, qui est différent, il ou elle me rapproche de ce que je suis au fond de moi-même. Pour utiliser une parole de l'histoire de l'œcuménisme, on pourrait dire que le dialogue interreligieux consiste à apprendre à faire ensemble ce que nous ne devrions pas faire séparément. Nous voyons aujourd'hui que le monde a besoin d'une vision qui puisse trancher les divisions et exprimer, articuler, une autre vision de la religion que celle qui incite à la guerre ou aux conflits. Il n'y aura pas de paix dans le monde sans l'avènement d'une paix des religions. C'est pour cela que cette rencontre est très importante. Nous pouvons peut-être découvrir que nous ne possédons pas la vérité, que nous sommes en recherche et que l'Autre est important pour notre cheminement, notre pèlerinage et notre quête de la paix. Merci. »

Puis on propose à l'assistance de visionner, sur les écrans géants, deux vidéos d'Arnaud Desjardins, l'une sur la tradition soufie, l'autre sur Ma Ananda Moyi, une grande dame de la tradition mystique indienne, qui a quitté ce monde en 1982. Jean-Claude Carrière reprend ensuite brièvement la parole, pour la donner aussitôt au représentant de l'islam, le cheikh Boubakeur qui, à la fois docteur en médecine et recteur de la Grande Mosquée de Paris, s'intéresse aussi bien à l'âme qu'au corps.

« C'est un réconfort pour tous ceux qui sont attachés aux valeurs de l'esprit, aux valeurs de l'âme et aux valeurs de la transcendance de l'Homme, de constater qu'il est possible de nous réunir par milliers, sans frontières, sans distinctions et *a priori* pour simplement témoigner de notre volonté de rencontre et d'échange, témoigner de cette dignité du dialogue nécessaire entre les hommes qui partagent ces mêmes valeurs pour la paix dans le monde, pour la paix de notre avenir, pour la paix de nos enfants et celle de notre âme. Il est dit dans le Coran que Dieu a créé, à partir d'un homme et d'une femme, les peuples et les tribus afin qu'ils se connaissent les uns les autres. Quel magnifique exemple que cette Rencontre qui vise à nous enrichir mutuellement de nos traditions, de nos religions, de notre foi et surtout de notre croyance en l'Homme. On a parlé effectivement de l'Homme, corps et âme, mais l'être humain, l'être unique, n'est-il pas aussi le reflet d'une certaine unicité de nos conceptions du Créateur ? C'est donc en tant qu'humble témoin et modeste croyant que je veux apporter le témoignage de ma tradition, le message de ma religion qui est empli de tolérance, de dialogue, de sagesse et d'humanisme. Comme nous le disons chez nous : "Que Dieu bénisse cette assemblée." Je vous remercie.

— Quant à la longue tradition hindouiste, reprend l'animateur de la Journée, elle est représentée aujourd'hui par un maître de Kriya-yoga, qui s'appelle Ashoke Kumar Chatterjee.

— Je viens spécialement de l'Inde dans le but de promouvoir la compréhension mutuelle entre toutes les traditions, à partir de ce principe très simple que l'amour, la paix et la solidarité se développeront dès lors que nous laisserons le Dieu unique se manifester à l'intérieur de nous. Des Rencontres Inter-Traditions de ce type sont bien sûr extrêmement positives pour l'humanité. Mon souhait est que, dans les années qui viennent, de telles rencontres se multiplient parce qu'elles nous aident à mieux nous connaître et à développer un pôle de fraternité. »

Puis Jean-Claude Carrière se dit « particulièrement heureux d'accueillir ici un représentant de la tradition sans doute la plus ancienne du bouddhisme, la tradition

Entre la grande célébration et la prière collective 223

Theravada, en la personne du vénérable Ananda, qui nous vient du Sri Lanka ».

Vénérable Ananda : « D'ici quelques années, nous entrerons dans le XXIᵉ siècle. Le siècle qui se termine a vu se développer un mouvement d'unité entre les religions et les sciences pour la paix dans le monde. Si nous voulons que l'humanité survive, il est important que toutes les traditions considèrent comment œuvrer pour la paix et que cela, au-delà de nos différences, se manifeste par des actions solidaires. »

À l'exception des scientifiques et des représentants des organisations internationales, tous les délégués assis sur la droite de la tribune ont maintenant parlé. Jean-Claude Carrière explique : « Il était prévu, dans le déroulement de cette matinée, que nous passions maintenant à la tradition du bouddhisme Mahayana, dont nous avons ici le plus éminent représentant [en la personne du Dalaï Lama]. Comme il a déjà pris la parole, il souhaite sauter son temps de parole puisque, comme d'habitude, nous sommes déjà en retard sur l'horaire prévu. Nous allons donc laisser parler une grande dame, qui n'a pas pu venir aujourd'hui mais qui nous a envoyé une vidéo : il s'agit de Rigoberta Menchu, prix Nobel de la Paix, qui va, à sa manière, nous parler des "peuples indigènes", ou "peuples autochtones", qui ont des traditions tout aussi anciennes et vénérables que celles qui ont déjà pris la parole. Ces traditions, vous l'avez remarqué, sont aujourd'hui largement représentées ici. Nous pensons que Rigoberta Menchu est la plus belle voix imaginable pour leur céder ensuite la parole. Écoutons-la. »

La présence toute virtuelle de Rigoberta Menchu s'inscrit bien à l'articulation entre les « grands systèmes mondiaux » et les Traditions primordiales. Depuis qu'elle a obtenu le prix Nobel de la Paix, une partie de la formidable énergie de cette femme se déploie dans les couloirs de l'ONU, où elle a été nommée porte-parole, justement, de la Décennie internationale pour les peuples autochtones. Mais Rigoberta Menchu est avant tout une Ancienne elle-même. Représentante de la tradition primordiale des Quichés, une tribu guatémaltèque qui descend des Mayas, c'est en raison de son intelligence et de sa bravoure dans la lutte pour la survie de son peuple que la communauté internationale l'a remarquée et primée. La Mama quichée ne s'est pas laissé griser par les honneurs et la gloire. Ponctuée de scènes traditionnelles filmées dans le monde entier, émouvantes et belles, sa déclaration à la tribune de la Rencontre Inter-Traditions tombe avec une pertinence et un aplomb tels qu'il nous faut la présenter ici dans son intégralité :

« Nous, peuples autochtones, sommes les détenteurs d'un équilibre avec la Terre-Mère, un équilibre entre la vie humaine et la Terre elle-même. Pour nous, la Terre est la source de la connaissance, de la mémoire et de la vie. Toutefois, le reste du monde ne partageant pas cette vision, il est en train de détruire notre Mère la Terre.

« Il est important de comprendre que nous, peuples autochtones, n'avons pas besoin de protection. Ce qu'il nous faut véritablement, c'est tout simplement la liberté d'exister, de vivre, de développer notre propre culture et de redécouvrir le sens de notre propre histoire. Notre sagesse et notre culture traditionnelles ont toujours garanti la cohésion de nos peuples. Notre cosmologie, notre manière de voir et nos modes de vie nous ont donné les moyens de franchir les périodes très difficiles de notre histoire. Désormais, en cette fin de XXe siècle, cette attitude devrait servir d'exemple à tous nos contemporains. Nous, peuples autochtones, réaffirmons notre volonté de survivre !

« Nous sommes plus nombreux qu'on ne le croit. Nous paraissons peut-être étranges, mais nous faisons partie intégrante du monde moderne dans lequel nous vivons. Nous nourrissons la pluralité des cultures, la diversité des races et des sociétés sur tous les continents où nous vivons aujourd'hui. Les peuples autochtones n'appartiennent pas aux mythes du passé, ces mythes qui ne survivent qu'avec les légendes et les ruines ! Vous devriez apprécier leur contribution à la vision globale, la vision de la nature, du développement et de la communauté qui constitue le fondement de la connaissance de nos ancêtres qu'ils ont transmise oralement de génération en génération. Vous devriez également être attentif au lien que nous entretenons avec la nature.

« Dans le monde entier, les peuples autochtones ont apporté leur soutien à de nombreuses luttes, sans pour autant que leurs noms soient mentionnés ou que leurs contributions soient reconnues. D'autres personnes se sont approprié beaucoup d'éléments que les peuples autochtones ont toujours gardés près de leur cœur.

« Nous vivons maintenant dans un monde très agité et traversons une période de grandes incertitudes. Le moment est venu de réfléchir en profondeur à la condition de l'humanité tout entière ainsi qu'à l'équilibre entre les valeurs individuelles et les valeurs collectives. Le monde d'aujourd'hui est préoccupé par les affaires, le commerce et l'argent. Toutefois, il existe des solutions que vous pouvez trouver chez les peuples autochtones qui sont, de par le monde, victimes d'atroces répressions et de violations impunies. Vous découvrirez des hommes d'expérience, des autodidactes et tout un pan de la science qui n'est pas encore reconnu. Il se produit actuellement une grande transformation de notre vision du monde : nous commençons à concevoir différemment la notion de développement et la manière dont on pourrait vivre ensemble. Mais pour que ce changement réussisse, une éducation à l'échelle mondiale est indispensable.

« Quand le monde sera éduqué aux valeurs globales, celles que détiennent les peuples autochtones, les solutions apparaîtront. Dans cette période de défis gigantesques, il est indispensable de se focaliser sur les solutions. Si nous nous contentons d'attendre sans rien faire, les problèmes seront alors insurmontables. Il nous faut donc nous mobiliser, initier des programmes locaux, régionaux et mondiaux, unifier nos efforts et nous mettre à l'écoute des peuples autochtones. Il faut en effet les écouter pour connaître leurs besoins et découvrir les solutions qu'ils proposent pour notre avenir commun. »

L'écran vidéo s'éteint et vient le tour de parole de la cohorte bariolée d'hommes et de femmes assis à la droite du Dalaï Lama, sur la gauche de la grande scène. Leurs interventions sont toutes très brèves. Le temps presse, l'heure du déjeuner approche, et les organisateurs ont expressément demandé aux Anciens de « faire court », contrainte à laquelle ils acceptent de se plier avec grâce. Ils le font parfois avec un grand sens de l'humour et la foule leur réserve un accueil particulièrement chaleureux.

Jean-Claude Carrière : « Pour inaugurer la série des peuples autochtones, je vais maintenant m'adresser au représentant d'une tradition monothéiste peu connue, qui est une tradition du Kenya, le peuple rendillé. Et pour nous en parler, je passe la parole à Mme Roumeguère-Eberhardt, qui les a connus et étudiés. »

Jacqueline Roumeguère : « Je suis allée aux confins du désert Kaysout, au nord-est du Kenya, inviter, de la part de Sa Sainteté le Dalaï Lama, la délégation rendillée. Ils représentent la plus pure tradition des grands pasteurs nomades monothéistes, comme les Masaïs, les Samboros et d'autres de l'Afrique occidentale. Ils ont été choisis, parce que leurs voisins considèrent qu'ils ont reçu le "bâton de Dieu" qui relie le Ciel à la Terre, qui permet à la bénédiction de Dieu de descendre vers nous. Nous allons leur demander de répondre à la question : qu'est-ce qu'ils nous ont amené aujourd'hui ? »

Un problème technique nous empêche malheureusement de comprendre la traduction du discours de Monté Wambilé, décidément poussé par le sort à s'adresser aux participants de la Rencontre davantage par le geste que par la parole. Debout sur la grande scène, tourné vers le Dalaï Lama, il brandit le bâton sacré dans un geste large et généreux. Ses mots bénissent visiblement toute l'assistance et les organisateurs et expliquent la nature et la fonction du bâton.

Jean-Claude Carrière reprend : « Merci au bâton qui nous apporte la paix ! Maintenant nous allons passer à une autre tradition, très ancienne elle aussi, sur un autre continent : c'est une tradition tibétaine qui existait au Tibet avant l'apparition du bouddhisme, on l'appelle la tradition bön et il faut dire que Sa Sainteté le Dalaï Lama l'a reconnue comme la "cinquième école tibétaine". Elle a donc une existence officielle désormais et se trouve représentée ici par le maître-instructeur du monastère de Menri, siège du Yung-Drung-Bön, la tradition des Bonnets blancs, à Dolangi, en Inde. »

Lopön Trinley Nyima Rinpoche : « J'attends de cette Rencontre une meilleure compréhension entre toutes les croyances religieuses, entre toutes les traditions qui existent sur cette planète et qui, trop souvent, du fait de leur diversité, ont engendré des conflits meurtriers. J'espère que cette Rencontre, organisée avec l'aide de Sa Sainteté, permettra de travailler désormais en ce sens, favorisant ainsi une réelle harmonie et une authentique bienveillance. La tradition bön est en fait la tradition primordiale du Tibet qui a su s'adapter et survivre à travers les difficultés de l'histoire. Elle est la preuve vivante que la confiance est au cœur de l'Homme. Si chacun la développe en lui-même, elle peut être source d'espoir pour nous aider à traverser les difficultés présentes et à venir. »

Jean-Claude Carrière : « Nous franchissons un océan

immense d'un seul bond et nous arrivons dans le continent que nous appelons Amérique du Nord, mais dont le véritable nom, pour la nation iroquoise, est l'*île de la Tortue*, ce que je ne savais pas et que j'ai appris ce matin. Et nous allons donner la parole maintenant à divers représentants du continent américain, c'est-à-dire à de véritables Américains et d'abord à Grandmother Sarah Smith qui est une Mohawk du Canada, un peuple qui fait partie de la Confédération iroquoise dite aussi des Six Nations. »

Grandmother Sarah Smith : « C'est en accord avec les différentes prophéties de mon peuple que je me trouve dans cette région du monde, en France. Notre tradition défend de grands principes, qui sont le respect et la foi vis-à-vis des autres. Nous nous sentons en harmonie complète avec les autres traditions. Chez nous, il y a un symbole qui concerne la paix : c'est un arbre dont les racines s'étendent aux quatre coins du monde, et qui viennent toucher tous les habitants de cette planète. Cet arbre assure nourriture et confort à tous les êtres. À son sommet, il y a un aigle dont la fonction est d'avertir les gens du danger. Mon sentiment est qu'en nous rassemblant ainsi aujourd'hui nous aidons cette vision à se réaliser. »

La représentante de la nation iroquoise dit enfin qu'elle a conservé des braises du feu central de la Tente des Rituels, pour allumer un nouveau feu sacré, plus tard, quand elle sera rentrée chez elle.

« Grandmother Sarah Smith, reprend l'infatigable animateur, a déjà passé le micro à sa voisine, Mary Elizabeth Thunder, qui est de la communauté cheyenne mais représente aussi ici les peuples cherokee, apache et ounadonga (Mary Elizabeth a créé une *université spirituelle*, au Texas). Tous ces peuples ont une tradition matriarcale qui leur a évité, au long des âges, beaucoup de conflits inutiles et sanglants. »

Grandmother Mary Elizabeth Thunder : « Oui, je tiens à rappeler que dans la tradition amérindienne, les femmes sont très importantes. Depuis toujours, elles possèdent le pouvoir et la capacité d'élever les hommes et de prendre soin de la Terre. C'est donc en hommage à toutes les femmes de la Terre que je voudrais adresser un grand salut, pour qu'elles préservent et sauvegardent la paix et la vie dans le monde. »

Jean-Claude Carrière : « Ne quittons pas le continent américain ! Nous avons deux représentants des traditions précolombiennes du Mexique : le premier parlera ce matin, le second s'appelle Aurelio Diaz, de la Confédération du Condor et de l'Aigle, qui rassemble plusieurs traditions, du Nicaragua jusqu'au sud de l'Amérique : il parlera cet après-midi. Voici d'abord Tlakaelel, président de la Confédération d'Arahuac, dont l'influence s'étend du Mexique au Canada et qui a obtenu la reconnaissance du gouvernement mexicain il y a très peu de temps. Ils peuvent maintenant librement exercer leurs anciennes coutumes et leur ancienne religion. »

Tlakaelel : « Je suis le représentant d'une tradition millénaire, qui lutte depuis cinq cents ans contre l'occupation étrangère et qui a eu particulièrement à souffrir de l'Inquisition. Mon peuple a été métissé et christianisé. Cela nous a coûté de la sueur et des larmes, mais nous sommes toujours vivants. Nous n'avons pas de solution à apporter, mais nous pouvons rêver pour aider à trouver un remède aux problèmes actuels. Notre vision est une vision cosmique du monde. Nous sommes tous frères et nous sommes les frères de tout ce qui existe sur Terre. Nous sommes fils du même créateur, le Grand Esprit. »

Jean-Claude Carrière : « Je voudrais m'adresser maintenant à une tradition très peu connue, qui nous vient de la forêt équatoriale d'Équateur : la tradition shuar, représentée ici par Don Hilario Chiriap, qui en est le guide spirituel. »

Hilario : « Je voudrais saluer toute cette assemblée selon les instructions de nos ancêtres. Je suis shuar.

Shuar, dans notre langue, veut dire "tous les êtres". Ainsi, je vous reconnais comme mes frères et sœurs. C'est d'ailleurs comme cela que j'identifie toutes les formes spirituelles.

« Nos ancêtres nous ont appris que notre responsabilité est de transmettre la vie aux générations suivantes dans les meilleures conditions possibles. Pour que nos descendants connaissent vie, santé et félicité, il nous faut préserver ce que nous avons reçu. En agissant de la sorte, nous respectons la prophétie de nos ancêtres. La paix et la qualité de la vie que nous avons aujourd'hui dépendent selon nous d'une telle attitude. Nous existons tous ensemble. C'est ainsi que nous pouvons être en totale communion avec la nature et l'univers. Merci. »

Jean-Claude Carrière : « À la droite d'Hilario Chiriap, assis tout près de lui, bien qu'il soit situé très loin dans l'espace, se trouve un grand artiste aborigène australien de la communauté Papounia, Dick Leichletner. »

Dick : « Je ne suis pas quelqu'un de très instruit et je ne parle pas très bien l'anglais. Quand j'étais jeune, je me suis caché dans des trous d'eau que je connaissais pour que les hommes blancs ne puissent pas me trouver. Je me suis éloigné dans les collines et j'ai vécu longtemps parmi les ânes. Puis, j'ai compris que si je voulais survivre, je devais accepter et comprendre les Blancs. Je suis donc revenu. Nous avons appris à nous connaître et ils ont commencé à nous redonner les terres qu'ils nous avaient prises. Sans nos terres, nous ne pouvons survivre. »

Jean-Claude Carrière : « Nous avons fait un grand tour. Nous revenons en Asie, même en Sibérie, avec un grand chamane de la république de Touva, qui s'appelle Kantchyyr-Ool. Il est considéré comme l'un des plus grands chamanes vivants — le chamanisme est d'ailleurs supposé être né dans son pays. »

Fallyk Kantchyyr-Ool : « Je suis venu de la république de Touva, qui se situe au centre de l'Asie. Notre pays est le pays du chamanisme. Moi et les esprits de

Entre la grande célébration et la prière collective 231

mes ancêtres, nous nous sentons chez nous ici, chez vous. Je suis très content de cette Rencontre. Un chamane qui vient en terre inconnue doit faire connaissance avec les esprits et les maîtres des lieux, et les prier d'être bienveillants à l'égard de ceux qui y vivent. J'ai donc fait connaissance avec les grands maîtres des Alpes, de la montagne Belledonne, de la montagne Chartreuse, du fleuve appelé l'Isère. Mes esprits ont également rencontré les maîtres de ces lieux et nous avons fait une offrande sur une colline, proche de Karma Ling, dont j'ai reconnu le caractère sacré. Comme nous savions que les habitants de ces lieux attendaient la pluie, nous l'avons demandée... [tonitruant éclat de rire de six mille personnes].

« Pour terminer, je souhaite rapidement exprimer tout ce que je ressens à propos de l'avènement du temps spirituel. Pour que cette période se réalise effectivement, notre premier devoir est de protéger la nature et les gens qui nous entourent, sans oublier le Ciel et le Soleil. Nous devons prier pour que tout cela reste avec nous. »

Jean-Claude Carrière se lève une nouvelle fois du siège qu'il occupe, au côté du Dalaï Lama, et vient présenter les tout derniers orateurs :

« Donnons maintenant la parole à une grande chamane, Nadia Stepanova, qui vient de Bouriatie, qui est non seulement représentante officielle des chamans de son pays, mais qui est même professeur de chamanisme à l'Académie de la culture de Sibérie orientale. La voici ! »

Nadia Stepanova commence par quelques mots en bouriate, puis : « Je viens de vous saluer dans ma langue. Nous sommes les fils d'une seule mère, la Mère-Nature. À l'heure actuelle, notre responsabilité est de préserver la paix sur la Terre. C'est la raison pour laquelle toutes ces personnes sont venues du monde entier pour se réunir ici. Elles ont apporté avec elles leur culture traditionnelle pour témoigner qu'il nous est possible de vivre en harmonie et en paix. Nous devons chercher et trouver au plus profond de notre cœur un sentiment d'amour, de façon à pouvoir vivre tous ensemble et nous comprendre mutuellement. Je fais donc un vœu pour que la paix, la félicité et l'amour durent toujours. Merci. »

Jean-Claude Carrière : « Avant de demander aux philosophes et aux scientifiques de conclure cette matinée extraordinaire, je voudrais vous présenter un personnage étonnant, qui est un grand-prêtre qui nous vient du Bénin. Il est ici le représentant de la tradition vaudoue — tradition qui, vous le savez, s'est déplacée d'Afrique aux Antilles à cause de la traite des Noirs. Religion très ancienne au Bénin et dans les pays avoisinants, et qui a été longtemps interdite et réprimée. Ce n'est qu'à la suite d'une longue lutte menée par des hommes comme lui que cette religion, cette tradition, est de nouveau aujourd'hui reconnue et autorisée. Il s'agit du grand-prêtre Daagbo Hounon Houna, que je salue ! »

Daagbo Hounon Houna : « Dans notre tradition, les saluts et salutations sont très importants. Je salue donc Sa Sainteté le Dalaï Lama, autour duquel nous sommes réunis, aujourd'hui, dans cette grande salle. Je salue le chef des terres, que vous appelez le maire de la ville, et je vous salue toutes et tous.

« Le vaudou est la voie de la spontanéité, c'est la chaleur ! Si un problème se manifeste, nous cherchons à le résoudre pour retrouver l'équilibre. Ainsi, je ne serai pas long — en effet, comme vous l'avez constaté, certains ont été très longs, c'est la diversité. Nous acceptons cela, parce que nous voulons réparer : s'il y a faute quelque part, nous réparons, afin que la machine se remette en marche. Mais qu'est-ce que nous cherchons, au fond ? C'est la liberté, c'est l'honneur de l'homme, c'est le bonheur. Donc nous n'avons pas besoin de parler beaucoup. Vous connaissez tous les raisons de notre présence ici.

Entre la grande célébration et la prière collective 233

« Ce que je demande pour terminer : vous êtes là, vous êtes tous contents, mais n'allez pas vous endormir sur vos lauriers. Il n'y a pas de religion sans adeptes. Je vous salue et remercie tout le monde. »

Les derniers à prendre la parole seront les laïcs occidentaux, représentant la science, la philosophie et les organisations internationales. Voici l'essentiel de leurs quatre discours.

Jean-François Lambert, psychophysiologiste, enseignant à la faculté de Jussieu, est aussi président de l'Université interdisciplinaire et représente la tradition scientifique : « Que peut dire la science après ce que vous avez entendu ce matin ? Non pas qu'elle n'ait rien à dire, mais il lui manque sans doute les mots pour le dire. Mais si elle n'a pas les mots pour le dire, elle n'a pas, ou elle n'a plus, les mots pour l'interdire. Le divorce entre science et sagesse, fruit de ce que nous appelons en Occident la modernité, n'a été consommé que très récemment. Ce divorce, nous le connaissons. Il a trouvé différentes formes et atteint son apogée en Occident, ici en France, à la fin du siècle dernier, à travers le scientisme et le positivisme. Des noms, dont celui d'Auguste Comte, peuvent être cités et bien d'autres encore. Mais qu'est-ce qui précisément caractérise notre année 1997 par rapport à 1897 ?

« En 1897, un des plus grands physiciens de l'époque, Lord Kelvin, dissuadait ses étudiants de continuer à faire de la physique parce que, disait-il, la physique était complète ou n'allait pas tarder à l'être. À la fin du siècle dernier, apparut une vision close de la science et du monde. La science croyait qu'elle savait tout ou ne tarderait pas à le savoir. Tout questionnement métaphysique, religieux et mystique était bon à mettre au rebut ou au musée des convictions. Mais voilà que deux petits problèmes, qui étaient en suspens en 1897 [la question de l'éther et celle de la catastrophe ultraviolette], allaient faire exploser la physique en provoquant l'un des plus grands bouleversements de la pensée rationnelle : les théories de la relativité et de la mécanique quantique. Dans la foulée de ces deux nouvelles visions, un grand nombre de fractures sont apparues dans la logique, les mathématiques et la psychanalyse : il faudrait citer ici les noms de Lacan pour la psychanalyse, de Wittgenstein pour la théorie du langage, de Gödel pour la logique... Croyez qu'ils sont nombreux à étayer ce que je vais vous dire maintenant, à savoir que, contrairement à ce que l'on a prétendu pendant trois ou quatre siècles, la rationalité scientifique a découvert ses propres limites. Alors que les positivistes du siècle dernier prétendaient que nous vivions dans un univers résolu, ou que la science allait résoudre, nous avons découvert que notre univers est irrésolu et que, contrairement à ce qu'elle a longtemps affirmé, la science, loin de s'opposer à la question du sens, y conduit... Je ne dis pas y répond ! Je crois qu'il ne faut surtout pas lui demander d'y répondre. Mais, contrairement à plusieurs siècles de certitude occidentale, je crois que ce qui peut être dit ici aujourd'hui, c'est que le divorce est surmontable, et ceci à l'intérieur même de la rationalité scientifique. »

Le sociologue, philosophe et historien des sciences Edgar Morin parle aussi pour la tradition scientifique et l'agnosticisme philosophique : « Je ne représente pas ici une religion instituée. J'ai la religion de ce qui relie les êtres humains. Citoyen de France et d'Europe, je suis aussi citoyen et fils de cette Terre, notre patrie terrestre. D'où mon émotion aujourd'hui. Mon émotion parce que cette Rencontre n'est pas seulement un dialogue Orient-Occident, encore que ce le soit, et qu'elle s'inscrive dans le cadre des rencontres qui doivent permettre l'approfondissement d'un dialogue et d'un échange de plus en plus profonds. Ce n'est pas seulement une rencontre entre les grandes religions, encore qu'elle prenne forme dans des tentatives œcuméniques qui essaient de déployer l'universalisme potentiel de ces religions, mais c'est aussi une rencontre — et c'est cela qui est bouleversant — avec les traditions qui ont été ignorées, rejetées, humiliées, qui sont survivantes et auxquelles je rends hommage.

« C'est l'extrême ouverture d'esprit et de cœur du Dalaï Lama qui a permis de réaliser cette réunion à partir d'éléments épars de la diaspora humaine, une réunion qui manifeste une profonde aspiration à l'unité qui s'exprime, elle-même, dans le respect et l'épanouissement des diversités. Mais pour aller vers cela, nous devons affronter la tragédie de l'incompréhension. Incompréhension non seulement entre les différents messages religieux et philosophiques, entre les peuples, mais aussi incompréhension au sein d'une même cité, d'une même famille, entre enfants, parents, frères et sœurs. Cette incompréhension, c'est elle qui doit être surmontée.

« Je crois personnellement que la compréhension va de pair avec le grand message de compassion qui est celui du bouddhisme. Il a été dit ici que notre monde manque d'amour. Cela est vrai dans un certain sens... Mais il est vrai aussi qu'il existe dans notre monde une surabondance d'amour : de l'amour dispersé, égaré, fétichisé, aveugle et qui parfois se transforme en haine. Il nous faut bien comprendre cela pour que l'amour irrigue nos relations humaines. Alors seulement, dans cette longue marche dans laquelle désormais nous sommes engagés, nous pourrons enfin nous dire entre nous, surtout si nous retrouvons la paix à l'intérieur de nous-mêmes : "Que la paix soit avec toi, que la paix soit avec nous." »

Historienne des religions, en charge du projet « Les routes de la Foi », Mme Rosa Maria Guerreiro représente l'UNESCO. C'est elle qui prend ensuite la parole : « Les guerres prennent naissance dans l'esprit des hommes et c'est dans l'esprit des hommes que doivent être élevées les défenses de la paix. Nous avons tendance à oublier en effet que les forces de l'esprit sont les remparts contre les guerres, les conflits et les crises de notre histoire contemporaine.

« Dans un monde pluriel, il est essentiel de vivre ce qui nous unit au-delà des différences, dans le partage des mêmes valeurs éthiques, morales et spirituelles, valeurs que l'UNESCO par son mandat entend promouvoir et répandre. Les religions et les diverses traditions spirituelles qui sont ici représentées partagent pleinement ces valeurs qui seules peuvent contribuer à asseoir une paix durable et assurer à toute femme, tout homme et surtout aux jeunes générations un avenir empreint d'espoir à l'aube du troisième millénaire.

« À une époque de repli identitaire, il est peut-être salutaire de se référer à des valeurs communes vers lesquelles nous pouvons tous converger. C'est pourquoi il devient impératif dans nos vies quotidiennes de créer des espaces de dialogue et d'échange. C'est le respect de l'Autre, de sa culture, de sa tradition spirituelle et de son passé chargé d'histoire qui nous permettra de dépasser nos clivages et nos différences pour parvenir à une véritable culture de la paix. Nous partons du constat que nous sommes appelés à vivre dans des sociétés plurireligieuses et que ce fait est loin de porter atteinte à nos identités. Il s'agit au contraire d'un facteur d'enrichissement, de connaissance et de renouvellement. Nos croyances ne sont pas monolithiques. Au cours des temps, elles se sont enrichies d'apports multiples, polysémiques, résultats de la dynamique des hommes qui lèguent leurs traditions culturelles et spirituelles là où ils passent.

« La division des projets interculturels de l'UNESCO entend mettre en lumière ces perpétuels mouvements d'idées, d'hommes, et leur expression artistique, matérielle, immatérielle, qui permet d'éclairer les interactions culturelles et spirituelles des peuples. Chers amis, je souhaite qu'ensemble nous puissions nous imprégner d'une véritable culture de la paix. »

Enfin, Julian Burger, représentant de l'ONU, est le dernier à parler : « Les années 1995 à 2004 ont été proclamées par l'Assemblée générale des Nations-Unies comme la Décennie internationale des peuples autochtones, et je remercie les organisateurs de cette Rencontre d'offrir la possibilité de célébrer cette Décennie avec vous. Pourquoi l'ONU s'engage-t-elle dans cette vaste action ? Les peuples autochtones, qui regroupent trois cent à quatre cent millions de personnes, sont des peuples particulièrement désavantagés et marginalisés dans beaucoup de pays du monde. Afin de remédier à cette injustice historique, l'ONU a lancé ce grand projet de la Décennie. Son but est d'améliorer les conditions de vie des peuples autochtones dans le domaine de l'éducation, de la santé, du développement, de l'environnement et bien sûr des droits de l'homme. La Décennie a aussi comme objectif la reconnaissance et le respect des cultures et valeurs des peuples autochtones dans toute leur diversité. Trop souvent, par le passé, les traditions spirituelles, les sites et les lieux sacrés de ces peuples ont été méprisés, profanés et violés. Même à notre époque, nous constatons que ces violations se produisent toujours et que les peuples autochtones sont souvent obligés par la force de quitter le pays de leurs ancêtres et d'assister impuissants à la destruction de la terre où s'enracine leur vie spirituelle.

« Espérons que la Décennie aboutira à un autre résultat. Souhaitons qu'elle nous apprenne à écouter ces peuples et qu'elle nous enseigne leurs véritables valeurs, à savoir le respect de la Terre et de la nature dont nous ne sommes pas les propriétaires, mais seulement, et, pour la courte durée de notre vie, les gardiens. De plus, les peuples autochtones ont beaucoup d'autres choses à partager avec nous. Ils nous rappellent l'importance du lien avec le passé, l'idée de collectivité et de solidarité, la connaissance profonde et intime de l'environnement souvent difficile dans lequel ils vivent et dont nous n'avons que très peu de connaissance.

Par-dessus tout, ils nous apprennent à demeurer immobiles, silencieux et attentifs à la nature qui nous entoure — une capacité que nous semblons avoir perdue dans nos sociétés contemporaines.

« Demain, je devrai retourner au bureau des Nations-Unies où nous sommes, en ce moment, en train d'élaborer une déclaration des droits des peuples autochtones. Cette déclaration est extrêmement importante. Lorsqu'elle sera adoptée par l'Assemblée générale, elle offrira à ces peuples une meilleure garantie du respect de la spécificité de leurs droits fondamentaux, y compris le droit à la terre, à ses ressources, le droit de se gouverner et, bien sûr, le droit de conserver et de développer leurs traditions spirituelles et leur culture.

« Je voudrais également rappeler, en guise de conclusion, que les droits de l'homme ne sont pas quelque chose d'acquis et que si vous voulez assurer l'avenir des traditions et des cultures autochtones, vous pouvez ajouter votre voix et votre soutien non seulement à ce grand projet qu'est la Décennie internationale pour les peuples autochtones mais aussi à l'adoption par les Nations-Unies de la déclaration des droits de ces peuples. Je termine en vous rappelant que la lutte pour les droits de l'homme ou pour les droits de la personne est aussi une longue et grande tradition. Je vous remercie. »

L'après-midi va voir s'accentuer le caractère à la fois recueilli et décontracté de l'atmosphère qu'y ont installée les Anciens en fin de matinée. Contrairement à ce qui se fait d'ordinaire à une pareille tribune, les représentants sud-américains y ont allumé un petit feu, qui brûlera pendant plusieurs heures, et commencent à tirer sur leur pipe. Chacun son tour, tous les représentants présents — traditionnels, religieux et modernes — vont offrir de courtes bénédictions, sous forme de poèmes, de danses, de chants.

Don Hilario Chiriap joue de la flûte andine et danse, dans son costume de plumes rouges et jaunes.

Dick Leichletner, décidément très en verve, nous étonne tous en entonnant le chant du Rêve des deux Serpents qui ont voyagé vers le sud en créant toutes sortes de paysages, laissant des traces çà et là, en des sites plus ou moins secrets.

Plus tard, reprenant l'idée du secret, Faouzi Skali, maître soufi marocain bien connu en France, se lance dans une ample rhétorique poétique et mystique :

« Le souffle profond des Traditions est un "secret", non pas parce qu'il devrait être caché, mais parce qu'il est du domaine de l'invisible. Un poète soufi a dit : "Je suis entré en retraite avec mon bien-aimé et il y a entre nous un secret plus fin que la brise lorsqu'elle passe." De ce secret, lorsqu'on s'en approche — car il faut le vivre et pas seulement en parler, c'est pourquoi un autre soufi a dit : "La vérité est une chose dont je ne parle jamais" —, il se dégage une ivresse... spirituelle.

« La véritable ivresse se passe de vin, même si, dans l'*Éloge du vin*, un autre poète a bu à la mémoire du bienheureux Abraham, avant même la création des vignes ! Non, c'est une ivresse qui nous réveille de l'inconscient, pour nous rendre présents au monde, à nous-mêmes, aux autres. C'est un amour qui irradie toute chose, qui transcende tout. Le grand soufi Ibn Arabi, dans un poème, a dit : "Mon cœur est devenu capable de toute forme. En quelque direction que se tournent ses montures, l'amour est ma religion et ma foi."

« Avant de vous inviter à une invocation collective, qui est un appel à tendre au-delà de toutes les limites, je vais simplement vous rappeler l'histoire des deux amis qui se promenaient dans le désert. Le premier dit : "C'est extraordinaire, le désert : on y rencontre Dieu !" Et l'autre, qui est connu pour ses excentricités, lui répond : "C'est normal : il n'y a personne dans le désert." Eh bien, c'est cet au-delà de toute forme, où l'on rencontre la liberté infinie, qui se trouve invoqué dans la courte formule que je vous invite à chanter maintenant avec moi pendant deux ou trois minutes. »

Et le maître soufi se met à chanter, très lentement, l'une des plus célèbres formules de l'islam, suivi par des centaines de murmures : « *La illaha illa-Allah !* », « Il n'y a d'autre réalité que la réalité divine — il n'existe d'autre absolu que Dieu. »

Ainsi s'écoule l'après-midi.
Chants, danses, calumets de la paix, bénédictions...
Jean-Claude Carrière annonce que la journée va se clore par la présentation d'un court extrait de la *Conférence des oiseaux*, texte fameux du poète mystique persan du XIIIe siècle Farid ud-Din 'Attar, qu'avec le metteur en scène Peter Brook il a adapté au théâtre en 1979. Une femme, Mireille Maalouf, et un homme, Bruce Meyers, montent alors sur scène et, avec Carrière dans le rôle du récitant, entament ensemble la toute dernière « prière » de la présentation publique de la Rencontre Inter-Traditions :

Le récitant : Un jour, tous les oiseaux du monde se réunirent en une grande conférence. Quand ils furent réunis, la huppe, tout émue et pleine d'espérance, arriva et se plaça au milieu d'eux.
La huppe : Chers oiseaux. Je passe mes jours dans l'anxiété. Je ne vois autour de nous que querelles et batailles pour des parcelles de territoire, ou de grains de blé. Cet état de chose ne peut pas durer. Pendant des années j'ai traversé le ciel et la terre. J'ai parcouru un espace immense et je sais... Écoutez-moi : nous avons un roi. Il nous faut partir à sa recherche, sinon nous sommes perdus.
Un oiseau : Nous avons eu beaucoup de rois, qu'avons-nous à faire d'un autre roi ?
La huppe : Oiseaux négligents, attendez ! Celui dont je

Entre la grande célébration et la prière collective 241

vous parle est notre roi légitime. Il réside derrière le monde. Son nom est Simorg. Il est le vrai roi des oiseaux et nous en sommes éloignés. Le chemin pour parvenir jusqu'à lui est inconnu. Il faut un cœur de lion pour le suivre. Seule, je ne peux pas. Mais ce serait pour moi une honte que de vivre sans y parvenir.
Les oiseaux : Est-on bien sûr que ce Simorg existe ?
La huppe : Une de ses plumes tomba en Chine, au milieu de la nuit et sa réputation remplit le monde entier. Cette trace de son existence est un gage de sa gloire. On a pris un dessin de cette plume : tous les cœurs portent la trace de ce dessin. Regardez !
Les oiseaux : Qu'y a-t-il d'écrit ?
La huppe : « Partez à ma recherche, serait-ce en Chine ! »
Un oiseau : Oui, partons, je suis très impatient de connaître mon souverain. Partons !
La huppe : Écoutez-moi : le Simorg est caché par un voile. Quand il manifeste, hors du voile, si peu que ce soit, sa face aussi brillante que le soleil, il produit des milliers d'ombres sur la terre. Ces ombres sont les oiseaux. Vous ! Vous n'êtes tous que l'ombre du Simorg. Que vous importe alors de vivre ou de mourir ? Si le Simorg avait voulu rester caché, il n'aurait jamais projeté son ombre. Mais il l'a projetée. Cependant, comme on ne peut pas le regarder en face, il a fait un miroir pour s'y réfléchir.
Les oiseaux : Quel est ce miroir ?
La huppe : C'est au cœur. Tel oiseau n'aime que sa cage. Tel autre ne veut quitter sa mare ou sa montagne. Tel autre se prend pour une fourmi. Tel autre encore pour un roi. De milliers de créatures sont astucieusement occupées à la poursuite du cadavre de ce monde. Et toutes se disent : « Pourquoi quitter ce bonheur tranquille dont nous jouissons ? Que faire de son cœur ? »
Un oiseau : Partons !

Le voyage dure longtemps. Il arrive toutes sortes de mésaventures aux milliers d'oiseaux partis à la recherche de leur roi. À la fin, il n'en reste que trente : *trente oiseaux* (en persan *si-morg*), totalement désespérés, sans plumes ni ailes, fatigués et abattus.

« Alors, raconte le livre de 'Attar[1], ils virent cette majesté qu'on ne saurait décrire et dont l'essence est incompréhensible, cet être qui est au-dessus de la portée de l'intelligence humaine et de la science. Alors brilla l'éclair de la satisfaction, et cent mondes furent brûlés en un instant. Ils virent réunis des milliers de soleils plus resplendissants les uns que les autres ; des milliers de lunes et d'étoiles toutes également belles ; ils virent tout cela et en furent étonnés ; ils furent agités comme le vacillant atome, et ils s'écrièrent : "Ô toi, qui es merveilleux comme le soleil ! toi dont la majesté l'anéantit comme un simple atome, comment pouvons-nous nous montrer ici ? Ah ! pourquoi avons-nous inutilement enduré tant de peines dans le chemin ? Nous avons entièrement renoncé à nous-mêmes, et maintenant nous ne pouvons pas obtenir ce que nous espérions. Ici cent sphères sont un atome de poussière, ici peu importe que nous existions ou que nous cessions d'exister. »

« Alors tous ces oiseaux qui étaient déjà abattus, et semblables au coq à demi tué, furent anéantis et réduits à rien. L'âme de ces oiseaux s'anéantit entièrement, de crainte et de honte, et leur corps, *brûlé*, devint comme du charbon en poussière.

« Mais lorsqu'ils furent ainsi tout à fait purifiés et dégagés de toute chose, ils trouvèrent tous une nouvelle vie dans la lumière du Simorg. Ils devinrent ainsi de nouveaux serviteurs, et furent une seconde fois plongés dans la stupéfaction... »

Le récitant : En effet, ils contemplèrent le Simorg et virent alors soudain que le Simorg... c'était eux-mêmes ! et qu'eux-mêmes étaient le Simorg ! Ils le

---

1. *Le Langage des oiseaux*, 'Attar, Albin Michel, coll. Spiritualités vivantes.

Entre la grande célébration et la prière collective 243

regardaient et voyaient que c'était bien le Simorg. S'ils portaient leur regard sur eux-mêmes, ils voyaient qu'eux-mêmes et le Simorg ne formaient en réalité qu'un seul être. Personne ne leur avait jamais dit cela. Ne comprenant rien, ils interrogeaient le Simorg sur le grand secret. Alors, le Simorg leur dit, sans se servir de la langue : « Le soleil de ma majesté est un miroir. Celui qui se voit dans ce miroir y voit son âme et son corps. Il s'y voit tout entier. Seriez-vous trente ou quarante, vous verriez trente ou quarante oiseaux dans ce miroir. Vous avez fait un long voyage, pour arriver... au voyageur. »

Alors les oiseaux se perdirent pour toujours dans le Simorg. L'ombre se confondit avec le soleil. Et voilà tout.

Dehors, le soleil brille maintenant au-dessus des Alpes. Pour les milliers de personnes venues écouter le Dalaï Lama et saluer les représentants de toutes les traditions et de toutes les religions, l'heure est venue de rentrer chez soi. Les Anciens, eux, remontent à Karma Ling. L'essentiel reste à accomplir. Sans doute la grande prière commune n'a-t-elle pas été inutile, mais ils gardent tous les pieds bien sur terre. À quoi aurait servi de venir de si loin, si ce n'est pour jeter les bases d'une organisation efficace ?

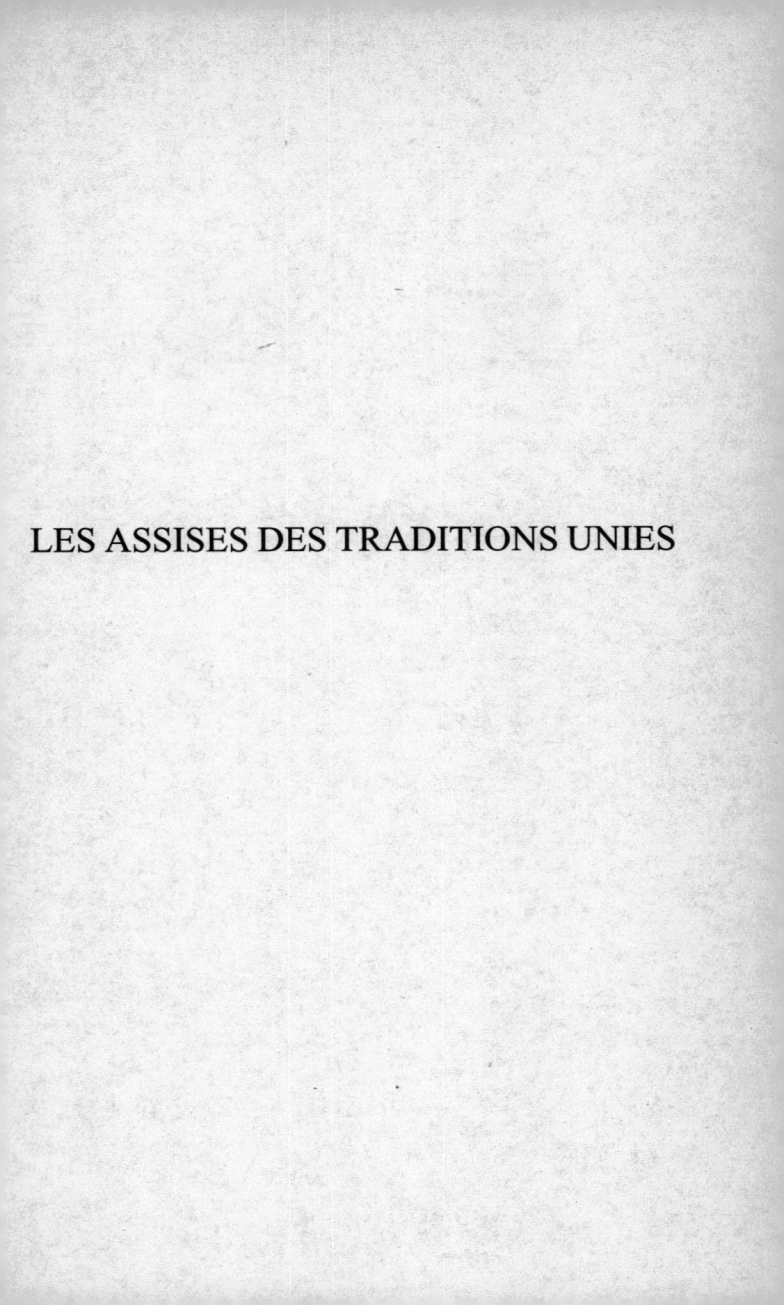

LES ASSISES DES TRADITIONS UNIES

11

La fondation de l'OTU

Les Anciens veulent de l'action / Grandes et petites religions / Création du Cercle des Anciens.

Mercredi 1ᵉʳ mai. Le soleil brille toujours par-dessus la montagne. Chez les modernes, c'est la fête du travail. Chez les Anciens, l'atmosphère est à l'action. Le Dalaï Lama est reparti poursuivre ailleurs dans le monde la tâche pacificatrice qu'inlassablement il conduit. Dans le temple vajra où, la veille encore, il recevait les délégués de toutes les religions et traditions, les représentants des Traditions primordiales se réunissent à nouveau.

À peine le cercle s'est-il reconstitué qu'une évidence s'impose : la quasi-totalité des Anciens est bien décidée à passer de la prière au politique, du rituel à l'action. Il ne s'agit surtout pas de se quitter dans le flou, sur de simples déclarations d'intention.

Lama Denys préside la séance. Voilà plusieurs semaines que ses assistants l'ont convaincu de l'importance de consacrer, après la grande célébration publique du 30 avril, un moment — et même deux pleines journées, intitulées « Assises Inter-Traditions » — à tirer le bilan de la Rencontre et à laisser mettre en chantier ce que les Anciens décideront. Le directeur de l'Institut bouddhiste trace le cadre, très large, de la discussion qu'il espère :

« Je sais que certains d'entre vous ont des idées et des projets originaux. Que ceux qui le désirent disent quels sont leurs attentes, leurs plans, leurs idées — sur le terrain pratique. Nous avons aussi invité les délégués de plusieurs organisations non gouvernementales, qui travaillent avec des traditions autochtones, dans différents continents, sur des projets éducationnels, culturels, etc., et dont, bien souvent, nous ne connaissons même pas l'existence. Il serait bon de mettre tout cela en commun. Sur cette double base — vos aspirations d'un côté, quelques projets déjà existants de l'autre —, nous pourrions commencer, peut-être, à envisager l'avenir.

« Certains délégués, par exemple, ont exprimé le vœu qu'il y ait d'autres rencontres semblables à celle-ci. Nous pouvons imaginer de nombreuses possibilités... Mais d'abord, la première étape pourrait être que nous écoutions chacun des Anciens exprimer ses vœux et expliquer ses actions en cours. Je vous invite en particulier à partager toute forme de projet éducationnel que vous auriez chez vous. Les points de vue économiques sont également très importants : comment vos traditions sont-elles intégrées dans la dynamique économique de vos pays respectifs ? Quelle créativité espérer de ce côté-là ?

« J'avais moi-même préparé un exposé sur la diversité, mais... nous n'avons pas beaucoup de temps. Je ne vais donc pas parler davantage, pour vous laisser tout de suite la parole. Que ceux qui voudraient s'exprimer, sur leurs plans, ou sur la dynamique d'ensemble, le fassent dès à présent. »

Le premier à demander aussitôt la parole est Tlakaelel, le représentant de la tradition aztèque. Il va droit au but :

« Je pense que nous avons eu l'occasion unique de nous rencontrer, entre représentants de plusieurs traditions spirituelles du monde. Il ne faut surtout pas rater ça. Nous devons nous unir. La première chose à faire est de constituer une nouvelle organisation. L'organisation des religions traditionnelles des peuples autochtones du monde ! Il existe d'autres organisations, telles que le Conseil mondial des Églises. Mais elles n'autorisent pas les peuples autochtones à participer à leur cercle. La seule manière d'y siéger serait de nous faire chrétiens. Ils ont bien ce qu'ils appellent le "troisième niveau", où des indigènes sont admis, mais seulement au titre d'observateurs. Ils ne nous acceptent pas en tant que groupe indépendant.

« Je dois dire que ce mal frappe même ici — je ne le dis pas méchamment, mais hier, à la grande tribune du Dalaï Lama, on nous a séparés des "grandes religions". Prenons-en acte : nous autres, peuples indigènes, devons donc nous organiser par nous-mêmes. Les "grandes religions" le font bien de leur côté ! Cela nous apprend que, pour eux, nous ne sommes vraiment pas importants. Eh bien, à nous de nous donner de l'importance ! Je suggère que de la réunion d'aujourd'hui naisse une organisation mondiale. Un groupe, où les peuples traditionnels et indigènes ne s'opposeraient pas aux "grands", mais se placeraient à égalité avec eux. Ni inférieurs ni supérieurs : égaux.

« Je pense que nous pouvons y arriver. Comment ? Sous quelle forme ? Que ce soit une fédération, une confédération, ou un conseil à l'ancienne, peu importe. Cela dépend de nous tous. Pouvons-nous nous mettre d'accord sur cette idée ? Les détails viendront après. »

Lama Denys tient aussitôt à préciser sa position de « simple catalyseur » : « Comme vous venez de le dire, l'important est d'unir toutes les Traditions. Nous-mêmes n'avons pas l'intention de créer quoi que ce soit. Nous offrons simplement un cadre, une disponibilité. S'il se dégage un intérêt réel pour une organisation commune, nous avons toutes sortes de possibilités... Pour l'instant, je vous fais une simple suggestion : afin d'organiser ces rencontres, il nous a déjà fallu créer une association, une instance juridique, qui a pris le nom de *Traditions unies*. C'est un beau nom. Peut-être pourrions-nous le reprendre collectivement ? »

Rumeur d'approbation.

Lopön Trinley Nyima Rinpoche, le bönpo tibétain, demande alors la parole. Il espère que les traditions minoritaires feront alliance, pour résister à la pression des grandes religions. Le paradoxe est que la « grande religion » par rapport à laquelle il se détermine, lui, est justement celle qui le reçoit en ces lieux. Le rinpoche de la tradition bön remercie d'ailleurs chaleureusement le Dalaï Lama et Lama Denys de l'avoir invité. La seule initiative qu'il ait envie d'évoquer dans le cercle est la création prochaine d'un institut bön en France.

Puis vient le tour de Jacqueline Roumeguère-Eberhardt. La grande amie de l'Afrique félicite Lama Denys « pour la qualité de la mayonnaise » de la Rencontre Inter-Traditions : le mélange, dit-elle, a bien pris. Il y a une chose cependant qui a vivement choqué l'accompagnatrice des Rendillés, à la manifestation publique de la veille : c'est que le public ait bruyamment applaudi chaque fois qu'une délégation traditionnelle montait à la tribune. « Comme si ces gens étaient au spectacle, et non en un lieu de prière pour l'unité et la paix. Je suggère qu'à l'avenir il soit demandé au public de ne pas applaudir, afin que nous mettions mieux nos énergies en commun et puissions nous concentrer dans ce double but de la paix et de l'unité. »

Lama Denys a un petit sourire. Il est bien d'accord : « C'est un problème occidental, répond-il. Les gens, voyez-vous, applaudissent même le Dalaï Lama quand il enseigne le bouddhisme ! »

Mais il y a plus urgent. N'est-on pas là pour s'organiser et agir ? C'est décidément l'Amérique latine, et plus exactement le Mexique, qui pousse le plus à la roue dans ce sens. Aurelio Diaz ne s'intéresse à rien d'autre. Et il est inquiet :

« Il n'est certes pas possible d'agir si l'une des traditions dicte aux autres ce qu'il faut faire. Mais, à l'inverse, un manque de motivation de la part de certains d'entre nous s'avérerait tout aussi rédhibitoire. Et un manque de transparence aussi. C'est une grande préoccupation pour moi. J'ai connu bien des réunions de ce genre et je n'en veux plus. Si je suis ici, c'est que je m'y sens au sein d'une grande famille où l'on peut se parler franchement. Or, j'espère que je ne choquerai personne si je vous dis qu'ici, je me suis censuré plusieurs fois. Je suis, moi aussi, porteur de choses sacrées, mais je veux être sûr de pouvoir partager ces choses sacrées à 100 %. La question est que je ne sais pas si c'est là le vœu de tous. Voulez-vous partager ? [Il se tourne et regarde tous les délégués à la ronde.] Peut-être tel ou tel d'entre nous ne s'y sent-il pas disposé ?

« Je souhaite bien sûr la participation active de tous, mais il y a parmi nous des gens qui n'ont pas la possibilité économique de participer par eux-mêmes à un groupe commun à l'échelle internationale. Nous avons aujourd'hui la possibilité unique de nous unir. Encore faut-il pouvoir le faire économiquement parlant... »

De nouveau, comme au premier jour, quand il s'est présenté, Aurelio Diaz est au bord des larmes : « Bien sûr, nous sommes très contents que le Dalaï Lama nous ait bénis à sa manière. Maintenant, nous l'invitons à notre tour, pour le bénir à notre manière. J'arrête là. J'espère que vous parlerez aussi franchement que je l'ai fait. Merci. »

Après de telles paroles, on se demande qui va prendre le relais. Et pour répondre quoi, au double désir d'organisation et de transparence de Tlakaelel et Aurelio, les frères du Mexique ?

Lopön Trinley Nyima Rinpoche lève alors la main... Il est désolé, mais il doit partir. Le bönpo n'est en visite en France que pour quelques jours et d'autres importantes réunions l'attendent. De toute façon, de ce que nous savons de lui, nous supposons que le représentant de la tradition bön n'est pas vraiment d'accord pour participer à une organisation mondiale des « religions traditionnelles ». Après avoir vivement remercié tout le monde, il se retire donc.

Maintenant, c'est Sri Ashoke Kumar Chatterjee qui voudrait s'exprimer. Le représentant de l'Inde et du yoga se tient bien droit et sa voix est claire, presque percutante.

« Nous aussi, dit-il, nous aimerions parler avec le cœur ouvert. Dans ce monde, voyez-vous, il y a des religions majeures et des religions mineures. Et je vous le dis : dans l'avenir, les religions majeures ne survivront pas si elles ne se comportent pas davantage comme des "grands frères". Tel est en effet le rôle que les grandes religions doivent jouer : aider leurs "petits frères" des religions mineures à survivre. Il faut que cessent l'oppression et le prosélytisme.

« Soyons clairs : les religions mineures ont des capacités minimales, les religions majeures des capacités maximales, dans tous les sens du mot. Si les grands frères se comportent bien, alors, l'unité dans la diversité, l'avenir sera beau. Mais c'est un mouvement réciproque. Chacune des deux parties doit faire un pas vers l'autre. Les petits frères doivent aussi y mettre du leur. Sans cela, rien ne sera possible. »

Jacqueline Roumeguère-Eberhardt rompt le silence qui suit cette déclaration nette et carrée :

« Pardon, mais je ne comprends pas. Est-ce que ce ne sont pas plutôt les anciennes religions traditionnelles qui devraient être les "grands frères" ou même les "grands-pères" ? »

La voix de Sri Ashoke Chatterjee monte d'un ton :

« Vous ne comprenez donc pas ? Les religions mineures sont les petits frères parce qu'elles ont besoin qu'on les aide. En Inde, nous sommes une très ancienne religion. On dit que les racines premières des Vedas remontent à quinze mille ans ! Nous sommes de très vieux et très grands frères. Depuis ces temps reculés, nous avons pris l'habitude d'aimer et d'aider les religions mineures, et les pauvres gens, au travers de toutes sortes d'organisations. Et en Inde, nous en avons connu, des religions ! Tous les hindouismes, tous les bouddhismes viennent de chez nous ! Et nous les aimons ! Il y en a tant ! Nous sommes fraternels. Aujourd'hui, l'Inde est un pays laïque, sécularisé. Nous ne faisons pas de discrimination. Nous travaillons pour la diversité. Nous savons qu'elle est vitale. C'est ainsi que nous pensons. Merci. »

Le ton de Sri Ashoke Kumar Chatterjee est tellement péremptoire qu'il provoque un fou rire général — même son assistante, qui lui est extrêmement dévouée, sourit. Le maître yogi fait bouger lentement sa tête de droite à gauche, comme savent le faire les Indiens. Il n'est pas surpris. Mais il a dit ce qu'il avait à dire. Les Anciens réfléchissent. Il se pourrait que, sous ces paroles qui passeraient presque pour arrogantes et provocatrices, se cachent des vérités... Ils semblent vouloir se garder de critiquer.

Un certain silence pèse néanmoins.

Cette fois, c'est Daagbo Hounon Houna qui le rompt.

« Je suis très content de nous voir ainsi réunis, dit Daagbo. À l'instant, on aurait dit que quelque chose voudrait nous faire sauter en l'air, mais on restera toujours sur terre ! Chez nous, il y a un adage qui dit :

"Quand on se réunit, c'est pour aboutir à un accord. Il ne peut pas y avoir de divergences."

« Normalement, je ne devrais plus être là aujourd'hui. J'avais dit à Lama Denys que nous devions partir hier soir. Mais j'ai vu que ça n'était pas tout, de donner des bénédictions : il faut cimenter, il faut laisser quelque chose derrière nous. C'est pourquoi je suis resté ce matin.

« Il est bien vrai que nous sommes tous ensemble et que chacun est venu avec sa tradition. Et on ne demande pas à un pratiquant du vaudou d'aller se faire bouddhiste ! Chacun reste dans sa tradition, chacun émet ses idées devant l'ensemble et on respecte les idées de chacune des autres traditions. Bien sûr, quand on arrive quelque part on veut toujours se montrer... Moi, en tant que chef vaudou, quand je sors de mon pays, je me dis : "La plus puissante de toutes les religions, c'est le vaudou !" C'est du moins ce que je pensais avant de quitter mon chez-moi [éclat de rire]. Mais quand on arrive dans un endroit comme ici, on s'aperçoit qu'il faut mettre de l'eau dans son vin ! Il faut, en somme, que les différentes religions soient à égalité, chacun gardant toujours ce qu'il a dans le cœur.

« Bien. Maintenant, dans l'ensemble, nous voulons l'union. Mais pour qu'il y ait union, il faut que toutes les religions aient les mêmes fonctions à tour de rôle. C'est l'essentiel. Moi, par exemple, je veux qu'une réunion comme celle-ci se fasse au Bénin. Quand ? Je ne sais pas. Un jour... Avec toutes les conséquences que ça pourra avoir... Ce que je veux dire par là, c'est que, seul, je ne pourrai pas décider une chose pareille. Une personne seule n'y peut rien. Au Cercle des Anciens d'aviser. Ce qui est sûr, c'est qu'il ne faut surtout pas que ceci soit la première et la dernière réunion. Nous avons eu la chance de recevoir beaucoup de bénédictions. Chaque fois que nous déciderons de nous retrouver, ces bénédictions continueront de jouer.

« Maintenant, je vous demande la permission de partir. [Daagbo Hounon Houna se lève, et va embrasser Lama Denys.] Tout marchera très bien. C'est pourquoi je vous laisse, l'âme en paix. À bientôt. Merci ! »

Les Béninois s'en vont, mais un invisible bâton de parole semble vouloir rester en Afrique. Monté Wambilé se lève, va se placer au centre du cercle, remercie tout le monde, puis (toujours traduit par son jeune et joyeux traducteur)...

« Nous arrivons d'endroits différents, de cultures différentes, de parents différents. Et finalement, nous voyons que tout va bien et nous sommes là ensemble pour conclure. Je remercie chaleureusement Lama Denys et tous ceux qui ont participé et organisé cette réunion, qui ne s'est donc pas terminée avec la cérémonie d'hier.

« La vie n'est pas une chose facile, avec quoi nous pourrions plaisanter ou jouer. D'abord je dois vous rappeler que nous, humains, c'est Dieu qui nous a créés. Ce ne sont pas les religions, ni aucune des choses humaines qui ne seront jamais capables de créer quoi que ce soit qui n'ait existé avant elles ! C'est vrai que nous ne nous connaissons pas les uns les autres... Autant que j'aie pu comprendre, chaque personne a ses propres coutumes et traditions. Si je peux vous donner un conseil : quelle que soit votre tradition, il est toujours bon de considérer les autres avec respect, sans penser que tel est supérieur ou inférieur aux autres. Et si nous sommes égaux, c'est tout simplement que nous avons été créés par un Dieu unique.

« La seconde chose que je voudrais dire c'est que tous les peuples ne sont pas identiques. Ma tribu n'est pas sédentaire comme vous ici. J'ai bien regardé par la fenêtre, en voyageant de Paris à Karma Ling : vous autres, ici, vous êtes très sédentaires. Dans ma tribu, nous nous déplaçons sans cesse, de place en place, de pâturage en pâturage, pour nos animaux. Au début, avant que nous n'ayons de conflits de voisinage avec les autres peuples nomades, nous pouvions aller partout, dans tout le pays et nos animaux allaient bien. Depuis que la guerre et les conflits ont commencé, tous les enfants sont emmenés vers des camps de réfugiés ou en ville, et les animaux sont malades.

« Si nous nous sommes réunis ici, c'est pour préparer la paix en l'an 2000. Une nouvelle vie va commencer. On dit qu'il faut s'unir dans la paix. Comment ? Si un objet nous arrive sur le dos de la main, nous aurons du mal à le saisir avec nos cinq doigts. Prenons ce que nous voulons faire de nos vies avec le dedans de nos mains, ne le laissons pas dehors. N'en restons pas là. Recommençons cette bonne réunion pacifique, fixons-nous un prochain but, sinon, sitôt séparés, nous allons oublier et perdre notre force. Obligeons-nous à préparer la suite.

« Quand je suis arrivé, je ne connaissais que quatre personnes ici présentes, dont mes deux accompagnateurs. Maintenant, je connais pratiquement chacun de vous. Vous avez tous changé, puisque vous êtes devenus mes frères et mes sœurs. Et maintenant, frères et sœurs, je vous le demande : dans ce monde, pouvons-nous commencer une nouvelle vie ? Qu'allons-nous laisser derrière nous ?

« La vie qui se manifeste dans chaque personne est en réalité une. Car Dieu nous a donné la vie tous ensemble. Même si je ne connais pas vos langues, ni les endroits où vous vivez, je peux vous dire que je vous emporte avec moi dans mon désert et j'emporte ce qui s'est passé, ici, en France. Et vous, même en restant ici, vous serez avec moi dans le désert. Ce que voudrais laisser derrière moi et vous dire, c'est que nous sommes différentes parties d'un grand tout et que chaque personne a son propre nom.

« Ce qui nous détruit aujourd'hui, c'est que nous avons perdu le respect. Dans la vie, sans respect, nous ne pouvons pas atteindre l'accomplissement de notre destin. Respectons-nous les uns les autres. Respectons le pays dans lequel nous vivons. Et visons une nouvelle humanité, qui deviendra réalité à la fin. Abandonnons la mauvaise vie, tout en sachant que la bonne vie ne se bâtira pas en un jour. Promettons-nous à nous-mêmes de poursuivre sur la même lancée. Merci ! »

La qualité des interventions ne se relâche décidément pas. Ce cercle est solide. Il pourrait vraiment « tourner », comme une roue rythmique de la forêt. Monté Wambilé se rassied, avec son regard d'aigle. Derrière lui est assis un petit homme roux et barbu, que nous avons vu plusieurs fois sous la Tente des Rituels, avant qu'il ne prenne la parole, hier, lors de la Journée Inter-Traditions : c'est Marco Diani, le sociologue italien qui représente la communauté juive. Il lui suffit de quelques phrases pour se situer, me semble-t-il, dans le rôle du sage, qui jette sur l'ensemble de l'événement un regard à la fois extérieur et engagé...

« Je me sens bien mieux aujourd'hui qu'il y a deux jours ! Cela doit avoir un rapport avec tous ces rituels, toutes ces bénédictions, toutes ces prières. Merci à tous, vraiment merci ! Permettez-moi de saisir cette opportunité pour vous faire deux ou trois observations.

« Beaucoup de choses se sont passées, ces dernières vingt années, dans le domaine des rencontres inter-religieuses, inter-croyances, inter-traditions. Cela dit, la situation a progressé — on sent un peu plus de compréhension et de respect mutuel — et plus personne ne peut se satisfaire de pure déclaration de principes. De telles déclarations, il nous en arrive une nouvelle tous les cinq ans. Pas plus, pas moins, car il faut cinq ans pour écrire cinq paragraphes. Pourquoi ? Parce que cela exige une énorme quantité de diplomatie. D'où ma question : comment bâtir une forme commune où chacun serait respecté sans avoir à faire de diplomatie ? Comment rompre notamment avec la dichotomie entre les "grosses compagnies" (ou "grandes religions") et les "petites firmes" (les "petites religions") ? Si nous permettons à des événements comme cette Rencontre de se reproduire, nous saurons progressivement mieux ce qu'il nous faut affronter — et cela devrait nous donner la force et la détermination de continuer à avancer ensemble.

« Je crois qu'il ne sert à rien de se raconter des histoires. La tâche est rude, la route est longue. Mais nous devons aussi comprendre que nous avons une grande chance d'être réunis sous le parrainage de cet homme hors de l'ordinaire qu'est Sa Sainteté le Dalaï Lama qui s'est véritablement avéré l'un des plus aptes à bouger et à nous faire bouger vers une meilleure compréhension des problèmes, et à propager cette attitude de respect. Car il est possible — oui ! — de faire bouger les "grosses entreprises" vers un plus grand respect.

« Si, à mon tour, je me permettais de vous donner un conseil, ce serait de moins systématiquement tout séparer en deux familles — les "grandes religions" d'un côté, les "traditionnels" de l'autre. Certes, mettre tout le monde à la même table, ou autour du même feu, ne va pas de soi. Je pense qu'il y a du travail à fournir dans ce sens tous les jours. Et pas seulement des réunions et des discours. Peut-être créer des institutions... Ce qui est sûr, c'est que les institutions actuelles ont été créées par les "grandes firmes" de la spiritualité, qui ne posent pas un regard très tendre sur les petits peuples ! »

Marco Diani ayant ainsi remis en selle la perspective d'une organisation, Fallyk Kantchyyr-Ool, le chamane faiseur de pluie de Touva, saute sur l'occasion. Il s'exprime toujours avec la même ferveur :

« Nos enfants nous remercieront pour ce que nous sommes en train d'accomplir ici ! C'est un moment historique ! Car ne vous y trompez pas : cela n'a pas été du tout évident, de repérer des traditions spirituelles différentes, dans le monde entier, et de les amener à se retrouver ici, en France. Si cela s'est fait, c'est que le temps était venu. Et cette idée n'a pas germé dans n'importe quelle tête, mais dans celle de Lama Denys. Voilà : l'esprit de cet endroit et les esprits des autres endroits ont voulu que cette idée naisse dans cette tête-là. C'est dans son sang. C'est son esprit. Cela ne s'est pas fait par hasard, n'importe comment, chez n'importe qui.

« Comme Lama Denys a eu cette révélation — peut-être ne le sait-il d'ailleurs pas ? —, c'est lui qui détient donc les clés décisives de la suite de notre action. Il faut qu'il nous fasse des suggestions. Son vœu se retrouve au centre de ce rassemblement de traditions. Si cela se passe ici, de par la volonté des grands esprits qui l'ont inspiré, je pense que la première suggestion devrait venir de lui.

« Ce qui s'est passé ici pour le moment, vous l'avez vu : tout fut blanc comme le lait, il n'y a pas eu de problème. Dans mon cœur, mon esprit me dit : "Cette personne devrait nous unir !" Je vous le dis sincèrement, je le sens. Ce sont des pensées qui arrivent d'en dehors de moi. Lama Denys est un homme au grand cœur. Il nous a tous traités à égalité. Vous avez vu comment il nous a approchés et comment nous avons été proches de lui. Il a tout organisé ici. C'est sa manière et il doit continuer. Même si nous ne sommes pas bouddhistes, son cœur est proche de nous. Il est proche de la nature. Le temps est venu. C'est à lui d'agir le premier ! »

Lama Denys garde son calme... Mais avant qu'il ait pu envisager de répondre, Nadia Stepanova, la chamane bouriate, prend le relais, toujours avec son ton de tribun : « Frères et sœurs ! Arrivés au tournant du siècle, nous assistons à toutes sortes de rivalités tragiques entre religions. Les traditions anciennes sont toujours vivantes en ce moment. Sa Sainteté le Dalaï Lama et Lama Denys ont fait accomplir un précieux premier pas à ce groupe de représentants des traditions chamaniques. Eh bien, c'est réussi ! Je suis très heureuse d'avoir trouvé des frères et des sœurs venant d'Asie, d'Afrique, d'Amérique et que nous ayons pu nous asseoir autour d'un foyer commun.

« Je ne sais pas si vous serez d'accord sur ce qu'il faut faire maintenant. D'une part, il conviendrait peut-être de s'écouter soi-même, d'écouter ses pensées... Mais certains problèmes ne peuvent attendre. Je pense aux générations futures. Je pense aux problèmes d'alcool et de drogue. Les générations futures ne nous pardonneront pas si nous ne faisons rien pour changer. Travaillons pour l'avenir ! Je vous invite donc, c'est ma proposition, à créer un Grand Conseil, une Union des religions indigènes et traditionnelles. En agissant sous la bannière de Sa Sainteté le Dalaï Lama, nous serons reconnus par le monde entier.

« Le moment est venu de commencer à travailler. Le temps qui vient a besoin d'action, de décision. Assez de parlotes ! Si nous laissons passer ce moment, il sera difficile à rattraper. Action ! »

Avec cette double poussée des chamanes d'Asie centrale, impressionnante de détermination, le désir des hommes-de-connaissance mexicains de créer d'urgence une organisation mondiale reçoit un sérieux renfort. On y va tout droit ! L'intervention suivante conforte cette fougue, en lui donnant une assise tout bonnement prophétique. C'est Grandmother Sarah Smith qui a levé la main...

« Nous exprimons nos remerciements et notre gratitude à avoir été autorisés à nous asseoir ensemble dans ce cercle, où nous pouvons croiser le regard de ceux avec qui nous parlons. Respect pour chacun de ceux qui y sont assis. Tous sont venus avec de bonnes intentions et ont dit de bonnes paroles. Mais la vie continue et nous ne sommes que de petits représentants de nos peuples et pays d'origine. Néanmoins, ce que nous faisons ici est comme un caillou lancé dans l'eau et provoquant des vagues qui ne s'arrêtent pas. Nous sommes une partie de l'accomplissement des prophéties, qui nous sont parvenues, par des enseignements oraux, de gens qui acceptèrent de les recevoir.

« C'était beau, hier, de voir l'harmonie de notre rassemblement, sur cette grande tribune, où nous nous sommes tous embrassés, devant tous ces gens si chaleureux. Je suis si reconnaissante que cette occasion m'ait été donnée par la vision de Lama Denys et de Sa Sainteté le Dalaï Lama. Mon grand frère Tlakaelel m'a confirmé que la Prophétie de l'Aigle et du Condor l'annonçait. Et c'est si drôle que nous soyons arrivés d'Amérique, tous les deux, par les airs, jusqu'à ce pays de France, pour dire les mots que nous portions dans notre cœur depuis si longtemps ! L'embryon du feu sacré pourrait donc brûler à nouveau ?

« Dans notre tradition, il est dit que chaque continent représente une flèche. Il faut prendre les cinq flèches et les lier ensemble. Ainsi nous serons forts et personne ne pourra briser la flèche commune. C'est la prophétie des gens de l'île de la Tortue.

« Nous sentons de nouveau richesse et plénitude dans nos cœurs. Tous les dons naturels qui dorment en nous, il est temps de les réveiller. Ainsi pourrons-nous aider les enfants, les générations à venir. Arrêtons de bavarder ! Rêvons ensemble et soyons de nouveau les maîtres de nos vies.

« Lama Denys [elle se tourne vers lui], avec mes sœurs, nous avons une gratitude toute spéciale pour vous. Merci d'être la manifestation physique de ce qui nous donne le privilège de nous rassembler ici. Ce fut une expérience sacrée. Et merci au Dalaï Lama ! C'est le début du temps. Nous commençons un nouveau cycle, un nouveau cercle.

« Merci à chacun. Je vous aime. Je vous respecte. »

Oui, ce cercle tourne !

Ici, une précision technique. Lorsque les Anciens parlent, leurs paroles voguent sur une sorte de bruissement de murmures : peu d'Anciens parlent anglais, il faut donc que leurs interprètes traduisent au fur et à mesure, et le chuchotement de toutes ces traductions forme un bruit de fond, pas désagréable — c'est comme si l'on murmurait des mantras, des rosaires, des chapelets... Mais voilà qu'Hilario Chiriap, le fils de la forêt de la tradition shuar, a demandé la parole.

« J'ai trois choses importantes à dire, commence Hilario. D'abord, je constate que nous représentons de nombreuses traditions différentes, que nous nous connaissons maintenant un peu et qu'il y a de l'harmonie entre nous.

« En second lieu, je voudrais vous rappeler que, dans l'histoire des hommes, la force des grandes religions s'est toujours manifestée dès qu'elles ont réussi à faire reconnaître leur loi. Au sens concret : leur légalité. La légalisation de nos traditions est une question essentielle. Au cœur de nos traditions, nous enseignons et pratiquons l'utilisation de médecines sacrées, qui sont généralement considérées comme illégales par les sociétés modernes. Cela n'empêche pas un nombre croissant de citoyens de ces sociétés de venir dans la jungle d'Amazonie — ou ailleurs — pour partager et participer à nos rituels à base de plantes.

« Certains craignent que cela n'entraîne une confusion des esprits. Mais, d'une part, de tels rituels n'impliquent en rien un changement de religion de la part de ceux qui les pratiquent, et d'autre part, si le cœur et l'esprit sont alignés, cette pratique ne fait qu'aider à approfondir la culture de chacun. Ah, qu'il serait agréable de pouvoir voyager librement avec nos instruments sacrés, nos plantes et nos croyances, comme le font les autres religions ! L'un des objectifs importants de notre action devrait être de rendre ces voyages légalement possibles.

« Enfin, troisième point : soyons bien conscients qu'une grande quantité de traditions ne sont absolument pas représentées ici. Cette Rencontre s'est faite avec des moyens économiques et légaux. Nous sommes privilégiés d'avoir pu y participer. Pensons à toutes les traditions qui ne bénéficient ni des uns ni des autres. Pensons-y. Merci. »

Quasiment tout le monde a parlé. La parole a fait le tour complet du cercle et la matinée est bien entamée. De nouveau, Tlakaelel demande la parole. Tout à l'heure, c'est lui qui a lancé le mouvement, en réclamant que l'on crée d'urgence une organisation mondiale des Traditions primordiales. Il reprend son idée :

« Cela peut prendre la forme que l'on veut. Il faut être très souple. Peut-être qu'un vieil homme comme moi ne verra pas cette chose-là s'accomplir de son vivant, mais les plus jeunes, si, certainement. Il faut être patient : les patients verront ! Il n'empêche que la première étape est essentielle et qu'il faut la mettre en chantier tout de suite : pour que nos descendants puissent bâtir une belle maison, il faut que nous posions des bases, une fondation, solides. Personnellement, je m'appelle Tlakaelel et je n'ai jamais voulu être le chef, la tête. Je ne peux ni ne veux. Je préfère agir sur le côté et pousser les roues de la charrette. Bien d'autres groupes viendront après nous, mais nous devons les inspirer par la qualité de notre travail. Si quelque chose doit sortir de cette Rencontre, il faut bien veiller, à la base, que ce ne soit pas un monstre qui, tôt ou tard, prendrait le contrôle des humains le constituant.

« Ce travail doit être la création de chacun. Que voulons-nous ? D'une manière ou d'une autre, il faut opter pour un type d'organisation. Cela peut être un réseau de communication, comme l'évoquait Lama Denys ; ou un club d'amis ; ou un "soviet"... n'importe ! Mais quelque chose. Comme l'a dit mon frère chamane : quelque chose est né ici, nous nous devons maintenant de lui donner vraiment vie. »

Le tour de parole semblant complet, et l'après-midi étant entamé, Lama Denys suggère de faire une pause, pour déjeuner. Quand s'élève une protestation, en anglais à forte prononciation australienne. C'est Tim Johnson, l'accompagnateur de Dick Leichletner, qui s'écrie : « Dick n'a pas dit un mot ! C'est pourtant de loin le plus ancien de tous ! Vous auriez pu lui donner la parole en premier. Normalement, puisque vous dites honorer les Anciens, les plus vieux viennent toujours les premiers ! »

Lama Denys secoue la tête : « Je suis désolé. Mais vous l'avez bien vu : nous ne sommes pas directifs, chacun a pris la parole quand il le voulait. Nous serions très heureux d'entendre l'avis de Dick ! »

L'artiste aborigène dit alors, avec un sourire ravi : « Merci à vous tous. Tout ce que j'ai à vous dire est ceci : j'ai faim ! »

Jusqu'au bout, le représentant de la Tradition primordiale d'Australie sera resté à la fois présent et absent, à la tangente du Cercle.

Avant le repas, Lama Denys prévient que l'après-midi sera consacré, du moins au début, à écouter différents représentants d'ONG travaillant avec des « peuples autochtones ». Chantal Bonnet, l'une de ses assistantes, plus spécialement chargée de ces deux journées d'« Assises Inter-Traditions », donne les horaires précis de différents rendez-vous.

Mais quand l'heure du premier de ces rendez-vous arrive et que le premier desdits représentants commence son speech — un exposé au demeurant très dense, de Diego Gradis, responsable de l'association Traditions pour Demain, qui aide énormément certains anciens d'Amérique Centrale —, les Anciens n'attendent pas une demi-heure pour mettre le holà. Cette manière de procéder ne leur convient pas. La matinée a vu un véritable Cercle des Traditions se mettre en place, et voilà qu'on leur parachute au beau milieu du parcours des professionnels de l'humanitaire !

Les représentants d'Amérique latine et d'Asie Centrale mènent maintenant la danse. Ils n'ont rien contre ces personnes, au demeurant sympathiques et aux expériences éventuellement intéressantes. Mais, pour eux, l'ordre du jour est autre. Il s'agit de pousser jusqu'au bout la palabre du matin et de décider quelle forme donner à ce qui, déjà, s'appelle dans tous les esprits le « Cercle des Anciens ». Or, pour cela, les Anciens en question n'ont besoin ni des professionnels de l'humanitaire, ni des observateurs extérieurs, ni des journalistes...

En cinq minutes, l'affaire est réglée. Nous sommes une bonne vingtaine à sortir du temple vajra, transformé pour un jour en salle du conseil...

Les Anciens vont délibérer entre eux. Ils rendront compte aux autres le soir venu. Seuls demeurent à leurs côtés les interprètes et, naturellement, Lama Denys.

Parmi les sujets clés de la réunion des Anciens, seront mentionnés : la sauvegarde et la transmission de leurs connaissances traditionnelles ; la préservation des sites sacrés ; la réécriture des mensonges de l'histoire. Grandmother Sarah Smith et Mary Elizabeth Thunder expriment en outre le souhait particulier que les femmes occupent de plus en plus dans le monde leur fonction de médiatrices, essentielle à l'équilibre des sociétés. Elles témoignent également des préoccupations des nations apache, mohawk et cherokee, face à la quasi-disparition de leur animal sacré, le bison.

Le soir même, les résultats de la réunion font l'objet d'une synthèse, qui est discutée le lendemain matin — à nouveau et pour la dernière fois sous la tente des rituels. Objectif : faire en sorte que les souhaits des Anciens et les possibilités d'aides existantes puissent fusionner.

L'issue des Assises des Traditions unies des 1er et 2 mai sera considérée comme « très positive » à l'unanimité. Nous publions en annexe la note de synthèse finale et le premier projet de Charte des Traditions unies. Résultat prévisible : que serait un « Cercle des Anciens » qui ne trouverait pas le consensus et l'unanimité ?

En réalité, chacun va repartir chez soi en se demandant bien quelles pourront être les suites concrètes de l'étonnant rassemblement.

12

Cinq regards sur la Rencontre et sur le dialogue inter-religieux

Dagpo Rinpoche : contre la confusion / Le père de Béthune : christianisme et bouddhisme zen / Marco Diani : le travail déterminant du Dalaï Lama / Cheikh Bentounès : Dieu aime la diversité / Jean-Pierre Schnetzler : une première mondiale.

Dagpo Rinpoche [1] :

« Toutes les traditions sont utiles. Je crois qu'on n'en trouvera jamais une seule qui convienne à tout le monde. Nous sommes très différents les uns des autres. La diversité des religions offre une diversité de choix. Chacun peut trouver ce qui convient le mieux à sa nature. C'est pourquoi il est important de maintenir aussi les traditions les plus anciennes.

« En revanche, je ne suis pas très favorable au mélange des traditions. Si on mélange tout, à ce

---

1. Fondateur de l'Institut Guépèle Tchantchoup Ling et ami personnel du Dalaï Lama. Quand celui-ci vient en France, Dagpo Rinpoche l'accompagne généralement dans ses déplacements et s'occupe plus particulièrement de sa nourriture. Il réside en France où il fut longtemps enseignant à l'École des langues orientales.

moment-là, finalement, on perd tout. Le résultat du mélange de deux traditions n'est ni l'une ni l'autre. Je crois que cela n'a pas de sens. Il est préférable de garder chaque tradition d'une manière juste, parfaite, et de respecter toutes les autres.

« Les religions sont créées par des êtres qui ont atteint un niveau de très grande réalisation. Eux ont cette capacité de créer, de montrer un chemin. Mais si on mélange la voie qu'ils proposent à d'autres choses, cela ne crée pas une nouvelle religion. J'ai envie de vous raconter une anecdote. J'ai été reçu un jour au Vatican où j'ai eu une audience avec Sa Sainteté le pape. En attendant qu'il me reçoive, j'ai discuté avec différentes personnes qui me demandaient s'il était envisageable de compléter le christianisme avec le bouddhisme. Je leur ai répondu que l'on n'avait nul besoin de compléter : l'enseignement de Jésus, c'est l'enseignement de Jésus et c'est un enseignement complet. Pour l'enseignement de Bouddha, il en va de même. L'essentiel est de suivre cet enseignement dans notre contexte, on n'a nul besoin d'ajouter ou de compléter. Il nous faut étudier ces deux religions, mais ne pas les mélanger parce que nous allons, du coup, les perdre toutes les deux.

« Et puis voilà une autre histoire. Sa Sainteté [le Dalaï Lama] est allée à Dijon pour rencontrer un archevêque. Là, un curé lui a demandé si un chrétien pouvait réciter un mantra bouddhiste. Il a répondu : "Pourquoi pas ?" Et est-ce que les bouddhistes peuvent réciter le nom de Marie ? "Pourquoi pas !" Le prêtre a ensuite demandé si l'on pouvait méditer sur Jésus en visualisant un Bouddha au niveau de sa poitrine ? Cette fois Sa Sainteté a répondu : "Non, je ne suis pas d'accord." On n'en a pas besoin. Méditer sur Jésus se suffit en soi. On n'a pas besoin d'amener Bouddha dans cette pratique. De même si vous méditez sur Bouddha, vous méditez sur Bouddha, vous n'avez pas besoin de faire intervenir Jésus... Je crois vraiment à cette position.

L'essentiel est de respecter chaque religion dans son contexte, dans ses pratiques. »

Père de Béthune [1] :
« J'ai pour fonction de mettre en relation des moines chrétiens, sur lesquels j'ai une certaine autorité puisque je suis mandaté pour les éveiller à cette dimension-là [dialogue inter-religieux monastique] et puis des moines japonais, bouddhistes, indiens, jaïns... Tantôt nous nous rendons chez eux, tantôt ils viennent dans nos monastères. Ce travail intermonastique ne concerne pratiquement pas les "religions premières", qui n'ont pas ce genre de vie qu'on appelle le monachisme — ou alors de façon très peu organisée. Les chamanes ou guérisseurs sont plutôt, dans le langage occidental, des prêtres, c'est-à-dire des délégués de la divinité pour s'occuper des hommes. Tandis que les moines, tels qu'on les voit chez les Tibétains ou les hindous, sont plutôt des espèces de philosophes, qui cherchent la vérité en s'engageant par toute leur vie dans cette recherche. C'est pourquoi les "religions premières" ne sont pas vraiment mon domaine. Cependant, je suis très heureux ici parce que c'est une de mes intuitions : je crois que nous devons, quelle que soit notre religion, même parmi les plus évoluées, ne jamais oublier que nos racines, qui sont fondamentales mais que nous avons généralement oubliées, apparaissent encore un peu dans les religions premières. Le contact avec ces traditions me semble donc une bonne méthode, qui nous ramène en quelque sorte à un tronc commun,

---

1. Un des hauts responsables du dialogue entre les religions au Vatican, en tant que secrétaire général des Commissions pour le dialogue inter-religieux monastique. Pratiquant de la méditation zazen, le père de Béthune fut l'un des rares représentants d'une « grande religion » à être plusieurs fois présent dans la Tente des Rituels, durant la Rencontre Inter-Traditions de Karma Ling.

alors que nous, dans les religions qui ont énormément élaboré leur formulation, nous sommes allés vers une certaine divergence, qui fait que nous avons parfois de la peine à nous reconnaître. Et c'est le contraire qui se produit si nous regardons un petit peu dans nos racines. Nos racines anciennes ont été systématiquement occultées (ce qui n'empêche qu'elles sont toujours là !). Dans la religion populaire chrétienne, on a recours à toute sorte de saints intermédiaires. Ce sont des pratiques que nous méprisons souvent, alors que dans les religions premières, elles sont fondamentales. À un autre niveau, dans le monde chrétien, il est toujours de bon ton de dire qu'il faut mépriser le corps, mépriser le monde, etc. Or saint Benoît dit explicitement : attention, quand il fait trop chaud, il faut donner plus à boire aux moines ; il ne faut pas qu'ils travaillent trop ; il respecte énormément le corps. Quant au rapport avec la nature, même l'ascétique saint Bernard a pu dire un jour, peut-être en confidence : "Vous savez, ce que je vous raconte, je l'ai reçu pour la plus grande part des hêtres et des chênes." Il avait beaucoup marché, voyagé à pied, passé des mois à s'imprégner de la nature et donc, quand il en parlait c'était en connaissance de cause.

« Dans le discours inter-religieux, tant qu'on discute de dogmes ou de *vérités* de toute espèce, ce sont des échanges verbaux qui sont souvent très piégés. Prenez ne fût-ce que le mot Dieu : qu'est-ce que ça veut dire ? C'est d'ailleurs un mot païen qui veut dire Zeus. Tandis que si l'on échange son expérience indicible, qui se situe avant les mots, on peut vraiment trouver un point de contact plus intéressant. Là, justement, cette idée d'avoir recours à ces religions très anciennes, qui ne s'expriment pas bien, ou de façon un peu... trafiquée, au niveau des mots, mais qui s'expriment très fort en revanche au niveau des rites et des pratiques, agit fort bien comme correctif pour tous ces colloques, symposiums, échanges et conférences que l'on fait entre religions et où l'on parle, on parle, on parle...

« Là, nous prenons conscience qu'il ne suffit pas de parler, mais qu'il faut également être, vivre. C'est donc, je crois, un progrès qualitatif très important dans la rencontre entre les religions. Et ce qui est particulièrement intéressant, c'est que nous nous rendons alors compte que nous avons besoin d'eux : nous avons besoin de plus pauvres que nous. Nous, en particulier les chrétiens, nous pensions que l'on pouvait balayer toutes ces "religions primitives", à mettre désormais à la poubelle de l'histoire. Et voilà qu'on découvre qu'on a besoin d'elles ! En réalité, cette découverte procède d'un mouvement tout à fait chrétien. Le Christ disait : "Occupez-vous d'abord du dernier, et vous servirez bien Dieu." Alors, si l'on s'occupe un peu plus systématiquement de ces "dernières religions" — qui furent les premières mais sont les dernières dans la considération — eh bien, c'est une œuvre bénie par Dieu.

« Dans la pratique ce n'est pas toujours facile. Certains rituels s'accompagnent d'invocations auxquelles il est difficile de participer. Mais dans d'autres, vous trouvez, par exemple, un partage de nourriture et de boisson, qui nous rappelle le signe de l'eucharistie. Il y a là une base anthropologique fort intéressante. Je crois que la jeunesse chrétienne ne peut plus accepter qu'un christianisme qui soit vraiment mondial. Jadis, on parlait du Sacré Cœur pour la France et de Jeanne d'Arc, ou l'on disait *Gott mit uns*, il y avait une religiosité chrétienne nationaliste, mais on a vu à quoi ça menait. Aujourd'hui, on ne peut adhérer à une religion chrétienne que dans la mesure où elle est vraiment catholique, au sens étymologique : *Kat holon kosmon*, en grec, veut dire "à travers tout le cosmos", c'est donc en principe une religion destinée à tout le cosmos. Le catholicisme a donc tout à gagner à écouter les autres religions, pour devenir enfin lui-même. Il avait une vocation universaliste, mais a connu une terrible dérive provincialiste et d'opposition. Je crois qu'il ne faut pas opposer le catholicisme aux autres religions. Non qu'il faille picorer et prendre çà et là toutes sortes de choses, mais je connais des gens qui sont tout à fait indiens, tout à fait hindous, et tout à fait chrétiens, c'est-à-dire qu'ils vivent leur christianisme, le message du Christ, depuis leur tradition, avec leurs racines hindoues, avec toute cette cosmologie, toute cette anthropologie, toute cette philosophie de la tradition la plus ancienne de l'Inde. C'est dans cette mentalité, et sans renier leurs racines, qu'ils vivent leur relation au Christ. Et je crois que, là, il y a un accomplissement remarquable.

« Je crois que les religions ne s'opposent pas comme s'opposeraient des parts de gâteau. En économie, si j'ai 80 %, l'autre n'aura que 20 %. Ce n'est pas ainsi que cela se passe en religion. Je suis personnellement 100 % bouddhiste, parce que j'ai reçu énormément de ce côté-là et que cela m'aide énormément à être chrétien. Je ne m'en sens pas moins chrétien pour autant, au contraire !

« Je suis fasciné, c'est vrai, par le bouddhisme zen. Je me sens tout à fait dans cet esprit-là. Je n'ai pas la connaissance suffisante pour pouvoir dire que je suis vraiment tout à fait zen, mais autant que je peux je le suis et ça n'empêche pas d'être chrétien, au contraire. Cela revivifie mon christianisme.

« Dans la pratique, il ne s'agit pas d'introduire des formes exotiques, mais il est très envisageable de former, ou de réformer, ou de renouveler nos pratiques. Je puis vous dire que, grâce à la pratique de la cérémonie du thé — qui a un peu été ma voie d'introduction dans le bouddhisme zen —, je célèbre l'eucharistie non pas avec d'autres gestes, mais avec une intensité, une force, que je n'avais pas avant. Quelqu'un qui connaît un peu le cœur du zen, en me voyant célébrer l'eucharistie, comprendra tout ce que j'ai reçu de cette voie particulière du bouddhisme. Il ne s'agit pas d'ajouter des rituels ésotériques, ça serait du syncrétisme. Ajouter un petit truc que j'ai trouvé chez les Tibétains, pour un peu regonfler le rituel chrétien, ça non ! Il s'agit au contraire de rendre le rituel chrétien simple, plus intense. Et j'en suis extrêmement reconnaissant au bouddhisme.

« On entend dire couramment, et c'est vrai, que l'art cistercien avait encore cette intensité, ce contact, ce souci de vérité, de force, et ce respect de la nature, des pierres, des arbres, du bois. Quand il prenait la pierre, ce n'était pas comme à l'époque baroque pour en faire n'importe quoi, donner l'impression qu'on a des feuilles au lieu de la pierre ; une pierre c'est une pierre même quand il y a une fleur sur un chapiteau.

« Grâce, d'abord, au hatha-yoga, puis au zen, j'ai découvert que le corps pouvait être un allié, le lieu d'une prière. Rencontrer quelqu'un, c'est un geste avant d'être une parole. Quand le Christ a institué l'eucharistie, il n'a pas dit : "Dites ceci en mémoire de moi", mais : "Faites ceci en mémoire de moi." Aujourd'hui, dans beaucoup de messes, le prêtre prononce beaucoup de paroles mais fait de petits gestes, que personne ne voit. Alors que le geste, la fraction du pain par exemple, qui est essentiel, se trouve tout à fait négligé. Alors je me dis, commençons par retrouver les gestes... C'est un itinéraire possible, et même nécessaire, je crois.

« Ce que je dis là touche de nombreux frères. Jusqu'il y a trente ans, c'était le fait de quelques pionniers audacieux ; maintenant ça devient le lot de beaucoup de moines et de moniales, pas nécessairement formés, ni spécialement intelligents ou spécialement courageux, mais il y a une prise de conscience qui se fait, une évolution, une remise en branle, une carapace qui tombe et une possibilité de vraiment recommencer beaucoup de choses, fondamentalement chrétiennes et monastiques.

« Bien sûr, cela ne va pas sans quelques craintes. Certains, après avoir rencontré tout ça, se sont sentis tellement libérés qu'ils ont abandonné la vie monastique. Ils se sont mariés, ils sont heureux et vivent très bien. Mais ça fait évidemment mauvais effet, quand quelqu'un qui était un bon moine, un beau jour, commence à faire du zen avec beaucoup d'autres personnes, rencontre une très gentille disciple et finalement part avec elle (rire). L'abbé de ce monastère-là, quand on va lui parler du zen et des bienfaits de l'Orient, va vous répondre : "Je connais, merci !" Il y a trois ou quatre monastères qui ont fait cette expérience. Ça bloque évidemment... Mais dans l'ensemble des monastères de France, je crois qu'il y a vraiment quelque chose qui se passe.

« D'autre part, l'un des buts de la commission dont je suis responsable est également d'aider à avoir un bon discernement. Ne pas prendre en considération n'importe quelle secte néo-hindouiste. Des éléments se présentent sous un visage oriental mais ne sont que des sous-produits frelatés. Il faut donc aider les moines et les moniales à faire la part des choses et ne pas tomber dans les pièges du premier charlatan venu.

« Nos critères de sélection sont fondamentaux : la qualité d'un bon maître, qui ne soit pas imbu de lui-même, qui ne soit pas attaché à l'argent, qui n'ait pas de double visage — un pour les disciples qui l'admirent et un pour les petits amis avec qui il fait n'importe quoi. Et aussi le critère du temps parce que quand on promet l'illumination en deux week-ends, on peut se dire que ce n'est pas tellement sérieux. Il y a un certain nombre de critères, assez faciles à dégager et qui permettent de voir à qui l'on a affaire. »

Marco Diani[1] :
« Le moment est propice. Si l'on considère le mouvement global vers le dialogue inter-religieux depuis

---

[1]. Sociologue au CNRS et représentant de la communauté juive à la Rencontre Inter-Traditions de Karma Ling.

quinze ans, eh bien, le travail du Dalaï Lama a été tout à fait déterminant. Certes, cet homme n'agit pas seul et il existe bien d'autres choses, venant notamment de l'Église (il y a onze ans, c'était Assise, etc.). Mais le fait est que le Dalaï Lama a réussi à faire que le problème du Tibet ne reste pas une simple question interne, mais devienne un levier, un vecteur, et finalement le modèle de référence pour des combats couvrant un spectre impressionnant de catégories, puisqu'il s'agit à la fois d'un mouvement de libération, d'un mouvement de défense des droits de l'homme, d'un mouvement spirituel, d'un mouvement écologique... Autrement dit, un mouvement qui couvre l'ensemble des problématiques aujourd'hui à l'œuvre dans le monde. Et si l'on s'arrête une seconde sur l'aspect plus spécifiquement religieux ou spirituel, il faut reconnaître que c'est un modèle vraiment fort et promis à un grand avenir, dans la mesure où il repose réellement sur une intégrité religieuse *dans le respect des autres*. Le Dalaï Lama pousse cette logique très loin, puisqu'il dit à tous ceux que concerne l'un ou l'autre des mouvements que je viens de citer, à la fois : "Votre problème est le nôtre, notre problème est le vôtre", et : "D'un point de vue religieux, surtout ne venez pas chez nous, restez dans votre tradition, découvrez ce que vous êtes, etc." Et cela ne signifie pas que l'on passe des accords superficiels, en fonction de la conjoncture. Le Dalaï Lama a réussi à faire en sorte que le courant spirituel qu'il représente — et je trouve ça émouvant — soit, non pas politisé, mais ancré dans un vécu existentiel profond. Il peut dire en effet à tous les opprimés de la terre : "Les valeurs que nous défendons sont partagées par d'autres, pas seulement à un niveau formel et superficiel, mais parce que les souffrances que nous endurons sont des souffrances partagées par d'autres en ce moment." C'est par ce chemin que se sont concrétisés sa reconnaissance mondiale et son prix Nobel de la Paix. Ce prix Nobel a salué non pas un pays, non pas un peuple, non pas un représentant religieux, mais un modèle unique permettant de mettre en rapport notre essentiel spirituel et les combats contemporains les plus indispensables. Je pense que ce modèle nous concerne tous, et bien au-delà du groupe des religions et des croyances monothéistes. C'est étonnant, mais vous ne pouvez dire ça d'aucun autre chef ou leader actuellement dans le monde. Et ce qui me semble intéressant, c'est que, depuis quinze ans que ce discours a commencé à se diffuser il a fait un énorme chemin. C'est-à-dire que, peu à peu, tout le monde a été obligé d'adopter ces positions *nolens volens*. Il y a vingt ans, je ne pense pas que le Dalaï Lama aurait pu jouer ce rôle. C'était imprédictible. Cela ne s'est pas fait uniquement en raison d'une figure extraordinaire, ni non plus en raison du bon vouloir des gens, cela s'est fait parce que, à la base, le sort du peuple tibétain a été partagé, à un degré ou à un autre, par des millions de personnes, et que du coup, en haut, les leaders ont été obligés de constater que la terre tremblait sous leurs pieds !

« Ce dont nous avons à discuter maintenant pourrait partir de là. Sinon, dans deux ans, malgré les bonnes volontés, nous en serons toujours aux belles déclarations minimales, car dépendant du *plus petit dénominateur commun*. Les uns diront : "Vous ne pouvez pas citer le nom du Tout-Puissant !" Les autres diront : "Mais nous ne pouvons pas admettre que..." Prenez les déclarations officielles de ces grands rassemblements, changez le logo de référence et ça marche pour tout le monde ! Ça suffit ! Mais je pourrais aussi émettre une critique vis-à-vis de ce que nous avons vécu ici même. Pendant la Rencontre avec les représentants de toutes les religions et traditions, il n'a été demandé au Dalaï Lama que de rester assis toute la journée, sans dire un mot, à écouter les autres. On peut imaginer des manières plus intelligentes de le faire intervenir. Il y avait là six mille personnes, quarante représentants. Il aurait pu vouloir débattre avec eux, lancer un vrai dialogue. Il aurait pu dire : "Oui, je compatis, je sais ce que c'est, nous savons très bien ce que peut être l'oppression, nous sommes là..." Il aurait pu amorcer un effort de médiation entre les uns et les autres... Mais je pense que cela se fera dans l'avenir. Vis-à-vis notamment des Traditions primordiales, il y a un énorme saut à faire. Je pense qu'il y a là une dette énorme de l'humanité vis-à-vis d'une partie d'elle-même. Et que c'est tellement... *politiquement correct* que personne ne pourra dire non, même pas les pires dans chaque tradition ! »

Cheikh Bentounès[1] :
« Les prophètes des religions sont comme les différents grains d'un chapelet et la spiritualité est le fil qui relie l'ensemble des grains. Tous les prophètes sont ainsi reliés les uns aux autres au-delà de leurs différences. Cette image n'enferme pas dans le dogmatisme d'un seul message, mais ouvre sur le message primordial, l'unité qui n'a pas de nom, la religion sans nom, celle de la transcendance. Ainsi, le message d'Adam devient aussi vivant que le message de Noé, d'Abraham, de Moïse, de Jésus, de Mohammed : c'est une continuité, il n'y a pas de rupture. En fait, chaque messager vient apporter une révélation afin que l'homme puisse retrouver l'universalisme en lui. Il n'y a pas opposition mais harmonie entre l'homme et tous les messages qui ont été révélés à l'humanité. On ne vit alors plus dans cette antinomie : moi, j'ai la vérité,

---

1. Maître soufi, chef de la confrérie Alawiya, Cheikh Bentounès nous a rappelé ce prodige incroyable : il n'y a pas deux fleurs, deux flocons de neige, deux humains identiques. Chacun de nous est unique, à l'image de l'Unique. Pourquoi y aurait-il donc une seule religion pour tous ? La multiplicité des croyances, dit-il, est voulue par Dieu.

l'autre est dans l'erreur, ma religion est la meilleure, etc.

« On pourra bien sûr dire que cela est vrai dans l'absolu, mais malheureusement pas dans la réalité, puisque particularismes et sectarismes ne font que croître. Or notre réalité n'est que relative : nous ne sommes qu'un instant du temps. Nous ne voyons ni ne considérons la réalité dans son éternité. Le Prophète disait : "Ne médisez pas le temps, car le temps c'est Dieu." C'est le temps qui enfante, c'est de lui que nous venons et c'est à lui que nous retournerons : cela est vrai pour tous les éléments de notre réalité. La réalité d'aujourd'hui, évidente pour nous, change sans cesse.

« L'homme de demain sera universel ou bien se sera transformé en une sorte de machine pensante. Si on veut garder l'humanité en nous, c'est dans l'universalisme que se trouve l'avenir. Et tous les intégrismes nous rappellent cela : ils viennent des conservatismes qui ne veulent pas être dérangés dans l'ordre — philosophique, moral et religieux — qu'ils ont créé et dans la sphère qu'ils contrôlent : tout cela est figé dans le temps. Toutes les écoles exotériques nous donnent des vérités toutes faites alors que la vraie spiritualité nous pousse à nous réaliser, à partir en quête. La recherche intérieure pousse l'être à aller vers ses possibilités à lui, celles qu'il ignore — elle ne lui donne pas la vérité tout emballée. D'ailleurs, ramener tout à un seul chemin revient à diminuer la grandeur de l'absolu, diminuer l'immense possibilité divine, les ramener à une échelle humaine. Chaque être humain, chaque fleur, chaque goutte d'eau, chaque flocon de neige, chaque feuille d'arbre... a sa spécificité. Chaque graine a son identité. Il n'y a pas deux empreintes digitales pareilles au monde ! C'est cela, le mystère de l'immense puissance divine, qui crée à chaque fois une unité à son image, donc unique ! Elle donne existence à une création nouvelle qui ne ressemble pas à une autre et ce parce qu'elle vient de l'Unique, qui ne refait pas les mêmes choses à l'identique mais les fait à chaque fois différentes pour les marquer d'une empreinte unique. L'avenir s'éclaircira quand les hommes auront compris que cette différence entre chacun est une immense miséricorde pour nous tous. Et le fait qu'il y ait plusieurs façons de voir les choses, plusieurs messages, plusieurs philosophies qui abordent les choses de façon nouvelle et différente, fait partie de cette volonté divine. Cette multiplicité dans sa diversité n'est pas humaine, elle est divine, pour me rappeler sans cesse l'unité. Celui qui comprend cela va vivre dans un environnement à la fois universel et fécond pour lui, parce qu'il va puiser dans la totalité de l'héritage de l'humanité.

« Si on apprenait à nos enfants dans les écoles que les messages d'Adam, de Noé, d'Abraham, de Moïse, de Jésus, de Mohammed, de Bouddha, de Lao-tseu... sont des messages non contradictoires mais complémentaires ? Et cela pour qu'ils aient la possibilité de puiser dans ces traditions afin de les vivre, de les sentir, de les approcher sans les cloîtrer ni les castrer en des systèmes qui finissent par enfermer les esprits et créer des catastrophes. L'être humain doit comprendre la spiritualité au sens large. On nous dit que c'est la misère matérielle et affective qui pousse vers le fanatisme et l'intégrisme. L'injustice joue bien sûr son rôle. Quand un jeune n'a pas reçu d'éducation ou que celle-ci ne débouche sur rien, quand il n'a pas de travail, que tout est bouché, il perd les repères. Il n'est plus nourri, plus fortifié et se révolte devant son manque d'avenir. Certains se contentent de se révolter par la musique, la drogue, d'autres prennent les armes et se font manipuler par des gens qui essaient de prendre le pouvoir et leur vantent le mérite de devenir "martyrs". Les soufis résument cela en trois formules, ils disent : l'exotérisme, c'est toi et moi, donc la dualité et l'affrontement ; il y a toi ou il y a moi. L'ésotérisme change de dimension en disant : toi, c'est moi et moi, c'est toi ; ce qui te concerne me concerne, ce qui t'a fait pleurer me fait pleurer, ce qui te donne de la joie me donne de la joie : il y a un échange permanent. Et enfin, les soufis disent : la connaissance ce n'est ni toi, ni moi, c'est Lui, c'est l'absolu. Et là, tout s'estompe : le moi, l'ego disparaît devant le divin, devant la vérité. Car nous sommes éphémères, inscrits dans le temps, alors que Lui, il est dans le temps, dans l'éternité. Ces formules marquent les trois étapes de notre parcours : dans la première, c'est moi qui ai toujours raison, je veux dominer, avoir la puissance sur l'autre. Le monde d'aujourd'hui est devenu si exotérique que l'on n'enseigne que cela : dans les mosquées, les églises, les synagogues, les chapelles philosophiques, on enseigne l'exotérisme. On fortifie toujours le moi, et donc le toi et donc l'affrontement. Et c'est ainsi que les hommes perdent totalement la notion de cette unité transcendantale d'où ils viennent, et qui est en eux, dans leur empreinte. On a détruit des civilisations entières au nom de principes soi-disant nobles, faits pour sauver l'homme, et qui ne visaient en fait qu'à l'asservir et à le faire penser comme nous. Bien sûr, on ne peut nier le moi : il existe, il a une réalité. Mais ce moi, s'il ne se nourrit pas d'un universalisme, s'il n'intègre pas la relation avec ses propres frères, avec la nature, les détruit. Et l'on voit ce que l'être humain est en train de faire : il détruit plusieurs règnes animaux et végétaux, il pollue, il saccage la nature, il s'attaque à ses semblables.

« Il en va des sociétés comme des individus : la plupart du temps, on ne prend conscience que lorsqu'on prend un choc ; un événement dramatique nous ouvre parfois les yeux. À l'échelle de l'humanité c'est pareil. Il lui faudra des chocs violents pour mettre en doute sa conduite. Qui ignore aujourd'hui que le chemin pris conduit à une impasse ? Quels sont les politiques, les philosophes, les responsables qui ne le savent pas ? Tous ces gens qui ont la responsabilité de gérer la société humaine devraient changer de langage. Qui le fait ? Qui dit la vérité ? On continue à vivre dans le mensonge, à nous cacher la réalité tant qu'on peut, on essaye toujours de nous dominer par des principes qui ne mènent nulle part. Nous sommes à un seuil, à un tournant. »

Jean-Pierre Schnetzler [1] :
« Je pense que ce n'est pas un hasard si ce sont des bouddhistes qui ont organisé cette Rencontre entre toutes les traditions spirituelles. D'une part, parce que le bouddhisme est essentiellement une thérapie — dans le canon, le Bouddha est présenté comme "Le Grand Médecin". Or, il existe dans toutes les traditions spirituelles l'expression d'une volonté de revenir à un état sain. D'autre part, le bouddhisme n'a jamais cherché à imposer sa voie et possède donc un caractère fondamentalement œcuménique : on ne peut pas imposer à quelqu'un d'"avoir la vue juste" ! Le bouddhisme a toujours reconnu la validité des autres religions. Cette position est d'ailleurs antérieure au mouvement rimé.

« J'ai précisément acheté la chartreuse de Saint-Hugon, en 1979, pour en faire un centre œcuménique. En 1981, s'est tenue ici une première rencontre interreligieuse. Je suis donc très content de voir ce que Lama Denys est parvenu à faire de Karma Ling.

« Cette attitude pacifique et tolérante du bouddhisme procède d'ailleurs, au fond, d'une simple observation de la façon dont la vie fonctionne, dans sa réalité naturelle. Nous n'existons qu'en état d'interdépendance

---

[1]. Acquéreur de la chartreuse de Saint-Hugon, qu'il offrit à Kalou Rinpoche, en 1979. Pratiquant de la voie bouddhiste, grand ami de Lama Denys Teundroup, le docteur Schnetzler fut un observateur attentif de toute la préparation et du déroulement de la Rencontre Inter-Traditions.

avec toutes les autres formes de vie, et entre nous. Sur le plan mental, cela correspond à la fraternité.

« Cette Rencontre Inter-Traditions revêt un caractère exceptionnel. J'oserais même dire que c'est une première dans l'histoire de l'humanité. Le monde moderne détruit les structures sur lesquelles il s'est appuyé et met actuellement en place les conditions d'une réforme. L'extension du dialogue aux plus anciennes traditions est d'autant plus extraordinaire qu'elles sont dans la souffrance. Nous avons une très lourde responsabilité vis-à-vis d'elles et nous nous rendons compte de ce que nous avons fait à des gens qui avaient une connaissance immédiate du monde.

« Il nous faut purifier notre connaissance conceptuelle, scientifique, analytique en lui insufflant la dimension spirituelle. Celle-ci doit dominer toutes les autres formes de connaissance, ce qui nous amène forcément à remettre en cause la vision utilitariste du monde. C'est Baudelaire qui, dans *Correspondances*, écrivait :

La Nature est un temple où de vivants piliers
Laissent parfois sortir de confuses paroles ;
L'homme y passe à travers des forêts de symboles
Qui l'observent avec des regards familiers.

« En ce milieu du XIXe siècle, les "paroles" de la nature étaient déjà confuses. On se trouvait déjà dans l'impossibilité de comprendre le langage sacré de la nature. Guénon, Huxley, Shuon ont repris la Tradition primordiale, peut-être au sens de *Philosophia perennis*, c'est-à-dire de philosophie première, essentielle. La notion de Tradition primordiale assouplit les structures dogmatiques et fanatiques, qui vont parfois — on ne le sait que trop aujourd'hui — jusqu'au meurtre. Il ne faut faire aucune concession aux intégristes — mais pas davantage au monde moderne, cette ignominie qui va de toute façon se suicider ! Le XXe siècle traîne un inimaginable potentiel de maladies, de relations d'hostilité, de rapports de domination. Nous n'avons aucun amour, aucune tendresse, aucune compassion. Sur ce sujet, je vous renvoie à l'ouvrage de René Guénon, *Le Règne de la quantité et les Signes des temps.*

« Toutes les traditions pourront-elles résister à la poussée du modernisme ? Nous entretenons un rapport de maître à seigneur avec les objets. La connaissance ne procède plus que selon le mode analytique, d'où la valeur absolue que nous accordons à la science. Comment espérer guérir ?

« 1. En modifiant la pensée. Qu'est-ce qui constitue la caractéristique de l'homme ? Son pur esprit, qui est vide, vacuité et qui comprend toutes les choses particulières. Il est la lucidité et l'autoconnaissance. Il est gros de tous les possibles, libre d'obstacle et capable de tout produire, au-delà de tout ce qui régit le rapport des objets. Il nous faut donc changer notre vision. L'intelligence scientifique est inférieure, elle est esclave de ses préjugés fondateurs. Le nouvel holisme est une brèche dans le mur du scientisme. Ce qui est primordial, c'est la sagesse contemplative. La sagesse analytique est également fondamentale mais dans une catégorie ultérieure et donc inférieure.

« 2. L'esprit une fois réhabilité, émerge une autre échelle de valeurs. On comprend clairement que tout ne peut plus être comme avant. Il faut se méfier des aspects trop exotiques et trop voyants qui, s'ils offrent une détente, ne laissent rien de probant. Il ne faut pas baisser les bras, même si c'est foutu. Il faut jouer le jeu : répandre la vérité de façon inlassable, car c'est la seule chose que l'on ne peut pervertir. La vérité ne peut être pervertie : "La vérité vainc tout." C'est la seule chose qui peut changer les gens en profondeur (voyez la résonance entre saint Jean et Bouddha dans leurs discours respectifs sur la liberté). Il faut se rendre utile à la libération, tous les autres buts sont mineurs. »

DEUXIÈME PARTIE

LA CLAIRE VISION DU MONDE PRIMORDIAL

par Alain Grosrey

« Nous considérons l'ouverture du cœur et de l'esprit comme l'élément le plus important du dialogue. »

Lama Denys Teundroup

PRÉAMBULE

Méditation après le départ des Anciens

Dernier rituel du chamane de Touva / Flèche-médecine venue d'Amazonie / Ce que n'a pas été la Rencontre Inter-Traditions / Le rôle de Sa Sainteté le Dalaï Lama et du Lama Denys Teundroup.

La Rencontre Inter-Traditions s'est officiellement terminée le 2 mai au soir. Nombreux sont ceux qui ont déjà quitté Karma Ling. Si le rythme de vie coutumier reprend peu à peu sa place, les yeux de tous ceux qui ont eu la chance de participer aux rituels, à toute cette vie de partage qui aura duré sept jours, portent l'empreinte profonde laissée par tous les représentants des Traditions primordiales.

Installé à l'une des tables où nous avons pris tous nos repas, je contemple le va-et-vient des uns et des autres occupés aux nécessités alimentaires. Après plusieurs jours de pluie, le soleil refait une timide apparition. Nous venons de saluer très chaleureusement Fallyk Kantchyyr-Ool, chamane de Touva, et Nadia Stepanova, chamane de Bouriatie, ainsi que leurs accompagnateurs et traducteurs, qui regagnent dès demain leur pays. Fallyk a revêtu sa longue tunique traditionnelle de couleur pourpre, ornée d'imprimés circulaires jaune doré. Les senteurs du feu de bois qu'il a allumé hier en début de soirée pour un dernier rituel émanent encore de lui.

Beaucoup de monde s'était rassemblé la veille sur la petite plate-forme attenante à l'ancien édifice de la chartreuse. Il a enfilé ses bottes de cuir épais dont la pointe forme une demi-boucle, revêtu sa longue veste de cérémonie lie-de-vin ornée de tous les signes et objets de pouvoir, et placé sur sa tête la coiffe surmontée de grandes plumes noires.

Il a allumé son feu dans un grand chaudron peu profond. Saisissant son tambour qu'il martelait à l'aide d'une massette en bois gainée de cuir, l'*orba*, il a commencé à chanter d'une voix rugueuse sans mélodie particulière, car le chant ici n'est pas musique mais art d'entrer en communication avec les forces occultes. Au vu de son visage souvent crispé, l'émission de sons puissants, presque stridents, qui fendaient l'air en même temps qu'ils imprimaient à son corps des sortes de convulsions, semblait la chose essentielle. Il lui fallait percer la carapace du monde sensible pour accéder au monde invisible et entrer en relation avec ses protecteurs et les esprits du lieu.

Brusquement, quand l'« autre vue » a été acquise, le chamane est redevenu silencieux. Il a pris alors une étoffe blanche et s'est dirigé vers le grand cyprès à double tronc situé à l'est. Il s'est agenouillé devant l'arbre, lui a adressé quelques paroles avant de le saluer à trois reprises et de fixer avec soin à l'une des branches un fragment de l'étoffe. Il a entonné ensuite son chant dans les quatre directions, suivant le battement régulier de son tambour. Puis il a demandé à tous ceux qui participaient directement au rite d'offrir à l'arbre une langue de tissu. Après s'être incliné devant le conifère, chaque participant a répété les gestes du chamane et, en peu de temps, les branches basses du cyprès ont été mouchetées de points blancs. Alors que le rite de purification se terminait, le soleil a glissé derrière le flanc de la montagne dont les lignes à l'ouest ondulent avant de se fondre dans la vallée.

Fallyk s'est lancé alors dans des séries d'explications, signalant avec beaucoup de vigueur, mais sur un ton enjoué, que nous provenons tous de la même et unique source, et que tout être, même chez les animaux, est finalement chamane. « Cependant, a-t-il précisé, peu nombreux sont ceux qui font attention à cet état sommeillant au plus profond d'eux-mêmes. Ici, j'ai vu des gens qui possèdent véritablement les qualités qui font un chamane. » Il a invité les participants à se placer à l'est du feu puis à le saluer trois fois avant de saisir un petit bout de bois incandescent qu'ils ont lancé en contrebas pour « ajouter de la chaleur subtile à tous les éléments qui composent ce lieu ».

La spontanéité de ce rituel laisse entrevoir, derrière l'évidence des apparences, la richesse des vies invisibles et silencieuses que des langages magiques faits de signes, de gestes et de cris rendent plus proches de nos vies ordinaires. Mais en même temps, cette richesse, qui participe indéniablement de ce monde, parce que le chamane la sent tout autour de nous et aussi en nous-mêmes, paraît absente de nos existences empêtrées dans le vacarme des mots, des bavardages stériles, dans la confusion des pensées et des représentations. Il faudrait un long et profond silence, apprendre peut-être à se taire, pour que tous les pans de la vie se donnent à « voir », pour que nous puissions vivre pleinement les mystères et que transparaisse enfin le caractère hautement précieux de l'existence terrestre.

La voix du chamane de Touva, qui appelait les forces secrètes, est aujourd'hui une vibration déjà lointaine et pourtant, même si nous ne les sentons pas, les forces secrètes, qui sont partout, qui entourent tous les hommes et habitent en tout lieu, nous regardent et nous guettent sans cesse.

Mais qu'en savons-nous encore, nous qui avons signé un pacte avec la vie artificielle, nous qui nous sommes inclinés devant les prouesses scientifiques et techniques, entourés désormais d'objets qui pourraient nous faire croire que le milieu naturel appartient à un autre temps, à un autre espace ou même qu'il n'existe pas ? Nous sommes tombés sous le charme d'une magie très puissante mais qui n'est finalement qu'une pâle et fade caricature de toutes les opérations subtiles et sacrées dont rend compte Fallyk Kantchyyr-Ool.

Alors que je songe aux différences qui dressent parfois un mur d'incompréhension et d'intolérance entre nos deux mondes, la flèche que Don Hilario Chiriap, Shuar d'Amazonie, vient de m'offrir attire toute mon attention. Elle est un pont tendu entre nos deux univers et ce lien de cœur à cœur qui nous rappelle l'un l'autre notre parenté profonde.

Ce n'est pas un objet, ni une œuvre d'art, même si des hommes de notre Occident pourraient en exposer des collections dans les musées ou les galeries d'art. La flèche n'est pas faite pour être vue ou admirée dans un espace qui ne répond pas à sa fonction. Car elle a une fonction, une histoire, un rôle à jouer là où des hommes tracent des « chemins fantômes » dans la jungle.

Sculptée dans un bois sacré de couleur sombre, elle mesure une trentaine de centimètres. Sa pointe très effilée comporte trois faces et trois séries de deux encoches qui sont le symbole de l'alliance entre l'homme et tous les autres êtres qui composent la Mère Nature. Le reste de son corps est entièrement recouvert de plumes rouge orangé au duvet légèrement grisé. Elles sont fixées à l'aide de très fines lianes et séparées en leur milieu par un anneau de plumes bleu turquoise. Le mariage harmonieux des couleurs, de la liane, des plumes et du bois rendrait bavard celui qui s'attarderait sur son esthétique.

Lorsque j'ai remercié Don Hilario Chiriap, j'ai senti dans la puissance de son accolade la valeur de son don et de notre amitié naissante. Je savais que cette flèche n'en était pas une et qu'il attendait que je le questionne sur sa fonction, pour oser parler. Car Don Hilario Chiriap sait être très discret et très effacé quand il s'agit d'expliquer quelque chose qui fait appel à ses ancêtres et qui relève donc de sa tradition. Il connaît le pouvoir et le danger de la parole qui rend présent ce qu'elle désigne. Le mot, manifestation du souffle vital qui s'enracine au centre de la personne qui le prononce, est non seulement l'apparence grossière du principe de vie mais aussi le véhicule qui transmet ce qui en l'homme est le plus intime et le plus sacré. La manifestation verbale est un chant du cœur, c'est pourquoi elle a une dimension hautement spirituelle.

Il avait déjà fait allusion à ce qu'il appelle lui-même une « médecine », c'est-à-dire un ensemble de fonctions et de procédés, en rapport avec un objet particulier ou une plante, qui ont le pouvoir d'intensifier notre relation avec le monde sacré. Pour répondre à ma curiosité, il a ajouté : « La flèche, telle qu'elle se présente à toi, est une "médecine" que l'on utilise, entre autres, pour nettoyer la pipe, préparer la "médecine" du tabac et de l'ayahuasca [1]. Elle n'est pas utilisée pour la chasse. Elle ne s'emploie que lors de cérémonies. On prépare l'autel et on place ces flèches dans la terre en arc de cercle autour du feu.

« Celle que je t'ai donnée sert à convoquer l'esprit des oiseaux. C'est le chasseur Nayapi, un homme très

---

1. Boisson sacrée issue d'une décoction de plantes. Elle est largement répandue dans tout le bassin amazonien et n'est en aucun cas à considérer comme une drogue. Voir l'arcane *Terre-Mère*.

sage, qui nous a légué les instructions concernant ces flèches. Il les plaçait à l'entrée des chemins. Il nous a dit de toujours "chanter[1]" de cette façon quand on veut chasser ou trouver de la nourriture. Ce sont des instructions données d'une façon originale pour que ça te protège.

« La flèche, qui t'accompagne désormais, signifie pour nous le "pouvoir", le pouvoir de la création quand on est initié sur le chemin spirituel. Le souffle du pouvoir donné par le maître au niveau de la tête[2] représente le même pouvoir que les initiés ont reçu de la création [Don Hilario Chiriap place la flèche sur sa tête] et il traverse tous les centres du corps pour se transformer en une énergie créatrice.

« La flèche attire donc tout le pouvoir qui se transforme en l'énergie propre à l'être. On appelle cela *tsentsa*. Dans ta langue, tu dirais peut-être l'"esprit" ou l'"énergie". Dans une traduction littérale, on emploierait le mot "flèche" parce que la représentation spirituelle de l'esprit a l'aspect d'une flèche. Mais ce n'est pas la seule forme qu'on peut lui attribuer parce que les esprits n'ont pas une forme unique et définie. Ils apparaissent sous cet aspect de façon à ce que les gens puissent les reconnaître.

« Si tu la passes sur le corps d'un malade, elle peut le guérir. Tu peux la conserver dans une boîte ou sur un autel personnel. À ce moment-là, c'est comme si tu avais ce pouvoir. Rappelle-toi qu'un être est là, totalement présent. Il ne faudra pas que des gens non avertis la prennent entre leurs mains. Imaginons qu'une personne que j'estime beaucoup soit assise là où nous sommes. Il n'est pas question que tout le monde s'ap-

---

[1]. « Chanter », c'est entrer en communication avec le monde invisible.

[2]. Don Hilario Chiriap fait référence à une pratique de transmission. À un certain niveau de l'initiation, le maître souffle sur plusieurs zones du corps de son disciple pour enraciner en lui le pouvoir.

proche d'elle et la touche. Il faut connaître la manière dont on doit l'aborder. C'est essentiel !

« Chez moi, je possède d'autres instruments et "médecines" qui ont l'apparence de flèches et que l'on place sur l'autel, mais quand on arrive à les voir dans la dimension qui leur est propre, ce sont des enfants, des hommes, des femmes, des ancêtres, des tigres, des anacondas, des serpents ou des aigles. Tu vois, il n'y a donc pas qu'une seule forme !

« Si l'on entre dans la profondeur de l'esprit, il est possible de l'invoquer au cours d'une pratique méditative de telle sorte qu'il s'offre à la "vue" sous ses apparences diverses. Mais il peut apparaître aussi en rêve. Quand on rêve après une méditation, l'esprit ou le "pouvoir" se présente tel qu'il est et il va s'expliquer lui-même dans le rêve et te dire : "Je suis comme ça ; je suis cela." »

Quand je contemple cette « médecine », sans être capable de sentir encore ce qu'elle incarne vraiment, je ne peux m'empêcher de songer à ceux qui ont été fascinés par les enfants-de-la-nature. Je comprends mieux désormais pourquoi Le Clézio affirmait après sa longue expérience au Mexique et au Panama : « Je ne sais pas trop comment cela est possible, mais c'est ainsi : je suis un Indien [1]. »

Je comprends mieux également ces colons du XVIIIe siècle qui, éblouis par le mode de vie des enfants-de-la-nature et désireux de réaliser leur rêve de liberté et d'indépendance dans un territoire vierge, se sont « ensauvagés » comme le disaient alors les puritains. La rencontre avec l'Autre a engendré un effet de miroir. Lahontan l'a très bien montré, dès le début du XVIIIe siècle, dans ses *Dialogues* inspirés de sa fréquentation de la société huronne au Canada. Certes, il défend et donne en exemple le mode de vie des

---

1. Première phrase de son très beau livre intitulé *Haï*, Flammarion, « Les Sentiers de la création », coll. Champs, 1971.

Hurons, mais c'est pour mieux dénoncer les valeurs et les mœurs des Français de son époque. Une telle position, qui dresse l'une contre l'autre deux représentations du monde, a engendré deux écueils. Le premier a consisté à « diaboliser » le Blanc et à idéaliser totalement l'homme naturel. Cette idéalisation d'un état de nature souvent utopique, qui a assuré d'ailleurs la gloire du mythe du « bon sauvage », a parfois intensifié le mouvement contraire qui rejetait les peuples autochtones hors de la culture et de l'humanité. C'est là le deuxième écueil. Les discours visant à dévaloriser tous ces peuples participaient indéniablement d'une volonté incessante de domination animée par une idéologie raciste.

En soulignant l'existence d'une sauvagerie et d'une barbarie au sein même du psychisme de l'être dit civilisé, la psychanalyse a joué un rôle important dans l'amoindrissement de ces constructions imaginaires. Mais c'est sans doute dans la littérature du respect et dans le domaine de la recherche ethnographique qu'il faut trouver les germes les plus féconds d'un changement profond d'attitude à l'égard de « l'Autre ».

Claude Lévi-Strauss, s'inspirant des thèses de Rousseau dont il prend d'ailleurs la défense, a tracé des pistes pour tenter de surmonter ces deux écueils : bâtir un modèle théorique de la société humaine qui s'appuie sur l'étude des peuples primordiaux afin de juger notre état présent et parvenir à la réforme de nos propres mœurs. Mais là encore, la défense de l'Autre est presque un alibi qui sert à masquer l'exploration rationnelle de la dimension de l'homme oubliée ou écartée dans les dédales d'une science de plus en plus technicienne.

Les acquis de l'école anthropologique française tournent autour de la reconnaissance d'une pensée « à l'état sauvage » de caractère universel. Toutefois, il est impossible de nier la diversité tant elle est criante. Considérer que la notion d'« unité dans la diversité » colle à merveille à la Rencontre Inter-Traditions reviendrait alors à admettre l'importance du relativisme. Il semblerait que je ne puisse aller vers l'Autre et que l'Autre ne puisse aller vers moi qu'avec des outils de compréhension qui sont propres à chacun et qui sont eux-mêmes relatifs à notre propre culture.

D'un côté, nous sommes en présence d'une tentative pour dégager des universaux de pensée qui auraient la fâcheuse tendance à gommer toute forme de diversité ; et, de l'autre, l'approche relativiste risquerait de rendre impossible toute compréhension entre les traditions.

Ces remarques se révèlent fondamentales dans la mesure où la Rencontre Inter-Traditions n'a pas été teintée par ce regard ethnologique qui voudrait dépasser la pluralité des visions du monde, ni par celui qui, sous le prétexte d'une diversité irréductible à l'unité, dresserait entre les cultures des fossés que nul ne pourrait jamais combler.

L'expérience d'un rapport humain fondé sur l'écoute et le partage entre des représentants des Traditions primordiales était indéniablement l'essentiel. Quant à nous, Européens, il n'était pas question de faire œuvre ethnologique et de « penser l'Autre », comme le disent parfois certains scientifiques, mais de vivre une expérience d'ordre initiatique consistant à entrer avec humilité dans l'intelligence vivante d'une vision du monde différente de la nôtre et dont nous n'avons saisi que quelques fragments.

Quand je demande à Don Hilario Chiriap s'il a entendu parler de Rousseau ou de Lévi-Strauss, le froncement de ses sourcils en dit assez long ! S'il nous est devenu nécessaire de le connaître pour admettre la réalité de notre propre folie destructrice, a-t-il besoin de savoir qui nous sommes au-delà du seul masque souvent terrifiant qu'il lui est donné de voir en Équateur ? C'est une question devenue essentielle à un moment où les Traditions primordiales font face, après l'évangélisation, à un nouveau système de valeurs qui vise à estomper les particularités locales au profit de la spécificité nationale et de la mondialisation. Mais elle ne doit en rien évincer son aspiration profonde à communiquer selon ses propres modalités sans que nous ayons à intervenir pour le faire penser à notre manière. Il faut en finir avec l'idée que seul le « civilisé » ou l'« évolué » peut parler au nom des enfants-de-la-nature. Ces derniers, qui prennent depuis quelques années la parole et qui commencent à peine à être entendus dans les cénacles internationaux, ont des messages fondamentaux à faire passer tant sur leurs conditions, leurs revendications, leurs aspirations que sur leurs traditions.

Tenir entre les mains cette « médecine » en forme de flèche est assurément le signe de la mondialisation des échanges derrière laquelle se profile l'incontestable occidentalisation du monde. La marée montante de l'ère planétaire, incapable encore de gommer les fractures et les divisions, doit son flux à l'aspiration à l'unité fraternelle de l'humanité. Retournement incroyable de l'histoire que la présence en France de cette « médecine » avec celui, à peine sorti de l'Amazonie, qui en détient les secrets !

Pouvoir discuter ici avec les détenteurs d'enseignements que bon nombre de nos ancêtres, depuis la fin du XVe siècle, n'ont eu de cesse de dénigrer, de bafouer et d'annihiler en détruisant ceux qui en dépendaient, exprime indéniablement la chute de nombreux interdits et *a priori*. Cela n'efface pas pour autant les souffrances qu'ont endurées les représentants des Traditions primordiales : des souffrances qui s'étendent sur des siècles et sont considérables. Sans doute ne le dira-t-on jamais assez pour que naisse plus largement une attitude d'écoute respectueuse à l'égard des survivants d'un monde mutilé et atrophié.

Mais il est certainement vain et impropre de les cantonner dans ces rôles de victimes pathétiques et de rescapés d'un passé que l'incessante extension du modèle occidental rend de plus en plus évanescent. Du « c'était un monde enfant » de Montaigne aux qualificatifs de « sauvages », « barbares » ou « primitifs », ce sont tous les degrés d'une échelle de jugement sur l'Autre que l'on a vus naître dans la tentative ethnocentrique européenne pour classer les sociétés primordiales selon une vision unilinéaire de l'évolution humaine qui les a refoulées, souligne Boutros Boutros-Ghali, ancien secrétaire général des Nations unies, « dans la marge de la vie nationale et internationale ».

Plusieurs facteurs ont rendu possible la Rencontre Inter-Traditions. Dès sa création, Karma Ling n'a cessé d'œuvrer dans une perspective d'ouverture et de polyvalence, multipliant non seulement les rencontres entre hommes de religion mais aussi entre le bouddhisme et les éléments constitutifs de l'environnement contemporain : les sciences et les philosophies.

L'une des qualités fondamentales du bouddhisme est d'être un lieu où les voies spirituelles et les voies de connaissance peuvent s'ouvrir les unes aux autres, dialoguer et trouver des terrains d'entente fructueux. Il n'y a jamais eu de guerre de religion justifiée par le bouddhisme et, son approche n'étant ni théiste ni athée, il échappe aux tiraillements qui existent entre ces deux extrêmes. « Voie du milieu », ni dogmatique ni formaliste, qui considère les expressions conceptuelles comme étant toujours relatives, le bouddhisme est une tradition qui s'enracine profondément dans la tolérance. Un tel contexte favorise, avec beaucoup de souplesse et d'ouverture d'esprit, les dialogues avec les traditions théistes.

Lama Denys Teundroup n'a eu de cesse de répondre à l'un des vœux les plus chers de Jean-Pierre Schnetzler qui se plaît à rappeler que, lorsqu'il a acheté la chartreuse en 1979, il souhaitait que Karma Ling devienne un centre inter-religieux. Il ne l'est pas devenu véritablement puisque ce n'est pas sa fonction première. Considérons-le plutôt comme un lieu de partage qui répond d'ailleurs aux aspirations du grand maître que fut Kyabdjé Kalou Rinpoche, l'un des plus grands représentants contemporains de la tradition rimé.

Cette tradition, dite de l'impartialité et du décloisonnement entre les écoles, est née au Tibet dans le courant du XIXe siècle. Elle prône le retour aux sources des enseignements dans la pratique méditative la plus profonde. Mettant l'accent sur l'expérience de la nature ultime de l'esprit, cœur du cheminement spirituel non seulement dans le bouddhisme mais aussi dans toute tradition authentique, elle a trouvé un prolongement dans la rencontre avec d'autres traditions. Ce qui était vrai au sein du bouddhisme dans sa coloration tibétaine s'est révélé l'être aussi dans les rencontres inter-religieuses.

Lama Denys, prolongeant l'inspiration de son maître, œuvre au rayonnement de la tradition rimé. Par sa double formation — l'une traditionnelle et orientale ; l'autre, scientifique et occidentale —, il est devenu un traducteur ou une interface d'esprit à esprit, de tradition à tradition. Ainsi, outre sa vocation à transmettre la compréhension et l'expérience essentielles de la voie du Bouddha dans la vie contemporaine, en intégrant l'essence de ces enseignements et de leur pratique à la culture occidentale, Karma Ling est naturellement devenu un espace ouvert de rencontres et de dialogues non dogmatiques.

Le second facteur est relatif à l'expérience personnelle du Lama Denys : il a développé un profond intérêt pour les Traditions primordiales dont l'approche fondamentale converge largement avec celle des transmissions qu'il a reçues. Invité en Équateur pour guider une retraite de méditation, il a eu l'opportunité d'entrer en relation avec Don Hilario Chiriap qui tente de sauvegarder les enseignements shuars. Frappé par sa motivation, le caractère authentique de sa tradition, les difficultés et les souffrances que rencontrait son peuple, il a résolu de l'aider du mieux qu'il pouvait. Il s'est senti dès lors très concerné par le sort des Traditions primordiales, et c'est ainsi que l'idée d'organiser des journées de partage entre des représentants des plus anciennes traditions a commencé à germer.

Il a aussi eu la possibilité d'en parler avec le Dalaï Lama qui est du reste mondialement connu pour sa contribution au dialogue inter-religieux et son intérêt pour la transdisciplinarité. Sa Sainteté est convaincue que la religion et la spiritualité sont indispensables à l'homme, surtout dans le contexte des sociétés technocratiques. Selon lui, le dialogue inter-religieux est un garant d'harmonie et de compréhension entre les peuples.

Leur rencontre à Strasbourg en octobre 1996 a été décisive. Lama Denys lui a présenté le projet qui a rencontré son assentiment. À cette occasion, Sa Sainteté a énoncé quelques conseils qui sont immédiatement devenus les lignes directrices du travail à venir : « D'après ma propre expérience, je pense qu'une telle Rencontre doit avoir deux objectifs majeurs : le premier est que les principales traditions mondiales considèrent comment participer à l'amélioration du monde et de l'humanité en général, par la promotion de valeurs humaines fondamentales telles que la compassion et l'éthique séculière. Le second objectif est que chacune de ces grandes traditions considère comment contribuer à la préservation des différentes traditions anciennes qui œuvrent pour le maintien et la survie de leur propre communauté. »

Il semble que son intérêt soit dans la mouvance d'une décision qu'il a formulée dans un petit texte publié en 1985 par les bons soins de la Journée de la

Paix et où il écrit : « Puisque les gouvernements actuels n'assument pas les responsabilités dites "religieuses", il incombe aux dirigeants humanitaires et religieux de renforcer les organisations civiques, sociales, culturelles, éducatives et religieuses actuelles afin de ranimer les valeurs humaines et spirituelles. Le cas échéant, nous devrons créer de nouvelles organisations pour atteindre ces buts. Ce n'est qu'en agissant ainsi que nous pourrons créer une base plus stable pour la paix mondiale[1]. »

C'est ainsi qu'est née la Journée Inter-Traditions, journée exceptionnelle où, devant des milliers de personnes, les représentants des Traditions primordiales, des religions mondiales, de l'ONU, de l'UNESCO et du monde des sciences ont partagé tous ensemble de grands moments de prière et de souhaits. Il est certain que la présence du Dalaï Lama fut fédératrice. Lama Denys reconnaît après coup qu'il aurait été très difficile d'organiser une telle Rencontre sans le soutien et l'extraordinaire aura de Sa Sainteté.

Dans l'urgence, il a fallu dresser une esquisse de l'Organisation des Traditions unies (OTU) dont l'une des finalités serait de contribuer à l'émergence d'un Cercle des Anciens soucieux du respect de la diversité. L'acronyme OTU, calqué sur SUN (Spiritual United Nations) attribué à Sa Sainteté, définit une démarche totalement opposée à la création d'une religion mondiale. Sa vocation est d'œuvrer à la compréhension de l'intelligence des Traditions mondiales et primordiales dans leur unité et leur différence, d'offrir une base de rencontre entre les Traditions primordiales des cinq continents, le monde contemporain et les grandes religions, et enfin, d'initier un dialogue autour de la réalité de l'interdépendance et de la vie sacrée universelles qui intègrent l'humain et le monde naturel dans une économie harmonieuse.

---

1. *La Paix mondiale, une approche humaine*, p. 25.

Il faut savoir que les Traditions primordiales, qui ne tiennent quasiment jamais le devant de la scène médiatique et qui n'ont souvent que leur spiritualité comme moyen de survie, se font détruire ou phagocyter par les traditions monothéistes et que, dans le choc intertraditionnel, elles ne disposent pas toujours d'outils conceptuels qui leur permettraient de faire face. Ainsi, elles sont peu à peu anéanties par la colonisation à la fois matérialiste, conceptuelle et intellectuelle qu'opère la culture occidentale.

D'une façon générale, le monothéisme a développé une tendance dogmatique et stéréotypée de l'unicité et de l'omnipotence de Dieu. L'histoire prouve que cette orientation tend à se cristalliser dans des institutions politiques centralisées à propension impérialiste et colonialiste. Les peuples primordiaux ont souffert et souffrent encore incontestablement de cette situation et d'actions politiques ou économiques qui ne sont pas en leur faveur. Toutefois, il serait erroné de ne pas établir d'importantes nuances. Aucune religion n'est réductible à cette attitude.

Par ailleurs, le Dalaï Lama, Prix Nobel de la Paix, a été perçu comme un modèle par les Anciens. Jean-Claude Carrière, qui a été le maître d'œuvre de la Journée Inter-Traditions, a bien ressenti cette dimension particulière : « C'était ça la force de cette Rencontre, dit-il. C'était que pour la première fois on donnait la parole et le geste à des peuples qui avaient, pour certains, quasiment disparu de la surface du globe et qui reconnaissaient dans la personne du Dalaï Lama un humilié, un offensé, et même un exilé, un des leurs. Et pour eux, c'était extrêmement important, on n'imagine pas à quel point ! Pouvoir s'incliner devant lui, lui remettre un cadeau... Il y avait une espèce de solidarité secrète et c'est ce qui a fait la grandeur de la Journée.

« J'ai tout de suite essayé d'établir le sentiment très vague de la culture comme moyen de survie. Ensuite beaucoup de gestes et de voix qu'on a entendues se sont attachés à cette idée de départ, à savoir que le peuple juif avait donné l'exemple d'un peuple sans force militaire pendant vingt siècles et qui pourtant a réussi à maintenir précieusement son identité grâce à la forme de sa culture. C'est exactement ce que le Dalaï Lama essaie de faire en tentant de maintenir l'identité tibétaine non pas au Tibet, où elle est menacée, mais ailleurs, et cela grâce à la culture tibétaine.

« On a éprouvé un sentiment identique chez tous les représentants des Traditions primordiales et par moments le Dalaï Lama se penchait vers moi et me serrait la main, il le sentait aussi très fort... Voilà à mon sens, au-delà des rituels et de la beauté de ce que l'on a vu et entendu, la caractéristique essentielle de la Journée. Et si l'on a pu contribuer un peu à faire que les inconnus soient connus ou que les inconnus se fassent connaître, eh bien, tant mieux ! »

L'événement ne se situe donc pas dans une sorte de gigantesque foire internationale des religions, tant les objectifs initiaux ont été clairs et précisément explicités. Il n'y eut rien à vendre, rien à promouvoir si ce n'est la paix entre les peuples et avant tout l'aide à cet archipel de minorités que constituent les représentants des Traditions primordiales. Ne confondons pas les initiatives qui visent à renforcer les solidarités à un niveau transculturel et qui s'inscrivent dans le respect constant des spécificités propres à chaque tradition, avec le vaste marché spirituel qui, au nom de l'avènement d'une nouvelle ère et d'un nouveau mondialisme souvent virtuel, émousse les différences et gomme les aspérités.

Aujourd'hui, le dialogue inter-religieux, de plus en plus fécond et hétérogène, reste une sphère mouvante en perpétuel devenir. Il existe également un dialogue intra-religieux, très proche finalement de l'esprit de cette Rencontre, qui passe par la reconnaissance commune d'une Vérité Une qu'éclaire l'expérience spirituelle primordiale. Le père Pierre-François de

Béthune nous a expliqué que le dialogue commençait à avoir des incidences directes dans la vie des hommes de foi. Après avoir évoqué les rencontres entre religions « où l'on parle, on parle, on parle », il a expliqué : « Nous commençons à réaliser qu'il ne suffit pas de parler mais qu'il faut également être, vivre. C'est je crois un progrès qualitatif très important dans la rencontre des religions. »

Nous estimons qu'il est indispensable de distinguer « dialogue » et « rencontre » : le premier est un travail de longue haleine, qui évoque un partage qui passe, entre autres, par le discours ; le second terme, sur lequel nous reviendrons plus loin, implique fortement un partage au niveau de l'expérience. La rencontre ne nécessite pas nécessairement le recours à la parole, et à ce titre les enfants-de-la-nature nous l'ont bien montré. En revanche, l'investissement dans l'autre tradition doit être total et ne pas générer de syncrétisme hasardeux. On peut être 100 % catholique et 100 % hindou ou adepte du bouddhisme, mais pas 20 % de l'un et 80 % de l'autre, semblait nous dire le père de Béthune. Cette perméabilité entre les grandes traditions laisse à penser qu'elles ne se suffisent pas à elles-mêmes ou qu'ayant perdu — ce peut être le cas du christianisme — un contact direct avec leurs racines les plus essentielles, elles ne sont plus totalement opérantes et donc plus à même d'être une voie spirituelle réellement complète. Ces remarques, sans doute discutables, se révèlent tout de même importantes pour signaler que des garde-fous paraissent indispensables pour éviter des amalgames fâcheux.

Ces données rapidement exposées situent quelque peu le cadre de la Rencontre qui s'est tenue à Karma Ling. Les Anciens étaient venus renforcer des liens, entrer plus profondément dans la compréhension et l'aide réciproques, goûter ensemble la même expérience reliant les plus anciennes traditions du monde au-delà des cultures et des différences.

LE CERCLE DANS LA MONTAGNE

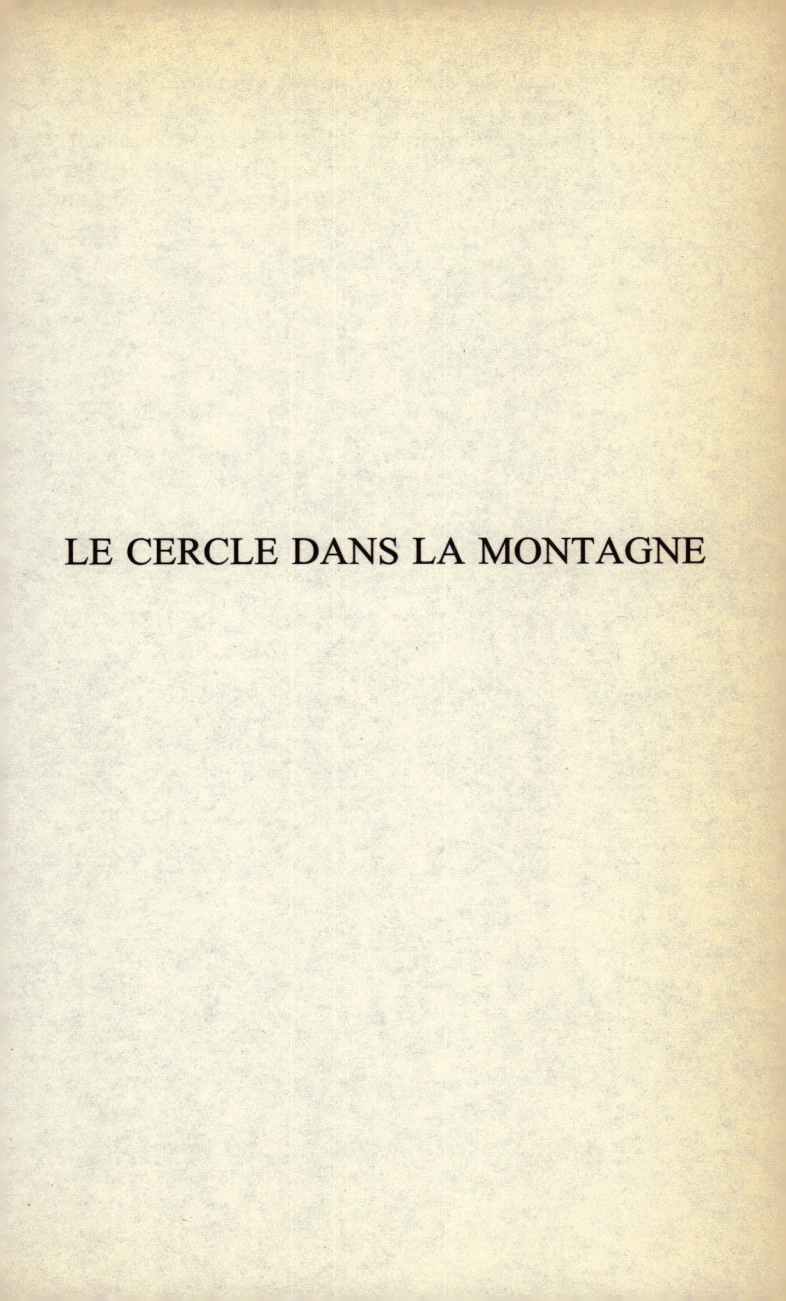

1

Beauté du Cercle sacré

Rappel de la prophétie de Don Hilario Chiriap / La figure synthétique de l'homme debout / L'unité originelle / Transformation alchimique de l'homme.

Quand, en cette fin de journée du 3 mai 1997, commença le démontage du dôme immaculé, il devint difficile de ne pas se laisser gagner par la nostalgie en songeant aux formidables moments partagés. Regardant les places qu'occupaient les enfants-de-la-nature et qui étaient désormais étrangement vides, je ne pouvais m'empêcher de songer que le Cercle sacré est comme un feu qu'il faut sans cesse entretenir.

J'aurais aimé que Hehaka Sapa, saint homme oglala, sage parmi les sages, que le livre de John G. Neihardt [1] a fait connaître au monde, revienne pour voir que le Cercle pouvait englober aujourd'hui ses frères des cinq continents. Certes, les choses sont désormais différentes, mais son désespoir aurait sans doute été atténué.

M'approchant du foyer qui avait été le cœur des

---

1. *Élan Noir parle. La vie d'un saint homme des Sioux oglalas*, Le Mail, 1993.

rituels, je me disais intérieurement qu'il était possible que la prophétie contée par Don Hilario Chiriap[1] se réalise, parce que le Shuar est effectivement sorti de sa grande forêt et a traversé l'océan pour voir ce qui se passe depuis que Yous a offert à toutes les créatures une existence sur cette Terre.

Il y a eu, nous a conté Don Hilario Chiriap, une rencontre initiale entre tous les êtres qui s'est soldée par leur répartition sur le globe. À l'époque, les êtres humains étaient peu nombreux et les espaces immenses. Une telle situation permettait aux différents peuples de vivre séparément. Selon lui, nous sommes entrés dans ce qu'il appelle la période de la « nouvelle rencontre ». La multiplication des voyages et la mondialisation correspondent aux prémices d'un processus de compréhension qui va permettre de dépasser les conflits. Cependant, un tel processus est encore loin d'avoir atteint sa pleine maturité !

La joie de Don Hilario Chiriap, comme de tous les Anciens tout au long de ces journées, n'a fait que traduire cet espoir que la Rencontre de Karma Ling est venue conforter. Il est à souhaiter que les enfants-de-la-nature contribuent à nous faire découvrir une autre facette de nous-mêmes qui ne sera peut-être pas sans rappeler le portrait du Pahana, le frère-blanc-disparu de la mythologie des Hopis, ou du Quetzalcoatl toltèque et aztèque, ce symbole du besoin de fraternité universelle.

Pendant que le Dalaï Lama transmettait son enseignement à des milliers de personnes assises dans la quiétude et que les représentants des grandes religions, de l'humanisme, de la philosophie et des sciences peaufinaient le texte de leur intervention en vue de la

---

1. Voir Annexes.

Journée Inter-Traditions, les Anciens traçaient lentement dans la montagne un Cercle sacré, petit par la taille mais immense par ses significations et son expansion invisible.

La veille de leur départ, Eaglebear, Grandmother Sarah Smith et Fallyk Kantchyyr-Ool nous ont dit qu'il serait important de proposer des réflexions sur ces significations : « parce qu'elles rendent compte, nous a confié Grandmother Sarah Smith, de l'état d'esprit dans lequel nous étions avant et au moment où nous avons pénétré dans le Cercle. Tout cela éclaire à sa façon la portée que nous accordons à une telle Rencontre ».

Lama Denys tenait impérativement à ce que la Tente des Rituels ait une forme circulaire qui respecte un symbolisme commun à la plupart des traditions. Évocation de la vision cyclique de la vie, le cercle, manifestation et dilatation du point central, s'oppose à la conception linéaire du temps. Les bracelets, les coiffes de plumes, les ornements sur les costumes de cérémonie, le tambour de Fallyk Kantchyyr-Ool, les gestes lors des rituels et le foyer central réanimaient sans cesse en nous le sens du Cercle sacré de la vie qui rassemble, englobe et unit. Même le bâton sacré de Monté Wambilé, qui relie la Terre au Ciel, est taillé dans un bois de forme circulaire et son symbolisme est en relation directe avec le dôme des rituels dont le cercle tracé par les coussins jonchant le sol est une empreinte symbolique de l'espace céleste que représente la demi-sphère de toile écrue.

Le Cercle est une figure synthétique de l'homme debout, les bras horizontalement étendus. Les pieds posés sur la Terre, la tête couverte par le Ciel, il peut être l'intermédiaire entre le tellurique et le cosmique. Bras droit, bras gauche, poitrine et dos désignent les quatre directions qui structurent l'espace. Le centre est le point de convergence, le point d'union entre le Ciel et la Terre. Aujourd'hui, sous le poids de la dévastation du monde naturel, nous commençons à comprendre non pas que l'homme est au centre de la création mais qu'il tient une position centrale au sein du Cercle sacré de la vie et que l'harmonie de l'ensemble dépend grandement de son comportement.

L'entrée dans le Cercle se fait à l'est, parce que l'est symbolise l'aube de l'éveil, la possibilité offerte à la conscience d'être éclairée par le *soleil* inaltérable de l'expérience du monde sacré. Là, on dépose son ego pour ne laisser pénétrer que la personne humaine, la dimension de notre être à la recherche de son essence, de son unité intérieure qui se fond dans l'univers tout entier. En ce sens, le Cercle détermine une limite au-delà de laquelle les modes de fonctionnement habituels de bon nombre d'êtres humains en société n'ont plus cours. Le narthex des églises médiévales était un espace qui remplissait cette fonction.

Difficile de dire avec précision ce qui s'est réellement produit dans le Cercle tant le caractère indicible des événements tenait une part importante, mais nul n'aurait pu réfuter après coup que l'attitude d'esprit de chacun répondait parfaitement au vœu de saint Bernard de Clairvaux qui, presque huit siècles plus tôt, invitait ses frères à la communion d'amour en écrivant : « Aimons-nous l'un l'autre, que chacun de nous ne cherche son repos qu'en l'autre. » Nous sommes entrés dans un microcosme où chaque personne devint un miroir pour toutes les autres.

Après les tâtonnements initiaux, la relaxation s'est installée pour laisser émerger un réel besoin d'être ensemble qui s'est renforcé au fil des rituels. Est venu un moment où le Cercle a été perçu comme un véritable espace transfiguré par ce noble besoin et par une convivialité grandissante, source d'un grand repos et d'une joie immense. Il m'est d'ailleurs arrivé de songer à plusieurs reprises à la chance inouïe que nous avions d'être là alors que tant de nos contemporains sont à la recherche d'un « entre-deux » pour souffler un peu, envisager autrement leur vie et voir plus clair en eux-mêmes.

Au cœur du Cercle, où la pure présence à soi et aux autres se transforme en présence de l'infiniment autre en nous, l'expérience de la vie prend toute son ampleur. La transparence des relations est telle que tout est limpide et tout semble alors possible. Dans cet état de calme jubilation intérieure, se dessine peu à peu le sens profond de la communion avec les autres. La reconnaissance de l'identité commune, de cette nature à caractère universel dont on fait l'expérience dans sa plus profonde intimité, marque le regard. La communication, fondée sur le respect et l'amour partagé, devient alors véritablement effective et réelle parce que les liens qui nous unissent au plus profond sont saisis à pleines mains.

Mais en même temps, si le Cercle sacré est un lieu de savoir-vivre fondé sur l'ouverture d'esprit, l'empathie et la reconnaissance, il n'impose pas une attitude sérieuse et froide. À ce propos, le récit des rituels montre à quel point les Anciens ont insisté sur la réjouissance, le rire et les manifestations de joie. Don Hilario Chiriap a fréquemment rappelé que le peuple shuar est un peuple fondamentalement joyeux qui se rit de tout sans que le rire soit un signe d'irrespect. Daagbo Hounon Houna a lui aussi présenté le vaudou comme une « voie de la spontanéité et de la jouissance simple » et affirmé avec force : « Le vaudou, c'est la chaleur ! »

Pour entrer dans le Cercle, il faut faire preuve de souplesse et de franchise. Aucun recoin pour se faufiler, aucune ombre où se tapir : nous sommes tous sous la même lumière, autour du même feu, sur le même plan et nous coexistons au centre dans une seule unité. Dans une telle disposition, chacun prend conscience que l'union est plus que les individualités et, par un effet de rétroaction, chacun perçoit que l'unité nous offre en retour plus de force. Le Cercle en tant que totalité est bien supérieur à la somme de ses parties. Cette dynamique unifiante entre l'un et le multiple illustre à merveille le sens de l'unité dans la diversité.

En regagnant nos foyers, nous savions que l'expérience d'union mutuelle viendrait enrichir notre propre identité culturelle. Je crois que l'on garde à jamais la trace indélébile du partage de cœur à cœur et d'intelligence à intelligence qui caractérise l'ouverture à l'Autre et qui fait naître un sentiment de fraternité très profond. Ce sentiment dénigre toute forme d'apologétique, cette invention un peu malheureuse des monothéismes qui consiste à penser que mon partenaire, jugé plus faible que moi ou plus « primitif » que je ne le suis moi-même, a besoin que je le convertisse à ma foi au nom d'une vérité qui lui donne systématiquement tort. Si l'expérience de fraternité co-émerge avec la capacité à renoncer à ses positions personnelles, il n'est pas moins vrai que l'arrondi du Cercle suggère admirablement la douceur de la courbe qui invite à se fondre dans la dynamique commune.

Au sein de cette synergie formidable qui offre une vue culminante de l'expérience de communion avec nos frères et sœurs, nous sommes amenés à nous demander si nous sommes fondamentalement si divers. Les prophéties que trois Anciens ont bien voulu divulguer dévoilent la présence d'un être humain primordial à l'horizon le plus ancien. Ce postulat ouvre le débat incessant entre les tenants de la théorie affirmant que l'humanité est issue d'une « souche » humaine commune (le monogénisme) et ceux qui soutiennent la doctrine défendant l'apparition de l'espèce humaine en différents points du globe (le polygénisme). Sans entrer dans une controverse qui nous dépasse, on notera cependant que des recherches dans le domaine de la génétique des populations tendent à souligner la possibilité d'un groupe humain primordial.

Alors que l'on recherche l'Ève de l'humanité, que les spécialistes de la préhistoire situent hypothétiquement en Afrique, des paléolinguistes avancent l'idée d'une origine unique des langues — la dizaine de superfamilles actuellement recensées n'étant que la première diversification de ce fonds commun. C'est l'idée qu'a défendue d'ailleurs fermement Tlakaelel lors de l'interview qu'il nous a accordée. Il postule l'existence de chaînes terminologiques, comme celle qui sert à désigner le Créateur (dieu, *dios* [espagnol], *theos* [grec], *teolt* [nahuatl], *tao* [chinois]), pour souligner des réseaux de continuité entre les langues qui tendraient à démontrer l'existence d'une racine linguistique commune et peut-être d'une culture unique dont il repère les traces dans quelques symboles universels tels que le serpent ou le soleil.

Même si sa démonstration s'avère irrecevable par des scientifiques, parce que insuffisamment argumentée et étayée, elle met en évidence la relation que les Anciens établissent entre des modèles passés enfouis au plus profond de la mémoire des hommes et les aspirations contemporaines à la fraternité entre les peuples. Quoi qu'il en soit, voir les scientifiques se chamailler sur ces questions est assez amusant et finalement réconfortant, parce que le questionnement sur l'existence ou la non-existence de cette unité originelle trouve une réponse possible dans les visions prophétiques des enfants-de-la-nature qui, au titre de gardiens de la mémoire de l'humanité, auraient sans doute beaucoup à nous apprendre.

Au-delà d'une telle remarque, le Cercle nous interpelle sur la réalité du fonds commun des traditions qui n'est autre que la réalité absolue dont la portée et le sens sont irréductibles aux mots et donc aux conceptions et représentations. Si nous avons beaucoup questionné, nous avons indéniablement beaucoup écouté.

Il nous est parfois arrivé de faire silence quand nous interrogions les Anciens. Je sais que la marée montante des mots s'est retirée en moi à plusieurs reprises devant Don Hilario Chiriap et Grandmother Sarah Smith tant leur présence était subitement forte et rendait vide tout langage.

Si en pénétrant dans le Cercle sacré nous ressentions tous une extraordinaire détente malgré le froid et l'humidité, la douce puissance de l'harmonie y fut sans doute pour quelque chose. Certes, le lieu est habité du fait qu'il a accueilli depuis des siècles nombre de personnes en quête de paix et de réalisation intérieures, mais la disposition circulaire et la simplicité de l'espace ont joué indéniablement en la faveur d'une bonne circulation des énergies.

À l'image du torrent en contrebas qui ne cesse d'émousser les pierres, le Cercle nous invite à polir ce qui en nous est opaque et grossier. Il est comme un gigantesque cœur attirant vers son centre les énergies rendues denses et alourdies par nos vies incertaines qu'il transforme en énergies subtiles avant de les renvoyer bien au-delà de sa périphérie. S'il était un espace totalement clos et hermétique, non voué à cette transformation alchimique de l'homme, il ne serait plus un Cercle sacré.

Par extension, il devient un espace d'interfécondations. Ainsi, croire qu'il est réservé aux enfants-de-la-nature et qu'à l'extérieur circule le reste des êtres humains attentifs ou indifférents reviendrait à dresser de nouveaux fossés non seulement entre la diversité des univers spirituels mais aussi et plus simplement entre les hommes. La finalité d'une telle Rencontre est justement de créer un troisième niveau, un troisième espace : celui de l'écoute, de l'attention, de la promotion de la qualité dans les relations humaines et dans les relations entre les hommes et tous les êtres non humains, promotion également du partage qui est, ne serait-ce que dans le domaine spirituel, un extraordinaire facteur de renouveau.

L'investissement dans cet « espace entre » n'annihile en rien l'existence des deux autres, mais il réoriente l'énergie que nous investissons dans les facteurs de division pour potentialiser les facteurs de cohésion. Quand Daagbo Hounon Houna a donné quelques explications du rite vaudou présenté dans sa forme restreinte, il l'a fait devant une tapisserie de couleur jaune citron comportant des symboles fondamentaux du vaudou. Montrant une jarre pleine de trous, qui sert à illustrer de belle manière la dynamique participative à l'effort d'unification, il a dit, accompagnant ses propos de gestes lents et amples : « Pour nous unir, il nous faut combler ces brèches. »

En ce sens, et nous l'avons vu dès les assises du 1er mai visant à mettre au point les actions du Cercle des Anciens, la qualité des relations au sein du Cercle sacré donne lieu à des visions communes, à des consensus et à une volonté de défendre des valeurs et une éthique partagées par tous. L'une des finalités de la Rencontre consiste à actualiser le pouvoir du Cercle en le faisant rayonner pour qu'il se démultiplie, s'étende et provoque de multiples résonances. Fondamentalement, il n'est pas un îlot égaré au milieu du monde, mais la partie du Tout auquel il participe dynamiquement.

Pourtant, un tel événement n'est qu'un éclat de l'immense paix dont rêve tout un chacun. Il est un fragment de la mosaïque de quiétude qui orne un monde agité et secoué par les guerres, les conflits, les tensions et les haines. Don Hilario Chiriap l'a très clairement ressenti et il a d'ailleurs précisé qu'« il faut énormément de temps pour que naisse la grande et durable paix ». Il a aussi ajouté cependant, avec la voix posée et calme qu'on lui connaît quand il parle d'un sujet important : « Nous autres, nous souhaiterions aller encore plus loin que ces petites paix. Même si nous sommes conscients que cela reste très difficile, notre engagement est fondamental pour tous les êtres. Il est essentiel de placer le but beaucoup plus haut que tout ce qui nous limite aujourd'hui. [...]

« Alors, j'ai confiance... et j'ai l'espoir qu'elle apparaîtra un jour. Et même si certains estiment que ceux qui aspirent à ce triomphe de la paix totale sont peu nombreux en comparaison avec le nombre grandissant d'êtres humains sur la Terre, l'important pour nous est d'accomplir ici notre devoir : être ensemble et tout faire pour que nous poursuivions nos efforts en suivant la trace que laissera notre passage au sein du Cercle sacré, à Karma Ling. »

2

Particularités de la Rencontre Inter-Traditions

Les Anciens en position centrale / Compléter les actions menées par les ONG / De l'Année internationale des peuples autochtones à la Décennie internationale des peuples autochtones / L'ouverture aux voies de connaissance scientifiques et philosophiques.

La première particularité de cet événement, par rapport aux rencontres inter-religieuses comme celle d'Assise par exemple, réside dans le fait que les représentants des Traditions primordiales ont été pour la première fois mis en position centrale. Dans un monde axé sur le règne de la quantité où la masse prime souvent sur la qualité, où la complexité occulte fréquemment la simplicité, l'occasion était donnée aux « petits », à ceux qui représentent finalement des poches de résistance face à l'avancée des monocultures nivelantes, de se faire entendre par ceux qui incarnent à leur façon la mondialisation, la puissance du verbe, les forces de destruction de la planète, mais en même temps, et paradoxalement, les forces de réconciliation, d'ouverture à la richesse du pluralisme, les forces de paix et les aspirations à la plénitude.

En se tournant vers les « petits » qui vivent d'une façon simple et directe l'expérience spirituelle, et portent dans leur cœur une chaleur fécondante issue de l'aube des temps, les « grands » paraissaient surpris de constater que, plus on remonte aux sources de l'expérience religieuse, plus l'homme semble en profondeur le même alors qu'il se montre si divers dans ses apparences.

La seconde particularité de la Rencontre est qu'elle fut complémentaire de l'action menée par les organisations internationales et non gouvernementales qui tentent d'assurer la pérennité des sociétés et des cultures traditionnelles. Elle se voulait un pont entre les réflexions-actions de celles-ci et la démarche menée du côté du dialogue inter-religieux.

Depuis quelques années seulement, la situation des peuples autochtones est devenue une préoccupation mondiale. Avant l'avènement de l'ère industrielle, les descendants des premiers êtres humains à peupler les différentes régions du monde vivaient relativement isolés les uns des autres. Ils étaient alors libres d'adopter la culture, l'organisation sociale et économique, la religion et les mœurs qui formaient leur propre identité.

Avec l'entrée dans la modernité, leur mode de vie traditionnel a été bousculé par bon nombre de nos besoins croissants. Ce qui les distingue des autres groupes humains, et ce qui fonde finalement leur richesse, disparaît au fur et à mesure du pouvoir extensif de la modernité, de la mondialisation et de l'uniformité qui l'accompagne. Acculés au silence, rarement sinon jamais écoutés par les sociétés qui les englobent et tentent de les phagocyter, les peuples primordiaux représentent les populations certainement les plus défavorisées du globe.

Particularités de la Rencontre Inter-Traditions 319

Il est cependant délicat d'énoncer des jugements généraux, qui évincent des différences notables eu égard à la situation de chaque peuple et du degré de *multi-ethnicité* et de *pluri-culturalité* des États. Le cas des Saamis en Norvège et des Inuits du Danemark, qui admettent aujourd'hui leur double identité, n'est pas tout à fait identique à celui des minorités ethniques de l'Inde ou de la Birmanie dont l'existence n'est pas du tout reconnue par ces deux pays. Ne parlons pas de la situation des quatre-vingts groupes ethniques qui peuplent la forêt du Brésil et qui ne représentent environ que deux cent mille individus, ni de celle des Siha Sapa[1] des États-Unis et des Blackfoot du Canada, une même famille séparée par la frontière entre deux États ; sans oublier ceux qui, surtout dans les nouvelles générations, n'ont pas su résister au choc des cultures et qui ont, peu ou prou, dissous leur propre identité en assimilant nombre de valeurs occidentales.

Deux principes constituent le fondement de leurs revendications : le droit à la terre et à l'autodétermination. Si l'autodétermination et le pacte international que l'ONU tente de mettre au point pour la protection des minorités inquiètent quelques États (crainte du renforcement des nationalismes régionaux ; crainte d'une ingérence dans leurs affaires), le droit à la terre pose des problèmes d'une envergure tant juridique que fondamentalement spirituelle.

D'un continent à l'autre, le problème se présente de façon similaire. Le chef onondaga Louis Farmer, qui vit en Amérique du Nord, souligne[2] que lorsqu'un véritable guide spirituel-guérisseur « s'éloigne de son

---

1. Nom lakota (sioux) désignant l'une des sept subdivisions du peuple lakota. En langue anglaise, ceux qui se trouvent aux États-Unis sont appelés Blackfeet et Blackfoot désigne ceux qui résident au Canada.
2. Cité par Harvey Arden et Steve Wall, *Les Gardiens de la Sagesse. Rencontres avec des Sages indiens d'Amérique du Nord*, traduit de l'américain par Philippe Sabathé, Le Rocher, coll. Nuage rouge, 1994, p. 119.

territoire, il perd la plus grande partie de son pouvoir. Toutes les plantes sacrées qu'il utilise poussent là où il a toujours vécu. Il ne connaît pas celles des autres régions. Le Créateur lui a accordé son don afin qu'il en fasse profiter son entourage immédiat, et personne d'autre. Les gens qu'il est censé soigner sont ceux qui vivent au même endroit que lui. Il reste donc là où le Créateur l'a placé et leur donne son aide ».

L'accroissement de l'empreinte écologique des mégalopoles — globalement des pays riches —, c'est-à-dire les contraintes qu'elles font peser sur l'écosystème mondial en puisant des ressources naturelles en quantité considérable en dehors de leur propre territoire et au nom d'un profit inégalement partagé, affaiblissant de surcroît la biodiversité, contribue à déposséder les peuples primordiaux de leur espace vital et finalement de tout ce qui assure leur économie et la vitalité de leurs traditions. Autrement dit, la satisfaction de besoins de plus en plus artificiels de quelques millions de personnes impose une destruction massive de la nature — la plus considérable en 65 millions d'années ! Elle est d'autant plus insensée et irrationnelle qu'elle risque d'être fatale à l'humanité tout entière.

L'annihilation des enfants-de-la-nature est donc coextensive à la dégradation de la planète. Si l'expropriation engendre non seulement la négation de leurs valeurs sociales et culturelles, mais aussi l'abandon de l'habitat traditionnel et la modification de leur régime alimentaire, l'apprentissage de la langue nationale les contraint subtilement à se plier à des représentations occidentales du monde qui modifient peu à peu leur imaginaire. Bernard Clavel, qui a consacré deux ouvrages aux Wabamahigans du Canada [1], fait dire à un ancien de cette peuplade : « ceux qui nous prennent tant de richesses nous font cadeau de leur langue. [...]

---

1. Voir *Maudits sauvages*, Albin Michel, 1989, et *Le Carcajou*, Robert Laffont, 1996.

C'est notre langue qui sait parler des bois, des rivières, des lacs, des animaux, du ciel et de la terre ».

L'apprentissage linguistique concourt à changer d'esprit et, en aval, à perdre peu à peu cette mémoire qui relie l'enfant-de-la-nature à ses racines les plus profondes. L'écrivain Louis Owens, de père choktaw et de mère cherokee, soulignait récemment que les jeunes générations, qui vivent dans les grandes cités et qui ont adopté le mode de vie américain ne savent plus ce que cela signifie d'être choktaw ou cherokee. L'ironie, ajoutait-il, « c'est que beaucoup apprennent à redevenir ce qu'ils sont véritablement en lisant des livres parfois écrits par les Blancs ». Ces problèmes majeurs rappellent, s'il en est besoin, les dangers inhérents à une société pour qui les modes de vie traditionnels sont des obstacles à toute forme d'expansion économique.

Entrant en lutte contre un système qui les voue à leur perte, les peuples primordiaux commencent à se faire entendre sur la scène internationale. Leurs revendications ont figuré sur l'agenda du Sommet de la Terre organisé au Brésil en juin 1992 par les Nations-Unies sur le thème de l'environnement et du développement. À cette occasion, les États ont non seulement avoué la nécessité de reconnaître leurs valeurs, leurs territoires, leurs traditions et leurs droits à la vie, mais ils ont également reconnu que leur très riche connaissance du milieu naturel et leur génie agricole jouent un rôle considérable dans le cadre de ce que l'Organisation internationale appelle le « développement durable et écologiquement rationnel ».

Toutefois, les discours prônés par les États peuvent sembler très théoriques et planer au-dessus des réalités humaines, et ce d'autant plus que lors d'un tel sommet les représentants des indigènes, qui avaient organisé en marge de cet événement leur propre conférence mondiale, n'ont pu rencontrer les officiels que quelques minutes. La formule, ô combien ironique, « nous avons attendu cinq cents ans, ils nous ont donné cinq minutes », donne la mesure des difficultés qui perdurent entre les deux mondes.

On est en droit de se demander si la création en 1982 d'un groupe de travail sur les populations autochtones au sein de la Commission des droits de l'homme de l'ONU à Genève porte ses fruits dans le domaine du dialogue, alors qu'il ne fait aucun doute qu'elle a permis de rapprocher les peuples primordiaux qui peu à peu vont au-delà d'une simple prise de conscience de leurs droits fondamentaux mais s'émancipent pour les faire triompher.

L'Année internationale des peuples autochtones (1993), dont la finalité était de sensibiliser l'opinion mondiale à cette multiplicité de problèmes, n'a été qu'un événement marginal et symbolique. Rigoberta Menchu, alors ambassadrice itinérante chargée de la défense des 300 millions d'indigènes, s'est plu à le souligner en rappelant que les droits de ces peuples n'ont cessé d'être bafoués durant cette période.

Deux mois après la Conférence mondiale sur les droits de l'homme (Vienne, 14-25 juin 1993), on apprenait le massacre d'une communauté de Yanomanis au Brésil et d'Ashaninkas au Pérou, avec pour seule intention de chasser ces populations de territoires aux sous-sols riches en minéraux ou en métaux précieux. Et ce ne sont là que deux tristes exemples d'une liste qui en comporte malheureusement bien d'autres ! Toutefois, l'initiative de l'ONU a permis des manifestations officielles ; des actions ont été menées par des organisations non gouvernementales et les associations de défense des peuples menacés ; des dispositions ont été prises en faveur des droits des personnes appartenant à des minorités nationales, ethniques, religieuses ou linguistiques.

Mais il restait encore beaucoup à faire, car ce type d'événement, qui succédait au faste et à l'ambiance festive accompagnant les cérémonies du 500ᵉ anniversaire de la découverte d'un « Nouveau Monde » — aussi ancien que l'Europe au niveau culturel et religieux ! —, n'a apporté aucune amélioration significative de la situation des populations concernées. C'est pourquoi, sur la recommandation des participants à la Conférence mondiale sur les droits de l'homme, l'Assemblée générale des Nations-Unies a proclamé en 1993 la Décennie internationale des peuples autochtones (1995-2004).

Le 12 décembre 1996, l'Assemblée a réaffirmé que le but principal de cette Décennie était l'adoption d'une déclaration sur les droits de ces peuples, mais aussi le renforcement de la coopération internationale pour résoudre les problèmes qu'ils rencontrent dans le domaine de l'environnement, du développement, de l'éducation, de la santé et des droits de l'homme. Dans le cadre de la Décennie, s'inscrit également l'idée d'une reconnaissance de valeurs différentes de celles qu'incarnent nos sociétés modernes : un rapport particulier à la Terre et les qualités qui ont su assurer l'équilibre de ces sociétés dans le total respect du milieu naturel où elles se déploient en sont deux exemples.

L'intervention qu'a faite, le 30 avril, Julian Burger[1], coordonnateur de la Décennie rattaché au Centre des droits de l'homme des Nations-Unies à Genève, allait dans le sens des objectifs initialement fixés. Très soucieux de l'élaboration de la déclaration des droits fondamentaux des peuples autochtones qui, lorsqu'elle sera adoptée par l'Assemblée générale, « offrira, a-t-il dit, une meilleure garantie du respect du droit à la terre, à ses ressources, du droit de gouverner, de conserver et de développer leurs traditions spirituelles et leur

---

1. Se reporter aux allocutions des différentes personnalités présentes lors de la Journée Inter-Traditions (Iʳᵉ partie, chapitre 10).

culture », il a insisté sur l'importance de la relation entre le patrimoine spirituel et la terre des ancêtres. Il a rappelé, devant une assemblée très attentive, que du fait de gens peu scrupuleux et peu respectueux des valeurs de ces minorités, les lieux sacrés continuent d'être profanés et les populations soumises à diverses pressions sont souvent contraintes par la force d'abandonner le territoire qui les rattache au passé de leur communauté ou d'assister impuissantes à son saccage.

Depuis des années, l'UNESCO œuvre de façon active à l'affirmation de la diversité et du renforcement des identités culturelles comme rempart face au double danger d'une société technocratique tentaculaire et d'une homogénéisation grandissante des cultures. Plus récemment, dans un programme intitulé « Les Routes de la Foi » lancé en 1995, l'Organisation a reconnu à la spiritualité une place éminente dans l'élaboration de la paix mondiale car les religions portent fondamentalement un même message de fraternité, de tolérance et de respect mutuel. Si les premières rencontres entre grandes religions monothéistes se sont ouvertes aux autres traditions, et notamment au bouddhisme, il convenait de prolonger cette ouverture vers ceux dont on avait apparemment oublié qu'ils œuvrent aussi pour le même but.

Devant les milliers de personnes réunies à La Rochette, Mme Rosa Maria Guerreiro, représentante de la Division des projets interculturels de l'UNESCO, a énuméré les moyens qui permettent de développer une véritable culture de la paix sans laquelle il n'existera pas de valeurs communes propices au dépassement des replis identitaires.

Invitant toutes les personnes à reconnaître leur « foi inébranlable dans la vie de l'esprit », elle a insisté en particulier sur l'importance majeure de la solidarité, de la compassion et de la tolérance. Elle a également mis en relation de façon pertinente la dimension plurielle du monde d'aujourd'hui et le caractère non monolithique de nos croyances qui n'ont cessé de s'enrichir dans la dynamique des peuples. Son intervention a souligné l'intérêt profond que l'UNESCO porte aux espaces de dialogue entre les traditions spirituelles qui contribuent à l'émergence de cette culture de la paix.

Lors de son allocution d'introduction à la Journée Inter-Traditions, le Dalaï Lama, après avoir exprimé sa joie à la vue de tous ces frères et sœurs réunis sous l'immense chapiteau de La Rochette, a souligné la valeur très importante de l'ouverture aux Traditions primordiales. Rappelant que « les religions majeures ont pour finalité, à la racine même de leur existence, d'apporter du bien à autrui », il a précisé que « toutes les Traditions primordiales tiennent également le même rôle, sans doute sur une population moins nombreuse. Mais, au sein de leur culture locale et de leur région, leur but est de promouvoir l'harmonie au cœur de leur communauté, d'apporter du bien aux êtres. C'est pourquoi leur survie est aussi très importante ».

Justifiant également la portée de telles rencontres qui défendent la richesse du pluralisme des races, des traditions et des cultures, il a expliqué qu'elles favorisent une compréhension mutuelle qui évite d'accentuer des différences qui, lorsqu'elles sont érigées en fossés, deviennent sources de conflits. Le fondement de la compréhension repose sur une qualité d'ouverture à l'autre qui n'est acquise que lorsque la paix et la plénitude sont clairement reconnues comme les points de convergence les plus saillants des traditions. « C'est finalement au travers de cette paix intérieure, a-t-il conclu, que l'on peut construire une paix extérieure et c'est pour cela que ceux qui pratiquent ces religions ou ces traditions ont pour devoir d'acquérir cette paix intérieure eux-mêmes et de la faire rayonner, tout d'abord dans leur famille, puis dans le milieu qui les entoure et enfin dans la société tout entière. C'est là une de nos responsabilités. »

La troisième particularité de la Rencontre Inter-Traditions concerne l'ouverture aux voies de connaissance scientifiques et philosophiques qui concourent, à bien des égards, au bien d'autrui.

Depuis quelques dizaines d'années, le gouffre qui s'est élargi pendant des siècles entre les sciences et les sagesses commence à être légèrement comblé, comme ont pu le confirmer le colloque international de Cordoue en 1979 organisé sur le thème « Science et conscience : les deux lectures de l'univers[1] » et plus récemment le colloque « Science et culture : un chemin commun vers l'avenir[2] » qui s'est tenu à Tokyo, auquel participait Edgar Morin, un des représentants de la tradition agnostique occidentale en ce 30 avril.

À la multiplication des rencontres entre scientifiques et mystiques[3] qui viennent partager leur vision de l'espace-temps, de la matière, de l'énergie, de la conscience ou de la place que nous occupons dans le cosmos, des colloques comme ceux de Cordoue et ensuite de Tsukuba ont abouti à la Déclaration de Venise de l'UNESCO signée par plusieurs Prix Nobel, sept mois avant la fameuse rencontre inter-religieuse d'Assise.

Cette Déclaration admet que les développements de la science l'ont conduite à un point où la rencontre avec les traditions spirituelles s'impose. « La connaissance scientifique, est-il écrit, de par son propre mouvement interne, est arrivée aux confins où elle peut commencer un dialogue avec d'autres formes de connaissance. Dans ce sens, tout en reconnaissant les différences fondamentales entre la science et la tradition, nous constatons non pas leur opposition, mais leur complémentarité. »

Des passerelles, oubliées en Occident, commencent donc à être défrichées à la lumière des recherches dans

---

1. Paru chez Stock.
2. Paru sous le titre *La Mutation du futur*, présenté par Michel Random, Albin Michel, coll. Essais/Clés, 1996.
3. Voir en particulier Renée Weber, *Dialogue avec des scientifiques et des sages*, Le Rocher, coll. L'Esprit et la Matière, 1990.

le domaine de la neuro et de la psychophysiologie, de la psychologie des profondeurs et de la psychologie transpersonnelle. La vision des mystiques n'est plus traitée comme une vulgaire hallucination ; les états de méditation et les états de conscience qu'atteignent chamanes et hommes-médecine viennent conforter l'existence de niveaux de réalité que confirment les recherches les plus pointues de la physique contemporaine.

De leur côté, certains philosophes reconnaissent l'aspect souvent stérile des spéculations philosophiques qui ne sont jamais éclairées par la richesse de l'expérience intérieure. Il est clair qu'une méditation qui ne passe pas au tamis de la sagesse discriminante peut rendre le méditant stupide ou borné. Inversement, une compréhension purement intellectuelle qui n'est pas brûlée au feu de la pratique méditative conduit fréquemment à murer l'esprit dans des représentations et des conceptualisations complexes, sophistiquées et souvent purement abstraites. Le bouddhisme, en particulier, souligne remarquablement la complémentarité de l'intellect et de l'expérience transpersonnelle en montrant que la méditation et la compréhension s'éclairent mutuellement dans une dynamique opérante.

L'approche dualiste du monde et de l'homme, que l'Occident a développée depuis des siècles, nous a conduits à une situation très grave. L'accroissement du pouvoir de la science et des techniques sur le monde matériel ne s'est pas accompagné d'un développement plus intense de la sagesse, de l'amour et de la compassion. Le chaos des valeurs et les multiples déséquilibres que nous subissons aujourd'hui nécessitent, si on veut les dépasser, une vision globale et qualitative du monde fondée sur une éthique de la responsabilité et de la solidarité universelles.

La présence de ceux qui œuvrent dans les domaines de la science et de la philosophie pour que naisse une telle vision était indispensable d'autant plus que la Journée Inter-Traditions se situait dans l'esprit du message que les participants du colloque de Tokyo ont formulé dans le communiqué final : « Réunis à Tokyo en ce mois de septembre 1995, nous voulons faire savoir que le temps est venu d'instaurer une nouvelle ère des Lumières, où les valeurs humaines universelles uniront et guideront de nouveau les efforts de l'humanité. [...] Au cœur de ce thème des Lumières se trouve la complémentarité paradoxale de l'unité dans la diversité. Contrairement à la tolérance, l'hostilité à l'égard de la différence — ethnique, religieuse, raciale ou autre — engendre non pas l'unité mais le désespoir. Les préceptes holistiques qui découlent naturellement des nouvelles connaissances scientifiques, associées à une remise en honneur de certaines conceptions traditionnelles, pourraient servir de base à l'instauration d'une paix perpétuelle. »

LE CERCLE DES ARCANES MAJEURS

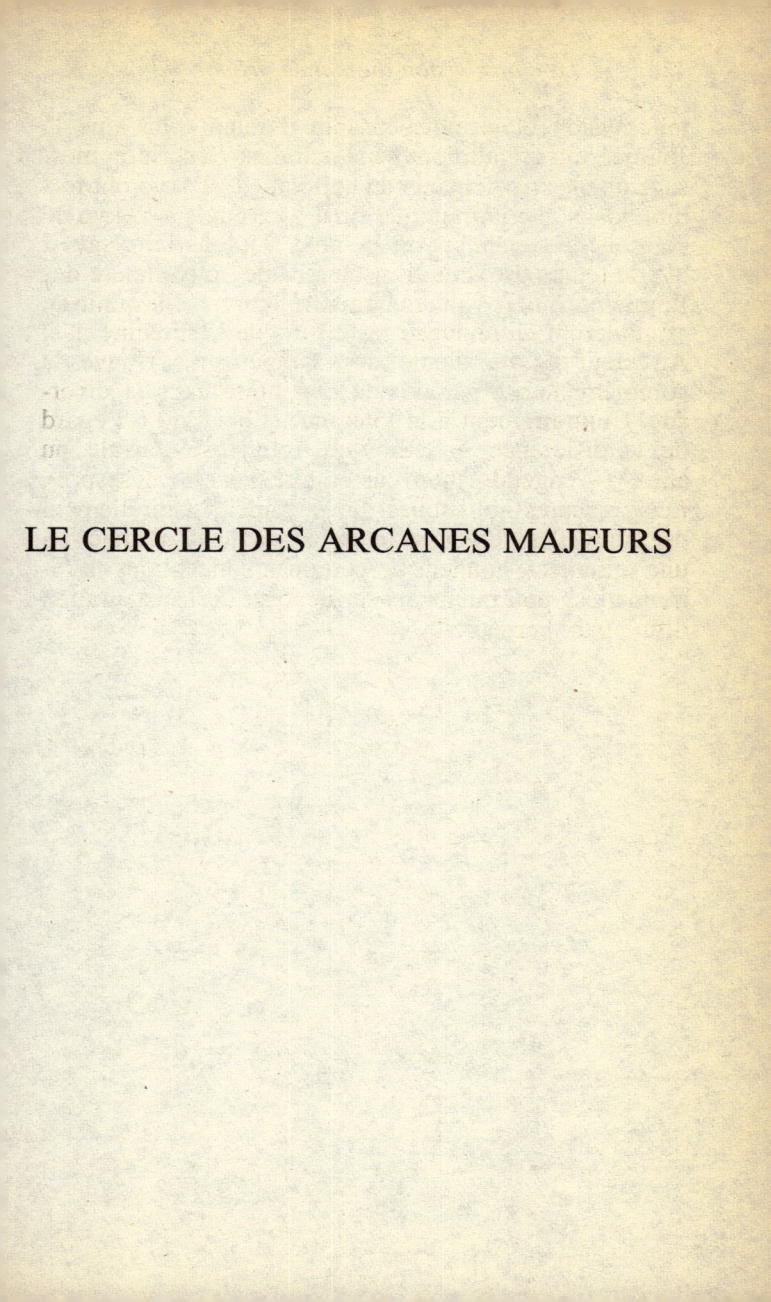

3

Expérience primordiale naturelle

> « Plus nous nous élevons spirituellement, plus nous redescendons sur terre. »
>
> Chögyam Trungpa

Présence immédiate non conceptuelle / L'éveil en soi de la douceur / L'expérience primordiale : cœur de chaque tradition.

Depuis la vaste esplanade où le feu des Anciens embrasse désormais la trace laissée par les Celtes, les montagnes à l'est et à l'ouest suivent la courbe du dôme et dessinent un immense vase ouvert sur l'océan bleuté. Quelques rares nuages au loin se lient et se délient sans retenue. Là-bas, dans la paix du matin naissant, ils boivent en silence la clarté transparente...

Comment ne pas sentir qu'à l'image des flancs montagneux inclinés devant l'immensité, savourant sans but cette pleine ouverture et disponibilité à la vue de l'espace infini, nous sommes profondément de la nature, de ces nuages qui s'abandonnent aux souffles du vent ? L'esprit se fond de plus en plus intensément dans leurs rondeurs changeantes, leur légèreté et leur lent glissement : il fait l'expérience du nuage. Plus l'expérience est envahissante, plus l'observateur en nous se dissipe. On devient nuage, puis simplement présent à l'expérience, sans rien rechercher, sans rien attendre... simplement présent.

Cette présence immédiate est non conceptuelle, sans artifice et c'est pourquoi nous la qualifions de naturelle. Elle existe avant l'émergence des conceptions qui divisent. La conceptualisation a créé la fracture, la dualité sujet-objet ou observateur-observé. L'expérience d'immédiateté est présence authentique, esprit éveillé ou réalité absolue, comprenant « absolue » comme ce qui est avant la séparation qui naît dans la conception. Il y a là une vision de la spiritualité dans ce qu'elle a de primordial, de premier et peut-être de fondateur. Grandmother Sarah Smith nous disait que dans cet état de présence simple et unifié, il devient possible de ressentir la présence du *Grand-Mystère*, de la Totalité indicible.

L'expérience primordiale est la source vive, celle qui, quand elle jaillit, nous fait réaliser que nous n'étions pas dans nos mots, nos actes, nos pensées, nos sourires ou nos gestes. La réalité de la chose, c'est qu'on ne peut pas le dire parce que l'on sent alors que le silence prévaut. Étant par nature dégagée de toute représentation — elle n'est pas chrétienne, hindouiste, musulmane, bouddhiste, ou quoi que ce soit d'autre... —, elle préexiste à toutes les systématisations du sentiment religieux et c'est en cela qu'elle est primordiale.

L'esprit habituel, qui s'anime dans ce que nous pourrions appeler le monde relatif, conçoit des entités qui lui semblent autonomes : le sujet-observateur et les objets, par exemple. Nous vivons habituellement dans cette polarité qui génère conceptions et représentations. Notre activité mentale est à l'image d'une trame composée de multiples nœuds qui pourraient correspondre à nos représentations. Toutes ces fixations donnent à notre paysage intérieur une certaine cohérence mais aussi, et de jour en jour, une plus grande complexité à mesure qu'elles se multiplient. Notre expérience se développe à partir de ce tissu de boursouflures qui se ramifie et que nous n'arrêtons pas de consolider, créant une grille de lecture de la réalité très sophistiquée que nous vivons en retour dans une vie quotidienne de plus en plus complexe. Nous entretenons sans y prêter réellement attention un processus incessant d'accumulation, d'empilement et de stratification de nos conceptions qui rigidifie nos expériences et nos modes d'être au monde.

Dans la pratique de l'esprit naturel, il existe comme un laisser agir et un laisser être qui déchargent l'énergie investie dans la polarité. Les nœuds se relâchant et se déliant, la détente se répand de proche en proche pour libérer la souplesse extraordinaire de l'esprit qui est la source de nombreuses expériences spirituelles s'exprimant en termes de lumière, de joie et de bien-être.

Don Hilario Chiriap, relatant le sens profond des cérémonies shuars qui font usage des plantes sacrées, nous a raconté une expérience lors d'un rituel qui lui a permis de révéler ce qu'il entendait par « expérience primordiale naturelle ».

« Lors d'une cérémonie que je conduisais, dit-il, un jeune homme, éclairé par la "médecine", me dit subitement qu'il voyait son corps prendre l'aspect d'un plant de maïs : il était la fleur, les feuilles, la tige : tout en lui avait l'apparence du maïs... Mais il ne parvenait pas à décrypter le message qui lui était proposé. Il n'arrivait pas à saisir ce qui se passait au plus profond de lui et cela dura toute la nuit.

« Tôt le matin, j'ai commencé à lui donner quelques explications. Je lui ai rappelé que des Traditions primordiales d'Amérique, principalement du Mexique, considèrent que le maïs est à l'origine de l'homme. La plante est symboliquement la matrice. Si nous étions de cette tradition, nous dirions que le maïs constitue notre identité qui se prolonge dans notre nourriture et notre façon d'être. Cela ne veut pas dire pour autant que nous ne soyons pas en relation avec les autres aliments de la Terre, ceux de l'Afrique, de l'Asie ou de l'Europe, car toute la diversité et la multiplicité des formes, des couleurs et des espèces proviennent d'un seul germe de vie que les Anciens du Mexique appellent le maïs.

« Plus tard, le jeune homme voulut ajouter quelque chose : "Pendant la cérémonie, je suis devenu un plant de maïs. Je brillais comme de l'or. Même si parfois la couleur changeait, j'étais toujours le maïs. Je trouve stupide de ne pas être arrivé à comprendre par moi-même que j'étais retenu par cette expérience. Je m'identifiais totalement à ce que je vivais et voyais, alors qu'il aurait fallu que j'aille au-delà de cette forme qui m'accaparait."

« En définitive, qu'est-ce que la cérémonie ? C'est la reconnaissance de soi-même en tant que plantes, animaux, fruits, maïs... Nous venons de là, nous sommes de la même texture que toutes ces choses qui sont aussi pour nous des aliments. Si ce n'était pas le cas, ils ne pourraient pas entrer dans notre être et nous ne pourrions pas les assimiler. Mais en même temps, se reconnaître ne consiste pas à s'identifier à ces multiples formes ! L'expérience de la participation pleine est fondamentale. Elle se situe bien au-delà des formes spirituelles que l'on utilise sur la voie.

« Comme je suis originaire de l'Amazonie, il est naturel que l'on pense que je puisse me présenter avec un anaconda, un aigle ou un toucan... [Don Hilario Chiriap éclate de rire.] Les images spirituelles prennent l'apparence des formes de vie qui composent la jungle. La couleur, l'aspect extérieur, la taille, tout ce qui fait finalement la riche diversité de ce monde est en relation directe avec l'endroit où ces particularités se développent. Mais il n'empêche que l'expérience primordiale échappe à tout cela et qu'elle est universelle.

« Ceux qui comparent les spiritualités commencent souvent par juger en disant que telle ou telle est supérieure. Il est beaucoup plus simple et plus sain de se placer au niveau le plus terre à terre, descendre à 0°, là où il n'y a ni haut ni bas, ni meilleur ni pire, c'est là que l'on découvre ce que veut dire être ce que l'on est au plus profond. »

Plus avant dans l'entretien, il est revenu sur cette expérience en nous disant que l'explication du mot *shuar* pouvait nous aider à mieux comprendre ce qu'il nous indiquait : « Le mot "shuar" est l'expression totale de l'univers. Le nom tel que nous l'entendons signifie "expression des sons, des chants, des formes, des couleurs, de l'arc-en-ciel, du soleil et des mouvements qui constituent la nature". "Shuar" exprime à lui seul toute cette amplitude, cette totalité qu'est la vie.

« À l'arrivée des Espagnols, nous avions encore le mot "shiviar" qui a donné shuar. "Shiviar" sert à désigner une personne très particulière qui est d'une certaine façon isolée sur le plan spirituel mais en même temps en relation avec tous les êtres. Elle exprime et contient en elle la nature totale. Elle est une personne vraie, authentique au sens où elle est accomplie. Elle a approfondi pleinement l'expérience primordiale.

« Quand on est shuar, on est un être de l'univers... on est le Tout. Ces choses sont tellement claires et évidentes quand on vit l'expérience primordiale que nous avons un mot qui résume bien cette vision, c'est "shuaraiti". "Shuaraiti" veut dire : "Nous sommes nous-mêmes les autres." Je peux te dire en toute franchise : je suis toi et tu es moi. »

L'expérience primordiale est au centre de toutes les expériences humaines. Au niveau conceptuel, pourrait-on dire, elle est à la fois immanente et transcendante :

immanente, parce qu'elle est omniprésente à notre condition d'être humain ; transcendante, parce qu'elle est au-delà du monde habituel que façonne sans cesse notre ego. Toutefois, dans sa nature ultime, elle échappe à tous les concepts, catégories ou attributs. Elle demeure ce qu'elle est, au-delà de toute représentation et définition.

Dans le Cercle sacré, les enfants-de-la-nature nous ont fait comprendre que leur vie est régulée par cette vision qui donne cohérence et ordre à l'existence. Mais cet ordre ou cette cohérence ne sont pas contraires à l'idée que nous pourrions nous faire de la liberté. Cet ordre n'est pas un asservissement à des valeurs que nous croirions à tort rétrogrades, il est au contraire le signe de l'alliance entre l'homme et tous les êtres qui garantit l'harmonie de la vie. Sans cette harmonie, qui est selon eux le fruit initial de l'existence, nous ne pouvons connaître que le déséquilibre.

Quand cette expérience, liée à la paix intérieure, la quiétude, l'ouverture, la disponibilité et la réceptivité, devient la référence lumineuse qui éclaire toutes les strates des relations humaines, tout se fait alors de cœur à cœur. En sentant qu'elle est l'axe qui oriente nos actions, nous sommes en mesure de nous éveiller au sens de la responsabilité à l'égard du vivant.

L'expérience primordiale naturelle nous amène à reconnaître qu'il existe en l'homme une intelligence très ancienne qui n'appartient à aucune culture, à aucun peuple, à aucune période de l'histoire humaine. Tous les cheminements traditionnels authentiques ont toujours eu pour fonction, à mesure que l'homme a développé les conceptions, les représentations et la conceptualisation, de lui permettre de vivre pleinement cette expérience par réintégration.

Nous avons pu constater au sein du Cercle sacré que le langage, les gestes et les symboles utilisés sont intégrés dans le rituel pour ramener le participant à l'état de communion, à cette expérience directe, brute, immédiate. Cela même qui alourdit, divise et finalement éloigne du pays de l'éclairement allège et fait vivre l'immédiateté.

L'unité fondamentale des traditions se trouve à n'en pas douter dans cette expérience première qui est le cœur de chacune d'elles. Et que dégage-t-elle si ce n'est une bonté foncière et première qui rappelle l'état d'innocence de l'enfant découvrant avec émerveillement la beauté du monde et de sa mère ?

La bonté première rayonne dans la promotion de valeurs universelles que partagent toutes les traditions authentiques. Ainsi, la paix, la compassion et la responsabilité constituent l'unité relative des traditions qui l'expriment chacune à leur façon, c'est-à-dire dans le respect de leur diversité. Les Anciens n'ont cessé de clamer la paix en invoquant l'importance de la tolérance et de la compréhension. Il semble, comme le rappelle souvent le Dalaï Lama, que l'homme parvienne à vivre sans religion mais qu'il ne puisse pas se passer de compassion véritable, expression dans nos vies de la bonté fondamentale.

La compassion préexiste à la constitution d'une structure traditionnelle ou d'un système religieux. Comme la lumière et la chaleur sont deux qualités du feu, la compassion et la compréhension sont deux propriétés de l'expérience primordiale. Quand la prise de conscience de l'interaction entre ces notions est fermement établie et que le cœur parvient à en goûter la saveur, il devient possible de réaliser clairement que toutes les traditions authentiques constituent les rayons d'un cercle qui convergent en direction d'un centre unique. Toutes ces traditions sont des voies de réintégration de l'expérience primordiale, des voies pour libérer l'être des dualités et pour développer en retour les qualités humaines essentielles que sont la compassion et la compréhension.

Lors de son intervention du 30 avril, Edgar Morin a mis l'accent sur le caractère indissociable de ces deux notions et ces propos semblaient dire en filigrane que nous devrions, à un niveau global, nous inspirer du travail effectué par ceux qui représentent des minorités. Nous devrions réaliser que la compréhension et la compassion doivent germer et se répandre là où se nouent les relations les plus élémentaires ou les plus ordinaires : entre enfants et parents, personnes d'une même cité, etc. Si l'on réalise, comme l'ont fait depuis longtemps les Anciens, le sens profond qui unit compassion et compréhension, et que l'on parvient à surmonter l'incompréhension, « alors seulement, dans cette longue marche à laquelle désormais nous sommes voués, nous pourrons enfin nous dire entre nous, surtout si nous retrouvons la paix à l'intérieur de nous-mêmes : "que la paix soit avec toi, que la paix soit avec nous" ».

4

Terre-Mère

« Vous êtes un enfant de l'univers, pas moins que les arbres et les étoiles. »

Extrait d'un texte trouvé
dans la cathédrale Saint-Paul
de Baltimore en 1692.
Auteur inconnu

La Terre nourricière / Ce que nos assiettes peuvent révéler sur notre rapport à la Terre-Mère / Les plantes sacrées : à propos du tabac, de l'ayahuasca et du soma védique / La terre des ancêtres / Kat holon kosmon : « à travers tout le cosmos ».

Quand j'ai accompagné Grandmother Sarah Smith jusqu'à son studio où devait avoir lieu notre entretien, la nuit commençait à tomber et le ciel était ce soir-là, après des jours de pluie, d'une clarté extraordinaire. Juste avant d'arriver sur le perron de sa porte, elle s'est arrêtée quelques instants pour regarder en contrebas la Tente des Rituels qui se dessinait sur un fond végétal sombre. Un petit homme est apparu derrière les arbres.

Il marchait d'un pas alerte vers le dôme que les lumières intérieures transformaient en une demi-sphère jaune orangé. J'ai cru voir le Petit Prince de Saint-Exupéry ! C'était Fallyk Kantchyyr-Ool avec sa longue tunique rouge, sa petite taille et son allure si cordiale. On aurait dit qu'une migration d'oiseaux sauvages l'avait posé là.

Dans le ciel, des nuages irisés offraient de superbes opalescences. Grandmother Sarah Smith, les yeux perdus entre les irisations nappées et la cime des grands conifères, a soudainement dit : « Que la Terre-Mère est belle ! »

Nous sommes restés un moment plongés dans nos regards immobiles et, alors qu'une petite brise se levait parmi les arbres, elle a ajouté : « Cet instant me rappelle les fins d'après-midi où avec mon grand-père nous allions écouter le chant du vent. Je crois que nous avons oublié les langues qui nous relient à notre Père le Ciel, à notre Mère la Terre, aux eaux, aux pierres, aux plantes, aux animaux, aux couleurs... Tout va désormais si vite que nous ne prêtons plus attention à la vie. Vous savez, nous aimons le chant du vent parce que nous croyons qu'il est le souffle du Grand-Mystère. Tous les êtres sur la Terre partagent le même souffle : les pierres, la surface de l'eau, les plantes et tous les arbres sont bercés ou secoués par le vent ; tous les êtres respirent le même air qui nous relie les uns aux autres. »

Pour faire écho à sa vision, je lui ai cité cette jolie formule que j'avais entendue en Inde dans un village de l'État du Maharastra : « Le Grand-Mystère sommeille dans les pierres, se mêle à l'eau des sources, se répand dans les plantes, s'anime dans les animaux et s'éveille en l'homme. » Elle a souri simplement puis est entrée dans un profond silence... Le bleu de la nuit naissante est devenu plus foncé ; l'œil, transparent. Alors, a commencé lentement l'écoulement du monde dans le regard. Le chant authentique des choses ondulait parmi les conifères, libérait les incantations retenues sur les petits drapeaux de prière et il est entré en nous pour aider la joie naissante à tracer son chemin.

Grandmother Sarah Smith m'a expliqué par la suite qu'elle recherchait de tels moments qui nous mettent en relation profonde avec la Terre. L'expérience esthétique en elle-même est peu de chose si elle ne débouche pas sur le dévoilement d'une beauté plus essentielle encore qui prend forme dans la reconnaissance de la grandeur de l'homme que révèle sa communion avec le cosmos et son enracinement dans le cœur de la Terre.

La compagnie des Anciens nous aide à retrouver ce qui en nous demeure à l'état résiduel. Nous possédions un culte rendu à la Terre-Mère sous la forme de la dévotion pour la déesse-Mère que ponctuaient les fêtes agricoles. Je me souviens que les Occidentaux qui ont assisté au dernier rituel conduit par Fallyk Kantchyyr-Ool avaient l'air surpris et amusé d'entendre que le passage dans la fourche d'un arbre à double tronc était propice aux femmes qui souhaitaient obtenir un enfant dans l'année. Pourtant, nous possédions aussi cette vision de la matrice universelle que rappelle d'ailleurs la mandorle (l'amande) qui entoure le Christ en majesté des cathédrales. Nos ancêtres passaient aussi les enfants malades entre la fourche d'un arbre ou à travers un trou de rocher. Ils étaient convaincus que ce passage dans les entrailles de la Terre-Mère serait une renaissance et donc le meilleur traitement possible.

La Terre est Terre-Mère parce qu'elle est la grande génitrice, la grande nourricière et la grande protectrice. L'association des deux termes, qui rappelle d'ailleurs la parenté dans notre langue entre « matière » et « mère » (*materia-mater*), souligne bien le sentiment de respect et d'amour qui entre dans la relation. Elle fait écho à l'expression « enfants-de-la-nature » qui met en avant l'importance de la dimension maternelle. Quand Don Hilario Chiriap effectue sa danse devant toutes les délégations réunies autour du Dalaï Lama et devant des milliers de personnes, il frappe le sol avec ses pieds comme s'il appelait sa Mère ou la prenait à témoin. Grâce à ce contact direct, il affirme sa présence au monde en se reliant aux forces élémentaires qui l'animent.

L'enfant-de-la-nature régule sa vie dans le respect du rythme ternaire qui ordonne la Terre-Mère : naissance, mort, régénération. Il apprend à célébrer le monde, à rendre hommage à toutes les formes de vie avec lesquelles il est sur le même pied d'égalité. Obligé de tuer d'autres êtres pour assurer sa propre existence, il le fait en conservant le souci constant de l'harmonie. Demander pardon et remercier sont des manifestations du respect et de l'amour qui font partie intégrante de l'art que les Traditions primordiales ont mis en œuvre pour maintenir l'équilibre des forces de vie. Rien d'étonnant alors que Tlakaelel apprécie l'expression « gardien de la Terre » pour caractériser une de ses fonctions en ce monde.

Durant notre séjour à Karma Ling, un débat de fond par interlocuteur interposé s'est développé sur les actions concrètes que chacun menait en faveur du respect de la Terre-Mère et de ses dons. Étonnamment, il n'y a jamais eu d'échanges directs entre les Anciens sur cette question, sans doute par respect mutuel ou par crainte de développer une controverse qui n'aurait servi en rien la Rencontre. Comme nous allions d'une délégation à une autre, nous avons été parfois les confidents des uns et des autres, attentifs à leurs remarques ou à leur position divergente. Le débat a pris naissance à la fin du rituel conduit par Aurelio Diaz Tekpankali et Don Hilario Chiriap lorsque ce dernier a offert à chaque Ancien une flèche sacrée qu'il avait confectionnée en Amazonie.

Quand nous avons rendu visite à Sri Ashoke Kumar Chatterjee, maître de Kriya-yoga, végétarien depuis toujours, il nous a dit avoir été choqué par ce cadeau orné d'une grande plume à son sommet et d'un chapelet de duvet qui parcourait le corps de la flèche. Pour lui, qui prône la paix avec tous les êtres — une paix dont le point de départ est, entre autres, nos assiettes —, cette flèche était le signe d'un sacrifice inutile qui amène au sein du rituel une forme subtile de violence.

Lopön Trinley Nyima Rinpoche, végétalien strict, tient des propos similaires mettant l'accent sur la non-violence appliquée selon le principe de « tuer le moins et sauver le plus ». La logique et la cohérence de leur discours nous a frappés d'autant plus que bon nombre d'Occidentaux qui parlent de paix et de fraternité entre les hommes ne réfléchissent guère à la qualité de la relation immédiate et quotidienne qu'ils entretiennent avec le monde animal, végétal ou minéral. Nombreux sont nos contemporains qui ne prêtent aucune attention à ces différents règnes, dépréciant ainsi ce qui est fondamentalement vivant. L'industrie alimentaire et les assiettes tachées de sang n'en sont pour les bönpos qu'une preuve flagrante.

Dès que nous avons pu en parler à Don Hilario Chiriap, il s'est empressé de répondre : « Je comprends profondément cette attitude. Si les plantes, les oiseaux, les animaux pouvaient parler une langue humaine, je crois vraiment que la vie de l'homme serait tout à fait différente. Pour comprendre leur langage, nous disposons d'un compromis, d'une alliance directe avec ces êtres. Dites-vous bien qu'il est carrément impossible d'empêcher la mort. Pour vivre, il nous faut tuer. Si on cause la mort d'un être, elle acquiert une très grande importance dans le cadre de cette alliance.

« Si nous appliquions chez nous la vision des Indiens, personne ne pourrait vivre. Et je crois sincèrement que si nous la mettions en pratique dans ses moindres détails, personne ne pourrait marcher, manger, respirer parce qu'il y a des êtres qui habitent dans l'air, dans la nourriture et sous nos pieds. Notre corps lui-même est peuplé d'une multitude d'êtres qui entrent par les poumons, par la peau et qui circulent dans le corps tout entier.

« Pour moi, le coût de la vie est identique que l'on tue une vache ou une plante. Selon les lois universelles auxquelles je me réfère, tuer un animal et cueillir un fruit sur un arbre revient dans l'absolu au même. Pour moi, l'expression de la douleur ou de la joie est identique qu'elle vienne des animaux, des fleurs, des plantes, du vent ou des êtres humains. »

Nous lui avons alors demandé qu'il nous explique ce qu'il en était de l'alliance dont il parlait parce qu'il nous semblait que nous avions à opérer une hiérarchie entre les êtres, estimant que la cueillette d'un fruit mûr ne pouvait être identique au sacrifice d'un animal. Il a poursuivi en disant : « Chaque action doit être prise en considération dans cette alliance. Quand nous marchons en forêt, beaucoup de fourmis ou de petits insectes peuvent mourir sous nos pas ou de nombreuses herbes peuvent souffrir d'être écrasées. Il faut prendre conscience de la souffrance que notre seule présence sur la Terre impose aux êtres non humains.

« L'alliance que nous préservons et que nous apprenons dans le cadre de notre tradition consiste à essayer d'être le plus pur et le plus fin possible par rapport à toutes ces vies. Mais nous n'arrivons peut-être pas tous à pratiquer pleinement ces enseignements.

« Notre alliance avec les plantes, les animaux et tous les autres êtres que nous prélevons pour notre nourriture fait qu'ils se donnent tous dans le grand cercle de la vie. Il faut que nous prenions conscience que nous nourrissons d'autres formes d'existence que la nôtre et qu'il existe dans le monde un immense processus d'échange et de transfert d'énergie.

« Nous estimons que nos corps proviennent en partie des aliments que nos parents ont consommés et qu'ils

Terre-Mère

sont fondamentalement de l'eau avant d'adopter la forme que nous leur connaissons. La compréhension de la vie au sein de cette alliance se produit alors naturellement une fois que nous avons senti cette nature fluide qui est une des manifestations des énergies de la Terre. Nous ne pouvons prendre volontairement la vie d'un être pour nous nourrir que lorsque cette action s'inscrit dans le cadre de l'alliance. Percevant la grande cérémonie de la vie, nous entrons directement en contact avec toutes les formes de vie et de langage. Nous percevons l'unité de tout et nous reconnaissons en l'être, dont nous allons prendre la vie pour assurer notre existence, une identité semblable à la nôtre.

« Mon compromis ou mon alliance consiste en quelque sorte à comprendre que je me prépare à travers ce type de relation à ce que ma propre vie devienne la nourriture des autres êtres et qu'elle fasse donc partie intégrante de ce réseau de vies et de morts mêlées.

« Nous sommes donc constamment vigilants face à la valeur de ce que nous offre la Terre-Mère. Si je pêche, je vais faire en sorte que les œufs du poisson soient préservés de telle sorte qu'il puisse se reproduire. Si je vais chasser un tigre ou des oiseaux par exemple, je chante un chant qui sert à présenter mes excuses. Je m'adresse aussi directement à l'animal pour lui demander qu'il m'autorise à prendre sa vie dans cette approche sacrée que détermine l'alliance, tout en sachant vraiment que c'est dur pour l'être qui va être tué. C'est dur aussi pour moi parce que cet acte est une lourde responsabilité. L'alliance ici se matérialise dans la volonté de faire en sorte que ce moment soit le moins pénible pour le chasseur et le gibier.

« Quand nous préparons à manger, nous continuons à chanter. Nous prions également parce que c'est une bénédiction que notre corps puisse recevoir une telle nourriture. Nous entrons alors un peu plus en bons termes avec toutes les formes de vie qui contribuent à garantir notre existence.

« Ces pratiques de relation et d'alliance se répandent dans une connaissance chaque fois beaucoup plus vaste. Le corps, la peau, les plumes par exemple doivent être utilisés dans le domaine qui leur correspond afin de continuer à honorer l'animal qui a donné sa vie. C'est pourquoi les plumes nous servent de "médecine" et de soufflet pour attiser le feu. Ces pratiques constituent notre façon de chanter la vie au sein de nos activités quotidiennes. Il n'est pas question pour nous de manger et puis d'oublier les formes de vie qui nous ont alimentés. Toutes les pratiques que nous pouvons faire nous rappellent l'existence de ces êtres et les rendent présents. Les plumes qui ornent notre coiffe ou qui se trouvent sur les instruments que nous utilisons au cours des rituels représentent une alliance, une expression d'amour par rapport aux formes de vie qu'elles incarnent. En portant la coiffe de plumes, c'est comme si nous ajoutions un corps à notre propre corps. Tout cela est intégré dans une pratique du service : servir les autres, servir la vie...

« Finalement, une fois que nous sommes parvenus à intégrer en nous cette vision des choses qui nous met en rapport direct avec la Terre-Mère, nous sommes introduits à la danse du Soleil, notre Père. Nous jeûnons alors plusieurs jours, nous recevons des instructions et nous dansons emplis de joie pour la Terre. C'est notre façon d'exprimer notre amour à l'égard de tous les êtres afin de les remercier pour tout ce qu'ils font pour nous.

« La danse du Soleil nous permet aussi de nous relier à la souffrance des êtres dont nous avons pris la vie. La douleur que nous ressentons dans notre chair au cours de ce rituel est un peu semblable à celle qu'ont pu ressentir tous les animaux et tous les êtres à qui nous avons pris la vie. En percevant concrètement en nous la souffrance que nous avons pu causer, nous sentons plus nettement ce qui se passe sans cesse dans le grand cercle de la vie. Notre alliance avec tous les êtres repose sur cet ensemble de remarques. »

Il s'est tu quelques instants en gardant un air très sérieux. On sentait dans son regard qu'il cherchait à conclure son propos. Touchant délicatement une « flèche-médecine » qu'il tenait dans ses mains, il a repris :

« Nous autres Shuars, nous considérons que notre tradition est orientée vers le bien et nous comprenons aisément que d'autres frères, sous d'autres climats, avec d'autres cultures, puissent avoir une approche différente. Au lieu de juger, nous préférons partager et comprendre. Nous estimons que la différence n'est pas une source de conflit ou de souffrance. Nous considérons également que la compréhension mutuelle est directement associée à l'alliance dont j'ai parlé. Elle est une extension de la vision des choses que nous avons développée sur la terre de nos ancêtres. Si j'étais né en Inde, j'agirais sans doute comme un hindou ! »

Don Hilario Chiriap a donc profité de ces explications pour insister sur le dépassement des formes dont la diversité pourrait constituer un obstacle à l'unité des Traditions primordiales. Si Daagbo Hounon Houna a lui aussi mis l'accent, lors de la présentation du rituel vaudou, sur la nécessité de ne pas voir dans le sacrifice des animaux un rituel sanguinaire mais une offrande d'amour aux ancêtres, d'autres, dont Lopön Trinley Nyima Rinpoche, trouvent que de tels rites n'ont fondamentalement aucune raison d'être. D'ailleurs, le jour de la cérémonie vaudoue, il ne s'est pas rendu sous la tente, convaincu que des sacrifices auraient lieu alors qu'il n'en a rien été. Dans le contexte de la Rencontre, cet événement n'a constitué qu'une petite aspérité qui a eu l'avantage de montrer à quel point des accords sur le fond semblent aisés alors que les colorations culturelles persistent à engendrer de petits fossés entre les traditions.

Don Hilario Chiriap n'a pas explicitement mentionné l'enjeu important qui se joue dans le cadre de l'alliance et qui concerne l'harmonie des multiples relations que l'enfant-de-la-nature entretient avec les entités qui peuplent la Terre-Mère. Lopön Trinley Nyima Rinpoche a été plus prolixe sur le sujet, expliquant que le végétalisme était en définitive une expression du rapport harmonieux que les bönpos tentent de maintenir avec les esprits qui sont associés aux animaux et aux diverses plantes. On ne coupe pas impunément une céréale ou un arbre sans risquer de subir le courroux des entités qui « constituent » ces éléments.

Prises au premier degré, de telles attitudes peuvent paraître relever d'un autre âge. Dans une perspective plus profonde, les entités sont conçues comme des projections de l'esprit. Entretenir une relation avec elles en les considérant comme ce qu'elles sont, c'est-à-dire des êtres vivants ou des êtres auxquels l'expérience des enfants-de-la-nature donne vie, est une façon très habile, adroite et profonde de réguler des échanges avec celles-ci en créant une harmonie et un équilibre. Les refuser ou les occulter nous prive d'un commerce harmonieux qui est un facteur de santé et de stabilité. Un tel refus, qui est de toute façon artificiel parce que ces entités correspondent à des éléments structurels et dynamiques qui nous animent et qui constituent la trame de nos expériences et de ce que nous sommes au plus profond, peut engendrer des déséquilibres qui nous coupent finalement de la nature et de ce qu'elle représente dans notre imaginaire.

Rien d'étonnant dès lors que la Terre ne soit plus ressentie comme la Mère première puisque l'on a écarté ou rompu tous les liens qui nourrissaient une telle représentation. La dégradation de la planète est l'expression aboutie de cette rupture qui annihile tout sens du respect et de l'amour inhérents au rapport de filiation. En aval de ce refoulement, C. G. Jung a très bien montré dans *Aspects du drame contemporain* que le retour du refoulé s'opérait au sein du psychisme humain sous des formes inconscientes, souvent très barbares et incontrôlées, qui donnent naissance aux psychopathes.

L'importance cruciale de l'alliance est révélée, dans certaines Traditions primordiales des deux Amériques, dans l'usage qui est fait des plantes sacrées. Grandmother Sarah Smith a abondamment utilisé le tabac lors de son rituel. Je me souviens qu'elle a dès le premier jour ouvert sa petite amulette sur le chemin qui passe juste au-dessous du *tcheutèn*. Elle a présenté le tabac au Ciel puis s'est accroupie pour accomplir son offrande en faisant des gestes lents juste au-dessus du sol comme si elle traçait un dessin invisible. Elle a d'ailleurs signalé lors de l'entretien que le tabac, la sauge, la flouve odorante et le cèdre sont quatre plantes médicinales sacrées « qui constituent en elles-mêmes notre lien direct avec le Grand-Mystère ».

Il fallait la voir dans le Cercle tenir le tabac avec tendresse. Elle le portait comme s'il s'agissait de son enfant ; à croire que l'on puisse juger de la profondeur spirituelle d'une personne à la délicatesse de sa gestuelle dans l'art de disposer de façon sacrée du tabac. Outre la poésie de ses gestes, il est vrai que l'affection portée à la plante nous en apprend beaucoup sur le sens de cette relation privilégiée. Le tabac, comme les trois autres plantes, croît et se fortifie sur la terre des ancêtres qui ne font plus qu'un avec la Terre-Mère. Si la plante est leur chair sublimée, elle est aussi le fruit de l'union du Ciel et de la Terre, et en cela elle porte en elle l'accord harmonieux du vivant.

Aucune prise de peyotl ou d'ayahuasca n'eut lieu lors de la Rencontre, même si Aurelio Diaz Tekpankali a formulé le vœu de réaliser une cérémonie complète autour du cactus sacré. En dehors de tout contexte et de toute la préparation nécessaire, un tel rituel paraissait quelque peu artificiel.

Lama Denys Teundroup, qui a participé en Équateur à un rituel shuar avec ingestion d'ayahuasca, considère qu'il est fondamental d'avoir une position très claire sur l'usage de ce que nous appelons communément des psychotropes tant les déviations sont devenues monnaie courante : « Il est important de rappeler expressément que l'effet psychotrope induit par la plante ne peut en aucun cas être en soi une tradition complète du fait même que le processus est, dans une certaine mesure, provoqué.

« N'importe qui peut se livrer à ce genre d'expérience ; mais pour qu'elle contribue à une amélioration qualitative de la vie, il faut une discipline, une pratique sincère dans un contexte traditionnel authentique. L'expérience peut être véritablement un révélateur mais qui est toujours à utiliser lors d'un rituel, sans attachement et sans vouloir posséder l'élixir des Dieux. La mythologie nous montre d'ailleurs que l'appropriation ou la possession de cet élixir est cause de chute. Fonder une tradition sur la prise de soma[1] quel qu'il soit est sans aucun doute une impasse dangereuse. »

Ces précisions mises à part, Don Hilario Chiriap nous a appris que la prise d'une plante sacrée dans le cadre d'un rituel établit non seulement une étroite relation avec la plante mais surtout avec la Terre-Mère. En absorbant la plante, l'enfant-de-la-nature « entre » dans l'esprit de celle-ci. Son pouvoir fait découvrir au pratiquant les liens qui unissent toute chose et révèle les canaux subtils qui permettent de communiquer avec les plans non humains. « Nous parlons de "médecine sacrée", dit-il, parce que le pouvoir de la plante est véritablement un remède, un antidote à l'illusion. » Il s'agit de guérir l'homme de l'ignorance qui le maintient dans une vision erronée de la réalité, l'empêchant ainsi de percevoir toutes les interactions qui se produisent dans son propre esprit et, par extension ou projection, dans l'univers.

---

1. L'ambroisie ou le nectar d'immortalité de la tradition védique.

Dans l'étroit rapport qui unit l'enfant-de-la-nature et la Terre-Mère, toutes les formes de vie ont une valeur et un rôle particulier à tenir. On ne peut impunément négliger ou détruire une parcelle de vie sans affecter le corps entier de la Terre et par voie de conséquence l'existence même de l'homme.

Grandmother Sarah Smith pense que nous sommes aujourd'hui frappés d'amnésie. Nous avons oublié le bon sens terrien, car nous manquons fondamentalement de reconnaissance face au caractère sacré de la vie. À ce propos, nous avons évoqué ensemble le discours que Sealth prononça en 1854 devant l'Assemblée des tribus. Chef des Duwamishs, connu par les Occidentaux sous le nom de Seattle, Sealth était d'une sagesse remarquable et un visionnaire hors pair. Il avait un sens extraordinaire de l'union de l'homme avec la Terre-Mère. Il affirmait que « nous faisons partie de cette Terre comme elle fait partie de nous ».

Sealth savait que depuis l'arrivée des Blancs tout était modifié. Ses réflexions, qui anticipaient la situation que nous connaissons aujourd'hui, tendent à prouver que la nature qui l'a vu naître n'existait déjà plus en ce milieu du XIXe siècle. La fragilité qui était le propre de l'homme avait déjà basculé du côté de la Terre. Pour illustrer cette idée, Grandmother Sarah Smith tenait à parler de la triste histoire des bisons. Elle pensait que ce qui est arrivé à ces animaux, puis peu de temps après à ses frères d'Amérique du Nord, était une situation un peu semblable à celle que nous pourrions connaître en négligeant la Terre-Mère.

Les conquérants ont très rapidement réalisé que toute la vie des tribus des plaines reposait sur le bison, et que pour parvenir à les dominer ou à les anéantir il suffisait de rompre l'harmonie de leur mode de vie en massacrant massivement les bisons qui constituaient leur principal moyen de subsistance. La tuerie débuta dès 1869. Les voyages en train devinrent le prétexte à de vastes parties de massacres. Symboles d'abondance et de prospérité, les bisons n'étaient plus qu'un millier en 1890 alors qu'on en dénombrait six millions vingt ans plus tôt. Et Grandmother Sarah Smith d'ajouter qu'« il est intolérable qu'on puisse encore abattre des bisons en 1997 » !

Pour les Anciens, quand l'homme quitte la voie de l'humilité et de la simplicité, il abandonne sa famille première : le Ciel-Père, la Terre-Mère qui devient parfois Mer-Mère dans le vaudou comme a pris soin de nous l'expliquer Daagbo Hounon Houna. Quand il a fait cette remarque, en signalant qu'avant une cérémonie il allait chaque fois se recueillir en s'immergeant dans l'océan, je me suis pris à regretter l'absence des Traditions primordiales profondément liées à la mer. Je songeais alors à l'Aloha Spirit des Hawaiiens que résument les cinq lettres du mot *Aloha* : *Akahai*, la Tendresse ; *Lokahi*, l'Harmonie ; *Olu'olu*, la Gentillesse ; *Ha'aha'a*, l'Humilité ; *Ahonui*, la Patience. Je me rappelais la belle cérémonie de l'Ho'okupu où, assis en cercle sur leur planche de surf, loin du rivage, les Hawaiiens offrent leur prière au Pacifique pour que l'esprit et le cœur demeurent en harmonie avec la totalité de la vie.

Par filiation, l'Ancien sent plus que tout autre qu'il existe derrière le désordre ambiant un ordre naturel. Cet ordre, il le vit au contact de sa terre natale ou dans ce que les Blancs lui ont laissé comme souvenir du lieu qui l'a vu naître et où reposent ses ancêtres. Il sait ce que veut dire « être chez soi » quand on ne le dépossède pas comme Dick Leichletner de sa terre, autrement dit de ses références et valeurs.

Il faut regarder les choses très concrètement. La terre des ancêtres est celle qui accueille leur dépouille. Par un effet de prolongement symbolique, elle préserve en son sein la mémoire des Anciens. L'enfant-de-la-nature se nourrit des bienfaits que lui donne la Terre-Mère et en retour il lui offre son corps. L'amour porté à la terre des ancêtres rend compte de ce double mouvement qui s'inscrit dans le cycle de la vie. Dans les communautés les plus reculées qui doivent aujourd'hui faire face au grand voyage qu'impose le passage de la terre à la Terre, le territoire des ancêtres est le point de repère qui garantit l'équilibre social. Il est un peu à l'image du centre du Cercle sacré qui permet de rayonner dans toutes les directions sans jamais se perdre ou s'égarer.

Sous les pressions économiques et financières, le déplacement des enfants-de-la-nature constitue donc un drame. Le *Statut de l'Indien* (1970) en est un triste exemple. Au nom des intérêts économiques de la nation brésilienne, il a permis la déportation d'ethnies entières au moment de la construction de la transamazonienne ou de l'exploitation massive du caoutchouc. Un tel déplacement loin des terres des ancêtres a engendré une autodestruction des ethnies dont les membres se sont laissés mourir ou se sont suicidés collectivement.

Ce que nous a raconté Don Hilario Chiriap au sujet du rachat des terres sacrées ashuars par une agence de voyages américaine est encore plus inquiétant, parce que ce cas particulier montre que l'effondrement des valeurs ancestrales s'effectue aujourd'hui de l'intérieur. « Les dirigeants de cette compagnie, nous a confié dépité Don Hilario Chiriap, ont proposé 200 000 dollars pour acheter un territoire ashuar et reloger les membres de la tribu à l'écart de leur terres sacrées. Les chefs les ont acceptés. Aujourd'hui, ils vivent de cet argent. Je me rappelle que lorsque j'ai entendu parler de cette transaction, je suis allé voir les chefs pour leur dire : "Réfléchissons ensemble pour voir ce que l'on peut faire et améliorer votre situation." Je leur ai demandé de ne pas signer ce traité avec une telle entreprise parce qu'ils risquaient de perdre toute identité, toute connaissance en rapport avec les racines de leur existence qui s'enfoncent dans la terre de leurs ancêtres. Ils me répondirent : "Nous allons recevoir des dollars qui vont nous permettre de vivre. Si tu n'es pas d'accord, apporte-nous donc cet argent !" À partir de là, toute réflexion est rendue difficile.

« Comment voulez-vous que moi qui suis pauvre, je parvienne à lutter contre ces grandes entreprises ? Il est aussi très difficile d'aller contre leur tendance à préférer l'argent à la lutte. Ce qui est terrible finalement, c'est qu'une fois que ces gens reçoivent de l'argent, la situation s'aggrave encore plus. Ils se lancent dans de petits négoces, deviennent marchands et à ce moment-là l'égoïsme se développe et l'esprit de compétition apparaît, détruisant très rapidement les structures sociales de l'ethnie ou de la tribu. »

Lors de la Rencontre, cet exemple a souligné les bouleversements qui sont en train de se produire au nom de la mondialisation et de l'extension du capitalisme. Tous les Anciens sont très conscients que leur engagement dans le maintien des valeurs traditionnelles est capital pour sauvegarder les Traditions primordiales. Celui qui vit quotidiennement au contact de la terre des ancêtres sait fort bien qu'elle donne la mesure du monde et révèle ce qu'est la Terre-Mère.

Tout s'organise selon un processus de résonance. La terre des ancêtres, avec ses lieux de pouvoir et de sépulture qui sont la mémoire vivante de la lignée, est l'axe où se croisent, s'interpénètrent et se focalisent tous les mondes. La terre ancestrale est le fondement qui donne accès à l'intelligence de l'ordre naturel des choses. Par le biais de l'amour et du respect, il révèle au enfants-de-la-nature la dimension essentielle de la Terre-Mère qui rend compte à son tour de l'architecture des mondes et finalement du principe unificateur qui assure la cohérence de l'ensemble.

Le Cercle sacré s'enracine dans la multiplicité des terres ancestrales. Si nous prêtons attention à la hiérarchie des formes et des espaces qui le composent — du feu central, à la sphère terrestre jusqu'à l'immensité infinie du cosmos — nous pouvons ressentir différents niveaux de protection qui ne sont pas sans rappeler le rôle tenu par toutes les mères.

Quand on s'installe dans le Cercle sacré dessiné au sol, on prend refuge dans un espace consacré qui nous relie à la Terre-Mère dans sa totalité. La surface limitée du Cercle est une matrice qui nous unit à l'ordre du vivant, à l'entrelacement des forces féminines et masculines en nous dont l'étape ultime, l'union de l'être et du Tout, fait l'objet dans le judaïsme et la chrétienté du remarquable Cantiques des cantiques.

Dans le Cercle me sont revenues les paroles du père Pierre-François de Béthune à propos de l'étymologie grecque du mot « catholicisme » : *Kat holon kosmon*, soit « à travers tout le cosmos ». En se fondant dans le Cercle, nous disent les Anciens, l'énergie qui anime notre ego vient d'elle-même au repos pour laisser place à l'expérience de communion avec la Terre-Mère. Puis, de proche en proche, percevant plus clairement les liens subtils qui confèrent à la réalité sa cohésion, il est possible de ressentir combien la Terre elle-même est dans un repos dynamique au cœur du cosmos qui l'abrite.

Ce que l'enfant-de-la-nature percevait dans le ventre de sa mère est un peu à l'échelle de ce qu'il peut vivre dans le Cercle. La musique de la nuit fœtale est en résonance avec celle de l'univers auquel la détente au cœur du Cercle donne accès. Il s'agit donc bien d'être « à travers tout le cosmos », de vivre cette expérience du diffus qui n'est pas fragmentation mais communion avec les forces de paix que sont les forces maternelles.

L'amour pour la Terre-Mère débroussaille le chemin sacré qui mène à l'expérience pleine et vivifiante du monde. La dimension maternelle est plus qu'une aide, plus qu'un guide, elle est la puissance de recouvrement d'une telle expérience et, en ce sens, elle est incontournable. Elle s'inscrit finalement dans la perspective de la responsabilité universelle. Rappelant que le bonheur des êtres humains dépend de celui de tous les autres êtres, le Dalaï Lama évoque dans *Au loin la liberté*, son autobiographie, l'importance de considérer la Terre comme notre propre mère. En effet, comment, dans la relation affective qui nous relie à notre mère, ne pourrions-nous pas prendre soin d'elle !

Il est possible qu'au XXIe siècle, les descendants des enfants-de-la-nature, qui auront su résister aux pressions de toute sorte, racontent aux peuples des grandes mégalopoles ce qu'était la Terre-Mère avant la multiplication des organismes génétiquement modifiés, avant que des pollutions visibles et invisibles n'aient irrémédiablement endommagé non seulement de multiples écosystèmes mais l'esprit naturel de l'homme.

5

Sacré

> « Sous le soleil de la conscience, chaque pensée ou action devient sacrée. »
>
> Thich Nhat Hanh

*La demeure de l'embryon / Économie
sacrée, économie de vie / Le rituel de
ludjin ou l'offrande du corps.*

Durant la Rencontre, le Cercle dans la montagne a été symboliquement le centre du monde, le lieu où le sacrifice est célébré : le sacrifice de la vision dualiste qui voile la présence de l'expérience primordiale naturelle. Là, s'unissent le Ciel et la Terre. La présence du feu et de la fumée relate cette communion essentielle qui est l'essence même du sacré.

Le Cercle a été la demeure du feu, la demeure de l'embryon. En lui, les contraires, en état d'union, forment l'unité originelle. Les Traditions primordiales sont les gardiennes du feu régénérateur ; elles préservent la demeure de l'embryon, le foyer initial à partir duquel se dessine toute l'architecture du monde naturel.

Le désordre que nous connaissons aujourd'hui provient peut-être de l'abandon de la référence première.

Il nous conduit à la déception, à l'agitation, aux tourments de toute sorte qui nous poussent eux-mêmes à commettre des actes non éclairés. Au contact des Traditions primordiales, nous avons le sentiment qu'il est possible de retrouver l'authentique sens de la vie, ce « Tout est Un » qui absorbe toutes les divisions.

La distinction entre le sacré et le profane apparaît dans une société qui a perdu le sens de l'unité de toute chose et dans une spiritualité qui réfute la matérialité. Quand le lien entre la forme et l'être n'est plus ressenti ou que le corps cesse d'être envisagé comme le lieu où l'esprit dépose son empreinte, les conditions de l'émergence puis de la cristallisation du profane sont alors remplies. Pour le père Pierre-François de Béthune, ce phénomène s'est produit en Europe aux alentours du XVe siècle. Il utilise la comparaison entre l'art cistercien et l'art baroque pour signaler que l'oubli de l'intelligence première qui anime les formes brutes concourt à les appauvrir, à réduire leur sens et leur portée spirituelle.

Il est vrai que lorsque le sculpteur du XIIe siècle sculpte une feuille sur un chapiteau, c'est une feuille en pierre. La pierre reste la pierre. Le sculpteur de l'époque baroque va chercher à donner l'impression que l'on regarde véritablement des feuilles. L'essence de la pierre disparaît sous la charge de la représentation.

Ainsi, de proche en proche, en détournant la nature essentielle des éléments qui composent ce monde, nous déformons non seulement la vision que nous en avons mais aussi la relation profonde que nous pouvons entretenir avec lui et finalement avec nous-mêmes. Nous procédons à des réductions, des scissions, des fragmentations et des clivages qui sont autant de moyens pour engendrer la discorde et rompre l'harmonie.

L'exploitation massive de la nature, qui résulte de sa désacralisation, a donné naissance au règne de la quantité : multiplication des objets manufacturés, prolifération des informations, des images réalistes, abstraites ou virtuelles, amoncellement de formes géométriques, de couleurs et de bruits artificiels, entassement des êtres humains dans les espaces confinés des mégalopoles... Tout cela semble aller de pair avec la difficulté que nous pouvons éprouver à ressentir l'unité de notre existence. Incidemment, alors que nous parlons beaucoup d'« être en forme » ou de « remise en forme », la forme devient sa propre fin. Nous finissons par sacraliser ce que nous avons initialement dépouillé de toute transcendance. Ainsi le profane parvient-il à vider les formes de tout contenu. L'exuvie du serpent passe alors pour être le serpent lui-même...

Le sacré est devenu une notion déconcertante et dont l'emploi est délicat. Nous redécouvrons au contact des Traditions primordiales que le sacré n'est pas réductible à un mot, car il se vit et ne s'explique guère. Dans les pays occidentaux, des spécialistes en ont pourtant dressé des théories. Les Anciens, quant à eux, estiment que l'écart qui distingue ceux qui ne font que parler du sacré de ceux qui le vivent est également proportionnel à la distance qui sépare la représentation purement intellectuelle du monde de son expérience brute.

C'est un terme que nous avons entendu à plusieurs reprises dans leur bouche : sites sacrés, territoires sacrés, objets sacrés, paroles sacrées sont des expressions que nous avons fréquemment rencontrées. Don Hilario Chiriap, Nadia Stepanova ou Tlakaelel l'ont utilisé au sujet de la sauvegarde des hauts lieux de pratique. S'ils jouent un rôle très important dans la transmission des enseignements au sein des lignées de chamanes ou d'hommes-médecine, ils font malheureusement l'objet d'un tourisme spirituel ou d'exploitations industrielles trop souvent dévastateurs.

Le combat pour la protection des « lieux de pouvoir », véritables portes de perception que l'initié utilise pour atteindre des niveaux de conscience plus subtils, révèle le décalage entre les intérêts nationaux et les préoccupations des peuples primordiaux. Il vient indéniablement renforcer la conscience du sacré au sein de civilisations qui en ont bien souvent perdu la trace. Nous avons très bien compris que les Anciens présents à Karma Ling n'étaient pas près de suivre les Apaches Mescaleros qui, sous la pression d'un taux de chômage de 90 %, ont accepté, en échange de 15 000 dollars annuels pour chacun de leurs 3 200 membres, que leur territoire devienne le lieu de stockage des 22 000 tonnes de déchets nucléaires que l'administration américaine n'arrivait pas à placer.

Pour les enfants-de-la-nature, le sacré n'existe que dans le respect de l'ordre naturel fondamental que les rites actualisent avec force. Il est une condition particulière de la conscience, de la perception et de la sensibilité qui permet d'entrer en relation avec les forces invisibles avec lesquelles le chamane ou l'homme-médecine compose. Mais le sacré offre surtout le sentiment de vie totale, élargit la compréhension des choses et favorise la réintégration de la partie dans le Tout, ici de la finitude de l'être dans l'infinitude de l'expérience primordiale naturelle qui est éveil à l'Un sans second. Cette aptitude fait rayonner sur le monde des éclats multiples qui sont autant d'échos dans le monde sensible de la richesse que constitue la nature éveillée de l'homme.

À entendre les enfants-de-la-nature, le monde est fondamentalement beau et bon, mais ces propriétés saines et sublimes ne sont pas encore découvertes ni reconnues. Lorsque nous sommes oppressés par la complexité des sociétés modernes, peu concernés par la souffrance d'autrui et accaparés par la satisfaction de nos propres désirs, il nous est très difficile de ressentir ce que les Anciens vivaient au plus profond de leur chair. Les générations passées ont largement piétiné les liens qualitatifs et profonds qui les unissaient avec le monde naturel. Bon nombre d'entre eux ont même été rompus. Oublieux des origines, les êtres humains des grandes technocraties mais aussi les jeunes générations des enfants-de-la-nature privés de leurs racines ne ressentent généralement plus l'ordre naturel qui persiste pourtant sous la gangue des problèmes et des confusions qui affectent notre monde.

Pour les enfants-de-la-nature, le sacré est omniprésent. La puissance de notre amnésie nous coupe d'une telle expérience et vision de la vie. Si nous parvenions à laisser s'épanouir en nous la bonté fondamentale, qualité suprême de l'expérience primordiale, elle éclairerait nos comportements et parviendrait, disent-ils, à inverser le processus qui nous conduit à toutes sortes de dérèglements. Quand nous ressentons le rayonnement de cette sagesse inaltérable et sans limites, le monde prend sa parure de beauté qui n'est autre que sa nature véritable.

Certes, il est des lieux plus sacrés, des lieux qui permettent à la conscience d'adopter l'état qui sanctifie la vie. Mais ce qui est fascinant avec les Anciens réside dans leur formidable capacité à étendre l'espace du temple, à découvrir l'ordre là où nous avons appris à ne percevoir que du profane, c'est-à-dire un monde marqué par l'empreinte du chaos et de la dispersion. En leur présence, nous mesurons finalement à quel point nous sommes devenus insensibles et prisonniers d'une image figée du monde, comme si une part de nous-mêmes était totalement gelée. Fallyk Kantchyyr-Ool, avec sa spontanéité naturelle, s'inclinant devant un arbre ou dansant au sommet d'une colline, a joué un rôle essentiel pour réchauffer l'espace glacé qui nous maintenait dans l'indifférence ou dans l'inaptitude à distinguer l'extraordinaire au sein de l'ordinaire.

Par conséquent, avancer l'idée d'une économie sacrée, ou économie de vie, ne constitue en rien une fantaisie, une théorie désuète ou une espèce de délire saugrenu. Il s'agit bien au contraire d'une position hautement réaliste qui nécessite de repenser nos choix à la lumière de la redécouverte du sens sacré de la vie universelle.

Le rituel de *ludjin*, partie intégrante du *Vajrayâna*[1], a été l'occasion de contempler un reflet de la grande parure de beauté et de réveiller l'instinct du sacré. Vécu par tous avec une grande intensité, même si bon nombre ne le connaissaient pas et n'en avaient donc aucune expérience, il a indéniablement marqué les esprits. Sa dimension primordiale s'est révélée aux yeux de tous et le silence qui a empli la tente après le rite était un signe de la présence presque palpable du sacré. Les Anciens ont eu le sentiment qu'une telle pratique, par sa beauté, sa profondeur et son caractère inspirant, dressait une réelle passerelle entre leurs traditions et la voie du Bouddha dans sa coloration tibétaine.

La théâtralité du rituel repose, au-delà des tenues lie-de-vin et jaune d'or des officiants, dans l'usage alterné de parties chantées, de phases musicales et méditatives très formellement élaborées. La dimension théâtrale vise ici sa propre fin : le dépouillement, le silence de la méditation qui n'a besoin d'aucun décorum.

Les sons graves et répétitifs produits par les boules fouettantes des *damarus*, ces tambours fixés sur un manche que font tourner les musiciens, le tintement subtil et fin des clochettes et les appels plaintifs des *kanglings*, sorte de petites trompettes taillées dans des fémurs, sans oublier la profondeur des voix, confèrent à l'ensemble un caractère étrange et captivant.

---

1. Littéralement la « voie adamantine » ou « fulgurante ».

Toutefois, l'essence du rite se trouve bien au-delà d'une simple expérience de grande quiétude. *Ludjin* est un aspect, mais néanmoins complet, de la pratique de *tcheu* qu'Arnaud Desjardins a montrée pour la première fois en Occident dans son excellent film consacré au bouddhisme tibétain. *Tcheu* signifie « couper » ou « trancher », car il s'agit de « couper » les racines qui nourrissent l'assimilation à l'ego, autrement dit de couper court à l'illusion qui nous maintient dans la dualité. Cette illusion est à la source d'une multitude d'attachements qui procèdent de notre incapacité à réaliser l'égalité essentielle de ce qui est habituellement perçu comme « moi » et « autres ». Dans le non-ego, nous sommes tous égaux.

Généralement, nous sacralisons notre « moi » et nous étendons son pouvoir de développement à notre environnement immédiat. Nous parlons alors de « notre corps », de « notre famille », de « nos affaires », de « notre travail », de « nos désirs », etc. Nous nous identifions à une certaine image que nous avons de nous-mêmes. Certes, au niveau relatif cette vision peut nous sembler utile mais elle engendre des divisions, des exclusions, des replis qui sont eux-mêmes source de conflits, d'insatisfactions et finalement de souffrances.

L'essence du rituel pénètre l'univers sonore pour ordonner l'ensemble à l'art humain le plus abouti : l'art d'éveiller la conscience. Les vibrations des damarus évoquent le caractère brut de l'énergie primordiale : ils sont une résonance audible de la vacuité, un des principes fondamentaux du Grand Véhicule ou *Mahâyâna*, dont le pratiquant essaie d'obtenir une expérience. La pleine réalisation de la vacuité, nature ultime de l'esprit, est l'expérience primordiale naturelle que rappelle encore le tintement délicat des clochettes.

Dans le même temps, *tcheu* est associé à la bienveillance ou à ce que l'on appelle généralement la compassion à l'égard de tous les êtres. La pratique de *ludjin*, qui est littéralement l'offrande du corps (*lu*, corps ; *djin*, offrir), permet au pratiquant de dynamiser l'intelligence vécue de la vacuité. Quand les kanglings, qui symbolisent l'impermanence et le caractère si illusoire de nos attachements, commencent à lancer leur appel à tous les esprits, le pratiquant est en état d'offrande. Au cœur du rituel, il regarde l'esprit et le corps comme étant distincts et séparés. Dans une attitude de présence et d'ouverture, transférant sa conscience au niveau de la qualité éveillée, il s'exerce à se libérer de l'attachement en offrant symboliquement son corps à toutes les catégories d'êtres.

L'essentiel de cette pratique repose sur la combinaison de l'expérience ultime de l'esprit et de la pratique de la compassion. Il est dit que « la générosité est la vertu qui engendre la paix ». Ainsi, le rituel de *ludjin* a planté durant la Rencontre Inter-Traditions des graines propices à l'accomplissement de l'authentique don de soi. Il a incontestablement rappelé que le sacré ne peut exister sans sacrifice et que le sacrifice n'a de valeur que s'il est vécu comme acte d'amour et de compassion pour tous les êtres.

6

Mandala tribal

> « La tribu campait toujours en cercle et au milieu du cercle il y avait une place appelée Hocoka, le centre. »
>
> Tatanka-Ptecila,
> prophète et homme-médecine Sioux Dakota

> « Nos tipis étaient ronds comme les nids des oiseaux et toujours disposés en cercle, le cercle de la nation, le nid de nombreux nids où le Grand-Esprit nous destinait à couver nos enfants. »
>
> Hehaka Sapa,
> guide spirituel Sioux Oglala

De la vision des cercles à la figure du mandala / Le principe du mandala tribal / Un mandala sans cesse à reconstruire.

En cette fin d'après-midi du 2 mai, à l'image du temps devenu nettement plus clément, l'Institut Karma Ling prenait des allures monacales. Les assises qui avaient donné naissance au Cercle des Anciens venaient juste de prendre fin.

Alors que les participants commençaient à se disperser, rejoignant leur logement pour préparer leur départ, j'avais décidé de rester quelques instants sous la Tente des Rituels pour m'imprégner de la circularité et essayer de ressentir ce qu'impliquait une géométrie sans angle où s'opère un transfert constant d'énergies entre le centre et la périphérie. Je pensais que le Cercle sacré m'aiderait à saisir d'une façon simple les principes communs et généraux qui offraient aux sociétés traditionnelles une santé sociale qui s'efface de jour en jour quand elle n'a pas totalement disparu avec l'exacerbation de l'individualisme.

Dès le premier jour de la Rencontre, j'avais d'emblée été frappé par l'extraordinaire convivialité qui existait entre les Anciens. Ils clamaient souvent qu'ils appartenaient à la même famille et on ressentait dans leurs accolades, dans leur souci constant de former un seul corps et dans le sentiment intensément vécu de fraternité que la tribu avait dû être une structure sociale extraordinaire. Nous avions sous les yeux quelques formes persistantes des règles et savoir-vivre qui jadis régulaient harmonieusement la vie communautaire des Anciens.

L'entretien avec Grandmother Sarah Smith avait eu lieu la veille. Elle m'avait parlé, en tant que membre de la nation mohawk, du sens social et spirituel profond de la Confédération iroquoise fondée par ses ancêtres avec les Onondagas, les Oneïdas, les Cayugas et les Sénécas, bien avant les guerres franco-anglaises du XVIIe siècle. Mais ces propos sur la naissance de l'une des premières démocraties me semblaient assez anecdotiques. En tout cas, je ne parvenais pas encore à les relier à ce que nous avions décidé d'appeler le mandala tribal.

Assis paisiblement à l'intérieur de la tente, je tentais de flotter mentalement au-dessus du dôme en visualisant les séries de cercles que formaient en perspective le foyer central, les tablettes, les coussins, la périphérie et la succession des anneaux de bois. Me revenaient lentement en tête les plans circulaires de villages que j'avais découverts dans des livres d'ethnologie. Je revoyais nettement celui du village bororo de Kejara au Brésil que Claude Lévi-Strauss a reproduit dans *Tristes Tropiques*. Les sentiers qui reliaient le cercle des maisons familiales à la maison des hommes située en plein centre constituaient les rayons d'une immense roue. Le clan de l'aval et de l'amont, et le partage de l'espace en deux moitiés formaient quatre quarts principaux dont les limites suivaient les axes nord-sud et est-ouest. J'essayais de me mettre à la place d'un Bororo qui chaque jour parcourait le sentier qui reliait la demeure conjugale et la grande maison des hommes. J'imaginais l'importance capitale que pouvait avoir l'agencement circulaire des huttes dans les processus de régulations sociales et spirituelles. Là-bas, les deux moitiés du village étaient complémentaires et rivalisaient en générosité l'une à l'égard de l'autre.

Comme ce dôme qui, vu du dessus, laisse entrevoir une succession de cercles à partir du point central, le tissu social traditionnel du village était une structure complexe composée d'une multitude de sous-groupes qui s'échelonnaient à partir de groupes de familles qu'un ancêtre commun reliait les unes aux autres. Le village ne se limitait pas à la palette de ses clans ni à son plan, car sa géographie comprenait l'influence prégnante des ancêtres, des animaux totémiques, des esprits et des êtres mythiques. Il était un véritable iceberg ! Sa partie visible ne représentait qu'un petit segment de l'ensemble au sein duquel la personne humaine ne pouvait envisager son existence en dehors de son adhésion totale au groupe.

Alors que je laissais mon esprit dériver, aller et venir des cercles aux pensées, je revis aussi de vieux dessins réalisés avant la Seconde Guerre mondiale qui représentaient la structure de la société dans le monde mélanésien et la circulation entre les clans du flux de vie. Des spirales figuraient les entrelacements perpétuels entre deux clans naturellement voués à l'échange. Des textures composées de cellules à deux noyaux, semblables à l'aspect d'un tissu cellulaire et représentant des paires de personnes liées à un même totem, rendaient compte de la cohérence et de l'unité d'une société où les relations sociales et mythiques priment sur tout autre type de lien [1].

Tous ces dessins se superposaient, tournoyaient ou se disposaient dans mon champ visuel sous la forme d'un damier. Je me laissai envahir et imprégner par ces accumulations de lignes courbes. Tentant de remonter à la réalité concrète qu'elles représentaient, je ressentais plus une circulation complexe et aboutie de forces de cohésion qu'une hiérarchie pyramidale qui parfois exclut ou écrase tous ceux qui se trouvent à sa base. Réapparaissaient alors les rondes que j'avais vues enfant dans les villages d'autrefois, quand les danseurs, main dans la main, unis dans un même mouvement, œuvraient à un dessein commun, tournant et retournant sans cesse. J'avais gardé le souvenir qu'en plissant les yeux, je ne distinguais plus les corps individualisés mais une couronne de couleurs éclatantes.

Montant encore plus haut dans l'espace, je parvins à distinguer la plate-forme où se trouvait la Tente, le centre de retraite de trois ans et le *tcheutèn*. Je voyais les personnes engagées dans la voie du Bouddha pratiquer la circumambulation, gravitant du levant au couchant autour de cet édifice qui, vu d'en haut, ressemble à un mandala. Le mot sanskrit *mandala* devient en tibétain *kyilkhor* qui signifie littéralement « centre et périphérie » ou « milieu et environnement ». Les adeptes du tantrisme ont donné à cette forme une importance considérable dans l'art sacré parce qu'elle représente l'esprit pleinement éveillé à sa véritable nature. Le point central est une image de son principe le plus pur et les élaborations géométriques parfois très

---

1. Ces schémas figurent dans le beau livre de Maurice Leenhardt, *Do Kamo*, Gallimard, 1947.

compliquées mais très harmonieuses qui l'entourent relatent son expansion ou son déploiement.

Mon esprit allait et venait du simple Cercle sacré à la figure complexe du mandala. Retenu parfois par les spirales de forces qui naissent des mouvements giratoires ou ballotté en plein milieu de ces vagues de formes, je n'arrivais pas à discerner l'objet de ma quête. J'avais décidé d'interrompre cette petite expérience quand passèrent dans l'entrebâillement de l'entrée Dick Leichletner et Tim Johnson, son accompagnateur.

Subitement deux images se superposèrent en moi : une peinture que Dick l'Aborigène avait montrée dans le Cercle aux autres Anciens et la structure d'un mandala que j'avais remarqué dans le temple vajra où avaient eu lieu les assises des 1er et 2 mai. La peinture sacrée que Dick Leichletner avait réalisée avec la technique de juxtaposition des points colorés possédait une géométrie presque conforme à celle de la partie principale du mandala.

Un foyer central, composé d'une succession de petits cercles imbriqués, était reproduit aux quatre coins de la toile. Les lignes qui les reliaient les uns aux autres formaient un grand X semblable à une croix de Saint-André délimitant ainsi la surface de quatre triangles. Autour du point de jonction et au sommet de chaque triangle, le peintre avait tracé des arcs de cercle suivant l'axe des points cardinaux. On aurait dit des fragments de la circonvolution centrale exprimant un effet de rayonnement de l'énergie initiale. Avec ces cinq éléments, le centre de sa peinture délimitait l'espace d'une croix aux branches régulières. L'ensemble formait une structure très équilibrée où les couleurs brunes, ocres et rouges marquaient la présence de la Terre. En observant la valeur accordée aux facteurs d'orientation, on comprenait mieux pourquoi les peintures aborigènes sont souvent des cartes qui permettent de voyager dans le *Dowie*, le monde subtil.

Je quittai rapidement la Tente des Rituels pour me rendre dans le temple vajra, le temple du diamant-foudre, où le Dalaï Lama avait rencontré les diverses délégations. J'avais alors noté que le plafond était orné d'un splendide et immense mandala très finement peint.

Je décidai de m'allonger sur le sol pour le contempler. Le mandala est si grand qu'il envahissait tout mon champ visuel. Je parvins nettement à distinguer la trame géométrique que Dick Leichletner avait reproduite sur sa toile. Mais ici, tout était plus complexe et plus ornementé. L'arrière-plan carré, fleuri d'arabesques végétales, accueillait cinq cercles qu'embellissaient de multiples volutes, des nuages évanescents, des paysages aux montagnes neigeuses et des pétales de lotus. Venait ensuite un immense carré semblable au plan d'un palais mis à plat avec ces quatre entrées désignant les points cardinaux.

Les cinq petits mandalas disposés en forme de croix au cœur du palais attiraient d'emblée l'attention et me rappelèrent la croix que Dick Leichletner avait suggérée dans sa peinture. Elle venait s'inscrire sur quatre triangles dont les pointes, telles des flèches unies à leur extrémité, désignaient le cœur de la structure. Quatre *boumpas*, vases sacrés contenant l'*amrita*, le nectar d'immortalité, étaient placés dans les directions intermédiaires.

Le mandala qui éclairait la pièce était une version élaborée du mandala des cinq familles de Bouddha qui correspondent à cinq types d'énergies fondamentales englobant toutes les expériences : *vajra, ratna, padma, karma* et *bouddha* (familles du diamant, du joyau, du lotus, de l'activité et de l'éveil). Au niveau habituel, ces énergies animent des émotions qui apparaissent sous l'emprise de l'ego. Le principe du mandala étant de nature alchimique, il invite le méditant à transmuter, étape après étape, ces énergies alourdies et assombries par l'ignorance en cinq sagesses lumineuses qui sont la manifestation de l'esprit éveillé.

À chaque famille sont donc associés symboliquement non seulement une sagesse mais aussi une couleur, une direction, un élément et une saison. Ces qualités ou propriétés révèlent la coloration particulière que peut prendre la lumière de l'expérience primordiale qui se réfracte dans toutes les strates composant l'existence. Elles soulignent des symétries et des synchronicités qui prennent sens quand le méditant parvient, au sein du processus de transformation de son propre esprit, à dissoudre les différents symboles dans l'expérience qu'ils désignent.

Plus tard, je me rendis compte que les Anciens se référaient spontanément à une vision globale et cohérente de la réalité des choses. La maladie, les perturbations mentales de tout ordre et même les crises sociales trouvaient en partie, selon eux, leur origine dans l'absence de coïncidence entre les différents plans de l'existence. La particularité du mandala est justement de présenter dans le monde des formes un reflet très abouti des simultanéités harmonieuses entre les trois niveaux de réalité que sont l'univers (le mandala macrocosmique), le corps (le mandala microcosmique) et l'interaction entre les deux (le mandala intermédiaire).

Les processus de transformation qu'il met en jeu et qui consistent à brûler progressivement l'emprise de l'ego, à l'origine des confusions et des déphasages, visent à retrouver une santé fondamentale qui naît de l'adéquation parfaite entre les trois niveaux de réalité. Globalement, le mandala est une trame géométrique qui représente l'esprit pur, l'esprit éveillé avec en son centre son essence et son déploiement qui s'ordonnent selon les différents plans jusqu'à la périphérie. Méditer le mandala, au sens de se dissoudre dans les expériences que désigne son symbolisme, favorise le retour de l'esprit en son propre équilibre.

J'avais le sentiment que le chiffre 5, qui avait eu tant

d'importance tout au long de cette Rencontre (cinq familles, cinq continents, cinq doigts dans le sigle de l'Organisation des Traditions unies [1], cinq arcanes...), indiquait un réseau de correspondances innombrables qui rendaient compte subtilement de la nature cohérente de toutes nos expériences. L'axe central et les quatre directions ordonnaient le flux et le reflux de la qualité suprême de l'expérience primordiale naturelle qui imprègne tous les plans de la vie et qu'il nous est donné de reconnaître quand nous sommes capables de savourer pleinement la grandeur de notre réalité d'homme et la beauté du monde dont nous faisons partie.

Je me souviens avoir lu dans un ouvrage du grand maître Chögyam Trungpa que le mot *mandala* signifie littéralement « société », « organisation » et finalement tout ce qui est en relation réciproque. Ce que j'avais ressenti au contact des Anciens était justement de cet ordre. Pour eux, tous les aspects du monde et de nos expériences participent d'une même unité comme si, à un niveau absolu, il n'existait en définitive ni centre ni périphérie mais une trame très élaborée qui relie et ordonne tous les registres de l'existence.

Il était possible d'organiser notre vie en fonction du principe élargi de la famille conçue comme organisation de base cherchant à satisfaire simplement ses besoins et à se donner un bien-être collectif. Je me souvins des explications que m'avait fournies Grandmother Sarah Smith à propos de la *Gayaneshakgowa* ou Grande Loi de la Paix qu'avaient établie les cinq nations à l'origine de la Confédération iroquoise.

Elle m'avait tout d'abord appris que ces nations étaient organisées en clans. Chacun d'eux était consti-

---

1. Reprenant un symbolisme très ancien, ce sigle représente l'empreinte d'une main au cœur d'un cercle.

tué de plusieurs familles reliées les unes aux autres par un ancêtre commun souvent associé à un animal totémique qui déterminait des qualités spécifiques et inhérentes au clan. Grandmother Sarah Smith appartenait elle-même au clan de la tortue. On ne se mariait jamais avec une personne du même clan, ce qui permettait d'élargir les principes régissant la famille à la nation tout entière.

« Pour bien comprendre, dit-elle, pourquoi la Confédération a réussi à se perpétuer tant bien que mal malgré l'encerclement de nos terres et les tentatives pour faire disparaître nos peuples, il faut connaître les structures élémentaires qui régissaient notre organisation. Nos ancêtres se nommèrent les *Hau-de-no-saunee*, le "Peuple de la Longue Maison", parce que la structure de la Confédération était en fait conforme à celle qui régissait les clans. Ils vivaient alors dans de longues maisons qui abritaient plusieurs familles. L'espace intérieur était ouvert, ce qui permettait une libre circulation et le partage de feux communs.

« Avant l'arrivée du Grand Pacificateur, un prophète huron, les cinq nations traversaient une période de conflits très violents. Ce prophète est à l'origine de la Grande Loi de la Paix dont les fondements sont purement spirituels. La non-violence fondamentale est l'éthique qui règle l'ensemble des relations entre les êtres. Il nous a fait comprendre que la force venait de l'union démocratique des cinq nations indépendantes.

« Pour parvenir à s'unir, il fallait réaliser que le bien-être collectif est bien supérieur au bien-être individuel qui amène jalousie, intolérance, colère, désordre et finalement la guerre. Ce que nous vivions au sein de notre famille, de nos longues maisons et de notre clan, nous pouvions l'étendre aux relations entre les peuples de la Ligue des nations. Le Grand Pacificateur nous a appris à cultiver la bonté en songeant non seulement à l'équilibre présent de notre Confédération mais aussi à l'équilibre de nos enfants et cela jusqu'à la septième génération.

« Ces principes ont été étendus jusqu'à l'organisation géographique de la Ligue qui se déployait au sud du lac Ontario. Chaque nation occupait une position le long d'une ligne qui était en fait la voie de communication principale. Cette ligne symbolisait le lien entre tous les membres de la Confédération, le lien entre chaque peuple, chaque clan, chaque famille. La voie de communication était la piste de l'Hau-de-no-saunee. L'ensemble était la reproduction sur une vaste échelle de nos longues maisons. Chaque nation était comme une famille dont le rôle assigné au sein de la grande demeure était très précis. Les Onondagas, par exemple, étaient les gardiens du feu central. Les Sénécas protégeaient la porte de l'ouest et nous, Mohawks, celle de l'est. La tâche de chaque nation indépendante consistait donc à garantir l'ordre, l'unité et la pérennité de cette organisation démocratique. »

Grandmother Sarah Smith m'avait aussi expliqué que la place importante qu'occupent encore aujourd'hui les femmes au sein de la société iroquoise provient de cette époque où hommes et femmes avaient une égale importance. Selon elle, la parité entre les sexes révélait une formidable santé sociale. Les femmes étaient propriétaires des maisons et nommaient le chef du clan.

Commentant la valeur de cette position, j'avais signalé à Grandmother Sarah Smith que l'application de ce principe égalitaire me semblait signaler la valeur extraordinaire de l'équilibre atteint au sein de la Confédération et, qu'en ce sens, la Ligue m'apparaissait comme l'application du principe du mandala des cinq familles.

Chaque peuple était parvenu à transmuter l'énergie qui, avant l'arrivée du prophète huron, était investie dans des émotions conflictuelles et dominée par des ego collectifs à l'origine des violences. Cela impliquait également que chaque membre de la Confédération avait fait un travail sur soi pour vaincre les puissances égocentriques, causes de désordre. En amont d'une telle organisation, il existait donc une chronologie d'efforts visant à vaincre, à différentes échelles, les obstacles à l'unité des nations. Le principe du mandala tribal trouvait là tout son sens. La tribu était un champ de bataille sacré et l'ego, l'objet du sacrifice.

À partir de l'architecture et de l'organisation intimiste de la longue maison, symbole du foyer originel, de l'activité éveillée et de l'unité familiale et clanique, chaque ajout, permettant d'atteindre la dimension imposante de la Confédération, devenait une extension de la maison-mère.

« Vous pouvez en effet voir les choses comme cela, dit-elle. Le mandala tribal peut ainsi se démultiplier à l'infini. »

Si la Ligue des cinq nations forme une famille gigantesque, il en va de même pour la société aborigène. Tim Johnson, l'accompagnateur de Dick Leichletner, avait remarqué qu'elle est comme une immense communauté dont les structures sont semblables à celles qui régissent chaque famille. Ainsi, des liens de parenté existent avec de nombreux membres qui n'appartiennent pas à la « famille biologique ».

Ceux qui ont réussi à maintenir tant bien que mal les traditions ancestrales ont une vision unifiée de la vie. Ils se réfèrent en permanence au Temps du Rêve qui narre l'histoire de la création, révèle les lois à respecter pour garantir l'équilibre du vivant et rappelle sans cesse l'interdépendance de toute chose. La trame sur laquelle se nouent les relations entre tous les êtres est extrêmement serrée, régulière et équilibrée. Tout est en rapport avec tout. Dans un tel contexte, la cohésion de la société humaine est à l'image de la cohérence du monde.

Pour Monté Wambilé, il va de soi que le mandala tribal intègre en son sein les animaux qui garantissent la survie des grands pasteurs nomades que sont les Rendillés. Là aussi, il n'existe pas de rupture radicale entre les différents règnes. Don Hilario Chiriap est même allé jusqu'à expliquer que pour les Shuars l'extension du mandala tribal à partir du principe de parenté élargi était quelque chose de tout à fait naturel. Les Shuars admettent que les animaux possèdent une vie affective ou qu'ils sont doués d'intentionnalité. Autrement dit, ils reconnaissent dans le monde animal des attributs que nous estimons appartenir en propre aux êtres humains. Il existe bien sûr des différences entre les règnes mais pas de véritables discontinuités. Les animaux sont des entités avec lesquelles les Shuars entretiennent de multiples interactions sociales et spirituelles.

Quand je sortis de ces réflexions, j'étais toujours allongé sur le sol. Le soleil avait franchi la montagne de l'ouest. La lumière déclinant, les couleurs du mandala s'assombrissaient et l'océan bleuté sur lequel il reposait semblait l'envahir. En me relevant, je me rendis compte que je n'avais pas fait attention aux marques sur le plancher qui était encore partiellement recouvert d'une moquette. En regardant plus attentivement, je me rendis compte qu'il s'agissait d'une figure géométrique centrée à la manière d'un mandala et utilisée pour les danses vajra.

Se jouant d'une combinaison régulière de cercles et d'étoiles, cette figure possède plusieurs rayons qui partent du pentagone et de l'étoile centrales. Ils traversent les multiples cercles aux cinq couleurs qui rappellent le mandala des cinq familles, découpant ainsi l'espace en une multiplicité de cases. La danse, qui se pratique à douze ou vingt-quatre, consiste à passer d'une case à une autre selon un parcours déterminé, en respectant des pas précis et en récitant, à chaque passage, un *mantra*[1] spécifique. La danse est ici une méditation dynamique où le corps, la parole et l'esprit sont invités à coïncider.

Je souris intérieurement en regardant cet organigramme concentrique sur lequel nous étions assis sans le savoir lors de ces deux dernières journées. Le centre du mandala se déployant sur le plafond était à l'aplomb de la structure alvéolaire qui recouvrait le sol. Les deux disques se trouvaient dans le même alignement. Me plaçant au milieu, je fixai l'un puis l'autre alternativement : le Ciel, la Terre ; la Terre, le Ciel...

Je me développai dans les racines et me déployai dans l'espace en pivotant sur moi-même d'est en ouest. Le mandala des cinq familles tournait telle une roue entraînant les couleurs dans un mouvement spiralé. Au sol, les rayons se chevauchaient et les cercles colorés s'interpénétraient. J'avais l'impression de remonter à l'état où la lumière est une, non encore réfractée.

Je tournai jusqu'à l'éclairement. Je revis encore le plan du village bororo de Kejara, la chaîne d'union que nous avions réalisée dans cette salle le jour même pour sceller le Cercle des Anciens, le cercle constitué par les empreintes de mains que les Anciens ont laissées sur un parchemin, formidable symbole de l'unité dans la diversité, et le cercle de lumière que tous les participants à la Journée Inter-Traditions ont formé en dressant sur une tablette de petites lampes à huile.

Ces images me semblaient indiquer que l'une des vertus cardinales du mandala tribal correspondait à cette entrée dans la même cadence, dans le même rythme pour former une unité puissante afin que chacun puisse ressentir son appartenance au même corps ou à la même famille. Il n'était sans doute pas possible, me disais-je, de vivre des rapports justes et équitables

---

1. Formule sacrée éveillante ayant le pouvoir d'actualiser la puissance de la déité qu'elle représente ou symbolise.

sans que l'unité de la famille soit pleinement vécue et ressentie. Je compris alors pourquoi le mandala tribal n'était en rien un modèle figé ou définitif. Sans cesse, il fallait le reconstruire ou plutôt actualiser sa présence pour le rendre opérant afin qu'il rayonne et se démultiplie, comme le disait Grandmother Sarah Smith.

Je compris également pourquoi Aurelio Diaz Tekpankali avait, dès le premier jour de la Rencontre, rappelé à tous les Anciens la valeur de ce temps mythique dont parlent les prophéties et où la grande famille humaine était une. Cette référence, essentielle pour les enfants-de-la-nature, désigne également une dimension du mandala tribal. Elle est en quelque sorte la tribu première. Ainsi, lorsque Aurelio, sur un ton pathétique, nous enjoignait de « regagner la maison [1] », il réveillait en nous la mémoire très ancienne qui a sans doute gardé l'empreinte de la fraternité première. On avait le sentiment qu'étaient subitement réactivées des valeurs qui avaient toujours été là mais qui n'étaient pas encore pleinement éclairées et reconnues.

Enivré par les tournoiements de toupie, je me suis assis sur le cercle blanc qui délimite le cœur de la figure géométrique. J'ai attendu quelques instants pour reprendre mes esprits. Puis, j'ai sorti mon calepin dans lequel j'ai écrit :

« Le mandala tribal repose sur des séries d'alignements, de coïncidences, de symétries et d'accords sans lesquels la tribu n'est dotée d'aucun contrat social entre ses membres. Il est une structure initiale dont le canevas très élaboré et très équilibré garantit la cohésion de l'ensemble du tissu tribal.

« Son rayonnement est une élaboration de la cellule première, un prolongement dont les parties s'imbriquent harmonieusement, développant au sein des sociétés anciennes des rapports justes. À l'image des

---

[1]. Ce sont des paroles qu'il a prononcées devant les Anciens lors de la journée de présentation.

structures chromosomiques qui pénètrent uniformément tous les types de cellules qui composent notre corps, le mandala tribal anime toutes les facettes qui déterminent le haut degré de raffinement qu'ont pu atteindre certaines sociétés anciennes, à tous les niveaux de leur organisation sociale et spirituelle.

« Son principe dépend étroitement des quatre autres arcanes. Il s'épanouit dans le développement harmonieux du centre que constitue la personne humaine éclairée par l'expérience primordiale naturelle. De la santé des différentes parties dépend celle de la totalité, et réciproquement. Toutefois, la tribu ne correspond pas à la somme des individualités qui la composent. Elle présuppose une cohérence constante entre les parties et le tout, le tout et les parties, et la relation particulière qui s'installe entre les deux entités.

« Le mandala tribal implique une organisation dont les bases reposent sur une vision sacrée du rôle assigné au corps social et sur l'appréciation de la bonté fondamentale qui émane de l'existence humaine. La découverte de cette bonté foncière fait naître le sens du partage et du don. Ainsi, le mandala tribal n'est pas une sorte de théorie sociale mais un ordre naturel profondément vécu par les Anciens et intensément ressenti parce qu'il imprègne tous les niveaux de leur être et de leur existence.

« Dans leur grande majorité, les sociétés primordiales ont possédé, avant l'intrusion de la modernité, une tradition de la vaillance, un art du guerrier sacré, un art finalement de la constante vigilance et de l'ouverture à autrui qui permet de faire rayonner la bonté. Il semble avoir encore nettement persisté dans leur sens aigu de la responsabilité, de l'éthique et du devoir envers le groupe. Ici, les consciences individuelles ne se dégagent pas du corps social pour leur seul profit mais au contraire pour le servir.

« Au contact des Anciens, il est aisé de percevoir l'accord harmonieux entre une extrême douceur venant du cœur et un éclat puissant de volonté, de détermination et de forces intérieures. La persistance de la lucidité et de la vigilance souligne leur engagement dans une lutte non seulement pour sauvegarder leur identité et leurs propres traditions, mais aussi pour rendre sensible le lien qui unit tous les êtres à un monde plus éveillé. Du foyer lumineux que constitue l'expérience primordiale naturelle, à la prise de conscience que l'émergence d'une société éveillée reste possible, le mandala tribal tisse irrémédiablement sa trame. »

En sortant du temple vajra, je me dis que tout cela était bien beau mais loin des réalités quotidiennes... Il existe des îlots où de tels propos ont encore un sens mais globalement, et les Anciens le savent très bien, le monde actuel va à l'encontre de ces principes. Nous avons créé exactement le modèle inverse en glorifiant l'individu et en prônant l'esprit de compétition.

Pourtant, aujourd'hui, un grand nombre de nos contemporains souffrent de la perte du sens social voire même du contrat social. Cette perte amène la recherche forcenée d'avantages personnels et crée de multiples déséquilibres au sein des sociétés occidentales. Pour les Anciens, la dérive que nous connaissons est liée à l'abandon du sens du sacrifice et à la récupération complètement mercantile d'un dessein social qui, au lieu d'être dirigé par le sacré, est piloté par la production matérialiste et le profit capitaliste.

J'en discutai plus tard avec Morgan Eaglebear et nous fûmes d'accord sur le fait qu'il n'est aucunement question d'être rétrograde ou nostalgique devant ce qu'a pu être la vie tribale. Les choses ne seront jamais comme avant et l'idéalisation du passé conduit parfois à des impasses. Par contre, il nous paraît louable de penser que l'état d'esprit qui découle de la compréhension du mandala tribal puisse féconder nos sociétés à condition que nous daignions repenser la fonction du corps social à la lumière du sacré, découvrir puis cultiver la valeur inestimable que représente la bonté première, et développer enfin la conviction qu'en étant au service de la Terre et des autres nous contribuons à pérenniser la vie.

7

Harmonie et interdépendance habitant-habitacle

« L'harmonie cachée surpasse l'harmonie visible. »

Héraclite

« Tout ce qui arrive à la terre arrive au fils de la terre. L'homme n'a pas tissé la toile de la vie, il n'est qu'un fil de tissu. Tout ce qu'il fait à la toile, il le fait à lui-même. »

Sealth, chef des Duwamishs

L'enseignement de la flèche-médecine / De l'utilité de l'inutile / La pratique du He'e nalu hawaiien

Ayant rejoint le chalet où nous logions, je voulus écouter de nouveau ce que Don Hilario Chiriap avait dit au sujet de la « flèche-médecine » qu'il m'avait transmise ce matin du 2 mai. Attentif à ses recommandations et prenant cette « médecine » entre les mains, je la priai de m'aider à ressentir pleinement le sens et la portée des arcanes. Dans le silence du soir naissant, le calme envahit la petite chambre sous les combles. À mesure que la clarté s'estompait lentement, les objets s'oubliaient dans la nuit. Je réalisai une nouvelle fois à quel point la claire vision du monde primordial devient vivante lorsque nous parvenons à nous dissoudre dans notre propre silence et à communier avec le cosmos tout entier. Je compris que l'intention des Anciens était de montrer que les cinq arcanes peuvent servir de support de compréhension et d'éclairement pour parvenir à goûter la saveur de cette vision. À la manière d'un symbole, ils la traduisent et la désignent dans le même temps.

Je ne distinguais presque plus la flèche mais je sentais sa vie dans mes mains. La finesse de son corps permettait de la faire glisser entre deux doigts. De la douceur des plumes et des duvets émanait la présence des oiseaux multicolores : l'esprit suivait leur farandole entre les immenses arbres de la grande forêt. Il gagnait en légèreté, en liberté de mouvement, en souplesse, en vision lointaine... Au toucher du bois et des fibres de liane qui maintenaient les plumes, l'esprit goûtait à la splendeur végétale, aux forces nourricières de la Terre-Mère, à la circulation de la sève qui est une réponse à l'appel de l'infini du ciel. Bien qu'inerte et rigide, la flèche laissait sourdre l'écho du mouvement rythmé des fluides universels et j'avais l'impression de ressentir au creux des mains l'écoulement des saisons, image prodigieuse de l'art avec lequel le monde de l'infiniment petit prolonge l'harmonie de l'infiniment grand.

Elle n'était plus droite et rectiligne mais se scindait en une diversité de filaments organisés autour d'un centre unique. L'ensemble formait un carrefour où se rencontraient de multiples voies. L'attention pouvait s'orienter vers la terre, l'espace mais aussi l'eau et le feu. La succession ordonnée des plumes me rappela les propos que tenait Don Hilario Chiriap sur les cascades sacrées en territoire shuar. « Vois la cascade, disait-il. Vois la chute incessante de l'eau. Le flux de vie se matérialise devant nous et nous aide à ressentir la transformation perpétuelle des choses. Tout se renouvelle, rien ne reste identique. » Le Shuar rejoint le grand philosophe grec Héraclite qui, voici vingt-cinq siècles, s'était servi de l'image du fleuve pour nous enseigner l'impermanence non seulement des éléments de ce monde mais aussi de nous-mêmes.

La flèche conduisait au feu, symbole de la métamorphose et de l'accomplissement. En sa qualité de « médecine », se révélait le sens de la transsubstantiation. La sève qui abreuve son bois est sublimée quand l'Uwishin, l'homme de connaissance shuar, procède à sa fabrication. Les forces de vie sont alors appelées à servir les forces d'éveil. Il en va de même avec la transformation des sucs de l'ayahuasca qui libère l'esprit de la plante. Au grand jour, le rouge orangé des plumes parcourt le bois comme des torsades de langues de feu. Mais le feu plus intérieur, le feu invisible qui régénère et purifie, couve sous la beauté des apparences, au cœur du foyer imperceptible qui nourrit l'esprit.

J'eus conscience ce soir-là que Don Hilario Chiriap m'avait offert un support pour tenter, entre autres, de comprendre et de réaliser ce que les Anciens entendaient par « harmonie ». Tout dans la flèche visait à établir des réseaux de coïncidences ; la diversité des éléments la composant répondait à un ordre précis qui les rendait complémentaires. Si le mot « harmonie » avait jailli de toutes les bouches, personne n'avait eu de termes pour en éclairer le sens. Seul un geste, un regard ou une attitude servirent à exprimer sa valeur extrême autant que sa fragilité. Les Anciens semblaient en total accord avec la formule du sage taoïste Tchouang-tseu[1] (fin du IVe siècle av. J.-C.) : « La discussion est inférieure au silence. »

Quand ils prenaient la parole, ils ne s'aventuraient jamais dans des explications sans avoir préalablement rappelé que leur point d'ancrage et leur objectif constants n'étaient autres que l'harmonie. Plus l'heure

---

1. Voir son *Œuvre complète*, traduction, préface et notes de Liou Kia-hway, Gallimard/UNESCO, Connaissance de l'Orient, 1992, p. 179.

du départ approchait, plus on réalisait, en dépit des non-dits, que la Rencontre venait illustrer à elle seule une participation dynamique et collective à l'harmonie qui repose au cœur de l'expérience primordiale naturelle.

Les enfants-de-la-nature n'expriment pas l'indicible, ils le vivent et le ressentent. Ainsi en va-t-il de l'harmonie. Quand sous la pression de la demande, ils sont contraints d'en exposer quelques traits, ils préfèrent dire ce qu'elle n'est pas plutôt que d'énoncer des propos théoriques. « Au regard de la situation mondiale, de la désagrégation du tissu social et de la dégradation croissante du milieu naturel, il est aisé de se faire une idée de la disharmonie », disent-ils.

Elle se décline aujourd'hui de manière innombrable et ses symptômes caractérisent en amont l'attitude de l'ego à jamais assoiffé et insatisfait, toujours envieux de posséder davantage sans tenir compte des dangers inhérents à une telle attitude et sans prendre garde aux retours de flamme qu'entraînent indéniablement ses actions vampiriques. Nous savons désormais très bien ce qu'est la maladie, la souffrance, la bousculade, l'agitation, la crainte et l'angoisse d'un lendemain qui risque fort d'être peu radieux si nous persistons à maintenir de tels schémas de vie : se profile de jour en jour plus nettement l'impasse où nous conduit notre civilisation sans que nous comprenions encore pleinement à quel point nous nous sommes exilés de la nature.

En procédant par déduction, il est possible de soutenir qu'il existe pour les Anciens une harmonie visible et une harmonie cachée qui s'inscrivent toutes deux dans un continuum indifférencié. Pour en saisir la teneur, ils faisaient allusion à ce qu'en Occident nous appellerions, depuis les traductions latines du philosophe arabe Averroès[1], une « nature en soi » et une

---

1. Au XIIe siècle, deux expressions apparaissent dans ces traductions : *natura naturans* (« nature naturante » ou « nature en soi ») et *natura naturata* (« nature naturée » ou « nature manifestée »). La pre-

« nature manifestée » dont nous percevons les expressions et les variations dans le jeu des saisons et des facteurs complémentaires comme le chaud et le froid, l'ombre et la lumière, etc.

La « nature manifestée » est relative au monde des formes et possède une puissance de cohésion qui garantit l'harmonie visible du monde dans lequel nous vivons. La « nature en soi » se situe au-delà des apparences et demeure totalement vide de quelque chose d'autre qu'elle-même. Se suffisant à elle-même, celle qu'ils appellent parfois le *Grand-Mystère, Yous* (shuar), le *Grand Ciel bleu, Mawu* (vaudou) ou Dieu pourrait être aisément qualifiée d'absolue. Au niveau du vécu, elle correspond à l'expérience primordiale naturelle à laquelle l'être dans sa totalité est appelé à participer.

La coïncidence des plans, du plus dense au plus subtil, de l'apparent à l'invisible, répond à un ordre fondamental qui garantit la cohésion de l'ensemble. Il n'est pas étonnant dès lors que les Anciens adoptent volontiers l'expression « gardiens de la Terre », car ils voient en elle la synthèse de leur devoir pour préserver leur alignement avec l'organisation du vivant. Rompre le jeu des continuités en séparant l'homme de la Terre, comme nous le faisons de plus en plus, revient à déstabiliser l'état de santé primordiale.

Dans une telle perspective, le moindre détail a son importance. Par exemple, le positionnement géographique et la structure des villages traditionnels se calquent sur l'ordre fondamental. Don Hilario Chiriap, qui connaît bien le mal qu'a pu produire en Amazonie l'apport de la vision et de l'éducation occidentales, nous dit qu'aujourd'hui « dans la plupart des communautés, vous trouvez au centre une église encerclée par les maisons. Les abords du village sont laissés presque à l'abandon. Il règne une sorte de désordre apparent

---

mière sert à désigner Dieu et la seconde l'ensemble des lois et des êtres créés par Lui.

Harmonie et interdépendance habitant-habitacle 387

qui ne peut offrir au peuple aucune unité spirituelle. L'atmosphère générale ne dégage pas cette énergie puissante qui permettrait de réunir les gens.

« La manière dont nous disposons des forces de vie et les présentons ou les ordonnons, que cela concerne l'esthétique du village ou son intégration harmonieuse dans le milieu naturel, devrait être un miroir de l'esprit et du cœur. Ce que nous voyons est le reflet de ce qui se passe dans notre esprit, notre cœur et notre corps. Le processus est également réversible. Ainsi, la circulation à double sens donne naissance à une vision profonde et cohérente qui nous paraît fondamentale. Quand les gouvernements imposent des coutumes et un type d'habitat qui négligent ces flux harmonieux de vie, vous pouvez aisément comprendre que les peuples de la grande forêt se trouvent souvent soumis à la confusion et au chaos. »

Il semble indéniable que la situation de désordre que nous connaissons procède de l'oubli de la double circulation harmonieuse dont parle Don Hilario Chiriap. Ses propos concourent à mettre en évidence une cohérence dont la valeur dépend d'une vision globale du réel qui souligne elle-même le caractère polysémique du mot « harmonie ». En effet, pour les enfants-de-la-nature, « harmonie », « santé », « paix », « ordre », « bonté » et même « beauté » désignent un même état, une même réalité. Cette évidence imprègne les peintures sacrées de bon nombre de Traditions primordiales. Les peintures de sable des Navajos et les « cartes » subtiles que trace Dick Leichletner portent en elles, grâce à leurs couleurs, leurs formes et matériaux, les attributs de la nature. Au-delà de leur aspect extérieur et formel, elles viennent prolonger l'activité de l'harmonie cachée dont le pendant est la « nature en soi ».

Dans les processus de guérison navajo, les principes qui fondent l'harmonie et qui animent la peinture se propagent dans l'esprit du malade pour l'aider à rétablir le lien avec la santé primordiale. La maladie ne survient pas de la prolifération d'agents pathogènes mais d'une rupture dans la participation à l'harmonie générale du vivant. Être en bonne santé est donc le reflet d'une parfaite synchronisation de tous les plans de vie. D'ailleurs, étymologiquement, le mot « harmonie » signifie dans notre langue « ajustement », « coïncidence » ou « adéquation ». Quand tous les aspects de la vie s'accordent parfaitement les uns avec les autres, l'équilibre rayonne et engendre beauté et joie.

L'homme tient un rôle central dans ce processus. Il en est grandement responsable. Ainsi, une attitude, une pensée ou une action justes sont teintées par la lumière de l'harmonie première et concourent à la pérenniser en préservant sa clarté et sa chaleur. C'est pourquoi, pour les Anciens, la vie possède un caractère hautement précieux. Vivre est un art : art d'ajuster avec finesse et délicatesse les différents plans de l'existence ; art de maintenir les forces de cohésion qui garantissent l'équilibre de tout. La formidable intelligence qui réside au cœur des Traditions primordiales repose donc sur la coïncidence des opposés, l'union indissociable du transcendant et de l'immanent.

Tout ce qui est concorde et finalement harmonie procède de la dynamique de l'alliance. Vivre l'alliance présuppose une compréhension profonde de l'interdépendance habitant-habitacle. Certes, eu égard à notre situation, on pourrait croire qu'il suffit de porter attention à la réciprocité qui existe entre les activités humaines et le monde naturel pour saisir pleinement le sens de l'interdépendance en question. En fait, il faut aller beaucoup plus loin. Il est nécessaire de rappeler, et les Anciens aiment qu'on le fasse, à quel point l'extension de la représentation occidentale du monde impose de plus en plus le règne massif de la quantité, de la vitesse, de la virtualité et de la vision utilitariste qui modifie considérablement notre manière d'habiter le monde. Nous commençons à peine à réaliser qu'un tel règne nous fait perdre l'expérience de la qualité :

qualité de vie, qualité des relations sociales et humaines, qualité des aliments et de l'eau, par exemple.

La prise de conscience de la dégradation de notre expérience globale de la vie nous révèle, en l'absence de tout idéalisme, la valeur extraordinaire de la qualité d'une relation directe, ouverte, de cœur à cœur, d'esprit à esprit, qui est un écho de l'expérience primordiale naturelle. À partir d'une telle expérience, l'autre devient un peu soi-même et c'est alors que le respect prend tout son sens et que son aura peut s'étendre non seulement à nos voisins mais aussi aux autres nations, aux autres êtres, qu'ils soient humains ou non humains.

Ainsi, l'art d'habiter en soi-même concourt au développement de la responsabilité à l'égard de ce que nous appelons communément l'environnement. Il n'est pas faux d'affirmer alors que tout déphasage, toute perturbation intérieure, aussi subtile soit-elle, se propage par effet de résonance et s'amplifie à mesure qu'elle gagne la périphérie de notre être pour prendre la forme des déséquilibres majeurs auxquels nous devons faire face désormais. En prenant conscience, nous disent les Anciens, qu'en détruisant le milieu naturel nous nous détruisons nous-mêmes, nous réalisons le sens et la valeur de l'interdépendance habitant-habitacle. Plus en aval, nous nous rendons compte à quel point l'harmonie dépend de ce que nous en faisons quotidiennement.

La noirceur de la nuit était intense. J'eus l'impression que le petit recoin où je me trouvais était son ombre. En cet état, l'esprit, ne s'attachant à rien de particulier, gagnait en repos, en équilibre, en dénuement et pouvait ainsi rester pur et simple. Il me semblait saisir un peu plus précisément pourquoi la nuit obscure éclaire intensément le jour de nos vies. Je compris également le sens que saint Jean de la Croix accordait à la répétition fréquente de la formule de saint Paul : « N'ayant rien et possédant tout. » Il fallait sans doute baigner dans la nuit, oublier la surabondance de biens et d'opinions pour ressentir l'ordre naturel des choses et être en état de s'unir avec lui pour que l'harmonie demeure.

Je tenais toujours la flèche entre mes mains. Elle n'avait aucun poids et semblait inexistante dans sa petitesse. Pourtant, sa puissance spirituelle était inversement proportionnelle à son extrême fragilité matérielle. Je mesurais la distance qui sépare parfois les cultures en réalisant qu'un tel « objet », considéré par les Shuars comme une « médecine », pourrait devenir le symbole de l'inutilité au sein d'un monde préoccupé par la productivité et la rentabilité. Je ne pus m'empêcher alors de songer aux histoires dans lesquelles Tchouang-tseu fait l'éloge des arbres qui, ne servant à fabriquer ni des pieux, des faîtages ni des cercueils, sont considérés comme inutiles et par là même sacrés. Il conclut d'ailleurs ses anecdotes en affirmant : « Tout le monde connaît l'utilité de l'utile mais personne ne sait l'utilité de l'inutile [1]. »

Il m'apparut que les choses désormais s'inversaient. Le pouvoir écrasant de l'utile ayant atteint la phase où son ombre immense se déploie pour recouvrir le monde, nous parvenons à réaliser la part de lumière qu'il nous manque. Dans le chapitre 8 de *La Nuit obscure de l'esprit*, saint Jean de la Croix utilise l'image d'un rayon de lumière entrant par la fenêtre pour nous enseigner que plus nous nous vidons de nos conceptions, de nos habitudes mentales et de nos certitudes, plus la lumière spirituelle gagne en pureté et plus elle nous traverse sans retenue. Elle devient invisible à mesure que les objets sur lesquels elle se réfléchit habituellement disparaissent.

Notre demeure est emplie d'une multitude de choses

---

1. *Œuvre complète, op. cit.*, p. 58.

et la lumière qui les éclaire est devenue pour nous si commune que nos yeux, attachés au monde des apparences, ne la distinguent plus. Nous sommes allés si loin dans le processus incessant d'accumulation que nous avons fini par boucher les entrées de lumière. Quand on commence à redécouvrir la profonde utilité de la clarté naturelle, l'inutilité change de camp. Certains acquis semblent dérisoires, certains objets paraissent des fardeaux, des certitudes s'effondrent et des biens matériels deviennent illusoires. Plus nous nous dépouillons de ce qui nous leurre, comme le dit saint Jean de la Croix, plus la lumière spirituelle accentue l'opacité de nos propres ténèbres.

Analogiquement, l'excroissance de la discordance cancérise l'homme et la Terre, mais en même temps elle nous incite à ouvrir en grand les fenêtres pour laisser se diffuser l'harmonie et faire en sorte que nos erreurs jaillissent en pleine lumière. La présence en France des représentants de quelques Traditions primordiales illustre à mon sens ce renversement et cette percée de la lumière.

J'en vins encore une fois à regretter l'absence de la tradition profondément liée à l'océan, je veux parler de la tradition hawaiienne que les Polynésiens indigènes, qui ne formant plus aujourd'hui que 1,5 % de la population, tentent coûte que coûte de maintenir alors que l'archipel d'Hawaii est soumis aux intérêts économiques des États-Unis depuis qu'un groupe de planteurs américains a dépossédé de son trône la reine Lili'Uokalani en janvier 1893.

J'eus la vision du Puu O Mahuka Heiau, l'un des lieux le plus sacré de l'île d'Oahu, qui surplombe la baie de Waimea. De petites pierres volcaniques accumulées par la main de l'homme forment l'*heiau*, le temple des Hawaiiens. En ce lieu ancestral, voué en pleine nature à la prière et au recueillement, on vient déposer sur les pierres des offrandes : fruits, colliers de fleurs, bouquets de feuilles de palmier... Là, au cœur de la présence silencieuse des ancêtres, l'Hawaiien laisse son esprit glisser dans l'océan étincelant.

Le *he'e nalu* (devenu surf), pratique jadis réservée aux rois, illustre à merveille l'interdépendance habitant-habitacle. L'Hawaiien assis sur sa planche scrute l'horizon, attendant la vague qui vient du fin fond de l'océan. Quand la houle soulève l'immensité bleutée, il guette les lignes de crête et perçoit la moindre ondulation non seulement avec ses yeux mais avec son corps tout entier. Il laisse le sens de la vague se répandre en sa personne. Au moment jugé opportun, il rame vers le rivage pour se laisser happer par la force de l'océan. Son seul effort est une forme de lâcher-prise. Il consiste à coïncider parfaitement avec le déferlement et sa glisse ne fait que traduire en continu l'art de se fondre harmonieusement au cœur de la vague. Dans la communion parfaite de deux mouvements, le corps parvient à ordonner sa posture pour s'accorder à la forme constamment renouvelée de la vague. Quand la glisse atteint cette beauté de la trajectoire qui relate l'accord parfait de l'homme avec la nature, la pratique du he'e nalu est réellement un splendide hommage rendu à l'océan.

Au cœur de la vague, dans cette glissade acrobatique et éphémère qui ne laisse aucune trace, qui ne souille rien, l'océan accueille l'Hawaiien qui l'honore en retour en acceptant pleinement ses règles et ses lois. Au moindre écart, la masse d'eau se referme sur l'homme. L'interdépendance habitant-habitacle se doit d'être sous le joug délicat de l'harmonie. Comme la glisse qu'embrasse la bleutée mobile, elle met en œuvre une synergie dynamique au sein de laquelle le lien qui unit l'homme et la Terre est sans cesse à reconstruire.

Au creux de la nuit alpine, j'ouvris les yeux sur l'obscurité reposante dont l'épaisseur imprégnait tous les objets de la soupente. Dans cet océan sombre, tout paraissait indistinct. Je me mis à revivre en abrégé la Rencontre et en répétant mentalement la dénomination de chaque arcane, je m'aperçus qu'ils s'inscrivaient dans un anneau qui signalait leur continuité et leur caractère interdépendant. L'anneau dessinait en fait la figure de l'Ouroboros, le serpent qui se mord la queue. J'eus le sentiment profond que la sagesse qui réside au cœur de l'expérience primordiale naturelle se reflétait en toute chose et qu'elle était finalement le pendant de l'harmonie.

Je vis que la claire vision du monde primordial s'autoféconait, se renouvelait sans cesse sous la parure désenchantée avec laquelle nous recouvrons parfois le monde et je sentis à quel point elle transmutait les forces de mort en force de vie. J'eus alors la certitude qu'à quelques pas de là, les Anciens attendaient le lever du soleil, attendaient son flamboiement, attendaient finalement de voir naître la demeure de l'aube...

TROISIÈME PARTIE

LE FLEUVE DE L'ACTION ÉCLAIRÉE

par Alain Grosrey

« Le penseur est la pensée. »
Krishnamurti

PRÉAMBULE

Guérir : l'adret et l'ubac

> « Soyez votre propre guérisseur, et en tant que tel, aidez votre famille en la guérissant pour qu'elle puisse à son tour aider et guérir la communauté. Ainsi la communauté aidera à guérir la nation et enfin les nations pourront aider à guérir le monde entier. »
>
> David Gehue,
> conseiller spirituel de la nation Micmac

Comme des marcheurs arpentant un sentier de crête / Le chemin de la guérison et la leçon du chamane.

Quand le Cercle sacré nous accueille pour participer à un rituel, nous entrons dans l'état de communion spirituelle collective. Mais, à peine assis, nous savons d'emblée que la participation totale à ce processus commun ne sera possible qu'en guérissant nos propres blessures. Au cœur du silence, prenant soin de regarder en nous, sans oublier le moindre recoin, le moindre interstice, nous découvrons des fissures, des parties inachevées, abîmées ou effondrées. Nous ouvrons des fenêtres sur des bruits assourdissants, des lumières criardes, des ombres immenses et partout des paroles, des guirlandes de mots sans fin : mille personnages qui bavardent en continu dans un labyrinthe sans limites.

L'évidence de notre incomplétude nous saute alors aux yeux et notre existence paraît brouillonne ou accrochée à des supports factices pour peu qu'on les place devant l'infini des choses et l'étincelle éphémère de nos vies. Un simple changement d'échelle et tout bascule... Si nous devions donner une forme à ce que nous sommes, nous dessinerions sans doute un gribouillis ou un cercle dont le tracé incertain serait incomplet.

Face aux Anciens, l'homme en nous, pleinement debout, entièrement libre, semble absent. Pourtant, nous sentons intimement qu'un retournement est possible, que le gribouillis peut se délier, se dilater pour embrasser les contours de la courbe fermée. L'absence de l'homme complet devient criante plus nous prenons conscience de nos infirmités et handicaps. Puis, portant notre regard au loin, contemplant le monde lancé à toute allure en direction d'un futur devenu hypothétique sous le joug de nos excès, le manque de bon sens devient flagrant. Comment avons-nous pu en arriver là ? Comment pouvons-nous tolérer l'inadmissible dont nous sommes la cause ? Dans quel sommeil faut-il que nous nous trouvions pour confondre maladie et santé ?

Si nous nous laissons gagner par des pensées négatives, une tristesse immense nous submerge car le monde ne nous semble pas revêtir sa plus belle parure et nous sommes convaincus que rien finalement ne sera plus comme avant. Dans le même temps, nous réalisons que nous sommes des marcheurs arpentant un sentier de crête. Comme la montagne possède son adret et son ubac, nous ressentons au plus profond de nous qu'une grande part de nos expériences se trouve à l'ombre alors que tout un pan baigne dans la chaleur et la clarté du soleil. À l'adret, nous sommes entièrement épanouis, nous goûtons pleinement notre réalité d'homme, nous apprécions totalement la vie en célébrant sa beauté et son caractère extraordinaire. En définitive, tout est tellement clair que notre vision des choses s'accorde à cet état naturel éclatant qui est source de joie et de bien-être. Au sommet de la crête, nous devenons conscients de l'existence d'une santé fondamentale qui n'est pas un leurre.

Le chemin de la guérison est tracé entre ce que nous sommes en tant qu'êtres blessés, ce qu'est le monde sous le pouvoir de nos actions et ce qu'est l'homme complet, totalement intégré. La première porte de la guérison s'ouvre sur notre cœur ; la dernière, sur l'état du monde. Le chemin de la guérison sillonne parmi les plaies de l'histoire et la multiplicité des maux qui affectent l'humanité. Il prend naissance dans notre part d'ombre, en plein ubac, et s'étire pour rejoindre la grande clarté de l'adret, en plein soleil. En soignant la première cellule, à savoir nous-mêmes, nous initialisons l'avancée du processus de guérison jusqu'à ce qu'il atteigne un jour l'extrémité du monde.

Nous vivons une époque où se dessinent deux grands pôles : l'un, dominant, dévastateur, se complaît encore dans des certitudes parce que, pour les puissants qui le dirigent, tout semble aller assez bien ; l'autre, discret, maltraité et surtout contraint au silence forcé durant des années, se voit l'objet d'une Décennie dont les médias parlent fort peu. Tous deux sont malades ou en tout cas bien fatigués : l'un des causes de l'abondance ; le second de ses effets. La guérison se situe au-delà des points de vue, à condition que la bonté soit la source majeure de l'inspiration commune et de la volonté partagée de guérir.

Lorsque la Rencontre est arrivée à son terme, chacun

a reconnu que les actions à mener devaient avoir une dimension mutuelle du fait du caractère totalement interdépendant de nos situations. Nous savons pertinemment que les modes de vie occidentaux ont un impact direct sur la survie ou la mort des Traditions primordiales. Mais, comme l'a souligné Grandmother Sarah Smith, « on ne peut pas passer son temps à blâmer les uns et les autres. Je crois que nous, peuples primordiaux, avons commis aussi des erreurs. Ainsi, quand on est suffisamment fort pour accepter cette responsabilité qui consiste à reconnaître que nous avons nous aussi délaissé nos propres voies traditionnelles, notre esprit s'en trouve purifié et guéri ».

Toute l'activité du chamane et de l'homme/femme-médecine est fondée sur la guérison d'un déséquilibre, qu'il se manifeste dans le corps, dans l'esprit ou dans les structures sociales. Si le déséquilibre peut mener à la mort et au chaos, les efforts de cet homme ou de cette femme, qui occupe une place centrale dans les sociétés traditionnelles et préindustrielles, visent à retrouver l'harmonie et l'équilibre perdus. Ce que nous vivons aujourd'hui au niveau mondial, mais avant tout en plein cœur des sociétés fortement industrialisées, est analogique au processus de mort et de renaissance que connaît justement cet homme ou cette femme quand ils procèdent à la guérison. La destructuration de leur ego, qui les fait mourir à leur condition d'être individuel pour les faire entrer de plain-pied dans la condition de la personne totale et unifiée, rend compte d'un haut degré de sacrifice.

L'enseignement que nous pourrions en tirer réside dans la certitude qu'il nous faut mourir à certains attachements, désirs et fixations qui, s'ils perdurent, risquent fort de nous conduire à une catastrophe sans précédent. La véritable rencontre peut trouver là le terrain favorable à sa réalisation. Il ne s'agira plus de la rencontre inaugurale des Blancs et des pacifiques enfants-de-la-nature des Amériques, qui donna lieu aux atrocités que l'on sait, mais d'une rencontre véritable où l'homme des Traditions primordiales sera écouté, lui qui a su respecter l'alliance avec la Terre.

DE LA GUÉRISON

1

Le marchand et son royaume déchu

> « La pollution commence réellement dans l'esprit. »
>
> Hehaka Sapa,
> guide sioux oglala

> « Là où croît le péril, croît aussi ce qui sauve. »
> Hölderlin

Aux origines de la civilisation technicienne / De la mathématisation du réel au transgénique / Les contradictions des décideurs / La nécessité d'une contre-posture.

Sous l'effet de la mondialisation, la rencontre des nations se transforme de jour en jour en une guerre économique perpétuelle. La Terre est devenue le théâtre de conflits incessants entre nations riches et productives, soumises au besoin de croissance sans limites et à la logique de puissance. La compétition internationale s'établit au prix d'une vaste dégradation des liens sociaux internes aux sociétés humaines dont certaines produisent une plus-value de richesses alors qu'apparaissent de plus en plus de laissés-pour-compte. Elle se renforce avec la destruction massive du monde naturel et la multiplication des biens de consommation. De telles contradictions prennent toute leur ampleur à l'échelle planétaire avec l'incapacité ou peut-être le refus délibéré d'établir une réelle solidarité entre les riches États du Nord et les pauvres nations du Sud.

Cependant, les grands marchands qui dominent et façonnent le monde d'aujourd'hui et de demain risquent de devenir les rois d'un royaume livré à la désolation et à l'aliénation collective des masses par le pouvoir croissant des nouvelles technologies qui envahissent les moindres replis de l'existence humaine. Aboutissement de la politique de libération de l'homme par la machine, elles contribuent parfois à le déshumaniser en le coupant de ce qui lui confère son humanité, le rendant dans le même temps esclave de nouveaux désirs.

L'invention récente de l'être virtuel, le *tamagotchi*, dont le succès commercial est retentissant, en est un exemple frappant. À l'image d'un petit être humain, ce poussin électronique créé au Japon est programmé pour « vivre » toutes les phases de croissance de l'homme, nécessitant de la part de son propriétaire des soins attentifs puisqu'il peut « mourir » comme un nourrisson insuffisamment alimenté. Signe d'une terrible détresse affective, l'être virtuel n'en est pas moins la preuve d'une totale confusion des valeurs qui fait perdre le sens premier de la vie.

Il arrive un moment où le comportement du marchand devient une arme qu'il retourne inconsciemment contre lui. Tout cela ne se fait pas en une génération bien que l'on puisse dire aujourd'hui que l'entropie, l'état de désordre et la vitesse de la dégradation ne cessent d'augmenter. Un proverbe masaï dit : « Nous n'héritons pas de la terre de nos ancêtres, nous l'empruntons à nos enfants. » Lorsque l'on réfléchit et agit uniquement à court terme, il n'est pas rare que l'on favorise le déchaînement des égoïsmes. En négligeant de prendre en considération les générations à venir, on développe fréquemment des raisonnements vraiment déraisonnables.

Les grands marchands risquent aussi de dominer un monde où les déchets non biodégradables dépasseront les ressources naturelles. Un tel déséquilibre est désormais plus qu'une hypothèse. Comment avons-nous pu créer cet état de fait ? Qu'est-ce qui, en bref, dans notre culture a pu rendre possible l'avènement de la civilisation technicienne ? Il nous faut sans doute remonter aux sources de la science moderne pour comprendre dans le même mouvement la vision utilitariste du monde et la tendance généralisée en Occident à considérer la nature comme objet. D'une façon très schématique, ces deux facteurs sont à l'origine de la situation que nous connaissons aujourd'hui.

Le moment où nous avons cessé de vivre dans et avec le monde pour le penser a marqué la naissance de la science moderne. On glisse d'une vision contemplative où la nature peut être tour à tour le reflet de l'Absolu divin (Dieu immanent au monde) ou un ensemble de lois susceptibles, si elles sont reconnues, d'offrir une sagesse de vie (stoïcisme), pour basculer dans une vision qui en autorise l'exploitation.

Une vue aérienne du palais de Versailles ou du château de Vaux-le-Vicomte permet de réaliser comment, à l'âge baroque, on est entré dans une ère où le jardin ne se contentait pas d'être le reflet de la puissance monarchique, mais s'affirmait comme l'expression tangible de l'écriture mathématique qui est censée ordonner l'ensemble de la nature. Cette architecture du jardin à la française, où la nature totalement domestiquée est enfermée dans une mosaïque de formes géométriques, est l'expression aboutie de la mathématisation du réel que l'on doit en grande partie à Galilée. Dieu étant inconnaissable et incompréhensible, on ne peut que le « penser » au travers de ses œuvres. L'explication mathématique du grand livre de la nature vient donc dévoiler les mystères qui ont présidé à sa création et en cela elle se hausse au niveau de la connaissance divine.

En Angleterre, Francis Bacon a initialisé, dès 1605, le processus visant à vaincre la nature pour faire du monde un objet d'exploitation commerciale. Dénigrant l'approche traditionnelle de la nature propre aux cultures préchrétiennes, ce philosophe souhaitait mettre au point un nouveau type d'homme/femme-médecine qui, au lieu d'enseigner aux autres hommes comment vivre harmonieusement, leur apprendrait comment la découverte des arcanes secrets de la nature leur permettrait d'en profiter autant que faire se pourrait. Ce n'est donc pas un hasard si Bacon a été appelé le « prophète du nouvel âge industriel ».

Avec Descartes, qui fait des hommes les « maîtres et possesseurs de la nature », la Terre est transformée en laboratoire d'études avec également le souci constant de la dominer. Cette domination, qui offre à l'homme des facilités nouvelles et lui assure indéniablement des conditions de vie plus aisées, le libérant ainsi du pouvoir de la nature jugé alors écrasant, n'a pas tardé à devenir le credo de l'idéologie du progrès illimité si répandue au XIXe siècle. À l'époque, l'impact des activités humaines sur le milieu naturel semblait encore très dérisoire et permettait de justifier une politique de la démesure dont nous connaissons aujourd'hui les conséquences dévastatrices.

Il n'est nullement question de remettre en cause les libertés nouvelles, fruits du développement technologique, mais il est louable, dans la perspective d'un développement viable, respectueux des particularismes locaux au sein d'un monde devenu global, de dépasser le champ assez étroit de la libération matérielle de l'homme et d'abandonner la croyance aveugle en la certitude que la technique finira toujours par trouver des remèdes aux maux qu'elle engendre : si la gestion et le traitement des déchets ultimes constituent un exemple frappant de l'impasse d'une telle croyance, les manipulations transgéniques fournissent elles aussi des exemples probants.

Le clonage d'un être à partir d'une de ses cellules démontre de façon éclatante qu'une cellule contient potentiellement tout l'individu. Peut-on se réjouir de telles manipulations qui soulignent clairement que le tout est dans la partie, sans prendre sérieusement en compte les dangers qu'elles représentent ? D'ailleurs, avions-nous besoin de bousculer le vivant pour en tirer une conclusion que les sagesses d'Orient et d'Occident connaissaient depuis longtemps ? Là encore les intérêts financiers occultent les considérations éthiques et philosophiques qui ne sont prises en compte que lorsque le danger semble imminent. Qui va donc à rebours : la sagesse ou la science ?

De telles découvertes ont des conséquences ambivalentes. D'un côté, les animaux transgéniques contribuent à réduire la souffrance humaine en produisant des protéines sanguines dont on est certain qu'elles sont indemnes du virus du sida, de l'hépatite C et de la maladie de Creutzfeldt-Jacob ; de l'autre, un espace s'ouvre sur la confusion entre les espèces puisque ces animaux ont été dotés de gènes humains.

En amont de telles expériences, c'est l'ombre gigantesque de l'exploitation du monde animal qui plane, souvent dans l'indifférence, sur le monde humain. L'irrespect à l'égard des animaux est un des tentacules de la pieuvre utilitariste que confortent des régimes alimentaires peu soucieux de la souffrance démultipliée qu'ils génèrent. Ainsi, se coupant de plus en plus du milieu naturel, l'homme devient absent au monde des autres êtres et entre dans une étrange indifférence. La souffrance induite par nos modes de vie est alors refoulée dans des enceintes closes, là où se pratique l'élevage industriel, dans les arènes de l'esclavage intense qui fournit à l'industrie pharmaceutique des débouchés mirobolants puisque, en Europe seulement, 70 % des antibiotiques mis sur le marché sont donnés aux « animaux industriels ».

Quant à la manipulation génétique des plantes, elle n'a que treize ans d'âge. Il est grand temps de se demander si ces « nouvelles plantes » ne sont pas susceptibles d'altérer profondément les écosystèmes naturels. D'ailleurs, nous ne savons même pas si les transgènes — purs produits de l'intervention humaine — ne vont pas un jour s'introduire, par croisement, dans les espèces sauvages.

Manipulations génétiques ; nourritures frelatées, artificielles et irradiées ; eaux impropres à la consommation ; océans et mers insalubres ; forêts dévastées ; terres appauvries et infestées de substances chimiques ; air toxique et irrespirable ; effet de serre croissant ; surpopulation... le marchand risque fort de devenir le roi d'un monde à l'agonie.

Lors du Sommet de la Terre à New York (juin 1997), les gouvernements ont reconnu que la santé de la planète s'est considérablement dégradée depuis le Sommet de Rio (1992), mais aucun accord n'a pour autant été trouvé sur ces questions majeures. Le niveau très bas de l'aide publique au développement n'a fait l'objet d'aucune promesse de hausse et la protection des forêts, jugée très urgente, a été reportée à des dates ultérieures.

D'ailleurs, quand des gouvernements signent des conventions et des traités internationaux pour reconnaître les droits des générations futures, pour protéger la biodiversité et le climat, alors que trois ans plus tôt (le 15 avril 1994 à Marrakech) ils ont émargé l'Acte final du Cycle d'Uruguay favorisant la naissance de l'Organisation mondiale du commerce (OMC) qui met de côté les conséquences écologiques et sociales négatives qu'il engendrera[1], n'y-a-t-il pas de quoi rester perplexe ?

Vouloir augmenter considérablement les revenus ne semble pas coïncider pleinement avec la volonté de maintenir en santé le vivant. D'autant que — le ministre indien du Commerce, M. Pranab Mukherjee, présent à Marrakech, a tenu à le rappeler — on ne doit pas oublier la forte disparité des niveaux de développement et les inégalités qui, si elles ne sont pas réduites, risquent de remettre en cause « la survie à long terme du système commercial multilatéral ».

Lorsque nous avons évoqué l'ensemble de ces constats devant les Anciens, tous se sont rangés du côté d'Eaglebear qui affirmait brutalement : « On ne cessera jamais assez de répéter qu'il est grand temps de changer totalement notre représentation de la vie et notre relation avec le monde naturel. » Mais, face à un commerce mondial qui progresse à présent à peu près trois fois plus vite que la production de marchandises, marginalisant indéniablement des pays incapables de miser sur l'accroissement de leurs exportations et de relever les nouveaux défis technologiques, quel est le poids de ces paroles ?

Avec l'échec du Sommet de la Terre à New York, nous constatons que les efforts produits en amont, lors

---

[1]. Un milliard de paysans vont être contraints à l'exode rural et vont augmenter la population des mégalopoles sans espoir de trouver du travail ; la population mondiale ne va cesser de s'accroître ; chaque jour 40 000 enfants continueront sans doute à mourir de faim ou de maladies liées à une eau insalubre ; l'eau saine et potable risque de disparaître à jamais ; des centaines de milliards seront toujours consacrés chaque année à la défense ; l'exploitation massive des ressources se poursuivra ; la désagrégation du tissu interne des États du tiers-monde s'amplifiera ; les flux migratoires du Sud vers le Nord se propageront...

des conférences ministérielles de l'Organisation mondiale du commerce, par exemple, sont obsolètes dès qu'un engagement irréversible est à prendre. Renato Ruggiero, directeur général de l'OMC, a eu beau souligner avant la conférence de Singapour (9-13 décembre 1996) : « Le message politique de Singapour devrait être un message d'unité entre les pays développés et les pays en développement, et de détermination à aider les pays les moins avancés à échapper à leur marginalisation... par des mesures vigoureuses et spécifiques... C'est un besoin particulièrement urgent. Nous sommes dans un monde interdépendant ; cela signifie que nous sommes tous ensemble sur le même bateau, et personne ne peut regarder tranquillement l'autre extrémité du navire s'enfoncer dans l'eau », force est de reconnaître, un an plus tard, que les pays les plus riches regardent paisiblement l'immersion d'une partie du monde et se contentent de lancer quelques minuscules bouées à la mer.

La prise de conscience de plus en plus généralisée qu'il nous faudra rapidement adopter une contre-posture si l'on souhaite enrayer la destruction massive, dépasser l'activisme et l'agitation qui n'engendrent que bousculades, incohérences, fatigues, lassitudes, angoisses et un manque profond de paix, de tranquillité et de bien-être révèle le haut degré de complexité de notre situation. Nous avons privilégié la notion de « réussite » au détriment de celle de « réalisation », ne cessant de confondre être et avoir.

Il se produit un phénomène de vases communicants qui a encore des effets stériles mais qui semble indiquer des ouvertures possibles. Plus la destruction s'accentue, plus l'opinion publique paraît consciente de l'absolue nécessité du changement. Si l'on était certain que l'homme n'est pas en train de commettre hara-kiri, nous pourrions dire que la situation délicate dans laquelle nous nous trouvons est une sorte de bénédiction, parce qu'elle nous fait prendre conscience que nous sommes dans une impasse, et, du coup, elle développe en nous la volonté d'en sortir. Dans le doute, nous réalisons à quel point nos vies sont plongées dans une inertie dont il est facile de mesurer l'ampleur en l'absence de toute application effective d'un plan d'urgence.

La contre-posture ne peut voir le jour que si nous reconnaissons la primauté des valeurs humaines et spirituelles. Dans un monde dominant qui les a négligées, il est indiscutable qu'il nous faut renouer avec un code éthique élémentaire et sain — par conséquent non dogmatique — dont les Traditions primordiales n'ont cessé de révéler l'efficacité et la pertinence. En ce sens, les traditions les plus anciennes favorisent une réflexion sur l'importance cruciale de valeurs non mesurables en termes de productivité, de rendement ou de profit, mais dont on peut espérer qu'elles nous aideront à sortir de l'impasse dans laquelle nous sommes déjà bien engagés.

Réorienter les forces investies presque inconsciemment dans la destruction pour qu'elles redonnent vie à des valeurs qui nourrissent le cœur de l'homme contribuerait sans doute à échapper au fâcheux dualisme économique qui consiste à distinguer le productif de l'improductif. Estimant, par exemple, que des milieux naturels étaient improductifs ou commercialement inutiles, on s'en est servi pour y déverser de nombreux déchets toxiques. Finalement, ce que nous délaissons ou déprécions se tarit, s'altère, s'amenuise, meurt ou devient l'objet de toutes les souillures. Plus nous délaissons notre jardin intérieur, plus le monde se dégrade.

Il va de soi que face à de tels comportements, les Traditions primordiales nous rappellent que l'équilibre et la beauté extérieurs sont le prolongement de l'harmonie et de la santé intérieurs. Dans le vacarme assourdissant du monde, jusqu'où porteront les paroles de ceux qui estiment qu'il serait grand temps de privilégier le bien-être et surtout la réalisation de l'être ? La question reste en suspens.

2

Droit et devoir

> « Seule la responsabilité universelle sera la clé de la survie humaine. Elle est la meilleure base pour établir la paix dans le monde, pour un partage équitable des ressources naturelles et pour amener, par égard pour les générations futures, un véritable respect de l'environnement. »
>
> Tenzin Gyatso, XIVe Dalaï Lama (Sommet de la Terre de Rio, 1992)

Le sens de la responsabilité et le culte de la vitesse / Le choc de deux économies / Créer des passerelles entre le droit et le devoir.

Dans une revue française, où cinquante grands témoins imaginent notre avenir[1], Sa Sainteté le Dalaï Lama insiste sur la nécessité d'une prise de conscience étendue de l'importance de la protection de la nature et de l'environnement qui « sont, écrit-il, les fondements du bonheur et de la joie de tous les êtres vivants ». Il sous-entend qu'il faut sans cesse être vigi-

---

1. N° 1543 de *L'Environnement Magazine*, spécial anniversaire, en date du 29 décembre 1995.

lant, faire constamment attention à ce qui garantit une existence saine, heureuse et accomplie. L'une des grandes leçons que nous auront laissées les Anciens concerne justement le sens aigu de la responsabilité qui n'est pas un vain mot ou une réaction épidermique devant la disparition possible de l'homme, mais une application naturelle de l'éthique inhérente à l'alliance avec la nature.

Impossible désormais de vivre sans le souci du lendemain. Qu'il est loin ce temps qu'on vivait pleinement au jour le jour, que rencontrèrent les premiers colons en débarquant à Tahiti ! Contraints de scruter un présent que nous vivons sur le mode constant de l'anticipation si nous voulons que l'avenir soit une réalité viable, « nous courons après le temps », dit l'expression populaire. Nul n'est besoin de dire quelles sombres vérités se profilent derrière ces mots. La question/réponse « "Quand dois-je vous rendre ce travail ?" demande l'un ; "Hier !", répond l'autre », caricature assez bien un monde qu'une technologie très malléable soumet au culte de la vitesse. En allant toujours de plus en plus vite, ne perdons-nous pas des repères stables, ne brouillons-nous pas les pistes susceptibles de nous indiquer notre véritable place et l'authentique finalité de notre cheminement ?

Même lors de la Journée Inter-Traditions, en présence du Dalaï Lama, il a fallu faire vite. Compte tenu de la courte durée de la Rencontre, nous avons nous-mêmes, sans aucun doute, bousculé les Anciens pour recueillir suffisamment de données. D'ailleurs Grandmother Sarah Smith a dit en riant à la fin de notre entretien consacré à l'enseignement des prophéties : « Mon frère, ce n'est pas en deux heures que l'on peut évoquer nos prophéties. Mes sœurs et frères de la tradition mohawk ne me disent pas : "OK, tu viens demain à 21 heures et nous parlerons de ta vie et de tes prophéties." Pensez aussi qu'on nous a demandé hier d'exécuter un rituel en l'espace de deux minutes... C'est difficile ! »

L'accroissement de la vitesse fait disparaître l'art de baliser les chemins ; elle attise la prolifération des échanges, donne à la jungle des mots plus d'épaisseur, permet le brassage d'une foule d'opinions, accentue l'agitation frénétique, trouble encore plus ce qui n'était déjà plus transparent, perturbe notre rapport au temps, participe à l'extension de la complexité et nous rend finalement absents à nous-mêmes en altérant notre appréciation qualitative du présent. L'accélération à laquelle nous sommes soumis aujourd'hui désoriente plus qu'elle n'apaise et révèle fréquemment les limites du droit qui ne parvient pas toujours à anticiper des changements brusques. Les bouleversements engendrés par le génie génétique ou Internet ont révélé ces décalages laissant place à des vides juridiques qui repoussent eux-mêmes les considérations éthiques dans un futur inconsistant.

Les grands États marchands garantissent la politique des immenses besoins et doivent, pour pérenniser leur nature propre, entraîner les hommes dans le cycle du travail incessant par crainte d'un lendemain qui ne serait pas aussi rentable qu'il ne l'est aujourd'hui. La rencontre avec les enfants-de-la-nature a été celle de deux types d'économie : l'économie de vie — économie sacrée, économie de la mesure parce qu'elle se fonde sur le don et le respect des devoirs ancestraux envers le monde naturel — et l'économie dévastatrice — économie de la démesure, économie de mort qui répond au droit à la jouissance des biens de consommation et à la satisfaction de la puissance exponentielle des cinq sens.

Pris lui aussi au piège de notre tyrannie du ventre

qui réduit son territoire et épuise nos ressources communes, entraîné malgré lui par notre inconduite vers un futur qu'il tente de lire avec l'œil des prophéties, l'enfant-de-la-nature souhaite aujourd'hui faire valoir son sens du devoir. Venant d'un monde où l'on se maintient en ne prenant que ce qui garantit l'harmonie de la vie, où l'on calque ses besoins sur le devoir spontané de respect à l'égard du monde naturel, il connaît par expérience le bon sens premier qui naît dans la reconnaissance de l'ordre naturel des choses.

Le prosélytisme est allé longtemps de pair avec la politique des grands États marchands qui ont tout fait pour reléguer les peuples primordiaux dans un passé auquel nous tournons le dos. Cette attitude qui visait leur annihilation a heureusement disparu des cénacles des instances internationales qui contribuent à les soutenir dans leurs revendications. Cependant, affirmer qu'ils ont le droit de vivre et de se maintenir dans leur différence n'empêche pas nécessairement les exactions et les politiques économiques qui continuent à distance de les fragiliser en amoindrissant leurs moyens de subsistance. Le droit ne semble pas toujours suffisant pour faire naître un sens de la responsabilité universelle et du respect partagé, ni d'ailleurs pour garantir avec efficacité le soutien de peuples dont la faiblesse est parfois telle qu'elle nécessite des actions très rapides.

L'avènement d'une conscience planétaire n'est pas uniquement lié à l'essor des moyens de communication mais également à la dimension réellement internationale des déséquilibres qui nous révèlent de manière flagrante l'interdépendance de l'homme et de son habitat. Ces déséquilibres sont peut-être une chance dans la mesure où ils démontrent clairement ce que le Dalaï Lama ne cesse de pointer du doigt, à savoir que les problèmes des uns sont également ceux des autres, mais également que les valeurs de paix, d'amour ou de compassion sont partagées par un très grand nombre d'êtres humains.

Je crois que le formidable soutien qu'a connu ces dernières années le peuple tibétain doit beaucoup à cette faculté qu'a le Dalaï Lama de désigner la possibilité d'une existence sublimée en prônant subtilement le devoir de reconnaissance des valeurs positives en l'homme qui se profilent derrière le caractère universel des problèmes. Comme l'a fort bien remarqué Marco Diani, le représentant de la communauté juive lors de la Journée Inter-Traditions, le Dalaï Lama a su mettre au point un « modèle unique mettant en rapport un mouvement spirituel et un mouvement de défense des droits de l'homme ». Il a su créer des passerelles entre le droit et le devoir : le droit à la sauvegarde de son peuple et de sa culture, et le devoir du bodhisattva, l'être qui s'engage avec courage sur le chemin de l'Éveil avec une motivation qui, dès l'origine, est orientée vers le bien de tous les êtres. En reconnaissant la nécessité d'ouvrir le dialogue inter-religieux aux Traditions primordiales, le Dalaï Lama souhaite sans doute étendre aux peuples primordiaux ce modèle unique évoqué par Marco Diani et dont la pertinence extraordinaire lui valut l'obtention du prix Nobel de la Paix. Il est possible, par glissements successifs, que l'énergie qui anime notre devoir envers le monde naturel anime de plus en plus notre devoir envers la sauvegarde des Traditions primordiales.

3

Diversité et uniformité

> « Le problème essentiel de notre époque est de trouver un nouvel équilibre entre les appartenances singulières et diverses, qui incorporent les traditions et les font évoluer, et cette "modernité-monde" qui propose — impose ? — à tous les habitants de la planète des références communes. »
>
> Jean Chesneaux

À l'image des pommes... / Conscience planétaire et enracinement dans la terre natale : un couplage essentiel.

Transparente de Croncels, reine des reinettes, reinette clochard, belle fleur jaune, calville blanc, belle de Boskoop rouge, reinette blanche et grise du Canada sont les noms de quelques variétés de pomme encore cultivées en France. Même dans les campagnes épargnées par les axes routiers, peu nombreux sont les vieux paysans qui prennent encore soin amoureusement des pommiers du terroir aux fruits naturellement petits et parfois piqués, mais à la qualité et à la saveur exquises.

À mesure que l'exode rural s'est intensifié et que la mondialisation s'esquissait, le nombre de variétés des pommes diminuait. De 3 600 au début du xxe siècle, on n'en compte plus aujourd'hui que quatre qui constituent 90 % du marché. L'abandon des terres et la disparition des paysans au profit des exploitants agricoles vont de pair avec leur oubli. Le consommateur a appris à aimer et à réclamer des fruits polis, brillants, enflés, réguliers, produits de la chimie, des pommes que l'on retrouve tant au nord qu'au sud du pays et dont les noms, souvent oubliés, ne sont plus que des couleurs : pommes rouges, pommes vertes ou jaunes.

L'extension de repères communs est propre à tout pays qui recherche l'unité de la nation pour que les particularismes régionaux ou tribaux ne soient plus des sources de conflits. Mais, comme le dit la langue populaire, on ne fait pas d'omelette sans casser des œufs. L'unité est parfois synonyme d'uniformisation, de nivellement et de standardisation selon des normes qui sont celles d'une civilisation dominante et expansionniste. Il est indéniable que la nourriture joue un rôle considérable dans ce processus. Le jour où les Shuars se rendront au fast-food en bordure de forêt, sans doute ne seront-ils plus vraiment shuars.

Difficile de mesurer aujourd'hui l'étendue des effets que peut avoir une alimentation homogène sur des peuples distincts. Un médecin, auteur d'un précis d'aromathérapie, a déniché en 1979 dans le compte rendu de l'Institut national des sciences et des arts (Imprimerie nationale, an VI) un titre évocateur : « De l'influence du régime diététique d'une nation sur son état politique » ! Il n'est pas improbable que la prolifération des aliments transgéniques couplés à des substances chimiques de plus en plus abondantes ait à moyen terme une incidence réelle sur la psychologie des États.

Les chimistes savent depuis longtemps qu'une paix artificielle serait possible si la population du globe acceptait de consommer un riz ou des farines traités avec une substance qui la rendrait non belliqueuse voire totalement paisible. Le clonage est l'aboutissement du culte de l'identique qui se manifeste dans une économie pour laquelle il est plus rentable de créer du semblable que du dissemblable. Les nourritures industrielles et les élevages en batterie, signes d'une perte de la diversité alimentaire, représentent un des aboutissements de l'homogénéisation. Nous connaissons merveilleusement bien les recettes du « meilleur des mondes »...

Si l'unité qui procède de la conscience planétaire et du sentiment d'être cosmopolite n'est pas couplée à un enracinement dans une culture locale ouverte et orientée vers le bien d'autrui, elle est une virtualité nivelante et très dangereuse pour les Traditions primordiales qu'elle a vite fait de réduire à néant. Par contre, si l'unité est subordonnée au respect de la diversité et à la conscience de la richesse extraordinaire que représentent les multiples formes de tradition, elle est le fondement sous-jacent qui garantit la compréhension et le partage.

À la diversité des peuples primordiaux correspond une diversité de formes traditionnelles et une diversité de paysages. Une Tradition primordiale est animée par le même souffle que celui qui donne vie au paysage. L'enracinement dans la terre natale, le lien tissé avec le territoire des ancêtres et la qualité de la relation entre les enfants-de-la-nature et tous les êtres qui composent leur environnement immédiat déterminent le haut degré de perfectionnement de leur tradition. Dans le cadre de la mondialisation, il est très important de conserver la qualité de ce couplage essentiel. Évoquer la diversité des Traditions primordiales implique nécessairement qu'il faut tenir compte de la diversité des lieux et territoires dans lesquels elles s'inscrivent.

4

Les Traditions primordiales et la mondialisation

> « Il est nécessaire de bâtir un monde nouveau. Un monde pouvant contenir beaucoup de mondes, pouvant contenir tous les mondes. »
>
> Sous-commandant Marcos[1]

L'attitude des Anciens est aussi politique / Les bons aspects et les revers de la mondialisation / Identité universelle et identité particulière : coïncidence possible ? / Diversité des points de vue.

Les difficultés auxquelles font face aujourd'hui les Anciens ont une dimension éminemment politique. D'aucuns trouveront étonnant de voir à quel point des êtres profondément spirituels sont engagés dans un combat quotidien dont l'origine vient de la mondialisation, qui impose une identité universelle d'être humain qu'il est difficile de faire coïncider avec l'identité par-

---

1. Chef de l'armée zapatiste de libération nationale (EZLN) et auteur d'une analyse géostratégique de la nouvelle donne internationale, « Sept pièces du puzzle néolibéral. La quatrième guerre mondiale a commencé », *Le Monde diplomatique*, août 1997.

ticulière associée à la spécificité d'une tradition et d'une culture dotées de valeurs qui leur sont propres.

Il n'existe pas pour les Anciens de distinction entre le social, le politique et le spirituel. Fallyk Kantchyyr-Ool et Nadia Stepanova ont bien insisté sur le fait que les chamanes ne sont pas des êtres isolés du monde et soucieux de se retirer des affaires humaines. Ils vouent leur vie à leur communauté, allant même parfois jusqu'à tenir le rôle d'arbitre dans les relations sociales pour garantir l'unité de la vie dont la santé du groupe humain auquel ils appartiennent n'est qu'une forme parmi tant d'autres.

Les enfants-de-la-nature d'Amérique du Nord ont, compte tenu de leur expérience au contact de l'homme blanc, très vite compris que la sauvegarde de leur tradition impliquait de lutter contre l'oppression avec les « armes » de l'oppresseur. Eaglebear était très content de dire que les peuples primordiaux d'Amérique du Nord avaient leurs propres juges, avocats et sénateurs qui passaient leur temps à défendre les droits des enfants-de-la-nature. Difficile donc de se soucier non pas, comme l'a souligné Rigoberta Menchu dans le message qu'elle a adressé lors de la Journée Inter-Traditions, de la protection des peuples primordiaux mais de leur liberté d'exister, de développer leur propre culture et de redécouvrir leur propre histoire sans tenir compte de l'environnement politique dont dépendent grandement leur maintien et leur survie.

L'un des effets très positifs de la mondialisation est l'abolition progressive de facteurs d'incompréhension entre les peuples qui se traduit, entre autres, par la multiplication des dialogues inter-religieux. La fin du XXe siècle voit émerger les traits d'une vision globale, d'une conscience et d'une culture planétaires qui peuvent être des facteurs de paix.

Cependant, la mondialisation possède son revers quand elle se couple à l'absolutisme de la vitesse, à l'uniformisation des goûts alimentaires, à l'abolition de cultures et de traditions locales, au nivellement des comportements et de la pensée. À l'heure où les sociétés technocratiques domestiquent la lumière et les ondes électromagnétiques, que deviendront ceux qui avancent à la vitesse de la marche, foulant la Terre de leurs pieds nus, et qui rêvent en regardant le ciel sans savoir ce que signifie « surfer sur le Web », sans savoir que l'argent peut se réduire à des impulsions électroniques traduites sur écran ou sans avoir la moindre idée de ce que représente la création d'une place économique abstraite permettant d'installer le marché dans un mouvement virtuel contribuant à l'enrichissement des grandes firmes qui spéculent virtuellement sans avoir à investir de véritables capitaux dans un réel effort de production ?

Que dire également du tourisme qui propage, par effet d'acculturation, une vision unilatérale du réel, véritable obstacle à la préservation de la diversité humaine ? Après avoir contemplé, confortablement assis, une nature transformée en spectacle qui défile derrière un hublot d'avion, des touristes en manque de « sensations primitives » vont en Équateur, comme nous l'a expliqué Don Hilario Chiriap, assister à des pseudo-cérémonies qui empruntent à la tradition shuar des éléments épars, dénaturés dans ces mascarades, contribuant ainsi à la destruction d'une Tradition primordiale. Plus le réel est transformé en spectacle, ce dont se chargent d'ailleurs les médias, plus la perception que nous en avons se modifie au point de créer une seconde réalité qui occulte totalement la première.

La mondialisation devrait s'accompagner de l'extension des principes démocratiques respectueux des différences à même d'offrir une diversité de formes de vie démocratique à l'image des multiples Traditions primordiales. Elle ne devrait pas s'établir sur des fondements ethnocentriques et homogénéisants. L'ethnocentrisme occidental, cette tendance à considérer le modèle occidental comme l'unique référence, engendre l'irrespect et la non-reconnaissance. Il possède deux aspects [1].

Le premier, lié au principe égalitariste des démocraties occidentales, revient à faire l'éloge des Anciens en développant une attitude parfois condescendante. Nous les reconnaissons comme étant égaux à nous-mêmes en nous appuyant sur un principe d'égalité que nous avons nous-mêmes élaboré mais qui n'est nullement le fruit d'un accord partagé. Il s'agira de reconnaître par exemple aux peuples primordiaux les droits que nous nous accordons et qui sont légitimes eu égard à leurs revendications territoriales et à la nécessité de leur survie.

Cette reconnaissance va bien évidemment à l'encontre d'une politique de discrimination qui fut une des causes majeures de la souffrance de ces peuples. Si une telle attitude est fondamentalement positive dans le domaine du politique, elle ne doit pas pour autant émousser les particularités de chacun qui nécessitent sans doute des droits spécifiques. Il faut donc s'interroger sur l'adéquation entre l'adoption de législations propres aux peuples primordiaux et les chartes ou les codes généraux de chaque État.

Ne nous réjouissons pas trop vite de la reconnaissance des droits au nom de l'égalitarisme. C'est une notion remarquable sur le papier mais qui, sur le terrain, est loin de conserver sa beauté. Elle cache une stratégie qui consiste à intégrer dans le vaste marché mondial 300 millions de personnes vivant dans des zones qui recèlent 60 % des ressources naturelles de la

---

1. Les thèses du philosophe Charles Taylor ont été ici un facteur d'inspiration. Voir son livre *Multiculturalisme. Différence et démocratie*, traduit par Denis-Armand Canal, Flammarion, coll. Champs, 1994.

Terre [1]. Dans la logique du libéralisme, qui crée aujourd'hui, aux dires de l'ONU, « une croissance sans emploi », il est préférable que les peuples primordiaux passent de la situation d'exclus à celle d'« intégrés au système » même s'ils n'occupent que la dernière place, parce qu'ils seront beaucoup plus malléables. Il est préférable de lâcher un peu la bride, de perdre quelques miettes du gâteau en aidant les laissés-pour-compte qui en retour viendront contribuer à l'avancée du marché financier unique, plutôt que d'avoir à faire face à des poches de rébellion.

L'égalitarisme pose question dans le domaine du culturel et c'est à ce niveau que l'on découvre son aspect homogénéisant. Les cultures et les traditions sont-elles toutes égales ? Et quel est le jugement de valeur qui nous permettrait d'affirmer qu'elles le sont en effet ? Peut-on placer sur le même pied d'égalité une culture couplée à une civilisation de plus en plus complexe, productrice d'abstractions et de virtualités, et la culture rendillé ? Certainement pas ! Au nom de quel universalisme devrait-on gommer toutes les diversités ?

Le second aspect de l'attitude ethnocentrique admet la différence des cultures mais les hiérarchise. Le refus du multiculturalisme s'appuie sur des critères de jugement qui confèrent à nos modèles culturels une place centrale. Nous en connaissons bien les conséquences ne serait-ce qu'au niveau de l'emploi des termes péjoratifs qui ont façonné une image déformée et surtout dégradée des cultures primordiales. D'ailleurs, sont-elles aujourd'hui appelées à « évoluer » sous la pres-

---

1. Selon M. Ian Chambers, directeur du Bureau pour l'Amérique de l'Organisation internationale du travail (OIT). Affirmation que rapporte le sous-commandant Marcos dans son article « Sept pièces du puzzle néolibéral. La quatrième guerre mondiale a commencé », *op. cit.*, p. 4.

sion d'une mondialisation au visage changeant ? Entrant dans la civilisation de l'information et de la communication, plus par nécessité finalement que par choix, ne risquent-elles pas de modifier leur rapport à la terre des ancêtres en s'investissant dans le monde global ? Ceux qui croient que la culture occidentale a atteint un degré de perfection inégalée n'hésiteront sans doute pas à affirmer que la question ne se pose même pas puisqu'elles n'ont guère d'autre alternative. Doit-on sincèrement espérer que les Shuars, les Rendillés ou les aborigènes d'Australie « produisent » un Mozart, un Picasso, un Dostoïevski, un Cervantès ou un Balzac pour contribuer à dorer le blason de l'excellence culturelle ? Ne serait-ce pas désolant ?

Le gouffre de l'ethnocentrisme s'ouvre incontestablement sur cette distinction atroce entre culture et soi-disant barbarie. Sous prétexte de la globalisation des échanges et de la montée en puissance de la mondialisation, que les pays riches d'Occident ont imposée en fait au reste du monde et qui s'annonce comme une donnée majeure du XXIe siècle, la diversité doit-elle exister sous le joug de l'uniformisation généralisée ? Maintenir un haut degré de diversité dans ce qu'elle a de plus qualitatif nécessite indéniablement beaucoup de souplesse dans la mise en évidence de ces différences. Voilà une tâche essentielle si l'on ne veut pas que se prolonge, d'une façon diffuse, l'extension du génocide culturel sur les cinq continents.

L'accent doit être porté sur les dangers d'une assimilation abusive au modèle occidental. Il semblerait que nous n'ayons pas encore tiré les leçons de l'histoire dans un contexte où il reste encore beaucoup à faire. Le cas des peuples aborigènes d'Australie reste à ce titre exemplaire. Le 27 mai 1997, soit un mois après la

Rencontre de Karma Ling, un rapport explosif a été présenté devant le Parlement australien. Ce rapport fait état d'une politique officielle d'assimilation mise en place à partir de 1880 et qui dura jusqu'à la fin des années 1960. Le président de la Commission des droits de l'homme, Sir Ronald Wilson, a parlé d'un véritable génocide. Des dizaines de milliers d'enfants aborigènes ont été enlevés à leurs parents pour être placés dans des orphelinats ou des familles blanches.

De telles pratiques ne sont pas sans rappeler ce qui s'est produit en Amérique du Nord à la fin du XIXe siècle. La création de pensionnats et d'écoles où étaient envoyés les enfants au-dessus de quatre ans n'avait d'autre but que de les contraindre à oublier leur culture, leur coutume, leur langue et faire en sorte qu'ils déprécient leurs propres valeurs. À une question que nous lui posions sur la situation dans les réserves, Eaglebear rapportait que « rien n'a vraiment changé depuis cinquante ans. Comment voulez-vous que ça change ! L'État américain nous a donné les terres les plus pauvres. Il faut que vous compreniez que le gouvernement veut nous intégrer à sa façon dans le système du marché. Il veut que nous gagnions les villes pour être ainsi peu à peu assimilés. Dans les villes, les jeunes veulent accéder aux biens matériels : voitures, jeux vidéos, etc. Mais cette politique ne rencontre pas tout le succès escompté. Ceux qui ont une expérience citadine reviennent souvent à la réserve et ils tentent de voir comment nous pourrions développer nos propres industries afin de trouver l'argent nécessaire à notre peuple ».

Quant à Dick Leichletner, il a de quoi être dépité et découragé. Il a regagné une Australie divisée entre les partisans d'une véritable réconciliation, qui nécessite d'assumer réellement les fautes passées, et la montée en puissance du nationalisme blanc qu'incarne le parti « One Nation » qui ne cesse de s'en prendre aux aborigènes. Le désespoir de Dick est immense parce que la culture des Blancs a anéanti la plupart des traditions de son peuple. Il sait que le passé glorieux ne reviendra plus tant les dégâts ont été gigantesques sur la vie tribale depuis que les Européens débarquèrent dans la baie de Sydney le 20 janvier 1788. Faut-il alors, dans ce cas précis comme dans celui des Shuars d'Amazonie, que les États concernés octroient aux derniers garants d'une Tradition primordiale un ou plusieurs territoires ancestraux pour qu'ils puissent, loin des pollutions psychiques occidentales, préserver la beauté d'une identité particulière qui est une richesse pour le monde ?

Affirmer que « les populations et communautés autochtones [...] ont un rôle à jouer dans la gestion de l'environnement et le développement du fait de leurs connaissances du milieu et de leurs pratiques traditionnelles[1] » ne consiste pas uniquement à reconnaître leur spécificité propre mais à insister sur l'adéquation entre le développement et les connaissances traditionnelles. Cette adéquation est à double tranchant. D'un côté, on admet l'efficacité des savoirs ancestraux si longtemps décriés — ce qui est une très bonne chose — et de l'autre on dit implicitement aux Anciens : « Vous pouvez contribuer au maintien de l'immense machine occidentale que nous ne pouvons plus arrêter au risque de tout mettre par terre ! » *Grosso modo*, nous les enjoignons de participer à ce qui jusque-là les a massivement détruits. Mais ont-ils d'autres choix ? semblent sous-entendre les textes officiels.

Dans une telle perspective, la finalité des actions internationales à leur égard doit être très claire. Employer un conditionnel dans la phrase qui clôt le Principe 22 du programme Action 21 (« Les États *devraient* reconnaître leur identité, leur culture et leurs intérêts, leur accorder tout l'appui nécessaire [...] ») est

---

1. Extrait du Principe 22, *Action 21*, Nations-Unies, New York, 1993, p. 5.

un véritable trait d'ironie, car en l'absence d'obligations et de pressions réelles sur les États, peu de choses sont réalisées : Don Hilario Chiriap et Tlakaelel l'ont nettement précisé. Cet emploi du conditionnel est d'ailleurs récurrent dans le chapitre 26 consacré à la reconnaissance et au renforcement du rôle des populations autochtones et de leurs communautés. Je cite : « Les efforts nationaux et internationaux [...] *devraient* reconnaître, intégrer, promouvoir et renforcer le rôle de ces populations autochtones et de leurs communautés » ; et un peu plus loin dans le paragraphe ayant trait aux objectifs à atteindre : « En étroite coopération avec les populations autochtones et leurs communautés, les gouvernements et, s'il y a lieu, les organisations intergouvernementales *devraient* s'efforcer d'atteindre les objectifs suivants [...]. »

En revanche, le Programme d'activités de la Décennie internationale des peuples autochtones présente des résolutions de valeur qui concernent, par exemple, la nécessité de cerner avec précision l'aide à apporter dans les domaines essentiels à la vie courante, la promotion de leurs langues et de leurs moyens pour préserver leur héritage culturel, la protection de leurs connaissances traditionnelles relatives à la sauvegarde de leur patrimoine naturel à des fins médicales ou nutritionnelles et surtout, fait assez nouveau, la volonté d'éduquer l'ensemble des peuples « résidants » pour accroître leur niveau de conscience à l'égard des peuples primordiaux.

Ce dernier point s'avère indéniablement capital pour lutter contre la discrimination raciale et promouvoir une existence pacifique. Dans le même temps, il induit la reconnaissance et le respect du patrimoine spirituel qui comprend, entre autres, les guides spirituels, les cérémonies et les lieux sacrés.

En amont de telles actions, la protection réelle et efficace des langues de ces peuples est vitale car elles véhiculent leur vision du monde, leurs connaissances et leurs valeurs culturelles. En aval, et dans le cadre de la réforme des systèmes éducatifs qui est selon Rigoberta Menchu le point crucial, il est indispensable que tous les savoirs en relation directe ou indirecte avec les enfants-de-la-nature participent à la mise en œuvre d'une éducation globale. Des passerelles intéressantes peuvent être élaborées à l'image de celle qui se développe entre la médecine moderne et la médecine traditionnelle. Sa défense et sa promotion constituent une voie très importante pour asseoir l'existence d'un pan considérable des Traditions primordiales et représentent un excellent moyen de préserver le milieu naturel dont dépend également cette médecine.

L'identité universelle d'être humain, qu'Edgar Morin considère à juste raison correspondre à la prise de conscience de notre citoyenneté terrestre, ne peut pas être une identité homogénéisante. Le chapitre 26 du programme Action 21 montre très nettement que la coïncidence entre l'identité universelle et l'identité particulière serait possible si tous les citoyens de la Terre œuvraient dans le sens du « développement durable ». Cet impératif rassemblerait, unirait les forces, engendrerait des synergies et des coopérations. À partir de cette visée commune, chacun apporterait sa contribution et, dans cet apport spécifique, les peuples primordiaux, aidés et reconnus par les États et la communauté internationale, pourraient affirmer leurs valeurs et leur savoir-faire traditionnels, en particulier dans le cadre de la gestion et de la préservation des ressources naturelles.

Tout ceci reste assez utopique si la notion de « développement durable » n'est pas envisagée dans son caractère viable. L'échec du Sommet de la Terre à New York remet en cause bon nombre des beaux principes mis en avant à Rio et lors de l'ouverture de la Décennie. De plus, si l'on se réfère au compte rendu de l'Assemblée générale du 14 octobre 1996 dans le cadre du Programme d'activités de la Décennie internationale des peuples autochtones, on remarquera que les représentants des enfants-de-la-nature présents lors de cette réunion se sont plaints de ne pas être suffisamment consultés, ce qui engendre des plans d'action médiocres, le sentiment d'être parfois peu considérés par des fonctionnaires ignorants ou carrément hostiles à leur égard, et d'être sous-informés sur ce qui se passe à un niveau international du fait d'une communication qu'ils jugent défectueuse. Beaucoup de choses restent donc à faire et à améliorer pour qu'une réelle coïncidence puisse voir le jour.

Quand vous discutez avec les Anciens présents à Karma Ling, vous réalisez à quel point leur connaissance de la situation mondiale est profonde. Même Monté Wambilé, le détenteur du *bâton sacré*, qui n'avait jamais quitté son territoire, a une conscience aiguë de la globalité. Sous le poids de la mondialisation, ils témoignent tous à des degrés divers de ce périple gigantesque qui les a fait passer de la terre ancestrale à la Terre, du local au global.

Mettons-nous à la place de ces êtres qui sont nés tiraillés, certains plus que d'autres, entre l'adhésion totale au monde de la tribu ou de l'ethnie, avec son territoire propre, et la reconnaissance de l'étendue géographique d'un pays qui les pousse à se fondre dans la dynamique nationale et la trame internationale. Sommes-nous aptes à mesurer l'écart entre ces deux positions, c'est-à-dire entre un espace dont on connaît les limites et les moindres recoins, et cette étendue, assez abstraite finalement, que l'on ne peut embrasser que sur une carte ou en montant dans un avion ?

Pouvons-nous ressentir l'effort que demande le passage d'une vie centrée autour de la terre natale que l'enfant-de-la-nature goûte, palpe, caresse avec amour ou parfois avec crainte et qui donne d'ailleurs naissance à l'affection profonde pour la Terre-Mère, à une existence organisée à partir de la notion de pays, de nation et finalement de patrie et d'État ? Quel enjeu mental considérable que d'intégrer en soi, au cœur d'une vie imprégnée de la féminité que suppose la relation à la Terre-Mère, ce qui est proprement masculin !

Il était impossible en quelques jours de parvenir à connaître l'ampleur de ce qui a été perdu lors du choc avec la société moderne. Nous pouvons tout de même signaler que l'isolement des Shuars d'Amazonie et des Rendillés du Kenya garantit encore pour quelque temps la pérennité de leur tradition. Toutefois, étendre la vision de la planète à ce qu'Edgar Morin appelle la « Terre-Patrie [1] », qui offre une approche subjective de la Terre contrecarrant ainsi les tendances à la considérer comme un objet d'exploitation, peut générer de nombreuses confusions ou demeurer une notion totalement abstraite si elle n'est pas réellement intégrée à un savoir-vivre spécifique.

Certains Anciens ont vu dans la mondialisation une situation féconde pour faire connaître leur tradition et montrer finalement qu'elle est porteuse d'un message universel qui dépasse largement le cadre géographique limité dans lequel elle s'est manifestée. Aurelio Diaz Tekpankali, Eaglebear ou Nadia Stepanova en sont presque au niveau d'Archie Fire Lame Deer, célèbre *pejuta wichasha*, autrement dit guide spirituel sioux lakota, qui voyage en Europe et en Asie, et qui proclame à soixante-deux ans : « L'horizon de mon père, c'était la réserve. Le mien englobe le monde entier. »

Tous ne sont pas dans la même situation et ne regardent pas le monde du même point de vue ni avec la même expérience. Pour prendre le cas de Don Hilario

---

1. Titre de son livre paru en 1993 au Seuil. Dès sa prise de parole, il a d'emblée affirmé : « Je suis aussi citoyen, fils de cette Terre, notre patrie terrestre. »

Chiriap, nous avons pu constater qu'en s'associant avec Aurelio Diaz Tekpankali, qui a une vision très cosmopolite, il s'engage dans des actions quasi politiques pour faire reconnaître son peuple et affirmer son droit à la diversité en empruntant les voies internationales. Dans le même temps, ils élaborent tous deux des formes spirituelles syncrétistes qui risquent fort, à moyen terme, de couper Don Hilario Chiriap des valeurs traditionnelles profondes du peuple shuar. Parallèlement, l'écosystème amazonien où vivent les Shuars est, comme il nous l'a dit lui-même, fortement menacé. Quand ils ne pourront plus subvenir par eux-mêmes à leurs besoins et que leur territoire sera bien endommagé, ils « disparaîtront », au sens où ils ne seront plus jamais comme avant.

Enfin, une pression très forte vient également de la demande répétée d'Occidentaux, lassés des religions et soucieux d'embrasser des formes spirituelles très anciennes. Le contact avec ces personnes du soleil couchant produit chez certains Anciens, dont les structures traditionnelles n'ont pas la puissance de celles des Tibétains, un attrait considérable pour l'Occident sans qu'ils en connaissent les rouages ni les dangers pour leur propre identité. Ne sont-ils pas contraints sournoisement de se plier au bon vouloir des forces d'uniformisation en étant convaincus que leur avenir se joue sur la scène mondiale ? On peut se poser la question.

GUÉRISON MUTUELLE

5

Thérapie primordiale et interfécondation

> « Aimons-nous l'un l'autre, que chacun de nous ne cherche son repos qu'en l'autre. »
> Saint Bernard de Clairvaux

Une thérapie qui procède de l'expérience primordiale naturelle / Vision traditionnelle et vision occidentale : une interfécondation possible.

Pénétrer sous la tente, entrer dans le Cercle et s'asseoir autour du feu comme on va au spectacle est à la portée de tous. Par contre, faire le chemin inverse, sortir avec sa petite braise dans la paume des mains, se faire bousculer, chahuter, faire en sorte que le feu puisse toujours couver, sans jamais être revanchard ou agressif par peur de le perdre, c'est une autre histoire...

Alors que d'autres rentraient chez eux avec ce regard qui trahit la tristesse de la séparation ou la nostalgie de moments vraiment uniques, les Anciens étaient souriants, heureux et incroyablement vaillants. Ils partaient porter le feu au loin. La qualité de la sortie hors du Cercle dépend grandement de la nature de l'expérience que l'on fait en son sein. Facile sans doute de s'asseoir pour regarder les visages et les gestes des uns et des autres, facile de se prêter aux commentaires, de se laisser gagner par la curiosité, aisé finalement d'être présent dans la distraction. Participer, entrer en résonance avec ce qui se passe, se laisser prendre sans jouer de rôle ou imaginer une quelconque expérience, vivre l'absence de toute représentation et de toute image... c'est sans nul doute autre chose !

Qu'apporte la saveur de l'expérience primordiale sinon l'assurance que la bonté et la santé fondamentales ne sont pas des mirages de l'esprit, qu'il est possible d'en ressentir les bienfaits dans les actions les plus élémentaires de la vie quotidienne et de les faire rayonner dans nos comportements à l'égard d'autrui. Morgan Eaglebear est loin d'avoir tort quand il dit que nombre de gens parlent de la bonté, de la gentillesse, de Dieu, méditent, prient, parcourent le monde, « mais combien d'hommes avez-vous vus se remuer les fesses pour aller aider leur plus proche voisin ? Quand une femme en pleurs téléphone à 3 heures du matin parce que son enfant est malade, on ne se contente pas de prier pour eux. On va chez la maman et on aide la mère et l'enfant autant que faire se peut ! »

La thérapie, dont nous tentons d'esquisser les traits au nom des Anciens, procède directement de l'expérience primordiale naturelle. Elle est l'extension et la réalisation des principes du Cercle dont les arcanes majeurs [1] offrent une vue générale. Elle repose sur une vision claire de la cause des maux et sur la conviction qu'ils sont des nœuds vides de toute tension, donc aisément libérales, pour peu que l'aspiration authentique vers une vie meilleure soit réellement reconnue. Le Cercle joue le rôle d'une loupe que l'on utiliserait en plein soleil. Il rend très apparent les moindres détails, permettant de réaliser la finesse des choses, et, focali-

---

1. Expérience primordiale naturelle, Terre-Mère, Sacré, Mandala tribal, Harmonie et interdépendance habitant-habitacle.

sant les rayons innombrables du soleil de l'expérience, il favorise la naissance du feu de la vaillance qui éclaire bonté et santé fondamentales.

La dignité, l'honnêteté, la disponibilité, la capacité à se montrer tel que l'on est, l'extraordinaire ouverture d'esprit et la facilité à rire ou à se réjouir de tout sont, parmi d'autres, des qualités qui frappent d'emblée ceux qui côtoient Don Hilario Chiriap, Fallyk Kantchyyr-Ool, Grandmother Sarah Smith et tous les autres. Chez eux l'espoir est immense, mais ils savent aussi que le Cercle est une carte qui ne colle pas totalement au terrain qu'elle figure. Comment harmoniser l'échelle du Cercle et celle du vaste monde ? Comment accorder des cartographies apparemment distinctes ? Comment rétablir la saine circulation des énergies sans une synergie constructive ?

Lors des assises des 1er et 2 mai, qui ont permis d'aboutir au Cercle des Anciens, l'accent a été porté sur la nécessité d'une interfécondation entre la survivance de la vision traditionnelle qu'incarnent les Anciens et la vision occidentale dominante de plus en plus fissurée par la menace de disparition. Cette idée est légitimée par tous et par la demande pressante d'Occidentaux de plus en plus nombreux à ressentir le besoin de se relier à une vie plus saine et plus authentique. Grandmother Sarah Smith nous a d'ailleurs confié que beaucoup d'Américains demandaient de l'aide et allaient vers eux dans l'espoir d'étancher leur soif de bonté et d'harmonie.

Le Cercle des Anciens montre à une petite échelle comment interagissent les actions particulières de chacun et les actions globales. Sa dimension internationale témoigne à sa façon d'une application du principe d'unité dans la diversité. Il permet de prendre en compte tous les aspects d'une complexité grandissante et favorise une souplesse dans les prises de décisions qui est un gage d'harmonie et d'ouverture.

Les messages répétés des Anciens au sujet de la protection de la nature viennent conforter l'impossibilité de dissocier un développement viable et une politique mondiale de protection du monde naturel. Il aura fallu attendre le Sommet de Rio pour que l'Occident reconnaisse que l'harmonie dans les affaires humaines est directement liée au maintien de l'harmonie dans la nature. Aujourd'hui, au regard du chaos qui les affecte tous deux, il n'est pas sot d'affirmer que notre investissement dans le monde artificiel et virtuel nous a rendus incapables de gouverner sainement la société humaine.

Retrouver une appréciation véritable du monde naturel fondée sur la reconnaissance de son caractère hautement sacré peut nous aider à développer des liens très qualitatifs avec le monde phénoménal. Ce sont eux qui pourront progressivement remplacer les liens souillés et étiolés que nous avions tissés par le passé. Enfin, la reconnaissance du caractère interdépendant de toute chose rend évidente la simultanéité de la guérison des sociétés humaines et de celle de notre relation personnelle et élémentaire avec la nature.

Notre destin est indissociable de celui des enfants-de-la-nature qui sont eux aussi menacés par les méfaits de la civilisation. Me reviennent les paroles d'Ohiyesa, enfant-de-la-nature d'Amérique du Nord et écrivain contemporain : « Enfant, je savais donner ; j'ai oublié cette grâce depuis que je suis civilisé. J'avais un mode de vie naturel alors qu'aujourd'hui, il est artificiel. Tout joli caillou avait une valeur à mes yeux ; chaque arbre qui poussait était un objet de respect. Maintenant, je m'incline avec l'homme blanc devant un paysage peint dont on estime la valeur en dollars. »

Les actions occidentales visant à protéger, à soutenir et donc à assurer la pérennité des Traditions primordiales dans leur diversité relèvent du devoir. Elles encouragent une prise de conscience accrue de la dette que nous avons envers des peuples qui sont considérablement menacés par l'extension de l'empreinte écologique que nous laissons sur leur territoire pour maintenir notre niveau de vie très élevé.

6

Aime la Terre comme toi-même

> « Nous qui n'avons rien, nous pourrons vous apprendre la compassion. »
>
> Nadia Stepanova

Le cœur tombé en désuétude / Les vérités doivent descendre jusqu'aux pieds / Apprendre à remercier la vie / Le grand bain de silence-amour.

La fumée qui s'élève du feu ondule lentement jusqu'au sommet de la tente avant de se diffuser dans l'espace. Si le rite est ordonné dans le respect des quatre directions linéaires, il l'est aussi dans celui de l'axe vertical du monde. Lors du rituel conduit par Aurelio Diaz Tekpankali et Don Hilario Chiriap, le feu reposait sur une matrice de terre et la fumée symbolisait le lien qui unit la Terre-Mère et le Ciel-Père. Après avoir appelé les ancêtres, ils se sont mis à parler au feu...

Nous avons beaucoup évoqué ensemble la Terre mais finalement très peu mentionné le Ciel. Le Ciel et la Terre peuvent être des mots pris dans leur sens littéral et n'évoquer que des éléments d'un monde devenu

Aime la Terre comme toi-même

si familier et si scientifiquement interprété qu'il nous paraît ordinaire. En dépouillant le Ciel et la Terre des dieux et déités qui l'habitaient, nous avons perdu le regard enchanteur de nos ancêtres.

Lorsque Fallyk Kantchyyr-Ool a perçu la souffrance de la Terre alors soumise à la sécheresse, il s'est relié au Ciel pour inviter les esprits de la pluie. Et il a plu presque tous les jours durant la Rencontre ! Cette pluie bienfaitrice nous a rappelé à tous la relation intime qui unit le Ciel et la Terre. L'homme, debout entre l'espace immense et libre du Ciel qui féconde l'étendue limitée de la Terre, participe simultanément à l'infinitude et à la finitude. Nous sommes traversés par les énergies célestes et nourris par les énergies telluriques : nous respirons les effluves du Ciel et de la Terre.

Oublieux des relations élémentaires avec la nature, dont les six directions dressent la trame magnétique et la cartographie des mondes invisibles, nous cessons de participer pleinement à la circulation harmonieuse des forces. La septième direction, le cœur, symbole de la dimension intérieure, tombe alors en désuétude. En l'absence d'un centre vécu et reconnu, l'homme confond harmonie et pouvoir. Il se plaît ainsi à revêtir le monde de la parure qu'il a tissée avec son propre chaos.

Le passage de la civilisation agricole à la civilisation industrielle traduit assez nettement en Occident l'abandon de la Terre et par voie de conséquence l'oubli des liens élémentaires avec le monde naturel. D'ailleurs, la disparition des cultes rendus à la Terre-Mère sous la forme de l'adoration des Vierges noires est fortement liée à la naissance d'une civilisation citadine qui a engendré l'exode rural que l'on sait.

Loin du chemin de campagne, loin du village, l'homme oublie le sens de la Terre, plaçant le sacré uniquement dans l'espace céleste ou se fondant dans la matière du monde qu'il soumet à son usage et à son profit. Le sillon profond que nous traçons dans l'océan des formes concrètes conduit à l'immersion dans le virtuel.

Plus de Ciel, plus de Terre, mais un culte rendu aux images faites de pixels !

Le théâtre de la modernité est l'inversion du monde primordial. Alors que le cœur de la vie n'est plus qu'un décor flou et lointain, l'univers des objets manufacturés occupe le devant de la scène. Son hypertrophie, sa masse et sa multiplication atténuent peu à peu l'existence du décor. Nous avons longuement joué une comédie en nous amusant des formes qui constituent notre monde sans nous soucier de l'intelligence active qui les anime. Effrayés devant un théâtre en feu, nous prenons subitement conscience de ce que nous avons écarté et délaissé. La comédie s'est muée en tragédie.

L'enfant-de-la-nature qui réapparaît aujourd'hui sur sa petite embarcation, pour reprendre l'image sympathique que Don Hilario Chiriap utilise dans le récit de la prophétie shuar[1], nous révèle d'une façon criante le danger qui naît du manque d'amour porté à la Terre. Lorsque nous n'avons plus la vision du Ciel qui se réfléchit sur la Terre, nous perdons un art de vivre et de se comporter, autrement dit un savoir-vivre qui régule, sans agression ni lutte, nos relations avec la nature. Posséder la vision du Ciel qui se reflète partout et en toute chose confère au monde sa dimension sacrée et évite les mysticismes totalement désincarnés ou le matérialisme dépourvu de tout souffle spirituel.

Le manque d'amour pour le grand jardin du monde nous a conduits, avec l'aide de la chimie, à des labours dont le caractère parfois insensé se révèle aujourd'hui dans la très pauvre qualité des eaux qui, l'a-t-on oublié, avant d'être souillées et parfois nocives, étaient source de vie. Quelles sont les sources qui ne sont pas encore infestées de nitrates ou de bactéries pathogènes ? Qu'avons-nous fait ? Nous agissons sans savoir qui nous sommes vraiment, sans savoir où nous allons et d'où nous venons.

---

1. Voir Annexes.

Lorsque Don Hilario Chiriap explique en quoi consiste l'initiation, il s'attarde sur le rite du septième jour qui est fort semblable au baptême chrétien : « Très tôt le matin, le maître vous conduit à la rivière pour vous mettre un peu d'eau sur la tête, dit-il. C'est le signe de votre naissance, parce que avant vous étiez comme mort et il vous faut mourir encore un peu plus pour tout recevoir. » Il évoque ensuite l'omniprésence de l'eau : ovule de la mère, semence du père, liquide amniotique, lait, jus de tabac, salive du maître qui transmet son pouvoir... Les différentes manifestations de l'eau traduisent selon lui « l'histoire de la mémoire ». Elle unit tous les êtres et constitue notre forme physique première. L'apparition de la nature dénaturée signe sans aucun doute la perte d'une telle vision.

Les vérités touchent souvent l'intellect. Nous comprenons très bien tout ce qui est dit au sujet de la menace que nous faisons planer sur la vie de la planète et sur notre propre survie. Nous réalisons parfaitement cette évidence, mais les changements véritables sont encore très peu apparents. Rares sont ceux pour qui les vérités traversent le corps et descendent jusqu'aux pieds. Quand le Christ lavait les pieds de ses disciples, il réalisait non seulement un acte d'humilité mais soulignait avec tout son corps l'importance de l'action qui vient compléter et prolonger la pensée.

J'ai vu en Inde des gens aisés, richement vêtus, embrasser les pieds d'un saint homme presque nu et dépouillé de tout bien. Je ne comprenais pas alors qu'ils s'inclinaient devant celui qui incarnait le paradoxe du cheminement spirituel : plus le détachement vis-à-vis des affaires du monde est grand, plus la trace laissée ici-bas est importante mais parfois invisible aux yeux des hommes. La spiritualité de l'Inde, en ce qu'elle a de plus profond et de plus authentique, nous rappelle finalement ce que le christianisme ancien connaissait, à savoir que la voie possède deux directions qui coexistent de manière interdépendante : « s'enraciner », être totalement présent au monde ; et « aller au-delà », en être totalement absent.

Dans l'iconographie hindoue et bouddhiste, l'importance accordée aux empreintes des pieds de Krishna ou de Bouddha souligne avec beauté la présence-absence : Krishna est de ce monde parce qu'il a laissé son empreinte sur la terre, mais cette empreinte traduit dans le même temps son absence. La trace désigne en définitive le « sans trace » et le cheminement spirituel sillonne ainsi entre l'accessible et l'inaccessible, le connu et l'inconnaissable. Le chercheur, en quête des empreintes laissées par les grands dispensateurs de lumière, suit une piste qui se liquéfie peu à peu. Au fur à mesure du parcours, les traces se fondent dans la voie comme s'éclairent l'un l'autre le monde et son ailleurs, avant de s'épouser au moment où l'être s'éveille à sa propre unité.

Aujourd'hui encore, et nous l'avons vécu au cours des rituels, les Anciens témoignent d'une vérité dont la valeur n'est pleinement réelle que si elle est totalement intégrée à l'unité de la personne humaine. Quand leurs pieds dessinent sur le sol des lignes invisibles et martèlent avec rythme la terre, ils nous rappellent cette évidence.

Il existe aussi un langage extraordinaire des mains que révèlent tous les saluts religieux et les gestes mystiques. Mais pour le maîtriser, en saisir l'intelligence, il faut en connaître l'alphabet et la grammaire. Par contre, les pieds, seuls points d'appui du corps sur le sol, transmettent dans l'action qui leur est dévolue un sens universel. La langue populaire dit d'ailleurs qu'il est bon d'« avoir les pieds sur terre ». Les choses du haut sont à trouver dans les choses du bas... Nous avons peut-être oublié que les pieds, extrémité opposée à la tête, nous enseignent l'humilité et la simplicité. L'amour, la compassion et le sens profond du devoir ne peuvent exister sans ces deux dignités de l'homme. Quand la tête existe sans les pieds, elle aspire à des réalités qui ne correspondent pas à l'unité de la personne humaine. Les pieds nous ramènent finalement au bon sens, à ce qui est essentiel et nous aident tout simplement à amplifier notre sentiment d'existence, à ressentir notre relation avec la Terre-Mère.

Quand Don Hilario Chiriap, Nadia Stepanova ou Fallyk Kantchyyr-Ool dansent sur la terre, ils font bien plus que la prendre à témoin, ils suivent avec précision l'empreinte que le Ciel a laissée dans la poussière et tracent un message invisible qu'ils adressent à la Terre-Mère en lui témoignant leur amour sans limites.

Marchant sur l'asphalte et le béton, de plus en plus installés dans le confort et voués aux puissances des images, nous avons repoussé le monde naturel et les souffrances des êtres qui le peuplent loin de notre îlot, à tel point que nous pourrions croire que les enfants-de-la-nature ne sont que des êtres couchés sur papier glacé ou des ombres colorées sur un écran de télévision.

La menace écologique qui pèse aujourd'hui sur le monde fragilise notre sentiment de sécurité et nous montre à quel point nous sommes dépendants de cette vie brute que nous avons peu à peu remplacée par des représentations imaginaires sans prêter attention à l'effet boomerang. Les organismes qui œuvrent dans le cadre de la Décennie internationale des peuples autochtones mentionnent fréquemment la fragilité de ces peuples. Mais ne sommes-nous pas psychologiquement moins armés qu'eux pour affronter les conséquences des déséquilibres planétaires ?

La prolifération de biens a détruit notre vision du

sacré. Au contact des Traditions primordiales, nous réalisons à quel point les sociétés sans abondance, privées parfois comme les Rendillés des nécessités qui nous paraissent les plus élémentaires, ont su préserver le caractère sacré de la vie. Ces sociétés, qui connaissent la valeur des moindres choses, n'ont-elles pas à nous le faire redécouvrir ? N'est-ce pas une conscience du sacré et de l'harmonie qui peut, au milieu de la masse des produits manufacturés, de l'artifice et des grandes concentrations urbaines, éveiller en nous l'immense amour pour la Terre-Mère ? Vaste chantier et peut-être vaste utopie !

Nous avons construit d'immenses réseaux de communication et pourtant combien parmi nous ne partagent pas les forces d'amour qui les habitent ? Quelle piste suivre et quel but donner à la vie ? Nous rêvons d'ailleurs si lointains qu'ils sont pour le commun des mortels des repères désincarnés. Après la Lune, voici venir le temps de Mars ! Mais vivons-nous mieux sur la Terre ? À quoi faudra-t-il renoncer pour aimer, car l'amour n'est-il pas synonyme de sacrifice ? Cette vérité, nous la connaissons, nous l'expérimentons tous, nous qui sommes doués d'amour. Notre amour est cependant souvent exclusif : on aime sa femme, son mari, ses enfants, ses amis, son chat, son chien... Cependant, même si nous limitons son rayonnement, un tel amour nécessite pour être accompli un énorme renoncement à soi, un réel dépassement de ce qui restreint sa force.

Les Anciens ont tenu à nous dire que le remerciement était une voie essentielle pour que l'amour se propage bien au-delà de nous-mêmes. Grandmother Sarah Smith pense qu'en remerciant un oiseau pour la beauté de son vol, nous participons à sa reconnaissance en tant que parcelle de vie. Avec de simples actions comme celle-ci, nous développons une sensibilité à l'égard de tous les êtres. Sri Ashoke Kumar Chatterjee et Lopön Trinley Nyima Rinpoche, qui ont eu parfois quelques difficultés à faire face aux repas typiquement français servis durant

Aime la Terre comme toi-même

cette semaine, sont allés encore plus loin en parlant du végétarisme et du végétalisme. « Remercions-nous, demandaient-ils, le principe de vie et tous les êtres dont le sacrifice rend possible l'existence de l'homme ? » Ne pas manger de viande et d'œuf participe du principe de « tuer le moins et préserver le plus » qui est un des fondements de la pratique de la non-violence que le Mahatma Gandhi a portée à son comble.

Dans la « Voie du pratiquant de l'existence », quatrième volet de la « Voie des causes » du Yung-Drung-Bön, l'accent est mis sur le respect de toutes les formes de vie qui composent la nature afin de ne pas générer de conflit avec les esprits qui « habitent » par exemple dans les arbres, les sources ou les montagnes. Pour les bönpos, les esprits dérangés par les activités humaines irrespectueuses à leur égard constituent l'une des causes essentielles des maladies. Ainsi, les pratiques mises en place par les êtres humains pour préserver l'équilibre ne sont pas unilatérales : l'homme et toutes les myriades d'êtres en tirent des bienfaits et des avantages.

Lorsque le Dalaï Lama a évoqué la souffrance des animaux lors de son enseignement autour du thème des Quatre Nobles Vérités, son intention était de mettre en évidence l'importance du développement du sens de la tendresse et de l'altruisme infinis. Cette tendresse, qui naît de l'expérience de l'équanimité et de l'harmonie foncière, permet de coupler l'intelligence à une motivation guidée par le respect, la justice et la volonté de répandre le bien. La douceur, qui peut donc rayonner dans nos comportements à l'égard de tous les êtres, dissout progressivement les aspects négatifs en nous.

Les Traditions primordiales pourraient indéniablement nous réapprendre à devenir profondément conscients de la tendresse qui peut se propager dans les relations que nous entretenons avec les êtres non humains auxquels bon nombre d'entre nous, coincés dans les enceintes des villes et s'approvisionnant dans les grandes surfaces, ne prêtent aucune attention : les pierres, les sources, les plantes, les fleurs, les arbres, les animaux et les myriades d'organismes. Le rayonnement d'amour nous libère de nos égoïsmes et de nos anthropocentrismes. Il est l'expression de la bonté fondamentale qui régénère le savoir-vivre.

Tous les Anciens nous ont dit que la Terre-Mère respectait depuis toujours ses devoirs ; il nous revient de respecter les nôtres. Et dans le respect mutuel grandit de plus en plus l'amour. L'union entre l'homme et la Terre est alors plus que l'unité, parce que les deux sont conscients de l'Un même si la nature n'a pas les mots pour le dire.

Nous avons dans l'Occident chrétien un merveilleux exemple de la bonté et de l'amour infinis en la personne de saint François d'Assise, cet homme tout amour qui parlait à tout l'univers en prêchant aux oiseaux. En ce XIIIe siècle, l'esprit de saint François était partout, avec tout, à la fois Terre et Ciel, riche de tout ce à quoi il avait renoncé[1].

L'amour n'est rien d'original et le mot est aujourd'hui en lambeaux, usé, morcelé, galvaudé par notre incapacité à vivre parfois pleinement son sens, à répandre jusqu'aux mains et aux pieds cette force qui jaillit en sons de notre bouche. Pourtant, à côté des besoins de tranquillité, de solitude et de beauté, s'expriment aujourd'hui des besoins de gentillesse, de coopération et d'amour.

Les Anciens nous auront prouvé à quel point nous avons focalisé nos énergies sur l'intellect, la capacité d'analyse et le raisonnement. Non qu'ils soient négatifs en soi, bien au contraire ! Mais cet attachement souvent exclusif aux valeurs intellectuelles nous dissocie d'autres fonctions, nous masque d'autres visages et fait que nous ne ressentons plus l'intelligence qui anime l'esprit d'enfance.

---

1. Sur la vie de saint François, voir le livre très inspirant de Christian Bobin, *Le Très-bas*, Gallimard, coll. L'un et l'autre, 1992.

À plusieurs reprises dans le Cercle sacré, nous nous sommes immergés dans le silence. J'écris « immergés » parce que nous entrions progressivement dans le grand repos des mots, orteil après orteil, main après main et les discours intérieurs se dissolvaient un à un dans le vaste silence. « Aime la Terre comme toi-même »... C'est aussi cela le grand amour pour la Terre : le silence en soi qui s'unit au silence de tout.

L'expérience éclaire la compréhension et la compréhension éclaire l'expérience ; le silence féconde l'amour et l'amour féconde le silence. Puis, vient l'amour de l'amour, le silence du silence quand tout s'ordonne à la rondeur du Cercle, au mouvement intérieur qui nous rapproche du centre, de la vie si belle mais si infime que nous croyons nôtre, de la simplicité première qui délie tous les nœuds et qui nous fait rendre tout ce que nous avions cru posséder. Une fois sortis du grand bain, la langue des rituels nous semble un prolongement visible de cette expérience qui donne à réfléchir à la valeur et à la portée de l'intellect.

Les rituels authentiquement traditionnels sont semblables aux paroles d'éveil qui viennent briser les remparts d'illusion. Ils ne sont pas un vulgaire habillage de l'expérience primordiale puisqu'ils indiquent un des chemins qui peuvent y conduire. D'ailleurs, la multiplication des symboles n'est qu'un voile dont il faut goûter la transparence avant de se retrouver entièrement nu, dépouillé du poids du trop visible. Mais cette langue, qui s'enracine dans la lumière de l'expérience primordiale, est rare ou masquée pour que soient préservées sa puissance et son authenticité. La langue de l'attachement, qui fonde notre réalité habituelle d'être humain, est la plus envahissante. Si l'on prête attention à son pouvoir, on verra combien elle peut travestir le réel et faire émerger simultanément le sujet et l'objet : ce que nous croyons être et ce que nous envisageons comme étant le monde.

Au fur et à mesure de son développement, cette

langue parvient à nous rendre dépendants des représentations et des pensées auxquelles elle donne naissance. Le monologue intérieur se structurant de plus en plus, il finit par orner toutes nos perceptions, à tel point que le réel ne se donne à voir que sous la forme d'un extraordinaire déguisement. Nous pouvons faire l'expérience de l'amour porté à la Terre de multiples façons, mais cet amour peut surgir dans l'opacité de nos bavardages subconscients et n'être alors bien souvent que bruits ou lettres mortes.

Au seuil de l'expérience primordiale, avant la grande clarté que libère l'esprit d'enfance, le filtre de nos pensées s'étiole et l'attention devient de plus en plus vive et pénétrante. Quand le langage de l'attachement cesse de maintenir son emprise, se révèle un espace illimité. Nous sommes alors comme aspirés dans cette immensité qui nous rappelle la paix au cœur du silence. Là, naît peut-être la source de tout amour.

Nous avons tous connu ces moments d'appréciation intense d'un paysage, d'une situation ou d'un geste, quand le corps et l'esprit ne font qu'un dans la plus indicible détente. Nous sommes comme au terme d'un voyage, après être passés de la forme au sans-forme, du signe au sans-signe, du discours à l'expérience et du complexe au simple. Dans le Cercle sacré, les enfants-de-la-nature nous ont montré que la parfaite synchronisation du corps, de l'esprit et du monde nous entraîne sans effort sur la voie de la transparence où tout est vu directement et spontanément. Sur cette voie, tout se réalise avec précision, finesse et souci de la qualité.

Il existe au sein de nos vies habituelles tellement de paroles, d'attitudes, de pensées et d'expériences qui sont des semences perdues, qu'il faut, pour cheminer, rassembler les énergies, focaliser l'attention et abandonner les désirs illusoires. La discipline est apparente et omniprésente. Le jour où Sri Ashoke Kumar Chatterjee a, en guise de rituel, invité l'assemblée à méditer en silence, nous rappelant qu'il ne peut y avoir de paix dans le monde sans une réalisation effective de la paix en soi-même, me sont revenues quelques conversations que nous avons eues à table à propos du rayonnement de l'amour. « Nous devons aimer notre corps, a-t-il dit en substance, non pas du point de vue de la jouissance sensorielle qui nous enchaîne aux désirs, mais du point de vue de la joie que nous pouvons expérimenter quand ce corps devient le réceptacle du Prana, le Principe absolu, l'Un sans second.

« Les premiers soins que nous avons à apporter concernent directement notre corps. Je ne peux aimer pleinement mes semblables que si je suis en bonne santé, que si ce corps est au repos, naturellement tranquille. La santé physique, bien qu'elle ne soit pas une condition nécessaire à l'éveil, permet de comprendre ce que peut être la santé fondamentale. Pour cheminer sur la voie, je dois essayer de maintenir ce véhicule dans son meilleur état possible.

« Aujourd'hui, peu de gens font réellement attention à leur santé : ils fument, boivent, se nourrissent des souffrances et de la mort des animaux et agissent sans mesure. Beaucoup parmi eux parlent aussi de la paix, de l'amour, de l'harmonie, de la fraternité entre les peuples et entre les traditions, mais voyez-vous, j'ai du mal à croire qu'en délaissant leur corps, ils puissent s'occuper du corps des autres et du corps social tout entier. Pour aller plus loin, je me demande comment l'amour pour la Terre peut naître quand on ne commence pas à prendre soin de notre corps qui est une parcelle de la Terre, car la Terre est en nous et tout ce qui nous compose appartient à la Terre. »

« Aime la Terre comme toi-même » pourrait devenir l'aphorisme des Traditions primordiales. Les Anciens nous ont dit qu'il fallait se convaincre d'une évidence qui ne se trouve dans aucun manuel mais en nous-mêmes : l'évidence du pouvoir extraordinaire de l'esprit d'enfance qui sait spontanément et immédiatement saisir la dimension merveilleuse de la vie. Toutes nos erreurs devraient nous convaincre de la luminosité d'une telle évidence. Nous devrions puiser dans l'origine des fautes commises pour découvrir la vaste réserve d'amour et de bonté qui sommeille en nous, car la connaissance ne cesse de se nourrir de l'ignorance.

7

Économie sacrée

> « Notre Sainte Mère la Terre, les arbres et toute la nature sont les témoins de vos pensées et de vos actions. »
>
> Proverbe winnebago

*Situations d'hier et d'aujourd'hui /
Redécouvrir la dimension sacrée de
la vie.*

« Économie » et « écologie » ont dans notre langue la même racine qui vient du grec *oikos*, l'habitat. Les Traditions primordiales sont représentatives de la symbiose harmonieuse entre l'homme et la Terre qui existait avant la naissance de l'Europe conquérante, avant l'avènement de la révolution industrielle, du colonialisme et du capitalisme. Penser l'économie en marge de toute forme d'écologie est sans doute le propre de la mentalité occidentale [1].

---

1. En marge de la conférence de Kyoto relative au défi climatique (décembre 1997), le directeur de l'Institut oriental de Tokyo, Hajime Nakamura, s'est plu à souligner que « la notion de nature au Japon a fortement évolué depuis le contact avec l'Occident. Auparavant, nature [*shizen*] signifiait l'environnement dans sa globalité, dont l'homme est une partie. La nature était pensée comme un principe de vie : ce qui

Les anthropologues, spécialistes des enfants-de-la-nature d'Amérique du Nord, connaissent bien les conséquences désastreuses sur le milieu naturel engendrées par la déforestation massive, le gaspillage outrancier, le commerce effréné de la fourrure et l'apparition de la propriété privée. Nous étions au XVIIe siècle et il n'est pas besoin d'une technologie sophistiquée et performante pour constater à quel point elle a orienté d'emblée la qualité des premiers contacts et modifié en profondeur l'économie ancestrale en stimulant des désirs jusqu'alors inconnus : attrait pour les produits manufacturés, les armes, le superflu et l'ivresse...

Avant tout cela, l'impact sur la nature était globalement restreint et la vie tribale avait le souci de pérenniser l'alliance entre l'homme et la nature. À mesure que nous sommes devenus de plus en plus maîtres de la nature et de plus en plus nombreux, les valeurs anciennes qui assuraient une vie en équilibre avec la Terre ont peu à peu disparu dans la constitution des grands États. Oublieux de notre habitat premier et abandonnant les règles qui conféraient tant à l'homme qu'à la nature le rang d'allié pour adopter un comportement de maître à esclave, l'attention et le respect à l'égard du vivant ont cédé la place à une économie dont la seule préoccupation semble être d'amplifier sans cesse le cycle production/consommation de biens matériels. Graduellement, l'exploitation démesurée des ressources naturelles a permis d'asseoir et de répandre

---

va de soi dans les êtres et les choses, un donné que l'on accepte pour ce qu'il est et que l'homme n'est pas fondé à récuser. À partir de l'ère Meiji, on a utilisé le même mot dans le sens plus restrictif de l'Occident : c'est-à-dire l'ensemble des choses soumises à notre expérience. Il s'est opéré au Japon un renversement complet du rapport de l'homme à la nature. Et, aujourd'hui, les Japonais et les peuples d'Asie orientale sont moins sensibles que les Occidentaux au problème de la destruction de l'environnement » (extrait d'une interview accordée au journal *Le Monde*, 2 décembre 1997).

le capitalisme qui est désormais le système unique au sein des sociétés humaines.

L'habitat et les peuples qui constituaient un frein à l'expansion de ce régime économique et social ont été longuement négligés dans la recherche constante de l'augmentation du capital. Avec la mondialisation, la montée en puissance des régimes sociaux-démocrates dans les pays occidentaux, les mouvements de libération nationale dans le tiers-monde, l'extension des principes démocratiques, les aides au développement et la déception face à un monde qui humainement ne s'améliore pas, les inégalités et les injustices sont devenues de plus en plus insupportables. Pourtant, l'appauvrissement d'une grande partie du monde se poursuit et la compétition internationale atteint les sommets du déraisonnable, à tel point qu'à la misère économique du Sud correspond au Nord une misère morale considérable, à l'origine de recherches spirituelles anarchiques.

Il existe aujourd'hui un décalage considérable entre le discours des Anciens sur la convivialité, la fraternité, l'entente ou la compassion et la situation de délabrement psychique que provoque la crise interne des États : la fracture sociale occasionnée par les développements technologiques et les politiques financières ne cesse de s'accroître ; le stress dû à toutes les formes d'accélération des échanges, à la compétitivité et au culte rendu à la productivité est l'un des fléaux de la modernité ; quant à la dégradation des rapports humains liée à la perte du respect de l'unité de la personne, elle est une réalité qui se multiplie.

Indéniablement contraints de s'adapter à ce grand mouvement d'ensemble, dont nous ne savons pour l'heure où il mène véritablement, les peuples primordiaux ont peut-être trouvé la parade à leur propre effondrement en mettant l'accent, comme l'a fait Rigoberta Menchu dans son message [1], sur les solutions très

---

1. Voir Ire partie, chapitre 10, p. 223.

adaptées qu'ils peuvent apporter pour parvenir à modifier notre vision actuelle du développement et tout bonnement de la vie. Il est clair que s'ils parviennent à nous aider à mieux vivre en réorientant les multiples énergies investies dans une économie de la démesure qui dénature la nature mais aussi l'homme, ils parviendront dans le même temps à échapper eux-mêmes au gouffre dans lequel notre aveuglement et nos égoïsmes les poussent.

Les peuples primordiaux constituent une source d'inspiration considérable pour réaliser que la réforme doit venir d'une modification profonde et réelle de notre vision de la finalité de l'existence terrestre afin qu'elle puisse imprégner toutes les strates de la vie humaine et amener des améliorations concrètes au sein des grandes structures organisationnelles. La redécouverte de la dimension hautement sacrée de la vie est un fondement essentiel sans lequel il ne peut y avoir d'économie sacrée, c'est-à-dire d'économie de la mesure fondée sur l'alliance saine avec la nature et une éthique du savoir-vivre sans laquelle il n'y a pas de *mieux-vivre*.

C'est pourquoi, au lieu de parler de « développement durable » comme le font les instances de l'ONU, il est sans doute plus sage d'évoquer un développement viable — voire une économie viable —, comme nous l'avons déjà souligné à plusieurs reprises, mais encore faut-il s'entendre sur le sens même du mot « développement ».

Il est certain qu'un développement unilatéral dont on ne connaît pas la finalité mais dont on pèse les lourdes conséquences dans l'anomie ambiante, c'est-à-dire l'état de désorganisation profond qui engendre le fléau du chômage, de la misère, des inégalités et qui provient grandement de l'étiolement voire de la disparition des valeurs et des normes qui fondent une société saine, si donc nous nous contentons de reproduire un tel schéma nous savons tous que nous courons à la catastrophe. L'absence de guerre et de souffrance ne signifie pas pour autant paix et bonheur !

« Le travail, dit Tlakaelel, doit se faire au niveau individuel. Chaque personne doit réaliser qu'elle a une mission particulière à accomplir pour que les choses changent : une mission concernant la sauvegarde de notre habitat et la réalisation de l'épanouissement complet de l'être. » Dans notre course à la capitalisation et à la croissance incontrôlée, nous avons oublié une base que les Traditions primordiales pointent du doigt et dont l'évidence pourrait faire sourire tant elle est éclatante. L'interprète de Tlakaelel, qui souhaitait apporter quelques précisions sur ce que venait de dire son maître, a ajouté : « Les peuples primordiaux nous enseignent à retrouver l'attitude qui permet d'honorer toutes les choses qui existent. Lorsque vous vous promenez, vous devez faire en sorte de ne pas écraser, même involontairement, l'escargot qui traverse le chemin. Bien qu'il semble élémentaire, ce message est si fondamental que nous le négligeons. »

Cette remarque est d'une profondeur extrême parce qu'elle sous-entend un réel effort d'attention, de compassion et de capacité à vivre avec précision notre relation aux choses ou aux êtres qui nous paraissent infimes et que nous déprécions. Comme l'a fort bien expliqué Don Hilario Chiriap au sujet de l'alliance avec la nature, il s'agit de découvrir à quel point nous pouvons affiner notre rapport avec le monde en devenant plus sensibles, plus clairvoyants et finalement plus ouverts et disponibles à tout ce qui le compose. Cet art d'être totalement présent dans l'appréciation de chaque instant est une manière très intelligente de réguler nos rapports directs avec nos pensées, notre corps et le milieu dans lequel nous vivons : tout acquiert de l'importance, tout devient extrêmement vivant et source de respect.

L'éthique personnelle se structure à partir de cette conscience aiguë du moindre détail. Elle n'est pas quelque chose de forcé mais au contraire de naturel, de spontané et de simple qui naît de la reconnaissance de la bonté fondamentale et de la beauté essentielle du monde. À la lumière de cette expérience, l'ego paraît une virtualité qui distord cette appréciation en renforçant son emprise sur les choses. Sans réellement exagérer, on pourrait aller jusqu'à dire que l'économie de la démesure est l'application concrète de l'énergie mise en branle par la somme de toutes les emprises humaines égotiques.

Ainsi, l'enfant-de-la-nature ne donne aucune règle, n'impose aucune norme formelle à suivre, il répète seulement et inlassablement : « Faites attention ! Ne vous laissez pas piéger par les mirages de l'ego. Un vide d'ego est un plein de compassion... Aimez la vie, toutes les formes de vie et la saveur exquise du monde viendra à vous comme la sagesse. » Si une telle transformation venait à se produire chez un grand nombre d'êtres humains, nul doute que l'économie aurait un autre visage...

8
Guerre de l'information et syncrétisme

> « C'est la compréhension qui est le but du dialogue entre les religions. Il ne s'agit pas de remporter une victoire sur l'autre, d'aboutir à une entente parfaite ou à une religion universelle. L'idéal demeure la communication : celle-ci permet de jeter un pont sur les abîmes de l'ignorance mutuelle et des malentendus qui peuvent naître entre les différentes cultures du monde, afin de leur offrir la possibilité d'exprimer leurs propres intuitions, dans leurs propres langues. »
>
> Raimon Panikkar

L'exportation des croyances / La confusion engendrée par la mondialisation / La nécessité de la formation traditionnelle.

Le monde n'a pas attendu la mondialisation pour devenir le théâtre de l'exportation des croyances. Les idées, les systèmes religieux et les valeurs spirituelles ont très tôt accompagné les migrations humaines et les marchandises dans leur voyage. Entre la fin du XIIe siècle avant notre ère et le Ier siècle après J.-C., c'est-à-dire entre la fin des migrations indo-européennes en Grèce et la naissance des représentations humaines du Bouddha, les défilés afghans, véritables autoroutes de communication entre l'Inde et les régions plus à l'ouest, ont sans doute été le lieu d'échanges ou d'interfécondations considérables entre les croyances.

Si l'on quitte les grands axes, on constate que les Traditions primordiales sont restées longtemps indemnes de toute influence et de toute domination. Difficile pourtant de dresser des règles générales car certaines, comme le chamanisme de Touva ou de Bouriatie, ont été très vite baignées dans un environnement multireligieux alors que d'autres, comme la tradition shuar ou rendillé, ont été plus tardivement en contact avec le christianisme et ont su plus ou moins se défendre face aux colons.

La particularité de cette fin de XXe siècle réside dans la relation parfois étroite entre le libéralisme économique et les croyances — une relation qui transforme le monde en véritable échiquier où se jouent des guerres de position. Quand une religion perd de son importance dans des pays où elle était auparavant très répandue, elle n'hésite pas à se délocaliser en tentant de gagner du terrain dans les pays du tiers-monde par exemple.

L'idéologie libérale et l'individualisme, deux facteurs clés du capitalisme américain, s'exportent fort bien en Amérique du Sud grâce aux Églises protestantes « évangéliques » qui connaissent un succès considérable. Les peuples primordiaux, et par contrecoup les Traditions primordiales, subissent indéniablement les pressions exercées par cette circulation de plus en plus intense et rapide des « marchandises » religieuses. Il va sans dire que les grandes traditions, celles du Livre plus particulièrement, n'ont pas besoin d'une terre d'élection qui nourrit l'unité de l'homme et de la nature, comme ce peut être le cas des Traditions primordiales qui dépendent énormément de la terre des ancêtres : le Livre, à lui seul, semble remplir cette fonction.

Il n'est pas faux d'affirmer que les systèmes de valeur nivelants que nous avons évoqués plus haut sont indéniablement associés au pouvoir d'expansion des monothéismes qui ont longtemps cultivé une appréciation négative des peuples primordiaux. Des rencontres comme celle de Karma Ling participeront à une modification de l'image des enfants-de-la-nature qui ira dans le sens d'une revendication de leur spécificité spirituelle. Également, il va de soi que les actions menées dans le cadre de la Décennie internationale des peuples autochtones contribueront à fournir des informations qui ne soient plus dépréciatives.

Il faut cependant que deux forces se combinent. L'une dépend de l'attitude des grandes traditions et l'autre est relative au maintien de l'intégrité des Traditions primordiales. À l'issue de la Journée Inter-Traditions, l'enthousiasme général des représentants des grandes traditions a conforté l'importance des rencontres et du développement de la compréhension mutuelle.

Ce travail de communication doit permettre de garantir l'intégrité des Traditions primordiales qui sont fortement menacées par un phénomène de récupération et de syncrétisme. Si nous savions que le vaudou est, par essence, syncrétiste dans sa forme haïtienne et brésilienne, nous avons été assez surpris du rite conduit par Aurelio Diaz Tekpankali et Don Hilario Chiriap au cours duquel deux jeunes femmes, dont une Américaine, ont scandé près du feu un mantra védique, mélangeant ainsi des éléments propres à la culture indienne à des formes relevant de la tradition shuar et de l'Église américaine d'Itzachilatlan.

La « cérémonie » menée par Mary Elizabeth Thunder a aussi provoqué notre étonnement, d'autant plus que dans la brochure présentant ses activités, il est parfois question du Christ ou de l'Âge du Verseau. Il est bon de savoir que le millénarisme et le syncrétisme sont apparus en Amérique du Nord en réaction aux profonds bouleversements provoqués par l'arrivée des Blancs. Les Églises qui se sont alors constituées, et dont certaines reprenaient à leur compte des éléments chrétiens mêlés au culte du peyotl, ont constitué des mouvements de renaissance spirituelle.

Avec la mondialisation des échanges, le contexte de confusion spirituelle qui génère une multitude de sectes, le tourisme pseudo-spirituel et la tentation de l'Occident, il devient difficile d'y voir clair. Don Hilario Chiriap nous a fort bien expliqué que le syncrétisme est largement répandu en Amérique du Sud. Pour garantir la transmission des enseignements sans que la tradition disparaisse, il a fallu la masquer sous des formes que le christianisme tolérait. La destruction par le feu de tous les instruments de musique des enfants-de-la-nature, ordonnée par l'archevêque de Lima en 1614 qui les considérait comme véhiculant les puissances du diable, donne la mesure de l'intolérance face à tous les objets représentatifs des rites traditionnels. Don Hilario Chiriap se rappelle avoir assisté à des cérémonies avec prise d'ayahuasca où la croix et l'image de la Vierge servaient à consacrer la plante.

Si Nadia Stepanova ou Fallyk Kantchyyr-Ool ont souligné que le caractère familial de la transmission avait en partie contribué à sauvegarder l'intégrité des pratiques traditionnelles sous le régime communiste, Don Hilario Chiriap, quant à lui, estime que sous la pression de l'expansion occidentale, il a été difficile en Amérique du Sud, surtout aux abords des grands centres urbains, de maintenir la pureté originelle des Traditions primordiales parce qu'elles ont subi des contraintes qui étaient des obstacles à la transmission naturelle.

Écoutons-le : « L'oppression religieuse et la peur d'être tué parce que l'on perpétue intégralement sa propre tradition ont contraint beaucoup de gens à combiner les connaissances traditionnelles avec le catholicisme et les coutumes évangéliques. À force de vivre pendant trois ou quatre siècles dans ce contexte de mélange, certaines personnes n'arrivent plus à distinguer ce qui est authentique. Les formes étrangères ont même parfois absorbé nos propres formes. »

Il reconnaît cependant que la jungle amazonienne a joué longtemps le rôle d'un formidable rempart protecteur, mais avec l'avènement de l'aviation et des outils modernes de communication, d'autres croyances circulent plus aisément sous les grands arbres de la forêt tropicale. Il admet que les pratiques ne peuvent aucunement adopter l'aspect d'un habit d'Arlequin mais qu'elles ne constituent pas non plus des formes irrémédiablement figées et stéréotypées. La possibilité d'ajouts intelligemment intégrés exprime, selon lui, la vitalité extraordinaire de sa tradition dont le cœur ne peut jamais être affecté s'il est constamment respecté.

La réalisation de rituels communs dans le cadre de la Confédération du Condor et de l'Aigle souligne aux dires d'Aurelio Diaz Tekpankali et de Don Hilario Chiriap le rapport très étroit qui existe entre les spiritualités des Amériques. Au niveau formel, « nous utilisons le même feu, dit-il, même si nous autres Shuars ne l'appelons pas le feu de la demi-lune mais le feu de la mère. Quoi qu'il en soit, au niveau le plus profond, il s'agit du même feu disposé dans la même direction. Les dessins que l'on fait avec les fleurs ont aussi une autre forme mais leurs messages ont une portée identique. La médecine sacrée prend divers noms et aspects : le peyotl, l'ayahuasca [*natem* en shuar], le yahé [*yaji* en shuar]. Du point de vue spirituel, ces médecines ont le même pouvoir de projection sur l'esprit mais avec des variations dans leurs caractéristiques ».

L'Uwishin reconnaît que l'alliance qu'il a réalisée avec Aurelio Diaz Tekpankali contribue indéniablement à rassembler des forces qui, dans le contexte de la modernité, seraient rapidement vouées à la disparition. Pour lui, il n'existe aucune confusion dans cette association qui œuvre au maintien des connaissances traditionnelles de l'Amazonie et du Mexique. En revanche, il ne cache pas une certaine inquiétude devant l'introduction d'éléments totalement étrangers qu'Aurelio Diaz Tekpankali pourrait ramener de ses fréquents séjours en Europe et en Asie. « Peut-être faudra-t-il éclaircir certaines choses, s'empresse-t-il d'ajouter. Mais je suppose qu'il n'y a pas à l'heure actuelle de confusions surtout dans l'esprit des gens qui assistent à ces cérémonies. » Malheureusement il en existe ! Et quand nous lui avons parlé de la récitation du mantra védique, il avait l'air fort surpris...

Certes, si le syncrétisme est une gangue caméléon qui permet à certains Anciens de naviguer en milieu divers tout en préservant au centre le noyau dur, l'expérience primordiale, pourquoi pas ! Et il est vrai que consacrer une plante avec la Vierge n'est pas un mal en soi si le pratiquant parvient à aller au-delà des formes. Toutefois, cela reste dangereux. Est-ce que l'on peut changer les formes en gardant le fond ? Voilà un vieux débat.

Les Traditions primordiales de l'Amérique du Nord vivent le même problème. Dans *L'Héritage spirituel des Indiens d'Amérique*[1], Joseph Epes Brown va jusqu'à parler du « syndrome du *pow-wow* » pour évoquer

---

1. Traduit de l'américain par Alix de Montal, Le Mail, 1990.

l'un des aspects assez négatifs du phénomène pan-indianiste qui naît de la volonté d'affirmer son identité dans l'exclusion en cherchant cependant à satisfaire l'idée que le Blanc se fait des enfants-de-la-nature. « Il en résulte, dit-il, en prenant l'exemple de la nouvelle Black Elk Sweat Lodge Organization[1], avec cartes de membres, etc., un ensemble de formes et de pratiques hétérogènes, attrayantes et présentant des avantages commerciaux, mais qui risquent de ruiner leur véritable contenu spirituel. »

Nous sommes en présence du paradoxe qu'impose la survie dans un monde qui fait fi des valeurs prônées par les Traditions primordiales. Cependant, nous pouvons nous permettre d'ajouter qu'une bonne structuration des enseignements et une transmission authentique du fonds spirituel, à l'image de ce que les Tibétains sont parvenus à réaliser en exil, constituent un véritable garant de la survie des Traditions primordiales. C'est pourquoi, comme l'ont nettement affirmé Nadia Stepanova et Don Hilario Chiriap, la formation traditionnelle représente désormais un enjeu crucial dans leur sauvegarde.

Le problème est sans doute plus grave avec ceux qui pratiquent l'imitation et le plagiat. Wilmer Mesteh, chef spirituel lakota, disait en 1993 que « les gourous du Nouvel Âge et les hommes-médecine bon marché exploitent et singent sans aucun scrupule nos cérémonies les plus sacrées, et en donnent des représentations pâles et bâtardes ». Un constat que fait également Don Hilario Chiriap en Équateur !

Nombreux sont les anthropologues qui affirment que les véritables hommes-médecine ne quittent pas leur pays, leur réserve ou leur lieu de vie, trop préoccupés par ce qui se passe sur leur terre et très soucieux de

---

1. Organisation élaborée à partir des enseignements du célèbre chef spirituel Hehaka Sapa connu en Occident sous le nom de Black Elk (Élan Noir).

préserver leur lien avec les esprits des ancêtres et leurs protecteurs.

Il est vrai que plusieurs pays européens accueillent aujourd'hui des hommes-médecine qui viennent donner des enseignements dont il est parfois difficile pour un non-averti de reconnaître l'authenticité. Sont-ils des satellites envoyés par leurs pères spirituels ? Difficile d'établir la différence entre l'initiative personnelle et le devoir réel envers la tradition. Il est certain qu'un enseignement hétéroclite dans un contexte culturel qui n'est pas adéquat devrait mettre le doute dans l'esprit des stagiaires. Quoi qu'il en soit, de telles pratiques, qui ont aussi leur dimension mercantile, contribuent beaucoup plus à la dégradation du fond traditionnel véritable qu'à sa valorisation.

9

Apport des Traditions primordiales aux traditions dominantes

> « Enseigne-nous à écouter, à être attentifs à ces innombrables paroles qui nous entourent, donne-nous le discernement qui permet de ne pas juger d'après nos propres critères. »
>
> Raimon Panikkar

Humanité et humilité / Redécouvrir les racines religieuses profondes / La qualité de l'expérience et l'expérience de la qualité.

Si saint Bernard ou saint François d'Assise revenaient parmi nous, ils rejoindraient sûrement Don Hilario Chiriap dans la grande forêt amazonienne. Ensemble, ils tendraient l'oreille au chant des oiseaux multicolores et à la musique silencieuse des grands arbres...

Il est certain que le chaos que nous traversons aujourd'hui, et dont nous repérons les traces dans le tissu social comme dans le milieu naturel, a pour cause une vision dénuée du sens de l'adhésion à une réalité globale qui n'opère pas de distinction entre l'habitant et l'habitacle. Expliquant l'interdépendance entre le corps social et le corps de la Terre-Mère, Krishnamurti affirmait sans ambages[1] : « Si l'on perd le contact avec la nature, on perd le contact avec l'humanité. »

Saint Bernard nous rappelle dans ses lettres que la fréquentation de la nature prime sur la compagnie des hommes et l'étude du Livre. L'*oralité* des Traditions primordiales et l'adoration rendue à la Terre-Mère illustrent à leur manière cette primauté.

En quoi l'amour de la Terre révèle-t-il la « perfection de l'humanité » ? L'intelligence de notre langue porte en elle une réponse à cette question. *Homin-* et *human-* qui donnent « homme » sont deux réalisations d'une même racine *hom/hum* qui est liée à l'idée de la « terre » et de « créature terrestre ». Cette racine *-hum*, nous la retrouvons dans *humilitas* qui donnera « humilité » et dans *humilis* (bas, à ras de terre) qui donnera « humble ». Ces mots convergent enfin vers le terme « humus », la terre. En quelque sorte, « humanité » et « humilité » s'enracinent dans le même humus. Le terme « humanité » indique donc notre origine commune : la terre nous porte ; de la terre nous venons et à la terre nous retournons. Ainsi l'humilité est-elle le fondement même de la bonté.

L'amour porté à la Terre-Mère, qui s'exprimait jadis pleinement au travers du culte des sources et des hauts lieux, avait un sens très profond qui allait bien au-delà de la régulation des rapports harmonieux entre l'homme et les entités associées à ces lieux. Il concernait non seulement l'art du « senti » des forces invisibles mais surtout cette connaissance de soi, amorce de la connaissance de l'Absolu divin, que parachève la vie humaine et qui unit l'homme à tout l'univers.

Si ce sens a quasiment disparu, parce qu'il avait des relents de paganisme, on peut dire qu'il survit dans le culte des saints. Nombre d'entre eux entretenaient une

---

1. Voir *De la nature et de l'environnement*, traduit de l'anglais par Laurence Larreur et Jean-Michel Plasait, Le Rocher, 1994.

relation privilégiée avec la nature. Il suffit de citer saint Bernard, saint François d'Assise, saint Jean Bosco, sainte Bernadette ou sainte Thérèse de Lisieux pour réaliser l'étendue de cette foi ancestrale. La nature, temple premier, précédant les magnifiques réalisations de l'architecture sacrée, apparaît comme le berceau initial permettant de vivre une spontanéité originelle que nous semblons avoir perdue.

Le dévoilement de cette nature humble, étroitement liée à l'infini de la nature qui en donne la juste mesure, se rapporte à l'expérience de la simplicité première. Ce qui est simple correspond à ce qui, littéralement, est « d'une seule pièce ». La réalisation de la « perfection humaine » n'est donc possible que lorsqu'il n'existe plus de discontinuités entre la personne et le monde, c'est-à-dire lorsque l'unité de la personne n'est plus qu'un écho de l'unité fondamentale des choses.

Celui qui tire à l'arc avec des flèches en mille morceaux n'atteindra jamais la cible. Par contre, quand la flèche est flèche, c'est-à-dire une, elle se marie parfaitement avec l'arc qui lui transmet sa puissance tout au long de sa course. L'harmonie de l'un s'accorde avec l'harmonie de l'autre ; quand la forme du premier correspond à la forme du second, l'énergie de l'arc passe entièrement dans la flèche qui n'a plus qu'à « laisser faire ce qui est » pour atteindre son objectif.

Les Anciens nous apprennent que nous ne pouvons devenir pleinement humains que dans le dénuement, qu'en suivant le sentier de la simplicité bienveillante. Cheminer vers la « perfection de l'humanité » est en soi une métaphore de la lente décomposition qui donne naissance à l'humus, forme élémentaire qui nourrit la vie. Le sentier de la grande simplicité s'élabore dans la décomposition de ce qui sépare, divise et rend multiple, c'est-à-dire de l'ego qui, dans son altération progressive, va servir de terreau pour que s'épanouisse la nature accomplie de l'homme.

L'intolérance, le prosélytisme, les conflits religieux

en tout genre sont aujourd'hui devenus inacceptables sans doute parce que la part humaine de l'homme se développe parfois considérablement, que le dialogue inter-religieux est désormais perçu comme un facteur essentiel pour garantir la paix entre les peuples et que, dans toutes les traditions, la nécessité d'entretenir le chemin du dépouillement se fait nettement sentir. Il faut que le dos du miroir soit noirci pour réfléchir la lumière.

Les religions du Livre et les autres traditions dominantes ont développé de vastes théologies, métaphysiques et philosophies qui se sont avérées fort utiles et efficaces pour leur garantir un essor mondial. Toutefois, en devenant de plus en plus puissantes et sophistiquées, elles sont devenues plus complexes et ont souvent perdu le contact avec le chemin premier ou avec la simplicité de l'esprit naturel. Dans de nombreuses Traditions primordiales, ce contact est demeuré très vivant, se mêlant, comme nous avons pu le voir dans le Cercle sacré, à un sens de la fête, de la cérémonie, un sens de l'expression naturelle issue du cœur et non pas de l'intellect.

Cette dimension possède un caractère que l'on pourrait qualifier de dionysien, entendu que Dionysos désigne ici le besoin d'entrer en relation avec la totalité de la vie ou le pouvoir d'intégration dans une seule et même unité de tous les aspects de l'existence. Par opposition, on parlera de dérive apollinienne quand, dans ses élaborations, la pratique spirituelle se détourne du terrain primordial sur lequel elle s'est bâtie, devenant de plus en plus abstraite et intellectuelle, perdant l'intelligence opérante de sa mystique, et allant même parfois jusqu'à se retirer du cœur de la réalité terrestre.

La modernité a apporté avec elle non seulement la

Apport des Traditions primordiales...

remise en cause de la Révélation, sur laquelle reposent les religions du Livre, mais aussi la fragmentation des activités humaines en les développant à partir de leurs normes internes. Dans le contexte chrétien, on a donc vu apparaître une science purement scientifique, une économie purement économique et une religiosité purement religieuse qui s'est peu à peu démarquée de tous les secteurs de la vie en n'ayant d'autres utilités que de consacrer les moments importants de l'existence : la naissance, le mariage et la mort. Rien d'étonnant dès lors que des chrétiens d'Occident aillent puiser dans l'Église chrétienne d'Orient des pratiques spirituelles devenues chez eux totalement évanescentes.

Paradoxalement, nous vivons deux tendances extrêmes et opposées : d'un côté, certains pans de l'Église et quelques ordres monastiques tentent de ne plus désincarner la matière, de retourner à l'intelligence du corps en relisant les règles de saint Benoît à la lumière notamment des pratiques spirituelles orientales ; de l'autre, des efforts considérables sont menés pour redécouvrir le corps en tant que source de bien-être et de tous les plaisirs. Dans un tel contexte, il est aisé de comprendre que la dimension dionysienne des Traditions primordiales peut offrir une contribution fondamentale à une pratique religieuse qui s'est elle-même coupée de ses racines traditionnelles et qui tente de se revitaliser au sein d'une civilisation technologique qui favorise la déshumanisation et la dénaturation de l'homme.

Les Traditions primordiales nous apprennent, et nous avons pu le constater durant la Rencontre, à nous centrer sur la qualité de l'expérience et sur l'expérience de la qualité. À l'aube du XXIe siècle, le christianisme, s'il veut survivre, devra sans aucun doute retrouver dans ses propres racines ce double mouvement de la vie intérieure. Et si le dialogue avec d'autres traditions a un sens au sein de cette religion, c'est dans cette possibilité d'une restauration des racines. Évoquant l'apport de la cérémonie du thé à laquelle il a été initié au Japon, le père Pierre-François de Béthune nous a confié que l'absence d'une pratique de la présence totale à soi au sein du christianisme lui est apparue flagrante quand il a pu en apprécier la valeur au contact d'autres traditions.

Dans le cadre du bouddhisme, on peut avancer, sans choquer ses plus éminents représentants, que des relations avec les Traditions primordiales peuvent contribuer à revivifier une dimension d'immédiateté qui a eu tendance parfois à se scléroser dans une version institutionnelle des enseignements.

Globalement, il n'est pas faux d'affirmer qu'au sein des grandes religions du monde s'opère un glissement de l'expérience la plus nue, la plus primordiale, jusqu'à ses représentations dans les symboles, les discours parfois abstraits ou hermétiques. Une distance se forme ainsi peu à peu qui correspondrait en fait à celle qui sépare l'opératif du spéculatif. On réfléchit et l'on pense beaucoup en ayant parallèlement de moins en moins d'expériences spirituelles. Comme les Traditions primordiales sont encore centrées sur ce cœur qu'est l'expérience primordiale naturelle, elles peuvent sans doute aider les traditions dominantes à raviver le fonds de leurs pratiques spirituelles.

10

Les Traditions primordiales et la transdisciplinarité

> « La vision transdisciplinaire est résolument ouverte dans la mesure où elle dépasse le domaine des sciences exactes par leur dialogue et leur réconciliation, non seulement avec les sciences humaines mais aussi avec l'art, la littérature, la poésie et l'expérience intérieure. »
>
> Article 5 de la *Charte de la transdisciplinarité*

Des scientifiques s'ouvrent aux conceptions traditionnelles / Le Cercle sacré et le « tiers inclus » / L'art de la fugue / « Amour de la sagesse » et « sagesse de l'amour ».

Lors de la Rencontre, la présence de personnalités représentatives de la tradition agnostique occidentale qui pressentent l'urgence d'une vision globale et qualitative de la réalité exprime le retournement qui est en train de se produire en Occident. Bon nombre de scientifiques, d'intellectuels et de philosophes commencent à réaliser qu'il leur faut instaurer des passerelles entre les domaines du savoir et s'ouvrir aux conceptions traditionnelles si l'on veut sortir de l'impasse dans laquelle nous nous trouvons. La transdisciplinarité est le lieu d'un tel renouveau qui va dans le sens de la solidarité, de la responsabilité partagée et du développement des valeurs humaines fondamentales.

Basarab Nicolescu, physicien théoricien et fondateur du Centre international de recherches et études transdisciplinaires (CIRET), a expliqué la naissance de ce mot[1] en rappelant que nous avons été longtemps charmés par la prolifération des suffixes, en particulier des « -ismes », qui ont permis d'asseoir la puissance de toutes les idéologies et de tous les systèmes. L'emploi en français, en espagnol comme en anglais de ce suffixe signe l'entrée des mots abstraits dans la langue qui va rendre effectif le changement des mentalités. Le rapport intense avec le concret va s'atténuer au profit de représentations de plus en plus abstraites et de plus en plus intellectuelles, accentuant la coupure entre l'homme et la dimension brute du réel.

Une trouée immense se forme alors permettant la prolifération de savoirs spécialisés de plus en plus ramifiés et éloignés les uns des autres. Nous connaissons les implications d'une approche fragmentée de la connaissance dans le domaine de l'éducation. La transdisciplinarité prône au contraire un décloisonnement entre les voies de connaissance et met en évidence le caractère *non contradictoire* des opposés, de telle sorte qu'émerge une conscience de l'interpénétration des savoirs. Elle est la reconnaissance de ce réseau de liens qui rassemble ce qui dans la forme est dissemblable et qui montre que rien finalement n'est séparé.

La multiplication, la domination et la hiérarchie des savoirs comme des hyperspécialisations n'ont fait qu'accroître l'indifférence à l'égard de l'homme intérieur. Cette indifférence est, dans une large mesure, la

---

1. Voir « Transdisciplinarité : naissance d'un mot », dans Michel Random, *La Pensée transdisciplinaire et le réel*, Dervy, 1996, pp. 321-326. À la fin de cet ouvrage figure la *Charte de la transdisciplinarité*.

cause du malaise que nous vivons aujourd'hui. Pour Basarab Nicolescu, la place de la transdisciplinarité est justement de répondre à l'appauvrissement de l'être, de donner une nouvelle orientation aux aspects hautement bénéfiques de tous nos savoirs et de proposer à l'homme un nouveau statut qui puisse se situer au-delà du chaos actuel.

En ce sens, comme le rappelle l'article 7 de la *Charte*, la transdisciplinarité « ne constitue ni une nouvelle religion, ni une nouvelle philosophie, ni une nouvelle métaphysique, ni une science des sciences ». Attentive aux religions, à la spiritualité et aux traditions qui en sont l'expression, elle n'a d'autre finalité que de se mettre au service de l'homme.

Sous le grand chapiteau, Edgar Morin, rédacteur et signataire de la *Charte de la transdisciplinarité*, a évoqué l'importance de surmonter toute forme d'incompréhension. Les Traditions primordiales ont beaucoup souffert de l'ignorance et justement de l'incompréhension des autres hommes. La transdisciplinarité offre une posture mentale qui évacue les idéologies obtuses et fermées sur elles-mêmes. Elle reconnaît la multiplicité des voies de connaissance et la richesse que représente une telle diversité pour l'humanité tout entière. En ce sens, elle œuvre à la naissance d'une vision ouverte et d'une approche globale de notre situation de citoyen de la Terre. Au lieu d'exclure, la démarche transdisciplinaire nous révèle le jeu des inclusions.

De nombreux scientifiques se tournent aujourd'hui vers les traditions séculaires et sont à l'écoute des besoins spirituels. Ils ont réalisé depuis peu que les sagesses d'Orient et d'Occident véhiculaient, bien avant les découvertes révolutionnaires d'Einstein, une vision de l'unité du réel qui éclaire leur propre recherche. Les Traditions primordiales peuvent contribuer à renforcer ou à restaurer cette vision fondamentale en Occident. Leur représentation de la vie et leur attrait pour sa dimension qualitative peuvent aider finalement tous ceux qui sont en quête d'un changement réellement salvateur, parce qu'elles ont su garder l'intuition de l'Unité qui s'est perdue peu à peu dans la fragmentation de nos vies et de notre être.

Le Cercle sacré dans lequel nous avons eu la chance de nous asseoir à Karma Ling correspond à cette posture mentale que j'évoquais plus haut. Il permet une circulation fluide des énergies, une acceptation des différences et dans le même temps une reconnaissance du centre c'est-à-dire du fondement commun sans lequel le Cercle est un non-sens. Aussi représente-t-il une méthode, un « espace entre », une interface ou ce que les hommes qui œuvrent pour la transdisciplinarité appellent un « tiers inclus », un espace qui n'appartient ni aux uns ni aux autres mais qui permet aux uns et aux autres de percevoir ce qui les lie fondamentalement en marge de la beauté et de la grandeur des différences. C'est ce liant, cette omnipénétrabilité de tout, dont il faut prendre conscience et dont il s'agit de faire l'expérience.

Notre représentation actuelle du monde demeure encore fort close. Nous l'absolutisons parce que nous ne sommes pas toujours capables d'émerveillement ou parce que nos regards ne font pas attention à la myriade de mondes et d'êtres qui nous entourent.

L'enfant-de-la-nature, qui n'a pas encore rompu sa relation avec la Terre-Mère et qui « sent » l'infini du cosmos, connaît la mesure des choses. L'astrophysicien, qui ne peut voir qu'une petite partie de l'immensité du cosmos, réalise aussi qu'elle est sa véritable place. Tous deux accèdent au sens de l'humilité. Cette vision humble de soi est un point d'ancrage puissant entre des hommes culturellement si distincts. Elle favorise une extraordinaire capacité d'écoute, d'observation et d'attention qui rend possible un sentiment puissant d'appartenance à la Terre.

Les scientifiques qui se mettent au service du bien de l'homme et du monde rejoignent les enfants-de-la-nature quand ils font de leur pratique une voie d'éveil. Les uns comme les autres savent qu'il faut beaucoup donner pour recevoir. Plus l'ego s'étiolera, plus les opinions et les intérêts personnels disparaîtront, plus des éléments issus du mystère de la vie seront susceptibles de se manifester.

Dans ce travail de mise en transparence des voiles qui cachent les liens essentiels et premiers, les hommes qui cheminent s'unissent au cœur de la même expérience et appartiennent au même cercle.

Quand saint Bernard écrivait en plein XIIe siècle : « Regarde la terre pour apprendre à te connaître ; elle te replacera en face de toi, car tu n'es que de la terre et tu retourneras à la terre », il traçait un sillon extraordinaire que les générations suivantes n'ont pas été en mesure de suivre. Il montrait également, au-delà de l'espace et du temps, au-delà de toutes nos différences, que le cœur de l'humanité est fondamentalement un. Ce message revient à nous par le biais des Traditions primordiales et nous pouvons les remercier de nous rappeler ce qui nous lie et ce qui relie les voies de connaissance et les savoirs. Nous ne sommes que de la terre... nous sommes la Terre ! Nous croyons vivre sur la Terre, alors que la Terre vit en nous et nous en Elle.

Les approches traditionnelles de la vie sont un peu la note tonique oubliée d'une partition complexe. Notre art de la fugue fut véritablement un art de la fugue ! Dans les volutes et les arabesques de nos sciences exactes, nous nous sommes tellement écartés du thème initial et fondateur que nous l'avons oublié. Au lieu d'y revenir, riches des multiples détours et découvertes, nous sommes partis dans un mouvement centrifuge, grisés par la vitesse, par nos exploits sur la matière et par la certitude que nous étions dans le droit chemin. La transdisciplinarité est le phare dans la tempête, l'œil du cyclone, le refuge incontournable pour qui cherche à regagner le centre où tout converge, le thème premier de l'art sans lequel il n'y a pas d'art de la fugue, sans lequel il n'y a pas de lendemain.

Dans le même temps, capable d'embrasser les couples d'opposés, de relier tout ce qui semble si différent, de pressentir les trames invisibles sur lesquelles se nouent tous les phénomènes de la vie et toutes les connaissances humaines, le nouvel état d'esprit que la transdisciplinarité porte en son sein peut être à même de contribuer à la reconnaissance profonde des Traditions primordiales. La transdisciplinarité est un peu l'aigle de la prophétie des Hau-de-no-sau-nee que nous a contée Grandmother Sarah Smith[1]. Elle nous avertit des dangers qui peuvent survenir, mais en même temps son regard perçant qui embrasse tout l'horizon sait désigner le chemin de traverse qu'il nous faudra emprunter.

Nous sommes à l'heure d'une formidable accélération de l'histoire qui nous place, à bien des égards, dans la situation de ces hommes courant devant les taureaux pour les attirer dans l'arène. Plus l'édifice approche, plus l'agitation atteint son paroxysme. À la griserie de la course et de la crainte maîtrisée, succède l'appréhension de la chute quand le souffle chaud des bêtes surexcitées devient plus pressant. Le battement des jambes ne parvient presque plus à répondre à la peur qui distord les visages. La frénésie augmente encore d'un ton quand les *aficionados*, époumonés, effleurés par les cornes, acculés vers la seule issue pos-

---

1. Voir Annexes.

sible, trébuchent, tombent et s'entassent pêle-mêle dans le goulot d'étranglement du porche. Prisonniers de cette impasse, empilés les uns sur les autres, suffoquant sous le poids de la chair humaine subitement figée et distinguant pourtant devant eux l'espace dégagé qu'ils ne peuvent désormais plus atteindre, ils ne sont plus que tissus blancs et rouges encornés et piétinés.

L'homme de la transdisciplinarité se tient debout sur le point le plus haut de l'arène. Comme le petit être que le système éducatif qualifie de cancre parce qu'il se détourne du labyrinthe de l'intellect laissant son regard errer parmi le paysage qu'il contemple de la fenêtre, l'homme de la transdisciplinarité possède l'intelligence du seuil. Il distingue plusieurs mondes. S'il sait ce qui se joue dans l'arène et connaît bien l'univers clos de la salle de classe, il sait mieux encore ce qu'est le monde total, le territoire ouvert, immense et un que parcourt l'enfant-de-la-nature. Tous deux nous rappellent que les savoirs ne sont rien s'ils ne sont pas éclairés par l'expérience et donc pleinement intégrés à la vie.

En Occident, la définition de la philosophie se réfère fréquemment à son origine étymologique « amour de la sagesse », mais nous inversons rarement la proposition pour évoquer la « sagesse de l'amour ». Les deux expressions sont pourtant complémentaires et soulignent le caractère hautement interdépendant de l'amour et de la sagesse. Encore faut-il entendre dans le mot « sagesse » sa racine sémantique (*sap*) qui le lie à la saveur. On aime ce qui est savoureux, authentique, qualitatif et, en retour, l'amour nous aide à nous délecter de ce dont la houle de nos vies nous prive. Dans le jeu d'inversion de la proposition, l'esprit est invité à mettre l'accent sur la dimension hautement qualitative de l'amour. Sagesse et amour s'interfécondent et s'enrichissent mutuellement dans la dynamique de leur relation.

En dressant des passerelles entre les savoirs qui sont souvent « masculins », la transdisciplinarité éveille des amitiés et des fraternités, elle introduit de proche en proche une souplesse là où il n'y avait que des raideurs, elle tisse des liens là où il n'existait qu'indifférence. Tout ce travail d'ouverture entre les divers domaines de la connaissance est analogique au processus d'amour. Les membres d'une même famille qui jusque-là se tournaient le dos sont invités à reconnaître l'affection profonde qui les unit. Je crois que les Traditions primordiales peuvent indéniablement apporter une inspiration favorable à ce positionnement particulier de l'esprit, elles qui ont entretenu et préservé dans l'affection portée à la Terre-Mère cette « sagesse de l'amour » qui est le pendant féminin de l'homme.

Dès la fin de la Grande Guerre, de grands hommes comme Romain Rolland, Hermann Hesse ou C. G. Jung se sont tournés vers l'Asie en quête d'un renouveau dans une Europe essoufflée. Nous commençons à peine, et parfois dans une confusion sans nom, à cueillir les fruits du regard porté sur les sagesses de l'Orient. À l'orée du XXIe siècle, l'enfant-de-la-nature sera peut-être celui par qui viendra un nouveau changement : lui qui brandit, face à notre gigantesque capacité d'oubli, le feu sacré d'une mémoire qui porte en elle l'art d'ordonner harmonieusement et qualitativement le tissu de relations qui forme la substance unifiée de nos vies multiples.

En restituant aux arts la place qui leur revient de droit, la transdisciplinarité tente également de redonner aux sens leur dimension sacrée. N'oublions pas que nous vivons à une époque d'agressions sonores et visuelles où l'art des sociétés technocratiques est jalonné de pulsions égotiques, de fantasmes et d'obsessions morbides que soutiennent tous les processus de commercialisation ainsi que le matraquage médiatique. Vous vous souvenez peut-être qu'en octobre 1997, le sculpteur égyptien Ahmad Karaali voulut exposer une statue créée avec un squelette de mouton, une tête de chat, un pied et un bras humains qu'il avait achetés à un fossoyeur. Anthony Noel Kelly, ancien boucher anglais reconverti en artiste, utilisa lui aussi des membres humains subtilisés dans une morgue pour réaliser des moulures plaquées or ou argent et vendues plusieurs milliers de francs. Difficile, quand on est pris au piège du sensationnalisme et de la confusion des valeurs, de développer son discernement, sa capacité d'écoute et d'attention.

L'homme de la pensée transdisciplinaire veut rappeler que l'art est relié au transpersonnel et à l'émergence du sacré, offrant ainsi aux sens la possibilité d'une sublimation. Dans cette approche, l'art traduit des visions, des rêves et des archétypes majeurs. Nadia Stepanova l'a d'ailleurs très bien montré. Le 29 avril, après son rituel, elle a offert aux représentants des délégations des aquarelles qui retracent les visions qu'elle a eues lors des diverses cérémonies. À chaque Ancien correspondait une peinture particulière figurant des archétypes et des symboles dans des décors parfois proches du fantastique.

Mais dans l'univers qui nous paraît encore culturellement plus lointain, celui des aborigènes d'Australie, des Rendillés ou des Shuars, tout est art : représentation de forces cachées, multiplication de signes, objets consacrés ou peintures, véritables portes de perception permettant de passer dans les mondes parallèles, respect des couleurs et des formes que la tradition perpétue et qui sont des fragments du langage de la nature que son enfant décrypte et qu'il rend apparent pour prolonger l'harmonie, garantir les équilibres et les liens avec les forces subtiles.

L'art n'est pas ici invention personnelle, créativité pure, recherche constante de la nouveauté, mais mise en relation permanente de l'homme avec un monde totalement vivant, empli de myriades d'êtres visibles et invisibles. Ce que nous appellerions « art » n'est en définitive qu'un vaste alphabet qui sert à mettre en forme un langage immuable et secret, transmis de génération en génération, d'homme-de-connaissance à homme-de-connaissance et dont la fabuleuse architecture adresse des messages subtils à l'intelligence de la nature.

Lorsque nous nous laissons envelopper par les formes transparentes que les gestes dessinent dans l'espace, gagner par les juxtapositions de couleurs, les crépitements du feu, les volutes de fumée et les chants, nous réalisons, dans la suspension de nos discours intérieurs, à quel point la nature est présente. Nous sentons nettement que celui qui conduit le rite ne se contente pas de s'adresser aux autres hommes. Par les pouvoirs et les forces mis en branle, il tisse lentement des liens imperceptibles avec d'autres formes d'êtres ; il met en place une communication où, devenant moins absents à nous-mêmes, le monde nous apparaît conjointement plus présent. Nous co-émergeons alors avec la réalité du monde.

À mesure que le silence se fait en soi, que la syntaxe s'ordonne pour rendre opérante la langue du rite, nous naissons pleinement à la nature qui se révèle au fur à mesure que son intelligence nous imprègne. Nous entrons alors tranquillement dans le même champ de résonance, dans le même niveau vibratoire et tout semble alors immense, infiniment vaste. Les différents plans de la réalité paraissent subitement alignés ou en parfaite continuité, et l'on comprend un peu mieux comment Fallyk Kantchyyr-Ool, Don Hilario Chiriap ou Tlakaelel parviennent à glisser avec aisance d'un niveau à l'autre : de l'infini du cosmos à l'infini de leur être propre. L'indicible unité de tout devient alors éclatante.

L'homme de la pensée transdisciplinaire perçoit fort bien la révélation que représente ce type d'expérience et je crois qu'il réalise pourquoi les pratiques les plus anciennes de l'« art » peuvent indéniablement illuminer nos vies. La transdisplinarité, qui jouera sans doute un rôle décisif à l'avenir dans le domaine de l'éducation à l'expérience de l'unité oubliée, peut trouver une source considérable d'enrichissement au contact de ceux qui ont encore échappé à l'uniformisation, à la systématisation, à l'endoctrinement pernicieux et à la spoliation des valeurs humaines les plus nobles et les plus profondes.

POSTFACE

Vœux pour le XXIᵉ siècle

par Lama Denys Teundroup

> « Que peut un homme, ici, dans les villes d'Europe ou d'ailleurs, pour tenter de sauver les matins du monde ? Mais peut-être qu'il peut, comme les Waunanas de la forêt, simplement danser et faire sa musique, c'est-à-dire parler, écrire, agir, pour tenter d'unir sa prière à ces hommes et ces femmes autour de la pirogue. Il peut le faire, et d'autres entendront sa musique, sa voix, sa prière, et se joindront à lui, écartant la menace, se libérant d'une destinée malfaisante.
>
> « Écrivons, dansons contre le déluge. »
>
> J.-M. G. Le Clézio

> « Sauver l'environnement sera le plus grand défi du prochain siècle. »
>
> Couverture du *Time magazine*, *special issue*, novembre 1997

> « Le XXIᵉ siècle a peut-être commencé à La Rochette. »
>
> Catherine David, *Le Nouvel Observateur*

L'après-coup d'une grande rencontre / Cercle sacré et thérapie primordiale / Économie de modération / L'OTU : perspectives et propositions / Non-violence et économie sacrée / Appel des Prix Nobel de la Paix / Liturgies sacrées.

Si la Rencontre Inter-Traditions eut lieu dans un environnement bouddhiste, c'est sans doute parce que l'esprit même de la voie du Bouddha, comme l'incarne Sa Sainteté le Dalaï Lama, encourage ce type de rencontre. Sa présence aux côtés des Anciens et le rôle fédérateur qu'il tint lors de la Journée Inter-Traditions vinrent prolonger les suggestions qu'il fit en 1994 devant des disciples du Christ qui l'avaient invité à lire et à commenter l'Évangile [1] :

« Comme je crois fortement que l'harmonie entre les religions est de la plus haute nécessité, je voudrais maintenant proposer quelques idées sur les moyens de la réaliser :

« Je suggère d'abord d'encourager les rencontres entre savants de divers horizons religieux pour discuter des divergences et similitudes de leurs traditions, pour favoriser l'empathie, et améliorer notre connaissance mutuelle.

« En second lieu, je suggère que nous encouragions les rencontres entre les fidèles des différentes religions qui ont une certaine expérience de la vie spirituelle — ces personnes n'ont pas besoin d'être des savants, mais des pratiquants authentiques qui se réunissent pour partager les lumières qui leur sont venues de la pratique religieuse. Selon ma propre expérience, c'est un moyen

---

1. Voir *Le Dalaï Lama parle de Jésus*, Brepols, Paris, 1996. Les extraits que nous citons se trouvent pp. 30-32.

efficace et puissant de s'éveiller réciproquement d'une manière directe et profonde. [...]

« Outre les rencontres entre savants et pratiquants expérimentés, il nous paraît important également, surtout aux yeux du public, que les leaders des diverses religions se réunissent de temps en temps pour prier, comme lors de la rencontre d'Assise en 1986. C'est un troisième moyen, simple et malgré tout efficace, de promouvoir la tolérance et la compréhension.

« Un quatrième moyen consiste pour les adeptes de religions différentes à partir ensemble en pèlerinage et à visiter des lieux saints des uns et des autres. »

Fidèles à cet esprit, nous l'avions interrogé pour connaître son sentiment concernant une possible Rencontre Inter-Traditions. Il nous donna sa bénédiction et signala qu'un tel événement devait être l'occasion, pour les grandes traditions, de voir comment elles pourraient œuvrer à l'amélioration du monde et de l'humanité en général, et contribuer dans le même temps à la préservation des Traditions primordiales [1].

La Rencontre fut conçue à la lumière de cet éclairage et elle donna naissance au Cercle des Anciens.

Le Cercle des Anciens est un Cercle sacré. Ce dernier, une méthode de rencontre et de dialogue qui révèle un mouvement et une vision : la circularité ou la boucle de l'interdépendance. Sa dynamique porte en elle l'intelligence des liens qui unissent le passé, le présent et le futur : le présent est l'héritage du passé mais aussi le lieu de notre liberté et responsabilité pour l'avenir.

De plus, comme l'arbre, nous ne pouvons vivre et nous développer sans un enracinement en un point précis qui

---

1. Voir IIe partie, p. 299, où figure l'énoncé complet de Sa Sainteté relatif aux deux objectifs majeurs qu'il assigna à la Rencontre Inter-Traditions.

nous relie à la totalité du monde. Le feu central du Cercle sacré est ce point, le moyeu vide d'une roue, en lequel plongent les racines de chaque tradition.

La thérapie primordiale consiste à vivre l'intelligence du Cercle sacré. Le propre du « primo-thérapeute » est d'aider la « personne malade » à réintégrer l'harmonie fondamentale, sa « personne authentique ». Il s'agit pour cette personne de retrouver l'enracinement dans les sens, cet état en lequel la personne fait totalement corps avec la vie. Le thérapeute primordial va relâcher les nœuds et débloquer les tensions. Il va ramener la circulation naturelle, celle qui nous relie fondamentalement à la dimension première des choses, à la vie brute et totale.

Nous nous sommes exilés en nous coupant de plus en plus de la réalité naturelle. Nous vivons dans une bulle humaine fermée sur elle-même, tissée d'abstractions et de virtualités. Nous nous sommes exilés dans un monde « surnaturel » coupé de la nature, notre nature véritable.

La maladie est l'exil. L'art de la guérison va permettre d'être de nouveau relié à la source vive. Au-delà du processus purement curatif, se dévoile peu à peu une vérité une et universelle en laquelle tout être se reconnaît.

Dans une formulation bouddhiste, cette thérapie primordiale se présente comme les Quatre Nobles Réalités (ou Vérités) du Bouddha [1] :

— la noble réalité de la maladie : la maladie est dysharmonie, mal-être, malaise et souffrance ; de l'imperfection à la douleur vive. C'est notre lot commun ;
— la noble réalité du diagnostic : la maladie commence avec la coupure, la séparation d'avec la

---

1. Thème des enseignements que le Dalaï Lama dispensa à La Rochette pendant que les Anciens œuvraient dans le Cercle sacré. Ces enseignements, retraduits directement du tibétain, seront publiés prochainement aux éditions Albin Michel.

nature, notre nature. Puis cette séparation cause des blocages : fixations mentales ou passionnelles qui sont à l'origine des symptômes décrits dans la première Noble Réalité ;

— la noble réalité de la guérison : la guérison est la communion avec la vie, la pureté primordiale ou santé fondamentale. C'est l'expérience du présent, ouvert, clair et sensuel, l'ouverture pleine de compassion et finalement la Vie sans temps, « éternelle » ;

— la noble réalité de la thérapie : elle consiste à réincorporer notre nature, dans la dissolution ou « purification » de la séparation ; c'est la pratique de la présence, simple et immédiate, dans la voie d'union ou de réintégration qu'est le yoga avec son triple apprentissage : discipline de compassion, expérience de présence et compréhension de l'intelligence en soi.

Le rôle du Grand Médecin (nom donné parfois à Bouddha) n'est pas seulement personnel. Le thérapeute primordial rétablit la libre circulation de l'énergie entre habitants et habitacle. Il libère les blocages qui entravent le flux harmonieux de la boucle que nous formons avec l'ensemble de notre environnement : la boucle moi-non-moi, habitant-habitacle de notre domaine de vie.

L'art de rétablir la libre circulation des flux naturels peut aussi se nommer « écologie sacrée » : l'harmonisation des terriens au sein de Gaïa ; la réintégration harmonieuse de l'homme dans la biosphère.

Aujourd'hui, des déséquilibres majeurs détériorent la qualité de la vie sur Terre. La pauvreté se propage sur une grande échelle, la dégradation parfois irréversible du milieu naturel s'accentue, la violation des droits de l'homme se poursuit, la violence se banalise et les conflits tant ethniques que religieux perdurent.

La Rencontre Inter-Traditions a contribué à faire émerger la vision de la thérapie primordiale qui consiste à retrouver l'état premier, celui d'avant la séparation, celui que les bouddhistes nomment l'éveil d'un Bouddha.

Il s'agit de retrouver une relation saine avec son propre corps et le corps de l'environnement, de redécouvrir le lien charnel qui nous unit à la Terre et aux éléments, puis, de proche en proche, de respecter tant la diversité humaine que celle du vivant, de vivre en soi l'amour de la Terre-Mère.

Nos ancêtres, comme les peuples primordiaux d'aujourd'hui, savaient que la Terre n'est pas un bien que l'on possède. Elle se prête seulement à la perpétuation de la vie. Ils connaissaient la valeur de leur dépendance quotidienne à l'égard de la nature. Ils voyaient les eaux, les pierres, les arbres et les animaux comme sacrés et les traitaient avec respect. Le retour à cette déférence est un besoin désormais bien réel.

Comme le dit Stephen Jay Gould, biologiste à l'Université de Harvard : « Nous ne pouvons pas gagner la bataille qui consiste à sauver les espèces et l'environnement sans forger un lien émotionnel entre nous et la nature. » Si nous ne suivons pas le conseil de Gould, il est fort probable que nous ne parviendrons jamais à nous sauver nous-mêmes.

Les animaux ont dans l'instinct de survie de l'espèce un comportement altruiste. Gageons que nous pourrons réactiver en nous ce potentiel d'altruisme. Ayons confiance et espoir en l'humanité, en la nature humaine !

Face aux problèmes du monde, il existe incontestablement des solutions, mais nous ne les mettons pas en œuvre, allant même jusqu'à les ignorer parce qu'elles nous remettent en question.

À ce niveau, un changement de mentalité s'avère être préliminaire à tout vrai changement extérieur. Il passe indéniablement par la transformation de nos modes habituels de penser. Les solutions ne sont pas tant dans des mesures théoriques que dans une amélioration qualitative de notre relation à la nature.

Les avancées économiques du siècle dernier ont été en grande partie conduites par une culture du matérialisme dans laquelle une croissance sans fin semblait être un but universellement accepté. Pourtant, le développement pour le développement n'est que l'idéologie de la cellule cancéreuse. L'essor matériel sans limites ni discernement détruira la biosphère tout comme une tumeur maligne pollue le corps humain, puise dans son énergie avant d'y mettre fin.

Un grand nombre de personnes disent aujourd'hui aux politiciens qui veulent bien les entendre que leur bien-être est quelque chose de plus que la simple consommation. Ils affirment aussi qu'il est en rapport étroit avec la santé de la terre, de l'eau, de l'air, des végétaux, des animaux, de tout ce qui constitue finalement le vivant.

Il devient donc urgent d'œuvrer en faveur d'une économie de la modération. La Conférence internationale sur l'environnement et la société : éducation et sensibilisation du public à la viabilité, organisée par l'UNESCO et le gouvernement de la Grèce [1], a mis en évidence la nécessité d'une politique de la juste mesure pour que l'avenir soit viable.

Pour une personne qui vit pauvrement dans un pays en voie de développement, la viabilité signifie un accroissement de son niveau de vie. Pour une personne

---

1. Voir le rapport de cette conférence intitulée *Éduquer pour un avenir viable : une vision transdisciplinaire pour l'action concertée* (Thessalonique, 8-12 décembre 1997). S'adresser à l'UNESCO, Projet transdisciplinaire, Éduquer pour un avenir viable, 7, place de Fontenoy, 75352 Paris ; tél. : 01 45 68 08 68 ; télécopie : 01 45 68 56 35 ; E-mail : epdunesco.org (ce document est disponible sur Internet en français, anglais et espagnol : http://www.unesco.org). Des versions en d'autres langues sont également prévues.

aisée d'un pays riche, la viabilité devrait se traduire par une consommation plus modeste et mesurée.

Dans l'intelligence de l'interdépendance et de la solidarité, nous avons le droit et le devoir d'accepter une économie de la juste mesure, la seule économie désormais viable.

Les prolongements du Cercle des Anciens rayonnent aujourd'hui dans l'OTU[1], l'Organisation des Traditions unies, qui en est issue. L'OTU s'est dotée d'une charte[2] qui pose au niveau des Traditions les principes de l'unité dans la diversité. Ses grands axes sont :

— la contribution au développement d'une éthique universelle ;

— la proposition d'une écologie sacrée (« écosacrée ») ;

— le soutien des droits et des devoirs de tous les humains et vivants, ainsi que ceux des Traditions primordiales en particulier.

Dans cette vision, l'OTU est organisateur et partenaire de différents projets, dont voici quelques exemples.

Dans le contexte des célébrations de l'An 2000, s'organisent des Journées des sagesses du monde avec un « Concile des traditions, sciences et philosophies » (Avignon, juin 2000). Cet événement permettra aux traditions et sciences, modernité et sagesses anciennes, de dialoguer dans leur complémentarité pour proposer une vision de la vie à venir. Une part importante de ces Journées sera consacrée aux Rencontres Inter-Traditions (Traditions primordiales comprises) avec pour arrière-plan une réflexion sur les « droits et devoirs des

---

1. Voir Adresses et contacts, p. 523.
2. Voir Annexes.

humains » qui rejoindra les travaux de la Commission des droits de l'homme de l'ONU.

Dans le même esprit, l'OTU sera également partenaire dans des colloques traitant de l'économie de vie et de l'écologie sacrée : ces manifestations souhaitent sensibiliser tous les acteurs-citoyens au réel potentiel de développement viable non violent, d'efficacité écologique et technologique, ainsi qu'à l'inéluctable interdépendance de tous les éléments du biotope mondial mettant l'accent sur la relation habitant-habitacle. Loin d'un constat résigné, ces colloques véhiculent un élan d'énergie créatrice en proposant des solutions innovantes.

Des pèlerinages inter-traditions, alliant enseignements et visites de lieux sacrés[1], suscitent un intérêt croissant et sont aussi développés dans l'esprit de la proposition du Dalaï Lama.

À l'aube du troisième millénaire, ces projets se veulent une contribution à l'émergence d'une conscience planétaire harmonieuse dans un appel du XXIe siècle pour une culture de vie et de non-violence.

Alors que certains politiques réclament le « devoir d'utopie », les représentants des traditions de ce monde semblent avoir encore plus un droit et un devoir d'inspirer et de communiquer une vision d'avenir sain. Ces traditions appellent le monde au meilleur pour motiver toutes personnes de bonne volonté.

Nous avons le droit et le devoir de souhaiter et d'aspirer à :

---

1. Par exemple, en février 1998, un pèlerinage à Bodh-Gaya, en Inde, où le Bouddha réalisa l'éveil, aura donné l'occasion de rencontres quotidiennes avec les représentants de trois traditions (bouddhiste, soufie et chrétienne orthodoxe). Ce pèlerinage fait suite à une première rencontre en terre d'islam.

— l'unité dans la diversité des traditions dans une vision pluraliste absolue ;
— une éducation pour une culture de vie et de non-violence ;
— une écologie sacrée ;
— une économie de vie responsable ;
— un gouvernement global fédérant des biorégions ;
— le désarmement total ;
— une pollution zéro ;
— une éthique universelle...

S'il existe suffisamment de citoyens pour partager une utopie, celle-ci devient, par le jeu même de la démocratie et des lois naturelles, une réalité.

Au terme de ce livre et dans son esprit, nous voudrions enfin rejoindre de tout cœur l'Appel des Prix Nobel de la Paix pour que l'an 2000 soit déclaré « Année de l'éducation à la non-violence » et que la première décennie du troisième millénaire soit proclamée « Décennie pour une culture de la non-violence[1] ».

Nous souhaiterions aussi que cet Appel, qui conforte les actions menées dans le cadre de la Décennie internationale des peuples autochtones, contribue à ce que des initiatives de grandes organisations internationales, telles que l'UNESCO ou l'ONU, rejoignent progressivement les préoccupations et la conscience de chaque citoyen de la Terre. Ainsi, dans l'émergence d'une conscience planétaire, la base pourra démocratiquement demander que des choix d'intérêts généraux soient pris pour le bien commun.

---

1. Demander la lettre de soutien à l'Appel des Prix Nobel de la Paix, 58, avenue de Juy, BP 20797, 60207 Compiègne Cedex 2, France.

Pour finalement chanter nos souhaits sur un mode enchanté, voici deux liturgies. La première est du grand théologien Raimon Panikkar, né au cœur de deux traditions, catholique et hindoue ; la seconde que je vous propose rend hommage aux Anciens, à ces enfants-de-la-nature dont la claire vision du monde primordial est pour tous une source vive d'inspiration.

« *Tout ce que nous ferons, à partir de maintenant, ne sera pas fait seulement en notre nom. Tout ce que nous pouvons penser et dire dans cet acte, cela est fait au Nom du Mystère ineffable, lequel est Lumière, Vie et Amour.*

« *Dieu, notre Père, nous t'offrons et te consacrons notre Mère la Terre. C'est d'elle que tu nous a forgés de tes mains amoureuses, mais nous l'avons déshonorée par notre violence, notre exploitation, notre avidité. Que notre réconciliation avec elle nous lave de nos fautes et nous réconcilie les uns avec les autres, ainsi qu'avec toi.*

« *Ce pain qui a grandi de la terre contient les fruits de la terre. C'est le pain de la vie. C'est l'énergie. Par ce pain nous participons du pouvoir de la terre. Béni soit-il.*

« *Béni sois-tu, Seigneur de toute la création ; par ta bonté ce vin a vu le jour et nous te l'offrons. Par le pouvoir divin de tes mains il se convertira en breuvage spirituel.*

« *Ô Père, nous te louons pour cela, pour notre sœur l'eau, parce qu'elle est pure et chaste. Par elle tu nous a appelés à la vie, nous transformant en hommes et femmes nouveaux.*

« *Ô Père, grand esprit dans l'air que nous respirons, nous implorons ton pardon pour avoir maltraité notre sœur.*

« *Ô don sacré du feu, nous te saluons et t'acclamons, et en toi nous saluons et acclamons celui qui t'a conçu. Sois remercié pour le don que tu es, par toi nous rendons grâces à celui qui nous a extirpé des ténèbres, pour nous amener vers la lumière. Nous te saluons chaque jour, quand tu émerges de la terre, jour après jour, suivant ta course, du nord au sud, d'est en ouest, illuminant, unissant, réchauffant. Pénètre dans nos cœurs et donne-nous ces dons pour que nous puissions nous aussi nous donner les uns aux autres lumière et amour, lumière et chaleur.*

« *Disons tous ensemble un seul "OM".*

« *Esprit des vents vivifiant la terre, entre en nous et donne-nous la vie. Pénètre en nous, bénis-nous et en notre état de vie primordiale, fais de nous les dépositaires de la joie*[1]. »

« *Notre Mère-Père qui êtes la Terre et le Ciel,*
Que votre nom et votre forme soient sacrés,
Que votre harmonie advienne,

« *Donnez-nous aujourd'hui notre pain de chaque jour,*
Ainsi qu'à tous les vivants,
Nos parents d'antan,

« *Que tous aient le bonheur,*
Comme j'aspire au bonheur.

« *Je ne ferai ce que je ne voudrais que l'on me fasse,*
et ferai ce que je voudrais qu'il me soit fait,

« *Vous aimant comme moi-même,*
Et même plus que moi-même.

« *Pour le bien de tout vivant,*
En l'Harmonie de la Vie. »

Lama Denys[2]
en la retraite de Garouda Ling,
début février 1998, en la lune ascendante.

---

1. Extrait de *Liturgie de la terre*, dans *Éloge du simple*, Albin Michel, pp. 215, 216.
2. E-mail : l.denys@imaginet.fr.

ANNEXES

L'Organisation des Traditions Unies

Les Anciens des Traditions primordiales, auxquels se sont associés des représentants des grandes traditions et des ONG, ont décidé, de manière consensuelle, de fonder un Cercle des Anciens, qui sera le centre d'une Organisation des Traditions Unies (OTU) ayant pour but de fédérer leurs capacités et d'œuvrer solidairement à des projets d'intérêt commun.

L'OTU a géographiquement cinq pôles : l'Afrique, l'Amérique, l'Asie, l'Australie et l'Europe. Sa finalité est de contribuer à l'émergence d'un réseau d'entraide pour promouvoir l'unité des traditions dans le respect de leur diversité. Cette perspective, inspirée par Sa Sainteté, définit une démarche dont la vocation est :

— d'une part, d'œuvrer à la compréhension de l'intelligence des Traditions primordiales, dans leur unité et leur diversité ; d'offrir une base de rencontres entre ces dernières, les grandes religions et le monde contemporain ;

— d'autre part, d'initier un dialogue autour de la réalité de l'interdépendance et de la vie sacrée universelle qui intègre l'humain et le monde naturel dans une économie respectueuse de l'harmonie du vivant ;

— enfin, pour rester en contact et élargir facilement

le Cercle à toutes les traditions et personnes susceptibles d'être intéressées, il fut décidé de constituer un site Internet dont l'adresse est la suivante :

www.unitedtraditions.org.

À l'heure où nous écrivons ces lignes, il commence à être opérationnel dans une première mouture française qui sera prochainement accompagnée d'une version anglaise et espagnole.

Sur ce site, on peut trouver :

— des informations générales sur l'OTU, son historique, un résumé des grands moments de la Rencontre d'avril 1997 ;

— la Charte des Traditions unies (en français, en anglais et en espagnol), des projets de règles déontologiques et le règlement intérieur ;

— les différentes activités en cours ;

— les coordonnées des associations, groupements et mouvements qui œuvrent dans le même esprit ;

— des informations régulièrement mises à jour ;

— une boîte aux lettres permettant de recueillir vos coordonnées, vos avis, vos commentaires et vos propositions (e-mail : uto@unitedtraditions.org).

D'autres projets sont en cours :

— l'organisation d'une prochaine rencontre des Anciens : elle pourrait à nouveau se dérouler en France, mais nous avons aussi reçu des propositions pour qu'elle ait lieu en Afrique, aux États-Unis ou à l'île Maurice ;

— l'organisation d'un colloque sur l'économie sacrée ;

— le projet de la Fondation Uwishin conduit par nos amis shuars d'Amazonie. Il s'agit de la construction dans la forêt amazonienne d'un centre d'études traditionnelles shuar.

Dans la même synergie de pensée est né le projet de création de centres inter-traditionnels : les Espaces des Traditions unies. Ils pourraient accueillir régulièrement des manifestations du genre de celle que nous venons

ARCHITECTURE DU SITE INTERNET
www.unitedtraditions.org

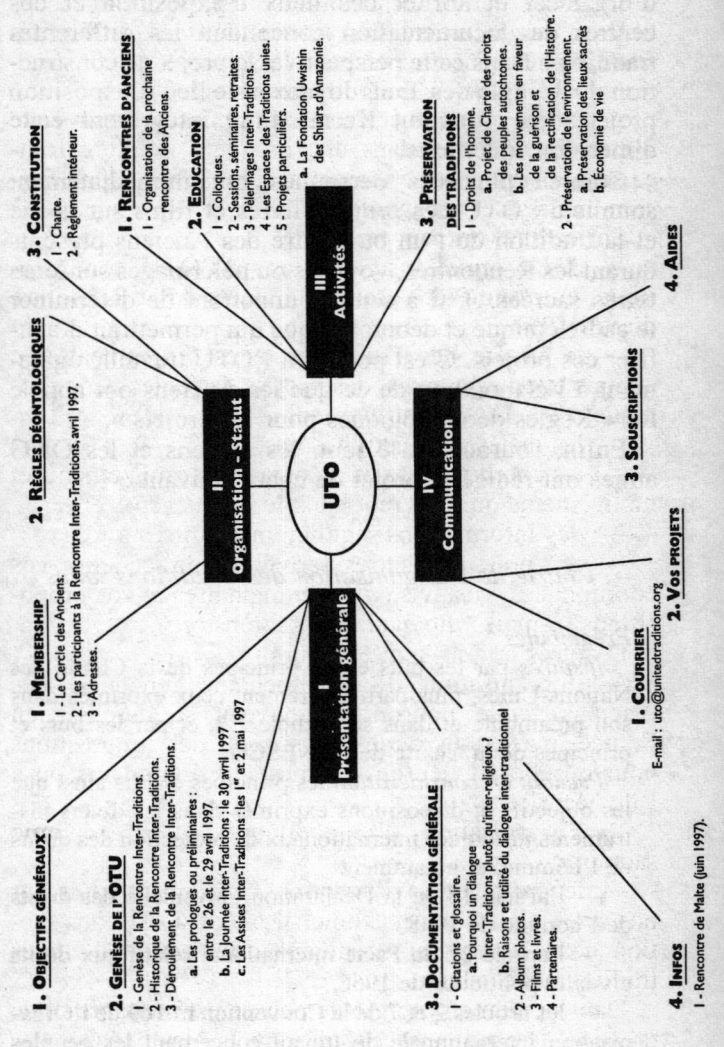

UTO

- **I** Présentation générale
- **II** Organisation – Statut
- **III** Activités
- **IV** Communication

I – Présentation générale

1. OBJECTIFS GÉNÉRAUX

2. GENÈSE DE L'OTU
1 - Genèse de la Rencontre Inter-Traditions.
2 - Historique de la Rencontre Inter-Traditions.
3 - Déroulement de la Rencontre Inter-Traditions.
   a. Les prologues ou préliminaires : entre le 26 et 29 avril 1997
   b. La Journée Inter-Traditions : le 30 avril 1997
   c. Les Assises Inter-Traditions : les 1er et 2 mai 1997

3. DOCUMENTATION GÉNÉRALE
1 - Citations et glossaire.
   a. Pourquoi un dialogue Inter-Traditions plutôt qu'inter-religieux ?
   b. Raisons et utilité du dialogue inter-traditionnel
2 - Album photos.
3 - Films et livres.
4 - Partenaires.

4. INFOS
1 - Rencontre de Malte (juin 1997).

II – Organisation – Statut

1. MEMBERSHIP
1 - Le Cercle des Anciens.
2 - Les participants à la Rencontre Inter-Traditions.
3 - Adresses.

2. RÈGLES DÉONTOLOGIQUES
1 - Règles Inter-Traditions, avril 1997.

3. CONSTITUTION
1 - Charte.
2 - Règlement intérieur.

III – Activités

1. RENCONTRES D'ANCIENS
1 - Organisation de la prochaine rencontre des Anciens.

2. EDUCATION
1 - Colloques.
2 - Sessions, séminaires, retraites.
3 - Pèlerinages Inter-Traditions.
4 - Les Espaces des Traditions unies.
5 - Projets particuliers.

3. PRÉSERVATION DES TRADITIONS
1 - Droits de l'homme.
   a. Projet de Charte des droits des peuples autochtones.
   b. Les mouvements en faveur de la guérison et de la rectification de l'Histoire.
2 - Préservation de l'environnement.
   a. Préservation des lieux sacrés
   b. Économie de vie
   a. La Fondation Uwishin des Shuars d'Amazonie.

IV – Communication

1. COURRIER
E-mail : uto@unitedtraditions.org

2. VOS PROJETS

3. SOUSCRIPTIONS

4. AIDES

d'organiser et abriter des lieux d'exposition et des centres de documentation concernant les différentes traditions. Dans cette perspective, le projet de construction du Temple des Trois Joyaux et le lieu d'exposition projetés par l'Institut Karma Ling intégreront cette dimension spécifique.

Comme plusieurs personnes ont immédiatement soumis à l'OTU des projets (livres et films sur la vie et la tradition de l'un ou l'autre des Anciens présents durant les Rencontres, voyages ou pèlerinages sur leurs terres sacrées...), il a semblé important de déterminer le cadre éthique et déontologique qui permettrait d'avaliser ces projets. C'est pourquoi l'OTU travaille également à l'élaboration de ce que les Anciens ont appelé les « Règles déontologiques pour les projets ».

Enfin, couronnant le tout, les anciens et les ONG amies ont rédigé le projet de charte suivant :

Charte de l'Organisation des Traditions unies

Préambules

Inspirés par les buts et les principes de la Charte des Nations-Unies, plus particulièrement ceux exprimés dans son préambule et dans son article 1.2, et par les buts et principes de la Charte de l'UNESCO,

Prenant en considération les principes établis ainsi que les objectifs et dispositions exprimés dans les divers instruments juridiques internationaux de protection des droits de l'homme, et notamment :

— l'article 18 de la Déclaration universelle des droits de l'homme de 1948,

— l'article 27 du Pacte international relatif aux droits civils et politiques de 1966,

— les articles 2 et 7 de la Convention n° 169 de l'Organisation internationale du travail concernant les peuples indigènes et tribaux dans les pays indépendants,

— les articles 2 et 3 de la Déclaration des droits des

personnes appartenant à des minorités nationales ou ethniques, religieuses et linguistiques de 1992,

— l'article 8.j de la Convention sur la biodiversité de 1992, ainsi que

— le projet de Déclaration universelle des droits des peuples autochtones,

S'appuyant sur les engagements pris et les perspectives arrêtées lors de la première Rencontre Inter-Traditions réunissant des représentants de traditions et religions dites mondiales et des représentants de traditions autochtones, qui s'est tenue en France au printemps de 1997 avec le Dalaï Lama, comme un des éléments de son action pour la paix, cette rencontre faisait suite à celle d'Assise en 1992 avec le pape Jean-Paul II et à différentes autres manifestations ;

Nous souscrivons pleinement à la présente Charte des Traditions unies :

LA CHARTE DES TRADITIONS UNIES

Définition

Une tradition est une communauté humaine partageant un ensemble d'enseignements, de rituels, de valeurs et de perspectives spirituelles transmis de façon continue, selon des modalités précises, de génération en génération.

Chapitre premier
« Unité dans la diversité : convergences des traditions dans la variété de leurs formes »

1. Sur la base d'une communauté d'origine humaine, il existe en chaque individu et en chaque peuple une convergence dans la reconnaissance d'une « Réalité insaisissable » désignée par leur tradition sous différents noms et représentée par différentes formes.

2. Les pratiques et éthiques de ces traditions ont pour objectif commun la progression bénéfique de l'humanité, du monde et des vivants ; le développement de valeurs univer-

selles telles que : la sagesse, l'amour, la compassion, la tolérance, la solidarité, le respect de la personne et d'une façon globale les vertus fondamentales sur lesquelles sont fondées la vie humaine en général et son organisation sociale en particulier.

3. Cela a engendré des traditions ainsi que des types de relations, tant entre les hommes eux-mêmes qu'entre les hommes et leur environnement, qui, se perpétuant et évoluant de génération en génération, ont forgé le patrimoine spirituel dont l'humanité est aujourd'hui l'héritière et le dépositaire.

Chapitre deuxième
« Personnalité traditionnelle »

1. Les traditions adhérentes à l'OTU se reconnaissent réciproquement une personnalité morale qui peut être nommée « personnalité traditionnelle » ; elles se reconnaissent ainsi dans leur authenticité conformément aux principes du Chapitre premier.

2. Cette personnalité traditionnelle pose les traditions dans leur existence et leurs relations avec des droits et des devoirs dont les principes sont définis aux chapitres troisième et quatrième.

Chapitre troisième
« Ouverture au dialogue et compréhension réciproque »

1. Les membres de l'Organisation des Traditions unies sont égaux en droit et en dignité, et sont, de ce fait, justifiés à s'affirmer comme différents les uns des autres et à revendiquer le respect dès lors qu'ils ne constituent pas une agression ou une violation manifeste des droits et devoirs de l'homme ou des valeurs humaines reconnues tant localement que globalement.

2. Le dialogue et le respect à l'intérieur de la diversité des traditions sont un facteur d'enrichissement et d'épanouissement de chacune de ses composantes.

3. La compréhension réciproque permet une culture de

non-violence et l'apaisement là où subsistent des conflits, violences et dominations.

4. Ce dialogue inter-traditions permet :

— que les traditions mondiales et autochtones œuvrent en synergie à la recherche de solutions communes durables aux grands défis auxquels se trouve confrontée l'humanité (bases éthiques, écologiques, économiques et spirituelles),

— à chaque tradition de raviver et d'approfondir ses propres racines et d'accéder à une connaissance plus authentique de l'autre.

5. L'OTU favorise par ses activités (événements et projets) une intelligence authentique et une compréhension réciproque des traditions.

Chapitre quatrième
« Préservation du patrimoine traditionnel de l'humanité »

Dans ce processus de dialogue, de partage et de solidarité, toutes formes de confusions et d'exclusions (syncrétismes et sectarismes) étant évitées, le patrimoine de chaque tradition est appelé à devenir patrimoine commun de l'humanité, et il est du devoir des traditions les mieux établies d'apporter leur soutien à celles qui sont plus fragiles.

Prophéties :
trois Anciens parlent au nom de leurs ancêtres

Grandmother Sarah Smith, tradition mohawk (Canada) :

« Quand les peuples autochtones acceptèrent la paix et établirent la célèbre Confédération iroquoise, ils choisirent un symbole pour se remémorer le mode de vie qu'ils avaient librement adopté. Ce symbole est composé de plusieurs éléments.

« En position centrale, se trouve le Sapin blanc qui reste toujours vert. Il représente la Paix. L'Aigle — l'Oiseau-gardien — fut placé au sommet de l'Arbre pour avertir les peuples d'un danger éventuel. Les racines du sapin s'étendent dans les quatre directions de la Terre.

« Si un homme ou une nation veut se mettre à l'abri sous le Grand Arbre de la Paix, il peut remonter jusqu'à lui en suivant ses racines. Sous celles-ci toutes les armes sont enterrées pour que cessent les guerres.

« Le Sapin blanc se découpe sur la rondeur du soleil qui forme l'arrière-plan. Cet astre cache derrière lui la source invisible de la vie.

« Ce symbole fut élaboré pour que chacun se rappelle que tous les hommes doivent impérativement s'unir, mais aussi pour que soient continuellement répandues l'amitié et la fraternité entre toutes les nations. »

Aurelio Diaz Tekpankali, d'origine purupesha, tradition orale du Chemin rouge, Église native américaine d'Itzachilatlan[1] :

« L'un de nos chefs en Amérique du Sud, Atahualpa[2], fut démembré par les Espagnols après son assassinat. On dit que sa tête fut ramenée en Europe. Nos peuples ont prophétisé qu'un jour le corps pourra retrouver son unité perdue.

« Un tel événement doit se produire avant le nouveau millénaire. Les choses regagneront alors leur place initiale, puis, lorsque la prophétie sera totalement réalisée, nos peuples reviendront à leurs traditions originelles qui elles-mêmes renaîtront là où elles sont apparues. »

Hilario Chiriap ou Tsunki Shiashia (nom spirituel), tradition shuar d'Amazonie :

« Toutes les créatures, les oiseaux, les plantes, les insectes, tous les êtres qui existent étaient des personnes semblables à ce que nous sommes aujourd'hui. Notre peuple a gardé la mémoire de ce temps-là et il possède encore les noms qui servaient à désigner ces oiseaux, ces reptiles, ces félins... Mais dans le processus du temps, chaque être a pris la forme qui lui est propre.

« Etsa, le soleil qui est le centre de toute la création, ordonne cet ensemble. Yous est la force dense qui unit toutes les choses créées et Arutam est la présence immatérielle et personnelle qui s'incarne dans chaque

---

1. Itzachilatlan : nom toltèque que les indigènes utilisent pour désigner le continent américain.
2. Dernier empereur inca qui refusa de reconnaître le roi d'Espagne pour maître et que Pizarre captura par traîtrise et fit assassiner en août 1533. Nom quichua que l'on décompose en deux parties : « atahu » veut dire « viril » et « allpa », « doux ».

être. C'est elle qui a rassemblé tous les êtres et qui leur a donné leur forme, leur existence. Elle unit tous les hommes qui s'expriment aujourd'hui dans des langues variées. Avant, toutes les créatures parlaient une seule langue.

« Quand Arutam a réuni toutes les créatures, il leur a présenté les couleurs, les formes puis les divers types de personnalité. Ensuite, il leur a dit : "Choisissez chacun ce que vous voulez être." Les ancêtres nous disent que celui qui a pris le blanc a choisi les techniques qu'il utilise aujourd'hui pour construire toute sorte de machines et d'armes sophistiquées. Celui qui a opté pour une couleur de peau un peu moins claire a choisi des technologies mineures. On dit qu'il représente sur le plan matériel les gens moyennement riches. D'autres ont opté pour le jaune ou le noir.

« Le Shuar fut le dernier à se présenter. Il pensait qu'il n'était pas important de se précipiter pour être le premier à choisir parmi la variété des couleurs, des formes et des types de personnalité. Voilà pourquoi il a préféré que tout le monde passe avant lui. Ainsi, nous autres, Shuars, nous ne sommes ni blancs, ni jaunes, ni rouges, ni noirs. Nous sommes de la couleur de la Terre.

« On dit que le Shuar s'est promené un peu partout en souriant, en s'amusant et qu'il était satisfait de son choix, alors que le Blanc était très sérieux, très méticuleux et très préoccupé de tout analyser. Le Noir était lui aussi assez sérieux mais il cherchait à affirmer son identité propre, ce que firent d'ailleurs toutes les personnes de couleur qui voulaient absolument se démarquer des autres. Pour le Shuar, affirmer sa différence n'était pas quelque chose de fondamental. Aujourd'hui, cette attitude transparaît encore chez tous les membres du peuple shuar.

« À la fin, Arutam a dit aux créatures : "Vous serez maintenant ce que vous avez choisi d'être." Puis, il leur a demandé de choisir une nouvelle fois parmi un ensemble d'objets qui détermineraient leur condition et leur mode de vie sur la Terre. Certains représentaient des régions du globe, d'autres des climats.

« Leur choix établi, ils virent alors un grand bateau et une toute petite embarcation faite en bois, semblable à un canoë. Arutam dit alors : "Qui veut le gros bateau ?" Le Blanc a tout de suite répondu : "Moi !" Il est parti vers la mer et c'est ainsi que le peuple des Blancs a développé son monde d'industries.

« Puis Arutam a demandé : "Qui prend le petit canoë ?" Et le Shuar a dit : "Moi !" Mais avant de s'enfoncer le plus profondément possible dans la jungle pour vivre en pleine nature auprès des cascades, il a salué tous les autres et a ajouté : "Je reviendrai plus tard pour voir ce qui s'est passé après mon départ. Dès maintenant, nous allons être séparés les uns des autres mais nous nous rencontrerons de nouveau." »

Bibliographie [1]

Pour explorer plus avant l'intelligence des Traditions primordiales, Lama Denys vous recommande trois livres :

CHÖGYAM TRUNGPA, *Shambala. La voie sacrée du guerrier*, Le Seuil, coll. « Points/Sagesses », 1984.
STEIN Rolf A., *La Civilisation tibétaine*, L'Asiathèque — Le Sycomore, 1981.
ABRAM David, *The Spell of the Sensuous. Perception and Language in a More-Than-Human World*, Pantheon Books, New York, 1996.

Sur la Rencontre Inter-Traditions, voir aussi les documents publiés par l'Institut Karma Ling (voir adresses et contacts, p. 523) :
Les numéros spéciaux de la revue *Dharma* :
— Visite de Sa Sainteté le XIVᵉ Dalaï Lama
— Album Souvenir/Savoie 1997
La cassette vidéo :
— La Rencontre Inter-Traditions

---

1. Tous les ouvrages mentionnés dans le texte ne sont pas cités dans la bibliographie.

Ouvrages généraux

Bourg Dominique (dir.), *La Nature en politique ou l'enjeu philosophique de l'écologie*, L'Harmattan/Association Descartes, 1993.

Bourg Dominique (dir.), *Les Sentiments de la nature*, La Découverte/Essais, 1993.

Brelet-Rueff Claudine, *Les Médecines sacrées*, Albin Michel, coll. « Espaces libres », 1991.

Campbell Joseph, *Les Mythes à travers les âges*, Le Jour, Montréal, 1993.

Chernoff John Miller, *African Rhythm and African Sensibility*, University of Chicago Press, 1979.

Clottes Jean et Lewis-Williams, *Les Chamanes de la préhistoire : transe et magie dans les grottes ornées*, Le Seuil, 1996.

Cocagnac Maurice, *Rencontres avec Carlos Castaneda et Pachita la guérisseuse*, Albin Michel, coll. « Spiritualités vivantes », 1991.

Doore Gary, *La Voie des chamans*, traduit de l'américain par Jean-André Rey, J'ai lu, 1989.

Eliade Mircea, *Le Chamanisme et les techniques archaïques de l'extase*, Payot, 1976.

Halifax Joan, *Les Chamans. Guérisseurs blessés*, traduit de l'anglais par Christine Monnatte, Le Seuil, 1991.

Jonas Hans, *Le Principe responsabilité. Une éthique pour la civilisation technologique*, traduit de l'allemand par Jean Greisch, Le Cerf, 1992.

Ki-Zerbo, Joseph, *Compagnons du soleil. Anthologie de grands textes de l'humanité sur les rapports entre l'homme et la nature*, La Découverte/UNESCO, 1992.

Markale Jean, *La Grande Déesse — Mythes et sanctuaires*, Albin Michel, 1997.

Maunier Henri, *Les Missions. Religions et civilisations confrontées à l'universalisme*, Le Cerf, 1993.

Mercier Mario, *Chamanisme et chamans*, Dangles, 1977.

Mercier Mario, *L'Enseignement de l'arbre-maître, Les chemins de l'Esprit, Soleil d'arbre*, Albin Michel, 1987-1989.

Nicholson S. (textes réunis par), *Anthologie du chama-*

nisme. Vers une conscience élargie de la réalité, Le Mail, 1991.
NOLLMAN Jim, *Écologie spirituelle. Pour renouer avec la nature*, traduction d'Yves Lambert, Jouvence, Onex/Genève, 1991.
POWER Susan Mary, *Danseur d'herbes*, Albin Michel, 1995.
VIETBSKY Piers, *Les Chamanes*, Albin Michel, 1996.
ZINSSER Judith, *Les Peuples autochtones et le Système des Nations Unies*, UNESCO, 1995.

Aire de l'Amérique du Nord

Aux Éditions du Rocher, coll. « Nuage rouge » :
CARTER Forrest, *Pleure Géronimo*, traduit de l'américain par Jean Guiloineau, 1991.
HYDE George E., *Histoire des Sioux. Le peuple de Red Cloud*, traduit de l'américain par Philippe Sabathé, 1994.
MAILS Thomas E. (avec la participation de Dallas Chief Eagle), *L'Homme-Médecine des Sioux. Fools Crow (1890-1989)*, traduit de l'américain par Richard Crevier, 1982.
MOMADAY N. Scott, *L'Enfant des temps oublié*, traduit de l'américain par Danièle Laruelle, 1997.
MOMADAY N. Scott, *La Maison de l'aube*, traduit de l'américain par Daniel Bismuth, 1993.
MOMADAY N. Scott, *Le Chemin de la montagne de pluie*, traduit de l'américain par Philippe Gaillard, 1995.
SANDNER Donald, *Rituels de guérison chez les Navajos*, traduit de l'américain par Philippe Sabathé, 1991.
WATERS Frank, *Le Livre du Hopi. Histoire, mythe et rites des Indiens Hopis*, traduit de l'américain par Marcel Kahn, 1992.
ZOLBROD Paul G., *Le Livre des Indiens Navajos*, traduit de l'américain par Philippe Sabathé, 1992.

Autres éditeurs :
ARCHIE FIRE LAME DEER, *Inipi le chant de la Terre. Enseignement oral des Indiens Lakota*, traduit de l'américain

par Fabienne Pazzogna et Sylvie Saugier, L'Or du Temps, coll. « Cultures originelles », 1989.

ARCHIE FIRE LAME DEER, *Le Cercle sacré. Mémoires d'un homme-médecine sioux*, traduit de l'américain par Michel Valmary, Albin Michel, coll. « Terre indienne », 1993.

BARETT S.M. (recueillis par), *Les Mémoires de Géronimo*, traduction de Martine Wiznitzer, La Découverte/Maspero, 1983.

BRAMLY Serge, *Terre sacrée. L'univers sacré des indiens d'Amérique du Nord*, Albin Michel, coll. « Espaces libres », 1992.

BRUMBLE David, *Les Autobiographies d'Indiens d'Amérique*, traduit de l'anglais par Pascal Ferroli, PUF, 1993.

CROSSMAN Sylvie et BAROU Jean-Pierre, *Peintures de sable des Indiens navajos. La voie de la beauté*, exposition produite par l'Établissement public du Parc et de la Grande Halle de La Villette du 22 février au 31 mars 1996, Actes Sud, 1996.

FARCET Gilles, *Henry Thoreau — L'éveillé du Nouveau Monde*, Sang de la Terre, 1986 ; rééd. Albin Michel, 1990.

HULTKRANTZ Ake, *Religions des Indiens d'Amérique. Des chasseurs des Plaines aux cultivateurs du Désert*, Le Mail, 1993.

JACQUIN Philippe, *Les Indiens d'Amérique*, Flammarion, coll. « Dominos », 1996.

JACQUIN Philippe, *Terre indienne. Un peuple écrasé, une culture retrouvée*, Autrement, Série Monde, H.S. n° 54, mai 1991.

JAULIN R., *Le Livre blanc de l'ethnocide en Amérique*, Fayard, 1972.

KROEBER Theodora, *Ishi. Testament du dernier Indien sauvage de l'Amérique du Nord*, traduction française de Jacques B. Hess, Plon, coll. « Terre humaine/Poche », 1989 (1re édition, 1968).

MACLUHAN T.C. (textes rassemblés par), *Pieds nus sur la terre sacrée*, photos de Edward S. Curtis, traduit de l'américain par Michel Barthélemy, Denoël/Gonthier, 1974.

MARIENTAS Élise (présenté par), *La Résistance indienne aux*

États-Unis du XVIᵉ au XXᵉ siècle, Gallimard/Julliard, coll. « Archives », 1980.

ROSTKOWSKI Joëlle (dir.), *Destins croisés, cinq siècles de rencontres avec les Amérindiens*, UNESCO/Albin Michel, 1992.

ROSTKOWSKI Joëlle, *Le Renouveau indien aux États-Unis*, L'Harmattan, 1986.

TAHCA USHTE, *De mémoire indienne*, Plon, 1977.

TALAYESVA Don C., *Soleil Hopi. L'autobiographie d'un Indien Hopi*, traduction de Geneviève Mayoux, Plon, coll. « Terre humaine », 1982.

VAZEILLES Danièle, *Chamanes et visionnaires sioux*, Le Rocher/Le Mail, 1996.

WEATHERFORD Jack, *Ce que nous devons aux Indiens d'Amérique et comment ils ont transformé le monde*, traduit de l'américain par Manuel Van Thienen, Albin Michel, coll. « Terre indienne », 1993.

ZIMMERMAN Larry J., *Les Amérindiens*, traduit de l'anglais par Alain Deschamps, Albin Michel, coll. « Spiritualités/Sagesses du monde », 1997.

Aire de l'Amérique du Sud

CASTANEDA Carlos, *L'Herbe du diable et la petite fumée. Une voie yaquie de la connaissance*, traduit de l'américain par Michel Droury, Le Soleil Noir, 1972.

CASTANEDA Carlos, *L'Art de rêver. Les quatre portes de la perception de l'univers*, traduit de l'américain par Marcel Kahn, 1993.

CASTANEDA Carlos, *Voir. Les enseignements d'un sorcier yaqui*, traduit de l'américain par Marcel Kahn, Gallimard, coll. « Témoins », 1973.

CASTANEDA Carlos, *Le Voyage à Ixtlan. Les leçons de don Juan*, traduit de l'américain par Marcel Kahn, Gallimard, coll. « Témoins », 1974.

CASTANEDA Carlos, *Histoires de pouvoir*, traduit de l'américain par Carmen Bernand, Gallimard, coll. « Témoins », 1975.

CASTANEDA Carlos, *Le Second anneau de pouvoir*, traduit de l'américain par Guy Casaril, Gallimard, coll. « Témoins », 1979.

CASTANEDA Carlos, *Le Don de l'aigle*, traduit de l'américain par Guy Casaril, Gallimard, coll. « Témoins », 1982.

CASTANEDA Carlos, *Le Feu du dedans*, traduit de l'américain par Amal Naccache, Gallimard, coll. « Témoins », 1985.

CASTANEDA Carlos, *La Force du silence. Nouvelles leçons de don Juan*, traduit de l'américain par Amal Naccache, Gallimard, coll. « Témoins », 1988.

D'ANS M., *L'Amazonie péruvienne indigène*, Payot, 1982.

DE LA GARZA Mercedes, *Le Chamanisme nahua et maya. Nagual, rêves, plantes-pouvoir*, traduit de l'espagnol par Bernard Dubant, Guy Trédaniel, 1990.

DIAL, *Le Réveil indien en Amérique latine*, Le Cerf, 1976.

DONNER F., *Shabano. Rites et magie chez les Indiens Iticoteri d'Amazonie*, Presses de la Renaissance, 1982.

FRIEDLANDER J., *L'Indien des autres, son identité dans le Mexique contemporain*, Payot, 1979.

GHEERBRANT Alain, *Orénoque-Amazone (1948-1950)*, Gallimard, 1951.

HARNER Michael, *Hallucinogènes et chamanisme* (ouvrage collectif), Georg, Genève, 1997.

HUXLEY Francis, *Aimables sauvages*, traduit de l'anglais par Monique Lévi-Strauss, Plon, coll. « Terre humaine/Poche », 1980 (1re édition, 1960) ; ouvrage concernant les Urubu descendants des Tupinamba qui vivaient au Brésil.

LE CLÉZIO J.-M. G., *Le Rêve mexicain ou la pensée interrompue*, Gallimard, coll. « Essais », 1988.

LIZOT J., *Le Cercle des feux : faits et dits des Indiens Yanomani*, Le Seuil, 1976.

MARIA SABINA, *La Sage aux champignons sacrés*, Le Seuil, coll. « Points Sagesses », 1977.

MÉTRAUX, A., *Les Indiens de l'Amérique du Sud*, A.M. Métailié, 1982.

SOUSTELLE Jacques, *Les Quatre Soleils. Souvenirs et réflexions d'un ethnologue au Mexique*, Plon, coll. « Terre humaine/Poche », 1967.

TODOROV Tzvetan, *La Conquête de l'Amérique. La question de l'Autre*, Le Seuil, 1982.
ZOCHETTI R., *Légendes indiennes du Venezuela*, L'Harmattan, 1985.

Aire de l'Afrique

CLAUDOT-HAWAD Hélène et HAWAD (dir.), *Touaregs, voix solitaires dans le désert confisqué*, Ethnies-Documents, 1996.
JAULIN, Robert, *La Mort sara. L'ordre de la vie ou la pensée de la mort au Tchad*, Plon, coll. « Terre humaine/Poche », 1981.
LEIRIS Michel, *L'Afrique fantôme*, Gallimard, coll. « Tel », 1981 (1re édition, 1934).
LEWIS I.M., *Les Religions de l'extase. Étude anthropologique de la possession et du chamanisme*, traduit de l'anglais par Pauline Verdun, PUF, 1977.
STAMM Anne, *Les Religions africaines*, PUF, coll. « Que sais-je ? », 1995.

Aire de l'Asie

KHARITIDI Olga, *La Chamane blanche*, J.-C. Lattès, 1997.

Aire de l'Australie

GLOWCZEWSKI Barbara, *Les Rêveurs du désert*, Actes Sud, 1989-1996.
GLOWCZEWSKI Barbara, *Peintures aborigènes de Balgo et Lajamanu*, Baudoin-Lebon, 1991.
HAVECKER Cyril, *Le Temps du Rêve. La mémoire du peuple aborigène australien*, Le Mail, 1988.

Sur le dialogue inter et intra-religieux

DALAÏ LAMA et DREWERMANN Eugen, *Les Voies du cœur. Non-violence et dialogue entre les religions*, Le Cerf, 1993.

DALAÏ LAMA, *Le Dalaï-Lama parle de Jésus*, traduit de l'anglais par Dominique Lablanche, Brepols, 1996.

MOUTTAPA Jean, *Dieu et la révolution du dialogue. L'ère des échanges entre les religions*, Albin Michel, coll. « Paroles vives », 1996.

PANIKKAR Raimon, *Le Dialogue intrareligieux*, traduit de l'américain, Aubier-Montaigne, 1985.

Adresses et contacts

Adresses

UNITED TRADITIONS ORGANIZATION (OTU)
V.S.H., F-73110 Arvillard — EU
Tél. : 4 79 25 73 11
Fax : 4 79 25 78 08
E-mail : uto@unitedtraditions.org

INSTITUT KARMA LING
V.S.H., F-73110 Arvillard — EU
Tél. : 4 79 25 78 00
Fax : 4 79 25 78 08

Contacts Internet

UNITED TRADITIONS ORGANIZATION (dont le siège est pour l'instant à l'Institut Karma Ling) :
www.unitedtraditions.org

INSTITUT KARMA LING : www.karmaling.org

Site général des NATIONS-UNIES : www.un.org
Naviguer dans « subject » pour atteindre les informations concernant les *indigenous people*.

CENTRE DES DROITS DE L'HOMME DES NATIONS-UNIES (Genève) :
www.unhchr.ch

On y trouvera toutes les informations relatives à la Décennie internationale des peuples autochtones.

MÉMOIRE DU MONDE : www.unesco.org/webworld
Fondé par l'UNESCO, propose des voyages virtuels dans toutes les cultures.

NATIVE WEB : htAg://ukanaix.cc.ukans.edu/~mar/nativeweb.html et www.nativeweb.org/
NATIVE AMERICAN INDIAN RESOURCES :
http://indy4.fdl.cc.mm.us/~isk/stories/words.html

Woyaa : www.woyaa.com
Le premier moteur de recherche 100 % africain.

GLOBAL VISION (ONG qui œuvre dans le domaine de l'économie de vie) : www.igc.apc.org/glencree
E-mail : globalvision@igc.apc.org

Les deux prochains sites sont sans doute les meilleurs actuellement sur la question des peuples autochtones. Ils mènent aussi à des discussions interactives :

INDIGENOUS PEOPLES IGC Resources and Discussion (summary) :
www.igc.org/igc/issues/ip/igc.html

INDIGENOUS ENVIRONMENTAL NETWORK (summary) :
www.igc.org/ip/index.html

Remerciements

Après nous être humblement inclinés devant Sa Sainteté le Dalaï Lama ainsi que devant les représentants de toutes les traditions, primordiales et spirituelles, présentes à Karma Ling et à La Rochette en ce mois d'avril 1997, nous voudrions adresser un salut tout spécial au Lama Denys, que nous remercions chaleureusement pour son audace et sa générosité, et pour nous avoir embarqués dans cette formidable aventure. Merci aussi à ses assistants, en tête desquels Sam Boutet, qui fit tout pour nous faciliter le travail. Merci bien sûr à tous les moines et bénévoles, qui assurèrent le bon fonctionnement de l'événement. Merci également aux amis qui nous accompagnèrent sur place et constituèrent par moments, autour de nous, dans le chalet n° 15, une petite cellule de réflexion : le philosophe et *artiste martial* Albert Palma, le psychanalyste Didier Dumas, l'écrivain grand reporter Marie-Thérèse de Brosses, le photographe Bertrand Marignac, l'éditrice Claire Médaisko. Merci aussi à Sylvain Michelet, pour son travail de décryptage. Plus tard, sont allés enquêter auprès des chamanes d'Asie centrale (pour l'*Almanach d'Actuel* et, par ricochet, pour nous) Jean-François Bizot, Marielle Primois et Thomas Johnson. Un merci tout spécial à ce dernier ! Merci enfin à Marie-Paule Rochelois pour sa relecture attentive du manuscrit.

TABLE

AVANT-PROPOS : La vision du Lama Denys Teundroup 5

PREMIÈRE PARTIE

LE FEU DE LA RENCONTRE

par Patrice van Eersel

PRÉAMBULE : Un soir de décembre à la gare de Lyon 9
Où trouver les derniers hommes-de-connaissance du néolithique ? / Perplexité du scribe qui tient la plume / L'énergie tranquille du Lama Denys / Notre grand souci sémantique.

LES RITUELS DES TRADITIONS PRIMORDIALES 21

1. L'ouverture de la Tente des Rituels 23
La Tente des Rituels de Karma Ling / Des rumeurs contre le vaudou / Arrivée des Anciens /

Douze délégations primordiales / Consécration du site par Sa Sainteté.

2. Le chamane de Touva célèbre le premier rituel — 37
   Comment le chamane de Touva lance le cycle des rituels / Premier dialogue entre Anciens / La transmission du grand-père / Le monde a besoin d'intermédiaires entre la terre et les esprits.

3. Afrique-Amérique : aux deux extrêmes du rituel 54
   Le regard d'aigle du grand-prêtre kenyan / Une procession très scandée / La saine décontraction des Anciens d'Amérique / Offrandes aux quatre Orients.

4. Du rôle premier des hommes-de-connaissance précolombiens 66
   L'Amérique précolombienne à l'à-pic de nos besoins / Premier contact avec le fils-de-la-nature Don Hilario Chiriap.

5. Le syncrétisme des néo-chamanes est-il inéluctable ? 88
   Tentative de classification / Aurelio le néo-Aztèque et Hilario l'Amazonien officient ensemble / Marathon Alaska-Terre de Feu / Grands éveillés du Mexique / De la misère des « réserves indiennes » / Un grand Apache en colère.

6. Un grand feu, de l'autre côté d'un océan de souffrance 116
   Trois cent cinquante millions de martyrs ? / Nadia Stepanova : on naît chamane / La terrible traversée de l'Aztèque Tlakaelel / Grand-mother Sarah, déléguée de la prophétie iroquoise.

7. Tibet ancien, Australie primordiale : aux deux extrêmes de la réticence 152
   Le délicat dossier bön / Les Rêves des ancêtres primordiaux / Jésus a créé le monde.

8. L'Afrique est-elle l'« acteur invisible » de l'humanité ? 184
Rumeurs, parures et humour vaudous / L'oracle du Fa / Du rôle invisible de la roue rythmique africaine sur le monde.

LA JOURNÉE INTER-TRADITIONS ET LES RENCONTRES DU DALAÏ LAMA 199

9. « Les problèmes sont notre propre création ». 201
Le dimanche où tout le Cercle s'est mis à tourner / Entretien exclusif avec le Dalaï Lama.

10. Entre la grande célébration et la prière collective 214
Toutes les religions de la Terre autour du Dalaï Lama / La présence virtuelle de Rigoberta Menchu / La légende du Simorg.

LES ASSISES DES TRADITIONS UNIES 245

11. La fondation de l'OTU................................... 247
Les Anciens veulent de l'action / Grandes et petites religions / Création du Cercle des Anciens.

12. Cinq regards sur la Rencontre et sur le dialogue interreligieux................................. 267
Dagpo Rinpoche : contre la confusion / Le père de Béthune : christianisme et bouddhisme zen / Marco Diani : le travail déterminant du Dalaï Lama / Cheikh Bentounès : Dieu aime la diversité / Jean-Pierre Schnetzler : une première mondiale.

Deuxième Partie

LA CLAIRE VISION DU MONDE PRIMORDIAL

par Alain Grosrey

Préambule : **Méditation après le départ des Anciens** 287
Dernier rituel du chamane de Touva / Flèche-médecine venue d'Amazonie / Ce que n'a pas été la Rencontre Inter-Traditions / Le rôle de Sa Sainteté le Dalaï Lama et du lama Denys Teundroup.

LE CERCLE DANS LA MONTAGNE 305

1. Beauté du Cercle sacré 307
 Rappel de la prophétie de Don Hilario Chiriap / La figure synthétique de l'homme debout / L'unité originelle / Transformation alchimique de l'homme.

2. Particularités de la Rencontre Inter-Traditions 317
 Les Anciens en position centrale / Compléter les actions menées par les ONG / De l'Année internationale des peuples autochtones à la Décennie internationale des peuples autochtones / L'ouverture aux voies de connaissance scientifiques et philosophiques.

LE CERCLE DES ARCANES MAJEURS 329

3. Expérience primordiale naturelle 331
 Présence immédiate non conceptuelle / L'éveil en soi de la douceur / L'expérience primordiale : cœur de chaque tradition.

4. Terre-Mère 339
 La Terre nourricière / Ce que nos assiettes peuvent révéler sur notre rapport à la Terre-Mère /

Les plantes sacrées : à propos du tabac, de l'ayahuasca et du soma védique / La terre des ancêtres / Kat holon kosmon *: « à travers tout le cosmos ».*

5. Sacré 357
   La demeure de l'embryon / Économie sacrée, économie de vie / Le rituel de ludjin *ou l'offrande du corps.*

6. Mandala tribal 365
   De la vision des cercles à la figure du mandala / Le principe du mandala tribal / Un mandala sans cesse à reconstruire.

7. Harmonie et interdépendance habitant-habitacle 382
   L'enseignement de la flèche-médecine / De l'utilité de l'inutile / La pratique du He'e nalu hawaïen.

TROISIÈME PARTIE

LE FLEUVE DE L'ACTION ÉCLAIRÉE

par Alain Grosrey

PRÉAMBULE : Guérir : l'adret et l'ubac 397
Comme des marcheurs arpentant un sentier de crête / Le chemin de la guérison et la leçon du chamane.

DE LA GUÉRISON 403

1. Le marchand et son royaume déchu 405
   Aux origines de la civilisation technicienne / De la mathématisation du réel au transgénique / Les contradictions des décideurs / La nécessité d'une contre-posture.

2. Droit et devoir 415
>   *Le sens de la responsabilité et le culte de la vitesse / Le choc de deux économies / Créer des passerelles entre le droit et le devoir.*

3. Diversité et uniformité 420
>   *À l'image des pommes... / Conscience planétaire et enracinement dans la terre natale : un couplage essentiel.*

4. Les Traditions primordiales et la mondialisation 424
>   *L'attitude des Anciens est aussi politique / Les bons aspects et les revers de la mondialisation / Identité universelle et identité particulière : coïncidence possible ? / Diversité des points de vue.*

GUÉRISON MUTUELLE 437

5. Thérapie primordiale et interfécondation 439
>   *Une thérapie qui procède de l'expérience primordiale naturelle / Vision traditionnelle et vision occidentale : une interfécondation possible.*

6. Aime la Terre comme toi-même 444
>   *Le cœur tombé en désuétude / Les vérités doivent descendre jusqu'aux pieds / Apprendre à remercier la vie / Le grand bain de silence-amour.*

7. Économie sacrée 457
>   *Situations d'hier et d'aujourd'hui / Redécouvrir la dimension sacrée de la vie.*

8. Guerre de l'information et syncrétisme 463
>   *L'exportation des croyances / La confusion engendrée par la mondialisation / La nécessité de la formation traditionnelle.*

9. Apport des Traditions primordiales aux traditions dominantes 471
>   *Humanité et humilité / Redécouvrir les racines*

religieuses profondes / La qualité de l'expérience et l'expérience de la qualité.
10. **Les Traditions primordiales et la transdisciplinarité** 477
Des scientifiques s'ouvrent aux conceptions traditionnelles / Le Cercle sacré et le « tiers inclus » / L'art de la fugue / « Amour de la sagesse » et « sagesse de l'amour ».

POSTFACE : **Vœux pour le XXIe siècle**
par Lama Denys Teundroup 489
L'après-coup d'une grande rencontre / Cercle sacré et thérapie primordiale / Économie de modération / L'OTU : perspectives et propositions / Non-violence et économie sacrée / Appel des Prix Nobel de la paix / Liturgies sacrées.

ANNEXES

L'Organisation des Traditions unies 503

Prophéties 511

Bibliographie 515

Adresses et contacts 523

OUVRAGES DE PATRICE VAN EERSEL

Au parti des socialistes (en collaboration avec Jean-François Bizot et Léon Mercadet), Grasset, 1975.
Voyage à l'intérieur de l'Église catholique (en collaboration avec Jean Puyo), Stock, 1976.
Sacrés Français !, Stock, 1977.
La Source noire (révélations aux portes de la mort), Grasset, 1986.
Le Cinquième Rêve (le dauphin, l'homme, l'évolution), Grasset, 1993.
Le Livre de l'Essentiel (direction d'un collectif), Albin Michel, 1995.
La Source blanche (l'étonnante histoire des Dialogues avec l'Ange), Grasset, 1996.
Réapprivoiser la mort. Nouvelles recherches sur l'expérience de mort imminente, Albin Michel, 1997.

OUVRAGES D'ALAIN GROSREY

L'Expérience littéraire de René Daumal, Hermann Hesse et Carlos Castaneda : du malaise occidental à la sérénité indienne, thèse de doctorat d'État, Littérature moderne et comparée, Université d'Angers, 1992.
« L'"Amérindien" et nous », *Recherches sur l'Imaginaire,* cahier XXV, Université d'Angers, 1995.
« La Racine de l'Éveil » Réflexions sur l'œuvre de Carlos Castaneda., *Recherches sur l'Imaginaire,* cahier XXV, Université d'Angers, 1995.
« Bernard Clavel, un écrivain à l'écoute des "voix amérindiennes" », *Le Croquant,* n° 19, 1996.
« Présentation et commentaires du "Dévoilement des secrets et des apparitions des lumières" (Journal spirituel du maître de Shîraz) », *Le Croquant,* n° 19, 1996.
« Présence de l'Orient dans "Campements" d'André Dhôtel », Actes du colloque international André Dhôtel, Université d'Angers, 1997.

« L'Empreinte du Ciel : Henri Bosco et saint Bernard de Clairvaux », Actes du colloque international de Narbonne consacré à Henri Bosco, *C.E.R.M.E.I.L.,* n° 14, décembre 1997.

Composition réalisée par NORD COMPO

IMPRIMÉ EN FRANCE PAR BRODARD ET TAUPIN
La Flèche (Sarthe).
N° d'imprimeur : 4626D – Dépôt légal : Edit. 22-01/2000
LIBRAIRIE GÉNÉRALE FRANÇAISE - 43, quai de Grenelle - 75015 Paris.
ISBN : 2 - 253 - 14787 - 7